Verrätersohn

(Der Weg des Waldläufers, Buch 1)

Pedro Urvi

FSC
www.fsc.org
MIX
Papier aus verantwortungsvollen Quellen
Paper from responsible sources
FSC® C105338

Impressum

Mail: pedrourvi@hotmail.com

Website: https://pedrourvi.com

ISBN: 9783757903688

Übersetzung aus dem Spanischen von Imke Brodersen

Redaktion: Sophie Weigand im Auftrag von Kia Kahawa

Umschlagillustration von Sarima.

Buchsatz: Pedro Urvi

Herstellung und Vertrieb: Tolino media, München

Herstellung und Druck über tolino media GmbH & Co. KG, München.
Printed in Germany

Widmung

Für meinen großartigen Freund Guiller. Danke für deine bedingungslose Unterstützung ab dem ersten zaghaften Traum.

Inhalt

TREMIA
Norghana
Norghania
Rogdon
Masig Steppen
Halbmond Festung
Rilentor
Tempel von Tirsar
WESTTREMIA
Usik Stämme
Königreich Erenal
Tausend Seen
Königreich Irinel
OSTTREMIA
Bund Freier Städte
Alaband
Noceanisches Imperium
Silanda
Alaband
Noceanisches Imperium
Alfasa
Kiafa
Stambus
SÜDTREMIA

Prolog

Getreu und mutig schützt der Waldläufer die Länder des Reiches und verteidigt die Krone gegen alle Feinde von innen wie von außen, um Norghana ehrenhaft und verschwiegen zu dienen.

Ob Soldat, Magier, Zauberer oder wildes Tier: Alle Welt fürchtet die Kunst des Waldläufers, denn sein sicherer Pfeil bringt den Tod, noch ehe man seine Anwesenheit bemerkt.

Auszug aus »Der Weg des Waldläufers«,
Dogma der Waldläufer von Norghana

»Mein Vater war kein Verräter, und eines Tages werde ich das beweisen!«, verteidigte sich Lasgol. Er warf den Kopf nach hinten, um der Faust zu entgehen, die sonst auf seine Nase niedergegangen wäre.

»Dein Vater war der schlimmste Verräter, den das Königreich in hundert Jahren gesehen hat!«, brüllte Volgar. Seinem nächsten Schlag konnte Lasgol ausweichen, indem er den Kopf einzog.

»Das ist eine Lüge!«, beharrte Lasgol. Er zog sich aus Volgars Reichweite zurück, doch der Schnee machte das Kopfsteinpflaster des Platzes gefährlich rutschig.

»Verdammter Verrätersohn! Ich schlag' dich windelweich.«

Lasgol wich noch weiter zurück. »Lass mich in Ruhe. Ich will nur meine Beute abliefern, die Felle und das Fleisch. Dann gehe ich wieder.« Er deutete auf den Sack mit dem halben Dutzend Hasen aus seinen Fallen, den er über der Schulter trug.

»Ich hab's dir oft genug gesagt. Hier handeln nur anständige Leute. Du kannst nicht einfach auf unserem Marktplatz auftauchen und uns mit deinem Verrätergestank verpesten. Hier legt man Wert auf Ehre.« Volgar breitete beide Arme aus. »Gib mir deine Beute und verschwinde. Dann lass ich dich vielleicht am Leben.«

»Vergiss es! Du hast mir überhaupt nichts zu verbieten! Ich gehöre genauso zu diesem Dorf wie du.« Lasgol sah sich kurz um und bemerkte dabei, dass Volgars übliche Kumpane, Igor und Sven, sich von hinten näherten, um ihm den Fluchtweg abzuschneiden. Der breitschultrige Volgar hatte sich vor ihm aufgebaut, rechts von ihm war der Dorfbrunnen, weiter links stand der Trog für die Pferde der Händler. Er saß in der

Falle.

»Wag es nicht, mir zu widersprechen! Ich schätze, du brauchst eine Abreibung!«

»Dazu müsstest du mich erst erwischen«, höhnte Lasgol, der sich immer noch nach einem Fluchtweg umsah. Volgar hatte ihn vor der Tür des Kürschners abgefangen, der sich am Rand der übrigen Handwerkerhäuser am Marktplatz von Skad befand. Inzwischen wusste Lasgol, dass er in einen Hinterhalt geraten war. Sie hatten ihn erwartet. Normalerweise wäre der streitlustige Volgar um diese Zeit noch gar nicht wach gewesen. Aber heute war Markttag, und sie wussten, dass Lasgol deshalb kommen und seine Jagdbeute verkaufen würde.

Volgar setzte zu einem linken Haken an, aber das hatte Lasgol erwartet und wich mit dem Oberkörper aus. Er durfte sich nicht treffen lassen. Wenn sie ihn erwischten, würden sie ihn zu Brei schlagen, das hatte er schon mit zehn gelernt. An die Tracht Prügel, die Volgar ihm damals verpasst hatte, erinnerte er sich bis heute, und wenn Volgar ihn heute erwischte, würde es ihm wieder so ergehen.

»Bleib stehen und kämpfe!«, schrie Volgar puterrot vor Wut, weil er Lasgol nicht zu fassen bekam.

»Wovon träumst du nachts?«, gab Lasgol zurück, der seinen Rivalen leichtfüßig umtänzelte, dabei allerdings gut achtgab, damit er im Schnee nicht ausrutschte. Er wusste, dass er gegen diesen brutalen Klotz keine Chance hatte. Sie waren beide erst Anfang fünfzehn, doch Volgar war doppelt so breit wie Lasgol und einen vollen Kopf größer. Im ganzen Dorf war er der Größte seines Alters. Und der Gemeinste. Schlimmer aber war, dass sein massiger Körper nicht nur ordentlich Speck aufwies, besonders in der Bauchgegend, sondern auch reichlich Muskeln. Volgar war kolossal stark, und diese Kraft wusste er zu nutzen, um alle einzuschüchtern, sogar die Älteren.

»Ich reiß dir den Kopf ab!«, schrie der Schläger. Aus seinem Mund drang eine regelrechte Dampfwolke. Es war ein ziemlich kalter Wintermorgen, obwohl der Frühling kurz vor der Tür stand. Doch hier oben im Norden von Tremia war es immer kalt.

»Wie der Vater, so der Sohn. Ein Feigling und ein Verräter.«

»Mein Vater hat das Reich nicht verraten, und ich bin kein Feigling«, wehrte sich Lasgol und sah sich hilfesuchend um.

Der Kürschner war vor die Tür getreten und beobachtete die Auseinandersetzung mit vor der Brust verschränkten Armen. In Norghana mischte man sich selten in einen Streit unter anderen ein, also würde Lasgol niemand zu Hilfe kommen. Außerdem war er der Sohn von Dakon Eklund, dem Waldläufer und Verräter. Keiner im Dorf, nein, im ganzen Reich würde für ihn auch nur einen Finger krumm machen. Er sah, dass der Schmied das stählerne Schwert weglegte, das er auf dem Amboss bearbeitet hatte, und herauskam, um die Prügelei mitanzusehen. Auf der anderen Seite des Platzes waren auch der Fleischer und seine beiden Söhne herausgetreten, ebenso etliche andere Nachbarn aus dem kleinen Bergdorf. Doch sie kamen nicht, um die jungen Männer zu trennen, sondern um mitanzusehen, wie Lasgol eine ordentliche Abreibung erhielt. Sie würden die drei Raufbolde eher noch anfeuern, das wusste Lasgol. Sie alle verachteten ihn als den Sohn des Verräters und behandelten ihn wie einen Aussätzigen.

»Dein Vater hat König Uthar verraten. Er hat ihn an Darthor verkauft, den Schwarzen Herrn des Eises. Du gehörst aus dem Norden verstoßen!«, höhnte Sven von hinten. »Dein Verrätergestank verpestet unser schönes Land.«

Lasgol beobachtete ihn aus zusammengekniffenen Augen. Nichts, was er sagen oder tun könnte, würde ihn vor ihren Schlägen bewahren. »Lasst mich in Ruhe. Ich habe euch nichts getan.«

»Ich habe es satt. Packt ihn!«, forderte Volgar seine beiden Kumpane auf, die nur auf diesen Befehl gewartet hatten. Eigentlich waren in Norghana nur Zweikämpfe Tradition, Mann gegen Mann, und das wurde immer respektiert. Aber

Volgar hatte die Geduld verloren, was bei ihm regelmäßig geschah.

»Wer ist hier der Feigling? Du brauchst deine Kumpel, um mich zu schlagen? Du bist es doch, der Norghana Schande macht.«

»Schnappt euch den Verräter! Den mache ich fertig!«

Igor wollte Lasgol ergreifen, aber der konnte sich ihm entziehen. Sven blieb ihm auf den Fersen und hätte ihn fast erwischt.

»Wenn ich die Unschuld meines Vaters beweise, werdet ihr diese Worte zurücknehmen müssen«, warnte Lasgol, der immer noch zu fliehen versuchte.

»Nimm du erst das!«, drohte Volgar und schlug mit rechts zu. Lasgol wollte erneut ausweichen, aber diesmal packte Igor ihn am Arm und Sven umklammerte seinen Bauch. Volgars Faust traf Lasgols Gesicht wie ein Hammer. Seine Lippe tat unglaublich weh, und sein Kopf zuckte nach hinten. Der Schlag war so gewaltsam gewesen, dass er fast die Besinnung verlor.

»Hab' ich dich! Festhalten«, wies Volgar seine Freunde an.

Lasgol schüttelte den Kopf und nahm benommen wahr, dass sein Gegner sich auf ihn stürzen wollte. Wenn ihm das gelang, war Lasgol verloren. Mit einem überraschend heftigen Ruck riss er sich von Igor los. Jetzt konnte er mit beiden Ellenbogen nach Sven schlagen, der hinter ihm stand, und sich auch von ihm befreien. Sven versuchte noch, Lasgol festzuhalten, erwischte aber nur dessen Sack und fiel damit in den Schnee.

»Meine Beute!«, fluchte Lasgol, als er begriff, dass sie ihm entrissen worden war.

»Haltet ihn!«, rief Volgar, und Igor wollte Lasgol am Hals packen.

Lasgol entging ihm durch einen Satz zur Seite und sah gerade noch Volgars Faust knapp vor seinem Auge vorbeisausen. Sollte er Sven, der triumphierend auf dem Boden saß, die Hasen wieder abnehmen? Wenn er sie verlor, drohte ihm viel

Ärger. Aber dann verwarf er diesen Impuls. Er musste von hier verschwinden, bevor sie ihm noch mehr antaten. Er nahm zwei Schritte Anlauf und sprang auf den Brunnen. Igor folgte ihm. Vom Brunnen aus gelangte Lasgol mit einem weiteren großen Sprung zum Wassertrog.

»Stehenbleiben! Schluss mit dem feigen Herumgehüpfe«, zeterte Volgar.

Es gelang Lasgol, das Gleichgewicht zu halten und nicht ins Wasser zu fallen, ehe er zur Veranda des nächsten Hauses hinübersprang. Er bekam das Vordach zu fassen, und während er daran hing, spürte er, wie der kalte Schnee seine gegerbten Lederhandschuhe durchnässte. Bei der nächsten Bewegung musste er sehr vorsichtig sein, um nicht abzurutschen und herunterzufallen.

»Wo willst du hin? Stopp!«

Lasgol konzentrierte sich und schwang sich mit einer flüssigen Bewegung auf das hölzerne Vordach. Er hatte es schon fast geschafft, als Igors Hand sich um seinen Knöchel schloss. Volgars langer Spießgeselle setzte sein ganzes Gewicht ein, um ihn nach unten zu ziehen. Lasgol warf sich flach auf das Dach und stemmte sich dagegen, aber Igor ließ nicht locker, und er begann abzurutschen. Das wäre sein Ende!

»Zieh!«, schrie Volgar, während Sven zu Hilfe eilte.

Lasgol spürte, wie ihn die Panik erfasste. Aber er behielt einen klaren Kopf. Mit dem linken Fuß trat er auf die Hand ein, die seinen rechten Knöchel festhielt, und klammerte sich gleichzeitig gut fest. Igor schrie auf, ließ los und fiel wieder auf den Boden. Sofort zog Lasgol den Fuß hoch und stieg rasch zum First hinauf.

Unter den Zuschauern erhob sich Gemurmel.

»Komm da runter!«, brüllte Volgar rot vor Zorn.

»Komm du doch hoch, wenn du kannst!« Lasgol sah, wie Igor und Sven sich anschickten, selbst auf das Dach zu klettern. Dem massigen Volgar würde das keinesfalls gelingen, aber diese beiden konnten es schaffen, falls sie nachdachten und einander halfen. Glücklicherweise dachten alle drei eher selten nach. Dennoch wollte Lasgol nicht das Risiko einzugehen, dass ein Wunder geschah und sie ihren Kopf einsetzten. »Auf Nimmerwiedersehen!«

Das Gesicht des Dorfschlägers war so knallrot wie eine zum Platzen reife Tomate.

»Das wirst du noch bereuen!«

Lasgol drehte sich um und rutschte auf der anderen Seite des Daches abwärts. Vorsichtig begann er, von Dach zu Dach zu springen, um in dieser Höhe das Dorf zu durchqueren. Er musste genau aufpassen, weil der Schnee auf den Dächern tückisch war. Wenn er abrutschte, konnte er hinunterfallen und sich alle Knochen brechen. Also konzentrierte er sich bei jedem Sprung. Seine Wildlederstiefel boten zwar guten Halt, aber darauf wollte er sich nicht verlassen. Trotzdem geriet er zu seinem Schrecken mehrfach ins Taumeln und musste angestrengt um sein Gleichgewicht ringen. Erst am letzten Haus, am Nordrand des Dorfes ließ er sich auf den Boden gleiten und rannte davon, um im Wald Schutz zu suchen.

Nachdem er sich vergewissert hatte, dass ihm niemand mehr folgte, kletterte er in eine hohe Tanne am Fluss. Klettern und hohe Orte zu erobern, war etwas, das ihm schon immer gefallen hatte. Woran das lag, wusste er nicht genau. Es war einfach so. Schon von klein auf hatte ihn die Höhe fasziniert. Vielleicht war es das Gefühl, etwas geschafft zu haben, wenn er oben ankam, vielleicht die herrlichen Ausblicke, vielleicht auch der Frieden, den er empfand, wenn er ganz allein hoch oben war. Vermutlich waren es alle diese Gründe zusammen und noch mehr, das ihm gar nicht bewusst war. Jedenfalls endete er, wann immer es möglich war, quasi instinktiv ganz oben, ob auf einem Turm, einem Berg oder — wie jetzt — auf einem Baum. Dass dieser Baum zudem noch verschneit und damit umso schwieriger zu erklimmen war, motivierte ihn nur noch mehr.

Mit einem tiefen Atemzug sog er den würzigen Duft des Waldes ein. Das brachte ihn zur Ruhe. Da meldete sich schlagartig der Schmerz in seinem Mund, und er wischte sich mit dem Ärmel seiner abgetragenen Wintertunika das Blut von der aufgeplatzten Lippe. Erst dabei stellte er fest, dass ein Ärmel seines alten Mantels aus Robbenfell halb abgerissen war. Lasgol seufzte. Das musste er wieder flicken. Aber dann lächelte er. Was man so lernte, wenn man arm und verhasst war. Schon jetzt konnte er nähen, kochen und alles mögliche andere, das er aus reiner Notwendigkeit hatte lernen müssen. Er warf einen Blick auf seine mit Fell besetzte Hose aus dicker Wolle, die zum Glück noch heil war. Eine Ersatzhose wäre viel schwieriger zu beschaffen gewesen, doch so war das eben im Norden, wenn man sich prügelte: Am Ende kamen zu den körperlichen Blessuren auch noch die zerrissenen Kleider.

Er tastete sein Gesicht und die Beine ab, um herauszufinden, ob er eine Verletzung übersehen hatte. *Nichts Ernstes,* dachte er. Sie hatten nicht zum ersten Mal zugeschlagen, und es würde auch nicht das letzte Mal sein. An Schläge mit Fäusten oder Stöcken hatte er sich gewöhnt. Viel schmerzhafter war ihre Verachtung, so sehr er sich auch bemühte, sie von sich abprallen zu lassen. Solange es ihn selbst betraf, konnte er dazu schweigen, nicht aber, wenn es um seinen Vater ging. Um Dakon. Beschimpfungen, die ihm galten, überhörte er geflissentlich. Sie taten immer weniger weh. Doch dass jemand über seinen toten Vater lästerte, ertrug er nicht. Daran würde er sich nie gewöhnen.

Drei endlos lange Jahre waren seit jenem schicksalhaften Tag verstrichen. Dem Tag des Verrats am König, an dem sein Vater gestorben war. Dieser Tag hatte Lasgols Leben für immer verändert und verfolgte ihn wie ein Albtraum, aus dem er nie mehr erwachte, so sehr er es sich auch wünschte.

Ein Rascheln auf der rechten Seite ließ ihn langsam den Kopf drehen. Dort saß ein Eichhörnchen, das ihn neugierig ansah. Sein Anblick erinnerte Lasgol an die verlorene Jagdbeute. Seufzend schüttelte er den Kopf. Als die drei ihn in den Hinterhalt gelockt hatten, war er gerade von den Fallen zurückgekehrt, die er nordöstlich des Dorfes im Wald aufgestellt hatte. Jetzt musste er ohne die Münzen, die er dafür bekommen hätte, zu seinem Herrn zurückkehren, und das würde ihn teuer zu stehen kommen. Ulf würde ihn draußen schlafen lassen – oder Schlimmeres. Mitten im kalten Winter des nördlichsten Königreichs von Tremia, in dem der Boden stets ein Dreivierteljahr gefroren war, im Freien schlafen zu müssen, wäre der halben zivilisierten Welt unmenschlich erschienen. Menschen wie Ulf sahen das anders, wie Lasgol aus bitterer Erfahrung wusste.

Er legte beide Hände über den Mund. »Das stärkt den Charakter. Ein Norghaner muss selbst auf einem Eisklotz schlafen können. Schließlich sind wir das Schneevolk«, sagte er zu dem Eichhörnchen und imitierte dabei die ernste, raue Stimme von Ulf.

Das Eichhörnchen rannte von Ast zu Ast springend davon. Lasgol sah ihm lächelnd nach, bis es verschwunden war. *Ich darf keine Selbstgespräche mehr führen. Sonst hält man mich noch für verrückt,* dachte er. *Aber was bleibt dir anderes übrig, wenn du keine Freunde hast und alle dich meiden, dich beleidigen oder dich vermöbeln wollen?* Er zuckte mit den Schultern. Sein Vater hatte ihn gelehrt, sich nicht selbst zu bemitleiden. »Bemühe dich immer um eine positive Haltung, wie schwierig die Situation auch sein mag. Sieh immer nach vorn und bleib optimistisch!« Bestimmt hatte sein Vater nicht mit einer Lage wie dieser gerechnet. Dennoch würde Lasgol seinen Rat befolgen, so wie er sich bisher an alles gehalten hatte.

Er blickte zur Sonne empor, die durch die anrückenden Sturmwolken blinzelte. *Ich sollte mich meiner Strafe lieber noch vorher stellen.* So schnell er konnte, kletterte er vom Baum. Das machte er immer so, nach oben wie nach unten, um seine Muskeln und seine Koordination zu trainieren. Für einen wie ihn, der nicht sonderlich stark war, waren kräftige Hände und Trittsicherheit überlebenswichtig. Bedrückt sah Lasgol an sich herunter. Er war nicht gerade der archetypische Norghaner, ganz und gar nicht. Die Männer von Norghana waren grobknochig und hitzköpfig, groß und stark wie die Eichen des

Nordens, abgehärtete Krieger, die mit der Axt und dem Rundschild aus Holz umzugehen wussten. Ihre Haut war weiß wie der Schnee, der ihr Land bedeckte, die Augen hell wie das Eis des Nordens und ihr Haar gelblich wie die fahle Sonne über ihrem Land. Lasgol konnte zwar die blonden Haare und die blauen Augen vorweisen, war jedoch feingliedrig und zurückhaltend. Er konnte nicht mit Axt und Schild kämpfen und war obendrein weder groß noch ein Muskelpaket. Eher das Gegenteil.

Dennoch zuckte er lächelnd mit den Schultern, denn eines stand fest: Er war schneller und wendiger als jeder, den er kannte. Darum trainierte er seinen Körper sooft er konnte, um diese Vorteile weiter auszubauen und seine mangelnde Körperkraft zu steigern. *Sie mögen alle stark und groß wie Bären sein. Aber ich habe noch nie gesehen, dass ein Bär ein Eichhörnchen erwischt.* Nach kurzem Auflachen machte er sich auf den Rückweg zum Dorf.

Als er dort ankam, vergewisserte er sich, dass ihm keine Gefahr drohte und ging dann zum Haus von Ulf. Er wählte die Hauptstraße, die am breitesten war und ihm leichter die Flucht gestattete, falls es wieder Ärger gäbe. Als er dabei an seinem alten Haus vorbeikam, blieb er davor wie immer kurz stehen. Es war ein Haus aus Stein und Holz, ganz im Stil von Norghana und von einer bescheidenen Mauer umsäumt, größer und luxuriöser als die anderen Häuser im Dorf. Sowohl das Haus als auch viele Morgen Land und ein Teil des Waldes dahinter hatten seinem Vater gehört. Das war das Gut der Familie gewesen. Früher.

Skad war ein kleines Bergarbeiterdorf im Nordosten des Kontinents. Die meisten Häuser hier waren eher schlicht. Sein Elternhaus war das einzige, das wie die Villa eines reichen Kaufmanns oder eines Adligen wirkte. Dafür gab es eine einfache Erklärung: Sein Vater war weder reich noch von hoher Herkunft gewesen, aber als bester Waldläufer von Norghana auch kein gewöhnlicher Mann. Eine derartige Position erreichten nur sehr wenige Menschen. Die wenigen Glücklichen ließen sich an den Fingern einer Hand abzählen.

Lasgol dachte an die Zeit zurück, als er mit seinen Eltern hier gelebt hatte. Es schmerzte ihn, dass er sich an seine früh verstorbene Mutter Mayra kaum mehr erinnern konnte. Sein Vater hatte gern von ihr erzählt, damit Lasgol sie nicht völlig vergaß. Aber dann hatte der Junge vor drei Jahren auch Dakon verloren und mit ihm sein Elternhaus. Ihm war, als wäre seither ein ganzes Leben verstrichen. Er seufzte tief.

»Was gibt es da zu glotzen? Hast du vergessen, dass das nicht mehr dein Haus ist?« Eine barsche Stimme riss Lasgol in die Gegenwart zurück. An der Gittertür in der Mitte der Mauer gab ihm eine Wache zu verstehen, dass er verschwinden solle. Daneben sah eine zweite Wache den Jungen missbilligend an.

»Verschwinde«, sagte der zweite Mann.

»Ich habe doch gar nichts getan.«

»Verschwinde, sage ich. Mein Herr hat etwas dagegen, dass du wie ein Trottel hier herumgaffst. Das vergällt ihm den Tag.«

Lasgol wollte etwas erwidern, besann sich jedoch und schluckte die Antwort hinunter. Nachdem sein Vater in Ungnade gefallen war, hatte König Uthar ihm und seinen Nachfahren alle Titel und Ländereien entzogen, wie es in Norghana dem Gesetz entsprach. Lasgol hatte nicht nur seinen Vater verloren, sondern auch sein Heim und jeglichen Besitz. Graf Malason, der Herr über diese Grafschaft, hatte Haus und Land Osvald übereignet, einem Vetter zweiten Grades. Osvald schätzte seine Peitsche so sehr, dass er sie stets einsatzbereit eingerollt am Gürtel trug, weshalb man ihn auch als »die Peitsche« bezeichnete. Er war für die Verwaltung der beiden Minen zuständig, in denen Eisen und Kohle gefördert wurden.

»Schon gut, ich gehe.«

Lasgol machte sich auf den Weg zu seinem aktuellen Zuhause, dem alten, abseitsstehenden Heim eines Veteranen im Nordteil des Dorfes. Es war klein und hatte schon bessere

Zeiten gesehen, aber es war solide und das Dach noch dicht. Und was das Wichtigste war: Der Ofen spendete genug Wärme, um nicht zu erfrieren, wenn die Temperaturen in den Keller gingen, was hier oben jeden Winter häufig genug vorkam. Vor der Tür blieb er stehen, weil er nicht wusste, ob er eintreten oder umkehren sollte. Da er sich Ulfs Zorn nur ungern stellen wollte, wäre er beinahe wieder gegangen.

»Junge? Bist du das?«, ertönte Ulfs tiefe, raue Stimme aus dem Inneren des Hauses.

Lasgol erschrak. Wie hatte er ihn gehört?

»Wo ist mein Schmerzmittel?«

Lasgol seufzte. Er öffnete die Tür und sah seiner Strafe entgegen.

Lasgol blickte mit gesenktem Kopf und hängenden Schultern zu seinem Herrn auf. Ulf war nicht mehr jung, aber groß und schrecklich wie ein Bär. Sein Haar und sein Bart hatten einen rötlichen Schimmer, und er trug die Haare immer offen. Er war einäugig, und dass er die leere Augenhöhle nicht abdeckte, verlieh ihm ein unheimliches, grausames Aussehen. Als Lasgol ihn zum ersten Mal gesehen hatte, hatte er geglaubt, vor einem Bären aus den Wäldern des Südens zu stehen. Bis heute kam ihm dieses Bild in den Sinn, wann immer Ulf ihn anschrie oder eher anbrüllte. Den schweren Körper stützte der Mann auf eine Holzkrücke, die zum Abpolstern mit Stoffstreifen umwickelt war, denn im Krieg gegen die Zangrianer hatte er das rechte Bein verloren. Nur darum war Lasgol überhaupt hier, denn dieser große Krieger war auf Hilfe angewiesen. Als Lasgol das durch den Kopf ging, erschauerte er. Wenn Ulf Olafssen Gedanken lesen könnte, würde er jetzt brüllend über ihn herfallen.

»Wo ist mein Schmerzmittel, Junge?«, knurrte Ulf.

»Nun ... Herr ...«, begann Lasgol.

Das Gesicht des alten Soldaten rötete sich. »Nun? Nun was?«

»Valgor und seine Freunde haben mir vor dem Kürschnerhaus eine Falle gestellt.«

»Wieso kommst du mit leeren Händen?«, fragte Ulf, ohne auf Lasgols Erklärungsversuch zu achten.

»Sie haben mir meine Beute weggenommen. Ich konnte nichts verkaufen. Und ohne Geld konnte ich beim Händler keinen noceanischen Wein holen.«

»Bei den Fünf Eisgöttern!«, rief Ulf aus und riss erbost den linken Arm hoch, während er sich mit der anderen Hand angestrengt auf seine Krücke stützte, um trotz seines Gestikulierens das Gleichgewicht zu halten.

»Es tut mir leid. Ich habe sie zu spät bemerkt.«

Ulf baute sich eine Handbreit vor Lasgol auf, bückte sich ein Stück und brüllte ihm wie ein wildes Tier direkt ins Gesicht. Lasgol rührte sich nicht vom Fleck. Er wusste, dass er standhalten musste, was auch geschah.

»Faule Ausreden! Und das mir! Was sage ich dir immer über Ausreden?«, herrschte er Lasgol an.

»Ein Norghaner kennt keine Ausreden«, begann Lasgol zögerlich.

»Genau!«, fuhr sein Herr ihn an. »Ein Norghaner kennt keine Ausreden, ein Norghaner tut, was nötig ist, aber er redet sich nie heraus!«

»Ja, Herr«, sagte Lasgol, der nun die Augen zusammenkniff. Ulf schimpfte so laut, dass Lasgol die Ohren dröhnten.

»Dreißig Jahre beim königlichen Heer von Norghana, und am Ende habe ich den schlechtesten Burschen im ganzen Reich!«

»Es tut mir leid, Herr.«

»Wer hat dich aufgenommen, als sie dich mit zwölf Jahren aus dem Haus geworfen haben?«

Lasgol senkte den Kopf. Er schluckte, denn er wusste, was jetzt kommen würde, und dagegen konnte er nichts sagen.

»Wer hat dir Obdach gegeben, einen Platz am Feuer und etwas zu essen, damit du nicht auf der Straße verhungerst oder erfrierst?«

»Es tut mir leid«, wiederholte Lasgol. Er hielt noch immer den Kopf gesenkt, damit er sich nicht dem wütenden Blick des Alten stellen musste. Wenn Ulf betrunken war, was häufig vorkam, war mit ihm nicht gut Kirschen essen. Dann kam seine unangenehme Seite zum Vorschein. Wenn er jedoch einen Kater hatte und der Wein ausgegangen war, war es fast noch schlimmer. Dann begann er zu toben und wurde zum wilden Oger, der sich erst wieder beruhigte, wenn er seinen Alkohol bekam. Es gab nichts, was Lasgol hätte sagen oder tun können, um ihn zu beruhigen, nur die Lieferung seines »Schmerzmittels«, wie er es bezeichnete. Der Junge konnte das Gewitter lediglich bestmöglich über sich ergehen lassen.

»Wer hat dir erlaubt zu bleiben und dich beschützt, als sie dich den Wölfen aus den Wäldern überlassen wollten?«

»Mein Herr ...«

»Wer hat dich als Bursche in sein Haus aufgenommen?«

»Ich besorge den Wein«, versicherte ihm Lasgol.

»Das will ich dir auch geraten haben. Bei den Eisbären des Nordens, und wie du das tust!«

»Ich gehe sofort los.«

»Geh schon. Und komm mir nicht ohne meinen Wein zurück, sonst schläfst du draußen. Und ich glaube, heute Nacht zieht ein Sturm auf.« Er schloss das verbliebene Auge und bückte sich, um den Stumpf seines rechten Beins zu betasten. »Ja, wir bekommen wirklich Sturm, einen richtig üblen. Dieser alte Schneesoldat weiß das. Mein Bein tut weh, und der Schmerz verheißt nie Gutes.«

Lasgol nickte. Ohne aufzusehen durchquerte er die Küche und verschwand im hinteren Bereich des Hauses, wo Ulf seine Waffen aufbewahrte. An der Mauer hatte der Soldat einen hölzernen Waffenschrank eingerichtet. Lasgol betrachtete die Waffen: Ulfs kostbarster Besitz war ein Schwert der Infanterie. Normalerweise kämpfte ein Norghaner mit der Axt, und ein Schwert war das Symbol für die Zugehörigkeit zum Heer, und zwar im Rang eines Offiziers oder als Angehöriger einer Eliteeinheit. Daneben besaß Ulf noch drei Äxte, eine kurze Wurfaxt, eine große Streitaxt und eine gewaltige Doppelaxt, die mit beiden Händen geführt werden musste.

»Wag es nicht, meine Waffen auch nur anzusehen! So etwas verdient man sich im Schweiße seines Angesichts durch jahrelange Opfer und treue Dienste für die Krone.«

Lasgol drehte sich nicht um. Nach dem, was seinem Vater zugestoßen war, hasste er die Krone und alles, was damit zusammenhing. Aber er hielt den Mund. Es wäre keine gute Idee, den alten Mann noch mehr zu erzürnen. Ein schlechtes

Wort über den König oder das Heer und Ulf würde ihm den Kopf abreißen.

»Und glaub bloß nicht, ich wüsste nicht, dass du sie gern ausprobieren würdest. Aber das ist nur etwas für echte Norghaner, nicht für ein schmächtiges Bürschchen wie dich!«

Lasgol seufzte. Es war ihm verboten, Ulfs Waffen anzurühren. Als der alte Soldat einmal nicht da gewesen war, hatte er die große Axt zur Hand nehmen wollen und dabei halb überrascht, halb erschrocken festgestellt, dass er sie kaum anheben konnte. Dass ein Mensch mit einem solchen Gewicht in den Händen kämpfen konnte, erschien ihm unvorstellbar, doch wenn er bedachte, dass die Männer im Norden groß und stark wie Bären waren, verstand er, wieso sie derartige Waffen führten. Mit vier Schlägen hätte man wahrscheinlich das halbe Haus zertrümmern können.

Oben auf dem Waffenschrank lagen die zwei Bogen: ein kurzer Jagdbogen und der Langbogen für die Schlacht. Wie zum Gruß ließ Lasgol seine Hände über die beiden gleiten. Diese beiden wunderbaren Waffen gehörten nicht Ulf, sondern ihm allein. Ulf hasste sie — ein Bogen war für ihn eine Waffe für Feiglinge. Echte Männer kämpften von Angesicht zu Angesicht im Nahkampf. Sie töteten nicht wie ein hinterhältiger Verräter aus der Ferne, und diese Überzeugung war in Norghana sehr verbreitet. Bogenschützen waren suspekt und die königlichen Waldläufer umso mehr. Und Lasgol war der Sohn eines solchen Waldläufers und dann auch noch des besten unter ihnen.

»Mach dir bloß keine Illusionen, Jungchen«, raunzte Ulf von hinten verächtlich.

Lasgol drehte sich immer noch nicht um, sondern griff nach dem Kurzbogen und dem Köcher mit den Pfeilen, der an der Seite hing.

»Du bist zu schwach. Für einen guten Soldaten fehlt dir die Masse. In deinem Alter müsstest du doppelt so breit sein.«

»Ich will gar nicht Soldat werden«, sagte Lasgol leise und sah dabei über die Schulter.

»Ein verdammter Waldläufer des Königs solltest du besser auch nicht werden wollen. Diese Feiglinge verstecken sich, damit sie einen unbemerkt von weit weg töten können. Und was man sich im Dorf über ihre geheimnisvollen Künste erzählt, dass sie wie durch Zauberei verschwinden können oder dass ihre Feinde den Tod nicht kommen sehen — das ist alles Humbug! Mit Magie hat das nichts zu tun!«

»Sie sind eine Elitetruppe des Königs«, wandte Lasgol ein, obwohl er wusste, dass Ulf gleich wieder aufbrausen würde.

»Ein Haufen Feiglinge sind sie!«

»Aber der König hält viel von ihnen.«

»Pah! Er benutzt sie, um Menschen und Ungeziefer aufzuspüren. Sie sind nichts weiter als seine Bluthunde. Und sie bekommen Spionageaufträge. Aber auf dem Schlachtfeld, Mann gegen Mann, macht ein Soldat sie fertig!«

»Das ist nicht ihre eigentliche Aufgabe«, wandte Lasgol ein, weil er sich daran erinnerte, was sein Vater ihm immer wieder erklärt hatte. »Ein Waldläufer schützt das Reich vor inneren und äußeren Feinden und dient dem König.«

»Du willst ja wohl nicht etwa in die Fußstapfen deines Vaters treten? Du siehst doch, wie das geendet hat!«

Diese Entgegnung traf Lasgol tief, und er schloss die Augen.

»Nein, ich will kein Waldläufer werden. Ich will weder dem König noch Norghana dienen.«

»Du redest wie ein verdammter Verräter. Für einen Norghaner gibt es keine größere Ehre, als für sein Land und für den König zu kämpfen!«

»Das gilt nicht für mich.«

»Du undankbarer Kerl! Nimm deinen Bogen und verschwinde, bevor ich die Geduld verliere«, schimpfte Ulf und warf mit Wucht seine Krücke nach dem Jungen, die allerdings nur die Wand traf. Lasgol lief zur Tür.

»Was fällt dir ein! Wo willst du hin?«, herrschte Ulf ihn an.

»Jagen ...«

»Bei den Stollen der Vergesslichkeit! Du bist der schlechteste Bursche des Nordens! Gib mir meine Krücke!«

Lasgol gehorchte.

»Bitte sehr, Herr.«

»Und jetzt verschwinde aus meinem Haus und komm bloß nicht ohne meinen Wein zurück!«

Lasgol machte sich unverzüglich auf den Weg in den Wald im Nordosten. Viel Zeit blieb ihm nicht, er musste sich beeilen. Der Weg in ein Gebiet, wo es gutes Wild gab, war anstrengend und dauerte einen halben Tag. Mit etwas Glück konnte er gerade noch vor Anbruch der Nacht zurück sein. Nur mit einer anständigen Beute würde er das nötige Geld bekommen, aber seine Fallen waren jetzt leer und es würde zwei bis drei Tage dauern, bis er wieder etwas darin vorfand.

Leichtfüßig drang er in den Wald vor. Der Fußmarsch an sich störte ihn nicht, aber es lag viel Schnee. Der alte Mantel, die Tunika und das Wams aus Schurwolle, das er unter dem Mantel trug, schützten ihn ausreichend vor der Kälte, und er war es gewohnt, im verschneiten Wald herumzustapfen. Für eine gute Jagd war das unerlässlich, aber meistens wagte er sich aus reiner Vorsicht nicht weit vor, denn der Wald und die Kälte waren gefährlich. In den Bergen konnte jeder Fehler auch den erfahrensten Jäger das Leben kosten. Er selbst war noch sehr unerfahren, weshalb er vor der feindseligen Wildnis des Nordens größten Respekt hatte.

Für gewöhnlich zog er noch vor Sonnenaufgang los, um die guten Jagdreviere frühzeitig zu erreichen. Sobald er dort war, suchte er die Gegend nach frischen Spuren ab, was zu seinen Lieblingstätigkeiten zählte. Wenn er Spuren fand, stellte er an geeigneten Stellen die für dieses Wild passenden Fallen auf. Danach versteckte er sich entgegen der Windrichtung an einem erhöhten Ort, um nicht bemerkt zu werden, und wartete auf eine große Beute. Fährten zu lesen und den richtigen Ort zum Warten und Schießen zu wählen, war eine echte Kunst. Diese Kunst hatte Lasgol von seinem Vater gelernt.

Geschmeidig wie eine Katze sprang er über Wurzeln und durch das Dickicht, als er im Wald bergauf eilte. Später würde er leider nicht mehr so schnell vorankommen, weil die höheren Lagen dick verschneit waren, was das Vordringen erschwerte. Wilde Tiere waren scheu und witterten Menschen auf weite Entfernung, doch heute hatte er nicht genug Zeit, das Gebiet gründlich zu erkunden, um keine mögliche Beute zu verscheuchen. Daher schlug er gleich den Weg zu einem seiner Lieblingsbereiche ein, wo er fast immer ein größeres Tier erwischte. Mit etwas Glück konnte er einen Hirsch erlegen, und das wäre mehr als genug.

Nach einer Weile machte er sich an den letzten Anstieg. Seine Beine schmerzten vor Anstrengung, und seine Lunge glühte, während er im knietiefen Schnee zwischen den Birken hindurchstapfte. Er spürte, wie die feuchte Kälte in seine Beine biss, aber jetzt war er schon sehr nahe und das machte ihm Mut. Ganz oben bot sich ihm ein Blick auf den Bach, der sein Jagdgebiet querte. Durch die Baumkronen sah er, wie der Himmel sich zunehmend verdüsterte. Ein Sturm zog auf, und schon jetzt sank die Temperatur. *Das sieht übel aus. Ich muss mich beeilen.*

Bald erreichte er den Bach, an dessen Ufer er auf Fährtensuche ging. Die ersten Spuren waren schnell gefunden. Er bückte sich, um genauer hinzusehen: Sie stammten von einem Silberfuchs. Wahrscheinlich tat der Fuchs dasselbe wie Lasgol — er war auf der Suche nach einem kleineren Tier, nach einer Beute. Der Junge hatte sich nicht geirrt, denn etwas weiter hinten entdeckte er die Spur eines Hasen, der ins Unterholz geflohen war. Er suchte weiter. Die Zeit verging unerbittlich, und inzwischen spürte er die Kälte intensiver im Gesicht.

Er zog die Felle zurecht, die seine Beine vom Knöchel bis zu den Knien bedeckten, um die Winterstiefel zu ergänzen. Um durch den tiefen Schnee zu laufen, waren sie unverzichtbar. Die Stiefel und die Felle waren mit Robbenfett behandelt, damit sie keine Nässe durchließen.

Da bemerkte er weiter vorne eine neue Spur. Nachdem er

sie aufmerksam untersucht hatte, wusste er, dass sie von einem Rentier stammte. Kein Zweifel! Sein Vater hatte ihn das Fährtenlesen gelehrt, und er kannte die meisten Spuren, die Mensch und Tier im Wald hinterließen. Ihm entging kaum etwas, auch wenn er sich gelegentlich irrte, weil er keineswegs unfehlbar war und noch viel zu lernen hatte.

Diesmal überließ er sich der Nostalgie. Sein Vater hatte das Fährtenlesen geliebt. An Lasgols viertem Geburtstag hatte Dakon den Jungen zum ersten Mal in den Wald mitgenommen. Daran erinnerte Lasgol sich bis heute, obwohl die alten Bilder von Mal zu Mal unschärfer wurden. Seit damals waren sie unzählige Male gemeinsam im Wald gewesen, als Lehrer und Schüler, als Vater und Sohn. Und jeden dieser Tage hatte Lasgol unendlich genossen. Gerade weil sein Vater im Dienst des Königs stand und der Waldläufer immer wieder lange fortblieb, waren Lasgol diese kleinen gemeinsamen Ausflüge in die Wälder der Berge umso kostbarer gewesen.

Schließlich hatte er nie gewusst, wann sein Vater fortgehen oder zurückkommen würde. Dakon hatte nie ein Wort darüber verloren. Manchmal war Lasgol morgens aufgestanden, und sein Vater war nicht mehr dagewesen. Manchmal schickte er sich abends an, ins Bett zu gehen, und plötzlich kam Dakon zur Tür herein. Doch sooft Lasgol auch gefragt hatte, nie hatte sein Vater ihm etwas über die Aufträge der Waldläufer erzählt. *Die Waldläufer und ihre Geheimnisse. Immer nur Geheimnisse.* Tatsächlich hatte Lasgol einen Großteil seiner Kindheit mit Olga verbracht, einer hochgewachsenen, alten Frau, die seinem Vater ein Leben lang gedient hatte. Sie hatte Lasgol wie ihren eigenen Enkel aufgezogen. Olga war so wunderbar gewesen! Streng, aber einfühlsam und vor allem liebevoll. Sie hatte ihn Disziplin gelehrt und ihm beigebracht, zu arbeiten und Dinge zu schätzen zu wissen. Wie sehr er diese Frau mit ihrem eisernen Willen geliebt hatte! Glücklicherweise war Olga im Sommer vor jenem schicksalhaften Vorfall gestorben und hatte das, was dann kam, nicht mehr miterlebt. Es hätte ihr das Herz gebrochen. Lasgol war den Eisgöttern dankbar, dass sie der guten Frau diese Seelenqualen erspart hatten.

Er seufzte. Wenn Dakon von seinen Missionen zurückgekommen war, war er mit seinem Sohn immer als Erstes in den Bergwald aufgebrochen, um ihn dort mit nahezu unsichtbaren oder verwirrenden Spuren auf die Probe zu stellen. Lasgol hatte jeden Augenblick dieser Unternehmungen mit seinem Vater genossen, und so war das Fährtenlesen rasch zu seiner Lieblingsbeschäftigung geworden.

»Was ist Fährtenlesen?«, hatte sein Vater ihn eines Tages gefragt.

»Die Fährte von etwas suchen, sie finden und ihr folgen«, hatte Lasgol geantwortet.

Daraufhin hatte Dakon gelächelt.

»Ja, das könnte die richtige Antwort sein, aber es ist weit mehr als das.«

»Weit mehr?«

»Ja, mein Sohn. Es geht darum, ein kleines Rätsel zu lösen.«

»Das verstehe ich nicht, Vater.«

»Jedes Mal, wenn wir in den Wald gehen und eine Spur entdecken, musst du sie behandeln, als würdest du ein Geheimnis enträtseln. Was für ein Mensch oder welches Tier hat diese Spur hinterlassen? Was ist hier passiert? Wie lange war das Tier hier? Wohin ist es dann gegangen? Und das Wichtigste: warum?«

Lasgol hatte seinen Vater fasziniert angestarrt.

»So habe ich noch nie darüber nachgedacht.«

»Wenn du das nächste Mal eine Spur findest, betrachte sie aus dieser Perspektive. Stell dir diese Fragen. Sie werden dir nicht nur helfen, ein besserer Fährtenleser zu werden, sondern es macht auf diese Weise auch viel mehr Freude.«

»Das mache ich, Vater!«

Ab diesem Tag hatte sich Lasgol stets genau diese Fragen gestellt, wenn er eine Fährte entdeckte, denn wie so oft hatte sein Vater recht behalten: Es wurde nicht nur viel leichter, einer Spur zu folgen, sondern es machte erheblich mehr Spaß. Darum prüfte er jetzt noch einmal die Rentierspuren im Schnee. Sie stammten von einem jungen Weibchen, nicht besonders groß, ziemlich agil, also schwer zu jagen. Wieder einmal staunte Lasgol, wie viel ein geübtes Auge den Spuren entnehmen konnte. Aber dann lächelte er.

Er rückte den Köcher zurecht, überprüfte seinen Bogen und nahm ihn in die linke Hand. Es wurde Zeit, seine Beute zu erlegen. Geduckt begann er, ganz langsam der Fährte zu folgen, die das Tier hinterlassen hatte, nachdem es zum Trinken zum Bach hinuntergestiegen war. Lasgol bewegte sich mit großer Vorsicht, denn er durfte nicht das leiseste Geräusch machen, sonst würde er seine Beute erschrecken. Während er vorrückte, prüfte er noch einmal die Windrichtung. Auch wenn das Tier ihn witterte, würde er den Kürzeren ziehen. Mit großer Geduld pirschte er sich weiter vor, um sich dem Rentier unbemerkt zu nähern. Er konnte es noch nicht sehen, aber das war nicht nötig, denn die Spur reichte völlig aus.

Als er tiefer in den Wald eindrang, hatte er auf einmal das Gefühl, beobachtet zu werden. Er sah sich um, war aber ganz allein, allein mit dem Wald, dem alles überziehenden Schnee und einem immer dunkleren Himmel. Hin und wieder hatte Lasgol solche merkwürdigen Empfindungen, und ihm wurde bewusst, dass sie diese Woche häufiger aufgetreten waren. Das irritierte ihn, denn solche Wahrnehmungen hatten in der Regel einen Grund, und das war nicht immer ein guter. *Rede dir bloß nichts ein. Das ist bloß der Sturm, der schon fast über mir ist,* sagte er sich kopfschüttelnd und ging weiter.

Er stieg über einen vollständig eingeschneiten, umgestürzten Baum und prüfte die Fährte. Sie war frisch. Er war ganz nah. Aufmerksam suchten seine Augen den Wald ab, aber er sah nichts als den Schnee. Langsam schlich er weiter, bis er einen halb vergrabenen, großen Felsen erreichte. Nachdem er ihn umrundet hatte, blieb er wie angewurzelt stehen, so still, als wäre er selbst Teil dieses Felsens. Zwanzig Schritte weiter stand das Rentier zwischen den Bäumen. Es knabberte an ein paar Büschen, deren verbliebene Blätter Schnee und Kälte trotzten.

Lasgol versteckte sich hinter dem Felsen und prüfte erneut die Windrichtung. *Von vorne. Ein Glück. Es wird mich nicht bemerken.* Er atmete tief durch und bereitete sich vor. Mit einer gleichmäßigen Bewegung zog er ganz langsam einen Pfeil aus dem Köcher und legte ihn auf, immer darauf bedacht, dass das Tier ihn nicht wahrnahm. Das junge Rentier hatte noch kein ausgeprägtes Geweih, aber auch Fleisch und Fell hatten ihren Wert. Er konzentrierte sich auf seinen Schuss. *Komm schon. Du kannst das,* sagte er sich. Bogenschießen war nicht seine Stärke. Als Fallensteller war er ziemlich gut, aber mit dem Bogen nicht, und das nagte an ihm. Obwohl er täglich übte, schien er nicht besser zu werden, denn er hatte niemanden, der ihm half. Deshalb kam er nicht voran. Bestimmt machte er irgendetwas falsch, aber er kam nicht darauf, was das war.

Er versuchte, sich zu entspannen. *Sie ist ganz nah. Das schaffe ich,* spornte er sich an. Fünf Schritte weiter weg hätte er keine Chance. Aber auf diese Entfernung war es durchaus machbar. Er überlegte, ob er noch näher herangehen sollte — je näher, desto höher die Wahrscheinlichkeit für einen guten Treffer —, entschied sich aber dagegen. Das Risiko war zu hoch; er würde auffliegen. Nein, er musste von hier aus schießen. Er atmete tief ein und spannte den Bogen, bis die Federn an seinem Pfeil seine Wange kitzelten. Dann zielte er. Wieder beschlich ihn das Gefühl, beobachtet zu werden. Ein Schauer lief über seinen Rücken. *Jetzt,* flüsterte er in sich hinein, und beim Ausatmen schoss er den Pfeil ab.

Er hörte einen dumpfen Schlag und sah das Rentier im Schnee auf die Seite fallen. Freudestrahlend kam Lasgol hoch und stieß einen Arm in die Luft. *Geschafft!* Er rannte hinüber und beugte sich über das Tier. Es war tot. *Was für ein Schuss! Heute schlafe ich nicht auf der Straße.* Sein Pfeil hatte das Tier mit solcher Wucht in den Kopf getroffen, dass es augenblicklich tot gewesen war. Allerdings hatte er auf das Herz gezielt. *Ich brauche unbedingt jemanden, der mich den Umgang mit dem Bogen lehrt. Als Jäger bin ich eine Schande! Vielleicht sollte ich lieber mit Steinen werfen, da wäre ich treffsicherer.* Aber diese Enttäuschung verflog augenblicklich. Er hatte seine Beute, nur darauf kam es an.

Vor lauter Glück merkte er nicht, dass es inzwischen gefährlich kalt wurde, bis eine eisige Windbö sein Gesicht peitschte. Er warf einen Blick zum Himmel. *Dunkel. Viel zu dunkel.* Der Sturm war fast da. Lasgol musste schleunigst von hier verschwunden. Er begann, das Tier auszunehmen, ehe er es nach Hause trug, doch da bemerkte er etwas, das ihn innehalten ließ. Augen, die ihn beobachteten. Sie fixierten ihn. Lasgol erstarrte vor Schreck. Zehn Schritte weiter lauerte zwischen zwei Birken ein grauer Wolf.

Mit gesenktem Kopf beobachtete der Junge das Tier aus dem Augenwinkel. Er durfte keine plötzlichen Bewegungen machen, sonst riskierte er einen Angriff. Er dachte an seinen Bogen, doch ein angreifender Wolf überstieg seine Fähigkeiten bei weitem. Bis er gezielt hätte, wäre der Wolf schon bei ihm, und wahrscheinlich würde er ohnehin danebenschießen. Dann dachte er an das Messer in seinem Gürtel, aber dieses Messer war zum Häuten gedacht und viel zu klein, um sich damit einem Wolf zu stellen. Außerdem konnte Lasgol nicht kämpfen, schon gar nicht gegen ein Raubtier. Sein Magen krampfte sich zusammen. *Er darf meine Angst nicht riechen, sonst greift er mich an.*

Lasgol bemühte sich um Ruhe. Der Wolf stieß ein langes Knurren aus, zog die Lefzen zurück und zeigte drohend zwei lange Reißzähne. Der Junge wusste, dass das Tier sich zum Sprung anschickte. Ihm blieb nur eines übrig: Er musste sich langsam zurückziehen, ohne den Wolf dabei aus den Augen zu lassen, und hoffen, dass dieser nicht angriff. Er atmete tief durch, nahm allen Mut zusammen und begann, langsam und geduckt rückwärts zu gehen. Der Wolf knurrte immer noch, diesmal aggressiver. Lasgol sah seine Beute im Schnee liegen. Wenn er sie zurückließ, würde er draußen schlafen müssen.

Und er würde erfrieren. Ganz vorsichtig zog er das Rentier mit sich mit.

Der Wolf sprang ein Stück vor und knurrte wütend. Lasgol war wie gelähmt vor Angst. Sein Herz hämmerte so sehr, dass ihm eng um die Brust wurde. Dieser Wolf wollte seine Beute, aber die brauchte Lasgol selbst. Er ließ den Wolf nicht aus den Augen. Wenn er den Blickkontakt abbrach, wäre er vermutlich im nächsten Moment tot. *Verschwinde. Ich brauche das. Das ist meins!* Mit erhobenem Arm drohte er dem Raubtier, aber der Wolf kam knurrend noch einen Schritt näher, schnappte in die Luft und drohte mit seinen Zähnen. Lasgol wurden vor Angst die Knie weich.

Aber er riss sich zusammen. Mit erhobener Hand versuchte er, den Wolf auf Abstand zu halten, und starrte ihm geradewegs in die gelben Augen. *Verschwinde! Das ist meine Beute!*, befahl er ihm in Gedanken. Da blitzte ein grünes Leuchten aus seinem Kopf und lief wie winzige Flammen über seinen Arm. Der Wolf zuckte zurück und jaulte auf. Lasgol sah dem wilden Tier weiter fest in die Augen. Er versuchte es noch einmal. *Hau ab!*, schien jede Faser seines Körpers zu schreien, und eine weitere Welle grünen Lichts begleitete seinen Befehl. Der Wolf heulte, senkte den Kopf und legte die Ohren an. Dann drehte er sich um und verschwand im Wald.

Lasgol blieb stehen und wartete, bis die Spannung aus seinem Körper wich. Er hatte den Wolf in die Flucht geschlagen. Im Nachhinein betrachtet war das enorm riskant gewesen. Doch nun nahm er das Rentier, legte es sich über die Schultern und lief damit eilig los, während die ersten Schneeflocken auf seinem Kopf landeten.

Ich muss mich beeilen und zurück sein, bevor der Schnee zu Eis wird.

Als Lasgol das Dorf erreichte, wurde es schon dunkel. Das Unwetter war ihm dicht auf den Fersen. Er war todmüde und außer Atem. Erst am Brunnen auf dem Marktplatz blieb er stehen. Er legte das erbeutete Tier auf den Boden, stemmte die Hände in die Seiten und beugte sich vor, um wieder zu Atem zu kommen. Jede Faser seines Körpers schmerzte, dennoch war er hochzufrieden. Er hatte es geschafft. Er hatte seine Beute, und er war zurück im Dorf, bevor der Sturm losbrach. Wie sein Vater immer gesagt hatte: *Wer sich mit Herz und Seele bemüht, dem gelingt es auch. Gib dich niemals geschlagen!*

Lasgol sah sich kurz um. Die letzten Dorfbewohner waren dabei, eilig in ihren Häusern und Höfen Schutz zu suchen. Der Dorfplatz war menschenleer. Aus den Häusern fiel Licht auf die Veranden, und die Öllampen, die der Dorfdiener bald löschen würde, beleuchteten den Platz und den kleinen Gasthof. Lasgol warf einen Blick auf das Haus des Kürschners, dann auf das des Fleischers. Am klügsten wäre es, das Tier selbst zu häuten, um Fleisch und Haut einzeln zu verkaufen. Er sah zum Himmel empor. Hinter ihm war es pechschwarz, und es konnte jeden Moment äußerst ungemütlich werden. Er hatte keine Zeit mehr, nach Hause zu gehen, um das Tier vorzubereiten. Dazu war es zu spät.

Der Kürschner klappte bereits die Fensterläden zu.

»Warte bitte«, rief Lasgol, während er näherkam.

»Ich habe geschlossen«, antwortete der Mann mit harter Miene. Diesen Ausdruck trug er immer zur Schau, wenn Lasgol ihm Felle brachte, aber normalerweise nahm er das Jagdgut an. Geschäft war Geschäft, auch wenn das Geld an den Sohn des Verräters ging.

Lasgol eilte zum Fenster.

»Ich habe etwas Gutes dabei!«

Der Kürschner sah ihn zweifelnd an.

»Mal sehen. Aber schnell. Der Sturm ist da, und ich will jetzt mein Essen.«

Lasgol legte den Bogen ab und zeigte dem Mann das Rentier.

»Nicht schlecht«, meinte dieser. »Komm mit der Haut morgen wieder.« Und damit schloss er den nächsten Fensterladen.

»Aber ich brauche das Geld jetzt.«

»Und ich brauche eine gute Frau«, antwortete der Mann schlecht gelaunt. Dass mit der Frau des Kürschners nicht gut Kirschen essen war und sie ihm das Leben sauer machte, wussten alle im Dorf. Wahrscheinlich hatte er es verdient.

»Bitte.«

»Kein Gebettel. Ich kaufe keine unbearbeiteten Häute. Das weißt du. Das weiß hier jeder. Mach deine Arbeit und komm morgen wieder.«

»Aber ...«

»Kein Aber!« Er schlug den letzten Laden zu.

Lasgol seufzte. Dennoch gab er sich nicht geschlagen, sondern rannte weiter zur Tür des Fleischers. Er musste laut klopfen, denn jetzt stürmte es. Unter eisigen Windböen setzte starker Schneeregen ein. Niemand öffnete. Lasgol rief laut nach dem Fleischer und wartete. Nichts. Schließlich wandte er sich zum Gehen, denn was blieb ihm anderes übrig? In diesem Augenblick ging die Tür auf.

»Ich bringe ein gutes Stück Wild«, sagte Lasgol, der sich rasch umdrehte.

In der Tür stand der Fleischer, ein großer, schwerer Mann mit Glatze und einem dichten, blonden Bart. Seine blauen Augen musterten Lasgol etwas feindselig von oben herab.

»Ich habe geschlossen. Du hast mich beim Nachtisch gestört.«

»Entschuldigung.« Lasgol zeigte das Tier vor.

»Das ist noch nicht gehäutet.«

»Ich weiß«, sagte Lasgol flehend. »Aber ich brauche dringend das Geld.«

Der Fleischer nickte, als wüsste er den Grund.

»Keine Ausnahmen. Ich mache nicht die Arbeit anderer. Wild wird verkaufsfertig angenommen oder gar nicht.«

»Bitte!«

»Komm morgen wieder.« Und damit drehte der massige Mann sich um und schloss die Tür. Um jeden Zweifel auszuschließen, verriegelte er sie sogar.

Niedergeschlagen ließ Lasgol den Kopf hängen. Inzwischen peitschte der Schneesturm durch das Dorf, und obendrein hatte jetzt auch der Weinhändler geschlossen. Er würde ohnehin keinen Wein mehr bekommen. Der kalte Wind riss an seinem Haar, und der Junge spürte den nassen Schnee auf seinem Gesicht. Er löste einen Lederriemen vom Handgelenk und band damit sein blondes Haar zu einem Pferdeschwanz. So konnte er besser sehen. *Gib niemals auf*, sagte er sich. Mit schützend zusammengekniffenen Augen sah er sich auf dem ganzen Platz um. Nur der Gasthof war noch geöffnet. Ohne lange nachzudenken, eilte Lasgol auf die Tür zu. Inzwischen blies der Wind so heftig, dass er nur mit Mühe vorwärtskam. Die Kälte drang durch seine Winterkleidung, und der Schnee schmolz auf seinem Gesicht und seinen Haaren. Er dachte an die Nacht im Freien, die ihm drohte, und schüttelte den Kopf.

Entschlossen öffnete er die Tür zum Gastraum. Helles Licht und ein intensiver, ranziger Gestank schlugen ihm entgegen. Er wandte das Gesicht ab, bis er sich fing, und sah sich dann um. Viele Gäste kannte er. Der bekannteste Säufer im Ort, Drill, verhandelte an der Theke mit Bart, dem Wirt. Drei Bergarbeiter saßen zusammen an einem Tisch, spielten Karten und tranken dazu ihr Bier. Anscheinend hatten sie von dem Sturm bisher nichts mitbekommen. Etwas weiter hinten waren Ulric und seine zwei Söhne — besser bekannt als »die Holzfäller« — gerade mit dem Essen fertig.

»Tür zu!«, schrie ihn ein hagerer Mann mit scharfen Gesichtszügen an. Lasgol gehorchte eilends.

»Viel besser«, sagte der Mann. Der Kleidung nach mochte er ein Kaufmann sein, aber Lasgol hatte ihn noch nie gesehen. Wahrscheinlich war er auf der Durchreise.

»Was willst du?«, fragte Bart unwirsch. Lasgol ließ sich von dem rauen Ton, der ihm überall im Dorf entgegenschlug, nicht einschüchtern. Dabei war der Wirt durchaus beeindruckend, denn er war mehr als sechs Fuß groß und sehr korpulent. Im Dorf hieß es, er hätte schon so manchem den Schädel eingeschlagen, wenn in seinem Lokal eine Prügelei losging. Da die Norghaner ihr Bier und ihre Schlägereien gleichermaßen genossen, waren solche Ereignisse gar nicht so selten. Lasgol hatte nie verstanden, warum seine Landsleute sich so gern prügelten, um herauszufinden, wer am Ende als der Stärkste und Mutigste aus der Auseinandersetzung hervorging. Nach allem, was man ihm erzählt hatte, waren Raufereien in Ländern wie Rogdon eher verpönt. Vielleicht konnte er eines Tages ins Reich Rogdon auswandern, in den Westen. Von hier wegzuziehen und mehr von der Welt zu sehen, würde ihm ganz bestimmt nichts ausmachen.

»Hat Ulf dich geschickt?«, fragte Drill, dessen schleppende Stimme verriet, dass er mehr getrunken hatte, als er vertragen konnte. Der Mann stützte sich an der Theke ab, um nicht umzukippen. Lasgol improvisierte. Er wusste, dass Ulf gelegentlich hier einkehrte und dass Drill zu seinen Saufkumpanen gehörte.

»Ja, Herr«, antwortete er mit fester Stimme.

Drill sah ihn überrascht an.

»Herr? Wie überaus höflich«, grinste er. Seine Schneidezähne fehlten. Er hatte sie in einer der üblichen Kneipenschlägereien eingebüßt und war damit ein typischer Norghaner: schlechte Zähne und Fäuste aus Eisen.

»Was will er?«, fragte der Wirt.

Lasgol kam zur Theke und legte sein Rentier darauf ab.

»Er wünscht einen Tauschhandel. Dieses Tier gegen vier Flaschen noceanischen Wein«, sagte Lasgol ernst wie bei einer Seebestattung, obwohl ihm vor Anspannung übel war.

»Was denkt sich Ulf dabei? Hier gibt es Getränke nur gegen Geld, nicht für ein totes Tier!«

»Es ist ein gutes Stück Wild, Herr, ganz frisch. Ich habe es heute im Bergwald erlegt«, versicherte Lasgol.

»Dann häute es und bring es zum Fleischer. So kann ich nichts damit anfangen.«

»Der hat schon geschlossen.«

»Dann komm morgen wieder.«

»Ulf hat mir gesagt, dass er den Wein jetzt braucht, Herr.«

»Das hat der alte Griesgram gesagt? Tja, dann richte ihm aus, dass wir hier weder Kredit geben noch Tauschgeschäfte machen. Das wäre ja noch schöner!«

»Dass hier nicht angeschrieben wird, kann ich bezeugen«, lallte Drill stockend. »Ich versuche schon den halben Abend, noch einen Schluck zu bekommen, aber dieser Dickschädel weigert sich.«

»Bitte«, beschwor Lasgol den Wirt.

»Ich habe Nein gesagt. Muss ich erst wütend werden?«

Lasgol seufzte. Es war wirklich nicht sein Glückstag.

»Ich gebe dir drei Münzen für deine Beute«, sagte eine Stimme weiter hinten.

Alle drehten sich zu dem um, der gesprochen hatte. Hinten in der Ecke saß ein Mann im Schatten beider Wände. Er hatte sich nach hinten gelehnt und war im Zwielicht kaum zu sehen. Lasgol hätte schwören können, dass dieser Mann noch nicht dort gesessen hatte, als er hereingekommen war. Er kniff die Augen zusammen, konnte aber kaum seine Umrisse erkennen. Der Mann trug einen Umhang mit Kapuze, der seinen Körper perfekt mit den Schatten verschmelzen ließ.

»Danke, Herr ...«, stammelte Lasgol. Er hatte keine Ahnung, wer dieser geheimnisvolle Fremde sein mochte.

»Bring mir das Tier«, forderte der Mann ihn auf.

Lasgol trug das Rentier zu ihm und legte es auf dem Tisch ab. Selbst hier, aus nur zwei Schritten Abstand und mit dem Licht des Schankraums im Rücken, war der andere erstaunlicherweise im Schatten kaum zu erkennen.

Der Mann reichte Lasgol drei Münzen. Die Hand, die der Junge wahrnahm, steckte in einem Lederhandschuh, und die Bewegung erfolgte blitzschnell.

»Gibst du mir auch den Sack dazu?«

»Selbstverständlich, Herr.«

Lasgol reichte ihn hinüber. Der Fremde nickte schweigend. Dann drehte sich Lasgol zum Wirt um und legte die drei Münzen auf den Tresen.

»Dafür gebe ich dir drei Flaschen noceanischen Wein, wie Ulf ihn mag«, sagte Bart.

»Nur drei? Für drei Münzen bekomme ich beim Weinhändler sechs.«

»Dieser Wein ist besser als der vom Weinhändler. Außerdem ist es hier teurer. Ich muss schließlich auch davon leben.«

»Aber der Unterschied ...«

»Entweder — oder«, sagte der Wirt, der nur zu gut wusste, dass Lasgol gar nichts anderes übrig blieb, als auf sein Angebot einzugehen.

»Na gut.«

»Du willst diesen Burschen doch wohl nicht um den Lohn seines Jagderfolgs betrügen, oder?«, warf der Fremde da plötzlich ein.

»Betrügen? Ich? Das hier ist ein ehrenwertes Haus.«

»Daran zweifle ich nicht. Aber für drei Münzen müsstest du ihm mindestens vier Flaschen geben.«

»Vier?«

»Das ist genug Gewinn«, befand der Mann. Sein eisiger Ton klang bedrohlich.

Der Wirt richtete sich hoch auf. Verstimmt wollte er etwas erwidern, wagte es jedoch nicht.

»Na schön, also vier«, lenkte er ein, verschwand kurz und kehrte dann mit den Flaschen zurück.

»Hier. Nimm das und verschwinde von hier.«

»Danke«, sagte Lasgol und drehte sich nach dem Fremden um. »Vielen Dank, Herr.«

Der Unbekannte nickte ihm kaum merklich zu. Lasgol

wusste nicht, was er noch sagen sollte. Er hatte keine Ahnung, warum dieser Mann ihm geholfen hatte, aber er war ihm dankbar. Niemand im Dorf half ihm. Nie. Bei nichts. Er machte kehrt und ging hinaus.

Draußen rannte er durch die verlassenen Straßen und kämpfte dabei gegen den Schnee und den kalten Wind. Als er Ulfs Haus erreichte, tobte der Sturm mit aller Gewalt. Die Temperatur ging weiterhin zurück, und die Böen wurden noch heftiger.

»Ich habe deinen Trank dabei, Herr«, verkündete er beim Eintreten.

»Das wird aber auch Zeit!«, polterte Ulf übellaunig. Wenn er seinen Wein nicht bekam, war er immer schlechter Laune.

»Bei den Eisgöttern! Das sind ja bloß vier Flaschen!«, fluchte er.

»Das ist alles, was ich bekommen konnte.«

»Spät und zu wenig!«

»Aber ...«

»Kein Aber! Du schläfst heute Nacht im Schuppen.«

»Das ist ungerecht.«

»Seit wann herrscht im eisigen Norden Gerechtigkeit? Hier haben die Starken das Sagen, nicht die Gerechten.«

»Ja, Herr.« Lasgol ließ den Kopf hängen, denn ihm war klar, dass Ulf leider recht hatte. Im Norden zählte ein starker Arm mehr, als im Recht zu sein. Viel mehr.

»Ab in den Schuppen, habe ich gesagt!«

»Den Holzschuppen?«

»Ja. Du hast nicht getan, was ich dir aufgetragen hatte, und ein Soldat tut immer, was man ihm befiehlt. So lernst du deine Lektion.«

Lasgol hätte gern widersprochen, denn schließlich war er kein Soldat. Sie waren auch nicht beim königlichen Heer. Aber er wusste, dass es sinnlos war. Ulf würde auch weiterhin so leben, als wäre er immer noch bei der Infanterie. Im Grunde hatte er diese nie verlassen, wenn man es genau nahm. Man hatte ihn aus Altersgründen und wegen seiner

Verwundung ausgemustert.

»Zu Befehl, Herr«, sagte Lasgol resigniert.

»Na, dann ab mit dir. Damit ich endlich in aller Ruhe meinen Wein genießen kann.«

»Kann ich eine Decke mitnehmen, um mich vor der Kälte zu schützen?«

»Keine Decken. Ich habe auf den Feldzügen hunderte Nächte im Freien und ohne Decke verbracht. Das formt den Charakter. So schmiedet man Soldaten!«

»Ja, Herr.« Bedrückt zog Lasgol die Tür hinter sich zu.

Der Sturm empfing ihn mit eisigen Armen, aber Lasgol hatte vor, ihm zu entwischen. Er rannte zum Holzschuppen hinter dem Haus. Eigentlich war es nur ein Unterstand mit drei zugigen Wänden und einem nicht viel besseren Dach. Dennoch bot die klapprige Konstruktion einen gewissen Schutz vor dem Orkan. Andererseits pfiff durch die Ritzen und durch den offenen Zugang der Wind herein und peitschte gnadenlos sein Gesicht und seinen Körper. Lasgol betrachtete die Holzscheite, die er im Herbst selbst gehackt und hier aufgestapelt hatte, um für den Winter gerüstet zu sein. Er rieb sich die Nase. *Ich muss den Zugang irgendwie verschließen.*

Da kam ihm eine Idee, und er lächelte. Er begann, einen Stapel Holz so zu versetzen, dass er die offene Seite des Schuppens abriegelte. Das dauerte eine ganze Weile, aber das war nicht wichtig, denn bei der Arbeit wurde ihm warm. Schließlich hatte er eine Wand aus Holzscheiten aufgeschichtet, die einen Großteil des Zugangs versperrte, und konnte sich dahinterkauern. Erst als er von allen Seiten von Feuerholz abgeschirmt war, wickelte er sich in seinen Mantel und machte es sich so bequem wie möglich. Er konnte sich sogar hinlegen. In dieser Position kam es ihm so vor, als hätte er ein kleines Blockhaus um sich errichtet. Wenn der Wind allerdings noch mehr zunahm, konnte es leicht über ihm zusammenbrechen.

Die ganze Nacht tobte der Sturm um das Haus und den Unterstand, aber Lasgols Zufluchtsort hielt stand. Er fror, aber diese Kälte konnte er aushalten. *Ich bin ein Norghaner, und wir Norghaner betrachten die Kälte als unsere Schwester,* machte er sich Mut. Dann schnaubte er. Er hatte es nicht verdient, ganz allein inmitten des Sturms hier draußen zu sitzen und die ganze Nacht zu frieren, das wusste er. Aber so war das Leben, sehr oft ungerecht. Er seufzte. Das war eine Lektion, die ihn das, was seinem Vater zugestoßen war, grausam gelehrt hatte. Das Leben war ungerecht, aber Jammern und Weinen half nichts. Man musste weitergehen. Das hatte er von seinem Vater gelernt: *Gib dich niemals geschlagen und geh weiter.* Und mit der Erinnerung an seinen Vater vor Augen schlief er ein.

Als am nächsten Morgen der erste Sonnenstrahl durch die Sturmwolken lugte, ging Lasgol ins Haus und fachte das Feuer an. Er war durchgefroren bis auf die Knochen und es dauerte den halben Morgen, bis ihm wieder warm war. Ulf schlief zufrieden seinen Rausch aus und schnarchte so laut, als würde in seiner Kammer ein zweites Unwetter toben. Draußen hielt der Schneesturm noch zwei Tage an. Es war der letzte in diesem Winter.

Drei Tage später begleitete Lasgol seinen Herrn ins Dorf. Diesmal ging es um einen offiziellen Anlass, denn sie feierten das Frühlingsfest, und Ulf würde die Wettbewerbe leiten. In seiner Prunkrüstung strahlte der Krieger so sehr, dass Lasgol ihn kaum wiedererkannte. Er sah aus wie ein echter Held von Norghana. Auf seinem Kopf saß der geflügelte Helm der Infanterie. Dazu trug er ein langes, mit Schuppen besetztes Kettenhemd, das ihm bis zu den Knien reichte, und darüber einen knallroten Brustpanzer mit diagonalen, weißen Streifen, der ihn als Angehörigen der Donnerarmee auswies. Das Auffälligste für Lasgol war jedoch das Wappen von Norghana in der Mitte des Brustpanzers: der majestätische Schneeadler mit ausgebreiteten Flügeln, der strahlend weiße Wappenvogel des Reiches.

Ulf hatte eine Ewigkeit gebraucht, um an diesem Morgen

die komplette Rüstung anzulegen, die er äußerst pfleglich behandelte. Er hütete sie, als wäre sie aus reinem Gold, und schätzte sie genauso wie sein wertvolles Schwert und den runden Schild. In seiner Rolle als Bursche trug Lasgol Schwert und Schild für seinen Herrn. Beide waren unverschämt schwer. Der Junge fragte sich, wie jemand überhaupt mit derart schwerer Ausrüstung in den Händen kämpfen konnte. Er hatte schon große Mühe, sie zu tragen! Im Kampf wäre man wohl schon nach drei Schlägen erschöpft. Angesichts der Größe von Ulf und den anderen Männern im Dorf, die ähnlich gebaut waren, konnte er sich immerhin vorstellen, dass sie mit Belastungen fertig wurden, die seine Kräfte überstiegen.

»Schwer, was?«

»Ja, sehr.«

»So ein Schwert und so einen Schild kann nur ein echter Krieger führen.«

»Der sehr groß und sehr stark ist.«

»Genau! Aber es gibt bei uns noch größere und stärkere Männer. Eines Tages, wenn du ein Mann bist, solltest du in den Norden ziehen, wo es so kalt ist, dass einem die Gedanken einfrieren. Da wirst du Männer sehen, die noch einen Kopf größer sind als ich und einen Baum mit drei Schlägen fällen können.«

Lasgol dachte, dass Ulf übertrieb, obwohl das nicht seine Art war. Murren und Knurren, ja, aber nicht Übertreiben. Doch als er dem alten Krieger ins Gesicht sah, ließ dessen Miene keinen Zweifel zu: Er sagte die Wahrheit.

»Das würde mir gefallen, doch«, sagte Lasgol, der noch nie aus der Grafschaft herausgekommen war. Seine weiteste Reise hatte er mit seinem Vater unternommen, und sie hatte zur Burg von Graf Malason geführt. Der Graf hatte sie eingeladen, weil der Erste Waldläufer und der Graf damals noch Freunde gewesen waren. Da sein Vater die meiste Zeit unterwegs war, hatte Lasgol ansonsten keine Gelegenheit zum Reisen gehabt. Und wenn der Vater wieder zurück war, hatten sie die Zeit miteinander im Dorf verbracht, weil nie klar war, wann Dakon wieder fortmusste — für gewöhnlich sehr bald.

»Das wird ein schöner Tag«, stellte Ulf bei einem Blick in den klaren Frühlingshimmel fest, während er neben Lasgol herhinkte. »Heute wird ein schöner Tag.«

Lasgol betrachtete ihn aus dem Augenwinkel. Er wusste nicht, ob Ulf so zufrieden war, weil er seine morgendliche Ration Wein getrunken hatte oder weil es zum Frühlingsfest ging. Wahrscheinlich war es beides. Aber wenn Ulf zufrieden war, behandelte er den Jungen gut und deshalb war auch Lasgol mit dem Morgen zufrieden. Der Alte würde bei verschiedenen Wettkämpfen den Schiedsrichter machen, weil er im Dorf am meisten Erfahrung im Kämpfen hatte.

»Du solltest mitmachen. Ein Norghaner scheut keinen Kampf. Und ein norghanischer Soldat noch weniger.«

»Ich? Nein, danke.«

»Wenn du in einem der Wettkämpfe gewinnst, behandeln sie dich vielleicht nicht mehr wie einen Aussätzigen.«

»Das glaube ich nicht, Herr. Außerdem — welchen Wettstreit könnte ich schon gewinnen?«

Ulf sah sich gründlich um. Auf dem Kampfplatz waren Absperrungen für die verschiedenen Kämpfe aufgestellt.

»Mal sehen. In der Mitte ist der unbewaffnete Zweikampf. Hm. Nein, dazu bist du zu schmächtig. Die erledigen dich im Handumdrehen. Schwert und Schild fallen aus, die kannst du kaum heben. Hmm. Axtwerfen mit der kurzen Axt? Denn den Kampf mit der Zweihänderaxt können wir ebenfalls ausschließen.«

»Ich weiß nicht, wie man die Axt wirft, Herr. Die benutze ich nur zum Holzhacken.«

»Ein Norghaner kommt mit der Axt unter dem Kissen zur Welt. Ich konnte kämpfen, bevor ich sprechen konnte!«

»Tut mir leid.«

Kopfschüttelnd ließ Ulf ein paar Verwünschungen vom Stapel.

»Da drüben links ist das Wettschießen. Mit einem Bogen

kannst du umgehen. Das ist nicht besonders ehrenhaft, aber immerhin ist es eine Waffe.«

»Ja. Aber besonders gut bin ich nicht.«

»Bei den Eisgolems! Kannst du denn überhaupt nichts, worauf ein Norghaner stolz sein kann?«

Lasgol zuckte mit den Schultern.

»Ich kann ausgezeichnet klettern.«

»Was für ein Quatsch! Das taugt zu gar nichts.«

»Ich bin schnell und beweglich?«

»Ja, wie ein Hase. Jemand kann dich zum Abendessen verspeisen.« Ulf schnaubte und stieß die nächste ausgiebige Salve Flüche aus. »Lassen wir das. Du weichst mir nicht von der Seite und siehst zu, dass du etwas lernst.«

Auf dem Marktplatz wimmelte es von Leuten, als sie dort ankamen. Alle Bergarbeiter und Bauern aus der Gegend wollten beim Fest dabei sein. Der Frühlingsanbruch zählte für alle in weitem Umkreis zu den beliebtesten Festivitäten. Die Winter in Norghana waren bitterkalt, weshalb der Frühlingsanfang ein großes Ereignis war. Nach der langen Zeit der eisigen Stürme konnte man nun endlich etwas ausruhen. Deshalb wurde jetzt in allen größeren Orten des Reiches gefeiert, und die Menschen aus den kleineren Gemeinden strömten in die Dörfer im Umkreis, wo es ein Fest gab. Diese Feiern wollte niemand verpassen.

Gondar Vollan, der Dorfvorsteher, kam mit seinem Gehilfen, Limus Wolff, auf sie zu.

»Ulf«, begrüßte der Vorsteher den Krieger und nickte kurz dazu.

»Gondar.« Ulf erwiderte den Gruß.

Der Mann warf Lasgol einen abfälligen Blick zu.

»Und dieser missratene ...«, hob er an.

»Er hat jedes Recht, hier zu sein!«, schnitt Ulf ihm mit harter Miene das Wort ab.

»Schon gut«, lenkte der Dorfvorsteher ein. »Und auf deine Verantwortung«, ermahnte er Ulf und zeigte mit dem Finger auf ihn. »Ich will keinen Krawall auf dem Fest. Beim geringsten Ärger schaffst du ihn hier weg.«

Ulf nickte.

Lasgol senkte den Kopf. Er wusste, dass ihn niemand hierhaben wollte. Alle — auch er selbst — hätten sich gewünscht, dass er zu Hause geblieben wäre oder wieder ging, aber Ulf hatte das nicht zugelassen. Für Ulf war Lasgol sein Bursche, und deshalb musste er ihn immer begleiten und ihm helfen, ganz gleich, was andere sagten oder wie sehr sich jemand daran störte. Ulf war das gleichgültig, und er legte sich mit jedem an, der dies anders sah. Ulf hatte viele Seiten, auch viele nicht so gute, wie Lasgol sehr wohl wusste, aber in erster Linie war er eines: ein Mann von Ehre.

Lasgol sah zu Gondar hinüber, den er sehr respekteinflößend fand. Er war genauso groß wie Ulf, aber erheblich jünger. Es hieß, er sei ein ausgezeichneter Kämpfer, und er hätte als junger Mann bei den Wettkämpfen Jahr für Jahr gesiegt. Seit seiner Ernennung zum Dorfvorsteher nahm er nicht mehr selber teil, sondern teilte sich mit Ulf das Schiedsrichteramt. Die beiden waren die besten Krieger im Dorf, vielleicht sogar in der ganzen Gegend.

»Es werden gute Kämpfe dieses Jahr«, sagte Gondar jetzt. »Junges Blut, das gegen die erfahrenen Kämpfer antritt.«

»Sehr gut«, sagte Ulf. »Im letzten Jahr war es etwas lahm.«

»Stimmt. Ich hätte fast Lust gehabt, selbst mitzumischen, um die Sache spannender zu machen.«

»Ein Vorsteher darf nicht antreten.«

»Ich weiß, ich weiß, der Neid und so weiter.«

Ulf nickte.

»Ist alles bereit? Ich freue mich auf ein ordentliches Spektakel!«

Darauf nickte auch Gondars Gehilfe.

»Es ist alles vorbereitet«, sagte er mit feiner, fast femininer Stimme. Limus war eher zierlich. Er hatte das Gesicht einer Ratte und galt als sehr schlau. Im Dorf nahm er dem Vorsteher die gesamte Verwaltungsarbeit ab.

»Wie ich sehe, hast du dieses Jahr auch gleich die Schatztruhe geöffnet«, stellte Ulf fest, als er sich umsah. Auf dem ganzen Marktplatz waren Verkaufsstände aufgebaut, an denen die Händler und Bauern feilschend ihre Waren anboten. Auch die Handwerker, vom Schmied bis zum Kürschner, hatten ihre Läden geöffnet und geschmückt. Der Weinhändler machte das Geschäft des Jahres, das Wirtshaus war schon jetzt krachend voll. Überall wimmelte es von Besuchern, und es herrschte lautes, fröhliches Stimmengewirr, während sich die Leute ringsum begeistert begrüßten. Vermutlich waren sie wie gute Norghaner schon ein Weilchen am Trinken. Ein würziger Duft stieg Lasgol in die Nase, worauf sein Magen laut zu knurren begann. Auf einer Seite des Platzes briet man zwei ganze Ochsen und drei Schweine über dem Feuer. Lasgol lief das Wasser im Munde zusammen.

Limus lächelte, und seine Augen funkelten verständig. »Wer ernten will, muss säen«, sagte er. »Das letzte Jahr ist schlecht gelaufen, aber das hier fängt gut an. Deshalb müssen wir dem Handel und den Geschäften auf die Sprünge helfen. Dieses Fest ist der Auftakt für das ganze Jahr. Es ist sehr wichtig.«

Ulf sah Gondar verständnislos an. Der Dorfvorsteher zuckte mit den Schultern.

»Wirtschaft, Steuern und so«, meinte er.

»Aha«, antwortete Ulf überfordert.

Lasgol musterte die beiden nachdenklich. Sie waren groß und bärenstark, gute Kämpfer, aber in Bezug auf die Intelligenz war der kleine Limus allen beiden haushoch überlegen. Lasgol lächelte dem Gehilfen zu, was dieser zur Kenntnis nahm. Er nickte anerkennend, obwohl seine sauertöpfische Miene verriet, dass Lasgols Gegenwart ihn dennoch irritierte.

»Komm jetzt. Lassen wir den Wettstreit beginnen«, sagte Gondar voller Vorfreude und bahnte ihnen einen Weg. Die erste Runde war das Bogenschießen, das Ulf — und wahrscheinlich auch Gondar — am wenigsten zusagte.

Lasgol hingegen hatte viel Freude an diesem Wettbewerb,

bei dem Helga, die Jägerin des Dorfes, drei Jahre in Folge gesiegt hatte. Zur Enttäuschung der Frauen im Dorf, die Helga bewunderten, trug in diesem Jahr jedoch ein Siebzehnjähriger den Sieg davon, dessen Treffsicherheit alle verblüffte. Bei den letzten Schüssen traf Helga ins Schwarze, und alle hielten ihren Sieg für ausgemacht, aber der Pfeil von Ostron traf dieselbe Stelle und hätte ihren Pfeil beinahe noch gespalten. Ulf und Gondar mussten genau nachmessen und sich längere Zeit beraten, weil die Schüsse nahezu gleich ausgefallen waren. Am Ende entschied Limus, dass Ostrons Pfeil um Haaresbreite näher am Zentrum gesessen hatte als der von Helga, und erklärte ihn zum Sieger. Die Männer jubelten und trugen Ostron auf den Schultern davon, während die Frauen buhten.

So verflog der Morgen mit Wettkämpfen, Gesang, Bier, gutem Essen und angeregten Wortwechseln. Zu seiner Überraschung unterhielt sich auch Lasgol prächtig. Ja, die anderen sahen ihn schief an, aber da er mit Ulf und Gondar unterwegs war, wagte keiner, einen Streit mit ihm anzuzetteln. Am frühen Nachmittag begaben sie sich zum Ort des Axtkampfes und kamen dabei an Volgar und seinen Freunden, Igor und Sven, vorbei, die ihn ansahen, als würden sie ihn am liebsten erwürgen. Lasgol zwinkerte ihnen spöttisch zu, weil er wusste, dass die drei Streithammel ihn nicht anrühren durften. Allein der Anblick ihrer zutiefst frustrierten Mienen versüßte ihm diesen Tag noch mehr.

Dann begann das Axtwerfen. Diese Kunst hatte Lasgol schon immer fasziniert. Er hatte keine Ahnung, wie die Werfenden es fertigbrachten, eine Axt so zu schleudern, dass sie mit Wucht die Mitte der Zielscheibe traf. Er selbst hatte das schon wiederholt auf eigene Faust probiert, normalerweise aber allenfalls den Rand der Scheibe gestreift. Die Teilnehmer dieses Wettbewerbs waren erwachsene Männer, zu denen sich dieses Jahr auch ein paar Jüngere gesellten. Sie stellten sich in zehn Schritten Abstand zu der Zielscheibe auf, die an einem Baum hing, und hatten je fünf Würfe mit der kurzen Axt. Lasgol bestaunte ihr Geschick im Umgang mit der Waffe. Nicht ein einziger Wurf ging daneben. Während einer nach dem anderen ausschied, hatte Lasgol genauso viel Spaß wie die hundertköpfige Menge, die ihre Favoriten unaufhörlich anfeuerte und dabei reichlich Bier in sich hineinkippte.

Am Ende kämpfte der erfahrene Usalf gegen den Aufsteiger des Jahres, den jungen Mistran. Der letzte Wurf sollte alles entscheiden. Mit einem Ruck warf Usalf die Axt mit dem rechten Arm und spaltete den Schild mit seinem Treffer genau im Zentrum. Die Zuschauer brachen in lauten Jubel aus. Dann wurde es wieder still, und Mistran — den Lasgol kannte, weil er nur ein Jahr älter war als Lasgol — warf seine Axt präzise, aber leider nicht mit genügend Kraft, sodass sie drei Fingerbreit unter der von Usalf stecken blieb. Die Zuschauer jubelten wild durcheinander und feierten ihren Gewinner.

Unter lautem Applaus erklärte Ulf Usalf daraufhin zum Turniersieger, und Gondar überreichte ihm das Preisgeld in Höhe von zehn Münzen. Usalf strahlte über das ganze Gesicht, als er davon eine Runde Freibier ausgab.

So feierten sie bis in den Abend, und die Stimmung war großartig, weil das ganze Fest so wunderbar verlaufen war. Schließlich war der Zeitpunkt für die zwei wichtigsten Wettkämpfe, den Kampf mit Axt und Schild und den Kampf mit Schwert und Schild. Der erste davon war beim Publikum besonders beliebt, weil es um die Körperkraft ging. Die brutalen Schläge, die hier ausgetauscht wurden, bestaunte Lasgol mit riesengroßen Augen. Hier herrschte brutale Gewalt. Die Schläge donnerten mit solcher Kraft auf die Schilde, dass die Zuschauer erschrocken aufschrien. Der Sieger war am Ende Toscas, ein Bergarbeiter, groß wie ein Troll und ebenso stark, der die Schilde und Kräfte seiner Gegner mit mächtigen Hieben erledigt hatte. Nachdem Lasgol diesen Kampf mitangesehen hatte, wusste er, dass er niemals in der Lage wäre, Axt und Schild zu führen. Schon ein einziger derartiger Schlag hätte ihn vernichtet.

Beim Kampf mit Schwert und Schild hingegen war dies

anders. Das war Ulfs Lieblingsdisziplin, denn die Elitesoldaten, zu denen er gezählt hatte, kämpften nicht mit der Axt, sondern mit dem Schwert, und dessen Gebrauch war schwieriger. Schwertkampf erforderte eine Gewandtheit, von der die Nordmänner nicht sonderlich viel besaßen. Oder eher überhaupt nichts, wie der Stapel zerschmetterter Schilde zur Genüge bewies.

Die ersten Kämpfe verliefen ähnlich wie die mit Axt und Schwert, weil keiner die Kunst des Schwertkampfs beherrschte, doch als Nistrom an der Reihe war, änderte sich alles. Und zwar von Grund auf. Axel Nistrom war ein Söldner, der sich vor einigen Jahren in den Bergen zur Ruhe gesetzt hatte. Niemand wusste viel über ihn, denn er lebte sehr zurückgezogen, und seine Hütte stand abseits vom Dorf im östlichen Wald. Dass er mit dem Schwert umgehen konnte, wusste allerdings jeder hier. Er war weder sehr groß noch besonders stark, aber ausgesprochen athletisch. Sein braunes Haar war von grauen Strähnen durchzogen. Seine Augen waren klein und dunkel, die Nase krumm wie ein Adlerschnabel, die Bewegungen gelenkig und selbstbewusst. Man sah ihn nie ohne sein Schwert und einen Dolch im Gürtel.

»Sieh zu und lerne«, ermahnte Ulf seinen Zögling.

»Ja, Herr.« Lasgol war bereits aufgefallen, dass dieser Mann nicht so war wie die anderen.

Nistrom baute nicht auf Kraft, sondern auf Geschicklichkeit. Mit schnellen, flüssigen Seitwärtsschritten wich er den brutalen Frontalangriffen seiner Kontrahenten aus. Doch sobald er sah, dass ein Gegner einen ungeschickten Schlag geführt hatte und sein Körper dadurch ungeschützt war oder aus dem Gleichgewicht geriet, ging er mit katzenhafter Eleganz zum Konterangriff über. Am meisten bewunderte Lasgol, wie er seine Gegner mit Finten und kaum erkennbaren Drehbewegungen aus dem Handgelenk entwaffnete. Vor den erstaunten Augen der Menge flogen Schwerter und Schilde durch die Luft.

»Der versteht was vom Kämpfen«, sagte Ulf anerkennend.

»Das will ich meinen«, bestätigte Gondar, »und ich hoffe, er benimmt sich weiterhin. Um den Kerl zur Räson zu bringen, würden wir etliche Männer brauchen. Er ist aus dem Süden. Und du weißt ja, was ich von denen aus dem Süden halte.«

»Ja. Für dich sind sie allesamt Schlangenbrut«, grinste Ulf. »Dieser Söldner da war beim Heer, so viel kann ich dir versichern. Behalte ihn lieber im Auge — für alle Fälle.«

»Das tue ich bereits.« Gondar zwinkerte ihm zu.

Nistrom gewann die Zweikämpfe mit Leichtigkeit und wurde danach von Gondar und Ulf zum Sieger ausgerufen. Gondar überreichte ihm auch sein Preisgeld. Alle anderen betrachteten den Mann mit Misstrauen, weil er ein Fremder war, aber Lasgol mochte ihn. Er war einer der wenigen, die noch ein Wort mit ihm wechselten, wenn man sich im Dorf über den Weg lief. Vielleicht lag das daran, dass er nicht von hier war und nicht wusste, wer Lasgol war. Oder er wusste es, und es war ihm egal. Das war allerdings deutlich unwahrscheinlicher. Doch wann immer sie sich begegneten — was nicht häufig war —, redete der Söldner mit ihm, und das wusste der Junge sehr zu schätzen.

Nach den Kämpfen begann auf dem Marktplatz die Musik, und alle Welt tanzte und trank bis in die Nacht hinein.

Nach mehreren Humpen Bier schlug Ulf Lasgol auf die Schulter und sagte:

»Wir gehen jetzt besser, denn wenn ich noch mehr trinke, musst du mich nach Hause schleifen, und ich glaube nicht, dass du dazu in der Lage bist.«

»Ja, Herr«, antwortete Lasgol dankbar. Ihm war klar, dass er diesen Berg von einem Mann nirgendwohin schleppen konnte.

Dennoch brauchten sie eine Weile, denn mit seiner Krücke unter dem Arm war Ulf nicht der Schnellste und nach ein paar Bier doppelt so langsam wie sonst. Schließlich waren sie zu Hause. Nach dem Eintreten wollte Lasgol Ulfs Schild und sein Schwert im Waffenschrank verstauen, hatte aber plötzlich wieder das merkwürdige Gefühl, beobachtet zu werden. Mitten im Raum blieb er stehen und betrachtete forschend die Schatten. Da war etwas — oder jemand! Ganz hinten im Halbdunkel. Ulf bemerkte nichts davon.

»Achtung, Herr!«, rief Lasgol und zeigte in die düstere Ecke.

Der alte Krieger folgte seinem Zeichen und sah hin.

»Was ist los?«, fragte er, weil er nicht sehen konnte, was Lasgol ihm zeigen wollte.

»Ich hoffe, ich störe nicht«, sagte der Fremde, der sich jetzt in seinem Kapuzenmantel aus dem Schatten löste.

Ulf zog mit der linken Hand ein Messer und hielt es kampfbereit. Lasgol hingegen ließ vor Schreck den Schild fallen.

»Ich wollte dir nur deinen Sack zurückgeben«, sagte der Mann.

Da erkannte Lasgol den Mann aus dem Wirtshaus wieder.

»Du! Aber ... Wer bist du?«, fragte der Junge verwirrt.

»Er ist ein verdammter Waldläufer!«, fluchte Ulf. »Das ist es, was er ist.«

Kapitel 4

»So ist es«, bestätigte der Fremde, zeigte sich und deutete eine Verbeugung an.

»Was zur Hölle hast du in meinem Haus verloren? Verschwinde, und zwar sofort!«, forderte Ulf ihn auf.

»Ich komme im Auftrag des Königs. Das ist kein Höflichkeitsbesuch. Das Messer kannst du wegstecken.«

Ulf musterte ihn gründlich mit seinem guten Auge. »Bei deinesgleichen sträuben sich mir die Nackenhaare«, knurrte er kopfschüttelnd, steckte aber tatsächlich sein Messer wieder ein.

»Natürlich«, sagte der Waldläufer gelassen. »Das geht vielen so.« Er wirkte nicht beleidigt.

»Immer im Hintergrund«, murrte Ulf. »Da lauert ihr.«

»Für den offenen Kampf gegen die Feinde des Reiches haben wir bereits die tapferen Soldaten der Infanterie.« Der Waldläufer sah Ulf anerkennend an. »Donnerarmee?«

Überrascht sah Ulf auf. »Woher weißt du das?«

»Du trittst auf wie diejenigen, die den Weg bahnen.«

»Allerdings. ›Wir sind die, die den Weg bahnen, die Mauern niederreißen, die Festungen erobern‹«, rezitierte Ulf stolz den Leitspruch der Donnerarmee. Er entspannte sich ein Stück weit. »Wenn du in offiziellem Auftrag kommst, will ich dir nicht die Gastfreundschaft versagen. Lasgol, zünde die Öllampe an. Und dann mach Feuer.«

»Ja, Herr.« Schnell brachte Lasgol Schwert und Schild in den Waffenschrank und tat dann, was Ulf ihm aufgetragen hatte.

»Etwas zu trinken?«, fragte Ulf einladend.

»Nein, danke. Wir Waldläufer trinken nicht. Alkohol vernebelt die Sinne, und das führt zu Fehlern, die tödlich sein können.«

»Pah! Unfug!«

»Der Fisch stirbt durch den Mund.«

»Altweibergewäsch!«

»Mag sein, aber es steckt viel Wahrheit darin«, sagte der Waldläufer und hob dabei die Hände, die in gegerbten Lederhandschuhen steckten.

Seit Lasgol bei Ulf lebte, wusste er aus eigener Anschauung, dass der Alkohol ein schlechter Begleiter war.

»Gut. Ich habe dich gastfreundlich aufgenommen. Und nun sage mir: Was willst du?«

Der Mann ging zu Lasgol hinüber, der mit dem Feuer beschäftigt war. Sein Kapuzenmantel verhüllte den ganzen Körper und reichte fast bis zum Boden. Er war dunkelgrün und von bräunlichen Streifen durchzogen, dank derer er mit den Schatten verschmolz. Im Halbdunkel wirkte der Mann darin wie ein böser Naturgeist. Unter der Kapuze sah Lasgol ein blasses Gesicht und braune Augen mit durchdringendem Blick. Er konnte das Gesicht nicht vollständig erkennen, aber es wirkte jung.

»Ich bin seinetwegen hier«, sagte der Waldläufer und wies auf Lasgol.

Überrascht hob der Junge den Kopf. »Meinetwegen?«

»Ja. Du bist fünfzehn geworden. Damit bist du alt genug.«

Ulf begann zu fluchen. »Das ist nicht dein Ernst! Der da? Nach allem, was seinem Vater zugestoßen ist? Außerdem ist er ein Hänfling!«

Der Waldläufer ignorierte Ulfs Protest.

»Hast du von der Rekrutierung gehört?«, fragte er Lasgol.

Der Junge schüttelte den Kopf. Der Begriff klang vage vertraut, aber er konnte ihn nicht einordnen. Vielleicht hatte sein Vater ihn mal erwähnt, als Lasgol noch klein war, aber er erinnerte sich nicht mehr daran.

»Jedes Frühjahr rekrutieren wir Waldläufer von Norghana junge Männer und Frauen, um unsere Reihen zu stärken.«

»Und um die zu ersetzen, die umgekommen sind«, warf Ulf ein.

Der Waldläufer fixierte Ulf mit einem langen Blick. Weder sein Kommentar noch die Unterbrechung hatten ihm gefallen. Ulf registrierte die stumme Mahnung und schenkte sich ein Glas Wein ein, um sich nicht weiter einzumischen.

Dann fuhr der Waldläufer fort: »Die jungen Rekruten müssen im Frühling fünfzehn sein oder dieses Alter in diesem Jahr erreichen. Nur mit königlicher Einladung darf man den Waldläufern angehören. Die Einladungen gehen ausschließlich an Angehörige von Waldläufern und Menschen, an denen die Krone besonderes Interesse hat. Ich bin ein Rekrutierer. Und ich komme, um dir, dem Sohn eines königlichen Waldläufers, deine Einladung zu überbringen.«

Der Waldläufer reichte Lasgol ein eingerolltes Pergament mit dem Siegel der Krone.

Lasgol öffnete es und las selbst:

Per königlichem Dekret und über dieses Schreiben erhält Lasgol, Sohn des Ersten Waldläufers Dakon Eklund, die Einladung, sich dem Korps der Waldläufer des Königreichs Norghana anzuschließen.

Getreu und mutig schützt der Waldläufer die Länder des Reiches und verteidigt die Krone gegen alle Feinde von innen wie von außen, um Norghana ehrenhaft und verschwiegen zu dienen.

Gezeichnet:
Seine Majestät Uthar Haugen, König von Norghana.

Beim Lesen überwältigte Lasgol ein Sturm widerstreitender Gefühle. Er wusste nicht, ob er weinen oder lachen, aufbrausen oder schreien sollte.

»Ich? Ich soll mich den Waldläufern anschließen?«

»Ich erfülle meine Pflicht als Rekrutierer. Ich habe dich eine Weile beobachtet. Körperlich und emotional bist du geeignet. Deshalb ist es meine Pflicht, dir diese Einladung zu übergeben.«

»Aber ich kann nicht kämpfen. Ich bin nicht stark.«

»Das sind für einen Waldläufer nicht die wichtigsten Auswahlkriterien. Obwohl sie uns bei einem Rekruten natürlich willkommen sind. Wir Waldläufer«, er zeigte auf sich selbst, »sind geschickt, schnell, schwer zu erwischen und leichtfüßig. Ich habe dich in deiner Umgebung beobachtet. Du bist geeignet.«

»Du hast mich beobachtet?«, fragte Lasgol. Er dachte an das eigenartige Gefühl, das er in letzter Zeit hin und wieder verspürt hatte.

»Ja. Zwei Wochen lang.«

»Und mich bewertet?«

»Richtig.«

»Aber ich habe doch nur das getan, was ich immer tue.«

»Und das hat gereicht. In manchen Fällen bestehen Zweifel. Dann durchläuft der Kandidat nach seiner Ankunft im Waldläuferlager eine Probezeit. In deinem Fall ist das nicht erforderlich. Ich habe genug gesehen und kann es bezeugen. Deine Fähigkeiten und dein Charakter entsprechen den Anforderungen.«

»Pah!« Ulf konnte nicht mehr an sich halten.

»Ich dachte, dieser Besuch hätte etwas mit meinem Vater zu tun. Nicht mit mir.«

»In gewisser Weise hat er das. Du bist der Sohn eines Waldläufers. Aus diesem Grund wurdest du eingeladen, wegen deines Vaters Dakon.«

»Ich verstehe«, sagte Lasgol nachdenklich.

»Was bedeutet es, wenn ich mich den Waldläufern anschließe? Mein Vater hat mir nie allzu viel erzählt.«

»Verständlich. Waldläufer verraten ihre Geheimnisse nicht«, sagte der Mann und kam auf Lasgol zu. Er sah ihm fest in die Augen. »Zuallererst musst du verstehen, dass wir Waldläufer die Krone und das Reich beschützen. Wir sind eine Eliteeinheit des Königs. Ihn schützen wir vor allen Feinden, ob Soldat, Magier, Zauberer oder wildes Tier.«

Lasgol nickte und hielt seinem Blick stand.

»Du durchläufst vier Jahre lang eine intensive Ausbildung

im Norden des Reiches, in unserem Stützpunkt im Geheimen Tal. Am Ende des Jahres erfolgt jeweils eine Prüfung. Wenn du gut genug bist, darfst du das Folgejahr antreten. Wenn nicht, wirst du ausgemustert. Am Ende des vierten Jahres wird dir der Waldläufertitel verliehen, und du bleibst im Dienst des Königs. Im Einzelfall werden besonders gute Absolventen dazu eingeladen, an einem anderen Ort, den kaum jemand kennt, in einem fünften Jahr Elitefertigkeiten zu erlernen. Dabei geht es um Spezialwissen und geheime Künste. Wer das besteht, wird Teil der Elitetruppe und untersteht unmittelbar dem König. So war es auch bei deinem Vater, der am Ende der Erste Waldläufer des Königreichs Norghana war.«

»Hm. Das ist nicht leicht, oder?«

»Es ist extrem hart, sowohl körperlich als auch emotional. Nur diejenigen mit der nötigen Willensstärke und viel Mut werden tatsächlich Waldläufer. Und einige wenige Elitewaldläufer. Das ist keine Sache für jedermann.«

Tonfall und Blick des Mannes vermittelten Lasgol die Warnung, dass es auch für ihn nicht das Richtige sein mochte.

»Das klingt nicht gerade ermutigend.«

»Aber es lohnt sich. Wir Waldläufer sind eine Bruderschaft. Wir passen aufeinander auf, und wir schützen einander. Bei uns hättest du immer ein Zuhause, du hättest immer Kameraden und Freunde. Vor allem aber hättest du ein Ziel: über das Reich zu wachen und es vor jedem Feind zu beschützen.«

Die sich anschließende Stille wurde eine Weile von keinem der drei unterbrochen. Schließlich ergriff Lasgol das Wort. »Wie denkst du über meinen Vater? Über das, was ihm passiert ist?«

Der Waldläufer trat einen Schritt zurück und verschränkte die Hände hinter dem Rücken.

»Was ich denke, hat nichts mit meinem Auftrag zu tun.«

»Ich wüsste es aber gern«, beharrte Lasgol.

»Na schön, wie du willst. Dein Vater war Erster Waldläufer. Der Beste von allen, und dafür gebührt ihm Bewunderung. Aber er hat Hochverrat begangen, und dafür hatte er den Tod verdient. Und unsere ewige Verachtung. Die Feinde des Königs müssen gefasst und hingerichtet werden. Das gehört zu den Hauptaufgaben der Waldläufer. Die äußeren und inneren Feinde. Dass dein Vater einer von uns war, ist eine Schande, die uns dauerhaft beschämt. Es ist ein Makel auf der Korpsehre, der sich niemals ausmerzen lassen wird.«

»Denken alle so von ihm?«

»Ich kann nicht für alle sprechen, aber, ja, das ist die allgemeine Einstellung dazu.«

»Und sag mir: Warum soll ich zu den Waldläufern gehen, wo alle glauben, dass mein Vater ein Verräter war und Schande über das Korps gebracht hat?«

Der Mann nickte langsam. »Meine Aufgabe ist es, dir die Einladung zu überbringen, wenn du geeignet erscheinst. Das habe ich getan. Ob du dich den Waldläufern anschließen willst oder nicht, entscheidest nur du.«

»Alle dort werden mich hassen, weil ich bin, wer ich bin. Noch mehr als hier.«

Der Waldläufer nickte wieder. »Ja. Das stimmt. Ich will dir nichts vormachen.«

»Würdest du mir trotzdem empfehlen, es zu versuchen?«

Der Waldläufer verschränkte die Arme vor der Brust. »Ich kann dir weder das Eine noch das Andere empfehlen. Das ist ganz allein deine Entscheidung.«

Mit dieser Antwort gab sich Lasgol nicht zufrieden. »Würdest du an meiner Stelle das Angebot annehmen?«

Nachdenklich legte der Mann den Kopf schief. »Nein. Das würde ich nicht. Dein Leben dort wird noch komplizierter sein als jetzt hier im Dorf. Du bist der Sohn von Dakon Eklund, dem Verräter. Das wird dich immer verfolgen, und so wird man dich behandeln. Niemand dort wird Nachsicht zeigen, und sie werden dich unablässig mit aller Härte daran erinnern.«

»Das dachte ich mir.«

»Wie lautet deine Antwort?« Der Blick des Waldläufers verriet deutlich, dass er eine Entscheidung erwartete.

Lasgol grübelte. Seit dem, was seinem Vater zugestoßen war, war ihm alles, was mit dem Reich, der Krone und besonders den Waldläufern zusammenhing, zutiefst verhasst. Aber diese Einladung hatte ihn überrascht, denn damit hatte er keinesfalls gerechnet. Er brauchte mehr Zeit zum Nachdenken, um die richtige Entscheidung zu treffen.

»Kann ich mir das noch überlegen?«

»Natürlich. Das ist eine Entscheidung, die dein Leben für immer verändern würde. Ich bin noch zwei Tage im Dorf. Am Morgen des dritten Tages reise ich ab. Wenn du einverstanden bist, stößt du am Ende des Dorfes zu mir, bei der Mühle jenseits des Flusses. Bring die Einladung mit, unterschrieben mit deinem Blut.«

»Mit meinem Blut?«

»Ein alter Brauch. Ein Schnitt in den Daumen. Den drückst du auf das Pergament. Viele Rekruten können weder lesen noch schreiben.«

»Oh, verstehe. Also gut. Vielen Dank.«

Lasgol hatte Lesen und Schreiben gelernt, weil sein Vater darauf bestanden hatte. Dakon hatte immer gesagt, das könne später sehr nützlich sein. Im Dorf war kaum jemand dazu in der Lage, und die wenigen, die es konnten — wie der Weinhändler oder der Schmied —, beherrschten nur das Allernötigste für ihre Rechnungen. Also das, was sie geschäftlich benötigten. Nicht einmal der Dorfvorsteher konnte lesen und schreiben. Deshalb brauchte er Limus, der zudem auch noch rechnen konnte.

»Wenn du mitkommen willst, nimm nur einen Knappsack mit. Wir Waldläufer reisen mit leichtem Gepäck.«

Lasgol nickte.

»Und nimm nichts von deinem Vater mit. Das würde nicht gut ankommen.«

Lasgol sah ihn verständnislos an. Er runzelte die Stirn, denn er hatte nichts, was seinem Vater gehört hatte. Sie hatten alles mitgenommen, sogar seine Kleidung.

»Ich habe nichts von meinem Vater.«

Der Waldläufer warf Ulf einen merkwürdigen Blick zu. Der alte Krieger schlug die Augen nieder und blickte ins Feuer. Nach einer Pause schickte sich der Waldläufer zum Gehen an.

»Denk daran: zwei Tage. Dann gehe ich, auch ohne dich.« Und ohne ein weiteres Wort lief er zur Tür.

»Warte«, rief Lasgol ihm nach. »Wie heißt du?«

Die Antwort kam flüsternd. »Mein Name ist Daven Omdahl.«

Mit verlorenem Blick sah Lasgol dem Mann gedankenvoll nach.

»Tür zu, sonst erfrieren wir!«, fluchte Ulf.

»Ja, sofort.« Lasgol kehrte in die Realität zurück und schloss eilig die Tür.

»Und schieb den Riegel vor. Ich will nicht noch mehr überraschenden Besuch in meinem Haus«, grollte der Alte.

Lasgol gehorchte widerspruchslos. Dann drehte er sich nach Ulf um und sah, dass dieser ihn mit dem halb geschlossenen guten Auge forschend ansah. Er wirkte unwirsch.

»Du denkst doch nicht etwa daran mitzugehen?«, fragte er mit drohender Stimme.

»Nein ... Ach, ich weiß nicht.«

»Wenn du glaubst, hier hättest du es schlecht, hast du keine Ahnung, was dich dort erwartet. Alle werden auf dir herumhacken, deine Kameraden ebenso wie die Ausbilder. Wann immer sie dich sehen, wird deine Gegenwart sie an den Verrat erinnern, den dein Vater begangen hat und der das Korps entehrt hat. Sie werden kein Mitleid mit dir haben. Jeder Tag wird dir zur Qual werden.«

»Ich habe nicht gesagt, dass ich gehe.«

»Eine königliche Einladung würde ich nicht ausschlagen. Aber ich kann dir sagen, dass es der größte Fehler deines Lebens wäre. Hier bei mir hast du ein Dach über dem Kopf und einen vollen Teller. Und ich mag wie ein schmerzender Backenzahn erscheinen, aber was dir dort widerfahren wird, dürfte viel schlimmer sein.«

»Hier kann ich auch nicht ewig bleiben. Immerhin bin ich jetzt fünfzehn. Ich muss einen Beruf erlernen.«

»Wenn du dir eine Zukunft erträumst, geh zur Armee. Trag dich unter einem neuen Namen ein und leg den alten ab. Das ist es, was du tun solltest. Das wäre eine Zukunft, die dich zum Mann macht. Nicht diese verdammten Waldläufer mit ihren Geheimnissen. Ich war mein Leben lang Soldat, und das habe ich keinen Tag bereut.«

»Aber du sagst doch immer, ich hätte nicht das Zeug zum Soldaten.«

»Nicht für die Donnerarmee oder die Schneearmee. Da nimmt man nur die bessere Infanterie. Die Unbesiegbaren des Eises sind auch nichts für dich, das sind die Elitesoldaten des Heeres. Aber die Eissturmtruppen, die zur Verstärkung eilen, da haben sie Bogenschützen, leichte Kavallerie und Läufer. Da findest du deinen Platz. Du wärst ein guter Läufer.«

»Aber ... Ich müsste immer vertuschen, wer ich bin ...«

»Da gibt es kein Aber!«

»Ich dachte ...«

»Da gibt es nichts zu denken! Bei allen Schneeleoparden! Du bist wirklich schwer von Begriff!«, fuhr Ulf auf, ehe er unter erbitterten Flüchen in die Küche abzog.

In dieser Nacht fand Lasgol keinen Schlaf. Die Gedanken in seinem Kopf kamen nicht zur Ruhe. Ihm blieben zwei Tage, um zu entscheiden, ob er den Waldläufer begleiten wollte oder nicht. Sein Herz riet ihm davon ab, und der Verstand bestätigte diese Tendenz. Warum sollte er freiwillig leiden wollen? Es war schon schlimm genug hier bei Ulf und im Dorf. Er hatte immer fortgewollt, aber nie die Gelegenheit dazu bekommen. Je länger er darüber nachdachte, desto mehr gefiel ihm die Vorstellung, ins Heer einzutreten. Dort hätte er zumindest eine Zukunft. Und einen Beruf. Eine neue Identität wäre das Ende seiner Probleme, und er würde lernen, wie ein echter Norghaner zu kämpfen. Ja, vielleicht war das die beste Lösung.

Dennoch quälten ihn die kreisenden Gedanken weiterhin. Irgendwann jedoch stand er kurz vor dem Einschlafen, als plötzlich in einem nahen Baum eine Eule heulte. Aus irgendeinem Grund erinnerte ihn dieses Geräusch an den seltsamen Blick, den der Waldläufer Ulf zugeworfen hatte und an dessen nach wie vor noch seltsamere Reaktion. Ulf wich nie einem Blick aus, und er scheute vor nichts zurück. Selbst wenn er gar nicht im Recht war. Er war wie ein Stier, der blindlings losstürmte.

Ob Ulf ihm noch etwas verheimlichte?

Kapitel 5

Im ersten Dämmerlicht stand Lasgol auf. Er war sehr müde, denn er hatte kaum geschlafen. Zuallererst wusch er sich am Holzzuber, in den er kaltes Wasser aus dem Steingutkrug gegossen hatte. Danach war er richtig wach. Er rieb sich die Augen und massierte dann vor den letzten glühenden Kohlen im Kamin den Rest seines Körpers. Dann schürte er mit einem frischen Scheit die Glut. Ulf hatte es morgens gern warm im Haus, wenn er aufstand. Momentan schlief er noch, und sein Schnarchen war sicher sogar draußen zu hören.

Nachdem Lasgol sich angezogen hatte, erledigte er den Haushalt und gab sich dabei Mühe, Ulf nicht zu wecken. Er fegte, holte Wasser und Holz von draußen, bereitete das Frühstück zu und sammelte die Wäsche auf, die Ulf beim Ausziehen überall hingeworfen hatte. Weil die Kleider stanken, trug er sie nach draußen, um sie im Bach am Haus zu waschen. Häusliche Pflichten machten ihm nichts aus, weil er Olga als Kind bei allem zur Hand gegangen war. Es war wie ein Spiel gewesen, das sie jeden Tag gespielt hatten. Heute war es eine Pflicht, aber das störte ihn nicht, weil es ihn immer an bessere Zeiten erinnerte, als sein Vater und Olga noch am Leben gewesen waren. Als er glücklich gewesen war.

Erst als er alle seine Aufgaben erledigt hatte, nahm er seinen Bogen und seinen Jagdsack und zog los, um seine Fallen im Wald zu überprüfen. Seit Frühlingsanbruch begann der Schnee zu schmelzen, und die Wälder erwachten aus ihrer langen Winterruhe. Bald würde es hier vor Leben nur so wimmeln.

Auf dem Weg zum Dorf stieß er an der Holzbrücke über den Fluss im Norden auf Dana und Alvin, die Alvins Vater, den Müller Oltar, begleiteten. Dana und Alvin kannte Lasgol von klein auf. Sie waren ungefähr im selben Alter wie er, und bis zu jenem Schicksalstag, an dem sein Vater Verrat begangen hatte, waren sie Freunde gewesen. Seitdem redeten die beiden nicht mehr mit ihm. Lasgol hatte alle seine Freunde verloren, aber der Verlust der Freundschaft zu diesen beiden war bis heute ein tiefer Schmerz. Alvin hatte ihm nahegestanden wie ein Bruder. Sie waren unzertrennlich gewesen und überall zu zweit aufgetaucht. Und Dana ... Die hübsche, sanfte Dana war einfach atemberaubend. Da spielte ihm das Unterbewusstsein einen Streich, und er nickte ihnen im Vorübergehen zu. Beide wendeten den Blick ab.

»Wie kannst du es wagen, uns zu grüßen, Verräterblut?«, fuhr Oltar ihn erbost an.

Lasgol sah noch einmal zu Dana und Alvin hinüber, von denen er sich eine Geste erhoffte, einen Blick, etwas, das sich als Ermunterung auslegen ließe. Aber sie verhielten sich völlig abweisend. Da senkte er den Kopf, seufzte innerlich und ging bedrückt weiter.

Bei der Ankunft im Dorf vergewisserte er sich auf dem Marktplatz zunächst durch gründliches Umsehen, dass Volgar und seine Kumpane nicht wieder auf ihn warteten. Er ließ sich Zeit, nutzte schutzsuchend die Schatten der Gebäude und beobachtete seine Umgebung. Das war noch etwas, was er richtig gut konnte: sich verstecken. Diese Kunst hatte er beim Jagen und Fallenstellen in den Wäldern mit seinem Vater geübt, und inzwischen hatte er sie perfektioniert, um im Dorf den Schlägern zu entgehen. Wann immer er eine dunkle Ecke sah, versuchte er, darin zu verschwinden. Und wenn der Schatten sich bewegte, folgte er ihm. Dieses Vorgehen hatte ihm schon eine Menge Prügel erspart.

Er sah den Dorfvorsteher mit dem Schmied reden. Gondar hatte etwas mitgebracht, und sie schienen Preisverhandlungen zu führen. Limus schüttelte den Kopf. Lasgol wollte ihnen nicht den Eindruck vermitteln, dass er ihnen nachspionierte und zog sich wieder in den Schatten zurück. Der Schmied hob das Schwert an, an dem er gerade arbeitete. Der Schreiber schüttelte weiter den Kopf, und die Diskussion ging in die nächste Runde. Lasgol bekam den Eindruck, dass Limus den Preis drücken wollte, während Gondar über sein Amt als Dorfvorsteher Druck ausübte. Schließlich schien der Schmied nachzugeben, denn er verschwand schäumend vor Wut im Haus. Gondar applaudierte Limus anerkennend und zog zufrieden ab. Der magere Schreiber folgte ihm auf den Fuß.

Bis zum Haus des Dorfvorstehers ging Lasgol ihm nach.

»Guten Morgen«, begrüßte er Limus schließlich von hinten.

Der Gehilfe drehte sich um und sah ihn abschätzig von oben bis unten an, ohne sein Missfallen zu verbergen.

»Was willst du? Wenn es nichts Amtliches ist, möchte ich nicht mit dir sprechen.«

»Es ist amtlich«, antwortete Lasgol, den diese Reaktion keineswegs überraschte.

»Na schön. Worum geht es? Sag schon. Ich habe viel zu tun.«

»Es geht um Dakon, meinen Vater. Um das, was er hinterlassen hat.«

»Dazu hast du ein Schreiben mit der königlichen Anordnung bekommen. Sein gesamter Besitz wurde von König Uthar beschlagnahmt.«

»Ja. Ich weiß. Das meine ich nicht.«

Limus runzelte die Stirn.

»Und worum dann?«

»Persönliche Dinge ...«, sagte Lasgol, um sich langsam vorzutasten. Es war ein Stochern im Nebel, aber vielleicht hatte er ja Glück.

»Persönliche Dinge?«

»Ja.«

»Was im Haus war, wurde versteigert.«

»Aber ... gab es da noch etwas?«, drängte Lasgol.

Limus sah ihn nachdenklich an.

»Noch etwas? Geht es um das Paket, das die Waldläufer geschickt haben?«

Lasgol musste sich sehr beherrschen, um sein Glück nicht zu zeigen.

»Genau«, sagte er kühn, um Limus zum Weiterreden zu animieren, obwohl er nichts von einem Paket wusste.

»Das wurde dir übergeben.«

»Mir?«

»Ja. Nun ja. Es wurde bei euch abgegeben.«

Jetzt verstand Lasgol. Es war Ulf gewesen! Am liebsten hätte er laut losgeflucht, aber er riss sich zusammen.

»Wann war das?«, fragte er so ruhig wie möglich.

»Hm. Das kam etwa sechs Monate nach dem Vorfall. Die Waldläufer haben seine Sachen seinem nächsten Verwandten geschickt. Und das bist du. So verlangt es die Tradition. Sie haben es dem Dorfvorsteher geschickt, und ich habe es persönlich abgeliefert, weil du nicht mehr in eurem alten Haus wohntest.«

»Verstehe.«

»Gibt es ein Problem?«

Der Junge schüttelte den Kopf.

»Nein, gar nicht«, log er. Es würde nichts helfen, wenn er erklärte, dass er das Paket nie erhalten hatte. Sie würden ihm nicht helfen. Wenn er das Paket haben wollte, musste er es sich selber holen.

»Noch etwas?«, fragte Limus ungeduldig.

»Nein, nichts. Vielen Dank.«

Limus sah ihn an, als hätte er seine kostbare Zeit verschwendet, und zog eilig ab.

Lasgol seufzte. Ulf hatte die Sendung vor ihm versteckt. Den Grund dafür kannte der Junge nicht, aber er musste herausfinden, wo es war und was es enthielt. Ja, das würde er tun! Entschlossen machte er sich auf den Weg zum Wirtshaus, um nachzusehen, ob Ulf dort war. Wenn ja, hätte er ausreichend Zeit zum Suchen.

Da hörte er plötzlich ein Lärmen. Am Südrand des Platzes tauchte ein von zwei Maultieren gezogener Karren mit einem alten Mann auf. Sowohl der Alte als auch sein Karren waren unverwechselbare Unikate. Der Mann war ganz in Rot und Grün gekleidet, die eine Körperhälfte grün, die andere rot, um genau zu sein. Er trug gefütterte Stiefel, dazu eine dicke rote Wollhose und einen roten Gürtel. Seine restliche Bekleidung war grün und bestand aus einer Tunika, einem Umhang, Handschuhen und einem spitz zulaufenden Filzhut. Man hätte ihn aus meilenweiter Entfernung erkennen können. Der Karren hatte ein großes Holzschild mit einem Dutzend Glöckchen daran und der Aufschrift »Die wundersame Welt von Raelis«. Solange die Räder rollten, klingelten die Glöckchen und kündigten sein Kommen an.

Lasgol wusste sofort, wer das war: der reisende Kesselflicker. Auf dem Marktplatz machte er zuerst an der Tränke Halt, damit seine Maultiere trinken konnten, und lenkte den Wagen dann in Mitte des Platzes. Prompt strömten rund um den exzentrischen Kerl die Leute zusammen. Der Kesselflicker war im Dorf ebenso bekannt wie beliebt. Seine Reiseroute begann in Norghania, der Hauptstadt des Reiches, von wo aus er verschiedene Bergbausiedlungen ihrer Grafschaft ansteuerte, darunter auch Skad, ehe er weiter nach Norden zog. Er war ein alter Scharlatan und etwas verrückt, aber alle hörten ihm gespannt zu, weil er immer Neuigkeiten und Gerüchte aus dem ganzen Königreich und anderen fernen Regionen in Tremia brachte. Außerdem begeisterten seine exotischen Waren besonders die Jüngeren. Lasgol wusste, dass der Wahrheitsgehalt seiner Geschichten ebenso zweifelhaft war wie die Qualität seiner Waren, aber interessant waren sie dennoch. In ihrem kleinen Dorf passierte praktisch nie etwas sonderlich Wichtiges. Das wohl exotischste Ding, das es hier gab, war der Amtsstab von Gondar.

»Kommt nur, kommt alle her! Ihr Burschen und Mädchen, ihr Männer und Frauen, ihr Alten und Jungen! Bergmänner und Könige, kommt alle her!«, wiederholte Raelis mit theatralischer Stimme, während noch mehr Menschen herbeiliefen.

»Kommt und bestaunt meine kostbaren Waren! Bildet einen Kreis, damit ihr besser sehen könnt.«

Die Zuschauer befolgten seine Anweisungen und bildeten rund um den Karren des Kesselflickers einen weiten Kreis. Die Maultiere vor dem Karren waren solche Menschenaufläufe gewohnt, und Raelis gab ihnen ein paar Möhren zu fressen, damit sie nicht unruhig wurden.

»Ja, das schmeckt, was?«, sagte er zu den Tieren, als hätte er kurz vergessen, wo er war. »Möhren sind doch etwas Feines, nicht wahr, meine Süßen?«

Inzwischen war das halbe Dorf da, und Lasgol nutzte die Chance, sich dazuzustellen, weil niemand mehr auf ihn achtete. Raelis redete weiter mit seinen Maultieren. Er hatte vollständig ausgeblendet, wo er sich befand und was er hier wollte.

»Kesselflicker, was gibt es Neues aus der Hauptstadt?«, wollte Bart, der Wirt, wissen.

»Ja, was für Nachrichten hast du für uns?«, fragte der Kürschner.

Da wurde Raelis wieder bewusst, wie viele Menschen ihn umstanden, und er wandte sich ihnen zu.

»Oh, ja! Neuigkeiten! Ja, ich weiß Neues!«

»Was weißt du?«, drängte der Schmied ungeduldig.

»Der König hat die Waldläufer in Alarmbereitschaft versetzt.«

»Warum das?«, wollte Gondar wissen.

»Gerüchte. Es heißt, im Norden regt sich wieder das Böse. Der, der sich gegen den König erhebt und das Reich erobern will, ist zurück, heißt es.“

Totenstille breitete sich aus. Niemand wollte auch nur ein Wort verpassen, und Lasgol reckte den Hals, um jede Einzelheit mitzubekommen. Diese Nachricht war wichtig für ihn, sehr wichtig, denn sie hatte mit dem Tod seines Vaters zu tun.

»Der eisige Nordwind kündet von der Rückkehr von Darthor, dem Schwarzen Herrn des Eises«, berichtete Raelis salbungsvoll.

Bei der Erwähnung des Namens dieses verkommenen Magiers erhob sich erschrockenes Gemurmel, und die Angst verbreitete sich wie ein ansteckender Hauch unter den Anwesenden.

»Das sind bloß Gerüchte«, meldete sich Gondar zu Wort. »Außerdem — wenn Darthor wiederkehrt, macht König Uthar ihn einen Kopf kürzer, so viel steht fest!«

»Kann er das?«, gab Raelis zurück und legte eine lange Kunstpause ein, in der alle an seinen Lippen hingen. »Der verkommene Herr des Eises ist sehr mächtig und äußerst gefährlich. Vergessen wir nicht, was geschehen ist. Beinahe wäre ihm das Undenkbare gelungen, den König von Norghana zu töten und das Reich zu besiegen. Es war knapp, sehr knapp.«

»Aber er hat es nicht geschafft! Der Verräter, der ihm half, wurde entdeckt und hingerichtet. König Uthar und seine Eismagier haben Darthor getrotzt.«

Diese Erwiderung versetzte Lasgol einen schmerzhaften Stich. Der Verräter, um den es ging, war sein Vater.

»Ja, aber die Krone hat einen hohen Preis dafür gezahlt«, fuhr Raelis unbeirrt fort. »Viele der königlichen Eismagier haben ihr Leben gelassen. Uthar wurde schwer verletzt und hat sich nie richtig davon erholt. Manche sagen, er würde nie wieder ganz gesund. Darthor hingegen sei stärker geworden. Seine Rückkehr sollte man unbedingt ernst nehmen.«

»Schüchtere nicht das Volk ein!« Ulf war aus dem Wirtshaus herbeigehumpelt. »Wenn die Magier des Königs ihn nicht aufhalten, sind da immer noch die Generäle der drei Armeen von Norghana.«

»Schon möglich, ja.« Raelis lächelte. »Ein fahrender Kesselflicker gibt eben nur weiter, was er so hört.«

»Was weißt du sonst noch Neues?«, wollte Limus wissen.

Bei seinem Einwurf hatte Lasgol den Eindruck, Gondars Gehilfe wolle bewusst das Thema wechseln.

»Sonst noch, hm, ja, natürlich.« Raelis kratzte sich am Kopf. »Das Königreich Rogdon hat Gesandte geschickt. Das mächtige Reich im Westen will sein Bündnis mit uns, dem

Königreich des Nordens, ausbauen. Ein neuer Friedensvertrag, sagt man.«

»Um der wachsenden Macht der Noceaner im Süden die Stirn zu bieten natürlich«, folgerte Limus.

»Ja. So erzählt man es sich. Unten im Süden erobert das Noceanische Imperium immer noch Wüstendörfer und baut seine Macht weiter aus. Eine Allianz zwischen dem Westen und dem Norden ist gut, um den Süden davon abzuhalten, seinen Blick auch auf diese Territorien zu richten.«

»Und der Osten? Was gibt es Neues aus dem Osten?«, wollte Ulf wissen.

»Die fünf Stadtstaaten aus dem Bund Freier Städte drüben im Osten sind zerstritten wie eh und je. Zu beschäftigt, um sich um den Rest von Tremia zu kümmern«, sagte Raelis und hielt sich demonstrativ die Augen zu. »Doch jetzt, da wir die Nachrichten durch sind — wer möchte meine wunderbaren Waren sehen?«

Angesichts der fremdartigen (und größtenteils völlig nutzlosen) Dinge, die Raelis feilbot, vergaßen die Anwesenden sofort alle Ängste vor Darthor, dem Schwarzen Herrn des Eises. Nur Lasgol ließ sich davon nicht ablenken. Ihn hatten die Neuigkeiten tief verstört, und der Druck auf seinem Herzen raubte ihm beinahe die Luft zum Atmen.

Sein Vater hatte hat König Uthar nicht verraten. Er hat sich nicht Darthor angeschlossen. Das hatte Lasgol nie geglaubt, und er würde es niemals glauben, ganz gleich, was sie alle sagten. *Niemand hier kannte meinen Vater so gut wie ich. Dakon hätte seinen König nie verraten und sich nie dem verdorbenen Zauberer angeschlossen. Niemals!*

Gedankenverloren zog er ab und lief eilig nach Hause. Dort angekommen ging er sofort in Ulfs Zimmer. Er hatte einen gewissen zeitlichen Vorsprung, denn der alte Krieger musste erst einmal vom Marktplatz hierher humpeln. Am Fußende von Ulfs Bett stand eine große eisenbeschlagene Truhe, in der sein Herr seinen kostbarsten Besitz aufbewahrte — so wenig das auch war. Den Inhalt hatte Lasgol noch nie zu Gesicht bekommen, weil Ulf immer die Zimmertür zumachte, wenn er an die Truhe ging. Lasgol hatte schon immer wissen wollen, was darin war. Einmal hatte er immerhin einen Blick durchs Schlüsselloch gewagt, aber Ulfs massiger Körper hatte ihm die Sicht versperrt. Er hatte überhaupt nichts gesehen, und da er nicht entdeckt werden wollte, hatte er es kein zweites Mal versucht.

Aber heute sehe ich nach, denn ich habe eine Ahnung, was ich dort entdecken werde. Wenn das Päckchen im Haus ist, dann dort! Er hockte sich hin und wollte sie aufmachen. Aber die große Truhe des Soldaten war verschlossen. Das hatte Lasgol befürchtet. *Wo wird er den Schlüssel versteckt haben?* Er durchsuchte den alten Schrank aus Pinienholz. Nichts. Nur abgetragene Kleidung, Stiefel, Umhänge und Ähnliches. Dann nahm er sich die Kommode vor, Schublade für Schublade, von oben nach unten. Nichts. Er ging aus dem Zimmer und betrachtete die Küche und den Wohnraum. Hier ließ sich nichts verstecken, weil Lasgol hier ständig zu tun hatte, besonders in der Küche, die Ulf nur höchst ungern betrat.

Er warf einen Blick in seine Kammer an der Rückwand. Nein, da konnte der Schlüssel auch nicht sein. Aber wo dann? Verzweifelt begann er, das ganze Haus abzusuchen, denn ihm lief die Zeit davon, aber er fand nichts. Wo würde ein kriegsversehrter Soldat einen Schlüssel verstecken? Da kam ihm eine Idee. Er lief in Ulfs Zimmer zurück und machte den Schrank auf. Unten standen drei alte Stiefel, lauter Einzelstücke. Nur von den Stiefeln zur Galauniform gab es ein komplettes Paar. Lasgol schob eine Hand in den Stiefel, den Ulf nie mehr tragen würde, und tatsächlich berührte er in der Spitze etwas aus Metall. Der Schlüssel!

Triumphierend zog er den Schlüssel hervor, steckte ihn in das Schloss und drehte ihn um. Mit einem Klicken öffnete sich das Schloss. Lasgol sah sich kurz nach hinten um. Er war immer noch allein. Da öffnete er den Deckel. Das Erste, was er sah, war eine norghanische Streitaxt ausgezeichneter Qualität. Sie wirkte teuer und war vielleicht ein Geschenk. Vorsichtig legte er sie zur Seite und suchte weiter. Das unverwechselbare Klimpern von Münzen ließ ihn einen Lederbeutel hervorziehen. Als er ihn öffnete, riss Lasgol die Augen auf. Das war genug Geld, um den ganzen Gasthof zu kaufen! Vermutlich hatte Ulf diese Münzen für seinen Ruhestand erhalten, als er die Armee der Krone verlassen hatte. Für treue Dienste und vieles mehr, was Lasgol sich nicht ausmalen mochte. Er legte den Beutel an seinen Platz zurück und suchte weiter.

Schließlich ertastete seine Hand auf dem Boden der Truhe noch etwas. Es war fest eingewickelt. Als Lasgol es herauszog, hielt er ein verschnürtes Päckchen in der Hand. Es war ungeöffnet. Auf einer Seite stand:

Persönlicher Besitz des Ersten Waldläufers Dakon Eklund.
Gemeinde Skad, Grafschaft Malasan.

Kein Zweifel. Das war das Paket mit dem persönlichen Besitz seines Vaters. Mit seinem Messer schnitt Lasgol die Verschnürung durch und machte es auf. In dem Paket war ein Kapuzenmantel in ungewöhnlichem Grün mit braunen Streifen und eine blutrote Schatulle aus Holz mit auffälligen goldenen Ornamenten. Das war etwas ganz Besonderes und Unverwechselbares.

Er nahm den Mantel zur Hand, um ihn zu untersuchen. Es war der Waldläufermantel seines Vaters, und darin eingehüllt fand Lasgol die Tunika, die Hosen und die Handschuhe, die Dakon immer getragen hatte. Auf Brusthöhe wies die Tunika ein Loch von der Größe eines Apfels auf. Lasgol hielt sie gegen das Licht und sah, dass auf gleicher Höhe auch auf der Rückseite ein Loch prangte. Lasgol nahm den Mantel und hielt ihn hinter die Tunika. Auch hier prangte ein Loch in derselben Höhe, als hätte etwas beide Kleidungsstücke vollständig durchstoßen.

Wie seltsam. Was hatte das zu bedeuten? Und plötzlich

ging ihm mit Entsetzen auf, dass das, was diese Löcher gerissen hatte — was auch immer das war —, wahrscheinlich seinen Vater getötet hatte. Erschüttert ließ er die Sachen fallen. Ihm lief ein Schauer über den Rücken, und sein Magen rebellierte.

Lasgol brauchte einen Moment, um sich zu sammeln. Dann wendete er seine Aufmerksamkeit dem Kästchen zu, um nicht an den Tod seines Vaters zu denken. Vorsichtig öffnete er das goldene Schnappschloss und klappte den Deckel hoch — und riss die Augen weit auf. Sorgfältig rundum eingebettet in Hanf und Leinen lag darin etwas völlig Unerwartetes.

Ein Ei!

Er konnte es kaum glauben. Lasgol zwinkerte angestrengt, nur für den Fall, dass er einer Halluzination auf den Leim gegangen war, doch, nein: Das war ein Ei, und es lag hier in dieser Schatulle. Bedachtsam schob er das schützende Material zur Seite und nahm das Ei zur Hand. Er legte es auf seine Handfläche, um es zu begutachten. *Was bist du denn? Warum steckst du zwischen den Sachen meines Vaters?*

Lasgol hatte seinen Vater nie mit etwas Derartigem gesehen. Das war wahrlich seltsam.

Auf dem Boden sitzend untersuchte er seinen seltsamen Fund. Das Ei war absolut weiß, ein geradezu schmerzhaft grelles Weiß. Lasgol kannte die Vogeleier aus seiner Gegend sehr gut, doch das hier ähnelte nichts von all dem, was er kannte. Es war größer und schwerer als die Eier aller Vögel in den umliegenden Wäldern. Das verwunderte ihn. *Was mag das sein? Vielleicht stammt es von einem Reptil? Ja, das könnte sein. Von einem großen Tier. Einer Schlange, einer Echse oder so etwas. Oder vielleicht von einem Riesenvogel ...*

Lasgol betrachtete das Ei eindringlich. Offenbar war es wirklich ein Ei, nicht etwa ein Dekorationsobjekt, und das irritierte ihn noch mehr. *Was ist das für ein Ei? Wieso hatte mein Vater so etwas? Wozu?* Je länger er es ansah, desto mehr Fragen kamen ihm und desto mehr reizte es ihn, herauszufinden, was es damit auf sich hatte.

Er überlegte kurz, ob es vielleicht ein Geschenk war, das sein Vater ihm hatte machen wollten. Vielleicht war er nicht mehr dazu gekommen? Manchmal hatte er ihm von seinen Reisen ungewöhnliche Dinge mitgebracht. Aber das hier war wirklich erstaunlich. Warum ein Ei? Allerdings musste das, was darin gesteckt hatte, nach so langer Zeit mausetot sein. Er hielt das Ei an sein Ohr und konzentrierte sich. Es war nichts zu hören. Dann umschloss er es mit beiden Händen, um die Temperatur zu erspüren. Eigentlich müsste es kalt sein, aber aus unerfindlichen Gründen war es eher lauwarm, vielleicht gar warm. *Wie seltsam! Die Sache wird immer unlogischer.*

Er starrte das Ei in seiner Hand so intensiv an, dass er einen Moment lang glaubte, es müsse aufspringen. Dann aber geschah etwas weitaus Merkwürdigeres. Seine Handfläche leuchtete golden auf, und das Ei stellte sich darin auf seine Spitze.

Lasgol war sprachlos. Er rührte sich nicht von der Stelle. Mit offenem Mund bestaunte er das Ei, denn er hatte keine Ahnung, was er davon halten sollte. Das Ei stand auf seiner Handfläche exakt senkrecht. Lasgol stammelte etwas Unverständliches. Ihm kam ein Wort in den Sinn, ein Wort, vor dem alle Angst hatten, ein Wort, das niemand im Norden laut aussprach: *Zauberei.*

Vorsichtig legte er das Ei wieder in die Schatulle zurück, und dabei entdeckte er eine kleine Inschrift auf der Innenseite des Deckels. Er kniff das rechte Auge zu und sah mit dem linken aus der Nähe genauer hin.

Die Augen des Reiches, die Beschützer des Königs, das Herz von Norghana.

Diesen Leitspruch kannte Lasgol. Sein Vater hatte ihn viele Male wiederholt: *Die Augen des Reiches, die Beschützer des Königs, das Herz von Norghana: die Waldläufer.*

Lasgol wusste nicht, was er von alledem halten sollte. Die Kleider, das Ei — das alles war ausgesprochen merkwürdig.

Da steckte mehr dahinter, als es auf den ersten Blick den Anschein hatte. Im Zusammenhang mit den ungewöhnlichen Umständen beim Tod seines Vaters deutete das auf ein ungelöstes Rätsel hin, zumal Lasgol felsenfest davon überzeugt war, dass Dakon die Krone nie verraten hätte. Er hätte sich niemals dem Schwarzen Herrn des Eises angeschlossen, was auch immer der König oder die hämischen Dorfbewohner behaupteten. Er musste herausfinden, was das alles zu bedeuten hatte. Es musste doch eine Erklärung geben.

Und die will ich finden! Ich werde beweisen, dass mein Vater unschuldig war. Und ich werde seinen Namen reinwaschen. Um dieses Ziel zu erreichen, deutete allerdings alles in dieselbe Richtung: zu den Waldläufern. *Wenn ich das Geheimnis um das Schicksal meines Vaters lüften will, liegt dort der Schlüssel!*

Ein lautes Quietschen, dem ein Knacken folgte, ließ Lasgol herumfahren. Die Haustür war aufgegangen. Ulf war zurück. Schnell schob Lasgol die Schatulle unter seine Tunika und nahm die Kleider seines Vaters an sich. Dann stand er auf, drehte sich um und wartete.

Als Ulf die Zimmertür erreichte, entgleisten ihm die Gesichtszüge.

»Beim weißen Schlund!«, brauste er auf.

Lasgol hielt Ulfs Wut in der Haltung dessen stand, der im Recht war.

»Wie kannst du es wagen? Was soll das?«, schrie Ulf außer sich.

Der Junge verschränkte die Arme vor der Brust und starrte ihn durchdringend an.

»Warum hast du mir nichts von den Sachen meines Vaters gesagt?«

»Das geht dich nichts an! Wie kannst du es wagen, mein Zeug zu durchsuchen? Meine Sachen! In meinem Zimmer! In meiner Truhe!« Sein Gesicht lief so rot an, als hätte er einen frischen Sonnenbrand.

»Ich habe nur an mich genommen, was mir gehört. Das ist mein Paket.«

»Das gibt dir nicht das Recht zu dem, was du getan hast!«

»Und ich hätte es nie getan, wenn du mir gegeben hättest, was mir gehört.«

Ulf war puterrot vor Zorn und schien kurz vor dem Platzen zu stehen.

»Das wird dich teuer zu stehen kommen! Du kannst die ganze Woche auf der Straße schlafen. Ohne Mantel!«

Der Junge schüttelte den Kopf.

»Nein. Damit ist jetzt Schluss.«

»Was soll das heißen? Hier ist mit gar nichts Schluss, wenn ich das sage! Das ist immer noch mein Haus! Du dienst mir, und du tust, was ich sage.«

»Nein, nicht mehr. Ich gehe.«

Der Mann reagierte fassungslos.

»Was soll das heißen?«

»Ich habe mich entschieden. Ich gehe zu den Waldläufern.«

»Das ist idiotisch! Dumm wie ein Eisberg«, wetterte Ulf, doch inzwischen mischte sich eine gewisse Besorgnis in seinen Zorn.

»Ich habe mich entschieden«, wiederholte Lasgol. »Morgen gehe ich. Mit dem Waldläufer Daven.«

»Du machst einen großen Fehler«, warnte Ulf etwas ruhiger.

»Mag sein. Aber ich glaube, ich muss das tun.«

»Bleib noch ein Jahr bei mir. Mit sechzehn kannst du zur Armee gehen. Das wäre besser für dich, glaube mir. Ich würde dich nie belügen.«

»Das glaube ich dir. Aber es ist nicht das, was ich will.«

»Wenn es wegen heute ist — vergessen wir das. Morgen ist das alles Schnee von gestern«, versprach Ulf begütigend.

»Danke. Aber das ist es nicht. Ich muss meinen eigenen Weg gehen, und der führt mich zu den Waldläufern.«

»Wozu? Warum? Bei denen erwarten dich nur Schmerz und Leid.«

»Wegen meines Vaters.«

Ulf stützte sich auf seine Krücke und sagte mit ruhiger Stimme:

»Genau deshalb solltest du nicht gehen. Du kommst an einen Ort, wo er zutiefst verhasst ist, und weil sie ihn hassen, werden sie auch dich hassen, denn du bist von seinem Blut.«

»Ich werde beweisen, dass sie sich irren!«

Ulf legte den Kopf zur Seite.

»Ach, so ist das. Allmählich begreife ich, was dir vorschwebt. Du hast ein gutes Herz, mein Junge, das verstehe ich, und du bist tapfer. Aber du irrst dich. Dein gutes Herz führt dich auf einen Irrweg. Du würdest gern glauben, dass dein Vater unschuldig war, aber lass mich dir versichern, dass es nicht so ist. König Uthar persönlich war Zeuge seines Verrats. Und sie waren Freunde. Dass er schuldig war, steht außer Zweifel. Das musst du akzeptieren, zu deinem eigenen Wohl, sonst wird es dir das Leben vergällen.«

Der Junge schüttelte den Kopf.

»Mein Vater war ein ehrenhafter Mann. Niemals hätte er das Königreich verraten. Ich kannte keinen Besseren als ihn, und nichts wird ändern, wie ich über ihn denke. Es ist mir egal, was die anderen sagen! Ich *weiß*, dass es nicht so ist.«

»Du verteidigst ihn, obwohl es keine Verteidigung gibt.«

»Ich weiß, dass er das nicht war. Es muss eine andere Erklärung geben.«

Ulf seufzte tief.

»Die Liebe macht uns Menschen blind, und wir lassen uns von tiefen Gefühlen täuschen. Aber diese Gefühle verschleiern den Blick auf die Realität.«

»Er war der integerste Mensch von ganz Norghana.«

»Es haben schon mutigere und ehrenhaftere Männer Unvorstellbares getan. Es gibt viel mächtigere Beweggründe als Mut und Ehre.«

»Mein Vater wäre lieber gestorben, als so etwas zu tun!«

»Und er *ist* gestorben.«

Lasgol ballte die Fäuste. Seine Augen wurden feucht. Diesmal hatten Ulfs Worte ihm weh getan. Aber er riss sich zusammen und bemühte sich, die Tränen zu unterdrücken.

»Ich werde seinen Namen reinwaschen.«

Er ging an Ulf vorbei aus dem Zimmer. Dann aber blieb er neben dem Alten stehen, sah ihm noch einmal in die Augen und sagte: »Danke, dass du mir Obdach gewährt hast. Danke für alles. Das werde ich nie vergessen.«

Diesmal war es Ulf, dessen gesundes Auge nass wurde. Langsam setzte er sich hin und akzeptierte seine Niederlage.

»Viel Glück, Lasgol.«

»Danke, Ulf. Das werde ich brauchen.«

Beim ersten Tageslicht war Lasgol auf den Beinen und abmarschbereit. Er warf sich den Sack über die Schulter, nahm seinen Kurzbogen und den Köcher und ging aus seiner Kammer in den Wohnraum. Alles war still. Ulf schlief in seinem Zimmer, wo heute früh merkwürdigerweise kein Schnarchen zu hören war.

Seufzend lief Lasgol zur Tür. Als er den Riegel zurückschieben wollte, hing dort ein kleiner Lederbeutel. Er nahm ihn ab und öffnete ihn. Der Beutel enthielt zehn Münzen. Da wurde Lasgol eng ums Herz, und ihm stiegen wieder Tränen in die Augen.

»Danke«, sagte er. Aber Ulf antwortete nicht.

So verließ der Junge das Haus und machte sich etwas wehmütig auf den Weg zu dem Treffpunkt mit Waldläufer Daven. Der Morgenwind war frisch und duftete nach Frühling, nach Natur und Leben. Der Himmel war wolkenlos und versprach einen schönen Tag. Das gab Lasgol Auftrieb. Er atmete tief durch und entspannte sich ein Stück weit. Ein leises Lächeln zeigte sich auf seinem Gesicht. Sein Entschluss stand fest: Er würde sich den Waldläufern anschließen. Es war keine leichte Entscheidung gewesen, aber sie fühlte sich richtig an.

Als er zum Fluss kam, schickte er sich an, die alte Holzbrücke zu überqueren. Noch konnte er Daven nicht sehen. Die Mühle lag hinter der nächsten Biegung, doch er würde sie bald erreichen. Beim letzten Blick zurück sah er in der Ferne sein Elternhaus und weiter hinten den Dorfplatz. Die unterschiedlichsten Gefühle drohten ihn zu überwältigen. Gute Erinnerungen an seine Kindheit mischten sich mit den hässlichen Erlebnissen der letzten Jahre. Er seufzte. Heute begann für ihn ein neuer Weg, auf dem er alles andere hinter sich lassen würde. Er hoffte, dass sein neues Leben, so hart es auch sein würde, ihm helfen würde, sein Schicksal zu erfüllen. Und er hoffte natürlich, dass dieses Schicksal es gut mit ihm meinen würde. Er warf einen Blick zur Sonne und hielt das Gesicht ihrer Wärme entgegen. *Ja, irgendwie wird es mir gelingen. Das verspreche ich dir, Vater.*

Mit diesem Gedanken ging er weiter. Etwa in der Mitte der Brücke fiel ihm auf der anderen Seite eine Gestalt auf, die mit dem Gesicht nach unten auf dem Boden lag. Weil Lasgol befürchtete, jemand wäre zu Schaden gekommen, eilte er spontan zu Hilfe. Aber als er fast dort war, bewegte sich die Gestalt. Urplötzlich sprang sie auf. Lasgol blieb überrascht stehen.

»Na, wo willst du denn hin, Verräter?«, hörte er die unangenehme Stimme von Volgar. Auf seinem Gesicht stand ein boshaftes Lächeln.

Vor Schreck machte Lasgol einen Satz nach hinten. Was tat denn Volgar hier? Er versperrte ihm den Weg. Die Brücke war nicht sonderlich breit, und sein Gegner breitete beide Arme aus, um ihn nicht durchzulassen. Dabei schüttelte er den Kopf. Das sah nicht gut aus.

»Lass mich durch«, sagte Lasgol angespannt zu Volgar.

»Vergiss es! Du gehst nirgendwohin. Heute bezahlst du für neulich auf dem Marktplatz. Niemand macht mich ungestraft vor aller Welt zum Trottel.« Zum Nachdruck schlug er mit einer Faust in die offene Handfläche der anderen Hand. Lasgol wusste genau, was das hieß. Ihn erwartete eine Tracht Prügel.

Lasgol machte kehrt und wollte davonlaufen, musste jedoch feststellen, dass sich Igor und Sven von hinten genähert hatten. *Das ist eine Falle.* Sein Magen krampfte sich zusammen, alle Muskeln seines Körpers spannten sich an. Er war so in Gedanken gewesen, dass er den Hinterhalt nicht rechtzeitig bemerkt hatte. Wenn ihm nur etwas einfiele, um schleunigst von hier zu verschwinden!

Volgar trat vor. Lasgol sah ihn auf sich zukommen und

musste sich entscheiden: Er konnte versuchen, ihm auszuweichen oder in Richtung seiner Freunde flüchten. Er entschied sich für ersteres. Nach einem schnellen Sprung zur Seite wollte er sich an Volgar vorbeimogeln. Einen Moment lang glaubte er sogar, er könnte es schaffen, doch dann schloss sich die Hand des Schufts um seinen Reisesack und riss ihn gewaltsam zurück. Beinahe hätte Lasgol losgelassen, aber in dem Sack steckte die Schatulle mit dem Ei von seinem Vater. Das konnte er diesen Mistkerlen unmöglich überlassen und beschloss, darum zu kämpfen. Er drehte sich um und zerrte an dem Beutel, um ihn Volgar zu entreißen.

Das war ein Fehler. Lasgol war nicht stark genug, um dem größeren Jungen den Sack wieder abzunehmen, und während er sich noch verzweifelt bemühte und mit aller Kraft zog, stürzten sich Igor und Sven von hinten auf ihn. Das Gewicht der beiden brachte ihn zu Fall. Obwohl er sich nach Kräften wehrte, konnte er sich nicht befreien. Sie lagen über ihm, und ihre Körper waren einfach zu schwer. Sie drückten ihn zu Boden.

»Jetzt gehörst du mir, Verräter!«, rief Volgar triumphierend und ließ den Sack fallen. Er ging auf ein Knie, um besser zielen zu können.

Der erste Schlag traf Lasgol aufs rechte Auge. Der scharfe Schmerz ließ den Jungen befürchten, er würde wie Ulf als Einäugiger enden. Der zweite Schlag ging auf die Nase und tat unglaublich weh. Sofort lief das Blut in Strömen, und seine Augen tränten. Seine Sicht verschwamm.

»Diesmal bist du fällig!«

Volgars Fäuste hämmerten auf Lasgols Gesicht ein. Die Schläge taten so weh, als stammten sie von einer Eisenkeule. Doch während dieser ganzen Tortur hatte er nur einen Gedanken im Kopf: Er musste ihnen entkommen, sonst würde Daven ohne ihn gehen. Und wenn das geschah, würde er sich nicht den Waldläufern anschließen können, und alles wäre vorbei, ehe es überhaupt anfangen konnte. Diese Gedanken und die Angst dämpften den Schmerz, während die Schläge auf ihn einprasselten.

Er wollte sich Igor und Sven entwinden, schaffte es aber nicht. Ihre einzige Aufgabe bestand darin, ihn festzuhalten, und genau das taten sie. Sie hatten ihn fest im Griff, ohne selbst zuzuschlagen. Inzwischen prügelte Volgar auf seinen Körper ein, damit er aufhörte, sich zu winden.

»So springen wir hier in Norghana mit Verrätern um!«

Seine Schläge raubten Lasgol den Atem. Er begann, krampfhaft zu husten. Wahrscheinlich war längst alles verloren. Daven würde ohne ihn abziehen. Das konnte er nicht zulassen. Er musste ihn erreichen. Mit enormer Anstrengung drückte er das Gewicht seiner Gegner hoch und begann, mit ihnen auf dem Rücken auf die andere Seite der Brücke zu kriechen.

»Haltet ihn! Lasst ihn nicht entkommen!«, schrie Volgar.

Igor und Sven drückten ihn mit aller Gewalt nach unten. Aber Lasgol robbte unbeirrt zum Ende der Brücke. *Ich muss den Waldläufer erreichen.* Dieser Gedanke war alles, woran er sich inmitten der Schmerzen noch klammerte.

»Schluss jetzt!«, schrie Volgar aufgebracht und warf sich selbst auf Lasgol.

Der letzte Schlag traf den Jungen in den Nacken. Er spürte die Wucht, den grausamen Schmerz. Und dann wurde es dunkel.

Als Lasgol zu sich kam, war er wie gerädert. Er wollte aufstehen, aber dabei durchzuckte ihn ein heftiger Schmerz. Er lag auf der Brücke. Allein. Als er versuchte, zur Sonne zu sehen, stellte er fest, dass ein Auge so zugeschwollen war, dass er es nicht aufbekam. Dem anderen erging es kaum besser. Schließlich registrierte er doch noch den Sonnenstand. Es war fast Mittag.

»Nein«, setzte er an, aber seine aufgeplatzte Lippe tat so weh, dass er nicht weitersprach.

Angst überkam ihn. Es war zu spät! Bestimmt war Daven ohne ihn gegangen. Dann konnte Lasgol sich nicht mehr den königlichen Waldläufern anschließen und würde nie herausfinden, was seinem Vater zugestoßen war. Und er würde nie seine Ehre wiederherstellen. Ihm war so elend zumute, dass er sich beinahe übergeben hätte.

Was mache ich jetzt, überlegte er verzweifelt. Er wollte aufstehen, schaffte es aber nicht. Die Schmerzen waren zu stark, und ihm war noch sehr schwindelig. Volgar hatte die Wahrheit gesagt: Er hatte ihn gründlich fertiggemacht. Vorsichtig tastete Lasgol seine Arme und Beine ab. Sie taten weh, aber es war nichts gebrochen. Dann nahm er sich den Oberkörper vor. Hier waren die Schmerzen fast unerträglich. *Wahrscheinlich eine gebrochene Rippe. Das weiß ich erst, wenn ich wieder stehe.* Ganz vorsichtig befühlte er sein Gesicht. Es war verschwollen und voller Blut. *Die Nase ist wohl nicht gebrochen. Glück gehabt.* Dennoch ächzte er vor Schmerz.

Ganz langsam schob er sich zum Fluss. Das kalte Wasser tat gut und half auch gegen den Schwindel. Als er jedoch die Wunden auswusch, ließ der stechende Schmerz ihn aufheulen. Dennoch machte er stöhnend weiter, und schließlich kam er auf die Beine. Im Stehen atmete er mehrere Male tief ein und aus, bis er sicher war, dass keine seiner Rippen gebrochen war. Wahrscheinlich nur etliche Prellungen. *Anscheinend bin ich aus Lehm gemacht. Ich kann Unmengen Schläge einstecken und mich wieder davon erholen. Das ist ziemlich praktisch.* Er lächelte resigniert, wodurch seine Lippe erneut aufriss.

In diesem Augenblick fiel ihm sein Reisesack wieder ein. Erschrocken ging er auf die Suche, bis er ihn halb im Wasser liegend neben der Brücke entdeckte. Er machte ihn ängstlich auf, um sich zu vergewissern, ob das Kästchen noch da war. Ja! Er nahm es zur Hand und öffnete es. Das Ei schien unversehrt zu sein. Es hatte nicht einen Kratzer, ganz als wäre nichts passiert. Lasgol verspürte eine enorme Erleichterung. Er wusste nicht, was für ein Ei das war oder warum sein Vater es besessen hatte, aber er hatte das Gefühl, es beschützen zu müssen. Vielleicht war es auch nur seine Zerbrechlichkeit, die ihn dazu drängte. *Egal warum*, dachte er. *Ich muss darauf aufpassen. Wenn ich mich damit zum Narren mache, was soll's. Es wäre nicht das erste und nicht das letzte Mal.*

Er schob das Kästchen in den Sack zurück. Offenbar hatten Volgar und seine Spießgesellen nur eines im Sinn gehabt: ihn grün und blau zu schlagen. Da ihnen das gelungen war, hatten sie seinen Sack nicht angerührt. Vielleicht hatten sie auch gedacht, sie hätten ihn totgeschlagen und waren vor Schreck geflohen. Ja, das war es wohl. Die Feiglinge waren in Panik davongerannt.

Er wartete noch ein wenig, bis er wieder gehen konnte. Vermutlich war der Waldläufer schon seit Stunden fort, aber daran ließ sich nichts ändern. Dennoch machte Lasgol sich hinkend zum Treffpunkt auf. *Ich lasse mir nicht nachsagen, ich hätte nicht getan, was ich konnte, um zu kommen.* Obwohl sein zerschlagener Körper bei jedem Schritt rebellierte, richtete er den Blick fest nach vorne und ging weiter, bis er schließlich die Mühle erreichte. Dort blieb er wie erstarrt stehen.

Daven war noch da!

Der Waldläufer kraulte ein edles, graues Pferd. Als er Lasgol kommen sah, schüttelte er langsam den Kopf.

»Du bist spät dran. Das ist eine sehr schlechte Angewohnheit.«

Lasgol hätte ihm gern erklärt, was vorgefallen war, aber alles, was er herausbrachte, war: »Es tut mir leid, Herr.«

»Du solltest dich nicht herumprügeln, wenn du eine wichtige Verabredung hast«, erklärte Daven sarkastisch.

Lasgol wurde stocksteif. »Du hast es gesehen?«

»Ich bin ein Waldläufer. Innerhalb von einer Meile Umkreis entgeht meinen Augen nichts.«

»Aber ... Warum? Du hast nicht ...«

»Richtig.«

»Sie waren zu dritt. Gegen einen. Und viel größer!«

»Ja, groß und dumm. Du hättest sie abschütteln können.«

Lasgol schüttelte den Kopf. Er konnte nicht fassen, dass Daven ihm nicht geholfen hatte.

»Aber ich bin angeworben.«

Daven schüttelte den Kopf. »Noch nicht. Und die richtige Bezeichnung lautet: Du bist rekrutiert.« Er machte eine Pause. »Hast du beschlossen, dich den Waldläufern anzuschließen?«, fragte Daven in offiziellem Ton. Seine Stimme klang etwas missbilligend, ganz als würde er diese Frage nur widerwillig stellen.

Lasgol, der gar nicht mehr auf diese Chance zu hoffen gewagt hatte, sah ihn überrascht an.

»Kann ich das denn noch?«

Der Rekrutierer nickte. »Es ist nicht das, was ich dir raten würde, aber, ja. Es ist dein gesetzliches Recht. Überleg es dir gut. Was dir heute passiert ist, wird wieder passieren, und dort wird es noch schlimmer sein. Bist du dir sicher?«

Lasgol überlegte einen Moment. Sein Körper tat unglaublich weh, er konnte kaum aus den Augen schauen, und auf einem Ohr hörte er nichts mehr. Aber er würde weitermachen, ganz gleich, welche Hindernisse sich vor ihm auftürmten.

»Ja. Und nur keine Sorge, ich bin aus Lehm«, erklärte Lasgol in dem Bemühen, entschlossen und würdevoll aufzutreten.

Daven zog die Augenbrauen hoch und neigte den Kopf. »Aus Lehm?«

»Ach, nichts.«

Der Waldläufer wirkte amüsiert. »Hast du die Einladung dabei, unterschrieben mit deinem Blut?«

»Ja. Hier ist sie.« Lasgol zog das Pergament aus seinem Reisesack.

»Dann hat alles seine Ordnung«, bestätigte der Mann, nachdem er sie überprüft hatte. »Allerletzte Chance, es dir noch anders zu überlegen.«

»Ich will zu den Waldläufern«, sagte Lasgol nachdrücklich.

Daven seufzte tief. »Na schön. Aber sag nicht, ich hätte dich nicht gewarnt.« Er schob das Schreiben in seine Tunika und nickte Lasgol grüßend zu.

»Willkommen bei den Waldläufern.«

Lasgol erwiderte den Gruß. Jetzt endlich ging es ihm etwas besser. Er hatte unterschrieben und seinen Antrag dem Waldläufer übergeben. Geschafft! Er unterdrückte einen Stoßseufzer, damit Daven nichts davon mitbekam.

»So. Wenn du willst, gehen wir jetzt den drei Halunken nach und zahlen es ihnen heim.«

Lasgol sah Daven entgeistert an. »Ernsthaft?«

Der andere nickte. »Wir Waldläufer passen aufeinander auf, und jetzt bist du einer von uns.«

»Aber vorhin ...«

»Vorhin wollte ich sehen, wie du dich in einer schwierigen Situation verhältst. Diesen letzten Test hast du bestanden. Man braucht viel Mut, um sich so zu verhalten wie du. Sollen wir sie jagen?« Sein Gesicht war hart geworden.

Lasgol sah ihm in die Augen. Er meinte es tatsächlich ernst. Auf ein Wort von ihm würde dieser Waldläufer auf die Jagd gehen, und Waldläufer waren außergewöhnlich gut darin, Menschen zu jagen.

»Was machst du dann mit ihnen?«

»Sie bekommen ihre gebührende Strafe«, sagte Daven mit einem Blick auf Lasgols zerschundenes Gesicht und seinen Körper. Seine Stimme klang schneidend kalt.

Da bekam Lasgol Angst. »Nein. Tu ihnen nichts.«

»Bist du sicher? Die meisten an deiner Stelle würden Gerechtigkeit verlangen. Es ist dein Recht.«

Der Junge schüttelte den Kopf. »Wir belassen es dabei. Ich will nach vorne sehen und all das hinter mir lassen.«

Daven sah ihn lange prüfend an, dann nickte er.

»Na gut. So sei es.« Es klang wie ein Urteil.

»Danke.«

Daraufhin wühlte der Waldläufer in seinen Satteltaschen und gab Lasgol ein kleines Keramikgefäß, das mit einem Stück Leinen verschlossen war, und dazu einen Lederbeutel.

»Diese Salbe verhindert, dass deine Wunden sich infizieren. In dem Beutel ist ein Pulver aus verschiedenen Wurzeln von Heilkräutern, das die Wundheilung unterstützt. Streu das auf, nachdem du die Salbe aufgetragen hast.«

Lasgol war sprachlos. Er konnte den Waldläufer immer schlechter einschätzen. Erst half er ihm nicht, und jetzt bot er ihm nicht nur die Bestrafung der drei Angreifer an, sondern gab ihm obendrein Medizin. Dann aber trug er achselzuckend die Salbe und das Pulver so auf, wie Daven es ihm erklärt hatte.

Nachdem er fertig war, steckte der Waldläufer beides wieder weg.

»Kannst du reiten?«, fragte er.

»Ja. Mein Vater hat es mir beigebracht. Allerdings bin ich nicht besonders gut, und in den letzten Jahren hatte ich kaum Gelegenheit, es zu üben.« Betreten ließ er die Schultern hängen. Er hätte lieber schweigen sollen, denn inzwischen hatte er drei Jahre nicht mehr auf einem Pferd gesessen. Soldaten wie Ulf hatten keine Pferde. In Norghana waren Pferde ein Privileg und sehr kostspielig.

»Das macht nichts. Wichtig ist, dass du reiten kannst. Ansonsten hättest du bei mir aufsitzen müssen, und das hätte uns zu sehr aufgehalten.« Daven schob zwei Finger in den Mund und pfiff. Ein kräftiges, weißes Pony mit langer Mähne folgte seinem Signal.

»Das ist für dich«, sagte der Waldläufer und wies auf das norghanische Schneepony.

»Für mich?«, fragte Lasgol entgeistert.

»Ja. Ohne sein Reittier ist ein Waldläufer gar nichts.«

Lasgol hatte es die Sprache verschlagen. Sein Vater hatte immer Volador geritten, einen prächtigen schwarzen Hengst aus Rogdon, dem Land der Reiter im Westen, aber Lasgol hätte sich nie träumen lassen, dass jeder Waldläufer ein Pferd hatte.

»Oh. Ja, gut, Herr. Danke«, stotterte er und ging zu dem Pony, um ihm den Hals zu kraulen. Das Pony schüttelte den Kopf und schnaubte. Norghanische Ponys waren ungewöhnlich groß und sehr stark. Außerdem waren sie ziemlich temperamentvoll.

»Ab jetzt bist du für ihn zuständig. Sein Pferd zu verlieren, ist für einen Waldläufer die schlimmste Schande. Merk dir das!«, mahnte Daven.

»Ja, Herr. Natürlich«, versicherte Lasgol. Zum ersten Mal seit Ewigkeiten war er glücklich. Sie hatten ihm ein Pferd geschenkt! Er hätte nicht seliger sein können. Alle Schläge waren mit einem Mal vergessen. Er kraulte das Tier und flüsterte ihm ins Ohr. Je länger er es betrachtete, desto eindrucksvoller und hübscher erschien ihm das kräftige Pony.

»Du musst ihm einen Namen geben.«

»Wie ich will?«

»Ja. Damit er dich erkennt.«

Lasgol dachte gründlich nach. Schließlich hatte er sich entschieden.

»Ich nenne ihn Trotador.«

»Ein guter Name.«

»Vielen Dank«, sagte Lasgol, der weiterhin das Tier streichelte. »Gefällt dir dein Name, Trotador?« Das Pony nickte und schleckte ihm über das Haar. Am liebsten hätte Lasgol vor Freude getanzt, doch sein Körper war so zerschlagen, dass er dabei wahrscheinlich auf die Nase gefallen wäre.

»Also los. Wir haben eine lange Reise vor uns.«

»Wohin reiten wir?«

»Zum Lager. Nach Norden.«

»Zum Lager? Im Dorf sagt man, niemand außer den Waldläufern wüsste, wo das ist.«

»Weil niemand den Weg dorthin kennt. Es liegt im Geheimen Tal.«

»Niemand?«

»Niemand, der nicht bei den Waldläufern ist oder zu den Männern des Königs gehört.«

»Und wo ist das Geheime Tal?«

»Wenn ich dir das sagen würde, wäre es nicht mehr geheim«, grinste Daven.

»Oh. Natürlich. Ich ...«

»Stellst du immer so viele Fragen?«, sagte der Mann missbilligend.

»Oh. Tut mir leid.«

»Reite hinter mir her, achte darauf, was ich tue, und lerne. Frag nur, wenn es unumgänglich ist. Ich mag kein Geschwätz.«

»Ja, Herr. Entschuldigung.«

»Der Weg ist nicht leicht, und ich hoffe, du bist ihm gewachsen. Ich hoffe, ich habe mich nicht in dir geirrt.«

»Ganz bestimmt nicht«, versicherte ihm Lasgol, obwohl er dazu seine eigenen Zweifel unterdrücken musste.

»Denk daran, du bist aus eigenem Antrieb hier und gegen meinen Rat. Vergiss das nicht.«

»Natürlich nicht«, sagte Lasgol, obwohl die Ermahnung ihn verletzte. Aber er würde seine Meinung nicht mehr ändern.

Daven nickte ihm zu und trieb sein Pferd an. Lasgol tat es ihm nach, und so ritten sie los.

Wie Daven es angekündigt hatte, war die Reise lang und beschwerlich, zumindest für Lasgol. Für Daven schien es eher ein Spazierritt durch die Wälder des Reiches zu sein. Sie ritten über zwei Wochen fast ohne Pause und machten nur Rast, wenn die Pferde zu müde waren, um gefahrlos weiterzulaufen. Die ganze Zeit schliefen sie kaum einmal, und irgendwann erwischte Lasgol sich dabei, dass er im Reiten eingenickt war und fast vom Pony gerutscht wäre. Aus unerfindlichen Gründen mied der Waldläufer die Reichsstraßen. Er zog die dichten Wälder vor und erklomm steile Hügel, um danach in unbewohnte Ebenen hinabzusteigen.

Lasgol hatte den Eindruck, dass der Waldläufer entweder Straßen und Leute nicht mochte oder ihn gründlich abschrecken wollte, ehe sie das Lager der Waldläufer erreichten. Doch so müde er auch war, so schlimm sein Gesäß schmerzte und so sehr ihn Hunger und Durst plagten, er hielt durch.

Nicht ein einziges Mal protestierte er, bat den Waldläufer, langsamer zu reiten oder gar Halt zu machen, um sich auszuruhen. Hin und wieder sah Daven sich um, um zu prüfen, ob Lasgol noch auf seinem Pony saß, und ritt dann weiter.

Ab dem fünften Tag sprachen sie kein Wort mehr. Lasgol war zu erschöpft, um zu reden. Wenn sie absaßen, konzentrierte er sich auf das Essen, das Daven ihm aus ihren Vorräten zuteilte, und diese Ration war wirklich sehr karg. Wenn die Waldläufer immer so wenig aßen, konnte Lasgol nicht begreifen, wie sie in den Bergen überlebten. Die körperliche Anstrengung hätte viel mehr erfordert als so kleine Mahlzeiten. Das einzig Gute an der Reise war, dass seine Wunden heilten. Jeden Abend trug er die Salbe und das Pulver auf, und beides wirkte Wunder: Die Verletzungen waren spurlos verschwunden.

Lasgol ertrug das Tempo, so gut er es vermochte, und am fünfzehnten Tag hielt Daven auf einer Anhöhe an. Er deutete nach unten. Lasgol stellte sich neben den Waldläufer und sah genau hin. Ein träger, breiter Fluss schlängelte sich nach Südosten. An einer Biegung lagen drei Schiffe. Die ersten beiden hatten nur ein Segel und waren Kriegsschiffe, leicht und wendig. Das dritte war ein Lastkahn. Was hatte das zu bedeuten?

»Wir sind da«, erklärte Daven. Beim Klang seiner Stimme zuckte Lasgol zusammen.

Fast hätte er »Wo?« gefragt, besann sich jedoch eines Besseren. Daven wartete auf die Frage, und als sie ausblieb, nickte er. Mit einer Kopfbewegung forderte er Lasgol auf, ihm zu folgen, und machte sich vorsichtig an den Abstieg in Richtung der Anlegestelle.

Als sie näher kamen, begriff Lasgol allmählich, was dort geschah. Vor den leichteren Schiffen hatten sich etwa hundert Personen versammelt. Vor dem Lastkahn gab es einen mit Pfählen und Seilen umzäunten Bereich für ihre Pferde, auf den sie jetzt zuhielten. Dort angekommen stieg Daven vom Pferd und begrüßte die Männer, die sich um die Tiere kümmerten. Sie alle waren gekleidet wie Daven und von Kopf bis

Fuß in diese ungewöhnlichen Kapuzenmäntel gehüllt. Sie waren mit Bögen bewaffnet, und unter ihren Mänteln versteckten sich bestimmt noch mehr Waffen. Irgendwie hatten sie eine finstere Ausstrahlung. Geheimnisvoll. Waldläufer eben.

»Da bist du ja endlich, Daven«, begrüßte ihn einer der Männer.

»Der Junge hatte Bedenken«, sagte dieser mit einem Wink zu Lasgol. »Ich musste abwarten, wie er sich entscheidet.«

»Das ist er?«

Daven nickte. »Steig ab, Lasgol«, sagte er.

Lasgol gehorchte und hielt Trotadors Zügel fest.

Der Mann ging auf ihn zu und nahm ihm wortlos die Zügel ab. Dann spuckte er ihm vor die Füße. Erschrocken wich der Junge zurück.

»Verrätersohn«, sagte ein anderer Waldläufer abfällig und spuckte ebenfalls vor Lasgol aus.

Trotador schnaubte und schüttelte den Kopf, als wäre er beunruhigt. Der Waldläufer führte ihn zu den übrigen Pferden.

»Du solltest lieber zu den anderen Anwärtern gehen«, sagte Daven zu Lasgol, ehe er abstieg und sein Pferd einem dritten Waldläufer übergab. Als dieser die Zügel übernahm, warf er Lasgol einen bösen Blick zu und zischte: »Verfluchtes Verräterblut.«

Lasgol seufzte hörbar. Dann machte er sich auf den Weg.

»Zweites Schiff. Das erste ist schon voll, Verräter. Oder du verschwindest, solange du noch kannst«, wies ihn der andere Waldläufer an.

Lasgol drehte sich nicht um und sagte kein Wort, sondern ging niedergeschlagen davon. Am zweiten Schiff gesellte er sich zu der Gruppe der Anwärter. Hier warteten rund vierzig junge Leute, alle in seinem Alter, mehr Jungen als Mädchen. Ein halbes Dutzend Waldläufer beobachtete die Schar schweigend. Als Lasgol auf sie zuging, musterte einer von ihnen ihn von oben bis unten.

»Warte bei den anderen«, sagte der Mann und wies auf die

Gruppe.

Gehorsam ging Lasgol hinüber. Er wusste nicht, was er angesichts seiner Vorgeschichte tun sollte, deshalb hielt er es für das Beste, gar nichts zu sagen. Er stellte sich etwas abseits und beobachtete aufmerksam, wie die anderen miteinander umgingen. Die besonders hoch Aufgeschossenen fielen gleich auf — kein Wunder, denn die Mehrheit der Anwesenden war nicht sonderlich groß oder stark. Das überraschte Lasgol, denn er hatte erwartet, dass alle von der Statur her eher Gondar und Ulf ähneln würden. Offenbar stimmte es doch, dass bei den Waldläufern andere Fähigkeiten gefragt waren. Auch die Söhne des Adels waren zu erkennen. Sie hoben sich durch ihre guten Kleider ab und plusterten sich gehörig auf. Daneben gab es noch andere wie ihn, die erkennbar arm waren. Bei den Mädchen war die Zuordnung schwieriger.

»Ein ziemlich heterogenes Kollektiv, nicht wahr?«, sagte eine Stimme neben ihm.

Lasgol bemerkte einen Jungen, der sich wie er eher abseits hielt und ebenfalls die Gruppe beobachtete. Er war sehr schmal und deutlich kleiner als Lasgol. Genau genommen war er geradezu mickrig, besonders für einen künftigen Waldläufer.

»Ein heterogenes Kollektiv?«

»Eine Gruppe, die aus völlig unterschiedlichen Menschen zusammengesetzt ist«, sagte der andere lächelnd.

»Aha. Ja, das stimmt.«

»Ich bin Egil Vigons-Olafston«, stellte sich der Junge vor und reichte ihm die Hand.

»Ich bin Lasgol Eklund«, antwortete Lasgol und schlug ein.

»Es ist mir eine Ehre und ein Privileg, in diesem erlauchten Kreis deine Bekanntschaft zu machen.«

»Mhm. Ja, mir auch. Ähm ... sprichst du immer so gewählt?«

»Gewählt? Oh! Ich fürchte, ja. Ich habe eine große Schwäche fürs Lesen und für die Kunst. Beides hat eklatanten Einfluss auf meine Konversation.« Er zeigte Lasgol das Buch, das er hinter seinem Rücken versteckt gehalten hatte.

»Verstehe«, sagte Lasgol, der sich immer mehr wunderte, was dieser Kerl hier machte.

»Ich gehe davon aus, dass wir uns bald zu unserer glorreichen Laufbahn als Waldläufer einschiffen und über den Fluss ohne Wiederkehr ins Geheime Tal aufbrechen.«

»Fluss ohne Wiederkehr?«

»Klingt ungut, nicht wahr? Ich habe vor der Abreise verschiedene Karten des Reiches konsultiert, und es existieren keinerlei Angaben, wo er entspringt. Bekannt ist nur, dass er ins Eismeer mündet. Ergänzend habe ich verschiedene Bücher zur Orographie von Norghana hinzugezogen, aber es gibt keinerlei Hinweise«, seufzte er ergeben.

Lasgol sah zu Boden. »Du hast dich auf die Reise vorbereitet? Und du bist sicher, dass du zu den Waldläufern willst?«

Egil lächelte ihn an. »Klingt überraschend, nicht wahr? Das ist eine lange Geschichte für einen anderen, passenderen Moment. Aber lass dich nicht von meinem Äußeren täuschen. Ich könnte ein Wandler sein.«

»Ein Wandler?« Damit wusste Lasgol nichts anzufangen.

»Ein Gestaltwandler.«

»Entschuldigung, ich weiß nicht, wovon du sprichst.«

»Hast du noch nie von den Metamorphen gehört?«

Lasgol hob fragend den Kopf.

»Das sind Leute oder Wesen, die ihre Gestalt verändern können. Sie können die Gestalt eines anderen oder eines Tiers annehmen und sind nicht von diesen zu unterscheiden.«

»Gehört habe ich davon, ja. Aber ich dachte, das wären Ammenmärchen.«

»Es ist Teil unserer Mythologie. Es gibt viele Beispiele für mächtige Wesen, die sich als einfache Sterbliche ausgegeben haben. Gestaltwandler gehören zu unserer Kultur. Ob Mythos oder Realität, in den Geschichten, die die Alten am Feuer ihren Enkeln erzählen, existieren sie.«

Lasgol legte einen Finger ans Kinn. »Also wie bei den Eisgöttern, die sich in Schneeleoparden verwandeln, um die Menschen zu besuchen?«

»Genau.«

Lasgol nickte. »Davon habe ich tatsächlich gehört.«

»Und ich bin ein Gestaltwandler«, verkündete Egil strahlend. »Momentan in der harmlosen Gestalt. In einen Eisriesen verwandele ich mich erst später.« Er lachte prustend los.

Lasgol fiel prompt in sein Gelächter ein.

»Aber glaubst du, es gibt solche Gestaltwandler?«, fragte er kurz darauf fasziniert.

»Da bin ich mir ziemlich sicher«, sagte Egil. »Angesichts der Mythen, der Sagen und all dessen, was ich in den Büchern dazu gefunden habe, halte ich ihre Existenz für sehr wahrscheinlich.«

»Und man kann sie nicht entlarven?«

»Angeblich nicht. Jedenfalls nicht mit natürlichen Mitteln. Solange sie die angenommene Gestalt innehaben, kann das menschliche Auge keinen Unterschied erkennen. Ich habe gelesen, dass sie so schwer zu erkennen sind, dass sie sogar Tiere täuschen können. Selbst Spürhunde.«

»Und was sind das für Wesen?«

»Gute Frage. Manche sagen, sie hätten besondere Kräfte, andere glauben, es seien einfach Menschen mit einer unerklärlichen Fähigkeit. Fest steht, dass das alles nur Vermutungen sind. Beweise gibt es nicht. Jedenfalls ein faszinierendes Thema.«

»Allerdings.«

»Wenn ich meine natürliche Gestalt wieder annehme, wirst du schon sehen.« Egil zwinkerte ihm zu.

Lasgol nickte lachend.

»In jedem Fall dürfte meine Anwesenheit die Anwärter um einen Farbtupfer ergänzen, ganz im Gegensatz zu gewissen anderen, wie zum Beispiel dem da.« Der Junge zeigte auf ein Grüppchen ganz in der Nähe.

»Mach Platz, Blödmann!«, sagte dort gerade ein Großmaul

und schubste einen schwächeren Jungen zur Seite. Der Junge fiel nach hinten und riss mehrere andere mit sich. Einer von ihnen prallte gegen die Gruppe, die Lasgol und Egil am nächsten stand. Ein blondes Mädchen half dem Gestürzten hoch. Dann wandte sie sich dem Angreifer zu.

»He, du da!«, rief sie und hielt direkt auf ihn zu.

Lasgol beobachtete sie genau. Was hatte sie vor? Sie würde doch wohl nicht …?

Breitbeinig baute sich das Mädchen vor dem Angeber auf, um ihn zur Rede zu stellen. Ihre blauen Augen fixierten seine grauen. Sie war groß und sehnig und hatte das lange, blonde Haar in mehrere Zöpfe geflochten. Da sie die Stirn runzelte und ein grimmiges Gesicht machte, konnte Lasgol nicht recht beurteilen, ob sie hübsch war oder nicht. Der Angeber war eine Handbreit größer als sie und ein ganzes Stück breiter gebaut. Das bedeutete, dass sie sich gerade Ärger einhandelte.

»Das war nicht gerade nett«, tadelte sie ihn mit vor der Brust verschränkten Armen.

»Und was geht dich das an?«, sagte er herablassend.

»Was mich etwas angeht, entscheide ganz alleine ich«, antwortete sie ebenso selbstbewusst.

»Mädchen haben hier sowieso nichts verloren«, sagte der Kerl in überlegenem Ton.

Da wurde ihre Haltung verächtlich, geradezu hasserfüllt.

»Das glaubst auch nur du, du Trottel.«

»Trottel? Halt bloß die Klappe, sonst zeig' ich's dir!«, warnte er verärgert.

»Du hast mir gar nichts zu sagen! Ich bin Ingrid, und ich sage, was ich will. Und wo ich es will.«

Das sah gar nicht gut aus. Lasgol setzte sich in Bewegung, um dem Mädchen beizustehen.

»Du solltest gar nicht unter uns sein. Was machst du hier?«, fragte der große Junge und tippte mit dem Finger zweimal an seine Schläfe. Ein drittes Mal gab es nicht.

»Das hier«, sagte Ingrid und verpasste ihm einen rechten Haken. Wie ein gefällter Baum kippte ihr Gegner nach hinten.

Und da blieb er liegen.

Lasgol erstarrte auf halbem Weg. Nach ein paar überraschten Kommentaren senkte sich fast andächtige Stille über diejenigen, die die Konfrontation beobachtet hatten. Ingrid machte kehrt und ging zu der Gruppe neben Lasgol zurück, der ihr staunend zusah, ohne die Augen von ihr lassen zu können.

»Hast du mir auch etwas zu sagen?«, fragte sie Lasgol mit drohender Stimme, als sie wahrnahm, dass er sie anstarrte. Sie ballte schon wieder die Faust.

»Nein. Nichts. Gar nichts«, brachte Lasgol eilig heraus und hob dabei begütigend die Hände.

»Dachte ich mir«, grinste sie und ließ den Arm wieder sinken.

Halb erschüttert, halb verzückt sah Lasgol ihr nach. In diesem Augenblick forderten die Waldläufer alle auf, an Deck zu gehen.

Egil gesellte sich zu Lasgol und flüsterte ihm zu: »Ich glaube, es wäre klug, sich mit dieser jungen Dame anzufreunden.«

Lasgol nickte ihm lächelnd zu. Er ging davon aus, dass sie jede Hilfe brauchen würden, die sie finden konnten — mindestens.

Sie gingen an Bord. Lasgol sah sich neugierig um und prägte sich jedes Detail ein, denn er betrat zum ersten Mal ein Schiff. Von der Küste aus hatte er Schiffe gesehen, ja, aber immer nur von weitem. Deshalb hatte er nie eines näher inspizieren können. Die Seefahrt faszinierte ihn. Er war ein Kind der Wälder, das nur festen Boden unter den Füßen kannte. Deshalb konnte er nicht verstehen, wie solche zerbrechlichen Gebilde aus Holz und mit nur einem Segel auf Flüssen oder gar im eisigen Nordmeer fahren konnten.

Egil schien Gedanken lesen zu können.

»Bist du zum ersten Mal auf einem Kriegsschiff?«

Lasgol nickte, schloss aber aus den Mienen vieler anderer Rekruten, die sich um den Mast scharten und sich mit weit aufgerissenen Augen umsahen, dass er keineswegs der Einzige war, dem es so ging.

»Sie sind schnell, aber nicht besonders stabil. Und sie können nicht viel transportieren. Man benutzt sie am häufigsten für Überfallkommandos. Offenbar sind sie auch für Waldläufer geeignet. Ich vermute, dass sie besonders für geheime Missionen taugen, weil man damit rasch und leise vorankommt.«

»Ich verstehe nicht, wie das Schiff uns alle tragen kann, ohne unterzugehen.« Lasgol sah sich um. »Wir sind etwa vierzig Neulinge und ein Dutzend Waldläufer.«

Egil musste schmunzeln.

»Keine Sorge, das geht nicht unter. Ich schätze, es könnte problemlos das doppelte Gewicht transportieren.«

»Ernsthaft?«

»Ja. Ich meine es immer ernst. Humor ist nicht gerade meine Stärke, das wirst du sicher bald merken.« Lächelnd zuckte er mit den Schultern. »Auf hoher See wäre das etwas anderes. Da könnten Seegang und Sturm es sinken lassen.

Aber hier, auf einem Fluss, da sind wir sicher, glaube mir. Keine Sorge.«

»Aber das Wasser reicht fast bis zum Rand.«

»In der Seefahrt nennt man das die Reling. Der vordere Teil, wo die Waldläufer stehen, ist der Bug. Der Kopf des Seeungeheuers, der dahinter zu sehen ist, ist die Gallionsfigur. Solche Schiffe mit den Köpfen von Fabeltieren zu schmücken, ist ein alter Brauch. Angeblich erschrecken sie den Feind. Und der hintere Teil«, er zeigte an das hintere Ende, »ist das Heck oder Achterschiff. Wie du siehst, ist es ebenfalls geschmückt, in diesem Fall mit dem Schwanz der Seeschlange. Das eigentlich Wichtige in diesem Bereich ist das Ruder dort drüben, mit dem der Steuermann den Kurs hält.«

»Weißt du eigentlich alles?«, fragte Lasgol verwundert.

»Alles? Ganz bestimmt nicht. Ich lese viel. Und ich lerne, so viel ich kann. Es gibt nichts Schlimmeres als einen Kopf voll Luft«, grinste Egil, doch Lasgol verstand nicht, was daran witzig sein sollte. »Siehst du? Was habe ich dir über meinen Sinn für Humor gesagt?«

»Daran werde ich mich schon gewöhnen«, antwortete Lasgol augenzwinkernd. Egil mochte merkwürdig sein, aber er gefiel ihm. Er schien es nicht böse zu meinen, und er wusste viel. Lasgol musterte seinen Begleiter gründlich. Er stritt es zwar ab, aber vermutlich wusste er doch alles.

»Solche Schiffe haben einen verstärkten Kasko und sind sehr stabil, weil sie nur anderthalb Fuß Tiefgang haben.«

Lasgols Blick verriet, dass er kein Wort verstand.

Egil lächelte.

»Ich erklär's dir: Der untere Teil eines Boots oder Schiffs besteht aus Planken, die übereinander liegen. Dieses Schiff taucht nur anderthalb Fuß tief ein. Dadurch kann es sehr schnell fahren. Aus demselben Grund kann es aber keine schweren Lasten befördern. Stell dir eine Nussschale in einer Pfütze vor. Das ist ganz ähnlich. Wenn du bläst, schwimmt sie weg, aber wenn du einen Stein hineinlegst, geht sie unter.«

»Und warum ist das Schiff so schmal? Wäre es nicht besser, wenn es breiter wäre? Dann wäre es doch bestimmt stabiler.«

»Kriegsschiffe dieser Art sind über sechzig Fuß lang und neun Fuß breit, und sie haben nur anderthalb Fuß Tiefgang. Das heißt, sie sind lang und schmal und verdrängen wenig Wasser — das macht sie so schnell. Aber keine Sorge, das hier geht nicht unter, versprochen.«

In diesem Augenblick erhob einer der Waldläufer die Stimme.

»Alle herhören!«, rief er mit tiefer, gebieterischer Stimme. Er war ein Mann mittleren Alters, dessen Gesicht die Narben etlicher Kämpfe aufwies.

Sofort brachen die allgemeinen Gespräche ab.

»Ich bin Kapitän Astol«, stellte er sich vor. »Und diese Schönheit, auf der ihr euch hier befindet, ist mein Schiff. In ganz Norghana gibt es kein besseres und schnelleres Schiff als sie. Solange ihr an Bord seid, werdet ihr sie respektieren wie eure eigene Mutter und mich wie euren eigenen Vater. Wer diese simple Regel nicht beachtet, endet splitternackt im Wasser. So einfach ist das. Habt ihr das verstanden?«

Da erhob sich ängstliches Gemurmel, viele sagten betreten »Ja!« und nickten dazu, aber keiner wagte, lauter zu werden.

»Das betrachte ich als Zustimmung. Es wird Zeit zum Ablegen. Diejenigen, die das vierte, dritte und zweite Ausbildungsjahr durchlaufen, sind schon weg. Traditionsgemäß seid ihr aus dem ersten Jahr die Letzten, die abfahren und ankommen. Hört mir genau zu, denn ich werde meine Worte nicht wiederholen. Setzt euch paarweise hin, zwanzig auf jeder Seite.«

Die Anwärter sahen einander an, ohne zu wissen, wen sie als Partner wählen sollten. Lasgol und Egil wechselten einen Blick und gehörten zu den Ersten, die sich seitlich auf eine Bank setzten.

»Los, los, wir haben nicht den ganzen Tag Zeit!«

Die Neuen fanden sich so gut wie möglich zusammen und nahmen Platz, bis schließlich alle saßen.

»Na, endlich!«, rief der Kapitän. »Und jetzt schnappt sich jedes Paar ein Ruder. Los, los!«

Alle gehorchten eilig.

»Dass mir keiner rudert, bevor ich das Signal gebe. Segel!«, befahl er, und zwei Waldläufer zogen das Segel auf.

Lasgol senkte den Kopf, um Egil zuzuflüstern: »Müssen wir etwa rudern?«

Egil warf einen Blick auf das Segel, dann nickte er. »Wir fahren flussaufwärts, und es herrscht kein Wind. Ja, wir müssen rudern.«

Lasgol war verwirrt. Er war davon ausgegangen, dass der Wind sie antreiben würde, aber nein. Das würde keine entspannte Reise werden, sondern harte Arbeit, denn sie mussten gegen die Strömung kämpfen.

Die Waldläufer verteilten sich über das Schiff und erklärten den Neulingen, wie man zu zweit das Ruder halten und dann im Takt des Kapitäns damit umgehen musste. Das hörte sich nicht sonderlich kompliziert an. Lasgol lächelte seinem Banknachbarn zu. Doch sobald der Kapitän den Befehl erteilte, verging ihm das Lächeln. Es herrschte das blanke Chaos! Niemand ruderte im gleichen Takt, einige hätten ihr Ruder beinahe verloren, und eine der Neuen, ein rothaariges Mädchen mit sommersprossigem Gesicht, kippte rückwärts von der Bank. Der Junge neben hier half ihr wieder hoch, aber dabei traf das Ruder durch den Druck der Strömung alle beide und warf sie erneut um. Der Zwischenfall wirkte unfreiwillig komisch, hätte das Mädchen nicht so panisch versucht, wieder hochzukommen, wobei sie versehentlich auf ihren Partner trat und sich am Ruder festklammerte, das wie besessen nach allen Seiten ausschlug.

»Bei allen Seeschlangen!«, brüllte Astol, der wütend mit den Armen wedelte.

Alle bemühten sich, ihre Ruder in den Griff zu bekommen

und einen gemeinsamen Takt zu finden, aber es blieb ein wildes Durcheinander. Das Gebrüll des Kapitäns war ohrenbetäubend.

»Du nimmst das äußere Ende«, flüsterte Egil seinem Partner zu. »Dank der Hebelwirkung ist die Trägheit größer, und da braucht man mehr Kraft.«

Lasgol verstand zwar nicht alles, nickte jedoch.

»Einverstanden«, sagte er, und sie tauschten die Plätze. Jetzt saß Egil an der Reling und Lasgol mit dem Ende des Ruders am Mittelgang.

Es war ziemlich schwierig, die Bewegung aufeinander abzustimmen, doch nachdem ihnen schon die Beherrschung dieses einen Ruders schwerfiel, war es praktisch unmöglich, denselben Rhythmus wie das Paar gegenüber einzuhalten. Das lag vor allem daran, dass vor Egil ein wahrer Hüne saß, sechs Fuß groß, die Schultern so breit wie die von Lasgol und Egil zusammen. Er ruderte, als ginge es um sein Leben, und fegte seinen Partner, der sich verzweifelt am Ruder festklammerte, mit jedem Schlag von der Bank.

Egil legte dem großen Vordermann eine Hand auf die Schulter, um ihn auf sich aufmerksam zu machen.

»Ahhh!«, schrie dieser erschrocken auf und riss die Arme in die Höhe, wobei er das Ruder so plötzlich losließ, dass sein Partner sich nicht mehr halten konnte und im Gang bis zum Mast davonrollte.

Der große Junge drehte sich halb um. Er hatte das Gesicht eines echten Kriegers von Norghana, kantig, der Kiefer wie gemeißelt, dazu blonde Haare, die ihm bis auf die Schultern reichten. Schon sein Anblick war einschüchternd. Lasgol erwartete, dass er den kleinen Egil unwirsch anfahren würde, weil der ihn erschreckt hatte, und hielt sich bereit, um seinen Partner zu verteidigen. Doch die meerblauen Augen des breitschultrigen Kerls sprühten keineswegs vor Zorn, sondern verrieten etwas ganz anderes: Angst.

»Das hier ist kein königliches Turnier, Kollege Ruderer«, sagte Egil mit einem Lächeln.

Als der andere das Lächeln erblickte, leuchteten seine Augen auf, und seine Angst legte sich. Das harte Gesicht wurde weicher.

»Bin ich zu schnell? Ich weiß noch nicht, wie das geht«, sagte er gutmütig. »Ich kenne mich nur mit Kühen und Schweinen aus. Von Schiffen und vom Rudern habe ich keine Ahnung.«

»Das geht mir genauso«, sagte Lasgol in dem Versuch, den Riesen zu besänftigen.

Dessen Begleiter setzte sich wieder auf die Bank und sah den anderen grimmig an.

»Entschuldigung. Ich habe nicht aufgepasst. Das wollte ich nicht. Ich bin erschrocken.«

»Pass besser auf, sonst bringst du mich noch um«, schimpfte sein Nachbar.

»Tut mir leid.«

»Zählt bis fünf und dann zieht ... äh, rudert, meine ich«, riet ihnen Egil. »Dann geht es gleich viel besser, ihr werdet sehen.«

»Na gut. Das probieren wir.«

Sofort wurde es einfacher. Der Partner des großen Jungen war ihnen so dankbar, dass er Egil einen anerkennenden Blick zuwarf.

Es dauerte den halben Morgen, bis alle zumindest so rudern konnten, dass das Boot stabil den Kurs hielt. Am Ende brachte Astol keinen Ton mehr heraus. Die Waldläufer kamen ihm zu Hilfe und leiteten die unerfahrenen Rekruten an, bis diese allmählich den Bogen raushatten.

So folgten die drei Schiffe stromaufwärts dem Flussverlauf. Sie kamen nur langsam voran, und die Kommandos des Kapitäns prasselten wie ein Wintersturm auf sie ein, solange er noch sprechen konnte. Zum Glück war das Wetter ihnen wohlgesonnen, der Wind mäßig und die Sonne warm genug, um über das Gebrüll und die Anstrengung hinwegzusehen.

So ruderten sie den ganzen Tag weiter. Erst als die Sonne unterging, machten sie Halt. Alle durften an Land gehen und ihrer Glieder strecken. In angemessener Entfernung von den Schiffen entzündeten sie Lagerfeuer und aßen von ihrem Proviant, der nur die Wahl zwischen Räucherfisch und Trockenfleisch bot. Danach kehrten sie auf die Schiffe zurück und schliefen dort. Kapitän Astol war der Ansicht, man müsse seine Bank und sein Ruder lieben und nichts würde sie besser zusammenschweißen als eine gemeinsam verbrachte Nacht.

Die ersten zwei Tage waren hart. Schon bald stellte sich heraus, dass Rudern eine Anstrengung erforderte, der ein ungeübter Körper nicht ohne Weiteres gewachsen war. Lasgol und Egil unterhielten sich möglichst viel, um ihre schmerzenden Glieder zu vergessen.

»Bald kommt die Nacht, dann können wir ausruhen«, sagte Lasgol einmal.

Egil seufzte. »Sehr bald, hoffe ich. Mein erhabener Geist kann meinen geschundenen Körper nicht mehr lange täuschen.«

Lasgol, der sich allmählich an Egils gehobene Ausdrucksweise gewöhnte, verstand zumindest die Hälfte.

»Dann sollten wir lieber weiterreden. Erzähl mir etwas von dir. Das lenkt ab.«

„Na gut. Also, ich bin der dritte Sohn des erlauchten Herzogs Olafston, dem hochwohlgeborenen Herrscher des Herzogtums Vigons-Olafston, aus vornehmer Familie und aus derselben Linie wie Haus Vigons, der Konkurrent der Krone.«

»Du bist der Sohn eines Herzogs?«

Egil nickte.

»Der zu den mächtigsten Herzögen des Reiches zählt. Vielleicht der mächtigste von allen.«

Lasgol pfiff anerkennend.

»Dann bist du also reich. Du bist mit Dienstboten und im Luxus aufgewachsen.« Kaum hatte er dies ausgesprochen, da wurde ihm bewusst, wie verkehrt das klang. »Entschuldigung, das ist mir so rausgerutscht.«

»Schon verziehen«, erwiderte Egil unbekümmert. »Das

glaubt alle Welt. Allerdings gibt es da zu meiner Person gewisse Umstände, die erklärungsbedürftig sein mögen«, fuhr er mit einem schwer zu deutenden Gesichtsausdruck fort.

Lasgol sah ihn fragend an.

»Ich stamme zwar aus einem mächtigen Adelsgeschlecht, doch mein Haus hatte einst selbst Anspruch auf die Krone. Deshalb ist seine Position etwas heikel, zumindest in Bezug auf den Zweig Vigons, die Familie meines Großvaters väterlicherseits. Unser geliebter König Uthar und mein Vater Vikar haben keine besonders freundschaftliche Beziehung. Der König hat meinen Vater verpflichtet, allen Rechten auf die Krone zu entsagen und anstelle des Namens Vigons, dem ein Erbanspruch auf die Krone zusteht, den Namen Olafston anzunehmen. Wie die anderen Herzöge und Grafen des Reiches hat mein Vater Uthar den Treueeid geleistet. Dennoch bleiben sie im Grunde Rivalen.«

»Rivalen? Warum?«

»Nun, falls Uthar ohne einen Erben stirbt — und einen solchen gibt es bisher nicht —, könnte die Krone an mein Haus übergehen. An meinen Vater.«

»Oh! Verstehe.«

»Und diese enorme politische Spannung macht sich bei mir zu Hause bemerkbar. Mein Vater steht unter permanentem Druck, was sich auf seine Kinder überträgt. Tja, und darüber hinaus ist mein lieber Vater kein besonders freundlicher Mensch. Eher im Gegenteil. Er hat einen ausgeprägten Charakter. Es heißt, er hätte schon mehr als einen zu Tode gebrüllt. In seinen Augen sind Männer ohne Charakter nicht einmal die Kleider an ihrem Leib wert. Und dasselbe gilt für alle, die nicht mit dem Kopf eine Tür einrammen können.«

Überrascht riss Lasgol die Augen auf.

»Du sagtest, du hättest Geschwister.«

»Ja. Ich bin der Letzte. In jeder Hinsicht«, ergänzte er resigniert. »Die anderen sind groß und stark, typische Norghaner. Ich hingegen ... tja, du siehst es«, sagte er mit einem Blick auf seinen kleinen, mageren Körper.

»Muskeln sind doch nicht alles.«

»In Norghana schon, und im Haus meines Vaters umso mehr. Wer nicht kämpfen kann wie ein wütender Stier, wenn das eigene Haus in Gefahr ist, ist für meinen Vater wertlos.«

Lasgol nickte verständnisvoll.

»Ich habe keine Geschwister. Es muss schön sein, zu mehreren aufzuwachsen.«

»Das war es auch. Als wir klein waren. Aber dann wurde alles anders. Meine Brüder sind der ganze Stolz meines Vaters, und inzwischen werden sie ihm immer ähnlicher. Irgendwann haben sie nicht mehr mit mir gespielt, sondern lieber die Waffen geschwungen, und seitdem hatten sie immer weniger Zeit und Lust, etwas mit mir zu machen. Mein Vater hat die besten Waffenlehrer des Reiches für sie engagiert und sie Tag und Nacht trainieren lassen.«

»Werden sie zur königlichen Armee gehen?«

»Oh, nein!« Egil schüttelte mit Nachdruck den Kopf. »Mein Vater vertraut weder dem König noch den anderen Herzögen. Und umgekehrt. Er würde seine Söhne nie dienen lassen. Er will sie bei sich haben, damit sie den Titel weiterführen können. Jeder Herzog und jeder Graf hat ein eigenes kleines Heer, um seine Ländereien zu beherrschen.«

»Ich dachte, König Uthar hätte eigene Soldaten«, sagte Lasgol, der an Ulf dachte.

»Das stimmt, aber das sind gar nicht so viele. Und ein stehendes Heer ist kostspielig«, ergänzte Egil mit einem Funkeln in den Augen. »Es ist doch viel effizienter, wenn alle Lehnsmänner, die Herzöge und Grafen, selbst Soldaten haben und diese bezahlen.«

»Oh. Davon hatte ich keine Ahnung.«

»Kein Problem. Dafür hast du jetzt mich«, grinste Egil und zwinkerte ihm zu.

Lasgol lachte. Dann wurde er wieder nachdenklich.

»Ja, aber was machst du dann hier? Warum bist du nicht bei deinem Vater?«

»Nun, dafür gibt es eine gleichermaßen einfache wie traurige Erklärung.«

Gespannt sah Lasgol ihn an.

»Der König fordert von all seinen Lehnsmännern einen Beweis ihrer Ergebenheit. Das ist schon immer so, seit der Gründung des Reiches vor fast tausend Jahren. Jeder Adlige muss einen seiner Söhne in den Dienst der Krone stellen, damit diese nie in Versuchung geraten, ihren Monarchen zu verraten.«

»Weil er auf diese Weise aus jeder Familie eine Geisel hätte?«

»Genau. Und in diesem Fall bin ich die Geisel. Mein Vater schickt mich zu den Waldläufern, weil man mich, schmächtig wie ich bin, im Heer nicht nehmen würde.«

»Verstehe. Und was ist das Traurige daran?«

»Dass er den ungeliebten Sohn schickt. Den schwächsten und unfähigsten, den Sohn, dessen er sich schämt. Und dessen Verlust er verschmerzen könnte.«

»Sag so etwas nicht!«

»Aber es ist die Wahrheit. Mein Vater ist ein harter Mann, kalt wie die Berge des Nordens. Als ihm klar wurde, dass ich nie wie meine Brüder sein würde, verlor er das Interesse an mir und konzentrierte sich auf sie. Im Grunde genommen hat er mich verstoßen. Seitdem hat er kaum noch mit mir gesprochen — oder nur, um mir Befehle zu erteilen, dies oder jenes zu tun. Nicht ein freundliches Wort. Ich war ganz allein, und ich fand Zuflucht bei den Büchern. Zum Glück verfügt die Burg meines Vaters über eine umfangreiche Bibliothek, die er einst für meine Mutter eingerichtet hat. Darin habe ich fast mein ganzes Leben verbracht, praktisch allein.«

»Und deine Mutter?«

»Die ist am Weißfieber gestorben, als ich fünf war.«

»Das tut mir leid. Meine Mutter starb auch, als ich noch klein war.«

»Dann haben wir also etwas gemeinsam«, lächelte Egil.

»Das mit deinem Vater tut mir auch sehr leid.«

»Kein Problem. Da kann man nichts machen. Zwischen uns herrscht keine Liebe.«

Doch die Trauer in Egils Augen vermittelte Lasgol den Eindruck, dass er seinen Vater durchaus liebte, obwohl dieser ihn verachtete. Das Vertrauen, das Egil ihm erwiesen hatte, indem er ihm all dies erzählt hatte, berührte Lasgol. Sollte er Egil auch sein Geheimnis offenbaren? Das er niemandem preisgab und zu dem er sich nach dem Tod seines Vaters geschworen hatte, es nie wieder einzusetzen? Nein, das wagte er nicht.

Am dritten Tag der Fahrt begann Lasgol, das Erlebnis zu genießen. Seine Hände und Arme schmerzten, aber die Landschaft war tatsächlich überwältigend schön. Der Fluss funkelte wie ein Kristall, die nahen Wiesen, auf denen der Schnee getaut war, präsentierten sich strahlend grün. Die Wälder waren noch von einer feinen Schneedecke überzogen, die sich jedoch auch bald in Wasser verwandeln und in der Erde versickern würde. Und in der Ferne waren die verschneiten Berge von Norghana zu sehen, majestätisch und trotzig. Der Anblick war atemberaubend. Egil hatte ihm erklärt, dass sie nach Nordosten fuhren, wo es wieder kälter sein würde, doch jetzt im Frühling dürfte das Klima dort erträglich sein.

Dennoch hatte Egil weniger Freude an der Reise, denn die Strapazen setzten seiner schwächlichen Konstitution sehr zu. Lasgol achtete darauf, beim Rudern die Hauptarbeit zu verrichten, aber dennoch zehrten die vielen Stunden körperlicher Anstrengung an seinem Partner. Am siebten Tag hing Egil halb tot über dem Ruder. Er war kreideweiß und hatte tiefe Ringe um die Augen. Das ging allerdings nicht nur ihm so — mindestens ein Dutzend weiterer Neulinge wirkte ähnlich ausgelaugt, und von den restlichen war nur noch die Hälfte der Daueranstrengung gewachsen.

»Geht es dir gut? Soll ich um Hilfe bitten?«

Egil schüttelte den Kopf.

»Bist du sicher? Du siehst gar nicht gut aus.«

»Keine Sorge, ich bin zäher, als es den Anschein hat.«

»Ich will nicht, dass dir etwas zustößt.«

In diesem Augenblick rief Kapitän Astol:

»In eurem Alter konnte ich dieses Schiff mit einem Ruderboot den Fluss hochziehen! Ganz allein!«

Dieser Kommentar spornte Egil noch einmal an.

»Ich lasse mich nicht zum Gespött machen.«

»Aber es ist zu anstrengend.«

»Für dich nicht. Also auch nicht für mich!«

Lasgol hätte ihm gern widersprochen, aber er wusste, dass er ihn nicht überzeugen würde. Das Glitzern in Egils dunklen Augen verriet deutlich, dass er nicht aufgeben wollte.

»Ist gut«, lenkte Lasgol widerstrebend ein.

Um Egil aufzumuntern und ihn von der körperlichen Tortur abzulenken, wechselte er das Thema.

»Sag mal, was interessiert dich beim Lesen eigentlich am meisten?«

Da leuchtete Egils Gesicht auf.

»Magier!«, sagte er mit glänzenden Augen.

»Magier?«

»Ja. Wusstest du, dass manche Menschen die Gabe besitzen? Oder das Talent, wie es hier im Norden genannt wird? Und wusstest du, dass diese Menschen Dinge tun können, die sich normale Leute wie du und ich kaum vorstellen können?« Die Begeisterung in seiner Stimme verriet, wie sehr ihn dieses Thema fesselte.

»Dakon, ich meine, mein Vater hat mir mal etwas erzählt. Ein bisschen weiß ich darüber.«

»Es ist wirklich faszinierend.« Egil strahlte. »Nur ein sehr kleiner Teil der Bevölkerung wird mit der Gabe — dem Talent — geboren. Diejenigen, die herausfinden, dass sie es haben, und daran arbeiten, können große Magier werden und mit ihrer enormen Macht ein Königreich retten oder auch vernichten.«

»Mein Vater hat mir erzählt, dass die Magier unglaublich mächtig sind. Sie können ganze Bauwerke niederreißen und einer Armee enorme Verluste zufügen.«

»Oh ja! Die Eismagier, die dem König dienen, können das Element Wasser beeinflussen und es in Eis oder andere natürliche Aggregatzustände von Wasser verwandeln. Das kann katastrophale Folgen haben.«

Lasgol sah ihn ungläubig an.

»Sie können Menschen zu Eis erstarren lassen oder Stürme hervorrufen, bei denen selbst die Luft, die wir atmen, gefriert. Es heißt, die Augen eines Eismagiers können dich mit einem Blick erfrieren lassen.«

»Aber du sagtest auch, dass nur ein sehr kleiner Anteil der Bevölkerung das Talent hat, oder?«

»Ja. Nur sehr wenige. Anscheinend wird es normalerweise von den Eltern an die Kinder weitergegeben. Aber nicht immer. Nach allem, was die Lehrbücher besagen, die ich zu dieser Materie konsultieren konnte, kann jemand nur dann mit der Gabe geboren werden, wenn es auch einen entsprechenden Vorfahren gab. Die Gabe liegt in der Familie. Man hat sie im Blut. Das heißt, man kann sie sich weder aneignen noch auf sonstige Weise erhalten, nur von den eigenen Eltern erben.«

»Sehr interessant. Das wusste ich nicht.«

»Ja, das weiß kaum jemand. In ganz Norghana gibt es höchstens ein Dutzend, und nicht alle sind gleich mächtig.«

»Es haben also nicht alle Magier große Macht?«

»Oh, nein. Das ist ziemlich eigenartig. Lass es mich erklären, denn das ist etwas, was mich fasziniert. Bei manchen Menschen manifestiert sich die Gabe in Form von großer Macht. Die meisten von ihnen befassen sich genauer mit den Elementen, und wenn sie eines finden, das ihnen besonders liegt — zum Beispiel das Wasser —, spezialisieren sie sich darauf.«

»Und werden Eismagier.«

»Richtig. Oder Feuer-, Erd- oder Luftmagier. Sie beherrschen die Elemente und sind dank der Fähigkeiten, die sie mit der Zeit entwickeln, extrem mächtig. Manche können sogar Vulkane oder Erdbeben oder Wirbelstürme hervorrufen.«

»Puh. Aber nicht alle, hoffe ich!«

Egil lächelte.

»Nein, nicht alle. Die Gabe ist geheimnisumwittert. Man weiß nicht viel darüber. Aber sie äußert sich nicht bei allen gleich. Am bekanntesten ist die Herrschaft über die vier Elemente samt der damit verbundenen Fähigkeiten, aber es gibt auch Belege für viele andere Talentformen. Über die weiß man kaum etwas. Tief unten im Süden zum Beispiel, in den Wüstenländern, soll es Zauberer geben, die jemanden mit einem Blick töten oder verfluchen oder sein Blut zum Kochen bringen können.«

»Das ist ja schrecklich!«

»Allerdings. Das Reich Nocea hat Hexenmeister, die Blut- und Fluchmagie beherrschen. Das Reich Rogdon wiederum hat Magier der vier Elemente, die sich nicht konkret spezialisieren, sondern ihre Fähigkeiten auf allen vier Gebieten nutzen können. Bei uns im Königreich Norghana haben wir die Eismagier, die auf das Element Wasser spezialisiert sind. Laut Aussage der Bücher, die ich studieren konnte, macht die Spezialisierung auf ein einziges Element die dabei entwickelten Fähigkeiten erheblich mächtiger.«

»Das klingt logisch. Es ist leichter, eine Sache meisterlich zu beherrschen, als mehrfacher Meister zu werden.«

»Und über die vielen Formen der Magie ist wenig bekannt. In abgelegenen Gebieten unseres geliebten Kontinents Tremia gibt es auch Schamanen mit unbekannten Fähigkeiten.«

»Schamanen ...«

»Ja. Hexen und Hexer.«

»Verstehe«, sagte Lasgol, den es ebenso beglückte wie erschreckte, so viel zu wissen.

»Aber das Merkwürdigste ist, dass die Gabe sich auch noch auf andere Weise manifestieren kann, und darüber weiß man praktisch nichts.«

»Zum Beispiel?«, fragte Lasgol gespannt.

»Am bekanntesten sind die Magier und Hexenmeister.

Darüber gibt es gründlich recherchierte Bücher und Kompendien. Aber was die anderen angeht, Menschen, bei denen die Gabe nicht so mächtig und nicht so beeindruckend ist wie bei den Magiern, über die ist kaum etwas bekannt. Trotzdem gibt es sie.«

»Seltsam. Du meinst also, es gäbe Menschen mit dem Talent, die dies nicht offen zeigen?«

»Oder bei denen die Gabe nicht so ausgeprägt ist wie bei einem Magier der vier Elemente oder einem Blutzauberer, ja. Dennoch besitzen sie die Gabe und können ihre individuellen Fähigkeiten trainieren.«

»Das ist interessant. Was sind denn das für Fähigkeiten?«

»Manche können in den Geist anderer eindringen und deren Gedanken beeinflussen. Stell dir das vor: Sie können dich zwingen, Dinge zu tun, die du von allein nie tun würdest!«

»Wie schrecklich!«

»Genau. Man nennt sie Dominatoren, und sie sind höchst gefährlich, weil sie in den Geist ihrer Opfer eindringen und ihnen Dinge einreden, die nicht wahr sind. Es heißt, sie könnten einen dazu bringen, einfach einzuschlafen, sich das Leben zu nehmen oder gar jemand anders umzubringen.«

»Das ist entsetzlich!«

»Ja, sie sind sehr gefährlich. In einem Buch stand, dass sie ihre Opfer zeichnen.«

»Zeichnen? Wie das?«

»Mit einer Rune der Macht in ihrem Fleisch. Das verstärkt ihre Herrschaft, und das Opfer kann sich nicht mehr wehren.«

»Wie schrecklich!«

»Ja. Und dann gibt es noch die, die Fähigkeiten entwickeln, mit denen sie ihren Körpern besondere Kräfte verleihen und sich in gnadenlose Mörder verwandeln.«

Lasgol nickte. »Das klingt nachvollziehbar.«

»Wieder andere können Fähigkeiten entwickeln, die etwas mit der Natur zu tun haben, zum Beispiel den Umgang mit Tieren oder sich im Wald verstecken.«

»Das klingt schon besser.«

»Letztlich kann jemand mit der Gabe ganz unterschiedliche Fähigkeiten entwickeln. Die Lehrbücher konzentrieren sich auf die häufigsten Ausprägungen, die gut belegt sind, aber das ist keineswegs alles. Wenn ich die Gabe besäße, was leider nicht der Fall ist, würde ich meine Fähigkeiten den ganzen Tag ausprobieren, um herauszufinden, wie weit ich komme. Ich wette, ich könnte unglaubliche Wunder vollbringen.«

»Wenn du die Gabe hättest, bin ich mir sicher, dass du in ein paar Jahren der mächtigste Magier von ganz Tremia wärst«, grinste Lasgol.

Egil fiel in sein Lachen ein.

»Jedenfalls würde ich nicht zu den Waldläufern gehen, sondern mich den Eismagiern oder anderen Zauberern anschließen. Ich würde experimentieren, lernen und mich selbst in eine Naturgewalt verwandeln.« Zufrieden spannte er seinen kleinen Bizeps an.

Dann schwiegen sie kurz, um darüber nachzudenken, was das alles zu bedeuten hatte.

»Wenn du die Gabe hättest — was für ein Magier würdest du sein wollen?«, fragte Lasgol.

Egil überlegte.

»Ein Dominator für Magier. Auf diese Weise könnte ich jegliche Macht einsetzen, denn ich könnte andere über die Gabe kontrollieren.«

Lasgol stimmte lachend zu.

»Sehr schlau. Und wenn dir nun jemand begegnen würde, der nur ein ganz bisschen von der Gabe hätte?«

»Den würde ich benutzen, um mich zu einem mächtigen Magier zu führen, und dann würde ich den steuern.«

Lasgol prustete los. »Na gut, du hast gewonnen.«

Egil lächelte.

»Tatsache ist, dass wir kaum etwas über die Menschen mit der Gabe wissen. Es sind wenige, so viel ist klar, und sie halten sich verborgen, weil sie gefürchtet und verfemt sind. Nach allem, was ich gelesen habe, steht zumindest fest, dass es unterschiedlich mächtige Menschen gibt, die unterschiedliche Fähigkeiten ausbilden können. Aber jenseits der Magierzirkel weiß man nicht allzu viel, und die halten das Meiste geheim.«

»So wie die Waldläufer, meinst du?«

»Ja, ganz ähnlich wie die Waldläufer. Alles bleibt geheim. Und du musst bedenken, dass das gemeine Volk hasst, was es nicht versteht. Die Mehrheit fürchtet und hasst die Magier und alle, die über die Gabe verfügen. Hass und Angst wiederum führen zu Verfolgung und Tod. Darum verstecken sie sich.«

Der Junge nickte langsam.

»Was du da erzählst, klingt sehr spannend.«

»Ja, nicht wahr? Ich finde dieses Thema total faszinierend. Was würde ich darum geben, jemanden mit der Gabe zu kennen und mit ihm herumzuexperimentieren!«

»Wenn du es so ausdrückst, würde das kaum jemand zulassen.«

»Hey, du weißt, was ich meine«, grinste Egil belustigt.

Lasgol lachte. »Klar doch.«

Er überlegte, ob er Egil sein Geheimnis anvertrauen sollte, denn der würde es vermutlich verstehen. Andererseits hatte er sich geschworen, es für sich zu behalten und in seinem Innersten zu verschließen. Nein, das würde er niemandem gestehen. Er hatte schon genug Probleme. Noch eines konnte er nicht gebrauchen, schon gar nicht ein so großes.

Am Abend nach diesem Gespräch aß Egil kaum einen Bissen. Noch während sie zusammen am Feuer saßen, schlief der Junge ein. Lasgol deckte ihn zu und trug ihn später ins Schiff zurück. Am Steg begegnete er Ingrid, die erst ihn und dann Egil auf seinem Rücken von oben bis unten musterte. Sie schüttelte den Kopf.

»Du musst dir deine Kräfte gut einteilen. Der da hält nicht lange durch«, sagte sie missbilligend.

»Das werden wir sehen«, antwortete Lasgol verstimmt.

»Ja, allerdings«, erwiderte sie und stolzierte hoch erhobenen Hauptes an ihm vorbei.

Lasgol sah ihr nach, während sie über die Planke lief. Ihre Stärke war bewundernswert, und sie kam besser zurecht als er, besser als die meisten hier. Aber ihm gefiel ihr Auftreten nicht. Dann ging er selbst an Bord und machte es Egil so bequem wie möglich, damit dieser sich ausruhen konnte.

Bei Tagesanbruch wurden sie von den Waldläufern geweckt, die zum Aufbruch drängten. Lasgol rüttelte Egil wach. Sein Begleiter sah gar nicht gut aus.

»Ich glaube, wir sollten Bescheid sagen, dass du krank bist.« Wenn Daven auf dem Schiff gewesen wäre, hätte Lasgol ihn ansprechen können, aber leider war er nicht bei ihnen. Lasgol wusste nicht, ob der Waldläufer auf einem der anderen Schiffe mitfuhr oder schon wieder in anderen Angelegenheiten unterwegs war.

»Es geht mir besser. Nur keine Sorge«, wehrte Egil ab, aber das nahm Lasgol ihm nicht ab.

Die Waldläufer gaben Wasser und Frühstück aus. Lasgol zwang Egil, etwas zu essen.

Danach begannen sie auf Befehl des Kapitäns wieder zu rudern. Nach einigen Stunden brach Egil zusammen und wäre fast von der Bank gerutscht. Lasgol fing ihn auf und stützte ihn.

»Waldläufer! Hilfe!«, rief er, als er merkte, dass Egil sich mit leerem Blick ans Ruder klammerte, als ob er Lasgol gar nicht wahrnähme. Irgendetwas stimmte hier ganz und gar nicht.

»Bei allen Flussnixen!«, polterte der Kapitän.

Ein Waldläufer kam zu Lasgol herüber.

»Bitte helft uns«, bat Lasgol, der sich um seinen Kameraden sorgte.

Alle hörten auf zu rudern und drehten sich neugierig nach ihnen um.

Der Waldläufer hatte ein sonnengegerbtes Gesicht. Er sah Lasgol forschend an. Und er erkannte ihn. Da riss er die Augen auf und sah ihn voller Hass an.

»Wen haben wir denn da?«

Lasgol wollte gerade antworten, als der Mann abwehrend die Hand hob. Mit lauter Stimme, damit ihn auch sicher jeder hören konnte, sagte er:

»Na, wenn das nicht der Sohn des Waldläufers Dakon ist! Der Sohn des großen Verräters.« Und er spuckte vor Lasgol aus. »Für dich gibt es hier keine Hilfe.«

Lasgol spürte, wie sich eine immense Wut in ihm zusammenbraute.

Auf dem ganzen Schiff erhob sich überraschtes Gemurmel, und es kamen Fragen auf. Im Nu hatte sich die Nachricht überall herumgesprochen, und das Geflüster wurde feindselig und boshaft.

Lasgol schossen die Tränen in die Augen.

»Der Sohn des Verräters. Mitten unter uns«, sagte einer.

»Unglaublich! Wie kann er es wagen?«, ein anderer.

»Der gehört über Bord geworfen.«

»Eine Tracht Prügel täte ihm gut. Erteilen wir ihm eine Lektion«, befand ein anderer.

Das Murren wurde immer lauter, bis sie ihn schließlich lauthals beschimpften. Jetzt wussten alle, wer er war. Und sie hassten ihn dafür.

Lasgol ballte die Fäuste. Er presste die Lippen aufeinander und schluckte seine Tränen hinunter, während sie ihn und seinen Vater verhöhnten. Gleichzeitig sah er dem Waldläufer in die Augen und wies auf Egil. Störrisch und wortlos zeigte er auf seinen Begleiter.

Schließlich reagierte der Mann.

»Geh zur Seite«, wies er Lasgol an und untersuchte den anderen Jungen.

Dann hob er einen Arm.

»Hier rüber. Er hat Fieber«, sagte er. Sofort kamen ihm drei Waldläufer zu Hilfe.

Sie brachten den halb bewusstlosen Egil nach vorne zum Kapitän, der ihn untersuchte. Sogleich wurden verschiedene Tränke zubereitet, die man ihm einflößte. Danach rieben sie ihn mit kaltem Wasser ab. Wieder sahen alle zu, und dabei vergaßen sie Lasgol fürs Erste. Die Waldläufer machten einen besorgten Eindruck, und der Kapitän befahl, erst einmal Halt zu machen. Die anderen Schiffe legten ebenfalls an. Auf dem Lastkahn bereitete man zwei Pferde vor, und zwei Waldläufer saßen auf. Einer von ihnen übernahm Egil und band ihn an sich fest, damit er nicht vom Pferd fiel, ehe sie im Galopp mit ihm verschwanden.

Lasgol betete zur Eisgöttin, dass sie ihn retten würden.

Am zehnten Tag der langen Fahrt gabelte sich der Fluss. Kapitän Astol fuhr nach Nordosten weiter. Lasgol ruderte allein. Ihm war einsam zumute. Abends setzte er sich nicht mehr ans Feuer, um nicht den Beleidigungen seiner Begleiter ausgesetzt zu sein. Sobald er sich seine Ration abgeholt hatte, kehrte er aufs Schiff zurück und ignorierte dabei alle Kommentare, bösen Blicke und Provokationen.

In der Dunkelheit der Nacht tastete er in seinem Reisesack nach der Schatulle mit dem ungewöhnlichen Ei, das ihn jedes Mal mehr faszinierte. Anfangs hatte er noch Angst gehabt, es könnte zerbrechen, aber seit es ihm eines Abends entglitten war, sorgte er sich nicht mehr deswegen. Er hatte sich erschrocken auf den Boden geworfen, um es noch rechtzeitig zu erwischen, es aber nicht mehr auffangen können. Nachdem das Ei mit Wucht auf dem Boden aufgeschlagen war, war es unter die Bänke gerollt. Als Lasgol es endlich gefunden hatte, hatte er es voller Sorge untersucht. Bestimmt war es angeschlagen oder gar kaputt — aber, nein, es war heil geblieben. Schon das allein war ungewöhnlich, ging jedoch mit einem merkwürdigen Gefühl einher, das ihn überkam, während er es in den Händen hielt. Damals in Ulfs Haus war ihm das nicht aufgefallen, aber in diesen letzten Nächten, in denen er es genauer begutachtet hatte, hatte er dabei stets ein spezielles Gefühl in der Bauchgegend, als wäre er nervös. Und das war für ihn nicht normal. Wenn Lasgol etwas Ungewöhnliches wahrnahm, gab es in der Regel einen guten Grund dafür, obwohl er diesen anfangs nicht immer kannte.

Während er solchen Gedanken nachhing, erreichte das Schiff eine enge Klamm, die aussah, als hätte ein Kriegsgott mit seiner Axt den Berg gespalten, um den Fluss hindurchzulassen. Rechts und links stiegen die Felswände fast senkrecht auf.

»Gleich geht es durch die Schlucht ohne Wiederkehr«, verkündete der Kapitän.

Kaum hatten sie diese durchquert, da tauchten auf beiden Seiten des Flusses Wachtürme auf, die von aufmerksamen Waldläufern mit schussbereiten Bögen bemannt waren. Weiter hinten erwartete sie ein Pier aus Holz, der Zugang zu einer Art Dorf gewährte. Dorthin lenkten sie die Schiffe und machten sie fest.

»Hier beginnt das Lager. Ende der Reise!«, gab Astol bekannt.

Lasgol sah sich prüfend um. Sie waren in einem ausgedehnten, runden Tal, das von einer gewaltigen Bergkette umgeben war. Dann warf er einen Blick zurück. Offenbar konnte man nur auf dem Fluss durch diese Schlucht in das Tal gelangen. Allmählich verstand er, warum niemand wusste, wo sich das Lager der Waldläufer befand. Dann beschirmte er die Augen mit beiden Händen und spähte in die Ferne. Das Tal erschien ihm endlos, und auf beiden Seiten des Flusses warteten dichte, große Wälder. Es war ein ganz besonderer Ort, aber was Lasgol am meisten faszinierte, war der eigenartige Nebel, der die Wälder überzog, als hätte er sich über das Tal gesenkt und wollte nicht mehr abziehen. Auf den Baumkronen oberhalb des Nebels lag immer noch Schnee.

Die ganze Truppe ging von Bord und sammelte sich gehorsam vor den Häusern. Dabei stellten sie fest, dass dies kein richtiges Dorf war. Es waren eher die Lagerhäuser und Schuppen der Waldläufer, das Basislager, zu dem Nachschub aller Art geliefert wurde. Eines der Gebäude war etwas massiver gebaut. Es verfügte über einen Turm, auf dem mehrere Waldläufer Wache hielten. Das war der Sitz des Hafenmeisters, den die Kapitäne der drei Schiffe jetzt aufsuchten, um ihm Bericht zu erstatten.

Lasgol kam es so vor, als gehöre das riesige Tal, das sich vor ihnen erstreckte, allein den Waldläufern. Hier hatten sie das Sagen. Die Rekruten durften ihre Glieder recken, was alle dankbar annahmen. Lasgol blieb etwas abseits von seiner Gruppe und beobachtete die zweite Gruppe, die jetzt vom anderen Schiff kam. Es waren weitere vierzig Anwärter. Damit waren sie insgesamt rund achtzig. Er fragte sich, wie viele wohl durchhalten würden und wie lange. Schon die Fahrt flussaufwärts war vielen schwergefallen, und sie hatten noch nicht einmal das eigentliche Lager erreicht.

Die beiden Gruppen vermischten sich schnell, begrüßten einander und unterhielten sich, während die Waldläufer Formalitäten erledigten. Eine Person fiel Lasgol dabei besonders auf. Es war eine junge Frau mit langen Locken, schwarz wie eine sternlose Nacht. Schon das war im Norden, wo die meisten blond waren, ungewöhnlich. Ihre großen, grünen Augen in dem ausdrucksstarken Gesicht fesselten jeden, der sie ansah. Wie gebannt starrte Lasgol sie an und vergaß ganz, wo er war. Am liebsten wäre er hinübergegangen, um sie kennenzulernen, aber da er nun einmal war, wer er war, verzichtete er lieber darauf. Zudem war sie sofort von drei breitschultrigen jungen Männern umringt, die um ihre Aufmerksamkeit buhlten. Er bekam ein paar Fetzen des Gesprächs mit und hörte dabei ihren Namen: Astrid. Ein hübscher Name.

Plötzlich spürte er ein Prickeln. Dieses Gefühl kannte er, und es bedeutete, dass etwas oder jemand ihn beobachtete. Auch diesmal war es kein Irrtum. Ein großer, athletisch gebauter Junge aus der zweiten Gruppe sah zu ihm herüber, nein, mehr als das: Er musterte ihn feindselig aus zusammengekniffenen Augen. Dann ließ der Junge seine Kameraden stehen und kam zielstrebig auf Lasgol zu. Dieser wusste nicht, was los war, reagierte jedoch nervös.

»Sie sagen, dass du es bist«, begann der andere mit kalter Stimme und baute sich einschüchternd nah vor Lasgol auf. Er war ein Stück größer als Lasgol und deutlich stärker. Aber er wirkte auch wendig und durchtrainiert, wusste also mit seiner Körperkraft etwas anzufangen. Für einen Norghaner waren seine blonden Haare ungewöhnlich kurz — die meisten trugen ihr Haar lang —, und er durchbohrte Lasgol mit seinem eisigen Blick.

Lasgol runzelte die Stirn. »Wer sagt was?« Er würde nicht einfach klein beigeben.

Der andere deutete zu seinen Kameraden hinüber.

»Sie sagen, du seist der Sohn von Dakon Eklund, dem Verräter«, sagte er anklagend.

Lasgol hielt seinem Blick stand.

»Und was geht dich das an?«

»Antworte mir«, forderte der Junge. Seine blauen Augen wurden zu Schlitzen, und seine Arme spannten sich. Lasgol registrierte, wie muskulös diese Arme waren. Bei einer Auseinandersetzung würde er den Kürzeren ziehen.

Seufzend beschloss er, sich nicht noch mehr Probleme einzuhandeln.

»Ich bin der Sohn von Dakon«, bestätigte er stolz. »Na und?« Diese Bemerkung konnte er sich nicht verkneifen.

Der Junge riss die Augen auf. Sie begannen zu funkeln, und jetzt war sein Blick voller Hass.

»Mein Name ist Isgord Ostberg. Wir zwei haben noch eine Rechnung offen!«

»Wie bitte?«, fragte Lasgol verständnislos. Damit hatte er nicht gerechnet.

»Du wirst schon sehen«, sagte der andere, drehte um und marschierte genauso entschlossen davon, wie er gekommen war.

Beunruhigt blieb Lasgol zurück. Tonfall und Auftreten des anderen verrieten, dass dies eine sehr reale Drohung gewesen war. Beleidigungen und kleine Gemeinheiten war er gewohnt, auch dass man ihn schikanierte. Aber das war selten eine persönliche Sache, sondern einfach grundsätzlicher Hass. Meistens ließ man einfach den eigenen Ärger an ihm aus, weil Hass sich immer einen Sündenbock sucht. Diese Drohung eben war jedoch etwas anderes gewesen. Der Hass dieses Jungen war real und hatte sich wie ein eisiger Stich in den Bauch angefühlt. Er musste sich in Acht nehmen. Isgord. Diesen Namen musste er sich merken.

»Na, machst du dir neue Freunde?«, sagte eine leise Stimme mit deutlichem ironischem Unterton.

Als Lasgol sich umdrehte, sah er einen Jungen von seinem Schiff, mit dem er allerdings noch nie geredet hatte. Er erkannte ihn, weil auch dieser gern etwas abseits blieb. Nachts saß er immer allein und beobachtete — nein, analysierte — die anderen, als würde er sie alle einzeln studieren. Lasgol hatte ihn kaum einmal mit jemandem reden sehen, dabei sah er sehr passabel aus und machte den Eindruck, gut allein klarzukommen. Dieser Junge war groß und schlank, hatte schulterlanges, schwarzes Haar, das er offen trug, und grüne Augen mit einem durchdringenden Blick. Seine Ausstrahlung hatte etwas Hartes und zugleich Fremdartiges, fast verschlagen.

»Ich tue, was ich kann«, antwortete Lasgol mit aufgesetztem Lächeln.

Der andere deutete zu Isgord hinüber, der jetzt wieder bei seiner Gruppe war.

»Der Typ ist ziemlich beliebt«, sagte er mit etwas neidischem Unterton.

Lasgol sah genauer hin. Ja, Isgord schien beliebt zu sein, denn alle Umstehenden suchten seine Aufmerksamkeit. Besonders die Mädchen.

»Scheint so.«

»Wenn du einen Rat möchtest: Halte dich von ihm fern.«

»Weil?«

»Der ist zum Ersten Waldläufer geboren. Nichts und niemand wird ihn davon abhalten.«

»Woher willst du das wissen?«

»Wer aufmerksam hinsieht und hinhört, erfährt so manches.«

Lasgol nickte.

»Er war derjenige, der zu mir kam.«

»Noch schlimmer. Er hat eine Rechnung mit dir offen.«

»Aber ich kenne ihn überhaupt nicht.«

Der Junge zuckte mit den Schultern.

»Hüte dich vor ihm.«

»Warum warnst du mich?«

»Weil du schon genug Probleme hast. Und ich habe heute meinen großzügigen Tag. Vielleicht weil ich wieder festen Boden unter den Füßen habe.« Diesmal wirkte sein Lächeln ehrlich.

»Danke. Wie heißt du?«

Da wurde seine Miene spöttisch.

»Wir werden keine Freunde. Bilde dir bloß nichts ein.« Und damit zog er grinsend ab.

Lasgol seufzte.

»Gibt es denn hier überhaupt keine normalen Leute?«, murmelte er in sich hinein. Und das Schlimmste war, dass dies erst der Anfang war. Er warf einen Blick zum klaren Himmel und spürte die warme Frühlingssonne auf seinem Gesicht. Das beruhigte ihn. *Davon lässt du dich nicht beirren. Du bist aus gutem Grund hier. Konzentriere dich darauf*, sagte er sich.

Die Kapitäne verließen die Hafenmeisterei und riefen alle zur Aufmerksamkeit.

»Alle mal herhören!«, sagte Astol. »Es wird Zeit, eure faulen Muskeln einzusetzen.«

Die neuen Rekruten erwarteten ihre Anweisungen.

»Die Waldläufer haben die Pferde entladen. Jetzt seid ihr dran. Holt die Lebensmittel von Bord und bringt sie in die Lagerhäuser«, sagte einer der anderen Kapitäne.

Lasgol war dankbar, dass er etwas zu tun bekam. Wenn die anderen beschäftigt waren, hörten sie auf, ihn zu begaffen und zu ärgern. Die Arbeit war schnell erledigt. Sobald die drei Schiffe geleert waren, verschwanden sie flussabwärts und ließen die jungen Menschen zurück, die dieses Tal nun nicht mehr verlassen konnten. Lasgol seufzte. *Jetzt führt kein Weg mehr zurück*.

»Erste Gruppe zu mir!«, befahl ein Waldläufer. Diese Stimme kannte Lasgol. Das war Daven.

»Zweite Gruppe zu mir!«, sagte ein anderer, den Lasgol noch nicht kannte.

Daven führte sie zu den Pferden und Ponys, wo jeder sein

eigenes Reittier suchte. Lasgol begrüßte Trotador glücklich. Das Pony schnaubte fröhlich und schüttelte wiederholt den Kopf.

»Ich habe dich auch vermisst«, grinste Lasgol, fuhr ihm über den Rücken und kraulte seine cremefarbene Mähne.

»Wer reiten kann: aufsitzen. Die anderen gehen zu Fuß und führen ihre Pferde.«

Immer am Fluss entlang drangen sie weiter in das Tal vor. Daven ritt voran, und Lasgol machte das Schlusslicht, weil er ganz hinten weniger Ärger bekam. Die zweite Gruppe zog etwas später los. Die meisten der Anwärter gingen zu Fuß, denn nur etwa ein Drittel konnte reiten. Lasgol genoss es, wieder auf Trotador zu sitzen. Das Pony hatte liebevoll an seinem Ohr geknabbert, und er war sicher, dass es ihn wiedererkannt hatte.

Zwei Tage lang ritten sie durch das Tal, ohne das Flussufer zu verlassen. Immer wieder murmelte Lasgol dem Pony freundliche Worte zu und erntete dafür Schnauben und muntere Kopfbewegungen.

Am dritten Tag ihres Ritts wendete sich Daven an die Gruppe.

»Halt. Absitzen«, befahl er, worauf diejenigen, die liefen, stehenblieben, und diejenigen, die ritten, vom Pferd stiegen. Den Rest des Weges legten alle zu Fuß zurück. Lasgol streichelte Trotador beruhigend den Hals, nahm die Zügel und folgte der Gruppe. Jetzt drangen sie in den nebligen Wald ein.

»Passt auf, wo ihr hintretet«, warnte Daven. »Der Nebel ist dicht und kann weiter drinnen noch dichter sein.«

Kaum waren sie zwischen den Tannen, da stolperte das rothaarige Mädchen, das im Schiff mit dem Ruder gekämpft hatte, über das Bein seines eigenen Ponys und stürzte so unglücklich, dass es einen Abhang hinabrollte. Sie wollte sich noch rasch festhalten, aber das gelang ihr nicht. Schließlich stoppte ein Baum ihren Fall. Die Gruppe brach in Gelächter aus, aber Daven kam ihr zur Hilfe, während sie die Spuren des Falls von sich abstreifte. Sie war sehr unsanft gelandet.

So zogen sie weiter in den Wald hinein, bis der Abend anbrach. Dabei wurde der Nebel noch dichter. Inzwischen sah man kaum noch, wohin man trat, und die Äste und Wurzeln erschwerten das Gehen zusätzlich. Es war nicht besonders kalt, aber die hohe Luftfeuchtigkeit ließ alle die Mäntel fest um sich schlagen. Gelegentlich bemerkte Lasgol trotz der eingeschränkten Sicht einen Hirsch und mehrere Eichhörnchen sowie farbenfrohe Vögel, die es offenbar nur hier gab. Das fand er entspannend. Der Nebel war ihm zwar fremd und etwas unheimlich, aber die Tiere wirkten gelassen, und das nahmt er als Zeichen, dass hier keine unmittelbare Gefahr drohte.

Schließlich machte Daven wieder Halt.

»Wir sind da«, verkündete er.

Vor sich sah Lasgol nur den Rand eines dichten Waldes, der wie eine undurchdringliche, hohe Mauer wirkte. Die Bäume standen extrem eng beieinander, und das Unterholz dazwischen versperrte jeden Zugang. So etwas hatte Lasgol noch nie gesehen. Der Wald erstreckte sich von ihrem Standort aus nach beiden Seiten meilenweit. Es war eine von der Natur geschaffene Palisade. Oder hatte hier der Mensch eingegriffen? Wenn ja, hätte Lasgol sich nicht erklären können, auf welche Weise, und ebenso wenig konnte er sich vorstellen, wie sie hier weiterkommen sollten. Besonders mit den Pferden.

»Wir sind da? Wo?«, fragte der etwas unheimliche Junge, der Lasgol gewarnt hatte.

»Im Lager der Waldläufer.«

»Ist das ein Scherz?«

»Nein, das ist kein Scherz«, erwiderte Daven mit ernster Stimme. »Das hier ist der Zugang zum Lager. Was ihr vor euch seht, ist die Außenmauer, die den gesamten Bereich umgibt und schützt. Sie macht das Lager praktisch unzugänglich und dient als natürliche Barriere.«

»Man müsste sie nur anzünden«, sagte der Junge wichtigtuerisch.

»Falsch«, sagte Daven. »Es ist sehr feucht hier, und die Bäume und Büsche sind tropfnass. Sie würden nicht Feuer fangen. Und ich sehe, dass du nicht gut aufgepasst hast, denn ihre Kronen sind noch voller Schnee. Wenn es also tatsächlich brennen würde, würde der Schnee herabfallen und das Feuer löschen.«

Der Junge gab sich gelangweilt, hielt aber den Mund.

Daven stieß drei lange Pfiffe aus. Zunächst geschah gar nichts. Erwartungsvoll sahen sich die Neuen um. Dann erhob sich plötzlich ein knarrendes Geräusch, und zu ihrer Überraschung schoben sich drei der Bäume vor dem Waldläufer zurück und gaben den Weg frei.

In der Gruppe wurde leise aufgekeucht, und man hörte auch überraschte Rufe, sogar ein paar erschrockene Stimmen: »Magie!« Daven achtete nicht darauf, sondern führte sein Pferd in aller Ruhe hinein.

»Folgt mir!«, befahl er von der anderen Seite her.

Einer nach dem anderen gehorchte, Lasgol zuletzt. Sobald auch er hindurchgegangen war, schoben sich die Bäume wie aus eigenem Antrieb — oder wie durch übernatürliche Kräfte — an ihren Platz zurück. Lasgol blieb einen Augenblick stehen und betrachtete prüfend den Boden, um Spuren zu suchen. Was er entdeckte, waren Seile. Die Seile führten nach oben in die Baumkronen, aber dort verloren sie sich etwas verwaschen im Grün. Er konnte nicht erkennen, ob das an der Vegetation lag, aber er hätte wetten mögen, dass dort oben ein Waldläufer versteckt saß, der eine Art Seilzug ausgelöst hatte, einen Mechanismus. Leider konnte er der Sache nicht nachgehen, denn er musste der Gruppe folgen.

Was Lasgol vorfand, als sie sich dem Lager näherten, machte ihn sprachlos. In seiner Vorstellung hatte das Waldläuferlager immer einer Art Burg oder einem Fort geähnelt, so wie bei der Armee. Die Wirklichkeit sah völlig anders aus. Das Lager war ein großes, offenes Gelände mit ausgedehnten Wäldern, Flüssen und Seen, die durch freie Flächen verbunden waren, so weit das Auge reichte. Und alles zusammen war von der abweisenden Barriere umgeben, durch die sie eben eingetreten waren.

Während sie weiterzogen, wurde Lasgol bewusst, dass die Waldläufer einen Großteil des Tals für sich beanspruchten und hier ihren Zufluchtsort errichtet hatten. Anfangs konnte er keinerlei Gebäude ausmachen. Im Osten lagen Eichenwälder, die von mehreren großen, stillen Seen umgeben waren. Im Westen waren die Tannen vorherrschend, und dort war der Wald dichter und dunkler. Im Norden warteten große, grüne Felder mit Seen, Flüssen und ein paar Baumgrüppchen dazwischen. Die herrliche Landschaft sprach Lasgols Herz sofort an.

Als sie weitergingen, tauchten schließlich auch die ersten Häuser auf. Es waren einfache Blockhäuser, die sich gut in die Umgebung einfügten. Das Fundament war aus Stein, der Rest aus Fichtenholz.

Dann bemerkte Lasgol einige größere Gebäude, bei denen es sich um Werkstätten handelte. Aus der Form der Häuser und dem Material, das in den Eingängen lag, schloss er auf eine Schmiede, eine Kürschnerei, eine Schreinerei und eine Metzgerei. Hinzu kam ein sehr langes, niedriges Gebäude, das er schlecht einschätzen konnte. Er vermutete, dass das ein Lagerhaus war.

»Folgt mir«, sagte Daven wieder und ging an einem klaren Bach entlang, der von den Häusern aus nordwärts verlief.

Nachdem sie ein Wäldchen durchquert hatten, waren plötzlich weitläufige Stallungen zu sehen, in denen über fünfzig Pferde standen. Und dahinter lag offenes Gelände mit grünen Weiden, auf denen mehrere Hundert norghanische Ponys und Pferde grasten.

»Hier gebt ihr eure Pferde ab«, ordnete Daven an, ehe er selbst absprang und seine Zügel einem Stallburschen reichte.

Lasgol und die anderen Anwärter taten es ihm nach. Die Stallburschen führten die Pferde einzeln in die Ställe, um sie dort zu versorgen.

»Keine Sorge, man wird sich gut um sie kümmern.«

Lasgol verabschiedete sich von Trotador und streichelte ihn noch einmal, was das Pony sich gern gefallen ließ. Dabei fragte er sich, wer diese Burschen und die Handwerker sein mochten, denn sie erschienen ihm weder wie Waldläufer noch wie Rekruten. Das musste er später noch herausfinden.

Nachdem die Pferde in den Ställen waren, folgten die jungen Leute Daven und überquerten eine Brücke, die sich über einen Teich mit bunten Fischen spannte. Dahinter lagen zwei halbmondförmige Häusergruppen, die wohl als Wohnhäuser genutzt wurden. Noch weiter hinten war zwischen dem Wald an einem Ende und einem See am anderen Ende eine Art Siedlung aus Holzhäusern zu sehen. Offenbar gelangten sie jetzt in den Bereich, in dem die Waldläufer wohnten.

»Seht euch nicht lange um«, mahnte Daven. »Kommt jetzt. Morgen habt ihr noch Zeit genug, euch alles anzuschauen.« Er führte sie zu einem langen, schmalen Gebäude, dessen Form an ein gewaltiges Schiff erinnerte. Das Dach dieses Holzhauses war hoch und spitz zulaufend. Auf der Ostseite war ein geschnitzter Bärenkopf zu sehen, auf der Westseite der eines Wolfes. Die Tür in der Mitte war mit diversen Naturmotiven verziert. Schon dass dieses Gebäude mitten im Wald stand, war ungewöhnlich, aber dass es auf einer Insel in einem See erbaut war, brachte Lasgol noch mehr zum Staunen.

Ihm blieb der Mund offen stehen. In diesem Tal verschmolzen Wälder, Seen und Weideflächen zu einer Landschaft von faszinierender Schönheit.

»Das ist das Hauptquartier. Formiert euch«, sagte Daven.

Sofort gingen alle auf ein Knie, den Blick nach vorn gerichtet, wie die Waldläufer es sie bereits gelehrt hatten. Nach kurzem Warten sah Lasgol aus dem Augenwinkel die andere Gruppe anrücken. Auch sie formierten sich. In der ersten Reihe entdeckte er Isgord, der sich nach hinten umsah. Als er Lasgol sah, funkelte er ihn hasserfüllt an. Lasgol seufzte, achtete aber nicht weiter auf ihn, sondern nahm die Umgebung in sich auf. Das Gebiet des Lagers war so groß, dass er nirgendwo das Ende entdeckte. Es war eine Welt für sich, die Lasgol zum Staunen brachte.

Inzwischen brach die Nacht herein, und der Wald versank allmählich im Schatten. Da öffneten sich die Türen des großen Gebäudes, und fünf Gestalten traten heraus. Sie überquerten die Holzbrücke und bauten sich vor den beiden Anwärtergruppen auf. Diese Gestalten waren wie Waldläufer gekleidet, hatten aber noch etwas an sich — etwas Geheimnisvolles. Lasgol achtete auf jede Einzelheit. Ihre Gesichter waren von grünen Tarnschals verdeckt. Man sah nur die Augen und die Stirn, Nase und Mund blieben verborgen, sodass man sie nicht erkennen konnte.

Die fünf Personen strahlten eine sehr einschüchternde Präsenz aus. Lasgol kam es so vor, als wäre diese Energie gezielt gegen ihn gerichtet — wie ein Schlag gegen Brust und Gesicht. Vielleicht war er wirklich der Einzige, der dies wahrnahm. Konnte das an seinem Geheimnis liegen? Manchmal spürte er Dinge, die andere nicht registrierten, und was er jetzt wahrnahm, war stark und ungewöhnlich. Auf jeden Fall waren diese fünf dort drüben etwas ganz Besonderes und besaßen etwas, das sie von allen anderen unterschied. Sie strahlten etwas fast Mystisches aus — nein, nicht mystisch. Eher eine gefährliche, magische Aura. Lasgol lief ein Schauer über den Rücken.

Wer sind sie? Wohin hat man uns gebracht?

Die Gestalt in der Mitte trat vor.

Lasgols Nackenhaare sträubten sich.

Für einen langen Moment musterte der Mann die Neuankömmlinge. Alle Blicke waren auf ihn gerichtet. Lasgol war sich sicher, dass dies ihr Anführer sein musste, obwohl ihm nicht klar war, woher dieser Eindruck stammte. Mit der rechten Hand zog der Mann einen langen, silberbeschlagenen Holzstab hinter dem Rücken hervor. Mit perfekter Körperbeherrschung wirbelte er ihn einmal im Kreis, dann stellte er ihn neben sich auf die Erde. Der Stab maß knapp sechs Fuß und war damit genauso groß wie der Mann. In der anderen Hand hielt er ein Buch mit einem grünen, goldgravierten Einband, das er allen zeigte: »Der Weg des Waldläufers«.

Dann schlug er mit betonter Geste die Kapuze zurück und nahm den grünen Schal der Waldläufer ab, worauf Gesicht und Haar zum Vorschein kamen.

»Willkommen«, sagte er mit fester, aber freundlicher Stimme. Jetzt erkannten sie, dass er schon betagt war, vielleicht um die siebzig Jahre. Das glatte, schneeweiße Haar reichte ihm bis an die Schultern. Seine smaragdgrünen Augen zogen alle Aufmerksamkeit auf sich, und der gepflegte, weiße Bart unterstrich seine würdevolle Erscheinung. Trotz seines Alters strahlte er eine erstaunliche Energie und Gewandtheit aus. Damit hatte Lasgol nicht gerechnet.

»Ich bin Magnus Dolbarar, Kommandant des Waldläuferlagers und verantwortlich für eure Ausbildung«, sagte er und schlug den Umhang zurück.

Auf seiner Brust prangte ein großes Medaillon aus Holz mit einem eingravierten Eichenblatt, das nicht etwa an einer Kette baumelte, sondern an einer geflochtenen Bogensehne. Er hielt es in die Höhe.

»Dieses Medaillon ist ein Symbol für meine Befehlsgewalt

hier im Lager. Die Ausbilder und Befehlshaber haben ähnliche Medaillons. Keine Sorge, ihr werdet die Dienstgrade bald unterscheiden können«, fügte er mit einer beruhigenden Handbewegung hinzu. »Ich heiße euch willkommen. Ab sofort geltet ihr bei uns Waldläufern als offiziell initiiert und seid hier aufgenommen. Ich hoffe und wünsche mir, dass ihr alle hier ein Zuhause und eine Familie findet, denn genau das sind wir Waldläufer: eine Familie mit einem heiligen Auftrag, den wir ehrenvoll erfüllen — das Reich vor allen Gefahren schützen.«

Daven grüßte unauffällig, was Dolbarar erwiderte, und verschwand in Richtung einiger Gebäude hinter einem See im Osten, während Dolbarar seine Ansprache fortsetzte.

»Aber bis ihr offiziell Waldläufer seid, liegt ein steiniger Weg vor euch. Ich will euch nicht belügen. Es wird nicht leicht, und nicht alle von euch werden es schaffen. Der Weg des Waldläufers ist steinig, aber wenn man ihn bewältigt, lohnt er sich sehr. Vier Jahre lang werdet ihr ihn unter den aufmerksamen Augen der Ausbilder beschreiten. Am Jahresende werdet ihr aufgrund eurer erbrachten Leistungen bewertet. Wer die Prüfungen des jeweiligen Jahres bestanden hat, darf im Folgejahr weiterlernen. Wer es nicht schafft, wird ausgemustert. Eine zweite Chance gibt es nicht. So verlangt es der Weg, und so beschreiten ihn die Waldläufer.«

Lasgol schluckte. Das klang nicht gerade ermutigend.

»Und nun gestattet mir, dass ich euch die vier Waldläufermeister vorstelle«, erhob Dolbarar erneut die Stimme. Er deutete auf die vier Personen in seiner Begleitung. »Sie sind der Inbegriff unserer vier Meisterschulen.«

Gebannt und verunsichert zugleich sahen die Neuen ihre künftigen Lehrmeister an.

»Unsere Meisterin der Schießkunst: Ivana Pilkvist, die Unfehlbare«, sagte Dolbarar. Auf seine Geste hin trat die Gestalt zu seiner Rechten vor und nahm Kapuze und Schal herunter. Die Frau zählte maximal dreißig Jahre und hatte das rote Haar zu einem Pferdeschwanz gebunden. Sie war sehr attraktiv, aber von einer kalten, nordischen Schönheit. In ihren grauen Augen stand ein tödliches Glitzern, und bei diesem Blick lief es Lasgol eiskalt über den Rücken. Ihr Holzmedaillon sah ganz ähnlich aus wie das von Dolbarar, war jedoch kleiner und hatte einen Bogen in der Mitte.

»Eliteschützen werden nur diejenigen, die das Auge des Falken und eine feste Hand haben«, sagte Ivana. Dann kehrte sie an ihren Platz zurück.

Dolbarar deutete auf die Gestalt rechts von ihr.

»Unser Meister der Tierkunde: Esben Berg, der Bändiger«, sagte er. Auch diese Gestalt trat vor und zeigte ihr Gesicht. Esben war ein Mann mittleren Alters und groß wie ein Bär. Sein volles Haar war kastanienfarben, der dichte Bart ebenso. Durch die vielen Haare war sein Gesicht kaum noch zu erkennen. Was hervorstach, waren seine großen, braunen Augen und die flache Nase. Auf seiner Brust glänzte ein Holzmedaillon mit einem brüllenden Bären darauf.

»Um Elitebändiger zu werden, braucht man eine besondere Affinität zu Tieren«, sagte Esben. Er salutierte kurz und trat zurück.

Dolbarar zeigte auf die nächste Person. »Unsere weise Meisterin der Naturkunde, Eyra Vinter.«

Die Waldläuferin trat einen Schritt nach vorn und zeigte ihr Gesicht mit der auffällig großen, krummen Nase. Wegen ihrer grauen Locken schätzte Lasgol sie auf Ende fünfzig. Das Holzmedaillon auf ihrer Brust zeigte ein Eichenblatt in der Mitte. Die alte Frau salutierte vor den neu Aufgenommenen.

»Die Elitekunst der Naturkunde bleibt denen vorbehalten, die die Geheimnisse von Mutter Natur verstehen, von der Botanik über das Heilen mit Salben und Kräutern bis zum Fallenstellen — alles, was euch in den kalten Bergen und Wäldern überleben lässt«, erklärte Eyra.

»Und abschließend«, verkündete Dolbarar, »unser Meister der Körperbeherrschung, Haakon Rapp, der Unfassbare.« Auf seine Geste hin trat auch die Gestalt weiter links vor und zeigte Gesicht und Kopf. Es war ein Mann um die vierzig, schlank und sehnig, mit einem unheilvollen Gesichtsausdruck. Seine Haut war dunkel und der Kopf glatt rasiert. Er hatte kleine, schwarze Augen und eine krumme Adlernase. In der Mitte seines Holzmedaillons war eine Schlange eingraviert.

Ivanas Blick schien den Tod zu bringen, aber Haakon wirkte verschlagen. Lasgol reagierte sofort argwöhnisch auf ihn.

»Die Kunst der Körperbeherrschung meistern nur die, die ihren Körper zu einer harten, aber flexiblen Waffe machen. So bringen wir unsere Feinde zum Schweigen und bleiben im Verborgenen. Das Motto dieser Kunst ist die Verstohlenheit.« Nach einem Augenblick der Stille trat er so leichtfüßig zu den anderen, als würde er den Boden gar nicht berühren.

Dolbarar breitete die Arme aus, um alle Neulinge einzubeziehen.

»Am Ende des dritten Ausbildungsjahrs wird jeder unserer vier Waldläufermeister die Kandidaten auswählen, die ihr jeweiliges Fach vertiefen dürfen. Diese Entscheidung wird eure individuelle Veranlagung und die Fortschritte einbeziehen, die ihr von heute an macht. Wer von keiner der vier Schulen aufgenommen wird, wird ausgemustert und kann das Abschlussjahr nicht durchlaufen.«

Lasgol schluckte erneut. Er wusste noch nicht, welche Schule er eines Tages wählen sollte. Alle vier faszinierten ihn. Andererseits erschienen ihm alle sehr schwer, und er befürchtete schon jetzt, dass man ihn womöglich nicht auswählen und wegjagen würde. Bestimmt wollte keiner der vier Waldläufermeister den Sohn des Verräters in die Geheimnisse seiner Kunst einweihen — und damit wäre er zum Gehen verdammt. *Daran kann ich jetzt nichts ändern. Ich mache weiter. Wer weiß schon, was passiert.*

»Aber diejenigen, die übernommen werden«, fuhr Dolbarar fort, »bekommen damit die Chance, sich für eine Elitelaufbahn zu qualifizieren. Das hängt ganz von euch ab, von eurem Einsatz und von dem Verlangen, bis ganz zum Schluss durchzuhalten. Wer für diese Prüfung antreten darf, entscheidet sich am Ende des vierten Jahres. Diejenigen, die dann ausgewählt werden, erhalten in einem anschließenden fünften Jahr eine Eliteausbildung an einem geheimen Ort. Ich hoffe, dass wir dafür einige geeignete Kandidaten unter euch finden.«

Bei diesen Worten horchten alle auf. Viele hatten von den berühmten Eliteausbildungen gehört, auch dass dieser Weg extrem schwierig sei. Ein paar davon hatte Lasgols Vater gelegentlich erwähnt, aber längst nicht alle.

»Wer weiß? Vielleicht ist unter euch ein künftiger Hexenjäger, ein Tierflüsterer, eine Unentdeckbare Spionin oder mein besonderer Favorit, ein Unermüdlicher Entdecker?“

Das Gemurmel unter den Neuankömmlingen deutete darauf hin, dass sie alle den Wunsch hegten, eines Tages der Waldläufer-Elite anzugehören. Doch nach allem, was sein Vater ihm erzählt hatte, wusste Lasgol, dass nur einer von Hundert in die Eliteeinheiten aufgenommen wurde.

»Und damit ist die Begrüßung beendet. Die tausend Fragen in euren jungen Köpfen können bis morgen warten«, sagte Dolbarar lächelnd.

Einer der Waldläufer ging zum Kommandanten hinüber und flüsterte ihm etwas zu.

»Ausgezeichnet! Wie ich höre, steht alles bereit. Es wird Zeit, eure Ankunft zu feiern. Folgt mir! Diesen Abend wollen wir gemeinsam genießen. Morgen beginnt euer neues Leben, aber das soll euch jetzt nicht kümmern. Lasst uns gebührend feiern, dass wir neue Rekruten initiieren konnten.«

Dolbarar forderte sie auf, ihm zu folgen, und führte sie zu einem Wäldchen. Die Waldläufermeister kamen hinterher. Es wurde schon dunkel, und Lasgol nahm wahr, dass einige ältere Schüler Öllampen entzündeten, die an den Bäumen hingen. Das mussten Anwärter aus dem zweiten oder dritten Jahr sein.

In dem Wäldchen fanden sie eine Lichtung mit einem

Dutzend Feuerstellen vor, über denen alle möglichen Köstlichkeiten gebraten wurden, vom Reh bis zum Fasan. Prompt knurrte Lasgol der Magen. An Tischen aus dicken Baumstämmen war ein wahres Festmahl vorbereitet. Es gab duftende Suppen mit Fleischklößchen, gegrilltes Gemüse, das mit Knoblauch und Pfeffer gewürzt war, gebratene Forellen, gefüllte Gans zum Hauptgang und dazu Honigsauce und Kartoffelbrei mit Kräutern. Und als wäre dies noch nicht genug, standen auf einem zweiten Tisch Früchte und Beeren für den Abschluss bereit.

»Nehmt Platz und bedient euch. Das habt ihr euch redlich verdient«, lud Dolbarar sie ein. Er selbst setzte sich mit den anderen Waldläufern an einen separaten Tisch, etwas abseits von den Tischen der Neuankömmlinge.

Sie eilten los, suchten sich Plätze und freuten sich auf das köstliche Essen. Dabei wurden sie sogleich von etwas älteren Jungen und Mädchen bedient wie in einem Lokal, obwohl es sich bei ihnen um fortgeschrittene Rekruten handeln musste.

Dolbarar wandte sich noch einmal an die Neulinge, die begeistert bestaunten, was für sie vorbereitet war. »Greift zu, lasst uns essen!«

Sie waren zum Umfallen müde, vor allem aber ausgehungert. Lasgol setzte sich an ein Tischende, weil er Ärger befürchtete, aber vorläufig nahm niemand von ihm Notiz. Alle stürzten sich auf das Essen und schlugen sich die Bäuche voll, als gäbe es kein Morgen. Fleisch und Kartoffelbrei wurden mit prickelndem Apfelwein und Wasser hinuntergespült. Lasgol schmeckte alles wunderbar, und den glücklichen Gesichtern der anderen entnahm er, dass auch die übrigen Speisen köstlich waren und dass nicht nur er Hunger hatte.

Und obwohl der Braten und die Beilagen schon unglaublich gut schmeckten, machte das, was danach folgte, sie alle sprachlos.

»Mein Lieblingsgang: die Süßspeisen«, verkündete Dolbarar.

Die älteren Schüler brachten so verlockende Desserts,

dass Lasgol kurz dachte, es wäre alles nur ein wunderbarer Traum. Der Apfelkuchen war spektakulär.

Sie aßen, bis sie nicht mehr konnten, und genossen jeden Bissen. Schließlich erhob sich Dolbarar, um sich erneut an die Anwesenden zu wenden.

»Es wird Zeit zum Schlafengehen. Eure müden Körper werden es euch danken. Die Rekruten des ersten Jahres haben die Hütten im südlichen Bereich des Lagers. An der Tür jeder Hütte findet ihr die Namen der sechs Leute, die darin wohnen werden. Die Zusammenstellung ist kein Zufall und durchaus von Bedeutung. Ich habe die Listen persönlich erstellt und dabei die Berichte einbezogen, die mir unsere Rekrutierer geschickt haben. Die sechs Personen in einer Hütte bilden für den Rest des Jahres ein Team.«

Unter den Anwärtern erhob sich wieder Gemurmel. Alle sahen einander etwas besorgt an. Wer würde in ihrer Gruppe sein?

Dolbarars Tonfall wurde ernster.

»Die Teams werden nicht verändert, ob es euch gefällt oder nicht, ganz gleich, es ist, wie es ist. Ihr alle seid jetzt Initiierte. Euer früheres Leben hat hier keine Bedeutung. Adlige und Bauern sind gleichgestellt. Ob Mann oder Frau, stark oder schwach und von jedweder Herkunft, hier sind alle gleich. Ab jetzt ist das Team eure Familie, und das ist wichtig, denn hier arbeiten wir im Team, wir lernen im Team, und wir scheitern oder siegen im Team. Die sechs Bewohner jeder Hütte bilden eine Mannschaft, und ob ihr ins zweite Jahr aufrückt oder nicht, hängt in hohem Maße von eurem Teamgeist ab. Gerade im ersten Jahr kommt es nicht auf Individualität an. Ihr werdet in allen Fächern als Team beurteilt, und ihr müsst alle Prüfungen gemeinsam bewältigen.«

Das Gemurmel wurde lauter, und es mischten sich Rufe darunter. Auch Lasgol war überrascht, denn er hatte geglaubt, dass die Ausbildung eine persönliche Angelegenheit sei und dass er bei den Prüfungen auf sich allein gestellt wäre. Es erschien ihm merkwürdig. Die meiste Zeit operierten die Waldläufer allein, nur selten waren sie in Gruppen unterwegs. So jedenfalls hatte er es dem entnommen, was sein Vater erzählt hatte, und das war nicht viel gewesen.

»Ich hoffe, ich habe mich unmissverständlich ausgedrückt.«

Dolbarars Tonfall war so endgültig, dass es sofort totenstill wurde. Niemand wagte ein weiteres Wort.

»Sehr gut. Ich sehe, meine Worte waren klar genug. Damit wird es Zeit, eure Kameraden für den Rest des Jahres kennenzulernen. Geht zu euren Hütten. Ich wünsche allen eine gute Nacht.« Er hob die Hand und entließ sie in Richtung Süden.

Isgord war der Erste, der aufstand und zu den Hütten ging. Der Weg war von Öllampen erhellt, denen er folgte. Gleich darauf machte sich ein Dutzend Jungen und Mädchen vom zweiten Schiff auf den Weg, die offenbar darauf hofften, sich mit ihm gutzustellen. Dann erhob sich auch der Rest und lief zügig in Richtung der Unterkünfte.

Alle waren nervös. Natürlich wollten sie wissen, wer ihre Kameraden sein würden und ob sie in einer guten Mannschaft gelandet waren. Alle bis auf Lasgol. Ganz gleich, welchem Team er zugeordnet war, es würde kein Zuckerschlecken werden. Sie würden ihn noch mehr hassen, nur weil er zu ihnen gehörte. Deshalb stand er als Letzter auf. Langsam und widerstrebend ging er los. Er warf noch einen eingeschüchterten Blick auf Dolbarar, der ihm ein eigenartiges, geradezu lauerndes Lächeln schenkte. Lasgol seufzte. Er konnte nur das Beste hoffen.

Als er an den Hütten eintraf, fand er dort fünfzehn Gebäude in einem Halbkreis vor. Es waren kleine Blockhäuser aus Fichtenholz, deren Dächer noch mit Schnee bedeckt waren, der sich offenbar weigerte zu tauen. Die Neuen liefen vor den Hütten herum und suchten auf den Pergamenten an der Tür ihren Namen. An jedem Haus fanden sich erste Gruppen zusammen. Lasgol wartete ab, bis alle einigermaßen vollständig waren. Erst als er sah, dass nur noch eine Handvoll Leute ihren Platz suchten, trat er hinzu.

Er brauchte nicht lange zu suchen, denn sein Team war auf Anhieb zu erkennen — nicht nur daran, dass noch jemand fehlte, sondern an den extrem missmutigen Mienen. Während er langsam auf sie zuging, wusste er, dass sie ihn kaum willkommen heißen würden, und bereitete sich innerlich darauf vor. *Ich bin aus gutem Grund hier, denn ich will den Namen meines Vaters reinwaschen. Und egal, was ich dafür durchmachen muss, es wird mir gelingen.* Die erste Person, die ihn in Augenschein nahm, erkannte er auf Anhieb. Sie hatte die Arme vor der Brust verschränkt und musterte ihn verstimmt. Es war Ingrid.

»Ich kann nicht fassen, dass sie mich in diese Gruppe gesteckt haben«, sagte sie kopfschüttelnd.

Lasgol blieb vor ihr stehen. Dann sah er die anderen an.

»Ich schon. Man hat uns der Versagertruppe zugewiesen«, stellte der Einzelgänger fest, der Lasgol vor Isgord gewarnt hatte.

»So schlecht ist unser Team nun auch wieder nicht«, sagte ein schrankförmiger Bursche, der jetzt auf Lasgol zuging. Es war der Riesenkerl, der im Schiff vor ihm gerudert hatte.

»Ich glaube auch nicht, dass es so schlecht ist«, meinte das Mädchen mit den roten Haaren, das auf der Fahrt mit seiner Koordination gekämpft hatte.

Lasgol betrachtete die Gruppe, und als er merkte, dass noch jemand fehlte, fragte er: »Und der Sechste?«

Da ging die Hüttentür auf, und ein Kopf sah heraus.

»Der bin ich«, sagte Egil, dessen Gesicht noch immer gespenstisch blass war.

»Egil!«, rief Lasgol erleichtert. »Wie geht es dir?«

»Das Fieber ist gesunken. Ich bin bald wieder okay«, versicherte Egil lächelnd, musste sich aber an der Tür abstützen, um nicht zu fallen, so schwach war er noch.

Sofort war Lasgol an seiner Seite und schloss ihn in die Arme.

»Du hast mir einen schönen Schrecken eingejagt!«

Egil lächelte. »Was glaubst du, wie es mir ging? Und drück

mich nicht so fest. Ich kann mich ohnehin kaum auf den Beinen halten.«

»Oh. Entschuldige bitte«, sagte Lasgol und half ihm, sich auf die Veranda zu setzen.

Der schroffe Junge fasste die anderen nacheinander ins Auge, als würde er alle beurteilen.

»Ja. Zweifellos die ideale Mannschaft. Wir haben den berüchtigten, allseits beliebten Verräter, dem die Ausbilder sicher jederzeit gern unter die Arme greifen und seinem Team natürlich auch.« Seine Stimme triefte vor Sarkasmus. »Neben ihm sein Freund, der Hänfling, der es aus eigener Kraft nicht mal bis ins Lager geschafft hat. Und dazu«, er zeigte auf die Rothaarige, »das tollpatschigste Mädel im ganzen Königreich, ob zu Land oder zu Wasser.«

»Moment! Das ist ungerecht. Ich hatte nur ein paar Unfälle«, protestierte sie.

»Ach so.«

»Lass sie in Ruhe«, mischte der große Bursche sich ein.

»Und dann wäre da noch der Größte und Stärkste im ganzen Lager, der für jedes Team ein echter Gewinn wäre, besonders für dieses, das ihn so dringend bräuchte, wenn er sich nicht dummerweise sogar vor dem eigenen Schatten fürchten würde.« Er holte abrupt aus, als wolle er den Hünen schlagen, worauf dieser erschrocken zurückwich und schützend die Hände vors Gesicht hielt.

»Warum legst du dich nicht lieber mit mir an?«, fuhr Ingrid ihn an.

»Keine Sorge, Prinzessin, es wird genug andere geben, die dich Bescheidenheit lehren. Hier gibt es Leute, die stärker sind und aus härterem Holz geschnitzt als du.«

»Jungs, meinst du?«

»Ja. Die werden dir deine vorlaute Klappe schon austreiben.«

»Das werden wir ja sehen! Ich fürchte keine Jungs.«

»Wir geben also ein phantastisches Team ab, wie ihr seht. Dieser Dolbarar hat sich selbst übertroffen.«

Die wütenden Bemerkungen der anderen nahm er stoisch hin.

Schließlich fragte Lasgol: »Und du? Was macht dich besser als uns übrige?«

»Ich? Wer hat behauptet, ich sei besser als ihr? Ich bin einsam und verbiestert. Eigentlich müsste ich das schwarze Schaf im Team sein. Aber im Vergleich zu euch bin ich der Einäugige, der unter den Blinden König ist.«

Ingrid seufzte theatralisch auf. »Dieses eine Mal gebe ich dir Recht. Wir haben keine Chance.«

Als der Morgen anbrach, wurde Lasgol nur mit Mühe wach, obwohl das Licht durch die Fenster fiel und draußen ein seltsames, schrilles Pfeifen zu hören war. Er setzte sich auf und sah sich um, um herauszufinden, woher das unangenehme Geräusch kam.

Das sollte nicht lange dauern, denn schon ging die Tür auf, und ein Waldläufer kam herein, der eine kleine Holzflöte im Mund hatte. Der Ton, den er damit produzierte, war nicht sonderlich laut, aber derart schrill, dass ihnen fast die Ohren platzten.

»Aufstehen. Alle Mann! Aufstellung vor der Hütte.«

Lasgol sprang von seinem Stockbett auf den Boden, auf dem ein dickes Bärenfell lag, und stellte dabei fest, dass Egil die untere Koje gewählt hatte.

»Sieht so aus, als müssten wir raus.«

»Ich soll erst ganz gesund werden«, wehrte Egil ab.

»Ah. Sehr gut. Dann erhol dich noch. Gute Besserung«, sagte Lasgol und lächelte ihm zu.

Er sah sich in der Hütte um, die durch eine Wand aus Kiefernstämmen zweigeteilt war, eine Seite für die Mädchen und eine für die Jungen. Jede Hälfte hatte einen eigenen Eingang, und es gab keine Verbindungstür. Beide Seiten hatten einen eigenen Kamin, einen rustikalen Tisch mit Bänken und eine Miniküche sowie ein winziges Bad mit Waschschüssel und einem Loch im Boden für sonstige Verrichtungen. Die Unterkunft war also klein und spartanisch, aber Lasgol fand sie durchaus gemütlich. Sie hatten dicke Wolldecken, um sich vor der Kälte zu schützen, und Felle auf dem Boden, die es weniger fußkalt machten.

In dem anderen Stockbett hatte der große Bursche unten schlafen müssen, weil der bissige Kerl der Konstruktion nicht traute und nicht unter dem Gewicht seines Kameraden begraben werden wollte. Neben den Betten standen Truhen, für jeden eine. Lasgol hatte seinen Knappsack in die Truhe gepackt und dort zwei vollständige Wäschesätze sowie einen Kapuzenmantel vorgefunden. Der Umhang glich dem typischen Waldläuferumhang, war allerdings schreiend rot.

»Damit wir nicht verloren gehen«, kommentierte er.

Der Hüne warf seinen Mantel um, der ihn nur knapp bedeckte.

»Meiner passt nicht«, sagte er resigniert.

»Weil du groß wie ein Berg bist und genauso feige«, knurrte sein Bettnachbar.

»Hey! Ich hab' dir nichts getan«, protestierte der andere.

»Ich wollte mal sehen, ob ich dich provozieren kann. Aber das klappt wohl nicht.«

»Lass ihn in Ruhe«, sagte Lasgol.

»Misch dich gefälligst nicht ein, *Verräter*«, gab der andere geringschätzig zurück.

Lasgol sah zu Boden. Was für ein gemeiner Kerl! Erst da fiel ihm auf, dass er die anderen noch gar nicht nach ihren Namen gefragt hatte.

»Wie heißt ihr? Ich bin Lasgol Eklund.«

»Ich bin Viggo Kron. Und für mich wirst du immer ›Verräter‹ heißen«, antwortete der Junge mit dem fiesen Blick prompt.

»Ich bin Gerd Vang«, sagte der Große.

»Zieht euch an und kommt! Schnell!«, rief eine tiefe, herrische Stimme von draußen.

Alle liefen hinaus und stellten sich vor ihren Hütten auf. Sie senkten das Knie und blickten geradeaus, wie es bei den Waldläufern üblich war, wenn sie in Formation gingen.

»Sehr gut. Ich möchte mich vorstellen. Ich bin Oberausbilder Oden Borg.«

Lasgol musterte ihn aus dem Augenwinkel. Oden war nicht sehr groß, aber kräftig. Er musste um die vierzig sein und hatte ein unfreundliches Gesicht. Das lange, kupferrote

Haar hatte er hinter dem Kopf zu einem Pferdeschwanz zusammengebunden. Das Auffälligste an ihm war jedoch der Blick seiner bernsteinfarbenen Augen, ein harter Blick, der sich einem tief in die Seele bohrte.

»Ich bin zuständig für alle Lehrgänge. Die Rekruten aus dem vierten, dritten und zweiten Jahr habe ich bereits geweckt und auf Trab gebracht. Jetzt seid ihr dran, Frischlinge! Denn das seid ihr, falls ihr es vergessen habt. Ich bin dafür zuständig, dass die Regeln befolgt werden, und zwar immer! Wer nicht sämtlichen Vorgaben gerecht wird, ohne Ausnahme, der ist raus. Ist das klar?«

Alle nickten, und man hörte ein zaghaftes »Ja«.

»Ich habe gefragt, ob das klar ist? Ich habe die Antwort nicht gehört.«

»Ja!«, erschallte es diesmal einstimmig.

»Schon besser«, sagte er und stemmte die Hände in die Hüften. »Regel Nummer Eins: Wenn ihr meine Flöte hört, lasst ihr alles stehen und liegen und formiert euch. Wer das nicht befolgt, wird bestraft. Und glaubt mir, meine Strafen werden euch nicht gefallen.«

Lasgol überlief eine Gänsehaut. Odens Tonfall war ernst und nachdrücklich und so kalt, dass einem das Blut gefror.

»Ich sorge in diesem Lager dafür, dass alles wie am Schnürchen läuft. Und das wird es, das könnt ihr mir glauben!«

Viggo verzog missmutig das Gesicht, wohingegen Gerd ziemlich eingeschüchtert wirkte. Lasgol hatte nicht den geringsten Zweifel an Odens Worten. Und er befürchtete, dass sie mit diesem Mann ihre Probleme haben würden.

»Zuallererst befolgen wir die Tradition. Wir Waldläufer haben feste Traditionen und Verfahren, die seit über hundert Jahren gelten. Sie sind im *Weg des Waldläufers* niedergelegt, unserer Richtschnur. Wir respektieren die Regeln und halten sie ein. Immer.«

Lasgol dämmerte, dass Oden seinen Sätzen gern mit dem Wort »immer« Nachdruck verlieh.

»Tradition Nummer Eins: das Ziehen der Abzeichen.« Er zog einen Lederbeutel hervor und hielt ihn hoch. »In diesem Beutel sind eure Abzeichen. Jedes Team wird nach dem Abzeichen benannt, das es zieht. Dieses Jahr haben wir weniger Teams als sonst, nur dreizehn statt der üblichen fünfzehn. Zum Glück bin ich nicht abergläubisch, aber es ist trotzdem kein guter Start in dieses Jahr. Egal. Wir machen weiter. Jedes Team wählt jetzt einen Kapitän. Ihr könnt nach jeder Zwischenprüfung oder sogar während der Zwischenprüfung einen neuen Anführer oder eine neue Anführerin wählen, wobei das nur selten vorkommt. Und, ja, der Kapitän ist wichtig. Also entscheidet euch klug. Auf, auf, ich warte.«

Sie sahen einander unschlüssig an, denn kaum jemand kannte seine Gruppenmitglieder gut genug. Auf den Moment des Zweifels folgten überall heftige Diskussionen.

»Ich will nicht Kapitän sein«, sagte Lasgol. »Es dürfte dem Team wenig helfen, wenn es mich als Kapitän hat, schätze ich.«

»Ernsthaft?«, fragte Viggo voller Sarkasmus.

»Ich könnte es machen. Also, wenn ihr wollt«, sagte Gerd schulterzuckend.

»Du?« Viggo verdrehte die Augen. »Du bist doch zu feige, dem Meister die Hand in den Beutel zu stecken.«

»Sei nicht so fies«, schimpfte das Mädchen mit den roten Haaren.

»Ich werde Kapitän«, entschied Ingrid selbstbewusst.

Lasgol und Gerd nickten zustimmend, das andere Mädchen ebenfalls.

»Warum du?«, ereiferte sich Viggo.

Ingrid hob die Faust. »Willst du darum kämpfen?«

Viggo lächelte, und seine Augen flackerten bedrohlich.

»Wenn ich mit dir kämpfe, bist du tot«, sagte er gedehnt. Seine Hand zuckte zu seinem Gürtel, und Lasgol überlief ein eiskalter Schauer. »Aber ich lege keinen Wert auf den Posten. Du kannst ihn haben.«

»Dann wären wir uns einig«, sagte Ingrid und ließ den Arm

sinken.

»Na los, wir haben nicht den ganzen Tag Zeit!«, rief Oden ihnen zu.

Isgord stand natürlich schon neben dem Oberausbilder. Er warf Lasgol einen herausfordernden Blick zu, als solle dieser es nur wagen, Kapitän zu werden. Lasgol ignorierte ihn bedrückt. Dann stellte sich Ingrid mit den anderen Anführern vor Oden auf.

»Sehr gut. Traditionsgemäß zieht jetzt jeder Kapitän ein Abzeichen. Kommt näher.«

Isgord griff als erster in den Beutel und reichte Oden das gezogene Abzeichen. Es war aus Silber und ungefähr zwetschengroß.

»Der weiße Adler!«, verkündete Oden. »Ihr seid die Adler.«

Isgords Kameraden applaudierten. Es waren vier Jungen und ein Mädchen, zwei der Jungen groß, stark und athletisch, die anderen eher klein und stämmig. Das Mädchen war blond, hatte eine eher flache Nase und wirkte schroff.

»Der hat's richtig gut getroffen«, sagte Viggo resigniert.

Der nächste Kapitän zog das Wildschwein als Abzeichen.

»Die Wildschweine!«, jubelte sein Team.

Nach dem Wildschwein folgten Bär, Wolf und Uhu. Bei Team Uhu reckte Lasgol unvermittelt den Hals, um ihren Kapitän besser sehen zu können, und damit war er nicht der Einzige. Sie hatten ein Mädchen mit glänzend schwarzem Haar und atemberaubenden, grünen Augen gewählt: Astrid. Lasgol war hingerissen.

»Die ist hübsch, was? Sie heißt Astrid«, flüsterte Gerd ihm zu. »Ich kenne sie vom Tag vor der Abfahrt. Sie war nett zu mir. Die gefällt mir.«

Lasgol nickte. Er war rot geworden.

»Träum nicht mal davon, Verräter«, warnte Viggo, der die beiden beobachtet hatte.

Stirnrunzelnd überhörte Lasgol seine Bemerkung. Natürlich würde er nicht von ihr träumen. Er wusste, wer er war und was sie alle von ihm hielten. Dieses Mädchen war da sicher keine Ausnahme. Außerdem hatte er keine Zeit für Mädchen. Er hatte genug eigene Probleme.

Der Oberausbilder setzte die Zeremonie fort. Die nächste Gruppe bekam den Fuchs, dann war Ingrid an der Reihe. Sie ging zu Oden, griff in den Beutel und gab ihm das Abzeichen.

»Bestimmt das Stinktier«, höhnte Viggo.

»Ruhe«, warnte die Rothaarige. »Ich will zuhören.«

»Der Schneepanther!«, verkündete Oden.

Die Gruppe reagierte fassungslos. Mit etwas so Gutem hatten sie nicht gerechnet. Schneepanther — so nannte man in Norghana den jungen Schneeleoparden, der zu einem starken, gewandten Jäger heranreifte.

»Juhu!«, jubelte das Mädchen mit den roten Haaren los.

Gerd schloss sich ihr an, und sogar Lasgol sagte zufrieden: »Gut.«

Ingrid sah sich mit glänzenden Augen nach ihnen um und stieß triumphierend die Faust hoch.

Am Ende hatten alle dreizehn Gruppen ihre Abzeichen. Oden wies die Kapitäne an, ihr Abzeichen an der Hüttentür zu befestigen, wo passende Haken dafür hingen.

»Sehr schön. Und damit wäre die erste Tradition geschafft. Wir gehen jetzt dorthin«, fuhr er fort und zeigte auf ein geräumiges Gebäude aus Holz mit einem Flachdach und vier Flügeln. Es stand unweit der Hütten an einem kleinen See.

»Das ist der Speisesaal«, fuhr Oden fort. »Da werdet ihr frühstücken. Danach beginnt das Training. Wenn es nach mir ginge, müsstet ihr euer Essen selber jagen, aber das lässt Dolbarar leider nicht zu. Los, los, wir haben nicht den ganzen Tag Zeit!«

Sie liefen zum Speisesaal. Dort waren drei Bereiche für die Schüler ausgewiesen, ein vierter blieb den Ausbildern vorbehalten. Die verschiedenen Bereiche waren farblich markiert: rot für das erste Jahr, gelb für das zweite, grün für das dritte, braun für das vierte. Sie nahmen an großen Tischen mit langen Bänken Platz. Es mussten sich also immer mehrere Gruppen einen Tisch teilen. Alle beobachteten einander zurückhaltend und sogar etwas ängstlich, nur einige Großmäuler und die, die sich für etwas Besseres hielten, taten so, als gehörten die Tische ihnen allein.

Das Frühstück wurde von Schülern aus dem zweiten Jahr aufgetragen. Überrascht registrierte Lasgol, dass die Schüler aus dem zweiten Jahr die aus dem ersten Jahr bedienten, während die aus dem dritten Jahr denen aus dem zweiten Jahr das Essen brachten, und die aus dem vierten Jahr denen aus Jahr drei. Das war wirklich eigenartig und musste einen Sinn haben, den Lasgol derzeit nur noch nicht durchschaute. Er konzentrierte sich auf die Jungen und Mädchen des zweiten Jahres, die deutlich erwachsener wirkten als die Neuankömmlinge, obwohl sie nur ein Jahr trennte. Allerdings war es ein Jahr hier im Lager.

Als Lasgol sein Essen gebracht wurde, kippte der Junge es ihm über den Kopf. Erschrocken schüttelte Lasgol alles von sich ab und sah dem anderen ins Gesicht. Seine Augen funkelten vor Wut. Lasgol riss sich zusammen und sagte kein Wort.

»Hey!«, brauste Ingrid auf und sprang ihm zur Seite.

Der Junge sah sie an und sagte wenig geknickt: »Wie ungeschickt von mir.«

»Wenn du nicht sofort Leine ziehst, bist du bald noch viel ungeschickter«, zischte sie ihn an.

»Pass bloß auf, wen du verteidigst«, warnte ein anderer der Älteren. »Freunde des Verräters betrachten wir auch als Verräter.«

»Ist mir doch egal, was ihr denkt«, sagte sie trotzig und starrte die zwei an. Beide waren einen Kopf größer als sie und auch stärker, aber das kümmerte Ingrid nicht.

Da ertönte ein lautes Räuspern. Es kam von Oden, der den Zwischenfall von einem der Ausbildertische her beobachtet hatte. Wortlos zogen die beiden Älteren ab.

»Danke«, sagte Lasgol zu Ingrid.

»Ich bin der Kapitän. Also verteidige ich mein Team.«

»Ich glaube kaum, dass das auch für den da gilt«, meinte Viggo, der mit dem Daumen auf Lasgol deutete.

»Das gilt sogar für dich«, sagte Ingrid extrem indigniert.

Das Mädchen mit den roten Haaren lachte, und Gerd verschluckte sich. Damit beruhigte sich die Situation wieder.

Zum Frühstück gab es Beeren, Trockenfrüchte und Nüsse, dazu Ziegenmilch, ein Stück Brot und etwas Dörrfleisch. Lasgol schmeckte es, und er scherte sich nicht mehr um den Vorfall, obwohl er die grimmigen Blicke der höheren Jahrgänge registrierte. Es waren nicht nur die Waldläufer, die ihn nicht hier haben wollten. Niemand wollte ihn hier haben, dachte er bedrückt. Sie schlangen das Frühstück in sich hinein.

»Verschluck dich nicht«, sagte Ingrid zu der Rothaarigen, die mit beiden Händen zugriff, als wolle ihr jemand das Essen stehlen.

»Die lässt bestimmt noch den Teller fallen«, bemerkte Viggo.

»Mir fällt hier gar nichts runter«, wehrte das Mädchen ab und streckte ihm die Zunge heraus.

»Da wäre ich mir nicht so sicher«, meinte Ingrid. »Wir mussten die Betten tauschen, denn als sie in das obere Bett klettern wollte, ist sie abgerutscht und runtergefallen.«

»Es war glatt. Und dunkel«, protestierte die andere.

»Klar. Das Bett war zu glatt.« Viggo verdrehte die Augen.

»Wie heißt du?«, fragte Lasgol das Mädchen.

»Ich bin Nilsa Blom.«

»Freut mich, Nilsa. Ich bin Lasgol. Und das ist Gerd.« Er wies auf den großen Burschen, der ihr zunickte. »Und der Stänkerer ist Viggo.«

»Stänkerer? Ich? Ich bin der Inbegriff der Liebenswürdigkeit.« Er setzte ein ebenso breites wie falsches Lächeln auf.

»Ja, ein echter Sonnenschein«, bestätigte Ingrid verstimmt. »Ich bin Ingrid Stenberg«, sagte sie, worauf alle salutierten.

»Unser kranker Kamerad in der Hütte heißt Egil«, teilte

Lasgol den anderen lächelnd mit. »So, und jetzt kennen wir uns.«

»So hilfreich, wie du uns sein wirst, wäre mir fast lieber, wir hätten diesen Teil übersprungen«, sagte Viggo.

»Wenn du aufgeben willst, ohne es überhaupt versucht zu haben, ist das dein Problem«, stellte Ingrid fest. »Ich bin hier, um zu kämpfen, und genau das werde ich auch tun.«

»Bravo!«, sagte Gerd. »Isst du dein Brot noch auf? Nur weil die Portion für mich ein bisschen knapp ist ...«

»Nimm meins. Ich hatte mehr als genug«, sagte Nilsa freundlich.

»Meine Trockenfrüchte kannst du auch haben«, bot Lasgol an.

»Danke«, sagte der Hüne beglückt.

Da erklang wieder die Flöte. Sie standen auf und eilten nach draußen, wo Oberausbilder Oden sie bereits erwartete. Neben ihm stand ein zweiter Waldläufer, der unglaublich stark und athletisch wirkte.

»Das ist Herkson, euer Sportausbilder für das erste Jahr. Ich überlasse euch jetzt ihm. Und merkt euch gut: Wer eine Regel verletzt, wird dafür bezahlen. Ich habe euch alle im Auge. Immer!« Nach einem letzten grimmigen Blick zog er ab.

Herkson übernahm sofort: »Wir arbeiten jeden Morgen an eurer Kondition und Körperkraft. Am Nachmittag folgt der Unterricht in den verschiedenen Fächern, jeden Tag ein anderes. Aber der Morgen gehört mir. Ich werde eure schwächlichen Körper in Muskelpakete verwandeln«, verkündete er. »Stellt euch gruppenweise auf.«

Die Teams kamen zusammen. Lasgol fühlte sich zwischen seinen Kameraden wie ein Fremdkörper und konnte ihren Mienen entnehmen, dass es ihnen ebenso ging. Aber ob es ihnen passte oder nicht, sie waren ein Team, und daran mussten sie sich gewöhnen.

»Folgt mir zum See«, befahl Herkson.

Erst lief ihr Ausbilder eher gemächlich, aber dann zog er

das Tempo an. Sie folgten ihm in einer langen Reihe, immer gruppenweise zusammen. Nachdem sie ein Wäldchen durchquert hatten, wurde Herkson noch schneller und zwang sie zu langsamem Traben. Hinter dem nächsten Fluss begannen sie, richtig zu laufen, und schließlich sprintete Herkson vorweg zum Fluss. Ausgepumpt und mit deutlichem Rückstand kamen die Rekruten des ersten Jahres bei ihm an und versammelten sich am Südrand eines großen Sees. Das Nordufer war von hier aus kaum zu erkennen.

»Vor dem Training müssen wir die Muskeln aufwärmen, damit sie keinen Schaden nehmen. Wie ich sehe, sind viele von euch überhaupt nicht in Form. Das ist sehr schlecht. Ein Waldläufer muss körperlich topfit sein. Das ist für uns überlebenswichtig. Ob ihr lebt oder sterbt, hängt von eurer körperlichen Verfassung ab. Vergesst das nicht!«

»Na, super«, keuchte Viggo, der beide Hände in die Flanken stützte.

»Halt die Klappe und hör zu«, tadelte ihn Ingrid, die nicht sonderlich angestrengt erschien.

»Du hast mir gar nichts zu sagen, Meckerzicke.«

»Nenn mich nicht Meckerzicke, sonst fängst du dir eine.« Ingrid hob prompt die Faust.

»Alle zuhören. Ihr lauft jetzt drei Runden um den See, und zwar im Team. Das ganze Team muss gemeinsam ankommen. Ihr lasst keinen Kameraden zurück. Wenn einer stürzt, helft ihr ihm hoch und lauft weiter. Wenn einer es nicht schafft, dreht der Rest eine Runde extra.«

»Das ist ungerecht!«, protestierte jemand.

»Wer hat euch gesagt, das Leben sei gerecht? Und wer hat euch gesagt, dass ihr einen Ausbilder in Frage stellen dürft? Du da, eine Runde extra«, bestimmte Herkson.

Da brach das aufgebrachte Gemurmel ab, und es wurde so still, dass man die Vögel im Wald singen hörte.

»Und jetzt wärmen wir uns auf. Wenn ihr tut, was ich sage, passiert euch nichts. Stellt euch gruppenweise um mich auf.«

Dann erklärte Herkson ihnen die Übungen. Über eine

Stunde lernten sie, ihre Muskeln aufzuwärmen und zu dehnen, Arme, Beine, Bauch und Rücken. So etwas hatte Lasgol noch nie gemacht. Sein Körper kam ihm vor wie aus Stein. Bestimmt war niemand steifer als er, außer Gerd vielleicht.

»Wie kann es sein, dass denen das alles so leichtfällt?«, fragte Gerd, als er sah, dass Ingrid und Nilsa keinerlei Schwierigkeiten hatten, während er Höllenqualen litt.

»Weil sie Mädels sind, Memme«, sagte Viggo.

»Ja, und?«, gab Gerd verständnislos zurück.

Nilsa kicherte leise.

»Die sind eben beweglich, und wir nicht.«

»Und stark«, ergänzte Ingrid mit vielsagendem Blick.

Viggo machte eine abwehrende Geste, beließ es aber dabei.

»So, das reicht«, erklärte Herkson schließlich. »Und jetzt wird gelaufen. Drei Runden. Kommt schon.«

Die Teams machten sich in bestimmten, von Herkson vorgegebenen Abständen auf den Weg. Als die Panther an der Reihe waren, liefen sie auf Herksons Zeichen los. Ingrid übernahm selbstbewusst die Führung, Nilsa blieb unmittelbar hinter ihr, dann kam Gerd. Lasgol sah Viggo an, der ihm betont den Vortritt ließ. Daraufhin lief er hinterher, und Viggo machte das Schlusslicht. Sie liefen, so schnell sie konnten, mussten aber bald feststellen, dass der See schier unermesslich war und es sehr anstrengend werden würde, wirklich drei Runden zu schaffen. Herkson brach nach der letzten Gruppe auf, zog mit Leichtigkeit an allen vorbei und beobachtete dabei jede einzelne Gruppe.

Nach der ersten Runde machte sich die Anstrengung deutlich bemerkbar.

»Die Teams bleiben zusammen, als Einheit. Wir lassen keinen zurück!«, mahnte Herkson, als er an ihnen vorbeilief.

Nach anderthalb Runden begann Gerd zurückzufallen. Lasgol konnte das Tempo gut halten, aber als er sah, dass sein großer Kamerad zu kämpfen hatte, lief er vor zu Ingrid.

»Etwas langsamer. Gerd kann nicht so schnell«, bat er.

Sie sah Lasgol irritiert an, dann warf sie Gerd einen Blick zu, der einen knallroten Kopf hatte und immer langsamer wurde.

»Na gut«, knurrte sie und drosselte das Tempo.

Lasgol nahm seinen Platz wieder ein und blieb bei Gerd.

»Komm schon, nicht aufgeben.«

»Ich kann nicht mehr. Ich bin einfach zu fett«, stöhnte Gerd.

»Egal. Komm schon. Ich bleibe bei dir.«

Aber Gerd war überfordert. Nach der zweiten Runde blieb er keuchend stehen. Auch Viggo musste anhalten, denn es ging ihm gar nicht gut.

»Wartet!«, rief Lasgol den Mädchen zu.

Ingrid drehte sich verstimmt um. »Wir dürfen nicht anhalten.«

»Der Ärmste!«, rief Nilsa mit Blick auf Gerd aus, als dieser sich vor lauter Erschöpfung übergab.

»Igitt, wie ekelhaft!«, fluchte Viggo, denn die Spritzer des Erbrochenen hatten seine Stiefel besudelt. Er lief zum Wasser, um sie zu säubern.

Lasgol legte Gerd tröstend eine Hand auf den Rücken.

»Immer mit der Ruhe. Komm erst mal zu dir.«

»Alle überholen uns«, stellte Ingrid mit verschränkten Armen fest.

»Jetzt lass ihn doch kurz Luft holen«, bat Nilsa.

»Wir werden die Letzten sein«, sagte Ingrid kopfschüttelnd.

»Andere Teams haben auch ihre Probleme«, meinte Lasgol. Ihm waren mindestens zwei Mannschaften aufgefallen, die ebenfalls sehr langsam waren.

Da tauchte Herkson wieder auf und blieb kurz bei Gerd stehen. »Wir lassen niemanden zurück. Er muss es zu Ende bringen, notfalls gehend. Und ihr alle mit ihm.« Und schon rannte er weiter.

»Na, super! Wir können auch gehen. Wenn ich das gewusst hätte, hätte ich auch schon längst gekotzt«, murrte

Viggo.

»Toller Plan, Klugscheißer, nur bekommen wir dafür Abzug.«

»Abzug?«, fragte Lasgol.

»Die Aufgabe zählt. Was dachtest du denn?«

»Tja«, sagte Viggo. Er zuckte mit den Schultern.

»Es geht mir schon besser«, ächzte Gerd, obwohl er inzwischen kalkweiß im Gesicht war. »Auf geht's.«

»Bist du sicher?«, fragte Lasgol.

»Ja. Los jetzt. Ich will nicht, dass wir meinetwegen Letzter werden.«

Er bewies echtes Durchhaltevermögen, um den Lauf abzuschließen, und konnte sogar wieder einige Abschnitte traben. Allerdings mussten sie noch einmal anhalten, weil ihm erneut übel wurde. Diesmal bemerkte Viggo es rechtzeitig und sprang blitzschnell zurück. Die dritte Runde beendeten sie gehend, kamen aber leider doch als letztes Team an. Gerd brach erschöpft zusammen, und Viggo sah kaum besser aus. Nur Ingrid und Nilsa wirkten unbeeindruckt, Lasgol selbst war müde, aber es ging ihm gut.

Herkson nickte ihnen zu. »Geht zu den Hütten zurück. Die anderen sind schon aufgebrochen. Im Speisesaal wartet das Mittagessen, dann könnt ihr euch ausruhen, bis der Nachmittagsunterricht losgeht. Morgen wiederholen wir das Ganze, also stellt euch darauf ein.«

Irgendwie schafften sie den Rückweg zur Hütte. Ingrid und Lasgol stützten Gerd von beiden Seiten, Nilsa half Viggo, der nicht einmal mehr sticheln konnte. Die Stimmung war sehr gedämpft. Gerd lag völlig erschöpft auf dem Bärenfell und hatte Arme und Beine ausgestreckt. Ins Bett schaffte er es nicht mehr. Viggo fiel bäuchlings und voll bekleidet ins Bett und schlief sofort ein. Nicht einmal den roten Mantel hatte er abgelegt.

»Wie ist es gelaufen?«, fragte Egil, nachdem Ingrid und Nilsa abgezogen waren.

»Sehr schlecht. Wir waren die Letzten«, sagte Lasgol niedergeschlagen.

»Gerd?«

»Ja. Woher weißt du das?«

»Seine körperliche Statur ist für anhaltende Belastungen dieser Art nicht geschaffen. Eine kurze, massive Kraftanstrengung hingegen wäre völlig unproblematisch.«

»Ich hatte ganz vergessen, wie schlau du bist.«

»Unfug! Das ist eine logische Schlussfolgerung. Wer groß wie ein Berg ist, kann mit einem Schlag eine Mauer zum Einsturz bringen, aber nicht den halben Morgen daran entlangrennen. Es wird besser werden, denn er ist sehr stark, aber er muss viel trainieren. Wahrscheinlich ist er in seinem ganzen Leben keinen Tag gerannt. Bei seiner Statur wäre das gut nachvollziehbar. Was mich an eines erinnert ...«

»An was?«

»An meine eigene Statur. Gerd und ich sind zwar sehr gegensätzlich, aber in gewisser Hinsicht durchaus vergleichbar. Ich bin nämlich auch mein ganzes Leben keinen Tag gerannt.«

Lasgol konnte seine Besorgnis nicht verbergen.

»Immer mit der Ruhe. Wir werden trainieren. Ich helfe

euch beiden.«

»Danke. Du hast ein gutes Herz, aber ich fürchte, wir werden deutlich mehr als das benötigen, um die derzeitige dramatische Entwicklung zu bewältigen.«

»Wir geben uns nicht geschlagen, schon gar nicht, ohne es überhaupt zu versuchen«, wehrte Lasgol ab.

»Da hast du Recht.« Egil nickte. »Sobald meine begrenzten Kräfte auch nur ansatzweise zurückkehren, fange ich an zu trainieren. Dennoch muss ich dich warnen: Du solltest keine zu großen Hoffnungen hegen. Mein Körper ist schwach.«

»Aber dein Kopf ist ein Phänomen«, grinste Lasgol.

Da musste Egil lachen.

»Geh essen. Du brauchst das. Die zwei da stehen nicht mehr auf. Ich wache schon über sie.«

Daraufhin eilte Lasgol zum Speisesaal. Ingrid und Nilsa waren schon da. Sie hatten sich zu den Uhus gesetzt, weshalb Lasgol kurz Astrids Blick suchte. Sie beobachtete ihn mit strengem Blick. Sofort schlug Lasgol die Augen nieder und setzte sich seinen Kameradinnen gegenüber. Ingrid war sehr missmutig, was sie deutlich zeigte, aber Nilsa lächelte ihm zu.

»Und dabei hacken sie immer auf uns herum. Die schwachen Mädchen!« Ingrid konnte sich nicht mehr bezähmen. »Was haben sie uns da nur für Schwächlinge zugeteilt!«

»Sie haben alles gegeben«, wandte Lasgol ein.

»Tja. Wir sehen ja, wie weit uns das gebracht hat«, sagte Ingrid verdrossen. »Das einzig Gute heute ist, dass jetzt sonnenklar ist, dass wir Panthermädchen unseren Jungs bei weitem überlegen sind.«

»Genau!«, bekräftigte Nilsa mit einem spontanen Ruck, bei dem sie fast hintenübergekippt wäre.

»Wenn mir noch einmal ein Kerl weismachen will, wir seien unterlegen, schlag ich ihn windelweich.«

»Da bin ich gern dabei!«, versicherte Nilsa, die auf ihrer Bank herumzappelte. Woher sie immer noch die ganze Energie nahm, war Lasgol ein Rätsel. Dieses Mädchen war immer auf dem Sprung.

Aber dann setzte doch die Müdigkeit ein, und sie redeten nicht mehr, sondern aßen stumm. Diesmal gab es keine Probleme mit denen aus dem zweiten Jahr, die das Essen auftrugen, aber Lasgol spürte überdeutlich die verächtlichen Blicke der anderen. Das allein wäre schon schlimm genug gewesen, doch es war nichts im Vergleich zu den Blicken der übrigen Anwesenden. Die anderen Jahrgänge und sogar die Ausbilder brachten ihm unverhohlenen Hass entgegen.

Nilsa, die sich unruhig nach allen Seiten umsah, bemerkte das.

»Sie wollen dich einschüchtern. Lass das nicht zu«, sagte sie zu Lasgol und beugte sich dazu über den Tisch.

»Ich weiß. Danke.«

Ingrid hob den Kopf und sah sich herrisch um. Einige wendeten die feindseligen Blicke ab, aber das waren nicht viele.

»Macht euch keine Gedanken. Mir war klar, worauf ich mich einlasse.«

»Wenn ich das hier so sehe ... Ich an deiner Stelle wäre wohl nicht gekommen«, meinte Nilsa.

»Die Tapferen wachsen mit den Widrigkeiten. Das hat meine Tante gesagt, und die war eine große Kriegerin«, stellte Ingrid fest.

Lasgol nickte. Entweder musste er sehr schnell wachsen, oder es würde ihm sehr schlecht ergehen.

Als sie gerade aufstehen wollten, traten drei Jungen an ihren Tisch. Den mittleren kannte Lasgol schon, das war Isgord, der von zwei großen, blonden Kerlen flankiert wurde. Sie waren Zwillinge und wirkten sehr stark.

»Du warst der Letzte«, bemerkte Isgord trocken.

Lasgol streifte ihn mit gleichgültigem Blick, ohne zu antworten.

»Und was geht dich das an?«, fragte Ingrid.

»Der Verräter und ich, wir haben noch eine Rechnung offen. Es wäre zu schade, wenn sie ihn rausschmeißen, ehe die beglichen ist.«

»Wenn du nicht sofort abziehst, schmeiße ich dich persönlich raus.« Ingrid baute sich vor ihm auf.

Isgord lächelte. Es war kein verächtliches oder spöttisches Lächeln, sondern ein anerkennendes.

»Ich sehe, du hast Freunde gefunden, Verräter. Das ist gut. Aber sie wird dich nicht retten. Nicht vor mir.«

Nilsa verfolgte den Wortwechsel so gebannt, dass sie den Teller fallen ließ.

»Verzieh dich. Jetzt«, sagte Ingrid.

Isgord bedachte sie mit einem harten Blick. Er fürchtete sich weder vor Ingrid noch vor sonst jemandem.

»Wir sehen uns wieder, Verräter.« Er gab den Zwillingen ein Zeichen. »Jared, Aston, wir gehen.«

Lasgol sah ihnen nach und fragte sich, womit er so viel Pech verdient hatte. Ja, sie alle hassten ihn, aber Isgord wollte ihn offenbar umbringen.

»Und? Was hast du ihm getan?«, fragte Ingrid, die sich wieder hinsetzte.

»Nichts. Ich schwöre es. Ich bin ihm hier zum ersten Mal begegnet. Keine Ahnung, was er gegen mich hat.«

»Zu schade. Er sieht so gut aus«, sagte Nilsa, während sie ihren Teller aufhob.

Ingrid und Lasgol sahen sie fassungslos an.

»Na ja, ist doch so. Und er ist groß und stark und sportlich ...«

»Du hast die Augen vergessen«, erinnerte Ingrid sie sarkastisch.

»Oh, ja. So blaue Augen!«

Ingrid verzog das Gesicht, stand auf und zog fluchend ab.

»Danke«, rief Lasgol ihr noch nach, doch sie wehrte nur wortlos ab.

Auch Lasgol wollte aufstehen, nahm aber wahr, dass jemand hinter ihm stand. Er rüstete sich für den nächsten Angriff.

»Es heißt, der Apfel fällt nicht weit vom Stamm«, sagte eine melodische Stimme. »Ist das so?«

Er drehte sich langsam um und war sprachlos. Es war Astrid.

»Ich ...«, stammelte er. »Nein. Oder doch, ja.«

Sie kniff die Augen zusammen und legte den Kopf zur Seite. »Ja oder nein? Beides geht nicht.«

»Nein. Ich bin kein Verräter. Also, wenn es darum geht. Und, na ja. Doch, ich bin wie mein Vater, und ich bin stolz darauf.«

Astrid reagierte erst überrascht, dann nachdenklich.

»Wenn du so bist wie dein Vater, aber kein Verräter — meinst du damit, dass du nicht glaubst, dass dein Vater ein Verräter war?«

Lasgol nickte. Er konnte den Blick nicht von diesen Augen lösen.

»Interessant.«

»Ich belüge dich nicht.«

Sie lächelte leise, ohne anzudeuten, ob sie ihm glaubte oder nicht.

»Viel Glück. Du wirst es brauchen.«

»Danke.«

Dann folgte Astrid ihrem Team.

Nilsa zwinkerte ihm grinsend zu. »Ich glaube dir.«

»Danke, Nilsa.«

»Andererseits heißt es zu Hause immer, ich wäre viel zu gutgläubig. Also bin ich vielleicht nicht die geeignete Person für solche Einschätzungen.«

»Mich hast du richtig eingeschätzt. Also bist du offenbar gar nicht so schlecht.«

»Sagt ausgerechnet der, der vielleicht lügt«, lachte sie.

Lasgol grinste verlegen. »Stimmt schon, du kannst es nicht wissen.«

Aber Nilsa sprang bereits auf. »Na los. Sonst kommen wir zu spät.«

Als sie den Speisesaal verlassen hatten, sog Lasgol die kalte Waldluft in sich ein, die ihn sofort tröstete. Sie liefen zu den

Hütten und gesellten sich zu den anderen, um sich auszuruhen.

Viel zu schnell brach der Nachmittag an, und wieder erklang die Flöte. Das Team eilte aus der Hütte und stellte sich auf. Oden hatte die Hände hinter den Rücken gelegt. Er sah sie missbilligend an.

»Wie ich sehe, hat euch das Training gutgetan«, stellte er sarkastisch fest. »Heute steht Kräuterkunde auf dem Stundenplan. Folgt mir zu den Naturkundehäusern. Dort wird der Unterricht erteilt. Jeden Nachmittag nach dem Essen werdet ihr in einer der vier Meisterschulen unterwiesen. Immer abwechselnd, und niemand kann sich davon befreien lassen. Wenn es jemandem nicht gut geht, zeige ich ihm gern den Ausgang des Lagers. Wie sieht es aus?«

Es herrschte absolute Stille. Niemand sagte ein Wort. Lasgol warf Gerd einen besorgten Blick zu, aber auch dieser rührte sich nicht.

»Sehr gut. Letztes Jahr hatten wir schon am ersten Morgen einen Ausfall. Die Norghaner sind nicht mehr das, was sie früher einmal waren. Folgt mir!«

Der Unterricht in Kräuterkunde erwies sich als sehr interessant und lehrreich, was vor allem an Ausbilderin Marga lag, die eng mit der Naturkunde-Meisterin Eyra zusammenarbeitete.

»Die ist eine Hexe, das kann ich dir versichern«, flüsterte Viggo Gerd zu.

»Zumindest sieht sie ganz so aus«, antwortete dieser. »Glaubst du, sie zeigt uns, wie man Gift mischt?«

»Na klar. Wäre doch gut, wenn man jemanden versehentlich vergiften könnte.« Viggo warf Ingrid einen gehässigen Blick zu.

»Klappe und zuhören, Blödmann«, zischte Ingrid leise zurück.

Viggo schnitt eine Grimasse.

»Dieser Pilz ist ungiftig. Man kann damit einen Trank zubereiten, der das Einschlafen erleichtert«, erklärte Marga gerade.

Lasgol musste zugeben, dass sie tatsächlich dem Klischee einer Hexe entsprach. Sie trug einen schwarzen Umhang, hatte ein runzliges Gesicht und wirres, weißes Haar, dazu eine auffällig große, krumme Nase und zwei dicke Warzen am Kinn und auf einer Wange, die ihr ohnehin herbes Gesicht verunzierten.

»Es gibt aber auch hochgiftige Pilze. Wenn man sich mit Pilzen also nicht auskennt — und ihr seht nicht so aus, als wüsstet ihr davon Bescheid —, sollte man sie keinesfalls verzehren.«

Sie saßen in einem hufeisenförmigen Gebäude, in dem die Ausbilderin auf der Innenseite auf und ab lief, um mit rauer Stimme die wunderbaren Eigenschaften bestimmter Waldpilze zu erläutern.

Nach dem Unterricht, der sich ewig hinzog, gab es Abendessen im Speisesaal, und von dort aus ging es zurück in die Hütte. Sie waren so müde, dass alle nur noch schlafen wollten. Ingrid und Nilsa verabschiedeten sich und gingen auf ihre Seite, die Jungen betraten die andere Hälfte. Gerd und Viggo legten sich sofort hin.

»Lasgol«, rief Egil leise.

»Ja? Brauchst du etwas?«

»Nein, es geht mir gut. Aber ...«

»Was ist? Sag schon.«

»Glaubst du wirklich, dass wir es schaffen können? Es geht mir schon den ganzen Tag durch den Kopf, und die Chancen stehen so schlecht.«

»Ich bin mir sogar sicher. Also schlaf jetzt.«

»In Ordnung. Gute Nacht.«

»Schlaf gut!«

Lasgol nahm den Mantel ab und öffnete seine Truhe, um ihn hineinzulegen. Dabei überkam ihn ein sonderbares Gefühl, und seine Nackenhaare sträubten sich. *Hm. Wie seltsam.* Er spähte in die Truhe, doch im Licht der kleinen Öllampe auf dem Tisch konnte er kaum etwas erkennen. Wie von selbst tastete seine Hand nach der Schatulle mit dem Geschenk von seinem Vater. Vorsichtig machte er sie auf. Das Ei war noch da, und es war unversehrt. Erleichtert atmete er auf. Er hatte kurz befürchtet, dem Ei wäre etwas zugestoßen. Er hatte es schon seit Tagen näher untersuchen wollen, aber es hatte sich keine Gelegenheit ergeben. Jetzt nahm er es in beide Hände und sah es sich genau an. In der weißen Schale gab es viele Tausend schwarze, verkrustete Pünktchen. Und in diesem Augenblick schienen sie sich zu einem Muster zu verschieben. *Erstaunlich ... Sehr merkwürdig!*

Alle anderen schliefen schon, und auch er war todmüde. Eigentlich sollte er das Ei wieder in die Schatulle legen und ebenfalls ins Bett gehen. Aber vorher wollte er noch etwas ausprobieren, das ihm gerade in den Sinn kam. Er stellte das Ei aufrecht auf den Boden und hielt mit einem Finger die Spitze fest. Dann brachte er es mit der anderen Hand zum Drehen, wie einen Kreisel. Das Ei war steinhart, also konnte das nichts schaden. Es drehte sich unter seinem Finger, und da tauchte das Muster wieder auf, das ihm zuvor aufgefallen war. Er beschleunigte die Drehung, und plötzlich bildeten sich Buchstaben. Ein Wort: L-A-S-G-O-L.

Mein Name! Beim Eiswind! Was hat das zu bedeuten? Er musste herausfinden, was hier los war. Darum konzentrierte er sich auf das Wort, das mit jeder Drehung klarer lesbar wurde. Er kniff die Augen zusammen und fixierte die Buchstaben auf dem sich drehenden Ei, bis ihm schwindelig wurde. Da machte er die Augen zu. In diesem Moment schoss ein grüner Blitz aus seiner Hand und ging über den haltenden Finger auf das Ei über. Das Ei reagierte mit einem goldenen Blitz und gleich darauf mit einem Energieschwall, der Lasgol rückwärts auf den Boden warf, wo er ohnmächtig liegenblieb.

Kapitel 12

»Wach doch bitte auf!« Egils Stimme war voller Sorge.

Lasgol rührte sich nicht.

»Ich könnte ihn ein bisschen durchschütteln. Eine kleine Ohrfeige könnte auch helfen«, bot Viggo an.

»Lasst mich mal«, sagte Gerd. »Aufwachen, Lasgol!« Er rüttelte ihn mit beiden Händen an den Schultern.

Lasgol schlug die Augen auf. In seinem Gesicht stand tiefe Verwirrung.

»Was? Wo ... wo bin ich?«

»Auf dem Boden unserer Hütte«, sagte Egil. »Geht es dir gut? Wir konnten dich nicht wecken.«

»Äh ... ja ... Habe ich auf dem Boden geschlafen?«

»Sieht so aus«, sagte Viggo, der nun die Arme vor der Brust verschränkte. »Offenbar hast du ein besonderes Talent, dir das Leben zu verkomplizieren. Dabei sind die Betten echt gut.«

»Wir müssen los«, drängte Gerd. »Die Flöte hat schon gerufen.« Bedrückt wandte er sich zur Tür.

»Ja. Stimmt. Wir dürfen nicht zu spät kommen«, nickte Lasgol.

Egil half ihm auf die Beine.

Da erinnerte sich Lasgol plötzlich an das Ei — und an den Energiestoß! Suchend sah er sich um. Als er das Ei nicht gleich entdeckte, geriet er in Panik.

»Suchst du etwas?«, fragte Viggo lauernd.

»Ich ... nein ...«

»Also nicht zufällig ein dickes, fettes Ei?«

Lasgol sah ihn an.

»Hast du es?«

»Ich? Ach was. Unser Riese hat es vor lauter Hunger verfrühstückt.«

»Oh, nein!«, schrie Lasgol entsetzt auf.

Gerd drehte sich irritiert um.

»Hör nicht auf ihn«, sagte Egil. »Das ist nicht wahr.«

Viggo fing an zu lachen.

»Das ist nicht witzig. Wer von euch hat es?«

»Wenn du dein Gesicht sehen könntest, wärst du anderer Meinung«, gab Viggo prustend zurück.

»Ich habe es«, sagte Egil und zeigte das Ei vor. »Es lag auf dem Boden.«

Lasgol seufzte erleichtert auf, nahm das Ei an sich und untersuchte es. Es war unbeschädigt.

»Das ist nichts zu essen!«, sagte er mit warnend erhobenem Finger zu Viggo und Gerd.

»Ich wollte es ja gar nicht essen«, sagte Gerd. Er war rot geworden. »Na ja, vielleicht doch. Aber Egil meinte, wir sollten dich lieber vorher fragen.«

Viggo lachte Tränen, er amüsierte sich köstlich.

»Dass mir keiner dieses Ei anfasst!«, schimpfte Lasgol.

»Ei? Was für ein Ei?«, fragte Ingrid, die plötzlich mit Nilsa in der Tür stand.

»Das hier«, sagte Lasgol und zeigte es ihr.

»Was zum Donner geht hier vor?«, rief sie. »Lasst den Unsinn! Wir kommen noch zu spät, und ich habe keine Lust auf eine Extrarunde um den See. Ihr etwa?«

Peinlich berührt verschwand Gerd blitzschnell nach draußen. Nilsa folgte ihm lachend und überholte ihn.

»Ich komme ja schon. Aber es war trotzdem lustig«, sagte Viggo, während er den anderen mit einem breiten Grinsen nachlief.

Lasgol wandte sich Egil zu.

»Kannst du es bitte wegpacken? Es gehört in die Schatulle in meiner Truhe.«

»Natürlich. Keine Sorge und jetzt lauf!«

»Danke.«

Ingrid und Lasgol eilten den anderen hinterher und holten

die übrigen Gruppen am See ein. Zum Glück schickte Herkson die Teams in derselben Reihenfolge los, in der sie am Vortag ins Ziel gekommen waren. Daher waren die Panther die letzten und wurden für ihr spätes Eintreffen nicht bestraft.

Der zweite Morgen verlief kaum anders als der erste. Gerd musste sich wieder übergeben, und sie kamen erneut zuallerletzt an. Zwar hatten sie nicht ganz so lange gebraucht wie am Vortag, aber die Verbesserung war minimal. Viggo schlug vor, ihren Namen zu Team Schnecke zu ändern.

Am Nachmittag winkte jedoch eine angenehme Überraschung. Oberausbilder Oden führte alle ohne lange Vorreden zum Trainingsgelände der Bogenschützen, einer Freifläche im Osten des Lagers.

Dort wurden sie von Ivana erwartet, der Meisterin der Schießkunst. Die Waldläuferin ließ die dreizehn Teams Haltung annehmen: auf ein Knie, Blick nach vorn. Dann erhob sie die Stimme.

»Die Schießkunst ist für alle Waldläufer von größtem Wert. Was ihr in dieser Disziplin lernt — samt der Fähigkeiten, die ihr dabei entwickelt —, das macht euch zu Waldläufern. Jeder und jede von euch muss zumindest die Grundfertigkeiten dieser Kunst beherrschen. Wem das nicht gelingt, der wird ausgemustert.«

Fasziniert bewunderte Lasgol ihre stählerne Schönheit, obwohl er natürlich Angst hatte, hier zu versagen und deshalb gehen zu müssen.

»Aber diejenigen, die sich darin auszeichnen, die Besten unter euch, werden am Ende des dritten Jahres in die Meisterschule der Schießkunst übernommen. Diese Kandidaten wähle ich persönlich aus.«

Lasgol sah Ingrid an, die zuversichtlich nickte. Sie war fest davon überzeugt, dass sie es schaffen würde, so viel sah er. Er hingegen wusste, dass er nur ein mittelmäßiger Schütze war, und hoffte nur, wenigstens so viel zu lernen, dass man ihn deswegen nicht hinauswarf.

»Aus den begabtesten Absolventen wähle ich am Ende

wiederum die Anwärter für die Eliteausbildung aus. Falls einer oder eine von euch das Zeug dazu hat. Das ist nicht immer der Fall, also warten wir's ab.«

Nilsa wurde noch unruhiger als sonst. Sie konnte einfach nicht mehr stillhalten. Das Aufstellen war für sie ohnehin eine Tortur, aber bei Ivana fiel es ihr noch schwerer. Ihre Kameraden wussten, dass sie von einer Laufbahn als Hexenjägerin träumte, doch diese Spezialausbildung war nur wenigen Eliteschützen vorbehalten. Nichts würde sie glücklicher machen, als ihr Land von den verdammten Magiern und Hexenmeistern zu befreien. Es war ein glühender Wunsch, und sie hatte ein überzeugendes Motiv dafür. Ein blutiges Motiv.

»Du gehörst bestimmt dazu«, sagte Gerd und verpasste ihr einen aufmunternden Knuff.

»Ja, klar«, sagte Viggo sarkastisch. »Die stranguliert sich eher mit der eigenen Bogensehne.«

Nilsa zog eine Grimasse, ließ sich aber nicht weiter beirren. In dieser Disziplin wollte sie glänzen, darum konzentrierte sie sich mit aller Kraft. Nichts würde sie ablenken. Sie würde keinesfalls scheitern!

Ivana sprach weiter. »Nach einer kurzen Demonstration werdet ihr besser verstehen, worum es mir geht. Ein gut gezielter Pfeil räumt Unklarheiten deutlicher aus als Worte, wie ich gern sage.«

Sie hob die Hand, worauf zwei Waldläufer nähertraten, die ihre Bögen bei sich trugen.

»Zeigt den Rekruten, welcher Meisterschule ihr angehört«, befahl Ivana.

Die beiden Waldläufer schlugen die Umhänge zurück, wodurch ihre Medaillons zum Vorschein kamen. Es war jeweils ein Bogen darauf abgebildet, und sie ähnelten Ivanas Anhänger, waren aber deutlich kleiner.

»So eins werde ich eines Tages haben«, sagte Ingrid.

Lasgol nickte und lächelte ihr zu. Sie würde sich durch nichts aufhalten lassen.

»Sehr gut. Und nun zeigt, wozu ein Schütze fähig ist.«

Die zwei Waldläufer gingen hundert Schritte auseinander. Der eine hob mit beiden Händen seinen Bogen hoch und hielt ihn eine Handbreit über seinen Kopf. Der andere legte seine Waffe vor sich auf den Boden. Alle Anwesenden sahen gebannt zu. Es folgte eine kurze Pause, in der niemand sprach. Der sanfte Wind duftete nach feuchtem Gras. In der Ferne hörten sie junge Vögel, die gierig nach Futter schrien.

Und plötzlich bewegte sich der unbewaffnete Waldläufer. Er schob die Spitze seines Lederstiefels unter den Bogen auf der Erde und warf ihn gekonnt nach oben. Der Bogen tauchte genau vor dem Waldläufer auf, der blitzschnell mit links zugriff und ihn auffing. Gleichzeitig zog er mit der Rechten einen Pfeil aus dem Köcher auf seinem Rücken, den er mit einer fließenden Bewegung auflegte. Er zielte, ging auf ein Knie herunter und schoss. Der komplette Bewegungsablauf hatte nur einen kurzen Moment gedauert. Sirrend durchmaß der Pfeil die hundert Schritte Abstand und bohrte sich in das Mittelstück des Bogens über dem Kopf des anderen Waldläufers.

Die Neuen schrien überrascht auf. Damit hatten sie nicht gerechnet. Lasgol war so beeindruckt, dass er sich sofort von ganzem Herzen wünschte, diese Kunst zu meistern. Es musste phantastisch sein, so etwas zu können! Dann fiel ihm wieder ein, wie schlecht er mit dem Bogen war, und diese Hoffnung zerstob.

»Um so gut zu werden wie sie und dieses Medaillon am Hals zu tragen, müsst ihr hart arbeiten. Sehr hart. Aber wenn ihr das tut, seid ihr eines Tages in der Lage, das zu vollbringen, was ihr gerade gesehen habt. Und einer von euch wird — vielleicht — zu noch unglaublicheren Dingen fähig sein.«

Unter den Anwesenden erhob sich optimistisches Gemurmel, und es wurden Kommentare laut wie »Das schaffe ich«, »Ich will so gut werden wie die«, oder »Ganz klar, ich werde Schütze!« Die beiden Waldläufer stellten sich hinter Ivana.

»Merkt es euch gut«, fuhr die Leiterin der Schule der Schießkunst fort. »Wer die grundlegenden Fähigkeiten dieser Disziplin nicht meistert, muss gehen und wird niemals ein

Waldläufer. Wer jedoch sehr gut wird, kann am Ende zu den Schützen gehören.«

Und damit marschierte Ivana mit den zwei Männern davon.

»Mit dem Bogen bin ich ein Fiasko«, gestand Gerd.

»Ich bin auch nicht besonders gut«, meinte Lasgol.

»Was für ein jämmerliches Team!«, stöhnte Ingrid.

»Bist du etwa besser?«, fragte Viggo.

»Allerdings. Und zwar nicht nur mit dem Bogen, sondern auch mit dem Schwert, der Axt und der Faust. Um Längen besser als die Prahlhälse da drüben«, sagte sie mit einem Blick auf eine Gruppe Jungen, die über die Vorführung diskutierten und ob sie das wohl auch könnten.

»Wenn du dich mit Schwert, Axt und Faustkampf auskennst, hat dir das jemand beigebracht«, sagte Viggo. »Du hättest zum königlichen Heer gehen können, wo man diese Waffen einsetzt, nicht zu den Waldläufern. Was machst du also hier?«

»Mein Vater war ein Waldläufer.«

»War?«, fragte Lasgol.

»Er ist verschwunden. Bei einem Auftrag.«

»Oh. Und er ist nie zurückgekommen?«

»Nein.«

»Entschuldigung, ich wollte nicht ...«

»Egal. Es ist lange her, ich war noch klein.«

»Und wer hat dich das Kämpfen gelehrt?«

»Meine Tante Brenda, seine Schwester.«

»Eine Frau?«, fragte Viggo überrascht.

»Ja, eine Frau. Na und?«

»Nichts. Es ist nur ungewöhnlich.«

»Meine Tante war eine Unbesiegbare des Eises.«

»Das kann jeder sagen!«, wehrte Viggo ab.

»Meinst du etwa, ich lüge? Dir werd' ich's zeigen!«

»Keine Prügelei«, sagte Gerd und schob sich zwischen die beiden.

»Die Unbesiegbaren des Eises sind eine Eliteeinheit der

Infanterie. Die nehmen keine Frauen«, sagte Viggo.

»Du hast doch keine Ahnung«, fauchte Ingrid.

»Ich weiß, dass du lügst. Es gibt keine Frauen bei den Unbesiegbaren.«

Ingrid wollte sich auf ihn stürzen und dazu um Gerd herumkommen, der sich weiter dazwischen stellte.

Nilsa hielt sie fest, und Lasgol tat dasselbe mit Viggo.

»Meine Tante *war* eine Unbesiegbare des Eises! Und wenn ich dir ein blaues Auge verpasse, kann das jeder sehen!«

»Klar, und ich bin ein verzauberter Prinz aus einem Königreich im Osten!«

Nilsa, Gerd und Lasgol hatten ihre liebe Not, die beiden auseinanderzuhalten.

»Was geht hier vor, Schneepanther?«, sagte eine strenge Stimme, die sie noch nicht kannten.

Sofort rissen sie sich zusammen und starrten den Waldläufer an, der zu ihnen getreten war. An seinem Hals hing das Medaillon mit dem Bogen.

»Ihr seid als Team kein gutes Beispiel. Allein dafür werdet ihr rausfliegen, wenn ihr so weitermacht«, tadelte er.

Ingrid und Viggo beruhigten sich, die anderen ließen beschämt die Köpfe hängen.

»Ich bin Ivar, Ausbilder in der Schule der Schießkunst. In Stellung!«

Alle fünf senkten das Knie und blickten nach vorn.

Ivar betrachtete die anderen Mannschaften.

»Wölfe, Bären, Falken und Panther zu mir«, sagte er.

Augenblicklich scharten sich die Teams um ihn. Die anderen Ausbilder der Schießkunst nahmen die restlichen Teams zu sich. Lasgol freute sich, dass sie nicht mit den Adlern zusammen waren, zu denen Isgord gehörte.

Ivar wandte sich an die vier Teams, ohne lange zu fackeln.

»Zum Schießunterricht gehört ein theoretischer und ein praktischer Teil. Ihr werdet darin alles lernen, was ein Waldläufer braucht, um zu überleben. Welches ist die Hauptwaffe der Waldläufer?«, fragte er und ließ den Blick über die Anwesenden schweifen.

Ashlin, ein schlankes, aufgewecktes Mädchen mit brauner Haut, das zu den Wölfen gehörte, trat einen Schritt vor.

»Ja?«, sagte Ivar.

»Alle Waldläufer haben einen Bogen. Er ist ihre wichtigste Waffe. Außerdem haben sie ein Jagdmesser und ein Beil.«

»Sehr gut. Diese Antwort ist korrekt. Ihr werdet lernen, wie man all diese Waffen auf unterschiedliche Weise einsetzt.«

»Wie das?«, fragte Osvak, ein großer, kräftiger Junge aus dem Bärenteam.

»Das zeigen wir euch, keine Sorge. Alles zu seiner Zeit und gemäß dem *Weg des Waldläufers*.«

»Was ist dieser ›Weg‹?«, fragte Gerd.

»Das ist die Richtschnur für die Waldläufer. Unser Dogma«, antwortete Ivar. »Seit über hundert Jahren halten wir uns daran, und zwar mit ausgezeichneten Ergebnissen.«

»Danke sehr.«

»Ich werde euch beibringen, wie ihr selbst einen Bogen herstellt«, fuhr Ivar fort. »Wie man das Holz auswählt, die passende Sehne und alle sonstigen Bauteile. Ebenso werden wir Pfeile anfertigen, damit ihr das alles eigenhändig beherrscht, falls ihr eines Tages plötzlich ohne Waffe dasteht. Außerdem werdet ihr lernen, wie man einfache Beile und Messer baut.«

»Wäre es nicht viel einfacher, uns das Geld zu geben und die Sachen in der nächsten Stadt zu kaufen?«, flüsterte Viggo Nilsa zu, die prompt kicherte.

»Sei still und hör zu«, rügte Ingrid aufgebracht.

Der Ausbilder schien das Geflüster gehört zu haben und warf ihnen einen warnenden Blick zu.

»Ein Waldläufer muss in der Wildnis aus eigener Kraft überleben können. Euch werden viele Gefahren begegnen, und ihr werdet in gefährliche Situationen kommen. Als Diener des Reiches ist die Gefahr Teil unseres Lebens. Was ihr lernt, solange ihr hier seid, wird euch mehr als einmal das Leben retten. Womit ich natürlich nur von denen spreche, die tatsächlich Waldläufer werden, also keineswegs von euch allen hier.«

Lasgol fühlte sich getroffen. Er hatte mit vier Jahren mit dem Bogenschießen angefangen. Damals hatte Dakon ihm seinen ersten Bogen gebaut und ihm das Schießen beigebracht. Dennoch konnte er es bis heute nicht richtig. Die Erinnerung an seinen Vater machte ihn so traurig, dass seine Augen feucht wurden. Nach einem tiefen Seufzer riss er sich zusammen.

»So. Und jetzt will ich sehen, womit ich es dieses Jahr zu tun habe«, sagte Ivar. »Stellt euch teamweise in einer Reihe auf, der Kapitän mit Blick auf die Bäume dort«, fuhr er fort. Er zeigte auf vier Eichen in rund fünfzig Schritt Entfernung. An jedem Stamm hing eine große, runde Zielscheibe. »Ihr schießt auf die Zielscheiben. Immer reihum und jeder insgesamt fünf Schuss.«

Ivar reichte jedem Kapitän einen Bogen und einen Köcher. Dann trat er ein Stück zurück und sah ihnen zu. Ingrid prüfte erst den Bogen, dann die Windrichtung, ehe sie in Ruhe zielte und schoss. Schon aus ihrem Umgang mit der Waffe entnahm Lasgol, dass sie das Ziel treffen würde, und er irrte sich nicht. Sie traf mitten ins Schwarze. Dann gab sie Bogen und Köcher an Nilsa weiter, die allerdings so begierig zugriff, dass sie den Köcher fallen ließ. Er landete auf dem Boden, und die Pfeile verteilten sich über das Gras.

»Entschuldigung«, sagte sie und sammelte alles wieder auf. Ingrid hielt sich entnervt eine Hand vor die Augen.

Nilsa brauchte einen Augenblick, bis die Pfeile alle wieder im Köcher waren und sie ihn umhängen konnte. Schließlich war sie schussbereit, und zur Überraschung aller Panther schlug sie sich wacker. Ihr Pfeil traf gut, wenn auch nicht genau in der Mitte. Strahlend übergab sie Bogen und Köcher an Gerd. Dieser zielte, und sein Pfeil bohrte sich ins Ziel, allerdings nur am äußeren Rand.

»Puh!« Gerd seufzte erleichtert auf. Immerhin hatte er getroffen.

Der Nächste war Lasgol. Er versuchte, sich zu entspannen, spürte aber den bohrenden Blick von Ivar. Nachdem er dreimal tief durchgeatmet hatte, zielte er und schoss. Der Pfeil flog los und traf die Scheibe eine Handbreit neben dem Zentrum. Ein ordentlicher Treffer, aber deutlich schlechter als die von Ingrid und Nilsa. Er seufzte. Für seine Schießkünste war das gar nicht mal so schlecht gewesen. Zuletzt war Viggo an der Reihe. Diesmal war Lasgol neugierig. War er gut mit dem Bogen? Die Antwort ließ nicht lange auf sich warten. Sein Pfeil landete einen Zoll weiter innen als der von Gerd. Ein schlechter Schuss.

»Noch mal«, sagte Ivar.

Alle schossen fünfmal. Die Ergebnisse blieben ungefähr gleich. Ingrid traf mit jedem Schuss ins Schwarze. Nilsa eiferte ihr nach, allerdings mit nicht ganz so gutem Erfolg. Lasgol blieb mittelmäßig. Gerd und Viggo hatten große Mühe, mehr in die Mitte zu zielen. Im Vergleich zu den drei anderen Teams war das Ergebnis nicht sonderlich gut. Die Falken hatten sechs gute Schützen. Den Wölfen erging es kaum besser als den Panthern, und die Bären waren erstaunlicherweise sogar noch schlechter.

Nach den Schießübungen ließ Ivar alle im Kreis auf der Wiese Platz nehmen. Einem nach dem anderen erklärte er, welche individuellen Fehler er bemerkt hatte. Offenbar hatte der Ausbilder sie beim Schießen erstaunlich detailliert beobachtet. Lasgol hörte aufmerksam zu. Vielleicht konnte er so lernen, irgendwann besser zu schießen. Anschließend erläuterte Ivar, wie wichtig es war, den Wind einzubeziehen, die richtige Haltung für einen sicheren Schuss, wie man auf diese Entfernung ein Ziel anvisierte, und natürlich, wie man einen Pfeil abschoss, ohne dabei die Haltung zu verändern, was vielen offenbar Probleme bereitete.

Nach dem Unterricht gingen alle wieder zum Essen in den Speisesaal. Diesmal saßen sie mit den Wölfen zusammen. Beim Essen kam Luca, der Anführer der Wölfe, zu Ingrid herüber. Er war ein athletischer Bursche, dunkelblond, mit einer spitzen Nase. Lasgol achtete nicht auf ihre Unterhaltung, denn er war sehr hungrig.

Nachdem Luca sich wieder zu seinen Leuten gesetzt hatte, fragte Viggo Ingrid: »Was wollte er?«

»Kapitänsachen.«

»Was heißt hier ›Kapitänsachen‹?«

»Dass es dich nichts angeht.«

»Mich geht alles etwas an, was du mit anderen Teams im Schilde führst.«

»Wer sagt, dass ich etwas im Schilde führe?«

Die anderen drei aßen nicht mehr weiter, sondern beobachteten den Wortwechsel.

»Ihr habt doch etwas ausgemacht.«

»Sei still und iss.«

Viggo bedachte sie mit einem erbosten Blick.

»Ich behalte dich im Auge«, warnte er sie mit erhobenem Zeigefinger.

Ingrid gab sich gleichgültig und aß weiter.

Auch Lasgol aß weiter. Er versuchte, sich nicht umzusehen, weil er genau wusste, dass sie ihn wieder böse anstarrten. Zu seiner Überraschung saß Dolbarar am Tisch der Ausbilder, speiste mit ihnen und führte eine angeregte Unterhaltung. Aus unerfindlichen Gründen war er davon ausgegangen, dass Dolbarar im Hauptquartier essen würde, aber offenbar kam er gern in den Speisesaal. In diesem Augenblick kam Ivana herein, die Meisterin der Schießkunst, die an Dolbarars Tisch Platz nahm. Etwas später folgte der Bändiger, Esben, Meister der Tierkunde, der Lasgol mit seinem Äußeren wie auch mit seinen Bewegungen an einen großen Bären erinnerte. Auch er setzte sich zu Dolbarar und bemühte sich, seine wilden Locken etwas glatt zu streichen, während er seine Tischgenossen begrüßte. Offenbar speisten sie alle mit den übrigen Schülern zusammen. Unwillkürlich nickte Lasgol, denn das sagte ihm zu.

Nach dem Essen kehrte das Team in die Hütte zurück, wo Egil sie gespannt erwartete.

»Wie ist es gelaufen?«, wollte er wissen.

»Ganz gut«, sagte Lasgol.

»Wir waren nicht die Schlechtesten!«, erzählte Gerd glücklich.

»Das ist sehr schön.« Egil lächelte. Er sah schon deutlich besser aus.

»Du hättest Ingrid und Nilsa sehen müssen. Sie sind super mit dem Bogen!«, sagte Gerd.

Egil nickte zufrieden. »Und ihr anderen?«

»So mittel«, sagte Lasgol.

»Tja. Diesmal waren wir nicht die Schlechtesten, das stimmt«, warf Viggo ein. »Aber das wird sich ändern, richtig, Egil?«

»Was soll das heißen?«, fragte Gerd verwirrt.

»Unser scharfsinniger Kamerad möchte andeuten, dass wir die Letzten sein werden, sobald ich mich zum Team geselle«, sagte Egil.

»Wirklich?«, sagte Gerd erstaunt.

»Ja. Meine Schießkunst ist inexistent. Ich habe noch nie einen Pfeil abgeschossen.«

»Oh. Na gut. Falls es dir dann besser geht — beim Laufen waren wir wieder die Letzten.«

»Danke, Gerd. Du bist ein guter Kamerad«, sagte Egil.

Viggo seufzte.

»Mal sehen, worin wir nächstes Mal am schlechtesten sind.«

»Ihr müsst auch das Positive sehen«, erinnerte Egil sie mit breitem Grinsen. »Wir können uns nur verbessern.«

Da prusteten Gerd und Lasgol los. Aber Viggo sah sie nur kopfschüttelnd an und rümpfte die Nase.

Da ging die Tür auf, und Ingrid und Nilsa kamen verwundert herein.

»Worüber lacht ihr?«, fragte Ingrid.

Egil sah sie an und antwortete: »Darüber, dass wir so schlecht sind, dass es nur aufwärts gehen kann.«

Sie griff sich an die Stirn und schüttelte ebenfalls den

Kopf, aber Nilsa fing an zu lachen.

Die folgende Woche verlief nicht viel besser. Einerseits war Egil so weit wiederhergestellt, dass er mit den anderen lernen konnte, andererseits verschlechterten sich die Ergebnisse der Panther dadurch noch mehr.

Beim Ausdauertraining war jetzt nicht mehr Gerd der Letzte — zumal er sich bereits deutlich verbesserte —, sondern Egil. Sie mussten auf ihn warten, denn sein schmaler Körper, der keinerlei Anstrengung gewohnt war, schaffte kaum mehr als eine Runde um den See. Im Schießunterricht war er ebenfalls eine Katastrophe. Egil wusste nicht, wie man mit einem Bogen umging, und seine Pfeile kamen gar nicht erst bei der Scheibe an. Es mangelte ihm nicht nur an Treffsicherheit, sondern auch an Kraft. Lasgol indessen hatte nach seinem nächtlichen Unfall beschlossen, sich von dem Ei vorerst fernzuhalten. Zumindest, bis er besser verstand, was ihm zugestoßen war.

Eines Nachmittags tauchte Oden nach dem Essen auf und befahl den dreizehn Teams, sich aufzustellen.

»Heute beginnt eure Unterweisung in Tierkunde. Das ist eine komplexe Kunst, bei der es immer wieder zu Unfällen kommt. Ihr solltet also sehr genau auf eure Ausbilder hören. Und keine Dummheiten. Nicht eine! Ist das klar?«

Alle murmelten ihr »Ja«.

»Ich will das nur von den Kapitänen hören.«

»Jawohl, Oberausbilder!«, riefen diese einstimmig.

»Sehr gut. Wenn es bei Mensch oder Tier zu Verletzungen kommt, werdet ihr euch an mich erinnern. Oh ja, das werdet ihr. Verstanden?«, schrie er aus vollem Halse.

»Verstanden!«, antworteten die Kapitäne.

Oden führte sie zum Wald an der Nordgrenze des Lagers.

So weit waren sie noch nie in die hiesige Wildnis vorgedrungen. Der Marsch war für Körper und Seele gleichermaßen belebend, denn je weiter sie nach Norden vordrangen, desto kälter wurde es, und desto mehr Schnee und Eis waren noch zu sehen. Auf einem kleinen Berg mitten in einem Tannenwald fanden sie vier große Blockhäuser vor, die mit Tierbildern geschmückt waren.

»Da wären wir. Die Schule der Tierkunde. Ihr werdet schon erwartet«, sagte Oden und zog schnellen Schrittes wieder ab.

Die Teams gingen zu den Hütten und fanden dazwischen fünf Waldläufer vor. Als sie näher kamen, erkannten sie, dass der Mann in der Mitte niemand anders als Esben der Bändiger war, der Meister der Tierkunde persönlich.

»Willkommen, Rekruten. Ich bin Esben, auch ›der Bändiger‹ genannt. Diesen Beinamen trage ich, weil man mir nachsagt, ich könne mit Tieren kommunizieren und sie beherrschen. Was der Wahrheit entspricht. Diese Vorstellung mag euch seltsam erscheinen, denn es gibt kaum jemanden außer den Waldläufern, der diese Kunst beherrscht, aber ich halte sie für hochinteressant und auch faszinierend. Mit etwas Glück gibt es jemanden unter euch, der ähnliche Neigungen zeigt wie ich. Leider werden das nicht viele sein. Diese Disziplin unterscheidet sich von den anderen darin, dass man gewisse Elemente nicht lernen kann. Sie sind angeboren. Man kann sie, oder man kann sie nicht. Wem das in die Wiege gelegt wurde, der kann eines Tages eine Elitelaufbahn einschlagen. Die anderen können dennoch bis in die Meisterschule vorrücken, sobald sie die Grundausbildung durchlaufen haben.«

Auf sein Zeichen hin trat einer seiner Helfer vor und zeigte den Schülern das Medaillon mit dem eingravierten Bären. Er hob die Hände an den Mund und stieß einen Vogelschrei aus. Dann streckte er den Arm aus, an dem er ein gepolstertes Lederarmband trug. Plötzlich hörten sie ein Kreischen und blickten zum Himmel. Ein mächtiger, weißer Adler glitt so dicht über sie hinweg, dass sie erschrocken die Köpfe einzogen und einige sogar in die Hocke gingen. Der Adler kreiste noch einmal über ihnen, dann landete er auf dem Arm des Ausbilders und schüttelte seine Flügel. Er war prachtvoll.

Hingerissen bestaunte Lasgol, wie der Waldläufer den majestätischen Vogel streichelte und dieser mit einer Kopfbewegung reagierte. Wie machte man so etwas? *Ich wünschte, ich könnte auch so mit Tieren umgehen.*

Der Ausbilder schüttelte den Arm, und prompt stieg der Adler wieder auf, hoch in den Himmel. Dann trat der Mann wieder zurück.

Esben wandte sich wieder an die Teams und kam näher. Aus diesem Abstand wurde Lasgol deutlich bewusst, wie groß und stark er war — ein typischer Norghaner, auch wenn er etwas Animalisches an sich hatte.

»In Tierkunde lernt ihr alles über Tiere, ob Nutztiere oder die wilden Bewohner der Wälder und Berge unseres Landes. Ihr werdet auch lernen, wie man sie versorgt, von den Ponys und Pferden bis hin zu wilden Tieren. Ich bringe euch bei, wie man die Vögel an ihren Lauten unterscheidet, wie man Fährten bestimmt, wo die Tiere sich verstecken, ihre Jungen aufziehen und überwintern, aber auch wo und wie sie jagen. Nur so werdet ihr in der Lage sein, euch wie sie in der Wildnis zu bewegen. Der Weg lehrt uns, dass ein Waldläufer wie ein Tier des Waldes unterwegs ist.«

Er ging in die Hocke.

»Kapitäne zu mir.«

Die dreizehn Kapitäne kamen näher.

Esben zeigte auf den feuchten Untergrund.

»Könnt ihr mir sagen, von was für einem Tier diese Fährte stammt?«

»Ein Wolf?«, wagte Isgord sich wenig überzeugt vor.

Esben schüttelte den Kopf.

»Ein Fuchs«, riet Jobas, der Kapitän der Wildschweine.

Der Meister schüttelte erneut den Kopf. Er sah Astrid von den Uhus an, dann Ingrid, die beiden einzigen Mädchen unter den Kapitänen, und rief Ingrid auf.

»Was glaubst du?«

Ingrid bückte sich, prüfte die Fährte und seufzte.

Lasgol, der den Abdruck erkannt hatte, hätte ihr gern zugeflüstert: »Das ist ein Frettchen.«

Aber Ingrid schüttelte den Kopf.

»Ich weiß es nicht. Ich kann kämpfen. Fährtenlesen habe ich nie gelernt.«

Das war bestimmt die falsche Antwort, dachte Lasgol, aber er irrte sich.

»Das geht vielen so«, sagte Esben lächelnd. Die Bewegung schien seinen Bart zum Leben zu erwecken. »Aber ich kann dir versichern, dass das Fährtenlesen für einen Waldläufer sehr viel wichtiger ist als das Kämpfen.«

Ingrid protestierte: »Wichtiger als Kämpfen?«

»Was hilft es dir, wenn du kämpfen kannst, aber im Wald die Fährte deines Opfers verlierst? Ich sage dir, was dann passiert. Dein Opfer entkommt, und sofern es selbst einer Spur folgen kann, dreht es den Spieß um und tötet dich, ehe du weißt, wie dir geschieht«, sagte Esben. Er deutete einen Schuss in Ingrids Rücken und dann ein Messer an der Kehle an.

»Oh. Verstehe«, sagte sie.

»Das freut mich. Wer sich sicher ist, von welchem Tier diese Fährte stammt, hebe die Hand.«

Ein Dutzend Hände gingen in die Höhe, auch die von Lasgol.

Esben musterte diejenigen, die sich meldeten. Schließlich blieb sein Blick an Lasgol hängen.

»Du da, Sohn des Verräters Dakon. Bist du sicher, dass du diese Fährte kennst?«

»Ja, Meister«, antwortete Lasgol, obwohl er seine Nervosität bezähmen musste.

»Das wäre auch besser für dich, denn wenn du dich irrst, kannst du einen Monat die Ställe ausmisten. Und ich kann dir versichern, die stinken.«

»Sie ist von einem Frettchen«, sagte Lasgol mit fester Stimme.

»Ich sehe, dein Verrätervater hat dir immerhin etwas Nützliches beigebracht. Was weißt du über Frettchen?«, fragte er Lasgol.

»Frettchen sind Raubtiere. Ausgezeichnete Jäger, die vor allem Kaninchen und Nagetieren nachstellen, manchmal auch kleinen Vögeln. Sie jagen in der Frühe und verschlafen dann einen Großteil des Tages. Man kann sie zähmen und für die Jagd einsetzen, denn sie können gut in unterirdische Baue vordringen. Sie sind intelligent und sehr neugierig. Wie Stinktiere markieren sie ihr Territorium mit Duftmarken und reagieren auch so, wenn sie erschreckt werden, wobei sie nicht ganz so stark stinken und der Gestank nicht so lange anhält. Den Pelz kann man an einen Kürschner verkaufen.«

»Wie viele Tiere kennst du noch?«

»Alle aus meiner Grafschaft, der Grafschaft Malason.«

Esben nickte. Er verschränkte die Hände hinter dem Rücken.

»Was ihr eben gesehen habt, erwarte ich von jedem Einzelnen von euch. Und zwar nicht nur zu einer Grafschaft, sondern für ganz Norghana. Wer nicht genauso viel lernen kann wie der Sohn des Verräters, wird ausgemustert.«

Gerd sah sich besorgt zu Egil um. »Ich kann mir Dinge nicht so gut merken«, flüsterte er.

»Kein Problem«, antwortete Egil. »Das ist meine Spezialität. Ich helfe dir.«

»Danke, Kumpel.«

»Weiß jemand, warum wir Waldläufer als die Bluthunde des Königs bezeichnet werden?«, fragte Esben.

»Weil wir die Feinde des Königs zur Strecke bringen«, antwortete Isgord.

»Genau. Ein Waldläufer kann die Spuren von Tieren und Menschen lesen, selbst im schwierigsten Terrain. Er kann erkennen, wie viele Männer vor zwei Tagen auf einem Berg campiert haben, wie sie beritten waren, ob es sich um Soldaten handelte oder um Kaufleute, was für Proviant sie bei sich hatten, wo sie herkamen und wo sie hinwollten, was sie gegessen haben, wie lange sie sich ausruhen mussten, wie die Stimmung war und vieles mehr. Das alles verraten uns ihre Spuren. Und das lernt ihr in meinem Fach.«

»Ich würde wirklich gern all diese Dinge aus Fährten entnehmen können«, flüsterte Gerd seinem Freund begeistert zu.

»Möglich wäre es, ja. Man muss nur die Indizien verknüpfen, die Ursache und den Zweck jeder Fährte, und auf Grundlage dieser Erkenntnisse und des Gesamtkontexts die richtige Schlussfolgerung ziehen.«

Gerd sah ihn verwirrt an.

»Was ich sagen möchte: Sie werden uns lehren, wie man eine Fährte interpretiert und die plausibelste Schlussfolgerung daraus ableitet.«

»Ich verstehe genauso wenig wie vorher.«

»Unser kleiner Gelehrter meint, dass sie uns zeigen werden, wie man eine Fährte liest und was sie uns erzählen kann«, sagte Nilsa mit freundlichem Lachen.

»Ich bin kein Gelehrter.«

»Nicht? Dann eben ein Schlaumeier«, grinste sie.

Egil verzog das Gesicht, lachte aber mit.

»Das ist ein Gebiet, auf dem wir viel lernen können. Ich glaube, das wird uns guttun.« Lasgol freute sich darauf. In diesem Fach würde er jedenfalls glänzen können.

»Und jetzt«, fuhr Esben fort, »teile ich euch euren Ausbilder zu. In dieser Meisterschule werdet ihr mit wilden Tieren arbeiten. Ihr müsst also extrem aufmerksam und sehr vorsichtig sein. Befolgt die Anweisungen eurer Ausbilder, das kann euch so manchen Besuch auf der Krankenstation ersparen.«

»Wilde Tiere?«, fragte Gerd erschrocken.

»Ja. Ich habe es so verstanden, dass sie uns beibringen, wie man Tiere bändigt, auch Wölfe und Bären.« Viggo grinste hämisch.

Gerd wurde blass.

»Hör nicht auf ihn«, riet Nilsa. »Er übertreibt.«

»Nein, Rotschopf, ich übertreibe nicht. Ihr werdet schon sehen.«

Da kam einer der Waldläufer mit Esben auf sie zu.

»Ich bin Ben, Ausbilder in der Schule der Tierkunde«, stellte er sich vor. »Die Adler, die Wildschweine, die Bären und die Panther kommen mit mir.«

Lasgol seufzte. Das waren die stärksten Mannschaften, und obendrein war Isgord der Kapitän der Adler. Seine Freude auf diesen Unterricht verpuffte.

Die Teams scharten sich um Ben. Isgord bedachte Lasgol sofort mit einem hasserfüllten Blick, den dieser jedoch ignorierte.

»Wir nehmen uns den Wald im Nordosten vor«, sagte Ben. »Ihr folgt mir absolut schweigend. Wenn ich die Hand hebe, bleibt ihr stehen und rührt euch nicht. Ihr erstarrt zu Stein. Ist das klar?«

Sie nickten.

Ben verlor keinen Moment, sondern drang zügig in den Wald vor. Die Teams folgten ihm, zuletzt die Panther. Den halben Nachmittag waren sie schweigend unterwegs. Auf den Baumkronen lag noch Schnee, und der Boden war feucht und kalt. Zum Glück schützten die Waldläuferumhänge sie gut vor der Kälte und auch vor dem beißenden Wind. Lasgol hatte keine Ahnung, aus was für Material die Mäntel bestanden, denn so etwas hatte er noch nie gesehen. Sie waren robust und leicht, und dennoch wärmten sie sehr gut. Vielleicht kannte Egil sich damit aus? Er würde ihn danach fragen müssen.

Schließlich kamen sie an einen Hang, und Ben hob die Hand. Sofort blieben alle wie angewurzelt stehen.

Der Ausbilder drehte sich um und flüsterte: »Eine Spur. Ganz frisch. Seht sie euch teamweise an. Der Kapitän teilt mir dann mit, von welchem Tier sie stammt.«

Die Teams kamen näher und betrachteten die Abdrücke, um sich anschließend gruppenweise zu beraten. Als die Panther an der Reihe waren, sahen sie Lasgol fragend an.

»Was glaubst du?«, wisperte Ingrid mit der ihr eigenen Zielstrebigkeit.

Lasgol betrachtete die Abdrücke sehr konzentriert. Dann musterte er forschend die Bäume.

»Warum schaust du die Bäume an?«, fragte Gerd fasziniert.

»Da ist nichts«, sagte Lasgol.

»Ja, und?«, wollte Viggo wissen.

»Keine Vögel, keine Eichhörnchen, und ich habe die ganze Zeit kein Reh oder sonstiges Wild gesehen.«

»Raubtiere«, folgerte Egil.

»Genau. Das sind Wolfsfährten.«

»Wie klug ihr seid!«, sagte Nilsa anerkennend.

Ingrid kniff die blauen Augen zusammen. »Wolfsfährten, ja?«

»Ja. Ich bin mir sicher«, sagte Lasgol.

Sie teilte es Ben mit.

»Die Adler und die Panther zu mir. Ihr anderen bleibt hier, denn ihr habt falsch getippt und solltet euch diese Fährten sehr genau einprägen. Jede Einzelheit!«

»Wir können doch etwas!«, sagte Nilsa mit einem kleinen Freudensprung.

Ben gab ihnen ein Zeichen, ihm zu folgen, und die beiden Teams gehorchten sofort. Isgord führte die Adler an, Ingrid die Panther, während sie tiefer in den Wald vorrückten. Hin und wieder musste Ben die Fährte prüfen, ehe es weiterging. Irgendwann gebot er ihnen wieder Halt und beobachtete sehr aufmerksam die Umgebung.

»Wartet hier auf mich«, befahl er und ging allein weiter der Spur nach.

»Was glaubst du, was er sucht?«, flüsterte Nilsa.

»Keine Ahnung«, antwortete Gerd gedämpft. Er hatte sich hingesetzt und die Beine übereinandergeschlagen.

Die anderen folgten seinem Beispiel.

»Nach dem Wenigen, was mein Bruder mir erzählt hat, können Meister der Tierkunde jeder Spur folgen und mit den

Tieren sprechen.«

»Du hast einen Bruder bei den Waldläufern?«, fragte Nilsa.

»Mit den Tieren sprechen?«, fragte Ingrid fast gleichzeitig.

Gerd sah die beiden an und antwortete: »Ja, mein großer Bruder ist Waldläufer. Darum habe ich die Einladung bekommen. Und, ja, manche Waldläufer können mit Tieren kommunizieren. Jedenfalls hat mir mein Bruder das mal so erzählt, als er zu Besuch war. Aber ihr wisst ja, wie sie sind — es ist alles geheim. Er hat kaum etwas davon berichtet, wie es hier läuft.«

»Wahrscheinlich wollte er dich nicht noch mehr ins Bockshorn jagen«, meinte Viggo sarkastisch.

»Lass ihn in Ruhe«, schimpfte Nilsa.

Viggo hob beschwichtigend die Hände.

»Welcher Schule gehört dein Bruder an?«, fragte Egil.

»Schießkunst. Er ist sehr gut mit dem Bogen, der Axt und dem Waldläufermesser.«

»Ist er auch so groß wie du?«, fragte Ingrid.

»Nein, etwas kleiner. Und wendiger. Ich komme nach unserem Vater, er mehr nach unserer Mutter.«

»Erstaunlich, all das mit dem Blut und der Vererbung äußerlicher Eigenschaften und der Genealogie und so. Ausgesprochen faszinierend«, sinnierte Egil.

Sie sahen ihn verständnislos an, und als Egil das bemerkte, zuckte er mit den Schultern.

»Was macht deine Familie sonst so?«, fragte Lasgol.

»Wir sind Bauern aus dem Osten. Ich habe mein ganzes Leben auf unserem Hof verbracht, das war harte Arbeit.« Er zeigte ihnen seine großen, schwieligen Hände, denen man ansah, wie viel sie schon geleistet hatten. Das waren echte Arbeiterhände. »Wir sind arm, der Hof wirft nicht viel ab. Das Land ist nicht gut, und wir sind fünf Geschwister.«

»Fünf?«

»Plus meine Eltern. Im Winter reicht es kaum. Deshalb ist mein Bruder, der älteste, Waldläufer geworden. Ein Bruder meiner Mutter war auch einer. Als dann auch ich dran war ... tja, was hätte ich anderes tun sollen als einzuschlagen? Wir hatten einen furchtbaren Winter hinter uns, den wir nur dank der Großzügigkeit der Nachbarn überlebt haben. Alle Vorräte waren aufgebraucht, und wir konnten nichts mehr beschaffen. Und das war nicht das erste Mal. Darum musste ich gehen. Ich konnte meinen Eltern nicht länger zur Last fallen. Mein Bruder hat schon seine eigene Familie zu versorgen. Jetzt ist es an mir, meine Eltern mit dem Sold der Waldläufer zu unterstützen, damit der nächste Winter weniger hart wird.«

»Das tut mir sehr leid«, sagte Nilsa mitfühlend.

»Es ehrt dich«, nickte Ingrid mit Nachdruck.

»Aber *wolltest* du Waldläufer werden?«, erkundigte sich Egil voller Neugier.

Gerd seufzte tief.

»Nein, eigentlich nicht. Ich wäre lieber Bauer geblieben. Die Saat ausbringen, die Felder bestellen, die Ernte einbringen. Ein ruhiges, einfaches Leben. Aber ich habe drei kleine Geschwister, und es reicht eben nicht für alle. Darum folge ich dem Beispiel meines großen Bruders.«

»Das kann ich nachvollziehen«, sagte Egil. »Falls es dich tröstet: Auch ich bin nur hier, weil ich keine andere Wahl hatte.«

»Ich habe noch eine Frage«, warf Viggo ein.

Alle sahen ihn an, denn sie wussten schon, dass diese nicht nett ausfallen würde.

»Frag«, sagte Gerd.

»Warum bist du so eine Memme?«

»Hey!«, protestierte Ingrid augenblicklich.

Auch Nilsa wirkte erbost.

»Er hat gesagt, ich soll fragen, und das habe ich getan! Und tut nicht so, als hättet ihr euch nicht längst dasselbe gefragt. Er ist der Größte und Stärkste im ganzen Lager. Wieso bist du so feige?«, fragte Viggo mit aufgesetzter Unschuld.

»Was bist du nur für ein Mistkerl!«, schimpfte Nilsa, die Viggo am liebsten die Augen ausgekratzt hätte.

»Schon gut«, beschwichtigte Gerd. Er war rot geworden. »Ich rede nur nicht gern darüber.«

»Du musst nicht, wenn du nicht willst«, sagte Lasgol freundlich.

»Das möchte ich aber. Ihr seid mein Team. Ich will, dass ihr wisst, warum ich so bin, wie ich bin. Seht ihr ...«, Er wollte weitersprechen, schien jedoch nach Worten zu suchen, verschluckte sich und begann zu husten.

»War es ein traumatisches Erlebnis? Als du noch klein warst?«, fragte Egil hilfsbereit.

Gerd erlitt einen heftigen Hustenanfall und konnte nur noch nicken.

»Dazu habe ich in einem Buch aus der Privatbibliothek meines Vaters etwas gelesen. Phobien, die von traumatischen Erlebnissen in der Kindheit herrühren.«

»Was liest du denn für Bücher?«, fragte Ingrid vollkommen verblüfft.

»Na, alles Mögliche natürlich. Wie sonst kann ich über alles Bescheid wissen?«, antwortete Egil so unbefangen, als wäre es das Normalste der Welt. Ungläubig starrten sie ihn an.

In diesem Augenblick kehrte Ausbilder Ben zurück und bedeutete ihnen, ihm zu folgen. Die beiden Teams setzten sich in Marsch. Sie mussten ein ganzes Stück laufen, bis sie eine Böschung erreichten, die zu einem Bach abfiel. Hier hob Ben die Hand, worauf die Teams regungslos verharrten. Die unheimliche Stille wurde nur von einem Windstoß durchbrochen, der durch die Zweige pfiff.

Da nahmen sie es wahr. Auf der anderen Seite der Schlucht, direkt gegenüber, beobachtete sie ein Rudel grauer Wölfe. Lasgol gefror das Blut in den Adern. Schlagartig wurde ihm bewusst, dass sie unbewaffnet waren. Gerd rutschte das Herz in die Hose. Er begann zu zittern. Nilsa nahm ihn beruhigend in den Arm, und Ingrid griff nach einem kräftigen Stock, um sich notfalls zu verteidigen. Viggo schob eine Hand in den Gürtel und zog einen kleinen Dolch aus einem Geheimversteck. Überrascht sah Lasgol ihn an, doch Viggo legte nur warnend einen Finger an die Lippen.

Ben ging in die Hocke, um ganz langsam zum Bach hinunterzusteigen. *Was tut er? Wo will er hin? Sie werden ihn zerreißen! Das sind mindestens ein Dutzend Wölfe.*

Dennoch ging Ben furchtlos langsam weiter in die Tiefe. Da löste sich auf der anderen Seite der größte und mit Sicherheit gefährlichste Wolf aus dem Rudel und stieg ebenfalls hinunter.

»Das Alphatier«, wisperte Lasgol.

»Was?«, fragte Gerd.

»Der Leitwolf«, sagte Egil.

»Er wird ihn töten«, hauchte Viggo.

»Ben weiß sich zu wehren«, sagte Ingrid.

»Ja, aber dann geht das ganze Rudel auf ihn los. Die reißen ihn in Stücke«, sagte Egil.

»Wie schrecklich!«, klagte Nilsa.

Inzwischen war Ben am Bach angekommen und hatte sich dort geduckt. Der Wolf kam auf der anderen Seite immer näher, fletschte drohend die Zähne und knurrte vernehmlich.

»Er greift ihn an«, flüsterte Nilsa, die ihre Nervosität kaum noch bezähmen konnte.

Lasgol hielt sie fest.

»Schsch. Abwarten.«

Ben hob beide Hände an die Brust und neigte vor dem Wolf den Kopf. Da hörte das Tier auf zu knurren und kam noch näher, fletschte jedoch immer noch die Zähne. Ben zog das Medaillon der Tierkunde hervor, streckte beide Arme aus und zeigte es dem Wolf, ohne diesem in die Augen zu sehen. Gebannt sah Lasgol zu. Er wollte nichts verpassen und konzentrierte sich ganz auf das Medaillon vor der Wolfsschnauze. Der Wolf begann prompt wieder zu knurren und sträubte aggressiv das Fell, doch da geschah etwas sehr Merkwürdiges. Das Holzmedaillon blitzte grün auf. Augenblicklich wich der Wolf zurück. Seine Angriffslust war verflogen.

Ben zog die Arme zurück und legte das Medaillon wieder vor seine Brust. Dann kam er langsam hoch und zeigte nach rechts. Der Wolf sah ihn an und stellte sich gehorsam auf die rechte Seite. Ben zeigte nach links, und das Tier gehorchte erneut. Fassungslos sahen die jungen Rekruten dabei zu.

»Geh zu deinem Rudel. Zieht weiter«, sagte Ben zu dem Wolf, und als hätte dieser jedes Wort verstanden, lief er zum Rudel zurück.

»So etwas Unglaubliches habe ich noch nie gesehen«, flüsterte Gerd staunend.

»Überaus bemerkenswert«, nickte Egil.

Ingrid warf den Stock weg.

»Mir kam das vor wie ... wie verdammte Magie«, sagte Nilsa, deren Gesicht finster geworden war.

»Magie? Wo hast du Magie gesehen?«, fragte Ingrid.

»Ich weiß es nicht. Es hatte den Anschein. Ich habe einen sechsten Sinn für solche Dinge. Und mir hat das gar nicht gefallen. Dieser Ben, der gefällt mir auch nicht. Ich hoffe, das war keine Hexerei«, grollte Nilsa misstrauisch. Ihr Gesicht war rot vor Wut, fast so rot wie ihre Haare, und ihre Augen blitzten. Das sah der sonst so unbeschwerten Nilsa gar nicht ähnlich.

»Immer mit der Ruhe«, sagte Egil. »Die Waldläufer nutzen geheime Künste, aber ich glaube kaum, dass es im Lager jemanden mit der Gabe gibt.«

»Das hoffe ich auch. Um seinetwillen«, sagte Nilsa todernst.

»Nun, ich glaube, dass dieses Fach mir sehr gefallen wird«, sagte Gerd, um die Spannung zu brechen.

Viggo steckte sein Messer weg.

»Klar, bis dir ein Schneeleopard oder ein Bär den Kopf abreißt, weil du dich ihm zu vertrauensselig genähert hast.«

»Wir wollen hoffen, dass so etwas nicht geschieht«, sagte Lasgol.

»Ja, hoffen wir's.«

Am Abend in der Hütte dachte Lasgol unablässig über den grünen Blitz nach. Er hatte ihn überdeutlich gesehen. *Aber ich war der Einzige, der ihn gesehen hat. Natürlich. Ich bin eben nicht ganz normal.* Beim Gedanken an den Blitz fiel ihm aber noch etwas ein: das Ei. Ein ähnlicher Blitz aus dem Ei hatte ihm das Bewusstsein geraubt. *Hm. Je mehr ich darüber nachdenke, desto mehr halte ich es für ganz ähnlich.* Er überlegte, ob er es holen und untersuchen sollte, riss sich jedoch zusammen. *Nein. Beim letzten Mal bin ich ohnmächtig geworden. Womöglich bringt es mich um. Ich habe keine Ahnung, womit ich es zu tun habe. Das könnte schiefgehen.* Er setzte sich vor seiner Truhe auf den Boden und warf einen Blick auf seine Kameraden. Die anderen schliefen schon.

Er seufzte. Trotz des Risikos schob er eine Hand in die Truhe und zog die Schatulle mit dem Ei heraus. *Ich muss wissen, was das alles zu bedeuten hat.* Er klappte das Kästchen auf und umfasste das Ei mit beiden Händen. Und kaum hatte er dies getan, gab das Ei auch schon wieder einen goldenen Blitz von sich — als hätte es nur auf ihn gewartet. Vor seinem inneren Auge tauchte ein verschwommenes Bild auf: zwei große Augen, katzenhaft, vielleicht auch von einem Reptil. So genau konnte er das nicht erkennen. Als er sich darauf konzentrierte, blitzte es ein zweites Mal, diesmal so heftig, dass es Lasgol mit ungebremster Energie erwischte. Er verlor die Kontrolle über seine Muskeln und begann zu zucken. Dann wurde alles dunkel.

Oden weckte sie im Morgengrauen deutlich früher als sonst, indem er mehrfach kraftvoll in seine Flöte blies.

Entgeistert schlug Egil die Augen auf.

»Faszinierend, dass ein so kleines Instrument ein so furchtbares Geräusch machen kann. Mir platzen fast die Ohren«, sagte er mit lauter Stimme und stand auf. Da sah er Lasgol ohnmächtig auf dem Boden liegen. »Lasgol!«, rief er und eilte zu ihm.

»Was ist denn los?«, fragte Gerd erschrocken.

»Dieser Typ wird immer seltsamer«, meinte Viggo bei seinem Anblick irritiert.

»Hol Wasser, Gerd. Schnell«, bat Egil besorgt.

Gerd beeilte sich. Sie schütteten Lasgol das Wasser über den Kopf, worauf dieser allmählich zu sich kam und erneut zu zucken begann.

»Ganz ruhig. Wir sind's«, sagte Egil.

Gerd hielt ihn auf dem Boden fest, bis Lasgol sich beruhigt hatte.

»Was ist passiert?«, fragte Lasgol verwirrt.

»Du hast wieder auf dem Boden geschlafen«, sagte Egil, dessen Tonfall allerdings verriet, dass er mehr dahinter vermutete.

»Oh ...«

»Stimmt etwas nicht? Können wir dir helfen?«, fragte Gerd.

»Äh ... nein. Nein, alles in Ordnung.«

»Das kann jeder sagen!«, meinte Viggo. »Du kannst es nicht sehen, aber dein Gesicht ist kreideweiß. Dir ist eindeutig etwas zugestoßen.«

»Nein, es ist nichts. Es geht gleich wieder«, versicherte

Lasgol. Er wollte aufstehen, aber dabei wurde ihm schwindelig. Wenn Gerd ihn nicht gehalten hätte, wäre er gestürzt.

»Ich verwette mein Frühstück darauf, dass es etwas damit zu tun hat«, sagte Viggo und zeigte auf das Ei, das neben Lasgol lag.

»Nein. Das ist nur ein Geschenk«, wehrte Lasgol ab.

»Unser kleiner Gelehrter wird es bestätigen«, fuhr Viggo fort und zeigte auf Egil. »Einmal ist kein Mal, aber zweimal ist auffällig, und du hast schon zweimal bewusstlos neben diesem Ei gelegen.«

Lasgol sah zu Egil hin. Der nickte.

»Viggo hat Recht. Du solltest es uns erklären.«

»Aufstellung vor den Hütten«, brüllte Oden draußen.

»Wir müssen raus«, drängte Gerd nervös. »Da stimmt etwas nicht. Es ist viel zu früh fürs Wecken.«

»Ich werde euch alles erzählen. Ich brauche nur noch etwas Zeit«, versprach Lasgol.

Damit war Egil einverstanden.

Gerd wollte das Ei aufheben, um es Lasgol zu reichen, zögerte jedoch. Seine Augen wirkten furchtsam.

»Ist es gefährlich?«, fragte er.

Lasgol nickte langsam.

Viggo stöhnte. »Wusste ich's doch!«

»Ich nehme es«, sagte Egil.

»Nein!«, rief Lasgol, aber Egil hatte bereits danach gegriffen.

»Keine Sorge, ein lebloses Objekt kann keinen Schaden ...«, hob Egil an.

Da erfolgte eine Entladung, die Egil mit Wucht gegen das Stockbett von Gerd und Viggo warf. Er blieb auf dem Boden liegen und krümmte sich vor Schmerzen.

»Egil!«, rief Lasgol entsetzt.

»Dieses verdammte Ding!«, fluchte Viggo und warf eine Decke darüber.

Gerd hatte die Augen weit aufgerissen. »Das ist ... Magie. Magie hat noch nie etwas Gutes gebracht, nur Schmerz und

Leid.«

»Raus mit euch!«, hörten sie Oden draußen brüllen.

»Geht«, sagte Lasgol zu Gerd und Viggo. »Lauft. Ich kümmere mich um Egil.«

Gehorsam liefen die beiden los.

»Komm, Egil, wir müssen gehen. Oden hat zum Aufstellen gerufen«, beschwor Lasgol seinen Freund und half ihm auf die Beine.

Beim Hochkommen stöhnte Egil. Sein Gesicht war schmerzverzerrt, und er schaffte es nicht.

»Ich komme«, sagte er und versuchte es noch einmal, scheiterte aber erneut.

»Ich helfe dir.« Lasgol hielt ihm die Hand hin.

Schließlich traten sie ins Freie, waren aber leider die Letzten. Egil hielt sich die Rippen. Bei seinem Anblick wechselten Ingrid und Nilsa einen besorgten Blick.

»Alles okay?«, fragte Lasgol.

Egil nickte.

»Es war nur der Aufprall. Das geht vorbei.«

Oden sah die beiden streng an.

»Der Sohn des Verräters Dakon ist also der Meinung, dass er meinem Ruf nicht unverzüglich Folge leisten muss?«

»Nein, Oberausbilder«, stotterte Lasgol.

»Aber exakt so sieht es aus, Verrätersohn.« Odens Stimme triefte vor Verachtung.

»Es tut mir leid, Oberausbilder.«

»Oh, es wird dir noch richtig leidtun. Nach dem Training rennst du zum Geierfelsen. Und du bist bis vor Ende der Mittagspause zurück. Wenn du nicht zurück bist, bevor das Essen vorbei ist, bekommst du kein Essen und läufst nach dem Abendessen noch zwei Runden um den See.«

Lasgol schluckte. Der Geierfelsen lag einen halben Morgen entfernt auf einem Berg. Das war unmöglich zu schaffen.

»Ist das klar?«

»Jawohl.«

»Es war meine Schuld.« Egil wollte Lasgol zur Seite springen.

»Dich hat keiner gefragt«, sagte Oden.

»Aber ... das ist ungerecht ...«

Oden lächelte böse. »Ungerecht? Habe ich etwa behauptet, dass es gerecht sei?«

»Nein«, räumte Egil bedrückt ein.

»Willst du deinen Freund begleiten? Du siehst nicht so aus, als hättest du Kräfteüberschuss.«

»Ich ...«

Als Lasgol den Kopf schüttelte, gab Egil auf.

»Ich fürchte, das schaffe ich nicht.«

»Also sei still und lerne. Jeder Regelverstoß wird bestraft.«

Dann wandte er sich an die anderen Rekruten und verkündete: »Lasst euch das eine Warnung sein!«

Er sah Lasgol an und sagte mit größter Verachtung: »Verrätersohn!«

Der Junge biss sich auf die Lippen. Auf diese Bezeichnung wollte er nicht reagieren.

»Ich werde mich nicht wiederholen, sonst mistet dein ganzes Team einen Monat die Ställe aus.«

»Ja, Oberausbilder.« Er schluckte die aufsteigende Wut hinunter.

»Du bist hier nur auf ausdrücklichen Wunsch von Dolbarar geduldet. Gegen die allgemeine Stimmung unter uns Waldläufern. Also treib es nicht zu bunt, denn wenn einer der Ausbilder entscheidet, dass er dich rausschmeißt, kann auch Dolbarar dich nicht retten.«

Lasgol erinnerte sich daran, wozu er hier war, warum er alles ertragen musste, und senkte den Kopf. Dass Kommandant Dolbarar seine Anwesenheit gestattet hatte, erstaunte ihn. Warum tat er das? Vermutlich gehorchte er der Tradition. Alle Nachkommen von Waldläufern hatten ein Anrecht auf die Ausbildung. Also ging es Dolbarar höchstwahrscheinlich um die Aufrechterhaltung dieser Regel, nicht um ihn persönlich, wie Oden angedeutet hatte.

»Hört mir genau zu. Dolbarar hat mich damit beauftragt, euch unser Auswahlsystem zu erläutern. Diesem Auftrag komme ich gern nach, denn er beglückt mich Jahr für Jahr. Noch lieber allerdings begleite ich am Jahresende die Ausgemusterten zur Lagertür. Ich werde euch jetzt die Vorgaben erklären, die in diesem ersten Jahr für euch gelten. Passt also gut auf, denn daran wird gemessen, ob ihr hierbleiben dürft oder gehen müsst.«

Lasgol und Egil wechselten einen nervösen Blick, und Gerd schlotterten die Knie. Nilsa klopfte ihm beruhigend auf die Schulter, obwohl sie vor lauter Aufregung selbst kaum stillhalten konnte.

Oden legte die Hände hinter den Rücken und stolzierte gemessen auf und ab. Mit hartem Blick musterte er die Anfänger, denen sehr unwohl zumute war.

»Nach jeder Jahreszeit stehen Prüfungen an. Zuerst kommt jeweils eine Einzelprüfung. Ihr werdet einzeln in allen vier Fächern bewertet, und wir erwarten, dass jeder von euch diese Prüfungen besteht. Die Bewertungen für die Einzelprüfungen in jeder Fachrichtung werden am Jahresende zusammengezählt. Die Endpunktzahl entscheidet darüber, ob ihr das zweite Jahr antreten dürft oder gehen müsst. Fragen?«

»Es sind also vier Prüfungen?«, vergewisserte sich Ahart, der Kapitän der Bären.

»Richtig. Die Frühlingsprüfung, die Sommerprüfung, die Herbstprüfung und die Winterprüfung. Am Ende des Jahres entscheiden die Waldläufermeister anhand eurer Punkte, wer bleibt und wer geht.«

»Wenn wir in einer Disziplin schlecht sind, aber in den anderen dreien bestehen, müssen wir dann trotzdem gehen?«, fragte Arvid, ein stämmiges Mitglied der Falken.

»Ihr bekommt bei jeder Prüfung ein, zwei oder drei Eichenblätter.« Er zog ein zwetschengroßes, ovales Abzeichen aus Holz aus einem Beutel, auf dem ein Eichenblatt eingraviert war. »Ein Blatt bedeutet, dass ihr nicht bestanden habt und eine wahre Schande seid. Zwei bedeuten, dass ihr bestanden habt, euch aber weiter verbessern müsst. Bei drei Blättern habt ihr euch anständig geschlagen. Das solltet ihr immer anstreben, auch wenn ich schon sehe, dass viele von euch das nicht mal im Traum erreichen werden. Hört also genau zu und handelt entsprechend, denn es gibt keine Ausreden. Am Ende des Jahres müsst ihr in jedem Fach mindestens acht Eichenblätter vorweisen können. Wer das nicht schafft, muss gehen.«

Nilsa hob die Hand und meldete sich hektisch.

»Ja?«, sagte Oden.

»Und wenn man am Ende in einem Fach nur sieben Blätter hat, aber in den anderen jeweils zwölf?«

Oden starrte sie durchdringend an. Diese Frage passte ihm gar nicht.

»Du bist eine ganz Schlaue, was? Wenn es nach mir ginge, würde man jeden rausschmeißen, der in einem Fach nicht die Mindestpunktzahl erreicht. Aber diese Entscheidung treffen die Waldläufermeister gemeinsam. An deiner Stelle solltest du dich bemühen, mindestens acht Blätter pro Fach zu sammeln. Und lass mich dir versichern, dass du nicht den Eindruck machst, als könntest du irgendwo zwölf erlangen. Darum solltest du ab sofort hart arbeiten.«

»Ja, natürlich, Oberausbilder«, sagte Nilsa schamrot.

»Weitere Fragen? Wenn sie so ausfallen wie diese eben, könnt ihr sie euch sparen!«

Niemand wagte, sich zu melden.

»Merkt euch das: In jeder der vier Meisterschulen am Jahresende acht Eichenblätter, oder ihr fliegt raus. Habt ihr das verstanden? Dann nickt jetzt.«

Alle nickten, doch die meisten wirkten beunruhigt. Nur einige wenige, unter ihnen Ingrid und Isgord, zeigten sich unbesorgt und gaben sich demonstrativ selbstsicher. Sie würden die Prüfungen bestehen, komme, was wolle.

»Am Tag nach der Einzelprüfung«, fuhr Oden fort, »folgt die Teamprüfung. Dabei geht es um das Prestige. Die Teams wetteifern miteinander. Diese Prüfung ist schwer, denn ihr müsst dafür alles aufbieten, was ihr bis dahin gelernt habt. Zum Lohn winkt dem Siegerteam Prestige. Weiß jemand, was Prestige ist?«

Asgar von den Uhus hob zuerst die Hand, dann auch einige aus anderen Mannschaften. Lasgol konnte mit dem Begriff nichts anfangen. Sein Vater hatte ihm praktisch nichts über das Lager und die Ausbildung der Waldläufer erzählt. *Warum?*, fragte er sich verwirrt. Das machte ihm zu schaffen. Er wusste, dass alles, was hier geschah, geheim bleiben sollte, aber einige seiner Kameraden schienen mehr zu wissen, nur er nicht.

»Sprich«, sagte Oden zu dem Jungen aus Team Uhu.

»Prestige ist die Anerkennung dafür, eine der Prüfungen gewonnen zu haben oder etwas Besonderes für die Waldläufer geleistet zu haben.«

»Richtig. Und wie wird es eingesetzt?«, fragte er und zeigte dabei auf einen Jungen von den Wölfen.

»Man kann es benutzen, um sich für eine Eliteausbildung zu bewerben.«

»Sehr gut. Und was noch?« Diesmal zeigte dabei auf einen Jungen von den Frettchen.

»Man kann damit ein Teammitglied vor dem Rauswurf bewahren.«

»Allerdings. Ein Team, das sich bei einer der vier Prüfungen auszeichnet, kann eines seiner Mitglieder damit auslösen. Wenn mehr als einem die Ausmusterung droht, entscheidet das Team selbst, wen es behält und wen nicht.«

Lasgol wechselte einen Blick mit seinen Kameraden. Keiner sagte ein Wort, doch sie wussten alle, dass das eine sehr harte Entscheidung sein würde.

»Dazu muss ich noch sagen, dass die Gruppen, die besonders hervorstechen, bessere Chancen haben, in die Meisterschule ihrer Wahl aufgenommen zu werden. Die erste Prüfung erfolgt am Ende des Frühlings. Ich rate euch, euch ab sofort maximal anzustrengen. Die Zeit verstreicht schnell, und viele von euch können aktuell nicht darauf hoffen zu bestehen. Eine zweite Chance gibt es nicht. Für niemanden. Ihr müsst jeden Tag alles geben, sonst schafft ihr es nicht. Die Sommerprüfung wird schwerer als die Frühlingsprüfung. Ebenso wird die Herbstprüfung noch einmal schwerer, und die Winterprüfung wird euch an eure Grenzen bringen. Die Waldläufer akzeptieren kein Mittelmaß, sondern nur die Besten. Nur die können alle vier Fachrichtungen meistern. Ihr werdet leiden, ihr werdet dazulernen, und die Besten von euch werden die Prüfung bewältigen. Wer das nicht schafft, auf den wartet am Ende das Boot, das euch nach Hause bringt.«

Gerd und Egil sahen sich mit großer Sorge an. Ihnen war durchaus bewusst, wie schwer es ihnen fallen würde, ihr Ziel zu erreichen.

»Irgendwelche Unklarheiten?«

Niemand antwortete. Oden ging erneut an ihnen vorbei und sah jedem Einzelnen prüfend ins Gesicht, um sich zu vergewissern, dass sie alle das Gewicht seiner Aussagen verstanden hatten.

In das bedrückte Schweigen mischte sich Anspannung.

»Sehr gut. Und jetzt geht trainieren und denkt immer daran, was ich euch gesagt habe.«

Lasgol gab sich größte Mühe, rechtzeitig vom Geierfelsen zurück zu sein, aber es war unmöglich. Die morgendliche Anstrengung hatte ihn bereits viel Kraft gekostet, und bei dem mühsamen Anstieg zum Felsen ging ihm die Luft aus. Der Lauf durch die Wälder, immer bergauf, hatte ihn erschöpft, und das Klettern am Ende war eine Tortur. Der Rückweg war nicht mehr ganz so anstrengend gewesen, aber sein Körper hatte keinerlei Reserven mehr. Als er eintraf, war er körperlich und mental am Ende.

Oden erwartete ihn vor dem Speisesaal mit dem Pantherteam, das ihn wenigstens moralisch unterstützen wollte. Sogar Viggo war dabei.

»Du hast es nicht geschafft. Du weißt, was du heute Abend zu tun hast«, stellte Oden fest.

»Ja. Und ich mache es.«

»Allerdings, Verrätersohn.«

Ohne weitere Worte ging der Oberausbilder davon.

Lasgol wartete noch, bis er verschwunden war, ehe er sich erschöpft fallen ließ. Seine Kameraden kamen ihm zu Hilfe und trugen ihn auf einen der Tische im Speisesaal.

»Er braucht eine Massage«, erklärte Egil. »Damit sich die Muskeln wieder entkrampfen und er sich etwas entspannt.«

»Okay«, sagte Gerd. »Weiß jemand, wie das geht?«

Egil schüttelte den Kopf. »Ich habe nur davon gelesen. Aber ich habe keine praktische Erfahrung.«

»Klar, wie üblich«, knurrte Viggo.

»Ich kenne mich ein bisschen aus«, bot Nilsa an.

»Dann gehört er ganz dir«, entschied Ingrid.

Nilsa massierte seine Beine gründlich durch, dann die Arme und am Ende den Rücken. Lasgol schlief auf dem Tisch ein, wo sie ihn liegen ließen, bis das Signal für den Naturkundeunterricht kam. Nachdem sie ihn geweckt hatten, mussten Gerd und Ingrid ihn stützen, damit er es bis zu der Lichtung im Westen schaffte, wo ein weitläufiger Garten mit mehreren Holzhäusern auf sie wartete.

Hier wurden sie von einem halben Dutzend Waldläufer unter der Leitung von Eyra erwartet, der weisen Meisterin der Naturkunde. Die Sechzigjährige hatte graues, lockiges Haar und eine große, krumme Nase. Ihr Gewicht war freundlich, aber ihre Miene hatte etwas Säuerliches an sich. Erfreut nahm Lasgol zur Kenntnis, dass vier der sechs Waldläufer weiblich waren.

»Wärst du so freundlich, meine Liebe?«, sagte Eyra zu einer der Waldläuferinnen.

Die Frau baute sich so auf, dass alle sie gut sehen konnten. Sie war noch jung, ungefähr Mitte zwanzig.

»Das ist Iria, Ausbilderin im Fach Naturkunde. Seht zu und lernt.«

Iria griff hinter ihren Rücken und zog aus dem Lederbeutel, den sie über der Schulter trug, eine Falle aus Zweigen und

Federn hervor, die sie umherzeigte und dann vor ihre Füße stellte. Danach schlug sie ihren Umhang zurück, wobei das Holzmedaillon mit dem Eichenblatt zum Vorschein kam. Jetzt sahen sie auch ihren Gürtel, der mit diversen Ledersäckchen sowie verkorkten Behältnissen aus Holz und Glas bestückt war. Sie nahm eines aus Holz zur Hand, entkorkte es und goss eine Flüssigkeit von ungewöhnlicher Farbe über der Falle aus.

»Was ist das?«, flüsterte Nilsa, die von einem Bein auf das andere trat und angestrengt hinsah, um nichts zu übersehen.

»Das dürfte ein Reagenz für einen speziellen Zweck sein«, meinte Egil.

»Ein was?«, fragte Gerd.

»Eine Substanz, die reagiert, wenn sie mit bestimmten anderen Stoffen in Kontakt kommt«, erklärte Egil, als wäre er ein Ausbilder.

»Seht doch«, sagte Nilsa aufgeregt.

Iria hatte sich gebückt und verteilte jetzt zwei Handvoll Erde auf der Falle. Lasgol achtete auf jede Einzelheit und war genauso fasziniert wie sein ganzes Team. Die Ausbilderin machte eine Handbewegung, und da verschmolz die Falle mit dem Boden und verschwand vor ihren Augen. Lasgol verrenkte sich den Hals. Es war nicht zu fassen! Das Schwierigste am Fallenbau war, sie gut zu verstecken. Das wusste er genau, denn er hatte es schon viele Male getan. Das hier war phänomenal.

»Unglaublich!«, Nilsa begann zu klatschen.

»Sie ist weg!«, staunte Gerd, der die Augen zusammenkniff, aber trotzdem nichts mehr von der Falle sah.

»Die Erde hat sich mit dem Reagenz verbunden. Wahrscheinlich hat die Falle eine Farbe angenommen, mit der sie kaum noch zu erkennen ist«, erläuterte Egil.

»Sagt der, der alles weiß«, knirschte Viggo, der ein Auge geschlossen hatte, um besser zu sehen. »Ich sehe sie noch. Wenn man ganz genau hinsieht, ist sie noch da.«

»Ruhe jetzt und ärgere ihn nicht. Im Gegensatz zu anderen weiß er ganz genau, wovon er spricht«, wies Ingrid ihn zurecht.

Viggo verzog das Gesicht.

Iria trat einen Schritt zurück und hob einen Stein auf. Dann wich sie noch einen Schritt zurück, ehe sie den Stein ganz sanft auf die Falle warf. Es folgte eine Explosion mit Rauch und Erdbrocken. Die Hälfte der Gruppe wich erschrocken zurück. Iria grinste von einem Ohr zum anderen und stellte sich wieder zu Eyra.

»Also, das hat mir gefallen!«, sagte Viggo, dessen Lächeln erstmals ehrlich wirkte.

»Beeindruckend«, sagte Egil. »Ich wüsste gern mehr über die Zusammensetzung der Grundelemente und der Reagenzien, die so etwas möglich machen. Hochinteressant. Dieses Fach würde ich gern vertiefen.«

Gerd hockte zitternd auf dem Boden. Nilsa umarmte ihn beruhigend, denn er hatte sich zu Tode erschrocken.

Lasgol war hingerissen. Was würde er dafür geben, solche Fallen stellen zu können! Diesen Weg wollte er einschlagen!

»Ich hoffe, ich habe eure ungeteilte Aufmerksamkeit«, sagte Eyra lächelnd, »denn ich möchte euch erklären, was das Fach Naturkunde beinhaltet und was ihr bei mir lernen werdet. Bei mir geht es vor allem darum, die Welt zu kennen, die uns umgibt.« Sie breitete die Arme aus und zeigte in alle Richtungen. »Diesen Wald, diese Berge, jede Pflanze, jeden Baum, das alles müsst ihr in- und auswendig kennen. Der *Weg des Waldläufers* lehrt uns, dass ein Waldläufer die Welt kennen muss, die er schützen soll. Und mehr als das: Er muss in der Lage sein, in sie einzutauchen und darin zu verschwinden. Ein Teil davon zu werden. Wir Waldläufer leben in den Wäldern, als wären sie unser wahres Zuhause. Seht die Berge an, die uns umgeben. Sie sind prachtvoll, majestätisch, aber unerbittlich. In dieser Schule lernt ihr, wie man in den Bergen überlebt und ihre kalte Umarmung annimmt, als wärt ihr ihre Kinder. Wie viele von euch würden dort oben im Gebirge länger als eine

Woche überleben, wenn man euch ohne Nahrung und Wasser dort aussetzen würde?«

Lasgol betrachtete die Berge. Sie lagen gar nicht so weit entfernt. Er sah die eisigen Gipfel und die Schneefelder dort oben. Ein paar Tage würde er wohl schaffen, aber kaum mehr als das. Länger als eine Woche dürfte sehr schwer werden. Kälte, Hunger und Durst wären in dieser Höhe ernsthafte Gegner.

Keiner antwortete, denn sie alle waren sich der Herausforderung bewusst.

»Wir werden euch beibringen, wie man dort überlebt, wo Mutter Natur am härtesten mit ihren Kindern umspringt und wo nur die wenigsten durchkommen. Und das nicht nur für eine Woche, sondern für alle Zeit, die ihr braucht. Im Wald und in den Bergen ist ein Waldläufer in seinem Element. Dort kann er leben wie ein Wolf, wie ein Bär oder wie der Schneepanther. Ihr werdet euch in Könige der Wälder verwandeln, in meisterliche Räuber. Ihr werdet eure Umgebung beherrschen und das Jagen lernen, die Verteidigung gegen andere Räuber — auch Menschen — und das Überleben aus eigener Kraft.«

»Das gefällt mir«, flüsterte Ingrid begeistert.

Auch Nilsa und Viggo nickten, doch Egil und Gerd wirkten weniger überzeugt.

»Kennt sich jemand von euch schon mit Heilkünsten aus?«, fuhr Eyra fort. »Kennt ihr die Kräuter, Wurzeln und Pilze, mit denen man Krankheiten behandelt?«, fragte sie.

Einige hoben die Hand, zu Lasgols Überraschung auch jemand aus seinem Team, und zwar Egil.

»Dann sage mir«, wandte Eyra sich an Egil, »welche heilenden Eigenschaften hat der Löwenzahn?«

»Löwenzahn ist ein verbreitetes, blühendes Kraut. Seine Haupteigenschaften sind blutreinigend und harntreibend. Er schwemmt Toxine aus dem Organismus, klärt die Haut und hilft gegen Verstopfung.«

»So ist es, das stimmt. Wer solche Dinge bisher nicht weiß,

keine Sorge, die lernt ihr hier. Wir bringen euch bei, alle Heilpflanzen zu erkennen, dazu ihre Verwendung zur Heilung leichter Wunden und nicht lebensbedrohlicher Krankheiten.«

»Das ist wunderbar«, flüsterte Nilsa glücklich.

»Was Egil alles weiß«, stellte Gerd bewundernd fest.

»Ja, er ist ein wandelndes Lexikon«, stichelte Viggo.

»Aber wir unterweisen euch nicht nur im Heilen, sondern stellen euch auch bestimmte Pflanzen, Pilze und Substanzen mit der gegenteiligen Wirkung vor. Ein Waldläufer muss in der Lage sein, die Feinde des Reiches wehrlos zu machen, sie zu vergiften und sogar zu töten. Auch das lernt ihr in Naturkunde, und wir setzen dafür Fallen, Tränke, Gifte und andere Dinge ein, die sorgfältig hergestellt und gezielt verwendet werden müssen.»

»Na, jetzt wird es langsam interessant«, meinte Viggo und rieb sich die Hände, worauf Nilsa die Augen verdrehte.

Ingrid aber wirkte hochkonzentriert.

»Gift?«, sagte Gerd erschrocken.

Eyra breitete wieder lächelnd die Arme aus.

»Ich überlasse euch jetzt den Ausbildern, damit der Unterricht beginnen kann. Passt genau auf, denn ihre Unterweisung kann euch eines Tages das Leben retten.«

Die Panther bekamen Ausbilderin Iria zugewiesen, was ihnen nach der vorherigen Demonstration natürlich gefiel. Zusammen mit den Teams der Uhus, Bären und Schlangen wurden sie in eines der Häuser geführt. An diesem ersten Tag lernten sie verschiedene Pflanzen, deren Bestimmung und Verwendung kennen.

Am Abend absolvierte Lasgol den zweiten Teil seiner Strafe. Niedergeschlagen lief er zum See und brachte dort seine zwei Extrarunden hinter sich. Oden achtete darauf, dass er nicht mogelte, und Herkson war bei ihm. Lasgol registrierte ihre Feindseligkeit und wusste, wenn es nach ihnen ginge, wäre er schon ausgemustert worden. Diese Genugtuung wollte er ihnen nicht verschaffen. Er wurde sich an die Regeln halten und alle Strafen erdulden, die man ihm auferlegte. Es würde ihnen nicht gelingen, ihn zu brechen, und dafür würde er weiterkämpfen, bis sein Körper ihm den Dienst versagte.

Am Ende schleppte er sich zur Hütte. Es war schon spät, und er ging davon aus, dass die anderen längst schliefen, doch als er die Tür aufschob, warteten sie alle auf ihn, auch die Mädchen. Der starke Gerd hob ihn hoch und verfrachtete ihn in sein Bett. Nilsa verpasste ihm noch eine Massage, und er gab sich dem Schlaf hin.

Die folgende Woche verging wie im Flug. Sie waren so damit beschäftigt, das Training zu bewältigen und im Unterricht mitzukommen, dass sie kaum noch registrierten, wie die Tage verstrichen. Inzwischen wachten sie auf, bevor Odens Flöte erklang und waren jeden Morgen einsatzbereit, sobald er zu den Hütten kam.

An diesem Morgen stand Gerd als Erster auf und streckte seine schmerzenden Muskeln.

»Kommt schon, Leute, aufstehen. Geben wir diesem Schinder nicht den geringsten Anlass«, spornte er die anderen an, während er seine Kleider zusammensuchte.

Egil und Lasgol zogen sich an, so schnell ihre Erschöpfung es zuließ. Gerd schob sie entschlossen nach draußen, und Viggo hielt ihnen die Tür auf. Ingrid und Nilsa warteten bereits draußen. Sie waren immer die Ersten. Lasgol wusste nicht, wie sie das anstellten, denn sie mussten doch genauso müde sein wie sie alle, aber Gerd verriet es ihm: Ingrid stand jeden Morgen extra früh auf, um zusätzliches Krafttraining zu machen, weil sie besser sein wollte als die Jungen, und Nilsa hatte sich ihr angeschlossen. Allmorgendlich kräftigten die beiden mit speziellen Übungen die Arme, den Rumpf und die Beine. Ihr Einsatz war bewundernswert, und obendrein hatte Ingrid — um keinen Zweifel daran zu lassen, dass sie niemanden fürchtete und keinerlei Frechheiten duldete, schon gar nicht von einem Mann — noch zwei Jungen niedergeschlagen, einen von den Wildschweinen im Schießunterricht und einen von den Bären mitten im Speisesaal. Seitdem legte sich keiner mehr mit ihr an.

Die Panther gingen mit den anderen in Stellung, das Knie auf den Boden, den Blick geradeaus. Aus dem Augenwinkel schielte Lasgol drei Hütten weiter zu den Uhus. Ihre Anführerin, die schwarzhaarige Astrid, die unverkennbar aus den vielen blonden Köpfen hervorstach, warf ihm einen kurzen Blick aus ihren großen, grünen Augen zu. Ihm wurde etwas flau im Magen. Dann wandte sie sich ab und sagte etwas zu einem ihrer Teammitglieder. Das Uhuteam war etwas Besonderes, weil es wie die Panther zwei Mädchen dabeihatte und von einem Mädchen geführt wurde.

Zwei Hütten weiter standen die Adler unter Isgords Führung bereit, der ihn beobachtete. Das wunderte ihn nicht. Isgord sah ständig so aus, als würde er Lasgol am liebsten erwürgen, auch wenn dieser immer noch nicht wusste, warum. Er war von seinem treuen Gefolge umgeben, den Zwillingen Jared und Aston, beide stark und athletisch wie geborene Krieger, sowie zwei kleineren, stoischen Kerlen, Alaric und Bergen, die Lasgol immer an zwei Bulldoggen erinnerten. Nummer Sechs in diesem Team war Marta, eine junge Frau mit langen, blonden Locken. Nilsa zufolge war Marta ausgesprochen schnippisch und ließ niemanden in Isgords Nähe, schon gar nicht die anderen Mädchen.

Oden erhob die Stimme. »Heute begleitet ihr mich zum Hauptquartier. Dolbarar möchte etwas Wichtiges bekanntgeben. Folgt mir!«

Er führte sie über den See zur Zentrale. Nachdem sie den inneren Bereich des Lagers durchquert hatten, wurde Lasgol bewusst, dass hier viel mehr los war als sonst. Die Waldläufer liefen hin und her und transportierten Waffen und Vorräte. An den Ställen, wo sogar noch mehr Hektik herrschte, formierten sich kleine Gruppen. Lasgol hatte eine böse Vorahnung. Hier stimmte etwas nicht.

Sie gingen über die Brücke und kamen auf dem Platz vor dem Hauptquartier an. Dolbarar wartete mit den vier Waldläufermeistern an der Tür.

»Haltung!«, befahl Oden.

Sofort setzten sie ein Knie auf den Boden und richteten die Augen nach vorn.

Dolbarar betrachtete sie einen Augenblick, dann begann er zu sprechen.

»Heute habe ich keine guten Neuigkeiten. Unser Herrscher, König Uthar, hat alle verfügbaren Waldläufer zur Verteidigung des Reiches angefordert.«

Unter den Schülern erhob sich besorgtes Gemurmel.

Befremdet sah Lasgol zu Egil hinüber, der unruhig wirkte.

»Dass König Uthar alle Waldläufer zu sich ruft, ist ungewöhnlich. Es kommt selten vor und nur, wenn Norghana in großer Gefahr ist«, flüsterte dieser seinem Freund zu.

Dolbarar sprach weiter.

»Den König haben beunruhigende Meldungen erreicht. Offenbar kehrt Darthor, der Schwarze Herr des Eises, zurück. Das sind schlechte Nachrichten. Das Böse kriecht aus seinen Löchern. Der, der den König töten und unser geliebtes Reich erobern wollte, ist wieder da. Deshalb ruft der König alle Waldläufer dazu auf, ihm zu dienen und das Reich zu schützen. Das Heer befindet sich in höchster Alarmbereitschaft, und der König verhandelt mit den Herzögen und Grafen, damit sie äußerste Wachsamkeit walten lassen und Truppen bereitstellen. Leider sind Darthor und seine Verbündeten schwer zu orten: Er ist ein Meister der Tarnung. Darum schickt der König nach uns, den Waldläufern, damit wir das ganze Reich und die Grenzländer durchkämmen, bis wir ihn finden. Genau das werden wir tun. Alle Waldläufer brechen noch heute auf, um Darthor und seine Verbündeten aufzuspüren. Wir werden das gesamte Reich absuchen, von Osten bis Westen und vom Süden bis in den Norden, bis wir ihn haben. Kein Zoll bleibt unbeachtet. Wir drehen jeden Stein um, unter dem er sich verstecken könnte.«

Egil kniff die Augen zusammen.

»Der König wird meinen Vater, Vikar, verständigt haben«, murmelte er.

»Weil er Herzog Olafston ist?«

»Ja. Aber auch um sicherzugehen, dass er nicht Darthor unterstützt. Um ihn unter Kontrolle zu halten. Bedenke, sie sind Rivalen.«

»Verstehe.«

»Unser Bücherwurm ist also in Wahrheit ein Edelmann.« Viggo zog die Brauen hoch.

»Du solltest anderen nicht immer nachspionieren«, mahnte Nilsa.

»Und du solltest dich nicht in Gespräche einmischen, die dich nichts angehen.«

»Ruhe«, zischte Ingrid. »Oden beobachtet uns. Er wird uns bestrafen.«

Da hörten die anderen auf zu flüstern.

Dolbarar setzte seine Ansprache fort.

»Ein Waldläufer hat die Pflicht, das Reich vor Feinden von innen und außen zu schützen«, rezitierte er. »Wiederholt das mit mir!«

Sie wiederholten seine Worte einstimmig.

»Sehr gut. Die Waldläufer schützen das Reich Norghana. Zu diesem Zweck wurde dieses Korps gegründet, und das ist der Sinn unseres Lebens. Wir schützen das Reich im Stillen, aus dem Hintergrund, denn wir sind zwar nur wenige, aber wir wurden für die Aufgabe vorbereitet, die man uns auferlegt.«

»Wir sind wenige?«, fragte Gerd verwundert.

Egil nickte. »Im Vergleich zum königlichen Heer oder den Privatarmeen der Herzöge und Grafen stimmt das.«

»Weißt du, wie viele wir sind?«, fragte Nilsa.

»So ungefähr. Mein Vater hat es mal erwähnt. Insgesamt nicht mal fünfhundert.«

»So wenig?«, sagte Gerd überrascht.

»Ja. Das hier ist eine Eliteeinheit für ganz spezielle Aufträge. Für alles andere gibt es das königliche Heer. Ihr müsst bedenken, dass dieses Lager der einzige Ort ist, an dem neue Rekruten ausgebildet werden. Dieses Jahr waren wir nur rund achtzig Neue und am Ende der Ausbildung sind wir bestimmt nur noch fünfzig. Mit Glück.«

»Wir schaffen das«, sagte Ingrid zuversichtlich und zwinkerte ihm zu.

Egil nickte lächelnd.

»Du hast nicht erwähnt, warum sie jedes Jahr neue Rekruten brauchen«, erinnerte ihn Viggo.

»Es ist ein gefährlicher Beruf«, gab Egil zu.

»Viele kommen im Dienst des Königs ums Leben und müssen ersetzt werden«, sagte Viggo.

»Bei Einsätzen wie diesem?«, fragte Nilsa.

»Ja, genau.«

»Habt keine Angst«, sagte Ingrid. »Wir werden lernen, wie man überlebt und wie man es mit jeder Gefahr aufnimmt.«

»Hoffen wir's«, meinte Gerd bedrückt.

Dolbarar räusperte sich.

»Die Waldläufer werden die Aufgabe erledigen, die König Uthar uns zugewiesen hat. Wir werden nicht scheitern, denn wir erfüllen ehrenhaft unsere Pflicht gegenüber unserem geliebten Reich.«

Die vier Waldläufermeister wirkten sehr ernst. Die Sorge war ihnen anzusehen, aber sie zeigten keinerlei Angst.

»Der *Weg des Waldläufers* gibt uns vor, wie dieser Dienst am Reich geschieht: heimlich, verschwiegen und unbemerkt.«

Auch diese Worte erkannte Lasgol als Lehrsatz.

»Alle Waldläufer im Lager, die nicht für die Ausbildung gebraucht werden, werden sich an der Suche beteiligen. Sie brechen bereits auf«, sagte er und wies zu den Ställen.

Lasgol drehte den Kopf und sah sie in den grünbraunen Kapuzenmänteln auf ihren treuen Reittieren in langer Reihe abziehen. Ihn überkam ein Gefühl der Verlassenheit, als wären sie jetzt nackt und schutzlos. Dann sah er zu Dolbarar und den vier Waldläufermeistern. Ihre Anwesenheit war so eindrucksvoll und sie strahlten eine solche Sicherheit aus, dass sein Gefühl sofort verflog.

»Eure Ausbildung und die der anderen Jahrgänge läuft unverändert weiter, und ihr werdet dasselbe Programm durchlaufen wie alle anderen vor euch. Wir Waldläufer sind auf alles vorbereitet, auf jede noch so gefährliche oder verzweifelte Situation. Ich bin fest davon überzeugt, dass wir siegen werden, so wie wir es immer getan haben. Mögen diese Worte euren Herzen Trost spenden.«

Gerd seufzte auf, und Nilsa lächelte. Auch Astrid lächelte ihrem Team aufmunternd zu. Isgord hingegen ballte die Faust und stieß sie in die Höhe, worauf seine Teamkameraden mit derselben Geste reagierten. Die Wildschweine wirkten nicht sonderlich besorgt, die Wölfe und die Schlangen hörten zu, ohne zu zeigen, ob sie beunruhigt waren oder nicht. Lasgol ging davon aus, dass sie sich vor Dolbarar und den Waldläufermeistern keine Blöße geben wollten.

»Also, fahrt fort«, forderte Dolbarar sie auf. »Nehmt euren Unterricht wieder auf. Und denkt daran: Wir sind, was wir lernen. Also lernt, meine Waldläufer-Rekruten, geht und lernt!«

Oden ließ sie aufstehen und führte sie davon. Ehe er die Teams in den Unterricht schickte, wandte er sich noch einmal an sie.

»Waldläufer müssen ihr Land in- und auswendig kennen und ihren Scharfsinn einsetzen. Hirnloses Fechten überlassen wir der königlichen Infanterie. Wir gehen mit Verstand vor, beobachten unsere Umgebung, lernen und nutzen unser Wissen, um in den Wäldern und Bergen unterzutauchen, als wären wir ein Teil davon. Merkt euch das.«

Er führte sie in den Wald im Westen, wo sie auf einer gerodeten Lichtung von Haakon, dem Unfassbaren, erwartet wurden, dem Meister der Körperbeherrschung. Bei seinem Anblick wurde Lasgol nervös. Der Grund dafür war ihm unklar — vielleicht war es sein Äußeres, vielleicht auch seine düstere Ausstrahlung. Haakon war ein schlanker, sehniger Mann mit ausgesprochen finsterer Miene. Mit den kleinen, schwarzen Augen über der krummen Nase erinnerte er an einen Raubvogel, und der kahlgeschorene, schwarze Kopf verstärkte sein einschüchterndes Aussehen. Lasgol standen die Nackenhaare zu Berge.

»Willkommen. Setzt euch auf den Boden«, sagte Haakon mit leiser Stimme.

Nilsa setzte sich neben Lasgol. Auch sie schien Haakon nicht gerade sympathisch zu finden, ebenso Gerd. Viggo hingegen wirkte ungewöhnlich angetan. Ingrid war hochkonzentriert, als wolle sie alles aufsaugen, was man ihr beibrachte.

»In dieser Meisterschule geht es darum, das zu erweitern, was wir mit dem eigenen Körper und unseren fünf Sinnen vollbringen können. Ich sehe schon, ihr versteht mich nicht. Darum will ich es erklären. Wir zeigen euch, wie ihr lautlos wie ein Raubtier schleicht, wie ihr wie ein Jäger der Nacht mit den Schatten verschmelzt, wie ihr euch eurer Umgebung angleicht wie ein Chamäleon, wie ihr beim Gehen unsichtbar und unhörbar werdet. Ihr werdet lernen, wie ihr über ein Opfer herfallt, ehe es begreift, wie ihm geschieht. Und wenn die Konfrontation unvermeidlich ist, werdet ihr wissen, wie man über die körperlichen Grenzen hinausgeht, um sich unerreichbar zu machen und am Ende doch noch zu siegen. Aber für all das muss man perfekt in Form sein.«

Er musterte jedes einzelne Gruppenmitglied, als würde er sie innerlich bereits bewerten.

»Ein paar Wochen bleiben uns noch, und laut Oberausbilder Oden habt ihr jetzt die nötige Kondition, um mit der Unterweisung in der Kunst der Körperbeherrschung zu beginnen. Fast alle. Mit gewissen Ausnahmen.«

Seine Augen durchbohrten die Mitglieder der Schneepanther, insbesondere Gerd und Egil.

»Da wir nicht alle dafür bestrafen können, dass ein paar noch nicht so weit sind, müssen diese wenigen sich doppelt anstrengen, um mit den anderen Schritt zu halten.«

Gerd schluckte, und Egil seufzte ergeben.

»Ich denke, mit einer kleinen Demonstration versteht ihr besser, wozu diese Meisterschule euch irgendwann befähigt.«

Er zog sich ein paar Schritte zurück, bis er den Waldrand erreichte, und stellte sich dort zwischen zwei Bäume. Ganz langsam duckte er sich, zog dabei den Waldläufermantel um sich und schlug die Kapuze über den Kopf. Er hielt absolut still und rührte sich nicht. Und plötzlich war er verschwunden. Vor ihren Augen. Er war weg!

Auf der Lichtung erhob sich überraschtes Geraune. Lasgol stand vor Staunen der Mund offen. Da tauchte Haakon zehn Schritte weiter neben einem Baum wieder auf und pfiff. Alle Köpfe drehten sich in seine Richtung. Sie hatten nicht bemerkt, wie er dort hingelangt war, auch keinerlei Bewegung im Unterholz. Und plötzlich sprintete Haakon unfassbar schnell los, immer im Zickzack, bis er vor ihnen stand, ohne dass ihre Blicke ihm hatten folgen können.

»Das ... kann nicht sein ...«, stotterte Lasgol fassungslos. »Wie hat er das gemacht? Das ist unglaublich!«

Haakon erhob wieder die Stimme.

»Ich sehe, ihr habt eine gewisse Ahnung. Diese Kunst ist mit den anderen dreien nicht zu vergleichen. Sie ist schwieriger. Das sage ich nicht, weil es meine eigene Meisterschule ist, sondern weil es eine Tatsache ist, die auch der *Weg des Waldläufers* so benennt. Die Körperbeherrschung trennt die Spreu vom Weizen, das Mittelmaß von den wirklich Guten. Man braucht dafür extreme körperliche und geistige Disziplin. Deshalb werdet ihr leiden. Ich will es gar nicht beschönigen. Stellt euch auf harte Arbeit ein, sehr harte Arbeit, sonst werdet ihr hier nicht bestehen. Und falls einer von euch auf eine Elitelaufbahn spekuliert, als Unentdeckbarer Spion oder Naturmeuchler, schlagt es euch aus dem Kopf. Ich habe lange keinen mehr gesehen, der dafür genug Talent gezeigt hat.«

»Aber ich schaffe das!«, murmelte Ingrid fest entschlossen.

Lasgol sah zu ihr hinüber. Er musste zugeben, dass niemand im ganzen Lager derart zielstrebig war wie Ingrid und sich so sehr ins Zeug legte. Dafür bewunderte er sie immer mehr. Hinter ihrer rüden Art verbarg sich ein eiserner Wille.

Haakon hob die Hand, und aus dem Wald traten fünf Ausbilder.

»Waren die schon die ganze Zeit da?« Gerd rieb sich die

Augen.

»Sieht so aus. Getarnt wie echte menschliche Chamäleons«, sagte Egil.

»Ich übergebe euch euren Ausbildern«, fuhr Haakon fort. »Und ich will euch nicht wiedersehen, ehe ihr dazu in der Lage seid, in den Schatten zu laufen.«

Damit drehte er sich um, ging zum Wald und war gleich darauf verschwunden.

»Faszinierend«, sagte Egil.

»Sauschwer, würde ich sagen«, meinte Nilsa mit hängenden Schultern. Ausnahmsweise war sie nicht am Herumzappeln.

»Also, mir gefällt dieses Fach«, stellte Viggo fest.

Überrascht sahen die anderen ihn an. In der ganzen Zeit, die sie nun schon zusammen waren, hatten sie noch nie etwas Positives von ihm gehört, nicht ein einziges Mal.

»Was ist? Darf mir nicht auch mal etwas gefallen?«

Ingrid konnte sich nicht zurückhalten.

»Doch, aber wir waren uns nicht mehr sicher, ob du wirklich ein Herz hast.«

Viggo sah zu Boden.

»Das habe ich, meine Schöne, nur ist es rabenschwarz.«

»Nenn mich nicht ›Schöne‹, sonst blüht dir was.«

»Dieses Kompliment wiederhole ich gern«, sagte Viggo mit provozierendem Lächeln.

Stirnrunzelnd ballte sie die Fäuste.

»Außerdem ist es nicht gelogen. Du bist schön, auch wenn du dich ruhig ein wenig mehr zurechtmachen könntest. Du siehst jungenhafter aus als ich.« Ingrid hob den Arm. »Und damit du es weißt: Wenn du derart aufbrausend reagierst und dabei um dich schlägst, bist du nicht gerade bezaubernd.«

Lasgol ging dazwischen, ehe Ingrid sich auf Viggo stürzen konnte.

»Wir sollten lieber auf unseren Ausbilder achten. Da kommt er«, sagte Lasgol und zeigte auf einen großen Waldläufer mit dem Holzmedaillon der Schlange, der drei Teams zu sich winkte, auch die Panther.

»Bisher arbeitet ihr nur an eurer Kondition. Jetzt wird es Zeit, auch am Gleichgewicht zu arbeiten. Ein Waldläufer muss in der Lage sein, beim Gehen nicht den Boden zu berühren, um keine verräterischen Spuren zu hinterlassen. Heute beginnt euer Training für diese neue Fähigkeit.«

Er führte sie zu einem nahen Bachbett mit einem schmalen Wasserlauf darin. Das Wasser war etwa knietief. Darüber lag quer ein entrindeter Kiefernstamm.

»Stellt euch hintereinander auf und geht hinüber«, wies der Ausbilder sie an.

»Über diesen Stamm? Der ist ja bloß eine Handbreit«, bemerkte Gerd erschüttert.

»Fall bloß nicht runter und brich dir deine Riesenfüße«, sagte Viggo.

»Es ist nur etwa ein Dutzend kleiner Schritte«, stellte Ingrid fest.

»Aufgepasst, Leute. Sie haben das Ende mit irgendetwas eingeschmiert. Ich vermute, es ist Schmalz«, sagte Egil. Er deutete zur anderen Seite, die verräterisch glänzte.

»Na, super!«, fluchte Nilsa. »Als wäre die Aufgabe nicht schon schwer genug. Und der Sturz würde mehr als sechs Fuß betragen. Ich glaube kaum, dass das bisschen Wasser viel abfedert. Wir brechen uns alle Knochen.«

»Oder den Hals«, sagte Viggo.

»Kommt schon, in einer Reihe«, gebot Ingrid. »Die Uhus haben keine Angst, die gehen schon los. Und die Wölfe auch. Wir lassen uns nicht kleinkriegen«, sagte sie und stellte sich hinter Borj, den stärksten Jungen aus dem Uhuteam.

Viggo und Gerd folgten ihrem Beispiel, nach etwas Zögern auch Nilsa, die jedoch erst einmal etwas herumhüpfen musste. Lasgol war wie üblich der Letzte.

Die Übung war ein Desaster.

Gerd und Egil landeten im Graben, ehe sie auch nur die durchhängende Mitte des Stammes erreichten. Und wie Nilsa es vorhergesehen hatte, war der Aufprall sehr schmerzhaft.

Gerd blieb mit ausgebreiteten Armen auf dem Rücken im Wasser liegen. Egil landete mit dem Hinterteil auf den Steinen im Bach. Beim Aufstehen massierte er mit unglücklichem Gesichtsausdruck sein Gesäß. Ingrid schaffte es beinahe auf die andere Seite, rutschte jedoch auf dem schlüpfrigen Teil ab und fiel ebenfalls. Allerdings war ihr nichts passiert, weil die gegenüberliegende Böschung schon dicht unter ihr war.

»Bei den schwarzen Künsten der Hexenmeister von Nocea! Egil hatte Recht. Sie haben das Ende mit Fett eingeschmiert. Passt gut auf«, rief Ingrid angesichts der mutlosen Mienen ihres Teams. »Kommt schon! Wir schaffen das!«

Angefeuert von Ingrids Kampfgeist wagte nun auch Nilsa die Überquerung, verlor aber schon nach den ersten drei Schritten das Gleichgewicht. Sie fiel vom Stamm und landete am Ende mit dem Gesicht im Bach, stand aber sofort wieder auf. Sie hatte eine Beule auf der Stirn, die rasch anschwoll.

»Hinten anstellen!«, befahl der Ausbilder. »Was für ein jämmerlicher Haufen! Das könnte meine Großmutter besser!«

»Das wird sicher nicht mein Lieblingsfach«, sagte Nilsa bedrückt. Sie wusste genau, wie leicht sie aus dem Tritt geriet.

»Warum nicht?«, fragte Astrid, die ihr die Böschung hochhalf, damit sie in die Reihe treten konnte.

»Tja, ich bin nicht sonderlich trittsicher.«

»Nicht sonderlich«, bestätigte Viggo und betrat selbst den Baum.

Die blonde, gertenschlanke Leana, das zweite Mädchen aus dem Uhuteam, lächelte Nilsa freundlich zu.

»Ich bin auch nicht besonders gut in Koordination und Heimlichkeit«, sagte sie ergeben. »Das ist eher was für Leute wie Asgar.« Sie zeigte auf einen ihrer Kameraden, einen wendigen, schmalen Burschen mit roten Haaren, der den Stamm scheinbar mühelos überwand.

»Nicht aufgeben«, sagte Lasgol zu ihr.

Viggo kam problemlos hinüber, sogar über den letzten Teil, den er geradezu überflog. Ungläubig sah Ingrid ihm dabei zu.

»Überrascht? Ich habe auch meine Stärken«, rief er von der anderen Seite herüber, breitete die Arme aus und verneigte sich exaltiert. Dann zwinkerte er ihr zu.

Ingrid war ausnahmsweise so sprachlos, dass sie nur die Stirn runzelte.

»Mal sehen, wie Oscar sich schlägt.« Astrid beobachtete einen sehr großen, blonden Jungen aus ihrem Team. Oscar kam bis zum letzten Abschnitt, aber dort verlor er den Halt und fiel auf den Rücken. Er ächzte vor Schmerz.

»Was für ein erschütterndes Bild!«, schimpfte der Ausbilder.

»Ich bin dran«, sagte Astrid und stieg voller Zuversicht auf den Stamm.

Lasgol achtete auf jede Einzelheit. Auch Astrid gelangte bis zum letzten Teil des Stammes, den sie aufmerksam und wie mit Trippelschritten überwand. Ihr Team applaudierte, und sie riss triumphierend die Arme hoch.

Der Nächste war Lasgol. Er holte tief Luft, sah noch einmal den Stamm an, traf eine Entscheidung und lief schnell hinüber. Als er den eingefetteten Bereich erreichte, wurde er noch schneller. Fast hätte er es geschafft, doch ganz zum Schluss rutschte der hintere Fuß ab. Mit dem vorderen stand er schon auf dem Waldboden, das hintere Bein hing in der Luft. Mit wedelnden Armen kämpfte er um sein Gleichgewicht, kippte jedoch zur Seite. Er würde in den Bach fallen! Da schloss sich eine Hand um sein Handgelenk, und er griff instinktiv nach dem Arm. Mit einem Ruck wurde er nach oben gerissen. Als Lasgol den Kopf hob, sah er Astrid vor sich stehen. Sein Magen machte einen Satz, als Astrid ihn anlächelte.

»Gern geschehen«, sagte sie und zog zufrieden ab, um die Übung zu wiederholen.

Verwundert sah er ihr nach.

»D... danke«, stotterte er.

Sie übten weiter, bis es dunkel wurde. Die Wölfe zogen

erschüttert ab. Die Uhus hatten sich wacker geschlagen. Astrid und Asgard waren jedes Mal drüben angekommen, und selbst Leana hatte es einige Male geschafft.

Die Mitglieder des Pantherteams blieben im Bachbett unter der Kiefer sitzen. Egil, Gerd, Nilsa und Ingrid waren so zerschunden, dass sie sich nicht mehr rühren konnten. Erschöpft hockten sie auf beiden Seiten des Baches. Lasgol und Viggo, die Überraschungssieger des Tages, sahen einander staunend an. Am schlechtesten verkraftete Ingrid die Niederlage. Es war das erste Mal, dass sie bei etwas gescheitert war, und sie war wütend auf sich.

»Morgen ist ein neuer Tag«, rief Astrid ihnen von oben zu.

»Dann machen wir es besser«, versicherte sie auch Leana.

Lasgol und Ingrid winkten ihr zu, dann gingen die Uhus zum Essen.

Die Panther jedoch rührten sich nicht.

»Mein Vater hat mich gewarnt«, stöhnte Nilsa, »es würde nicht leicht werden. Aber ich hatte keine Ahnung, dass es *so* schwer sein würde. Mir tut alles weh. Die blauen Flecken werden mir lange erhalten bleiben.«

»Dein Vater ist ein Waldläufer?«, fragte Gerd, der sich nicht mehr rührte, um nicht vor Schmerzen zu stöhnen.

»War.«

»Das tut mir leid.«

Sie seufzte.

»Ein verdammter Magier hat ihn getötet.«

Alle sahen sie an.

»Ein Eismagier?«, fragte Viggo neugierig.

»Nein, kein Eismagier. Ein schlimmerer. Obwohl sie meiner Meinung nach alle gleich schlimm sind. Man sollte sie alle hinrichten! Jeden einzelnen verdammten Mistkerl, der Magie einsetzt oder die Gabe oder das Talent oder was auch immer.«

»Das tut mir sehr leid«, sagte Lasgol.

»Danke. Ich dachte, ich wäre darüber hinweg. Es ist schon ein paar Jahre her.«

»Darf ich dich etwas fragen?«, begann Egil vorsichtig.

»Woher weißt du, dass es ein Magier war? Ich dachte, die Einsätze der Waldläufer wären streng geheim.«

»Sind sie auch. Aber Ethor, mein Vater, hatte vor seiner Abreise ein ungutes Gefühl. Darum hat er mir etwas erzählt.«

»Verstehe.«

»Er sagte, wenn er nicht zurückkäme, solle ich zu gegebener Zeit zu den Waldläufern gehen, sofern mein Herz mir dazu raten würde. Nichts würde ihn glücklicher machen.«

»Du bist also hier, um dem Wunsch deines Vaters nachzukommen«, folgerte Egil.

»Ja. Aber nicht nur. Auch meinetwegen. Ich will Hexenjägerin werden.«

»Also eine Eliteschützin«, nickte Ingrid.

»Ja. Ich will die ganzen verdammten Magier umbringen. Alle, die Magie verwenden! Feindliche, meine ich.«

Bei diesen Worten hatte Lasgol den Eindruck, dass Nilsa in Sachen Magie keinen großen Unterschied machte zwischen Freund und Feind.

»Das ehrt dich«, sagte Ingrid.

»Mein Vater hat mich gewarnt. Es würde nicht leicht werden — wegen meiner ... meiner Probleme.«

»Du schaffst das schon«, tröstete Ingrid. »Ich helfe dir.«

»Danke.«

»Wir alle werden dir helfen«, versicherte Gerd.

»Ja. Dein Vater wird stolz auf dich sein, dafür sorgen wir«, fügte Egil hinzu.

»Ich danke euch von ganzem Herzen.«

Als Lasgol erneut miterlebte, wie seine Kameraden über Magie dachten, wurde ihm bewusst, dass er ihnen sein Geheimnis unmöglich anvertrauen durfte, so gern er das auch wollte. Sie würden es nicht verstehen. Am besten behielt er alles für sich.

Sie blieben alle sechs dort unten sitzen, bis zwischen den Bäumen der Mond aufging. Alle dachten darüber nach, wie schlecht ihre Aussichten standen, das zu erreichen, was sie aus ganz unterschiedlichen Gründen anstrebten. Irgendwann strömte die kalte Nachtluft in den Graben, so dass sie widerstrebend aufstanden und unter Schmerzen ein letztes Mal die Böschung hochkletterten. Und ihnen war bewusst, dass der folgende Tag genauso hart, vermutlich aber noch härter werden würde.

Die Tage im Lager waren derart fordernd, und es gab so viel zu lernen und zu tun, dass sie gar nicht merkten, wie der Frühling verflog. Es war Egil, der dies eines Abends bemerkte, als sie von Tierkunde zurückkamen. Den ganzen Tag waren sie auf den Weiden hinter den Ställen unterwegs gewesen, um sich gründlich mit der Anatomie, Pflege und Ausbildung von Pferden vertraut zu machen. Lasgol hatte einen wunderbaren Tag mit Trotador verbracht, obwohl Ausbilder Ben seine Reitkünste scharf kritisiert hatte.

»Der Verrätersohn hat nicht das Zeug zum Reiter«, hatte Ben gesagt und ihm vor die Füße gespuckt. Lasgol hatte das ignoriert, weil es keinen Sinn hatte, sich aufzuregen. Außerdem hatte er die Gesellschaft seines starken, gutmütigen Ponys sehr genossen.

Dass Lasgol auf den Affront nicht reagiert hatte, hatte dem Ausbilder gar nicht geschmeckt. Deshalb hatte er ihn für die gesamte Woche zum Ausmisten eingeteilt.

»Dann wird dein Verrätergestank hoffentlich durch den von Pferdemist überdeckt, was deutlich angenehmer wäre.«

Lasgol hatte ihm nicht die Genugtuung gegeben sich aufzuregen, sondern nur genickt und sich an die Arbeit gemacht. Er würde ihnen keinen Vorwand liefern, ihn rauszuwerfen, ganz gleich wie sehr man ihn provozierte.

Als sie nach dem Essen zu ihrer Hütte zurückgingen, sagte Egil bekümmert: »Der Frühling geht zu Ende.«

»Wunderbar«, strahlte Nilsa mit einem beglückten Luftsprung. »Ich liebe den Sommer!«

»Ich auch«, sagte Gerd, der sich die großen Hände rieb. »Gegen ein bisschen Wärme zur Abwechslung hätte ich nichts einzuwenden.«

Viggo schüttelte langsam den Kopf. »Sie kapieren es

nicht.«

»Was kapieren wir nicht?«, fragte Nilsa verwirrt.

»Die Frühlingsprüfung«, sagte Egil.

»Jetzt schon?«, fragte Gerd erschrocken.

»Oh!«, rief Nilsa und begann sofort, unruhig umherzutippeln.

Lasgol hatte vor lauter neuen Eindrücken ebenso wenig darauf geachtet wie die anderen, wie die Zeit verflog.

»Ich frage bei Oden nach. Wir müssen vorbereitet sein«, befand Ingrid und marschierte entschlossen davon.

Die Übrigen setzten sich auf der Veranda vor die Tür, um auf ihre Rückkehr zu warten. Es wurde bereits dunkel.

Als Ingrid zurückkam, entnahmen sie ihrer Miene, dass sie keine guten Nachrichten brachte.

»Oden sagt, die Prüfung sei in zwei Wochen. Und es wäre besser, wenn wir ab sofort ackern, als gäbe es kein Morgen, sonst würde es keiner von uns schaffen. Wir seien der kläglichste Haufen, den er seit Jahren gesehen hätte!«

»Aus seinem Mund ist das geradezu ein Kompliment«, sagte Viggo verächtlich.

»Zwei Wochen.« Gerd schnaubte mutlos.

»Das erscheint mir ausgesprochen anspruchsvoll«, meinte Egil.

»Allerdings. Bleibt keine Zeit mehr, uns großartig zu verbessern«, klagte Nilsa.

Ihr betretenes Schweigen drückte sie schwer wie eine Steinplatte nieder.

Ingrid fasst als Erste wieder Mut.

»Wir geben nicht auf!«, rief sie energisch.

»Hast du uns nicht gesehen? Wir sind eine Katastrophe«, sagte Viggo.

Sie wandte sich Lasgol zu, den sie aus ihren eisblauen Augen anstarrte.

»Willst du aufgeben? Nach allem, was sie dir zugemutet haben?«, fragte sie sehr direkt.

Lasgol dachte gründlich nach. Ihre Chancen, die Prüfungen zu bestehen, standen sehr schlecht. Aber etwas in ihm spornte ihn an, weiterzumachen, wie schwierig es auch werden mochte.

»Nein. Ich gebe mich nicht geschlagen. Nicht ohne die Unschuld meines Vaters zu beweisen. Koste es, was es wolle. Was auch immer ich dafür erdulden muss.«

Ingrid nickte vor sich hin. »Gut. Wenn Lasgol nicht aufgibt, und dafür hätte er reichlich Grund, was ist mit euch? Werdet ihr es zumindest versuchen?«

Ihre Stimme war so hart, dass Gerd fast einen Schritt zurückgewichen wäre.

Die Panther sahen einander an.

»Also, ich kapituliere nicht einfach so«, sagte Egil. »Diese Genugtuung gebe ich meinem Vater nicht. Wenn sie mich rauswerfen, gut, aber ich gehe nicht freiwillig.«

»Wenn ihr weitermacht, bin ich dabei«, sagte Nilsa mit Nachdruck. »Ich weiß, dass die Elitekunst der Magierjagd für mich praktisch unerreichbar ist, aber um meines Vaters willen möchte ich es wenigstens versuchen.«

Als Gerd die Reaktion seiner Kameraden sah, fasste er sich ein Herz. »Ich werfe auch nicht alles hin. Dazu habe ich schon zu viel durchgemacht!«

Alle Blicke wandten sich Viggo zu.

»Na gut. Aber kein Gruppenkuscheln jetzt, sonst kotze ich!«

Da begann Ingrid tatsächlich zu lachen.

»Ich wusste doch, dass du meinem Charme früher oder später erliegst.« Viggo grinste triumphierend.

»Ja, klar, dein nicht vorhandener Charme. Stell dein Glück nicht auf die Probe«, sagte Ingrid, die kühl die Stirn runzelte.

Viggo zwinkerte ihr zu, und als er sah, dass sie augenblicklich aufbrausen wollte, hob er beschwichtigend die Hände und trat den Rückzug an. Verärgert sah sie ihm nach, riss sich aber zusammen.

»Wir sollten lieber schlafen gehen«, schlug Lasgol vor.

»Uns steht viel Arbeit bevor.«

Die anderen stimmten ihm zu und gingen in die Hütte.

Gegen Mitternacht wurde Lasgol von einem wiederholten, dumpfen Geräusch geweckt. Es klang wie ein Specht, der auf die Rinde eines Baumes einhämmerte. Lasgol stand auf und ging zur Tür. Vielleicht kam das von draußen? Aber, nein, das Geräusch war drinnen. Er drehte sich wieder um.

»Was ist das für Lärm?«, fragte Egil und streckte sich in seiner Koje.

»Ich weiß nicht«, antwortete Lasgol, der im Dunkeln herauszufinden versuchte, woher das Geräusch kam.

»Mach Licht«, sagte Viggo irritiert aus dem anderen Bett. »So findest du es nicht heraus, und jetzt sind sowieso alle wach.«

»Gerd noch nicht«, meinte Egil und deutete zu seinem Freund hinüber, der auf dem Platz unter Viggo selig schnarchte.

»Der würde nicht einmal aufwachen, wenn ein Trupp Rote Usiks die Tür einschlagen würde«, sagte Viggo.

Egil prustete los.

Lasgol zündete die Öllampe an. Das Pochen wurde immer lauter und ging ununterbrochen weiter.

»Wo kommt das her?«, fragte er beunruhigt, während er durch die Hütte tappte.

»Hm. Ich glaube, aus der Truhe«, sagte Egil. Er zeigte auf Lasgols Truhe.

»Oh.« Lasgol ging hinüber. Wenn das Geräusch tatsächlich aus der Truhe kam, hatte er eine Ahnung, was gerade geschah. Er machte den Deckel auf, und tatsächlich wurde das Hämmern lauter. Dann nahm er die Schatulle seines Vaters zur Hand. Kein Zweifel: Das Geräusch kam aus seinem Inneren. Es war das Ei!

»Das ist bestimmt dein komisches Ei«, sagte Viggo, der neugierig herüberkam. Auch Egil näherte sich.

Lasgol machte das Kästchen auf. Sofort wurden sie von einem goldenen Schein geblendet.

»Was zur Hölle ...?«, protestierte Viggo, der seine Augen mit dem Unterarm abschirmte.

Blinzelnd begutachtete Lasgol das Ei in der Schatulle. Das Dauerklopfen hörte nicht auf. Und es kam aus dem Ei.

»Seltsam«, sagte Lasgol.

Da leuchtete es wieder golden auf.

»Das Ei strahlt intervallweise ein goldenes Licht aus«, rief Egil erstaunt, der sich mit Lasgol darüberbeugte, um alles zu sehen.

»Das gefällt mir überhaupt nicht!« Viggo wich einen Schritt zurück.

»Warum nicht? Das ist faszinierend!«, stellte Egil fest.

»Weil das nur eines bedeuten kann: Hexerei.«

»Na und?«

»Was heißt hier ›na und‹? Hexerei ist sehr gefährlich. Oder hat dir das noch keiner erklärt, du Schlauberger?«

»Zu dieser geheimnisumwobenen Materie gibt es viel Aberglauben und Übertreibungen.«

»Geheimnisumwobene Materie? Das ist verfluchte Hexerei, und alle Magie ist schlecht, fertig«, schimpfte Viggo, der jetzt die Arme verschränkte.

»Magie? Wer hat hier was von Magie gesagt?«, stieß Gerd, der gerade erst wach wurde, erschrocken aus.

»Sieh doch!« Viggo zeigte auf das Ei in der offenen Schatulle, die Lasgol in den Händen hielt.

»Oh! Das ist Hexerei!« Er setzte sich so abrupt auf, dass er mit dem Kopf an das Bett über seiner Koje stieß. »Aua«, grummelte er, während er aufstand und hinter Viggo Schutz suchte. »Fass das bloß nicht an. Mach den Deckel zu! Das bringt uns noch alle um!«

»Was mache ich jetzt?«, wandte sich Lasgol an Egil.

»Hm. Wir sollten analysieren, was da vor sich geht. Offensichtlich läuft in diesem Ei gerade ein Prozess ab. Meiner bescheidenen Ansicht nach könnte das entweder ein Rufen sein oder das Schlüpfen selbst.«

Lasgol betrachtete das Ei. Das Hämmern hörte nicht auf,

und das regelmäßige Aufleuchten erfüllte die Hütte mit Licht.

»Wenn das Ding nach jemandem ruft, ist das nicht gut«, meinte Viggo. »Magie macht nur Probleme. Gefährliche Probleme!«

In Lasgol machte sich ein ungewohntes Gefühl bemerkbar. Es war, als würde ihm etwas in seinem Inneren zuraunen, er solle das Ei in die Hände nehmen. *Das ist keine gute Idee. Beim letzten Mal hat es mich fast umgebracht.* Kopfschüttelnd widerstand er dem Impuls, doch der wurde immer stärker. Vielleicht lag das an dem unaufhörlichen Pochen.

»Mach das Kästchen zu und vergrabe es weit weg«, schlug Gerd vor.

»Nein«, widersprach Egil. »Wir müssen das erforschen!«

Lasgol kam ein Spruch seines Vaters in den Sinn. *Wenn es schwierig wird, hör auf deinen Instinkt. Er täuscht dich nicht.* Damit stand sein Entschluss fest. Mit beiden Händen griff er nach dem Ei und ließ dafür die Schatulle los. In diesem Augenblick brach das Klopfen ab.

»Es hat aufgehört«, stellte Egil fest. »Offenbar spürt es dich.«

Besorgt sah Lasgol ihn an. »Was mache ich jetzt?«

Das Ei leuchtete wieder auf, aber diesmal war das Schimmern ganz auf Lasgol gerichtet, als würde es ihn von oben bis unten genau mustern. Innerlich sah Lasgol die großen Augen vor sich, die er schon früher wahrgenommen hatte. Plötzlich war ein Knacken zu hören, und da brach das Ei am oberen Ende auf.

»Bei den Eismagiern!«, rief Gerd entsetzt.

»Lass es bloß nicht fallen!«, warnte Egil.

Lasgol sah zu seinem Freund hinüber und hielt das Ei gut fest. Auch er war erschrocken, bemühte sich jedoch um Ruhe. Etwas in dem Ei drückte gegen den Riss in der Schale und brach sie vollständig auf. Einige Stücke fielen zu Boden, und schon bildete sich ein Loch.

»Teufelszeug«, fluchte Viggo und zog einen kleinen Dolch aus dem Gürtel, um sich notfalls zu verteidigen.

Lasgol merkte, dass seine Hände zitterten. Er atmete tief durch, um sich zu beruhigen. Wieder fiel ein Stück Schale herunter, diesmal ein größeres. Gespannt sahen alle genau hin. Da tauchten aus dem Loch zwei große, runde, hervorstehende Augen auf, die Lasgol sofort erkannte. Die Augen musterten ihn. Sie waren gelb wie bei einem Reptil und hatten schlitzförmige, bläuliche Pupillen. Er schluckte. Den Augen folgte ein Köpfchen, flach und oval, das von einem Kamm umsäumt und von blauen Schuppen mit silbrigen Punkten bedeckt war. Das Maul schien zu lächeln, und die Nase bestand nur aus zwei kleinen Löchern. Und dann öffnete das kleine Wesen das Maul und stieß ein schrilles, fragendes Zirpen aus.

»Was ist das denn?«, rief Gerd ängstlich.

Das Tier quietschte wieder laut auf. Lasgol hatte keine Ahnung, was er tun sollte.

»Das ist eine Art Reptil«, stellte Egil fest. »Ein sehr exotisches.«

In diesem Moment schlüpfte das Tierchen blitzschnell aus dem Ei und flitzte Lasgols Hand hinauf. Vor Schreck ließ er das Ei auf den Boden fallen, aber es zerbrach nicht, sondern rollte knapp an Viggo vorbei und blieb neben Gerds Fuß liegen.

»Hilfe!«, schrie Gerd und sprang zur Seite.

Lasgol betrachtete das Wesen, das auf seinem Handgelenk saß. Es war nur ungefähr so groß wie seine Handfläche und ähnelte einer Eidechse, aber seine vier Füße waren groß und stark, und es hatte einen sehr langen Schwanz. Am auffälligsten fand er die Augen, die im Vergleich zum Körper relativ groß waren. Dasselbe galt für die Füße, besonders die langen Zehen, die breit und gerundet waren. Sie schienen sich an Lasgols Handgelenk festzusaugen. Vom Kopf bis zum Schwanz verliefen zwei Kämme über seinen Rücken.

»Es ist kalt«, stellte Lasgol fest und drehte die Hand. Das Tier schlang den Schwanz um sein Handgelenk und setzte sich in seine offene Hand.

»Wirklich eigenartig«, sagte Egil, während er es näher untersuchte. Als er seinen Rücken berührte, wandte das Echsenwesen sich ihm zu und riss drohend das Maul auf. Es hatte keine Zähne, nur eine breite, blaue Zunge.

»Vorsicht!«, warnte Gerd. »Womöglich ist es ein Drachenjunges!«

»Red' keinen Unsinn«, sagte Viggo. »Drachen sind vor Millionen Jahren ausgestorben.«

»Es ist eine Art Reptil, aber etwas Derartiges habe ich noch nie gesehen«, sagte Egil. Er versuchte, das kleine Wesen zu streicheln.

Das Tier nahm seine Absicht wahr, riss wieder drohend das Maul auf und kreischte. Dann veränderte es blitzschnell seine Farbe, bis sie Lasgols Hautfarbe entsprach. Es begann zu verschwimmen, und plötzlich war es verschwunden.

»Unglaublich!«, rief Gerd aus.

»Es kann sich tarnen. Wie ein Chamäleon«, stellte Egil fest.

»Das kann nicht sein. Ich kann es gar nicht mehr sehen.« Viggo kam näher. »Sitzt es noch auf deiner Hand?«

Lasgol nickte.

»Ich kann es nicht sehen, aber ich spüre seinen kalten Körper auf meiner Hand.«

»Das gefällt mir gar nicht«, sagte Viggo. »Chamäleon, schön und gut. Aber das Ding da ist praktisch unsichtbar. Das kann nur Hexerei sein.«

Gerd erschauerte.

»Und wenn es so etwas kann, was kann es dann sonst noch alles? Womöglich ist es giftig und kann uns alle mit einem Biss umbringen. Oder sein Blick kann versteinern? Es gibt Geschichten über solche Wesen!«

Lasgol wusste keinen Grund dafür, aber ihm kam das Tierchen keineswegs gefährlich vor, eher im Gegenteil: Er verspürte den Drang, es zu beschützen und zu versorgen.

»Es ist nicht gefährlich. Und ich behalte es«, sagte er mehr zu sich selbst als zu den anderen.

»Ausgezeichnet!« Egil war hochzufrieden. »Wir werden es erforschen. Morgen gehe ich in die Bibliothek und sehe mir die Bücher und Pergamente zur Tierkunde an. Bestimmt finde ich etwas heraus. Vielleicht muss ich bei denen suchen, die sich mit Magie befassen. Angeblich haben sie etliche Bände darüber, aber man braucht eine Genehmigung, um darin zu lesen. Ich weiß nicht, ob Dolbarar mir das gestattet.«

»Das ist eine ganz schlechte Idee.« Viggo zeigte mit dem Dolch auf Lasgols Hand.

»Mir gefällt die Vorstellung auch kein bisschen«, sagte Gerd.

»Ich kümmere mich um das Tier«, versprach Lasgol den anderen. »Es wird nichts Schlimmes passieren, das verspreche ich euch.«

»Haltet mal etwas mehr Abstand«, forderte Egil die anderen auf. »Mal sehen, was passiert.« Viggo und Gerd zogen sich widerstrebend mit ihm auf die andere Seite der Hütte zurück.

Kurz darauf nahm das Tierchen wieder seine eigene Farbe an und wurde sichtbar. Mit seinen großen Augen starrte es Lasgol an und quiekte. Lasgol lächelte es an. Als er versuchte, es mit einem Finger zu streicheln, senkte es den Kopf und ließ sich berühren. Die silbrigblauen Schuppen fühlten sich weich an. Die kleine Kreatur fiepte zufrieden und leckte Lasgols Finger. Überrascht sah Lasgol ihr in die Augen. Da stieg eine Vorstellung in ihm auf, eine Art verschwommenes Bild — oder, nein, kein Bild, sondern ein Gefühl. Hunger. Er reagierte verdutzt. Dieses Gefühl stammte nicht von ihm, denn sie hatten gut zu Abend gegessen. Und plötzlich wurde ihm klar, was hier geschah: Das Tier übertrug ein eigenes Gefühl auf Lasgol. Ja, dieses Wesen, was auch immer es war, hatte tatsächlich etwas Magisches.

»Ich glaube, es hat Hunger«, sagte er zu seinen Kameraden.

»Und was frisst das Viech?«, fragte Viggo.

Egil kratzte sich am Kinn.

»Normalerweise fressen Reptilien entweder Insekten oder

Pflanzen. Manchmal auch Früchte, wenn mich mein Gedächtnis nicht täuscht. Ich hole schnell ein bisschen Salat aus dem Speisesaal. Ich bin gleich zurück.«

Lasgol streichelte weiter das Tier. Es war faszinierend.

»Ich hole die Mädchen. Das müssen sie sehen!«, sagte Gerd.

Als Ingrid und Nilsa hereinkamen und das Tier auf Lasgols Hand sahen, waren sie fassungslos.

»Was ist das denn?«, fragte Ingrid irritiert.

»Ich glaube, das ist ein kleiner Drache«, sagte Gerd.

»Das kann nicht sein. Er hat keine Flügel«, befand Ingrid.

»Wie niedlich. Guck mal, er lacht«, sagte Nilsa, die ihn sofort streicheln wollte.

»Fass ihn lieber nicht an«, warnte Lasgol, aber der Einspruch kam zu spät.

Die entzückte Nilsa hatte das Tier bereits berührt. Sofort riss der Kleine abwehrend das Maul auf und setzte zum Farbwechsel an.

»Seht euch das an«, sagte Viggo.

Das Tier auf Lasgols Hand war verschwunden. Nilsa schrie leise auf.

Ingrid kam näher. Sie rieb sich die Augen. »Wo ist er hin?«

»Nirgendwohin. Er sitzt immer noch auf meiner Hand.«

»Aber ich sehe ihn nicht«, sagte sie ungläubig.

»Oh, oh, das stinkt nach Hexerei!« Nilsa zog sich ein Stück zurück.

»Habe ich ja gleich gesagt«, meinte Gerd.

Ingrid sah zu Boden. »Das gefällt mir nicht.«

»Wenn das Ding da magisch ist, will ich nichts damit zu tun haben. Magie bringt nur Unheil«, sagte Nilsa und wich noch weiter zurück.

In diesem Moment kam Egil mit ein paar Salatblättern in der einen Hand und einer halben Orange in der anderen zur Tür herein. Er gab beides Lasgol. Dann bat er die anderen um etwas Abstand und Ruhe, damit das Tier sich wieder aus seiner Unsichtbarkeit wagte. Nach kurzem Warten kam es zum

Vorschein. Lasgol hielt ihm ein Stück Salat vor den Mund, das es vorsichtig anknabberte. Es schluckte, dann quiekte es. Für Lasgol war das ein Zeichen, ihm mehr anzubieten. In kleinen Stückchen verfütterte er den gesamten Salat.

»Es ist ein Pflanzenfresser«, sagte Egil. »Gib ihm auch die Orange.«

Lasgol gehorchte, und Egil behielt erneut Recht. Das Tier leckte an der Orange und knabberte daran herum, bis es schließlich satt war. Wieder überkam Lasgol ein merkwürdiges Gefühl, wie ein unklares Bild, das eine Empfindung vermittelte. Diesmal war es das Bedürfnis nach Schlaf.

»Ich glaube, es will jetzt schlafen.«

»Du willst es ernsthaft behalten?«, brauste Viggo auf.

»Mir gefällt die Vorstellung, ein magisches Haustier zu besitzen, auch nicht sonderlich«, sagte Ingrid. »Wir haben schon genug Probleme, und diese Kreatur wird uns noch mehr Scherereien bescheren.«

»Ich glaube, es ist eine unglaubliche Entdeckung«, beharrte Egil. »Wir müssen es erforschen!«

»Entspannt euch«, sagte Lasgol. »Ich verstehe eure Sorge, ehrlich. Aber ich halte es für absolut ungefährlich. Ich werde mich persönlich darum kümmern und aufpassen, dass nichts passiert. Versprochen.«

Die anderen, abgesehen von Egil, wechselten einen zweifelnden Blick, aber dann nickte Ingrid. »Na schön. Aber wenn etwas schiefgeht, muss es verschwinden.«

»Und wenn es noch mehr Magie besitzt, sorgst du dafür, dass es verschwindet. Oder ich tue es!«, warnte Nilsa so deutlich, dass Lasgol ein kalter Schauer überlief.

Er nickte. »Danke. Und macht euch keine Gedanken.«

Daraufhin legten sich alle wieder hin. Lasgol legte die Kreatur in die Schatulle seines Vaters und stellte diese neben sein Kopfkissen. Egil kam noch einmal herüber.

»Sehr faszinierend. Wir haben die einmalige Gelegenheit, ein ganz besonderes Geschöpf zu erforschen«, flüsterte er.

»Hoffen wir, dass es nichts Gefährliches ist.«

»Wir bleiben vorsichtig. Du hast keine Ahnung, was wir hier haben, richtig?«

Lasgol sah ihn verständnislos an.

»Dass Menschen die Gabe haben, ist sehr selten. Aber ein anderes Lebewesen mit der Gabe ist noch viel seltener.«

»Verstehe.«

»Und das ist das Spannendste daran. Dieses Wesen existiert nicht ohne Grund. Es muss einen Grund für seine Eigenschaften geben.«

»Und was glaubst du?«

»Keine Ahnung. Aber es gibt da ein entscheidendes Element.«

»Und zwar?«

»Dich.«

»Mich? Wieso?«

»Du hattest das Ei. Und das Tier reagiert bisher nur auf dich.«

»Das könnte auch Zufall sein.«

Egil lächelte. »Solche Zufälle sind ziemlich selten. Wer hat dir das Ei gegeben?«

Lasgol überlegte. Sollte er sich Egil anvertrauen? Bisher hatte er ihm nichts Persönliches erzählt. Dann aber entschied er sich, ihm zu vertrauen.

»Es war von meinem Vater. Also, bei seinen Sachen, die mir zugeschickt wurden.«

Egil legte einen Finger ans Kinn. »Seltsam. Sie haben es dir geschickt. Hm. Wer?«

»Die Waldläufer.«

»Und du glaubst, das Ei sei von deinem Vater?«

»Na ja, ich weiß nicht, ob es seins war. Ich glaube, er hat es mir geschickt.«

»Die Sache wird immer interessanter. Wie kommst du darauf, dass es für dich war?«

Da erzählte ihm Lasgol, was geschehen war, wie das Ei sich unter seinem Finger gedreht hatte und wie er seinen Namen gesehen hatte. Das Aufleuchten und die Vision von den

Augen der Kreatur erwähnte er allerdings nicht.

»Außerordentlich faszinierend.«

»Ich muss herausfinden, warum mein Vater mir das Ei geschickt hat. Zu welchem Zweck. Falls es etwas damit zu tun hat, was ihm zugestoßen ist. Mit seinem Tod.«

»Das ist allerdings ein Geheimnis, das wir lüften sollten.«

»Es könnte gefährlich sein.«

»Du bist sowieso schon von Gefahr umgeben, ob wir sie sehen oder nicht. Wenn wir herausfinden, was hier los ist, könnte uns das helfen, nicht in die Falle zu tappen.«

Lasgol nickte. »Danke, mein Freund.«

»Kein Problem.« Egil lächelte. »Leg dich hin. Wir haben viel zu tun und viel zu erforschen.«

In der Hütte breitete sich wieder nächtliche Stille aus. Während Lasgol mit einer unguten Vorahnung das Tier betrachtete, nickte er langsam ein. Irgendetwas Böses stand ihm bevor. Das spürte er.

Zwei Wochen lang gaben die sechs noch einmal alles, um das eine Ziel zu erreichen: die Frühlingsprüfung bestehen. Sie strengten sich mit jeder Faser an, übten und lernten, am allermeisten Lasgol. Und obwohl die Ablehnung der anderen und auch der Ausbilder immer offener zu Tage trat, kam er voran. Dass man ihm ein Bein stellte oder ihn anrempelte, ihn beleidigte oder gar anspuckte, gehörte längst zum Alltag. Aber er beklagte sich nicht und zuckte nicht zurück, sondern verfolgte stur sein Ziel: die Prüfungen bestehen. Was ihm mehr zu schaffen machte, war die Tatsache, dass er auch von den Ausbildern anders — viel schlechter — behandelt wurde. Sie waren ihm gegenüber voreingenommen, und das war ungerecht. Aber dann dachte er an Ulfs Worte: Das Leben war eben nicht gerecht. Es lohnte sich nicht, deswegen zu jammern. Man musste weitermachen.

Einmal versuchte eine Gruppe aus dem dritten Lehrjahr, ihn an der Bibliothek zu provozieren. Da Lasgol allein war, ertrug er ihre Beschimpfungen und Püffe und leistete keinen Widerstand, denn er wusste, dass sie es auf eine Konfrontation anlegten. Zwei Waldläufer bemerkten, wie sie mit ihm umsprangen, griffen aber nicht ein. Für Lasgol war das keine Überraschung. Von ihnen hatte er keine Hilfe zu erwarten. Als klar wurde, dass sie so nicht weiterkommen würden, verpasste einer seiner Gegner, ein großer Rothaariger, ihm einen Schlag mit der Faust. Er traf Lasgols Auge. Der massive Schmerz ließ den Jungen zwei Schritte zurückweichen, aber dennoch hielt er stand, schüttelte den Kopf und trat wieder vor. Trotzig hob er das Kinn. Da schlug ihm ein anderer mit solcher Wucht in den Magen, dass ihm die Luft wegblieb. Lasgol knickte vor Schmerz zusammen. Ihm blieb die Luft weg. Als nächstes traf ihn ein Kniestoß, der ihn zu Fall brachte.

In einem Meer aus Schmerz wand er sich auf dem Boden. Andere Rekruten gingen an ihm vorbei, aber niemand kam ihm zu Hilfe. Lasgol brauchte einen Moment, um sich zu fangen. Mühsam kam er wieder auf die Beine, sah seinen Angreifern ins Gesicht und hob wieder das Kinn. Er würde ihre Prügel einstecken, ohne ihnen die geringste Genugtuung zu verschaffen.

Als sie gerade wieder zuschlagen wollten, kam Ivana, die Meisterin der Schießkunst, auf dem Weg zum Hauptquartier vorbei und sah den Zwischenfall. Sie rief die Gruppe zur Ordnung und kam herüber, um eine Erklärung zu fordern. Die Rekruten aus dem dritten Lehrjahr sagten, es wäre nichts, nur eine Meinungsverschiedenheit. Lasgol sagte kein Wort, denn er war keine Petze. Außerdem würde es sowieso nichts ändern. Ivana befahl ihnen auseinanderzugehen und ging weiter. Lasgol seufzte nur, setzte jedoch verbissen sein Krafttraining fort.

Auch Gerd und Egil arbeiteten mit Ingrids Unterstützung jeden Abend zwischen Unterricht und Abendessen an ihrer Körperkraft und Ausdauer. Zusätzlich übten sich Egil, Gerd und Viggo unter Nilsas Aufsicht mittags nach dem Essen im Bogenschießen. Lasgol wiederum unterstützte alle mit seiner Erfahrung als Fährtenleser. Immer wieder zeichnete er verschiedene Abdrücke der Tiere, die er kannte, auf die Erde und erklärte ihnen, was er über diese Tiere wusste und wie man sie auseinanderhielt. Egil ergänzte dieses Wissen um Abhandlungen über Heilpflanzen und giftige Pilze. Lasgol zeigte den anderen, wie man Fallen baute, und Viggo verriet ihnen, wie man den mit Fett bestrichenen Baumstamm heil überquerte. Tagelang arbeiteten sie an dieser Aufgabe, wenn auch mit unterschiedlichem Erfolg.

Jeden Abend fielen sie erschöpft ins Bett, weil sie wussten, dass sie keine großen Fortschritte gemacht hatten und der nächste Tag neue Mühe und Enttäuschungen bringen würde. Dennoch gab keiner auf. Sie alle hatten ihre ganz unterschiedlichen Gründe, die sie antrieben, sich trotz der enormen Herausforderung nicht geschlagen zu geben.

In ihrer knappen Freizeit bemühten sich Lasgol und Egil außerdem, das Tier besser kennenzulernen und das Geheimnis zu lüften, das es umgab. Warum hatte Dakon dieses Ei gehabt? Warum hatte man es Lasgol geschickt? Über welche Kräfte verfügte es, und wozu dienten sie? Lasgol hatte Egil mehr von seiner Geschichte erzählt, weil er ihm immer mehr vertraute. Allmählich wurden sie unzertrennliche Freunde.

Immer wieder zogen sie sich abends in die Bibliothek zurück, angeblich um sich für Naturkunde mit Pflanzen und deren Heilkräften zu befassen. In Wahrheit jedoch fahndeten sie in den Regalen zur Tierkunde nach Büchern über exotische Tiere. Für Lasgol war die Bibliothek überwältigend groß. Das Gebäude war ein fünfstöckiger Turm, der einst militärischen Zwecken gedient haben mochte. Es war eines der wenigen Bauwerke im ganzen Lager, das vom Fundament bis hoch zu den Zinnen ganz aus Stein war. An den Natursteinwänden im Inneren standen Regale mit unzähligen Büchern und Pergamenten. Jedes Stockwerk war einer der Schulen zugeordnet und bot große Eichentische zum Lesen und Arbeiten. Überall erwartete sie ein Labyrinth aus Bücherregalen und Tischen, das Lasgol begeistert erkundete und das Egil, der sich ganz in seinem Element fühlte, geradezu entzückte. Der Bibliotheksturm befand sich inmitten eines Eichenwäldchens auf halber Strecke zwischen Speisesaal und Hauptquartier. Von außen verschmolz er mit der Vegetation, weil er vollständig von Kletterpflanzen und Moos bewachsen war.

Bisher hatten sie keinerlei Hinweise auf ihren kleinen Freund gefunden, gaben die Suche aber nicht auf. Währenddessen wuchs das Tier und flitzte über Lasgols ganzen Körper, als wäre dieser sein Erzeuger. Es schlief fast immer den ganzen Tag, aber wenn es aufwachte, war es voller Energie. Allmählich gewöhnte es sich auch an die Umgebung der Hütte und ihre Bewohner, auch wenn Viggo, Gerd und Ingrid immer noch Abstand hielten. Egil wollte es gern einmal streicheln, aber solchen Versuchen entzog es sich nach wie vor. Dennoch schien es seine Anwesenheit zunehmend zu tolerieren. Nilsa beobachtete das Tier mit erkennbarem Misstrauen, als würde sie nur darauf warten, dass es etwas Magisches täte.

Lasgol hingegen war hingerissen von dem fröhlichen, kleinen Ding. Er fütterte und umsorgte es, so gut er nur konnte. Wenn sie im Unterricht waren, legte er es zum Schlafen in seine Truhe.

Und dann kam der gefürchtete Tag: Die Frühlingsprüfung stand an. Als Odens Flöte ertönte, waren sie bereits auf den Beinen.

»Nervös?«, fragte Lasgol seinen Freund, während sie sich anzogen.

»Ja, ziemlich. Ich will nicht, dass sie mich rauswerfen. Diese Schande will ich meinem Vater nicht zumuten.«

»Du setzt dich zu sehr unter Druck. Du solltest sein dürfen, wer du willst, nicht das, was dein Vater dir vorschreibt.«

»Du verstehst das nicht, Kumpel. Wenn ich ausfalle, wäre das nicht nur eine Demütigung für meinen Vater, Herzog Olafston, sondern er müsste dem König einen meiner anderen Brüder ›überlassen‹. Und das würde ihn empfindlich treffen.«

»Oh, jetzt verstehe ich.«

Da kam Ingrid mit Nilsa herein.

»So, und jetzt voller Einsatz! Wir schaffen das!«

Gerd grinste. »Wir schaffen das«, wiederholte er, ballte die Fäuste und sprach sich selbst Mut zu.

»Wir haben viel trainiert«, sagte Nilsa. »Wir schaffen es, ihr werdet sehen.« Aber dann stolperte sie über das Bärenfell und wäre beinahe gestürzt.

Viggo knirschte mit den Zähnen, verbiss sich aber jeden Kommentar.

»Formiert euch!«, erklang draußen Odens Stimme. Es folgte der schrille Ruf seiner Flöte.

Die dreizehn Teams stellten sich vor ihren Hütten auf.

»Heute Morgen ist noch jemand ausgestiegen«, gab Oden bekannt, während er vor den versammelten Rekruten auf und ab lief. »Seit Beginn eurer Ausbildung ist das bereits Nummer vier. Wer sich ersparen will, sich bei der Frühlingsprüfung zum Gespött zu machen, kann also gern vortreten.« Er blieb vor Lasgol stehen und starrte ihn erwartungsvoll an.

Lasgol schluckte. Nein, er würde nicht freiwillig ausscheiden. Er warf einen Blick nach links und bemerkte dort Isgord, der lächelte. Ein Stück weiter jedoch entdeckte er Astrid, die ermunternd den Kopf schüttelte. Lasgol sah Oden in die Augen und demonstrierte Entschlossenheit. Er würde nicht aufgeben.

»Noch hast du Zeit, dich nicht zum Narren zu machen, Verräter«, sagte Oden zu ihm.

Lasgol biss sich auf die Lippe und bezähmte seine Wut. Er schüttelte den Kopf.

»Na schön, wie du willst.« Er wandte sich den anderen zu. »Folgt mir! Und bedenkt, was heute für euch auf dem Spiel steht.«

Vor dem Hauptquartier wartete Dolbarar in einer besonderen Galauniform, was die Erhabenheit, die er ausstrahlte, noch unterstrich.

»Willkommen zur Frühlingsprüfung!«, sagte er gut gelaunt und warf dabei einen Blick auf die grünen Bäume.

Als die Rekruten die Stimme ihres Kommandanten hörten, standen alle stramm.

»Heute finden die Einzelprüfungen statt, in denen ihr demonstrieren könnt, was ihr gelernt habt. Ich weiß, dass ihr euer Bestes gegeben habt. Heute ist der Tag, an dem diese Mühe bewertet wird. Ich versichere euch: Wir wollen nicht, dass ihr bei diesen Prüfungen durchfallt, ganz im Gegenteil. Wir wollen euch attestieren, dass ihr das beherrscht, was die vier Meisterschulen euch körperlich und geistig gelehrt haben. Darum bleibt bitte gelassen. Ihr werdet von den vier Waldläufermeistern persönlich bewertet.«

Lasgol sah Egil an, der die Augen weit aufriss und seufzte.

Er war nicht der Einzige, dem gerade das Herz in die Hose rutschte.

»Nach der Prüfung erhaltet ihr von den Meistern ein, zwei oder drei Eichenblätter.« Er zeigte ihnen ovale Holzplättchen. »Drei bedeuten, dass ihr in diesem Fach ausgezeichnete Leistungen erbracht habt. Zwei bedeuten, dass ihr ganz ordentlich wart, aber euch weiter anstrengen müsst. Ein Blatt bedeutet, dass ihr in dieser Prüfung durchgefallen seid.«

Lasgol schluckte. Bei der Vorstellung, nur ein Eichenblatt zu erhalten, wurde ihm ganz flau im Magen. Auch seine Kameraden wirkten beunruhigt.

»Morgen, nachdem ihr euch ausgeruht und neue Kräfte gesammelt habt, folgt die Teamprüfung. Sie dauert einen ganzen Tag und eine ganze Nacht. Das Besondere daran ist, dass ihr euch als Team bewähren müsst — ihr müsst einander beistehen. Das komplette Team muss die Ziellinie überqueren. Wenn das einem oder einer von euch nicht gelingt, bekommt die gesamte Mannschaft Abzüge. Falls das Team die Prüfung nicht in der vorgegebenen Zeit bewältigt, verliert ihr ein Eichenblatt aus euren Einzelprüfungen. Die beste Mannschaft hingegen bekommt ein Ehrenblatt, das sie einsetzen kann, um eines ihrer Mitglieder am Ende vor dem Rauswurf zu bewahren.« Diesmal hielt er das Ehrenblatt in die Höhe, das deutlich größer war als die anderen.

»So eins könnten wir gut gebrauchen«, stellte Ingrid fest.

»Wir können schon von Glück sagen, wenn wir die Prüfung bestehen, ohne dass uns etwas abgezogen wird«, meinte Viggo.

»Wie aufmunternd!«

»Ich bin nur realistisch.«

Dolbarar breitete die Arme aus.

»Und jetzt atmet tief durch, entspannt euch und fangt an! Die Einzelprüfungen erwarten euch.«

Die Rekruten zogen sich zurück. Einige wenige waren voller Zuversicht, aber die meisten eher nervös.

Oden gab die Reihenfolge der Teams bekannt. Die ersten

vier Mannschaften machten sich sofort auf den Weg zu den Häusern der Meisterschulen. Die Panther mussten noch warten. Alle saßen mit blanken Nerven vor ihren Hütten. Sie schwiegen. Nach einigen Stunden rief Oden auch sie und schickte sie zuerst zum Haus der Schießkunst. An der Tür wurden sie von zwei Ausbildern erwartet.

»Erst euer Kapitän«, sagte einer von ihnen.

»Und kein Wort. Weder vor noch nach der Prüfung«, mahnte ein anderer.

Mit der ihr eigenen Entschlossenheit trat Ingrid ins Haus. Kurz darauf kam sie zufrieden wieder heraus. Ihr Gruß machte den anderen Mut. Es folgte Nilsa, die ebenfalls lächelnd wiederkehrte. Dann war Gerd an der Reihe. Als er wieder herauskam, wirkte er gleichermaßen erschüttert wie erleichtert. Lasgol war der Nächste. Er trat ein und sah sich Ivana gegenüber, die hinter einem großen Eichentisch auf ihn wartete. Ihr Blick und ihre Schönheit waren gleichermaßen einschüchternd. Lasgol ging bis zu einer Kreidemarkierung vor dem Tisch und verschränkte die Hände hinter dem Rücken.

»Team?«, fragte sie.

»Schneepanther.«

»Name?«

»Lasgol Eklund.«

Sie schrieb den Namen in ein Buch.

»Ich werde dir fünfzehn Fragen zu diesem Fach stellen, die du beantworten können solltest. Antworte schnell und präzise.«

»Ja, Meisterin.«

Er konnte alles beantworten. Nur zweimal zögerte er kurz, weil er sich nicht ganz sicher war, antwortete aber dennoch.

»Und jetzt die praktische Prüfung.« Sie deutete auf einen Tisch links an der Wand. Dort lag ein Bogen in Einzelteilen, daneben ein Pfeil, ebenfalls in Einzelteilen.

Ivana zeigte auf einen zweiten Tisch an der Wand gegenüber. »Das Werkzeug liegt da drüben.«

Lasgol sah verschiedene Geräte auf dem anderen Tisch liegen und ahnte, worum es gleich gehen würde.

»Ich möchte, dass du Pfeil und Bogen so schnell wie möglich zusammensetzt und mir vorlegst. Du darfst immer nur ein Werkzeug gleichzeitig holen, und du musst es anschließend wieder auf den anderen Tisch zurückbringen.«

Noch ehe Lasgol reagieren konnte, gab die Meisterin das Startsignal: »Los!«

Lasgol rannte zum ersten Tisch und betrachtete kurz die Bogenteile. Sein Herz hämmerte vor Aufregung. Dann eilte er zu dem Werkzeugtisch. Er nahm das erste Gerät und rannte damit zum Arbeitstisch zurück, so schnell er nur konnte. Das wiederholte er sechsmal, bis er Pfeil und Bogen zusammengesetzt hatte. Danach lief er zum Tisch der Waldläufermeisterin und legte ihr beides vor. Er war außer Atem, und das Herz schlug ihm bis zum Hals.

Ivana überprüfte Pfeil und Bogen kurz und nickte zufrieden.

»Und jetzt die Schießprüfung«, sagte sie. Ihre Hand wies auf das offene Fenster auf der rechten Seite, wo ein Bogen und ein Köcher mit Pfeilen lehnten. „Stell dich auf die Markierung."

Lasgol registrierte das Kreuz, das mit Kreide vor dem Fenster aufgezeichnet war.

»Siehst du die Zielscheibe?«

Er kniff die Augen zusammen und entdeckte sie in hundert Schritt Entfernung auf der Wiese vor dem Haus.

»Ja, Meisterin.«

»Du hast zehn Versuche. Nutze sie gut.«

Lasgol holte tief Luft, um sich nach der Rennerei zu beruhigen, denn er war noch zu aufgewühlt für einen sicheren Schuss. Außerdem waren hundert Schritt eine erhebliche Entfernung. *Ich muss ruhig werden, dann schaffe ich das. Bei diesem Test darf ich nicht versagen.* Er schoss zehnmal. Drei Pfeile gingen daneben, aber sieben fanden ihr Ziel, auch wenn es keine großartigen Treffer waren. Immerhin hatte er die Scheibe erwischt.

»Stell den Bogen und den Köcher wieder zurück. Du kannst gehen.«

»Ja, Meisterin.«

Er wandte sich zum Gehen und sah dabei aus dem Augenwinkel, wie ein Ausbilder den Übungsbogen wieder zerlegte und auf den Tisch legte, während ein zweiter draußen die Pfeile einsammelte und die Ergebnisse eintrug.

Als er herauskam, sah Egil ihn beunruhigt an.

»Kein Wort«, warnte einer der Ausbilder.

Lasgol zwinkerte seinem Freund aufmunternd zu, ehe nun auch dieser hineinging.

Schweigend warteten sie auf ihn. Sein Gesicht wirkte sehr bedrückt. Das war nicht gut gelaufen.

Von hier aus schickte man sie zum Haus der Tierkunde, wo sie von Meisterdompteur Esben in Empfang genommen wurden. Die Prüfung verlief genauso wie die vorherige. Sie wurden einzeln eingelassen, Ingrid als Kapitän zuerst. Auch der Ablauf war ähnlich. Zuerst kamen fünfzehn Fragen zur Tierwelt. Schon Esbens Aussehen war einschüchternd, denn er war groß und wild wie ein Schwarzbär, und sein Gesicht imponierte mit großen, braunen Augen und einer platten Nase. Die Panther ließen sich davon nicht beirren, sondern antworteten zügig. Die praktischen Prüfungen waren schwer. Sie mussten ein Pferd erst über mehrere Baumstämme lenken und dann durch einen Wald mit tiefhängenden Zweigen traben. Dann ging es durch einen Fluss, in dem ihr Pferd vollständig untertauchte, und schließlich gab es ein Wettrennen gegen den Meister. Die Ergebnisse waren nicht überragend. Nilsa fiel beim Springen vom Pferd, Gerds Gewicht drückte sein Tier im Fluss so tief nach unten, dass beinahe alle beide ertrunken wären, und Egil wurde beim Wettlauf weit abgehängt.

Doch als wäre dies nicht schon schlimm genug, folgte nun die Prüfung im Fährtenlesen. Esben ließ sie fünf verschiedene Spuren im Wald bestimmen und beobachtete dann, wie sie einer dieser Fährten bis zu dem Bau des Tieres folgten, das sie bestimmen sollten. Diese Prüfung konnten nur Lasgol und Egil abschließen.

Auch am Nachmittag verbesserte sich die Lage für die Panther nicht. Jetzt brachte man sie zur Meisterin der Naturkunde. In diesem Haus erwartete sie die weise Meisterin Eyra. Lasgol hatte eine Schwäche für die alte Frau, die unter all den Waldläufern die Einzige war, die eine gewisse Sanftmut ausstrahlte. Heute allerdings war sie kein bisschen sanftmütig, eher im Gegenteil. Mit ihren grauen Locken und der großen, krummen Nase erinnerte sie an eine Hexe, wenn auch keine böse. Ihre normalerweise liebenswürdige Miene war sehr ernst.

Sie begann mit einer Reihe an Fragen zu Kräutern, Wurzeln und Pilzen und deren heilender Wirkung. Egil konnte jede einzelne Frage beantworten, auch Lasgol und Viggo schlugen sich recht gut. Die anderen allerdings hatten zu kämpfen.

Es folgte der praktische Teil. Die Weise schickte sie in einen nahen Wald, wo sie eine heilende Wurzel und einen Giftpilz suchen sollten. Damit hatte Egil gewisse Probleme, Lasgol hingegen war schnell fertig. Die anderen brauchten sehr lange, schafften es am Ende aber auch. Die letzte Aufgabe bestand darin, möglichst schnell eine Falle zu bauen und zu tarnen. Hier konnte nur Lasgol glänzen.

Zuallerletzt erfolgte die Prüfung, die alle am meisten fürchteten: Körperbeherrschung. Meister Haakon, der Unfassbare, führte sie persönlich in sein Haus. Bei dieser Prüfung ging es nicht um Theorie, sondern allein um die Praxis.

Erst ließ er sie, so schnell sie es vermochten, fünfmal um den See laufen, und zwar einzeln, nur in Begleitung eines Ausbilders, der den Rhythmus vorgab. Egil und Gerd hatten eisern trainiert und sich stark verbessert, aber fünf Runden in diesem Höllentempo würden sie nahezu umbringen. Und so kam es auch. Ingrid und Lasgol bewältigten diese Aufgabe gut. Viggo hatte seine liebe Not, und Nilsa strauchelte und stürzte zwar zweimal vor Erschöpfung, schaffte es jedoch.

Egil und Gerd waren am Ende völlig ausgepumpt, kamen aber ins Ziel. Obwohl sie wussten, dass sie zu langsam gewesen waren, hatten sie nicht aufgegeben.

Schon dieser Teil war hart gewesen, doch was nun folgte, gab ihnen den Rest. Haakon hatte den Baumstammtest vorbereitet, aber diesmal war die Hälfte des Stamms mit Fett bestrichen, und er lag so hoch, dass jeder Sturz umso schmerzhafter sein würde. Er ließ ihnen Zeit bis Mitternacht. Ein ums andere Mal mühten sich die sechs damit ab, fielen aber immer wieder in den Fluss und holten sich dabei etliche Blessuren. Nach dem anstrengenden Dauerlauf waren sie zu müde, um diese Aufgabe noch gut zu erledigen. Egil war derjenige, dem dies bewusst wurde. Auf seinen Vorschlag hin ruhten sich alle etwas aus, bis sie wieder bei Kräften waren, und versuchten es dann noch einmal.

Der erste, der Erfolg hatte, war Viggo. Dann tat Lasgol es ihm nach, und das machte den anderen Mut. Die wiederholten Abstürze aus großer Höhe waren so schmerzhaft, dass Lasgol und Viggo sich unter dem Stamm aufstellten, um ihre Kameraden aufzufangen, aber das untersagte ihnen der Ausbilder, der das Team beaufsichtigte.

Trotz aller Erschöpfung ließen die anderen nicht locker. Sie gelangten auch problemlos bis zur Mitte des Stamms, doch beim hinteren Teil rutschten sie immer wieder ab. Die Nächste, die es schaffte, war Nilsa. Ihr Vorgehen war etwas unorthodox, denn sie nahm Anlauf, rutschte mit beiden Beinen weg und legte dann den Rest des Weges auf dem Bauch zurück. Ihr Körpergewicht verlieh ihr Schwung, und so gelangte sie auf die andere Seite. Das ließ der Ausbilder gelten. Als Ingrid das sah, tat sie es Nilsa nach und warf sich auf den Stamm, um hinüberzugleiten. Beim fünften Versuch klappte es. Gerd und Egil lagen noch unten im Fluss. Sie waren so zerschlagen, dass sie keine Kraft mehr hatten für einen allerletzten Versuch. Ihre Kameraden feuerten sie an, nicht aufzugeben.

Der Ausbilder kündigte an, dass dieser Test gleich zu

Ende gehen würde. Da rafften Egil und Gerd sich noch einmal auf und stiegen die Böschung hinauf, um es anstandshalber ein allerletztes Mal zu versuchen. Gerd kam zuerst, doch zwei Schritte vor dem Ziel fiel er in den Fluss. Egil atmete tief durch. Dann zog er die Stiefel aus, zupfte seine dicken Wollsocken zurecht und machte sich an den letzten Versuch. Und dieses allerletzte Mal glückte es ihm.

Sie halfen Gerd die Böschung hoch und kehrten in ihre Hütte zurück. Gerd war so kraftlos, dass Viggo und Lasgol ihn stützen mussten. Ingrid griff Egil unter die Arme, der kaum noch gehen konnte. Während sie abzogen, kamen sie an weiteren Baumstämmen vorbei, an denen die anderen Mannschaften sich ebenfalls mit dem letzten Abschnitt dieser Prüfung abmühten.

An ihrer Hütte angekommen sanken sie erschöpft auf die Veranda.

»Was für ein Albtraum«, stöhnte Gerd. Er lag auf dem Rücken auf dem Verandaboden. »Mich schmeißen sie auf jeden Fall raus.«

»Ja, und mich auch«, sagte Egil. »Ich war in gar nichts richtig gut.«

»Das kann dir doch egal sein«, fauchte Viggo.

»Es ist mir kein bisschen egal.«

»Was kümmert's dich? Du bist, wer du bist.«

»Wie kannst *du* wissen, wer ich bin?«, fragte Egil überrascht.

»Ich weiß vieles. Das ist meine Kunst.«

»Wer bist du denn?«, fragte Gerd.

Viggo zeigte auf Egil. »Der Sohn eines Herzogs. Und nicht irgendeines Herzogs, sondern des mächtigsten Herzogs im Reich.«

»Dein Vater ist Herzog Olafston?«, fragte Ingrid verwundert.

Egil seufzte tief.

»Ja«, sagte er bedrückt.

»Sag bloß!«, staunte Gerd. »Für einen Bauernsohn wie

mich ist es fast unvorstellbar, neben einem Adligen zu stehen.«

»Ein Adliger! Wie viele Schätze du wohl schon gesehen hast«, sagte Nilsa verträumt.

»Darf ich euch daran erinnern, dass wir unsere Vergangenheit ablegen, wenn wir uns den Waldläufern anschließen? Ich bin genau wie ihr, nicht mehr und nicht weniger.«

»Na schön. Aber trotzdem musst du mir mehr über das Leben der Adligen erzählen«, verlangte Gerd.

»Ja, genau«, stimmte Nilsa begeistert zu.

»Wer uns hier mal was aus seinem Leben erzählen sollte, ist eher der da«, sagte Egil und deutete auf Viggo. »Er hat bis jetzt noch gar nichts gesagt, und wer schweigt, hat normalerweise einen guten Grund dafür.«

»Das stimmt«, sagte Ingrid. »Was verbirgst du?«

Alle sahen Viggo an, der dabei erstarrte. Sein Gesicht wurde finster, geradezu böse. Es war nur ein kurzer Moment, aber in diesem Moment spürte Lasgol die latente Gefahr, die von ihm ausging. Dann jedoch lächelte Viggo gezwungen und entspannte sich.

»Ich bin das genaue Gegenteil dieses adligen Bürschchens da«, sagte er.

»Was willst du damit sagen?«, fragte Ingrid forschend.

»Genau das, was ich gesagt habe. Er stammt aus der höchsten Gesellschaftsschicht und ich aus der alleruntersten.«

»Der alleruntersten? Woher stammst du?«

»Ich bin ein Straßenkind aus Ostangor.«

»Das ist die zweitgrößte Stadt im Reich«, warf Nilsa ein. »Angeblich lebt dort ein verdammter Eismagier des Hofes.« Ihre gute Laune war verflogen. Auf ihrem normalerweise so freundlichen Gesicht lag ein erschreckend finsterer Schatten.

»Ja. Und ich bin in den dreckigen Straßen des ärmsten Viertels von Ostangor aufgewachsen, zwischen Müll und Ratten.« Viggo senkte den Blick. Er wirkte beschämt.

»Aber ... bist du denn kein Waldläufersohn?«, fragte Ingrid.

»Ein Enkel. Mein Vater war leider nicht gerade ein leuchtendes Vorbild. Er büßt seine Verbrechen in den Silberminen. Lebenslang. Er war ein Säufer und hat bei einer Prügelei jemanden totgeschlagen.«

»Oh. Das tut mir sehr leid«, sagte Gerd.

»Anscheinend vererbt das Waldläuferblut nicht nur gute Eigenschaften, wenn es an die Kinder weitergegeben wird. Mein Vater fand mehr Gefallen daran, andere auszurauben, zu saufen und sich zu amüsieren, als dem König zu dienen. Deshalb hatte er seine Einladung ausgeschlagen. Dann kam ich zur Welt, und als mein Großvater starb, ließ mein Vater irgendwann meine Mutter sitzen, und wir landeten auf der Straße. Das Haus und alles, was wir hatten, hat er verspielt und versoffen.«

»Das ist furchtbar«, rief Gerd aus.

»Deshalb bin ich auf der Straße aufgewachsen, in bitterer, dreckiger Armut. Allerdings habe ich dort auch viel gelernt. Sagen wir mal, es war eine andere Form der Vorbereitung aufs Leben — auf die harte, gnadenlose Existenz der weniger Glücklichen. Meine Mutter starb bald an einem Fieber, und ich musste mich irgendwie durchschlagen. Als die Einladung kam, mich den Waldläufern anzuschließen, habe ich zugegriffen. Was hatte ich schon zu verlieren?«

»Das wusste ich nicht«, sagte Egil mitfühlend, der jetzt Schuldgefühle hegte, weil er Viggo zu dieser Erklärung genötigt hatte.

»Du brauchst dich nicht zu entschuldigen. Ich habe dich provoziert, und du hast dich verteidigt. Fertig.«

»Das ist eine schlimme Geschichte«, stellte Gerd kopfschüttelnd fest.

»Kein Mitleid! Dass ihr mich ja nicht bemitleidet! Ich hatte weniger Glück als andere, aber ich schäme mich nicht dafür. Ich bin, wer ich bin: eine Kanalratte, aber eine, die kratzt und beißt und überlebt. Und so, wie ich in den Gossen der Großstadt überlebt habe, werde ich auch hier überleben. Eines kann ich euch versichern, ich bin für das hier besser vorbereitet als viele andere, mit denen wir uns messen.«

Lasgol registrierte Viggos harten Blick und seine selbstsichere Miene und wusste, dass er nicht übertrieb, sondern die reine Wahrheit sagte. Es folgte ein langes Schweigen. Sie alle waren zu Tode erschöpft.

»Morgen machen wir es besser«, beschloss Ingrid. »Keiner aus meinem Team geht wieder nach Hause. Kommt, lasst uns schlafen gehen. Ruhen wir uns aus!«

Das war ein vernünftiger Entschluss, und sie gingen hinein. Lasgol spielte noch ein wenig mit seinem Tier, das inzwischen gern auf seiner Brust herumhopste, wie um zu prüfen, wie hoch es wohl noch kommen könnte. *Was bist du? Was willst du nur bei mir?* Da schlug es einen so hohen Salto, dass es von unten gegen das Bett über ihm prallte. Es quietschte, als würde es diesen Erfolg feiern. Lasgol hatte den Eindruck, dass dieser kleine Freund ihm noch einiges Kopfzerbrechen bereiten würde, wenn er weiterwuchs.

Was für ein Tag, dachte er erschöpft. *Und morgen noch die Teamprüfung. Hoffentlich überstehen wir das!* Und mit diesem Gedanken schlief er ein.

Es war ein kalter Morgen. Bei Sonnenaufgang hatte Oden sie aus den Hütten gescheucht und zum Hauptquartier geführt, wo Dolbarar sie auch diesmal in seiner Galauniform erwartete. Sein wohlwollendes Lächeln machte Lasgol Mut.

»Willkommen, alle miteinander! Ich hoffe, ihr habt gut geschlafen und neue Kräfte gesammelt. Das sollte reichen, um die gestrigen Einzelprüfungen verdaut zu haben und euch dem zu stellen, was euch heute erwartet. Denn heute kommt die Teamprüfung. Denkt daran, sie dauert den ganzen Tag und die ganze Nacht. Und ich warne euch: Entscheidend ist, dass ihr euch eure Kräfte gut einteilt, sonst schafft ihr es nicht. Diese Prüfung ist für das gesamte Team konzipiert, das heißt, ihr müsst einander immer wieder beistehen. Das ist unverzichtbar. Also vergesst das nicht! Und jetzt stellt euch als Teams auf. Kapitäne, einen Schritt vortreten!«

Die dreizehn Mannschaften stellten sich in der Reihenfolge ihrer Hütten auf, die Kapitäne jeweils vorne. Ein Ausbilder überreichte jedem Kapitän zwei Pergamentrollen, einen Sack und einen Wasserschlauch.

»Der Ablauf ist folgendermaßen: Auf mein Kommando öffnet ihr die Pergamente und befolgt die Anweisungen darauf. Um alle Aufgaben zu bewältigen, dürft ihr nur das mitnehmen, was ihr eben für die Prüfungen erhalten habt. Sonst nichts! Nach den Aufgaben müsst ihr vor dem morgigen Sonnenaufgang die Ziellinie überqueren, und die liegt genau hier. Es müssen alle Mitglieder des Teams gleichzeitig ins Ziel kommen. Scheitert einer, scheitern alle, und dann bekommt die gesamte Mannschaft einen Strafpunkt. Was passiert, wenn das Team die Prüfung nicht in der vorgegebenen Zeit bewältigt, wisst ihr bereits — ihr verliert ein Eichenblatt aus euren Einzelprüfungen. Das kann dazu führen, dass ihr gehen müsst, also seid mutig, aber seid vor allem auch intelligent.«

Ingrid sah sich erst zu Gerd, dann zu Egil um, wie um ihnen zu zeigen, was sie von ihnen erwartete.

»Die Mannschaft, die alle Aufgaben am schnellsten bewältigt, erhält zur Belohnung ein Ehrenblatt. Diese Anerkennung ist in doppelter Hinsicht von Bedeutung. Erstens könnt ihr damit im Rahmen der Aufnahmezeremonie am letzten Tag des Ausbildungsjahrs, wenn alle vier großen Prüfungen abgeschlossen sind, ein Teammitglied auslösen. Bei der Aufnahmezeremonie entscheidet sich, wer das zweite Jahr der Ausbildung antreten darf und wer gehen muss. An diesem Tag werden in jedem Fach alle erreichten Punkte zusammengezählt und auch die Einschätzungen der vier Waldläufermeister einbezogen. Wer nicht jeweils acht Punkte erreicht, muss gehen.«

Lasgol erschauerte, als Dolbarar einen möglichen Rauswurf erwähnte. Damit war er nicht der Einzige. Viele reagierten gerade nervös, auch Nilsa, deren Hände und Beine zu zittern begannen.

»Aber auch diejenigen, die später zu Elitewaldläufern ausgebildet werden wollen, brauchen ein Ehrenblatt. Um das zu erringen, müsste ihr um den ersten Platz kämpfen.«

Isgord warf Ingrid einen Blick zu. Seine gleichzeitige Geste sagte, dass er dieses Ziel auf jeden Fall anstrebte. Ingrid erwiderte die Geste ungerührt. Astrid beobachtete die beiden, reagierte aber nicht.

»Also gut. Die Zeit verrinnt. Beginnen wir mit der Teamprüfung. Auf mein Kommando öffnet ihr die Pergamente.«

Dolbarar wartete noch einen Augenblick, dann hob er den Arm himmelwärts. »Los!«

Die Kapitäne öffneten ihre Anweisungen, und ihre Kameraden umringten sie gespannt.

»Was steht da? Was sollen wir tun?«, fragte Nilsa, die ihre Nervosität inmitten des Stimmengewirrs und der Fragen der anderen Gruppen an ihre Kapitäne nicht bezähmen konnte.

»Warte. Ich will es ganz genau lesen«, sagte Ingrid, während sie konzentriert beide Pergamente studierte.

»Das sieht aus wie eine Karte«, sagte Gerd.

»Ja. Das hier ist eine Karte mit einer Wegroute«, sagte Ingrid. Sie hob das erste Pergament an.

»Und das andere?«, wollte Egil wissen.

»Das scheinen Anweisungen zu sein: *Folgt der Karte bis zum markierten Ort. Findet den grünen Schal des Waldläufers. Löst das Rätsel und macht weiter. Vor eurer Rückkehr sind drei Aufgaben zu lösen.*« Sie schüttelte den Kopf. »Das verstehe ich nicht so genau.«

»Zeig mal.« Viggo griff nach der Karte.

Ingrid wehrte ihn ab.

»Ich bin hier der Kapitän. Ich entscheide, wer wann die Karte bekommt.«

»Und wir anderen sollen Däumchen drehen, ja?«, brauste Viggo auf.

»Streitet nicht. Wir müssen alle zusammenarbeiten. Ihr habt doch gehört, was Dolbarar gesagt hat«, mahnte Lasgol.

»Sei doch bitte so freundlich und lege die Karte auf den Boden. Dann könnten wir sie alle sehen«, schlug Egil vor.

»Na gut.« Ingrid bückte sich, breitete beide Pergamente auf dem Boden aus und beschwerte sie mit Steinen.

Angestrengt bemühten sich alle zu entziffern, was sie sahen.

»Wir müssen der Karte bis zu dem angegebenen Punkt folgen«, sagte Lasgol.

»Ja. Und offenbar müssen wir dort eine Aufgabe lösen«, ergänzte Egil.

»Aber es ist von drei Aufgaben die Rede«, sagte Nilsa.

»Konzentrieren wir uns auf die erste. Dann sehen wir weiter«, schlug Viggo vor.

»Also los. Die ersten Teams brechen schon auf«, drängte Gerd und wies nach Norden.

Lasgol sah sich um. Die Adler machten sich bereits auf

den Weg, dicht gefolgt von den Wildschweinen und den Wölfen. Dann aber schlugen die drei Teams unterschiedliche Richtungen ein, was ihn verwunderte.

»Dann sollten wir auch aufbrechen!«, rief Ingrid.

»Los, los!«, drängte Nilsa, die vor Aufregung einen Satz machte.

»Und wohin?«, fragte Lasgol.

Egil studierte erst die Karten, dann die umliegenden Berge.

»Nordosten. Wir müssen zum Großen Oger.«

»Na gut. Und los!«, befahl Ingrid und machte sich auf den Weg.

Die anderen folgten ihr augenblicklich. Als sie an den Uhus vorbeikamen, gab auch Astrid gerade das Kommando zum Aufbruch. Kurz vor ihnen drangen zwei weitere Mannschaften in den Wald vor, und noch weiter vorne war schon ein größerer Pulk unterwegs.

Der Geländelauf verlief ebenso schnell wie chaotisch. Alle rannten, als wären ausgehungerte Löwen hinter ihnen her, sprangen über Hindernisse und streiften fast die Gebäude unterwegs. Aber am Ende des Lagers trennten sich ihre Wege.

Ingrid lief tiefer in den Wald und gab ein schnelles Tempo vor. Nilsa blieb ihr dicht auf den Fersen, dann folgte Viggo, danach kamen Gerd und Egil. Lasgol übernahm die Schlussposition. Fast zwei Stunden lang durchquerten sie Wälder und Flüsse und liefen um Seen herum. Allmählich machte sich die erste Müdigkeit bemerkbar. Gerd und Egil fielen immer weiter zurück, und Lasgol musste sein Tempo drosseln, um bei ihnen zu bleiben. Irgendwann kamen sie aus dem Wald auf offenes Gelände und sahen die anderen gerade noch drüben im nächsten Wald verschwinden.

»Wartet!«, rief Lasgol.

Ingrid hörte seinen Schrei und blieb stehen. Sie sahen sich an. Zwischen ihnen lagen fünfhundert Schritte Abstand. Ingrid trieb sie mit einer Geste zur Eile an.

»Sag ihr ... ich komme ... nach«, japste Egil, der sich zusammengekrümmt die Hände in die Seiten stemmte.

»Aber dann verlieren wir sie.«

»Wir kennen den Ort ... für die erste Aufgabe ...«, keuchte sein Freund. »Wenn sie zuerst da sind, schaffen sie die Aufgabe vielleicht schon. Und können weitermachen. Damit gewinnen wir Zeit.«

Lasgol verstand seine Strategie.

»Lauft weiter!«, rief er den anderen zu. »Wir treffen uns bei der ersten Aufgabe. Wenn ihr die schafft, folgen wir euch. Hinterlasst eine klare Spur!«

»Einverstanden!«, rief Ingrid zurück. Nach einem letzten Gruß lief sie weiter.

Nilsa und Viggo blieben bei ihr, Gerd und Egil ruhten sich kurz aus. Sobald sie wieder etwas Kraft gesammelt hatten, ging es etwas langsamer weiter. Bald ging das Rennen in langsames Traben über und schließlich in schnelles Gehen, denn an den ersten Hängen mussten sie ihr Tempo zurückschrauben. Je weiter sie vorrückten, desto steiler wurde das Gelände, und bald erreichten sie die Schneegrenze. Inzwischen machte ihnen auch die Kälte zu schaffen, denn je höher sie kamen, desto mehr Schnee bedeckte den felsigen Untergrund und desto eisiger wurde die Luft. Es war eine enorme körperliche Anstrengung.

Bis sie den Gipfel des Großen Ogers erreichten, war der halbe Vormittag verstrichen, und Lasgol musste Gerd und Egil beim Aufstieg helfen. Er spornte sie an und zeigte ihnen, wie sie Hände und Füße setzen mussten, denn gegen Ende kam noch eine schwierige Kletterpartie. Auf dem Gipfel stießen sie auf ihre drei Kameraden. Sie waren noch nicht weitergekommen, sondern saßen niedergeschlagen beisammen. Ihre Unzufriedenheit war unübersehbar.

»Aber ... was macht ihr denn ... noch hier?«, fragte Gerd ächzend. Hier oben wehte ein frischer Wind, der sich bei der geringen Temperatur schneidend kalt anfühlte.

Ingrid seufzte frustriert.

»Wir konnten die erste Aufgabe nicht lösen.«

»Ich halte es für besser, eine Abkürzung zu suchen. Ich bin schon halb erfroren«, sagte Viggo.

»Wir dürfen aber nicht mogeln«, sagte Nilsa erbost.

»Jedenfalls ist es besser, die erste Prüfung zu vermasseln und Letzter zu werden, als sich hier oben den Tod zu holen.«

»Der grüne Schal des Waldläufers muss hier irgendwo sein«, mahnte Lasgol.

Gerd und Egil setzten sich, um wieder zu Atem zu kommen.

»Wir haben alles abgesucht. Nichts«, sagte Ingrid zutiefst frustriert.

Nachdenklich sah Lasgol sich um. Vor ihm lag der Gipfel, ein riesiger Felsen, der einem hässlichen Ogerkopf glich. Weiter hinten waren höhere Gebirgsketten zu sehen, prächtig weiß und unberührt. Bis auf die Stellen, wo seine Kameraden umhergestapft waren, war hier oben alles weiß. Nein, hier gab es nichts. Absolut nichts.

»Und wenn er nicht zu sehen wäre?«, sagte Lasgol.

»Ein grüner Waldläuferschal würde uns kaum entgehen«, sagte Viggo.

»Suchen wir nach etwas Verstecktem, das man nicht auf Anhieb sieht«, schlug Lasgol vor.

»Gute Idee«, sagte Ingrid. Sie wollte jede noch so kleine Chance nutzen.

Also begannen sie, mit Händen und Füßen ihre Umgebung abzutasten. Dann fächerten sie weiter aus, um auch das Umfeld zu durchsuchen.

»Ich glaube, hier ist etwas«, verkündete Viggo, nachdem er auf einen äußerlich unscheinbaren Schneehaufen getreten war.

Ingrid und Lasgol drehten sich zu ihm um. Da hörten sie alle ein Klicken. Die Falle unter dem Schneehaufen war aktiviert, und es folgte eine gewaltige, schwarze Rauchwolke, die zum Himmel aufstieg.

Mit einem Aufschrei fiel Viggo nach hinten.

»Alles okay?«, fragte Nilsa, die sofort zu ihm lief.

»Ja, ja. Ich habe mich nur zu Tode erschreckt.«

»Hm. Ich glaube, das war ein Rauchsignal«, sagte Gerd.

»Und da irrst du dich nicht«, bestätigte Egil. Er zeigte zum Adlerhorn, das weiter nördlich lag. Auch dort stieg eine Rauchwolke auf.

»Seht doch.« Nilsa zeigte nach Westen. Auf drei anderen Bergen der endlosen Kette, die das weite Tal mit dem Lager umgab, waren ebenfalls Rauchzeichen aktiv.

»Wir sind nicht die Einzigen, die eine Falle ausgelöst haben«, stellte Ingrid fest.

»Scheint so«, meinte Viggo.

»Seht doch!«, wiederholte Nilsa aufgeregt mit Blick auf die Falle.

Darunter war etwas zum Vorschein gekommen. Der grüne Schal war mit einem Haken am Boden befestigt, und daneben lag etwas Langes. Lasgol hob das Ding auf und untersuchte es. Es war in Leder eingewickelt.

»Der grüne Schal!«, jubelte Nilsa.

»Das war die erste Aufgabe«, sagte Ingrid.

Lasgol öffnete das Paket.

»Ein Bogen«, staunte Gerd.

»Was sollen wir mit einem Bogen?«, fragte Viggo.

»Sind keine Pfeile dabei?«, wunderte sich Ingrid.

Lasgol schüttelte den Kopf.

»Merkwürdig.«

»Diese Aufgaben sind äußerst befremdlich«, merkte Nilsa an.

»Da ist noch etwas«, stellte Lasgol fest und zeigte auf die Innenseite der Haut, in die der Bogen eingewickelt gewesen war. Da war etwas eintätowiert.

»Noch eine Karte«, sagte Nilsa.

Lasgol sah die Haut prüfend an.

»Ja. Und hier sieht man, wo die zweite Aufgabe wartet.«

»Na, dann los! Wir müssen absteigen und den nächsten Ort finden«, beschloss Ingrid.

»Und wo müssen wir hin?«, fragte Egil, der sich inzwischen einigermaßen erholt hatte.

»Zur ›Fischerhütte‹. Im Osten.«

Keiner von ihnen kannte diesen Ort, aber immerhin war er nicht auf einem Berg. Der Zeichnung nach musste die Hütte mitten im Wald liegen.

»Einverstanden«, sagte Lasgol. »Ihr geht wieder vor, ich führe Egil und Gerd.«

»Gut. Und los!«, rief Ingrid.

»Seht zu, dass ihr heil runterkommt«, warnte Viggo. »Besonders du, Nilsa.«

Empört streckte sie ihm die Zunge raus.

Lasgol, Egil und Gerd brachen auf, sobald Gerd dazu in der Lage war. Sie brauchten etwas Zeit, um ihren Rhythmus zu finden, aber schließlich waren sie so weit. Sie liefen so schnell, wie sie nur konnten. Rennen war nicht mehr möglich, aber sie schlugen auch im Gehen ein schnelles Tempo an.

In der Hütte warteten Ingrid, Nilsa und Viggo auf sie. Ihre Gesichter sprachen Bände.

»Wir können den Schal nicht finden. Wir kommen nicht weiter«, gab Ingrid frustriert zu. »Wir haben die ganze Hütte auf den Kopf gestellt. Nichts! Sie ist gut in Schuss, anscheinend wird sie regelmäßig benutzt.«

»Hm. Was steht denn auf der Karte?« Egil sackte erschöpft an der Tür zu Boden.

»Das Kreuz ist mitten in dem zugefrorenen See. Aber da ist nur Eis. Sonst nichts.«

»Wenn da das Kreuz ist, müssen wir auf den See hinaus«, sagte Lasgol.

»Sicher? Aber da ist nichts. Und das Eis könnte brechen«, gab Viggo zu bedenken.

»Lasgol hat recht. Die Aufgaben sollen uns gründlich fordern. Wir dürfen uns nicht auf das Offensichtliche verlassen. Ich fürchte, wir müssen genau in die gegenteilige Richtung denken«, sagte Egil.

Nach kurzer Beratung wagten sie sich vorsichtig aufs Eis.

Schon nach den ersten Schritten rutschte Nilsa aus und landete mit einem Wehlaut auf dem Hintern. Viggo prustete los.

»Dein Glück, dass das Eis hier nicht zu dünn ist!«

»Du Trottel!«, fauchte Nilsa ihn an. Ingrid wollte ihr aufhelfen, kam dabei aber selbst ins Rutschen, und plötzlich saßen beide da.

Viggo lachte so laut, dass es auf dem ganzen See zu hören war.

»Obertrottel!«, knurrte Ingrid.

In der Mitte des Sees entdeckten sie zu ihrer Überraschung, dass jemand hier ein rundes Loch in die Eisfläche geschlagen hatte. Durch dieses Loch konnten sie bis zum Grund des Sees hinabsehen, und da unten war etwas Rotes.

»Das muss es sein«, sagte Lasgol.

»Ich hole es«, sagte Gerd.

Alle sahen ihn erstaunt an.

»Du?«, fragte Viggo ungläubig.

»Ja. Ich.«

»Hast du denn keine Angst?«, fragte Nilsa.

»Nein. Nicht davor.«

»Wie kann es sein, dass du dich sonst vor deinem Schatten erschreckst, aber freiwillig in einen vereisten See steigst, obwohl du dabei erfrieren könntest?«, fragte Viggo.

»Weil ich das schon mal getan habe. Mein Bruder und ich waren im Winter immer auf einem See wie diesem angeln. Er lag ganz in der Nähe von dem Hof meiner Eltern und im Winter brauchten wir die Fische dringend. Wir haben viele Nachmittage auf dem Eis verbracht, an einem Loch wie diesem hier. Saßen da und angelten. Es war eigentlich ganz lustig. Wir haben darüber geredet, was wir werden wollen, wenn wir mal groß sind, und über den neuesten Tratsch im Dorf, gewettet, was wir wohl heute fangen, und das war meist nicht viel. Eines Tages aber gingen wir über eine Stelle, wo das Eis nicht dick genug war. Es brach, und mein Bruder fiel ins Wasser.«

»Wie schrecklich!«, sagte Nilsa.

»Und was hast du gemacht?«, fragte Lasgol gespannt.

»Im ersten Moment geriet ich in Panik. Ich konnte mich nicht rühren. Ich war wie gelähmt vor Angst. Aber dann konnte ich mich zum Glück zusammenreißen und habe nicht lange nachgedacht, sondern bin ihm nachgetaucht. Es war grauenvoll — die Kälte und die Angst hätten mich fast umgebracht. Aber ich konnte ihn da rausholen.«

»Und das willst du jetzt wiederholen?«, fragte Ingrid.

»Einer von uns muss da runter. Und ich weiß, dass ich so etwas überleben kann. Ich lasse nicht zu, dass einer von euch dieses Risiko eingeht. Ihr schafft es vielleicht nicht, und ich habe nicht viel zu verlieren. Ich tu's einfach!«, sagte er und begann, sich auszuziehen.

»Gut. Dann sollten wir in der Hütte schon mal Feuer machen«, sagte Ingrid.

»Und einen guten Kräutertee, wie wir es in Naturkunde gelernt haben«, ergänzte Egil.

»Gute Idee! Ich gehe die Pflanzen suchen«, bot Nilsa an.

Gerd hatte jetzt nur noch seine Unterwäsche am Leib. Er holte tief Luft, und seine enorme Brust schwoll an. Dann sah er Lasgol und Viggo an, wie um allen Mut zusammenzunehmen, nickte und glitt in das Eiswasser des Sees.

Lasgol sah zu, wie sein Körper untertauchte, und bekam es mit der Angst zu tun. Er kniete sich an das Eisloch. Viggo folgte seinem Beispiel, und dann warteten sie voller Sorge. Gerd kam nicht wieder hoch.

»Er müsste längst wieder oben sein«, sagte Lasgol zu Viggo.

«Gib ihm noch einen Moment.«

Sie warteten noch länger, doch schließlich hielt Lasgol es nicht mehr aus.

»Da ist etwas schiefgegangen. Ich hole ihn raus«, sagte er und warf den Mantel ab.

In diesem Augenblick stieß eine Hand aus dem Wasser, die eine große, knallrote Kiste hielt. Dann folgte Gerds Kopf. Sein Gesicht war violett vor Kälte.

»Ziehen wir ihn schnell raus!«, rief Lasgol.

Gemeinsam packten die beiden ihren Kameraden und holten ihn aus dem Wasser. Dann kam Ingrid hinzu, und sie brachten Gerd zügig in die Hütte. Ihm war so kalt, dass er nur noch mit den Zähnen klappern konnte.

»Setzt ihn ans Feuer«, befahl Ingrid.

Egil wickelte ihn in eine Decke, die er in der Hütte entdeckt hatte.

»Alles okay?«, fragte Nilsa und drückte ihm heißen Tee in die zitternden Hände, damit er sich daran wärmen konnte. Gerd nickte nur.

Besorgt beobachteten die fünf ihren Freund, bis dessen Gesicht wieder eine gesunde Farbe annahm und er aufhörte zu zittern.

»Besser?«

»Vvv ... viel besser«, sagte Gerd. »Lasst mich das ... bloß nicht ... wiederholen.«

»Keine Sorge, das würde ich nicht zulassen, Kumpel«, versicherte Egil lächelnd.

»In dem Kasten ist wieder ein grüner Schal! Und ein Köcher mit drei Pfeilen«, rief Nilsa aus. Sie hatte die rote Kiste geöffnet.

»Gut. Damit haben wir den Bogen und drei Pfeile«, sagte Viggo sarkastisch. »Fehlt nur noch der Drache.«

»Rede keinen Unsinn«, sagte Ingrid.

»Wart's ab. Du wirst schon sehen, was wir damit töten müssen«, gab er hochmütig zurück.

»Jedenfalls keinen Drachen.«

»Dann vielleicht einen fetten Troll, einen Greif oder ein anderes magisches Geschöpf.«

Nilsa wurde blass.

»Ich hoffe doch, dass keine dreckige Magie im Spiel sein wird!« Aufgebracht ballte sie beide Hände zu Fäusten.

»Ganz ruhig. Reg dich nicht auf, das war nur Spaß«, versuchte Ingrid sie zu besänftigen.

»Klar, Spaß. Wir werden schon sehen«, grinste Viggo.

»Jedenfalls haben wir jetzt einen Bogen und Pfeile. Und

keine Karte?«, fragte Ingrid.

Nilsa untersuchte das Innere des Kastens und stellte fest, dass er mit gegerbtem Leder ausgeschlagen war. Als sie das Leder herauslöste, tauchte auf der anderen Seite wieder eine Tätowierung auf.

»Die Karte!«, rief sie triumphierend.

»Gut. Wir müssen die dritte Aufgabe angehen«, sagte Ingrid und sah sich die Karte genau an. »Wir müssen zum ›Einsamen Krieger‹. Okay, wir drei gehen wieder vor. Die Stelle auf der Karte ist ziemlich weit weg. Wir brauchen bestimmt die halbe Nacht bis dorthin. Wir lassen euch den Proviant und das Wasser hier, denn wir haben schon gegessen. Sobald Gerd so weit ist, folgt ihr uns.«

»Einverstanden«, sagte Lasgol.

Daraufhin machten sich Ingrid, Nilsa und Viggo auf den Weg. Erst nach einer ganzen Weile war Gerd so weit wiederhergestellt, dass die drei anderen ebenfalls losmarschieren konnten. Lasgol gab das Tempo vor, und Gerd und Egil gingen ihm nach. Sie waren derart müde und von der körperlichen Anstrengung so zerschlagen, dass sie nicht einmal sprachen, denn sie brauchten jedwede Energie zum Durchhalten. Der Weg führte durch den Wald, was das Vorrücken noch mehr erschwerte. Lasgol war bewusst, dass sie unbedingt ausruhen mussten, sonst würden Gerd und Egil irgendwann zusammenbrechen und nicht wieder aufstehen. Sie waren vollkommen am Ende. Schließlich erreichten sie eine Lichtung im Wald, in deren Mitte ein weißer Felsen zu sehen war, dessen Form an einen Krieger erinnerte. Er wirkte wie eine gewaltige Statue für einen Kriegsgott.

»Da wären wir. Das dürfte der Einsame Krieger sein«, sagte Lasgol.

Am Felsen stießen sie auf Ingrid, Nilsa und Viggo, die wieder resigniert herumsaßen.

»Ihr habt ... den Schal ... noch nicht gefunden?«, fragte Gerd, der sich keuchend die Seiten hielt.

»Sehr scharfsichtig«, sagte Viggo verstimmt.

»Die Karte markiert diesen Felsen«, sagte Ingrid und zeigte hinter sich. »Wir haben alles abgesucht, die ganze Umgebung, aber wir konnten nichts finden. Wir haben sogar den Felsen abgetastet, falls es nicht sichtbar wäre.«

»Nichts«, bekräftigte Nilsa. Sie hatte die Arme verschränkt.

Lasgol und Egil sahen sich nachdenklich um. Gerd ließ sich auf den Boden plumpsen und schnarchte augenblicklich wie ein Bär. Da hatte Lasgol plötzlich eine Eingebung.

»Helft mir«, bat er und ging zum Felsen.

»Was hast du vor?«, fragte Ingrid.

»Ich klettere hinauf. Falls ihr das nicht schon getan habt.«

»Nein ... Darauf sind wir nicht gekommen«, antwortete sie peinlich berührt und stellte sich neben den Felsen. »Steig auf meine Schultern.«

Mit ihrer Hilfe konnte Lasgol auf den Felsen klettern. Leicht war es nicht, denn seine Hände fanden wenig Halt, aber er hatte ein besonderes Talent fürs Klettern und hatte das schon immer geliebt. Mit einiger Mühe gelangte er daher schließlich nach oben.

»Bist du sicher, dass du nicht unter Affen aufgewachsen bist?«, sagte Viggo, bei dessen vermeintlich abschätziger Bemerkung doch einiger Respekt in seiner Stimme mitschwang.

»Ist da oben etwas?«, fragte Egil.

»Ja. Ich hab's. Es sind Anweisungen«, sagte Lasgol und kam wieder herunter.

»Was steht da?«, wollte Nilsa wissen.

Lasgol las vor:

»Drei Schüsse, ein Ziel, eine Trophäe.«

»Das verstehe ich nicht. Was für ein Ziel?«, fragte Viggo. Er sah sich um.

Lasgol zeigte nach Osten. »Von hier aus sieht man es nicht. Es ist da hinten im Wald, ganz oben in einer Fichte. Man sieht es nur von da oben.«

»Sind die hinterhältig!«, brauste Viggo auf.

»Und wir haben alles abgesucht«, maulte Nilsa.

»Wer soll schießen?«, fragte Egil.

Alle sahen Ingrid an, die mit Abstand am besten schießen konnte.

»Na gut. Ich mache es«, sagte sie entschlossen.

Dieses Mal war es Lasgol, der Ingrid beim Klettern unterstützte. Oben angekommen gab sie ihnen ein Zeichen.

Lasgol sah ihr zu. Es war mitten in der Nacht, aber der Mond war fast voll. Damit konnte man durchaus etwas sehen, doch dieses Ziel war nur etwas für Meisterschützen, und das war ihm bewusst.

Ingrid spannte den Bogen, atmete tief durch und zielte. In dieser Haltung glich sie von unten aus betrachtet einer Götting der Jagd. Nach einem Moment voller Anspannung ließ sie den Pfeil sauber fliegen. Alle beobachteten seine Bahn, hofften und hofften — vergebens.

»Verdammt!«, fluchte sie.

»Nicht aufgeben«, rief Gerd ihr zu.

»Das war der Wind«, sagte sie, riss sich ein paar Haare aus und ließ sie vor ihrem Gesicht fallen, um die Windrichtung zu bestimmen. »Ostwind. Ich werde darauf achten.«

»Nur Mut!«, rief Nilsa und applaudierte begeistert.

Ingrid gebot ihr mit einer Handbewegung Ruhe.

»Entschuldigung. Meine Nerven ...«

Mit geübter Hand wiederholte Ingrid die Bewegungsabfolge. Sie zielte und schoss. Der Pfeil sauste direkt auf das Ziel zu. Im allerletzten Moment jedoch wich er geringfügig von seiner Bahn ab und traf daneben.

»Wieder nichts«, berichtete sie den anderen frustriert.

Diesen sank allmählich das Herz.

»Ich will dich ja nicht nervös machen, ganz bestimmt nicht, aber wir haben nur noch einen Pfeil«, sagte Viggo.

Ingrid bedachte ihn mit einem erbosten Blick. Er lächelte nur.

»Ich habe überkompensiert. Diesmal schieße ich nicht daneben!«

Als sie ihren Schuss diesmal wiederholte, glich sie den

Wind etwas weniger aus. Der Pfeil sauste auf sein Ziel zu. Alle hielten den Atem an.

Und er traf!

»Ja!«, jubelte Ingrid los.

Als der Pfeil die Zielscheibe traf, fiel dort etwas herunter.

»Du bist die Beste!«, strahlte Nilsa.

Ingrid grinste.

»Lauft rüber. Ich glaube, da ist etwas heruntergefallen. Es müsste unter dem Ziel liegen«, sagte Ingrid.

Sofort eilten Nilsa und Viggo durch den Wald und fanden tatsächlich einen Lederbeutel. In dem Beutel steckte die nächste Karte, die um einen Stein gewickelt war. Und der dritte Waldläuferschal.

»Das war's! Jetzt wissen wir, wo wir hinmüssen«, rief Nilsa beglückt, als sie zurückkamen.

Ingrid kletterte vom Felsen.

»Wir müssen uns beeilen. Uns bleibt nicht mehr viel Zeit. Denkt daran, wir müssen vor Sonnenaufgang zurück sein, und zwar alle zusammen.«

Da plötzlich fiel ihnen auf, dass Lasgol nicht bei ihnen war.

»Lasgol? Was ist los?«, fragte Egil.

Lasgol antwortete nicht.

»Was ist passiert? Alles in Ordnung?«, fragte Ingrid.

Lasgol fiel auf die Knie.

»Lasgol!«, schrie Nilsa.

Alle rannten zu ihm hin. Als sie ihn erreichten, wurde ihnen klar, was geschehen war.

In seinem Arm steckte ein Pfeil!

Sie erstarrten vor Schreck.

»Was ist passiert?«, fragte Ingrid fassungslos.

»Ich weiß nicht ... Ich habe mich umgedreht ... Dann kam ein Schlag und ... ein stechender Schmerz«, stammelte Lasgol.

»Ein Unfall«, sagte Nilsa mit Blick auf Ingrids Bogen.

»Vielleicht ist hier noch ein Team unterwegs. Ein verirrter Pfeil ...«, sagte Gerd. In seinen großen Augen stand die Angst.

»Nein. Das war kein Unfall. Hier stimmt etwas nicht.« Viggo sah sich nach allen Seiten um.

»Wenn er in den Arm getroffen wurde, als er sich bewegt hat, dürfte das heißen, dass der Pfeil auf sein Herz gezielt hatte«, folgerte Egil und deutete auf den Wald im Norden.

Viggo riss Lasgol zu Boden und legte sich schützend über ihn. »Vielleicht probieren sie es nochmal!«

Da reagierte Ingrid. »Alle runter! Irgendwo da draußen steckt ein Schütze.«

Sie warfen sich auf den Boden und blieben lautlos liegen. Aber mitten in der Nacht konnten sie selbst im Mondlicht nicht sehr weit sehen.

»Lasgol, wie geht es dir?«, fragte Ingrid.

»Es tut weh ... aber es geht schon.«

»Dann sollten wir den Arm abbinden, damit du nicht allzu viel Blut verlierst«, drängte Egil.

»Das mache ich«, bot Viggo an und löste seinen Gürtel. Vier Fingerbreit über der Wunde zog er den Gürtel fest an. »Halt die Luft an! Ich werde jetzt den Pfeil abbrechen.«

Lasgol nickte.

Mit einem kurzen Ruck brach Viggo den Schaft ab.

»Fertig. Dann wird es wenigstens nicht noch schlimmer. Hier können wir die Spitze nicht entfernen. Dazu bräuchten wir einen sicheren Ort.«

»Dann lasst uns von hier verschwinden«, sagte Ingrid. »Kannst du laufen, Lasgol?«

»Ja. Ich glaube schon.«

»Mag sein. Er steht unter Schock. Aber das geht bald vorbei«, warnte Viggo.

»Woher weißt du das alles?«, fragte Ingrid.

»Tja. Da, wo ich aufgewachsen bin, war mein Leben ziemlich ›interessant‹«, antwortete Viggo trocken. Er zeigte ihnen eine Narbe an seiner rechten Schulter.

Sie seufzte.

»Dann sollten wir verschwinden. Kommt. Folgt mir!«

Mit gesenktem Kopf trabten die sechs los und achteten

dabei auf jeden Schatten, wie sie es gelernt hatten. Ingrid nahm den Weg, den die Karte vorgab. Sie mussten erst nach Osten zur Blauen Schlucht und von dort aus immer nach Süden bis zum Lager. Eine ganze Weile eilten sie schweigend weiter, immer in Angst vor einem Angriff aus dem Hinterhalt. Unaufhörlich sahen sie sich nach allen Seiten um. Sie rannten, so schnell sie konnten, hintereinander, Lasgol in der Mitte. Bis zur Blauen Schlucht gönnten sie sich keine Pause. Dieser Ort war unverwechselbar. Beide Seiten waren vollständig von blauen Pflanzen mit großen Blütenblättern bewachsen.

»Wir sind da«, verkündete Ingrid.

»Wie geht es dir, Lasgol?«, fragte Egil.

Viggo und Gerd bildeten die Nachhut für den Fall, dass ihnen jemand gefolgt war.

»Gut. Es tut weh. Aber ansonsten gut ...«

»Wir müssen zum Lager«, sagte Nilsa.

»Es ist noch ziemlich weit«, warnte Ingrid mit einem besorgten Blick auf Lasgol.

»Wir müssen uns beeilen«, mahnte Egil. »Er verliert Blut.«

»Also los! Wir schaffen das!«, spornte Ingrid sie an.

Sie waren so erschöpft, dass sie nur noch marschieren konnten. Es ging immer nach Süden. Ingrid, Nilsa und Viggo gaben das Tempo vor, und das war schnell. Egil und Gerd nahmen Lasgol in die Mitte, und zur allgemeinen Überraschung — auch ihrer eigenen — konnten sie trotz ihrer Erschöpfung mithalten und ihm beistehen. Ihre Beine taten furchtbar weh, ihre Lungen brannten, sie konnten kaum noch klar denken, aber die Sorge um Lasgol trieb die ganze Gruppe vorwärts. Ingrid sah sich immer wieder nach den anderen um und staunte, dass sie noch da waren. Egil und Gerd wollten Lasgol nicht im Stich lassen — nur darum hielten sie eisern durch.

»Wir sind fast da! Bald ist es geschafft«, sagte Ingrid schließlich.

Die Lichter des Lagers waren schon zu sehen. Da brach Lasgol zusammen.

»Wartet!«, rief Egil.

Ingrid blieb stehen und drehte sich um, Viggo und Nilsa ebenfalls.

»Lasgol! Komm, wir sind gleich da!«, Gerd redete ihm gut zu.

»Er hat viel Blut verloren«, sagte Egil. »Er kann nicht mehr.«

»Dann müssen wir ihn tragen«, beschloss Ingrid.

»Ich helfe dir«, bot Viggo an.

Ingrid sah ihn verwundert an, aber Viggo achtete nicht darauf. Sie packten Lasgol an beiden Achseln und schleppten ihn zum Lager. Egil, Gerd und Nilsa blieben dicht hinter ihnen, denn sie waren so verstört, dass sie ihre eigene Erschöpfung vergessen hatten.

Kurz vor Sonnenaufgang überquerte die Gruppe die Ziellinie, wo die Ausbilder auf sie warteten.

»Team Panther hat die Teamprüfung rechtzeitig beendet«, verkündete der Oberausbilder, ohne seine Überraschung verbergen zu können.

»Bitte helft uns! Wir haben einen Verwundeten«, rief Ingrid.

Oden und die anderen Ausbilder kamen näher.

»Was zur Hölle ist passiert?«

»Jemand wollte ihn umbringen«, sagte Viggo und zeigte auf die Wunde.

Oden sah ihn entgeistert an.

»Er hat einen Pfeil im Arm. Und er hat viel Blut verloren«, ergänzte Egil.

»Auf die Krankenstation! Schnell!«, ordnete Oden an.

Während sie ihn davontrugen, sah der halb ohnmächtige Lasgol die Sonne aufgehen. *Wir haben es geschafft,* dachte er voller Stolz. Da plötzlich spürte er die eisige Hand des Todes, die sich nach ihm ausstreckte.

Sein Herz blieb stehen.

Er atmete aus und starb.

Das Tier war untröstlich. Egil versuchte, es zu beruhigen, aber das schien wie ein unmögliches Unterfangen. Laut kreischend hüpfte es durch die ganze Hütte. Er versuchte, es einzufangen, schaffte es aber nicht und rannte hektisch durch den Raum. Gerd, den das Gefiepe und Herumgehopse erschreckte, zog sich in sein Bett zurück.

»Wir sollten ihm eine Falle stellen«, befand Viggo. »Dafür haben wir das schließlich gelernt.«

»Wie kannst du nur so herzlos sein«, schalt Ingrid. »Siehst du nicht, dass es nur wegen Lasgol so verrückt spielt?«

»Ein Grund mehr, es zu fangen und ruhigzustellen.«

»Du stellst hier niemanden ruhig«, sagte Ingrid mit vor der Brust verschränkten Armen und beendete damit die Diskussion.

»Ein nasser Lappen vielleicht?«

Nilsa beobachtete das Tier aus gebührendem Abstand. Sie wollte nicht eingreifen, denn dieses Tier hatte magische Fähigkeiten, und Magie war für sie etwas Feindseliges.

»Sorg dafür, dass es sich beruhigt, Egil«, verlangte Ingrid. »Sonst werden Oden oder die anderen Teams noch darauf aufmerksam. Es macht zu viel Krach.«

»Ich versuch's ja. Glaubt nicht, dass ich es nicht versuche«, sagte Egil, der dem Tierchen erfolglos durch die ganze Hütte nachsetzte.

»Das arme Viech«, sagte Gerd vom Bett aus, hatte jedoch zu viel Angst, um sich an der Jagd zu beteiligen.

Schließlich konnte Egil das Tier in eine Ecke treiben. Er griff zu — und es machte sich unsichtbar.

»Oh ... Es ist mir entwischt.«

»Wenigstens kreischt es nicht mehr«, sagte Viggo.

»Armes Viech«, wiederholte Gerd mit Tränen in den Augen.

Lasgol erwachte mit schrecklichen Kopfschmerzen. Er wusste nicht, wo er war oder was geschehen war. Er bemühte sich, den Blick zu fokussieren und stellte fest, dass er auf dem Rücken lag. Über ihm war eine Holzdecke, aber das war nicht das Dach seiner Hütte. Dann wollte er sich aufsetzen, doch dabei verließen ihn die Kräfte, und er sackte sofort wieder aufs Bett.

»Langsam«, mahnte eine ihm unbekannte Frauenstimme. »Du bist noch zu schwach zum Aufsetzen.«

»Wo ... wo bin ich?«

»Auf der Krankenstation. Seit drei Tagen.«

»Drei Tage?«

»Ja. Seit man dich an der Schwelle des Todes hier abgeliefert hat.«

Lasgol drehte den Kopf. Es gelang ihm, der Frau ins Gesicht zu sehen. Sie war alt und trug keine Waldläuferkleidung.

»Wer bist du?«

»Ich bin Edwina Sommerfeld. Eine Heilerin aus dem Tempel von Tirsar.«

»Oh.« Lasgol schloss die Augen und rief sich ins Gedächtnis, was sein Vater ihm von dem Heilerinnenorden aus Rogdon erzählt hatte, dem Königreich im Westen mit seinen Lanzenrittern in Silber und Blau.

Lasgol schlug die Augen auf und fragte, ohne lange nachzudenken:

»Was macht eine Heilerin von Rogdon im Lager der Waldläufer von Norghana?«

Die Heilerin lachte überrascht.

»Ich sehe, dass du zwar körperlich schwach bist, aber geistig hellwach.«

»Oh. Entschuldige bitte.«

»Ach was. Es ist eine naheliegende Frage. Immerhin sind die Königreiche von Rogdon und Norghana alte Rivalen, schon immer. Die Herren der grünen Steppen im Westen und die Herren über den eisigen Norden ringen schon ewig um die Vorherrschaft über unser schönes Tremia. Aber der Orden der Heiler von Tirsar dient allen Menschen gleich. Wir sind da, wo man uns braucht. Vor vielen Jahren bat Dolbarar unsere Vorsteherin um eine Heilerin für dieses Lager. Es gibt nur sehr wenige wie uns, die mit der Gabe der Heilkunst gesegnet sind, und wir können nicht jeder Bitte nachkommen, aber diese wurde gewährt, und man schickte mich hierher. Seitdem bin ich hier zu Hause. Ich helfe bei der Heilung aller, die in dieses Lager kommen. Ich bin schon viele Jahre hier, und ich muss sagen, dass ihr mich wirklich Jahr für Jahr auf Trab haltet.«

»Ich ... ich weiß nicht, was passiert ist. Ein Unfall ... Ein anderer Rekrut aus der Prüfung ...«, stammelte Lasgol. Er verstand noch immer nicht, was ihm zugestoßen war.

»Zerbrich dir darüber nicht den Kopf. Ruh dich aus und komm zu Kräften. Trink das. Das wird dir helfen, schneller gesund zu werden.«

Lasgol nahm die Schale an, die sie ihm reichte, und trank einen Schluck.

»Brrr.« Er verzog den Mund. »Das schmeckt scheußlich.«

»Stimmt. Aber du brauchst das. Trink. Dein Körper ist noch sehr schwach.«

Lasgol gehorchte. Kaum hatte er getrunken, da schlief er auch schon wieder ein.

Zwei Tage später wachte er wieder auf.

»Wie geht es dir heute?«, erkundigte sich Edwina.

»Besser. Glaube ich.«

»Versuch mal dich aufzusetzen. Langsam.«

Er stützte sich hoch, und diesmal gewann die Schwäche nicht die Oberhand.

»Viel besser.« Sie lächelte zufrieden. »Und jetzt trink diesen Kräutertee. Er wird dir helfen.«

Lasgol gehorchte ihr. Es schmeckte genauso scheußlich wie beim letzten Mal, aber er sagte nichts dazu.

»Und meine Kameraden?«

»Denen geht es gut, keine Sorge. Sie fragen jeden Tag nach dir, aber bisher warst du noch zu schwach für Besuch. Wenn es dir heute Nachmittag besser geht, lasse ich sie zu dir.«

»Danke.« Er lächelte sie an.

Etwas später ging die Tür zu seinem Zimmer auf, und Oden kam herein. Sein Gesicht war ernst. Die kupferroten Haare hatte er wie üblich auf dem Rücken zusammengebunden. Seine goldbraunen Augen sahen Lasgol forschend an.

»Rekrut«, begrüßte er ihn mit knapper Geste.

»Meister.« Lasgol erwiderte die Handbewegung.

»Ich muss dir ein paar Fragen stellen. Zu dem, was passiert ist.«

Lasgol nickte.

»Hast du gesehen, wer auf dich geschossen hat?«

»Nein. Es war zu dunkel.«

»Du hast nichts gesehen? Keinen Umriss, kein Aufblitzen? Gar nichts?«

»Nein. Ich habe Ingrid zugesehen, wie sie zielte. Und ich habe mich kurz bewegt, um dem Pfeil besser nachzusehen. Und dann kam ... es war wie ein harter Schlag und dann wie ein brutaler Stich.«

»Diese Bewegung hat dir das Leben gerettet. Der Pfeil zielte auf dein Herz. Und du hast nichts gesehen, was uns helfen könnte, den Schuldigen zu erwischen?«

»Den Schuldigen? Es war kein Unfall? Ein anderes Team, das ganz in der Nähe auch seine Aufgaben abschloss?«

Oden runzelte die Stirn und verneinte.

»Ja, es waren noch weitere Teams in der Nähe. Aber die waren es nicht.«

»Woher wisst ihr das, Oberausbilder?«

»Wir haben den Bogen gefunden. An der Stelle, von der aus geschossen wurde. Die Flugbahn zu dem Ort, wo du gestanden hast, verrät, dass jemand auf dein Herz gezielt hat.«

Lasgol schluckte.

»Verstehe.«

»Da ist noch etwas.«

»Es gab keinen zweiten Angriff?«

»Du bist klug. Zu schade, dass du Dakons Sohn bist.«

Lasgol verzog das Gesicht, schwieg aber. Es war sinnlos.

»Es gab keinen zweiten Angriff, weil es nicht nötig war. Der Pfeil war vergiftet.«

Alle Farbe wich aus Lasgols Gesicht.

»Vergiftet?«

»Ein lähmendes Gift«, bestätigte Edwina. »Ich weiß nicht, wie du das überlebt hast. Du müsstest tot sein. Gut, streng genommen warst du das sogar.«

»Was? Tot?«, fragte Lasgol entgeistert.

»Sieht so aus«, meinte Oden. »Als ich dich der Heilerin übergab, hatte dein Herz aufgehört zu schlagen. Du warst tot. Sie hat ein Wunder vollbracht.«

Lasgol starrte Edwina an, als hätte er ein Gespenst gesehen.

»Dieses Gift lässt das Herz immer langsamer schlagen, bis es schließlich ganz stehenbleibt«, erklärte diese. »Als Oden dich zu mir brachte, warst du tot. Dein Herz hatte kurz zuvor ausgesetzt. Zum Glück war es noch nicht zu spät. Dank meiner Gabe der Heilung konnte ich dein Herz wiederbeleben, und nachdem es wieder schlug, konzentrierte ich mich darauf, das Gift auszuleiten. Das war schwieriger. Ich brauchte mehrere Tage.«

»Nein ... Das kann nicht sein.«

»Doch, es stimmt«, sagte Oden.

Edwina untersuchte Lasgol jetzt genauer. »Das eigentlich Überraschende ist, dass du nicht schon vor der Ankunft im Lager gestorben bist. Denn es war ein starkes Gift. Dafür gibt es für mich nur eine logische Erklärung: Weil du dich so unglaublich angestrengt hast, um dein Ziel zu erreichen, hat die Lähmung langsamer eingesetzt. Oder du hast das Herz eines Pferdes.« Sie lächelte wieder.

Lasgol dachte an die enorme Anstrengung zurück.

»Ja ... Wir sind mit aller Kraft gerannt.«

»Und aus vollem Herzen. Erst als du nicht mehr weiterkonntest, konnte das Gift seine Wirkung entfalten.«

Lasgol nickte. Er konnte nicht fassen, dass jemand versucht hatte, ihn zu töten.

»Dolbarar will dich sprechen«, sagte Oden.

»Jetzt?«, fragte Edwina.

Der Waldläufer nickte.

»Ich möchte mich erst vergewissern, dass keine Spuren von dem Gift mehr in ihm sind.«

Der Oberausbilder hob abwehrend die Hand.

»Ich warte draußen, solange du ... dein ... Zeug machst«, sagte er und verließ schnell den Raum.

Edwina lächelte. »Die Waldläufer mögen meine Gabe nicht. Zumindest er und die meisten anderen. Sie verstehen es nicht, und was ein Mann nicht versteht, das fürchtet er.«

»Du redest von deiner Magie?«

»Ja. Wobei wir sie nicht so bezeichnen. Für uns — uns wenige, die damit gesegnet sind — ist es einfach die Gabe. Oder das Talent, wie man im Norden sagt. Es ist merkwürdig, dass sie etwas derart fürchten, was sie nicht einmal sehen können. Aber du hast keine Angst davor, oder?«, fragte sie mit freundlichem, aber vielsagendem Lächeln.

Da wurde ihm bewusst, dass sie ihn mit ihrer Gabe untersucht hatte. Natürlich hatte sie dabei sein Geheimnis bemerkt!

Er schüttelte den Kopf.

»Sie wissen es nicht, richtig?«, erkundigte sich Edwina.

»Nein. Niemand.«

»Alles gut. Nur keine Sorge, es bleibt unser Geheimnis«, versprach sie ihm augenzwinkernd.

»Danke.«

Edwina bat ihn, sich auf den Rücken zu legen, und setzte beide Hände auf seine Brust. Dann schloss sie die Augen und konzentrierte sich. Plötzlich sah Lasgol ein blaues Licht aufflammen und spürte, wie aus den Händen der Heilerin Energie in seinen Körper eindrang. Ihm wurde warm in der Brust, und das erschreckte ihn zunächst. Aber als er Edwina ins Gesicht sah, wusste er, dass ihm hier nichts Böses widerfahren würde. Nach einer ganzen Weile schlug sie die Augen wieder auf und nahm ihre Hände weg. Lasgol sah zu, wie das blaue Licht verebbte. Die Heilerin registrierte seinen Blick.

»Du kannst das sehen?«

»Ja«, gab er zu. Er wusste, dass nur Menschen mit der Gabe in der Lage waren, dieses Aufleuchten und die Energie wahrzunehmen, wenn jemand sein Talent einsetzte.

Die Heilerin sah ihm einen Moment in die Augen. Dann lächelte sie.

»Ich finde keine Spuren des Giftes in deinem Körper. Alles ist gut. Du darfst dich anziehen und zu Dolbarar gehen. Aber hinterher kommst du wieder zu mir. Ich möchte dir noch einige Heiltränke mitgeben.«

»Vielen Dank, Herrin. Ich weiß nicht, was ich sagen soll.«

»Ach was. Das ist meine Berufung«, sagte sie warmherzig. »Und jetzt geh. Du wirst schon erwartet.«

Oden saß vor der Tür. Als Lasgol auftauchte, gingen sie los. Die Krankenstation lag am Südende des Lagers gegenüber den Stallungen. Das kleine, weiße Haus mit dem Garten drumherum war Lasgol bisher gar nicht aufgefallen. Offenbar gab es vieles, was er hier noch nicht kannte.

Bald erreichten sie das Hauptquartier und traten gleich ein. Nachdem sie den großen Saal durchquert hatten, sah Lasgol die vier Waldläufermeister am Kamin sitzen und reden. Als sie Lasgol kommen sahen, brach das Gespräch ab. Sie sahen zu ihm hinüber. Oden salutierte respektvoll, und sie erwiderten seinen Gruß. Aber niemand sagte ein Wort. Oden führte den Jungen zu Dolbarar hinauf, der oben in seinem Arbeitszimmer wartete.

»Danke, Oden.« Damit entließ Dolbarar den Oberausbilder.

Der Kommandant der Waldläufer saß hinter einem ausladenden Schreibtisch aus Eichenholz. Auf dem Tisch lagen etliche Pergamente, und auf einer Seite stand ein Tintenfass mit einer weißen Schreibfeder. Er schlug das Buch zu, in dem er gelesen hatte, und musterte Lasgol von oben bis unten.

»Bitte, nimm Platz. Du wirkst noch angeschlagen.«

»Es geht mir gut.«

Dolbarar lächelte. »Das ist echter Kampfgeist! Du hast viel Glück gehabt. Dieses Gift hätte dich fast das Leben gekostet.«

»Die Heilerin hat mich gerettet.«

Dolbarar nickte. »Sie ist eine alte Freundin, und sie leistet uns wertvolle Dienste. Die ganze Sache ist sehr hässlich und macht mir große Sorge. Ein Mordanschlag, das ist eine ernste Angelegenheit! So etwas ist hier extrem selten. Unfälle, jede Menge, ja, auch heftige Auseinandersetzungen. Es wurden auch schon Leute wegen Fehlverhaltens ausgemustert. Aber Mordversuche sind sehr selten. Das beunruhigt mich sehr.« Sein Blick wanderte nachdenklich in die Ferne.

Lasgol wusste nicht, was er sagen sollte. Er sah Dolbarar an, der mit seinen fast siebzig Jahren immer noch gewandt und stark wirkte. Er war dem Anführer noch nie so nahe gewesen, dass er ihn genauer hätte mustern können. Die grünen Augen hatten einen gebieterischen Blick. Das Gesicht war freundlich, aber voller Entschlossenheit. Die schulterlangen, glatten Haare waren völlig weiß, und der ebenfalls weiße, auf Fingerbreite zurückgestutzte Bart machte Dolbarar unverwechselbar.

»Kannst du dir vorstellen, wer dich gern tot sähe?«

»Nein, Herr.«

»Du bist, wer du bist, das heißt, du bist der Sohn deines Vaters. Also hast du sicher viele Feinde.«

»Das geht nicht von mir aus. Aber, ja, es gibt einige, die mich hassen.«

»Hass sollte man nie unterschätzen. Er ist ein sehr mächtiges Gefühl, das manche zu unvorstellbaren Taten treibt.«

»Zum Beispiel einem Mordversuch.«

»Genau. Es gibt hier viele, die nicht wollen, dass du deinen Abschluss schaffst. Das weißt du selbst. Sowohl unter den

Rekruten als auch bei denen im zweiten und dritten Jahr und unter den Waldläufern. Halte mich nicht für blind. Ich bin vielleicht alt, aber meine Sinne und mein Instinkt funktionieren tadellos. Zumindest jetzt noch.«

»Ich glaube kaum, dass es einer von ihnen war. Ehrlich nicht.«

»Eine Liste würde mir helfen, die Verdächtigen durchzugehen.«

»Das kann ich leider nicht.«

»Schon gut. Ich verstehe. Das ehrt dich. Belassen wir es dabei. Aber wenn du merkst, dass jemand dir gegenüber zu weit geht, wirst du es mir sofort sagen.«

»Ja, Herr.«

»Was mich irritiert, ist die Sache mit dem Gift. Denn das ist eines von unseren Mitteln. Die Herstellung steht erst im dritten Ausbildungsjahr in Naturkunde auf dem Lehrplan. Und das deutet darauf hin, dass der Mörder einer von uns ist.«

»Ein Waldläufer?«

»Es könnte jeder sein. Vom Ausbilder bis hin zu den Anwärtern jeder Stufe. Aber es muss jemand aus dem Lager sein, der das nötige Wissen oder einen Zugang zu den Giften hat, die die weise Eyra unter Verschluss hält. Das macht die Situation so kompliziert. Offenbar habe ich einen faulen Apfel unter meinen Leuten. Und so etwas hasse ich! Man kann natürlich nie wissen, ob jemand im Laufe der Jahre eidbrüchig wird und den Weg des Waldläufers verlässt, aber so etwas ist unter den Waldläufern wirklich sehr, sehr selten. Immerhin lehren wir hier die Treue zum Reich, Anstand, Disziplin und Dienen. Nicht alle, die hierherkommen, sind leuchtende Vorbilder, aber wir bilden sie aus und geben ihnen alles Nötige an die Hand, damit sie es noch werden können. Wenn einer von ihnen uns verrät ...«

»Ich verstehe. Das würde das ganze Korps beflecken.«

»Wenn sich meine Befürchtung bestätigt, wäre das so. Ich habe unseren Anführer Gondabar informiert, den Waldläufermeister des Königs. Er hält sich in der Hauptstadt auf, am

Hof von Norghania. Dort dient er Uthar. Ich bin sicher, dass diese Geschichte auch ihm zu denken geben wird.«

Lasgol wurde sehr nachdenklich. Wenn es unter den Waldläufern einen Verräter gab und man deswegen den Anführer der Waldläufer verständigt hatte, hatte er ein echtes Problem.

»Ich versichere dir, dass ich alles getan habe, was in meiner Macht steht, um den Mörder zu finden. Und wir achten darauf, dass du ständig bewacht wirst, damit dir nichts zustößt. Mach dir also keine Gedanken. Dafür bin ich verantwortlich.«

»Das beruhigt mich wirklich. Vielen Dank.«

Dolbarar stand auf und ging zum Fenster. Er schien in Erinnerungen zu schwelgen.

»Ich kannte deinen Vater gut«, sagte er.

Lasgol erstarrte.

»Wirklich?«

»Er war ein begnadeter Waldläufer. Der jüngste Erste Waldläufer aller Zeiten. In allen vier Meisterschulen hatte er ausgezeichnete Leistungen. Es gab nichts, was er nicht konnte. Er war ein exzellenter Schüler, solange er hier war. Die Meister aller vier Schulen wollten ihn für ihre Eliteausbildung gewinnen. Er war ein echtes Ausnahmetalent.«

»Das wusste ich nicht.«

»Weißt du, welche Laufbahn er gewählt hat?«

»Nein. Von seinem Leben als Waldläufer hat er nie viel erzählt.«

Dolbarar nickte.

»So soll es auch sein. Wie es der *Weg des Waldläufers* vorgibt. Ein Waldläufer muss stets das Geheimnis des Weges achten, denn nur wenn ein Anwärter den Weg persönlich durchläuft, kann er seine Lehren als Richtschnur für das eigene Leben verstehen und umsetzen. Aber jetzt darf ich es dir verraten. Dakon war ein Hexenjäger aus der Schule der Schießkunst. Niemand konnte besser mit dem Bogen umgehen als er. Er traf ein bewegliches Ziel auf vierhundert Schritt. Unglaublich! Der Grund für diese Spezialisierung war nicht nur seine unglaubliche Treffsicherheit, sondern auch der Wunsch, den König vor Magiern und anderen Feinden mit der Gabe zu beschützen. Denn die sind am schwersten auszuschalten.«

»Ich verstehe ... Magie ...«

»Ein Hexenjäger kann einen Magier töten, weil die Reichweite seines Bogens größer ist als die Reichweite der gegnerischen Magie.«

Lasgols Augen wurden schmal. Das war interessant. Er hatte immer geglaubt, Magier wären mächtiger als alle anderen — Infanterie, Kavallerie, Bogenschützen und Waldläufer.

»Wusstest du das?«

»Nein. Das wusste ich nicht.«

»Sobald der Magier aber nur noch zweihundert Schritt entfernt ist, ist der Hexenjäger verloren, denn auf diese Distanz kann der Magier seine Magie einsetzen, und die ist viel mächtiger.«

»Verstehe.«

»Ich habe Dakon persönlich an König Uthar empfohlen. Es gab keinen Besseren, um ihn vor feindlichen Magiern und Hexenmeistern zu schützen. Und das war ein echter Erfolg. Dein Vater und der König wurden rasch gute Freunde. Uthar wollte ihn ständig um sich haben. Ohne Dakons Begleitung hat er Norghania nicht mehr verlassen. Er ernannte ihn zu seinem persönlichen Leibwächter. Weil er ihn immer in seiner Nähe wissen wollte, schickte er ihn nur noch auf Missionen, wenn es sehr wichtig war. In diesen Jahren wurde ihre Freundschaft immer enger. Sie waren wie Brüder, unzertrennlich. Und jedes Jahr kam der König Ende des Winters zur Aufnahmezeremonie hierher ins Lager, immer in Begleitung von Dakon. Ich erinnere mich an unsere Gespräche, genau hier und auch unten im Saal, wo wir lange am Feuer saßen. Wir tranken noceanischen Wein ... Das waren gute Zeiten«, sagte er voller Melancholie.

Lasgol ließ ihn nicht aus den Augen. Er hätte ihn gern gefragt, was wirklich geschehen war. Dolbarar musste es wissen oder zumindest eine gewisse Vorstellung davon haben, was seinem Vater zugestoßen war. Aber er traute sich nicht. Darum schwieg er.

Da kehrte der Kommandant in die Gegenwart zurück.

»Entschuldige, ich bin abgeschweift. Manchmal versetzt die Erinnerung uns in bessere Zeiten.« Er lächelte.

Lasgol seufzte, nahm allen Mut zusammen und stellte seine Frage. Eine bessere Gelegenheit würde nicht mehr kommen.

»Was ist mit meinem Vater passiert?«

Der Waldläufer sah ihn traurig an.

»Diese Frage habe ich mir schon so viele Male gestellt. Ich wäre froh, wenn ich es dir erklären könnte. Aber leider kann ich das nicht. Als ich deinen Vater das letzte Mal gesehen habe, waren sie beide hier, er und der König. Für die Aufnahmezeremonie. Alles lief ganz normal. Mir fiel absolut nichts an ihm auf, und es war eine wunderbare Feier. Uthar hat den Besuch sehr genossen. Er erzählte mir von der zunehmenden Bedrohung durch Darthor den Verdorbenen. Informationen zufolge stand ein Angriff auf das Reich unmittelbar bevor. Diese Gefahr war sehr real, und er würde bald zuschlagen. Deshalb war König Uthar in ständiger Alarmbereitschaft, und nur die Zeremonie verschaffte ihm ein paar Tage in Ruhe und Frieden, für die er sehr dankbar war. Dakon nutzte diesen Besuch für Gespräche mit den Waldläufermeistern und seinen Freunden unter den Ausbildern. Mit Genehmigung des Königs nahm er sich sogar mal einen Nachmittag frei, um sich außerhalb des Lagers umzusehen und in Erinnerungen zu schwelgen. Nach der Zeremonie brachen sie auf und zogen ab. Fünf Tage später geschah es.«

»Der Verrat.«

Dolbarar nickte widerstrebend.

»Dein Vater führte König Uthar in der Eisriesenschlucht in einen Hinterhalt.«

»Vielleicht wusste er gar nicht, dass Darthor dort einen Hinterhalt gelegt hatte.«

»Richtig. Aber dein Vater hat auf diesen Weg bestanden. Es gibt im Nordosten drei Pässe über die Gletscher. Darthor hatte seine Truppen an der Küste zusammengezogen, hinter den Bergen. Die Generäle wollten einen Pass weiter südlich nehmen, den Pass des Redners, aber Dakon bestand darauf, die Eisriesenschlucht zu nehmen, die weiter im Norden liegt. Uthar vertraute deinem Vater mehr als seinen Generälen und entschied sich für den gefährlicheren Übergang. Und da lauerte der Hinterhalt.«

»Das ist dennoch kein Beweis!«

Dolbarar seufzte.

»Es gibt noch einen zweiten Beweis, und der ist leider unwiderlegbar. Das weißt du auch, obwohl du es wahrscheinlich nicht wahrhaben willst. Dein Vater hat auf den König geschossen. Er wollte ihn töten. Er hat ihn sogar getroffen, und der König wäre beinahe umgekommen. Das steht fest, und es ist ein eindeutiger Beweis. Ohne Sven, den Hauptmann der Königsgarde, der den König bei Dakons Angriff vom Pferd stieß, wäre Uthar tot gewesen. So traf der Pfeil, der auf sein Herz zielte, nur das linke Schlüsselbein.«

»Es könnte trotzdem ein Unfall gewesen sein.«

»Bei einem anderen Mann hätte ich das in Betracht gezogen. Aber nicht bei Dakon, dem Ersten Waldläufer des Reiches.« Er schüttelte den Kopf. »Wenn er geschossen hat, dann mit Absicht. Bei ihm gab es kein Versehen. Tut mir leid, wenn du dir mehr erhofft hast, aber so ist es nun einmal.«

Lasgol ließ den Kopf hängen. Er wusste nicht, was er davon halten sollte. Er hatte einen Kloß in der Kehle und Tränen in den Augen.

»Wir alle wünschen uns perfekte Eltern, aber das Leben lehrt uns, dass es leider nicht so ist. Eltern sind Menschen, und Menschen haben Schwächen, ob wir es wahrhaben wollen oder nicht. Unter extremen Umständen lassen sich manche Menschen von ihren Schwächen mitunter zu unvorstellbaren Taten verleiten, die niemand begreifen kann.«

»Und ... was hat ihn dazu verleitet?«, murmelte Lasgol.

Eine Träne lief über seine Wange.

Dolbarar schüttelte langsam den Kopf.

»Ich weiß es nicht. Glaube mir, ich wünschte, ich wüsste es. Dann könnte ich ruhiger schlafen. Aber ich weiß es nicht.«

Lasgol schluckte und riss sich zusammen.

»Sie sagen, ein Eismagier des Königs hätte ihn getötet. Stimmt das?«

»Ich fürchte, ja«, bestätigte Dolbarar. »Es war Olthar, der Hofmagier, der neben Uthar ritt und ihn verteidigte. Er tötete Dakon mit einem Eisblitz.«

»Er hat ihn getötet ... Trotzdem gab es keine Beerdigung.«

»Verräter haben diese Ehre nicht verdient. Der König war außer sich. Er hat sich nie von diesem Anschlag erholt, weder von der Wunde noch von dem Verrat seines besten Freundes.«

»Was wurde aus dem Leichnam meines Vaters?«

»Das weiß ich nicht. Vermutlich hat man ihn mit all den anderen, die in der Schlacht gegen Darthor gefallen sind, in ein Massengrab gelegt.«

»Verstehe.«

»Lass die Vergangenheit ruhen. Das hast nicht du getan. Das war dein Vater. Diese Last darfst du nicht auf deine Schultern nehmen, sonst drückt sie dich zu Boden. Vergiss das alles. Sieh nach vorn, auf deine Zukunft. Wenn du wirklich ein Waldläufer sein willst, aus freiem Willen, nicht wegen deines Vaters, werde ich mich diesem Wunsch nicht verschließen. Du wirst genauso behandelt wie alle anderen Anwärter. Aber wenn du das alles für deinen Vater auf dich nimmst, dann wirst du es garantiert nicht schaffen. Diese Last ist zu schwer. Sie wird dich zerbrechen.«

Lasgol nickte. Er sah zu Boden.

»Die Zeiten werden wieder schwieriger. Es heißt, Darthor sei in den Norden zurückgekehrt, hinter die unüberwindlichen Berge. Angeblich zieht er Truppen zusammen, um das Reich anzugreifen. Und dieses Mal hat er mächtige Wesen bei sich.«

Lasgol blickte auf.

»Mächtige Wesen?«

»Es sind nur unbewiesene Gerüchte, aber man munkelt von Eisungeheuern, die ihm dienen. Sie begleiten sein Heer aus Barbaren und Ungeheuern aus dem Eisland.«

»Er hat Ungeheuer in seinem Heer?«

»Ja. Schneetrolle, böse Oger und andere Biester. Angeblich zumindest.«

»Aber wie kann Darthor die kontrollieren?«

»Er ist ein großer Magier, sehr mächtig.«

»Ich dachte, er sei ein Eismagier, der die Seiten gewechselt hat?«

»Ach, mein Junge, du musst nicht alles glauben, was man sich erzählt. Darthor ist kein Eismagier, sondern etwas anderes. Mächtig ... sehr mächtig.«

»Also ein Hexenmeister?«

»Möglich. Das weiß ich nicht. Mit der Magie, über die er verfügt, kennen wir uns nicht aus. Aber wenn er wilde Tiere und magische Wesen zähmen kann, ist er kein normaler Magier. Inzwischen soll er noch mächtiger sein als bei seinem letzten Angriff, und schon damals hätte er uns fast besiegt. Der König hat diesen Anschlag nur dank der Geistesgegenwart von Sven und Olthar überlebt, die ihn wie durch ein Wunder dort rausholten. Eine Woche später hat er trotz seiner Verletzung die königlichen Truppen um sich geschart und den Pass im Süden genommen. Dort hat er Darthor und seine Armee überfallen und vernichtend geschlagen. Aber Darthor gelang die Flucht. Dieses Mal wird es schwieriger.«

Lasgol dachte gründlich über alles nach, was Dolbarar gerade erzählt hatte.

Der Anführer bemerkte seine ernste Miene und breitete wohlwollend die Arme aus.

»Sorg dich nicht wegen solcher Dinge. Das geht dich alles noch nichts an. Mit Darthor befassen sich der König, die Generäle und die Waldläufer. Du, mein Junge, solltest dich auf deine Ausbildung konzentrieren. Pass gut auf dich auf. Wenn dir irgendetwas auffällt, das gegen dich gerichtet ist, will ich sofort davon erfahren. Ist das klar?«

Lasgol seufzte. »Ja. Einverstanden.«

»Gut. Dann darfst du jetzt zu deinem Team gehen. Morgen meldest du dich noch einmal bei der Heilerin. Sie soll feststellen, ob es dir gut geht und wann du deinen Unterricht wieder aufnehmen kannst.«

Lasgol machte sich gehorsam auf den Weg, ohne noch etwas zu sagen. Rein logisch sprach alles dafür, dass sein Vater schuldig war, und Dolbarars Bericht hatte diese Einschätzung noch bestärkt, doch sein widerspenstiges Herz wollte das nicht akzeptieren. Und das quälte ihn, weil er dadurch seine traurige Vergangenheit nicht hinter sich lassen konnte und auch nicht in eine bessere Zukunft aufbrechen würde. Noch kritischer jedoch war, dass es ihn davon abhielt, sich auf die unmittelbare Gefahr zu konzentrieren: In diesem Lager gab es jemanden, der ihn töten wollte.

Mit einem solchen Empfang hatte Lasgol nicht gerechnet. Die anderen warteten schon in der Hütte auf ihn, und als er eintrat, stürmten sie mit offenen Armen jubelnd auf ihn zu.

»Du hast uns einen solchen Schrecken eingejagt!«, sagte Ingrid, während sie ihn fest drückte.

»Ich freue mich so, dass es dir gut geht!« Nilsa gab ihm einen Kuss auf die Wange.

Gerd hob ihn vor Glück in die Luft. »Ich hatte solche Angst! Ich dachte, du wärst tot!«

»Lass ihn lieber wieder runter«, mahnte Egil, »sonst reißt am Ende die Wunde wieder auf.«

»Oh! Klar. Wie dumm von mir.« Gerd setzte ihn wieder ab.

Auch Egil schloss seinen Freund herzlich in die Arme.

»Wir waren ernstlich in Sorge«, gab er zu.

Selbst Viggo lächelte und klopfte Lasgol auf den Rücken.

Da hörten sie plötzlich ein schrilles Kreischen aus dem hinteren Bereich des Raums. Das Tier sprang von Lasgols Bett und flitzte auf ihn zu, um mit einem langen Satz auf seiner Brust zu landen.

»Hallo, mein Kleiner!«

Das kleine Wesen kletterte an ihm hoch und schmiegte sich um seinen Hals, von wo es ihm zufrieden die Wange leckte.

»Er war völlig außer sich«, berichtete Egil. »Den ganzen Tag hat er gequiekt und gejammert.«

»Und die halbe Nacht«, ergänzte Viggo grimmig.

»Wir konnten ihn nicht beruhigen.«

»Er lässt sich immer noch von keinem von uns berühren«, sagte Gerd missmutig. »Obwohl er genau weiß, dass ich Angst habe, ihn anzufassen.«

»Tja, für ihn bist du groß wie ein Berg. Ist doch logisch, dass du ihm Angst einjagst«, sagte Viggo sarkastisch. »Wenn eine Ratte in die Hütte käme, würdest du bestimmt vor Schreck mit einem Satz im Bett verschwinden.«

»Eine Ratte? Wo?«, fragte Gerd erschrocken.

Viggo schlug sich an die Stirn.

Lasgol streichelte das Tierchen am Kopf und am Rücken. »Ich bin ja wieder da, mein Kleiner, alles ist wieder gut.«

Dann ging er zu seinem Bett und setzte sich darauf. Die anderen kamen zu ihm herüber, und das Tier beruhigte sich, schleckte Lasgol aber weiterhin ununterbrochen mit seiner kleinen, blauen Zunge ab.

»Wie geht es dir?«, fragte Ingrid ihn.

»Was haben sie dir erzählt?«, wollte Nilsa wissen. »Im Lager sind alle möglichen Gerüchte im Umlauf.«

»Wenn Dolbarar dich zu sich gerufen hat, geht er wohl davon aus, dass hier etwas faul ist«, meinte Viggo.

Lasgol seufzte nur. »Immer langsam. Ich will euch alles erzählen. Setzt euch.«

Sie hockten sich vor Lasgols Bett auf das Bärenfell auf dem Fußboden, und Lasgol erzählte ihnen alles, was passiert war und was er jetzt wusste. Nachdem er fertig war, schwiegen alle.

Nach einer ganzen Weile sagte Egil: »Du bist vom Tod zurückgekehrt. Das ist faszinierend!«

»Es gibt eine Heilerin im Lager, und wir wissen nichts davon?«, sagte Nilsa argwöhnisch.

»Fang jetzt bloß nicht wieder mit Magie an«, warnte Viggo.

»Heilerinnen wollen zwar Gutes tun, nutzen zu diesem Zwecke jedoch Magie, also das Böse. Ich halte also nichts davon«, erklärte Nilsa.

»Tja, aber ohne sie wäre ich jetzt tot«, sagte Lasgol.

»Tja ...«, begann Nilsa, fand aber kein stichhaltiges Argument. »Auch wenn es etwas Gutes bewirkt, bleibt es Magie. Und die verursacht normalerweise nur Probleme.«

»Ich glaube, das war Isgord«, sagte Viggo. »Der hat etwas

gegen dich.«

»Und Dolbarar sagt, es war ein Waldläufergift? Wie schrecklich. Dann muss es einer von uns gewesen sein«, sagte Gerd.

»Wir müssen dich beschützen. Er könnte es noch mal versuchen«, beschwor Ingrid.

Sie spannen ihre Gedanken in ganz unterschiedliche Richtungen weiter. Lasgol entspannte sich und spielte mit dem kleinen Tier. Er war zu müde, um ihnen allen zu antworten, und die Mutmaßungen und Verschwörungstheorien entwickelten sich in die unterschiedlichsten Richtungen. Vorläufig war er einfach froh, wieder bei seinen Freunden zu sein. Sehr froh.

Unter dem Stimmengewirr der anderen dämmerte er langsam weg. Als er am anderen Morgen aufwachte, waren seine Freunde bereits beim Unterricht. Er hatte so fest geschlafen, dass er weder die Flöte noch die Rufe von Oden gehört hatte. Zuerst ging er zur Heilerin und registrierte dabei, dass die Waldläufer, an denen er vorbeikam, in ihrem Tun kurz innehielten und ihn beobachteten. Als er sich umsah, grüßte einer von ihnen sogar. *Dolbarars Befehle,* dachte er.

Edwina stattete ihn mit Heiltränken und Elixieren aus, die er eine Woche lang jeden Abend zu sich nehmen sollte, und erlaubte ihm, wieder am Unterricht teilzunehmen — nur nicht am morgendlichen Training. Damit sollte er noch zwei Wochen warten. Er dankte der guten Frau für alles, was sie für ihn getan hatte.

»Sieh zu, dass ich dich kein zweites Mal in einem solchen Zustand zu Gesicht bekomme«, mahnte sie mit erhobenem Zeigefinger.

»Tot, meinst du?«, scherzte Lasgol.

Sie lachte laut auf.

»Pass gut auf dich auf und bleib vorsichtig«, sagte sie augenzwinkernd.

»Ganz bestimmt. Und vielen Dank.«

Mittags gesellte sich Lasgol zu seinen Kameraden im Speisesaal. Früher hatte er dort regelmäßig böse Blicke geerntet, aber jetzt war es womöglich noch schlimmer. Als er Dolbarar und die vier Waldläufermeister an ihrem Tisch sah, grüßte er sie bescheiden. Sie erwiderten seinen Gruß, doch ihre Mienen waren ernst. Ihm war bewusst, dass das an dem Vorfall liegen musste.

»Was hat die Heilerin gesagt?«, wollte Gerd wissen. Er nagte an einem gebratenen Truthahnschenkel.

»Ab morgen gehe ich wieder zum Unterricht. Bis auf das Körpertraining am Morgen.«

»Hervorragend«, sagte Nilsa.

»Du Glückspilz musst nicht um den See rennen«, sagte Gerd neidisch.

Lasgol hing seinen eigenen Gedanken nach.

»Ist etwas?«, fragte Ingrid.

»Nein«, sagte Lasgol. »Mir wurde nur gerade bewusst, dass ich gar nicht weiß, wie die Frühlingsprüfung ausgegangen ist.« Besorgt sah er seine Freunde an und wartete auf die schlechte Nachricht.

Alle schwiegen. Seine Gefährten sahen einander wortlos an. Sie wirkten sehr ernst. Lasgol atmete tief durch und bereitete sich vor. So schlecht?

»Ich weiß nicht mehr, was bei der Teamprüfung alles passiert ist. In meinem Kopf ist das ziemlich verschwommen«, räumte er ein. »Ich habe Gedächtnislücken.«

Niemand antwortete ihm.

»Fünf Teams haben die Prüfung nicht rechtzeitig abgeschlossen«, sagte Viggo schließlich. »Ihnen wurde ein Eichenblatt für ihre Einzelprüfungen abgezogen. Damit droht ihnen der Ausschluss.«

Lasgol erstarrte. Unwillkürlich biss er sich auf die Zunge.

»Und wir?«

Auf Viggos Worte folgte lastende Stille. Lasgol biss die Zähne zusammen, um sich für die schlechten Neuigkeiten zur rüsten.

»Kein Abzug«, strahlte Ingrid.

Ungläubig sah er erst sie an, dann Egil und Gerd, die über das ganze Gesicht grinsten.

»Stimmt«, versicherte Nilsa.

»Aber ... Wie das?«

»Wir haben die Teamprüfung bestanden«, sagte Ingrid. »Wir waren gerade noch pünktlich. Darum hatten wir keinen Abzug.«

Lasgol seufzte erleichtert auf.

»Immerhin!«

»Allerdings kennen wir inzwischen auch die Ergebnisse der Einzelprüfungen«, meinte Viggo frustriert.

»Sehr schlecht?«

Er nickte traurig. »Allerdings.«

Ingrid seufzte. »Das sind die Ergebnisse.« Sie schob ihm einen Zettel hin.

	Schi eßkunst	Tierku- nde	Natur- kunde	Kör- per-behe- rrschung
Ingrid	2	2	1	1
Nilsa	2	1	1	1
Gerd	1	2	1	1
Egil	1	2	2	1
Viggo	2	1	1	2
Lasgol	1	2	1	2

Als Lasgol die Ergebnisse durchging, wurde ihm schwer ums Herz. Das war sehr schlecht. Richtig schlecht. Schlimmer als erwartet.

»Puh ... Das ist erschütternd.«

»Das kannst du laut sagen«, meinte Viggo. »Wir sind eine Katastrophe.«

Verstört sah er seine Kameraden an. Er fühlte sich grässlich. Aber da begannen alle bis auf Viggo zu lächeln, und er begriff gar nichts mehr.

»Ihr lacht?«

Sie nickten und grinsten von einem Ohr zum anderen.

»Das verstehe ich nicht.«

Ingrid legte ihm eine Hand auf die Schulter.

»Dolbarar hat jedem von uns ein Eichenblatt zusätzlich gegeben, das wir bei Bedarf einsetzen können. Wegen unserer besonderen Leistung bei der Prüfung. Weil wir einem von uns das Leben gerettet haben.«

»Ernsthaft?«

»Ja. Immerhin wärst du fast gestorben«, sagte Viggo, »und das hilft uns jetzt bei den Einzelprüfungen.«

»Gern geschehen«, sagte Lasgol mit einem schiefen Grinsen und berührte seine Wunde. »Aber selbst mit einem Blatt mehr, sind die Ergebnisse kein Grund zur Freude.«

»Oh, das ist noch nicht alles«, sagte Ingrid. »Der Grund für unsere Freude ist, dass Dolbarar alle Rekruten zusammengerufen und es öffentlich bekanntgegeben hat. Damit es wirklich alle wissen.«

»Wir waren die Helden des Tages!«, sagte Gerd voller Stolz.

»Und alle haben uns beneidet«, grinste Nilsa.

»Und mit der Hilfe des Extrablatts können wir vielleicht noch verhindern, dass sie uns am Ende heimschicken. Damit haben wir eine Chance«, meinte Egil optimistisch.

»Das stimmt! Das ist wirklich ein Grund zur Freude.« Jetzt ging es Lasgol etwas besser.

Sie aßen weiter und redeten dabei. Der einzige Wermutstropfen war, dass Isgord und die Adler die Teamprüfung gewonnen hatten. Damit hatte Lasgol allerdings schon gerechnet. Die Adler, die Wildschweine und die Bären waren einfach die stärksten Mannschaften.

Als sie fertig waren, standen die Uhus gerade von ihrem Tisch auf. Astrid und Leana kamen zu ihnen herüber.

»Und wie geht es den Helden der Teamprüfung heute so?«, fragte Leana spöttisch, lächelte aber dazu.

»Bombastisch!«, antwortete Gerd mit vollem Mund.

»Als Held fühlt man sich schon phantastisch«, ergänzte Nilsa mit breitem Grinsen.

»Genießt es. Das habt ihr euch verdient!«

»Oh, das tun wir«, sagte Egil.

»Und wie geht es unserem fast Gestorbenen?«, fragte Astrid mit einem besorgten Blick auf Lasgol.

»Mir geht es gut. So schlimm war das gar nicht«, wehrte Lasgol rasch ab.

Sie runzelte die Stirn.

»Sicher? Es heißt, du seist aus dem kalten Reich des Todes zurückgekehrt.«

Diesmal wurde Lasgol rot.

»Na ja ... zurückgekehrt ... nicht wirklich.«

»Aber als du auf der Krankenstation ankamst, warst du tot, oder?«, hakte Kotar nach, ein introvertierter Junge mit dunkler Haut aus dem Team der Uhus. »Zumindest erzählt man es sich so.«

Darauf hatte Lasgol keine Antwort. Jetzt traten auch Asgar, Borj und Oscar hinzu, womit das ganze Uhuteam hinter ihm stand, ihn beobachtete und jedes Wort gespannt verfolgte.

»Es war wohl nur ganz kurz. Dann haben sie mich wiederbelebt«, gestand Lasgol.

»Seht ihr? Er war tot. Euer Einsatz bitte!«, verlangte Borj von seinen Kameraden.

»Moment! Ich habe auch gewonnen«, wandte Oscar ein.

»Oh, nein! Du hast gesagt, dass er schon tot über die Ziellinie kam. Dabei ist er erst auf dem Weg zur Krankenstation gestorben. Richtig?«

Lasgol zuckte mit den Schultern, erschauerte aber dabei. Daran wollte er sich nicht erinnern.

»Ihr seid fies!«, schimpfte Astrid und schubste Borj. »Lasst ihn in Ruhe. Er hat genug durchgemacht!«

»Aber unsere Wetten!«, protestierte Asgar.

»Ihr habt euren Kapitän gehört«, sagte Leana. »Verzieht euch, damit keiner merkt, wie hohl ihr seid!«

Schimpfend führte sie ihre Kameraden aus dem Saal, die dabei weiter diskutierten, wer von ihnen denn nun die Wette gewonnen hatte.

Astrid sah Lasgol noch einmal an.

»Beachte sie gar nicht.«

»Danke, Astrid«, sagte Lasgol, hob den Kopf und sah ihr kurz in die grünen Augen. Er spürte ein Flirren im Magen.

»Und sei lieber vorsichtig«, riet sie ihm. »Du warst zwar vorher schon *berühmt,* aber jetzt umso mehr.«

Lasgol seufzte.

»Danke, ich halte mich dran.«

Daraufhin zog sie lächelnd ab.

Als er an diesem Abend mit seinem Tier spielte, konnte Lasgol an nichts anderes denken als an seinen möglichen Ausschluss am Jahresende. Er musste einen Weg finden, nicht gehen zu müssen, sowohl für sich als auch für seine Kameraden. Gleichzeitig allerdings musste er sehr, sehr aufmerksam sein: Jemand hatte ihn töten wollen, und er wusste nicht weshalb. Plötzlich kam ihm Astrids Gesicht in den Sinn. Immer wenn er Astrid sah, machte sie ihn nervös, und auch da wusste er nicht weshalb. Noch beim Einschlafen grübelte er darüber nach, wie er all diese Rätsel lösen könnte.

Die anschließenden Tage waren merkwürdig. Da Lasgol wiederhergestellt war, nahm er wie gewohnt am Unterricht teil und alles schien ganz normal zu sein, war es aber nicht. Als er irgendwann wieder um den See rannte, achtete er auf jeden Schatten im Wald oder blickte nach hinten, um zu sehen, ob ihm jemand folgte. Er war ständig unruhig, sah Schatten und Gefahren, wo es keine gab. Egil hatte ihm versichert, dass diese Reaktion völlig normal sei. Sie werde als Paranoia bezeichnet und sei die Folge seines traumatischen Erlebnisses als Opfer eines Mordanschlags. Es war unglaublich, was Egil über praktisch alles wusste. Er nahm Lasgol sogar in die Bibliothek mit und zeigte ihm die Stelle in einem Buch. Viggo empfahl ihm, diesen Zustand beizubehalten, um künftige »Unfälle«, wie er es nannte, zu verhindern.

Aber nicht nur Lasgol verhielt sich ungewöhnlich, sondern auch seine Kameraden. Ingrid entwickelte einen starken

Beschützerinstinkt. Wenn jemand Lasgol schief ansah oder einen Kommentar abgab, schlug sie ihn kurzerhand nieder. Zweimal hatte Oden bereits eingreifen müssen und Ingrid verwarnt. Noch ein Vorfall, und sie würde ein Eichenblatt verlieren. Gerd war noch ängstlicher als sonst und Nilsa unsagbar nervös. Lasgol wusste, dass auch dies daran lag, was ihm zugestoßen war. Die Ausbilder achteten ebenfalls genauer auf ihn. Das geschah auf Dolbarars Befehl, aber es machte ihn trotzdem unruhig, denn schließlich konnte auch einer von ihnen der Mörder sein. Genau wie einer der Rekruten des ersten Jahres oder jemand aus den anderen Jahrgängen.

Hinzu kam, dass der Unterricht nun deutlich schwieriger wurde. In Schießkunst übten sie den Umgang mit dem Messer. Der *Weg des Waldläufers* schrieb vor, dass jeder Waldläufer ausgezeichnet mit dem Messer vertraut sein musste. Erstens als überlebenswichtiges Werkzeug, zweitens aber auch als Waffe für den Nahkampf oder zum Werfen. Gemäß dem *Weg des Waldläufers* war das Messer der beste Freund, den ein Waldläufer haben konnte. Lasgol hatte wenig Übung im Umgang mit dem Messer, weshalb diese Stunden schwierig für ihn waren. Einer aus seiner Gruppe war in dieser Kunst jedoch erstaunlich bewandert. Lasgol hatte nicht damit gerechnet, doch wenn er daran dachte, wo Viggo herkam und welches Leben er geführt hatte, lag es auf der Hand. Er war ein ausgezeichneter Messerkämpfer und konnte zudem unglaublich präzise werfen. Selbst Ausbilder Ivar gratulierte ihm. Ingrid war gut, und dass Viggo besser war als sie, ärgerte sie erheblich.

In Tierkunde ging es nach den Pferden nun um Mastiffs und Wolfshunde, die treuen Begleiter der Waldläufer. Allerdings war es gar nicht so leicht, das Vertrauen dieser Tiere zu gewinnen, die einem mit einem Biss den Kopf abreißen konnten. Sie witterten jede Furcht. Erstaunlicherweise hatte ausgerechnet Gerd keine Angst vor den großen Hunden. Er behandelte sie wie Welpen, und sie ließen ihn nicht nur an sich heran, damit er sie streicheln konnte, sondern sie gehorchten ihm. Gerd sagte, er sei auf dem Hof seiner Familie mit Hunden groß geworden. Es gäbe keine besseren Tiere und im Grunde seien auch die einschüchternden Waldläuferhunde bloß verspielte Welpen. Wovor ihr Freund Angst hatte und wovor nicht, war für die anderen ein ziemliches Rätsel. Eine Maus konnte ihn erschrecken, ein Wolfshund nicht. Sie durchschauten ihn einfach nicht.

Besonders interessant für Lasgol war der Unterricht in Naturkunde. Das lag nicht nur an den faszinierenden Fallen, deren Herstellung und Aufstellung sie dort lernten, sondern hier ging es auch um Tränke, besonders um Gifte. Leider lernten sie zunächst einmal viel über heilende Tränke und Salben, weniger über die giftigen Substanzen. Aber Lasgol war sehr aufmerksam, denn er hoffte, etwas aufzuschnappen, das ihm helfen konnte, seinem Angreifer und dem von ihm verwendeten Gift auf die Schliche zu kommen.

Das Beste jedoch — und das, was ihm in seiner Situation wohl am meisten zugutekommen konnte — war die Schule der Körperbeherrschung. Haakon hatte angefangen, sie zu lehren, wie man sich im Schatten bewegte und darin untertauchen konnte, aber auch, wie man mit einem Zickzackkurs Geschossen ausweichen konnte. Mit dieser Kunst hätte er in jener Nacht verhindern können, dass sie ihn erwischten. Deshalb passte er hier ganz besonders gut auf, denn ihm war bewusst, dass er weiterhin in Gefahr schwebte und dass diese Kunst ihm womöglich das Leben retten konnte.

In einer dieser Stunden kam Isgord auf ihn zu. »Ich sehe, dass du dich gut erholt hast«, sagte er.

Lasgol spannte den Arm mit der Narbe an. »Ja. So gut wie neu.«

»Du strengst dich sehr an. Manche sagen, zu sehr.«

»Und was geht dich das an?«

»Mich? Nichts. Aber es wird dich nicht retten.«

»Ist das eine Drohung?«

»Es ist eine Tatsache.«

»Und was soll das heißen?«

»Das wirst du schon sehen, wenn es so weit ist.«

Ingrid und Gerd registrierten den Wortwechsel und kamen rasch hinzu. Augenblicklich traten die Zwillingsbrüder Jared und Aston von den Adlern neben Isgord.

»Verschwinde und nimm deine Speichellecker mit, sonst wirst du es bereuen«, sagte Ingrid so drohend, dass Lasgol eine Gänsehaut überlief.

Isgord lächelte. Es war ein kühles Lächeln voller Selbstgewissheit. Aber er gab den Zwillingen ein Zeichen und ging.

»Wenn ich auf jemanden setzen müsste«, sagte Ingrid, während sie ihnen nachsah, »dann wäre er das. Ich gebe Viggo ja nur sehr ungern Recht, aber es ist so.«

»Meinst du wirklich?« Gerd wurde blass.

»Ja, das glaube ich. Er hasst Lasgol, er ist kaltblütig, und er ist insgesamt sehr gut. Sein Motiv kenne ich nicht, aber der Rest passt. Er ist es.«

»Danke für eure Hilfe«, sagte Lasgol zu seinen Freunden.

»Kein Problem. Aber hüte dich vor dem da«, warnte Ingrid.

Lasgol hatte eine böse Vorahnung, und die war sehr real.

Das Training am Morgen und der Unterricht am Nachmittag ließen die Tage im Lager wie im Flug vergehen. Dass die Lektionen täglich wechselten, irritierte die einen, gefiel aber den anderen.

»Ich verstehe nicht, warum wir nicht eine Woche Schießen und Kämpfen lernen, die nächste Woche Tierkunde haben und so weiter«, maulte Viggo eines Tages auf dem Rückweg vom Holzfällen, dass ihnen Oden als das »Team des Verrätersohns« zusätzlich auferlegt hatte.

»Finde ich auch«, meinte Gerd. Er war ein ausgezeichneter Holzfäller, der dank seiner Kraft mit nur einem Schlag fast den ganzen Baum erledigen konnte.

»Oder einen ganzen Monat pro Schule. Das wäre viel besser«, sagte Nilsa, der die Arbeit im Wald ebenfalls leichtfiel, obwohl sie ganz anders vorging als Gerd. Während ihr breitschultriger Kamerad mit wenigen, präzisen Schlägen fertig wurde, hackte sie blitzschnell mit einer Vielzahl viel leichterer Hiebe auf die gewünschte Stelle ein.

»Ich glaube, sie wollen uns damit verwirren«, sagte Viggo.

Egil musste schmunzeln.

»Was sagst du dazu, Schlauberger?« Viggo hatte das leise Glucksen gehört.

»Sie machen das, damit wir in allen Fächern gleichmäßig weiterkommen können. Aber ganz falsch ist euer Eindruck nicht. Jeden Tag das Thema zu wechseln, erschwert das Lernen.«

»Seht ihr, ich hatte Recht!«

»Aber man wird dadurch auch besser. Sobald der Lernprozess unsere Gefühle anspricht, lernt man mehr. Wenn wir einen ganzen Monat dasselbe Thema behandeln, langweilt es uns irgendwann, und wir lernen nicht mehr so gut. Der ständige Wechsel erhält die Aufmerksamkeit, erhöht das Interesse und erzeugt eine gewisse Anspannung, durch die wir besser lernen.«

»Pah! Unfug!«, sagte Viggo.

Egil lächelte Lasgol zu, der seine Meinung teilte.

So verging der Sommer sehr angenehm. Lasgol genoss diese Jahreszeit — den Sommer mochte er am liebsten. In Norghana war es immer kalt, aber im Sommer wurde es fast so warm wie in den Reichen in Südtremia. Er liebte das Gefühl, wie die Sonne seinen Körper wärmte, den Duft der Wälder, in den Seen zu schwimmen, ohne dabei halb zu erfrieren, den klaren, strahlend blauen Himmel, der sich so vom Rest des Jahres unterschied.

Und am Ende dieser Zeit nahte die Sommerprüfung.

Alle sechs Schneepanther hatten sich extrem angestrengt, ganz besonders Egil und Gerd, denen sehr bewusst war, dass sie die meisten Probleme hatten. Würde die viele Mühe, die sie sich gegeben hatten, ausreichen, um alle Aufgaben zu bestehen? Lasgol hoffte es, doch die Unruhe in seinem Bauch sprach eher dagegen.

Der Prüfungstag begann damit, dass Dolbarar ihnen mit einer kurzen Ansprache ordentlich Mut machte. Alle Mitglieder der dreizehn Teams hörten dem Kommandanten bangend zu, denn genau wie Lasgol waren viele unsicher, wie gut sie sich schlagen würden. Aber Dolbarar wusste, wie man solche Zweifel überwand, und so fassten sie sich ein Herz.

Als die Schneepanther mit den Einzelprüfungen an der Reihe waren, begaben sie sich zuerst zum Haus der Schießkunst. Wie erwartet war diese Prüfung viel schwieriger als die erste. Die Fragen von Meisterin Ivana brachten Lasgol ins Schwitzen. Sie hätten viel mehr wissen müssen, und auch die Fragestellungen selbst waren komplexer. Er beantwortete alle dreißig Fragen, so gut er konnte, und erklärte dabei detailliert, was er aus dem Unterricht noch wusste. Ivanas kalte Miene verriet keine Regung. Er hatte also keine Ahnung, ob er sich gut geschlagen hatte oder nicht.

Die praktische Prüfung war noch härter. Lasgol musste mit dem langen Messer gegen einen der Ausbilder antreten und eine der auf dessen Schutzweste markierten Stellen treffen, um zu bestehen. Dieser Versuch trug ihm eine Tracht Prügel ein. Der Ausbilder verteidigte sich mit aller Härte und versetzte ihm kräftige Schläge, wann immer er sich eine Blöße gab. Das zufriedene Glitzern in seinen Augen, wann immer er Lasgol einen Hieb verpassen konnte, verriet dem Jungen, dass das einer der vielen Waldläufer im Lager sein musste, die ihn aufgrund seiner Abstammung hassten. Dieser Mann nutzte die Chance, ihm eine Lektion zu erteilen. Das machte Lasgol so wütend, dass er weiterkämpfte und trotz aller Schmerzen nicht aufgab. Schließlich glückte ihm sein Treffer dank einer Finte, die er mit Viggo geübt hatte. Er hatte zwar ein blaues Auge und eine aufgeplatzte Lippe, und seine Rippen schmerzten, aber er war sehr stolz.

Danach ging es um die Treffsicherheit, erst mit dem Bogen, dann mit dem Messer. Obwohl Lasgols Schießkunst inzwischen deutlich besser war, hatte er Schwierigkeiten, die Zielscheiben zu treffen, die jetzt einhundertfünfzig Schritte entfernt standen, schlug sich jedoch ganz wacker. Mit dem Messerwerfen allerdings hatte er weiterhin Probleme. Auf sechs Schritte Abstand verfehlte er bei vier von zehn Würfen sein Ziel, und auch die Treffer waren nicht sonderlich überzeugend. Hier hatte er noch viel zu tun, dachte er bedrückt. Er hoffte, er würde die Chance dafür bekommen.

Anschließend gingen sie zum Haus der Tierkunde, wo Esben der Bändiger sie erwartete. Ingrid trat als Erste ein, danach folgten der Reihe nach die anderen. Lasgol war guter Dinge. Esben begann mit dreißig Fragen zur Tierwelt, und auch hier waren die Anforderungen weitaus höher als bei der Frühlingsprüfung. Teilweise musste er etwas nachdenken, aber insgesamt hatte er sich gut geschlagen, fand er.

Die praktische Prüfung war noch härter. Erst sollten sie zeigen, wie gut sie mit den Spürhunden, den Mastiffs und den

Wolfshunden, umgehen konnten. Darin waren nur Gerd und Ingrid richtig gut. Gerd beherrschte die Tiere mit liebevollem Einfühlungsvermögen, sodass sie seine Anweisungen bereitwillig befolgten. Ingrid halfen ihre Autorität und Charakterstärke. Das respektieren die Tiere, und sie gehorchten ihr. Der Rest der Gruppe hatte ziemliche Probleme.

Das Fährtenlesen war so schwer, dass selbst Lasgol seine Mühe hatte. Esben ließ sie im Wald zehn verschiedene Abdrücke identifizieren und diesen Spuren folgen. Jetzt im Sommer waren die Abdrücke auf dem harten Boden kaum zu erkennen, was das Deuten erschwerte. Und die Verfolgung bereitete ihnen einiges Kopfzerbrechen. Lasgol und Egil schlugen sich relativ gut, aber die anderen hatten zu kämpfen.

Nach dem Mittagessen ging es ins Haus der Naturkunde, wo sie von der weisen Eyra in Empfang genommen wurden. Auch hier kamen zunächst dreißig Fragen zu Pflanzen, mit denen sich Krankheiten und Verletzungen heilen ließen. Lasgol beantwortete sie relativ gut. Egil hatte keinerlei Mühe und wusste absolut alles. Die anderen mussten sich mehr anstrengen, aber alle bekamen es einigermaßen hin.

Zum praktischen Teil gehörte die Zubereitung eines lähmenden Giftes, was Lasgol sehr zusagte. Es war ein schwieriges Rezept, für das man die Zutaten exakt abmessen und gut vermischen musste, ehe man sie kochte und dann auf einem neutralen Material erkalten ließ. Zum Glück hatten sie den ganzen Sommer geübt, derartige Tränke und Mixturen zuzubereiten, weshalb alle ihre Sache sehr ordentlich machten — bis auf Nilsa, die beim Mischen viel durcheinanderwarf und zweimal neu anfangen musste. Das Gift war in der Lage, die Körperregion zu lähmen, die es erreichte. Deshalb eignete es sich perfekt, um Pfeilspitzen und Messerklingen damit zu bestreichen.

In der letzten Einzelprüfung des Tages ging es um Körperbeherrschung. Haakon der Unfassbare wartete schon auf sie. Aus den Mienen der Teams, die vor ihnen dran gewesen waren und jetzt geradezu gespenstisch erschöpft wirkten, schlossen sie, dass diese Prüfung extrem hart sein würde. Haakon stellte keine Fragen, sondern ging direkt zur Praxis über. Er wollte das Ergebnis ihres intensiven Trainings sehen.

Gleich zu Beginn schickte er sie fünf Runden um den See — im mörderischen Tempo eines seiner Ausbilder. Egil und Gerd hatten schwer zu kämpfen, fielen aber nicht zurück. Sie hatten gewusst, was sie erwartete, und intensiv trainiert. Zum ersten Mal bei einer derartigen Aufgabe hatte ausgerechnet Nilsa Schwierigkeiten. Nicht weil sie gestolpert wäre — was natürlich geschah —, sondern wegen des enormen Tempos. Ingrid, Lasgol und Viggo, der sich verbessert hatte, hielten gut durch. Nilsa, Egil und Gerd waren am Ende erschöpft, doch sie schafften es.

Die zweite Aufgabe forderte das genaue Gegenteil, nämlich Ruhe und Konzentration, was ihnen inzwischen noch schwerer fiel. Sie sollten einen Ausbilder überraschen, ihn von hinten angreifen und dafür die Schatten nutzen und geräuschlos vorgehen, eine Fähigkeit, die sie den ganzen Sommer trainiert hatten. Der Ausbilder drehte sich dabei regelmäßig um und suchte das Gelände, in dem sie vorrücken mussten, mit den Augen ab. Wenn er sie bei einer Bewegung erwischte oder hörte, schieden sie aus. Sie mussten ihn erreichen und am Rücken berühren. Lasgol war ziemlich gut. Er nutzte jede dunkle Ecke und achtete sehr darauf, nicht das geringste Geräusch zu machen. So gelangte er bis auf drei Schritte an den Ausbilder heran, aber da drehte dieser sich um und sah ihn in Bewegung. Viggo bestand die Prüfung. Nilsa wurde auf halbem Weg erwischt, weil sie auf einen Zweig trat, der mit lautem Knacken brach.

Zum Schluss stellte Haakon ihnen eine Kraftprobe. Die Teams mussten eine Tanne fällen und bekamen dafür nur ihre einfachen Äxte. Das erwies sich als ziemlich schwer. Sie mussten sich gut abstimmen und abwechselnd arbeiten. Nach dem Fällen ging es darum, den Stamm von allen Ästen zu befreien. Als nur noch der Stamm übrig war, befahl Haakon ihnen, den Stamm zu sechst anzuheben und auf den Biberberg zu tragen.

Die Panther wechselten erschütterte Blicke. Sie waren schon jetzt erschöpft. Diesen Stamm ohne Seilzug anzuheben, würde sehr schwierig sein, und ihn den Hügel hochzutragen, geradezu ein Wunder. Dennoch gaben sie nicht klein bei, und Ingrid trieb sie mit der ihr eigenen Entschlossenheit an die Arbeit. Das Kopfende des Stammes übernahmen sie und Viggo. Lasgol und Egil packten in der Mitte an, Gerd und Nilsa am hinteren Ende. Dann zählten sie auf drei, hievten sich den Stamm auf die Schultern und marschierten los. Ingrid gab den Takt vor, die anderen passten sich ihrem Tempo an. Es war eine ungeheure Kraftanstrengung für alle. Der Anstieg am Berg gab ihnen den Rest, aber Gerds unglaubliche Kraft rettete sie. Wie ein Titan stützte er bei der Verlagerung des Schwerpunkts die gesamte Last und ermöglichte den anderen so, weiter vorzurücken. Dank Gerd kamen sie tatsächlich oben an und bestanden damit auch diese Aufgabe.

Zu Tode erschöpft zogen sie sich danach zurück, aßen schnell etwas und gingen sofort schlafen. Am nächsten Morgen stand die Teamprüfung an, für die sie erneut alle verfügbaren Kräfte mobilisieren mussten. Keiner sagte ein Wort. Sie waren todmüde und demoralisiert und voller unguter Vorahnungen.

Bei Sonnenaufgang krochen sie mit schmerzenden Gliedern und ziemlich mutlos aus ihren Betten. Die Teamprüfung wartete auf sie. Lasgol seufzte, denn auf diesen Teil war er nicht gerade begierig. Draußen stellten sie sich vor Oden auf.

Jede Mannschaft erhielt eine Karte. Dieses Mal bekamen sie lediglich die Karte und ihre Waldläufermesser.

»Die Regel für diese Prüfung ist ganz einfach«, sagte Oden, als wäre die Sache kinderleicht. »Befolgt die Anweisungen und seid vor Sonnenaufgang im Ziel.«

Die Kapitäne betrachteten die Karte und rannten mit ihren Teams sofort los, jeder in eine andere Richtung. Isgord und die Adler waren gleich aufgebrochen. Offenbar wollten sie wieder die Ersten sein. Lasgols Blick ging zu Astrid, der Anführerin der Uhus, die nach Osten eilten.

Ingrid hingegen zeigte nach Westen.

»Und los, Panther! Folgt mir zum Sieg!«

Lasgol war bewusst, dass sie keine Chance auf den Sieg hatten. Dennoch musste er einräumen, dass Ingrids Kampfgeist bemerkenswert war. Sie ließ sich durch nichts entmutigen, sondern machte immer weiter. Dafür beneidete er sie. Hoffentlich würde auch er irgendwann so unbeugsam werden.

Den halben Tag rannten sie durch Wald und Wiesen nach Westen. An einem Bach machten sie Halt und tranken. Dort aßen sie auch ein paar Walderdbeeren. Ingrid und Egil prüften die Karte.

»Es ist da«, sagte Egil überzeugt.

Als sie nach vorne blickten, entdeckten sie einen blauen See, der so groß war, dass das andere Ufer nicht zu sehen war.

»Was sollen wir tun?«, fragte Nilsa.

»Ich fürchte, wir müssen den See überqueren«, sagte Egil.

»Das ist nicht dein Ernst!«, sagte Gerd.

»Laut Karte schon«, sagte Ingrid, die weiter die Karte betrachtete.

»Aber man sieht nicht einmal die andere Seite!«, brauste Viggo auf.

»Kommt schon. Das schaffen wir«, redete Ingrid ihnen zu.

Lasgol musterte den See. Viggo und Gerd waren keine guten Schwimmer, der eine, weil er in einer Stadt als Straßenkind aufgewachsen war, der andere wegen seines gewaltigen Umfangs. Sie würden Probleme bekommen. Im Sommer hatte Herkson das morgendliche Training um das Durchschwimmen eines kleinen Sees erweitert, nachdem er ihnen die wichtigsten Schwimmzüge beigebracht hatte. Das war vielen nicht leichtgefallen.

Widerstrebend wateten Gerd und Viggo ins Wasser. Es war nicht so kalt wie erwartet, und so schwammen sie los, bewiesen dabei allerdings, dass Lasgol sich nicht geirrt hatte. Auf halber Strecke konnten sie zwar die andere Seite sehen, aber jetzt bekamen Gerd und Viggo Schwierigkeiten. Ingrid bedeutete Nilsa und Egil weiterzuschwimmen. Sie selbst blieb zurück, um den anderen zu helfen, und Lasgol tat dasselbe. Er war ein guter Schwimmer, weil sein Vater ihm diese Kunst schon in sehr jungen Jahren beigebracht hatte, und er war immer gern in den Grünen See hinter dem Dorf gestiegen, besonders natürlich im Sommer.

Gerd hatte ziemlich zu kämpfen, und in seinem Gesicht zeichnete sich inzwischen Panik ab. Lasgol ließ sich zurückfallen und schwamm neben ihm her, um zu verhindern, dass sein Kamerad womöglich vor lauter Angst ertrank. Ganz allmählich begann Lasgol, Gerds Ängste besser zu verstehen. Gerd hatte Angst vor dem Unbekannten, vor allem, was er nicht greifen konnte, vor dem, was vielleicht passieren könnte. Was er kannte, machte ihm weniger Angst, selbst wenn es gefährlich war. Ertrinken fiel in die erste Kategorie, deshalb stand er gerade Todesängste aus. Lasgol machte ihm Mut und lächelte, als wenn die ganze Sache völlig harmlos wäre und Ertrinken unmöglich. Mit Lasgol an seiner Seite beruhigte sich Gerd und schwamm nicht mehr ganz so hektisch. Auf diese Weise kamen sie langsam, aber sicher auf die andere Seite.

Viggo allerdings konnte irgendwann tatsächlich nicht mehr. In heller Panik schlug er um sich und begann zu schreien, schluckte Wasser und ging unter. Ingrid kam ihm zur Hilfe, aber dann versanken beide im Wasser. Einen Moment lang sah es so aus, als hätte der See beide verschluckt, aber dann kam Viggo wieder hoch und kurz danach auch Ingrid. Sie packte Viggo an den Haaren und schleppte ihn mit einer großen Kraftanstrengung ans Ufer. Viggo war bewusstlos. Ingrid zerrte ihn auf das Gras, wo Nilsa ihm Luft in die Lungen blies. Schließlich begann er zu husten und erbrach das geschluckte Wasser. Sie legten ihn auf die Seite, damit er alles loswerden konnte.

»Das war knapp«, stellte Egil fest.

»Danke«, ächzte Viggo mühsam.

»Gern geschehen«, sagte Ingrid. »Aber ertrink beim nächsten Mal lieber etwas näher am Ufer.«

»Beim nächsten Mal ... brauchst du mich ja nicht zu retten ...«, grollte Viggo verstimmt. »Ich will nicht in deiner Schuld stehen. Am allerwenigsten in deiner.«

»Ach, das war nur ein Reflex«, sagte Ingrid etwas verletzt. »Nächstes Mal lasse ich dich einfach ersaufen.«

»Ihr seid alle beide gleich«, schimpfte Nilsa. »Wie Hund und Katze!«

»Er ist ein Idiot!«

»Und du kommandierst uns ständig herum!«

»Ihr seid unmöglich«, sagte Nilsa und hob resignierend die Hände.

Egil und Gerd lachten, und auch Lasgol verzog den Mund.

Unter einem Stein in der Nähe fanden sie den ersten Waldläuferschal mit einer Karte.

»Einen haben wir!«, strahlte Nilsa.

Nachdem sie sich etwas ausgeruht hatten, warteten sie nicht, bis ihre Kleider trocken waren, sondern marschierten zum nächsten Punkt auf der Karte weiter. Dazu mussten sie bald einen Berg erklimmen. Keiner sagte einen Ton, alle konzentrierten sich nur darauf, wohin sie ihre Füße setzten. Als sie oben waren, begann bereits die Abenddämmerung. Sie waren sehr müde. Es war ein harter Anstieg gewesen, und was sie auf dem Gipfel erwartete, ließ sie erstarren.

Hier hing an einem Pfahl der zweite grüne Schal, und sie fanden auch die nächste Karte. Und noch etwas.

»Ein Seil? Ernsthaft?«, fragte Viggo verwundert.

»Sieht so aus«, bestätigte Nilsa, die bereits auf der anderen Seite einen Blick nach unten warf. Das kräftige Seil war sicher an einem Felsen vertäut.

»Sollen wir uns etwa daran abseilen?«, fragte Gerd mit Blick auf die marmorglatte Felswand und die tiefe Schlucht dort unten. Sein Gesicht war schneeweiß geworden.

»Seid keine Memmen«, sagte Ingrid. »Das haben wir

schließlich im Unterricht geübt.«

»Das waren kurze Stücke. Das hier ist ein verdammter Berg!«, fluchte Viggo, der nun ebenfalls in den Abgrund sah.

»Wir sind Waldläufer, und wir kennen keine Furcht! Kommt, folgt mir!«, verlangte Ingrid, und ehe jemand sie zurückhalten konnte, begann sie, am Seil hinabzuklettern.

Lasgol zog die Augenbrauen hoch und folgte ihr.

Ingrid, die sich mit den Füßen von der Felswand abstieß, zeigte ihnen die Technik, und die anderen imitierten sie sorgfältig. Nach dem ersten Stück stellten sie fest, dass der Abstieg nicht so tief war, wie er von oben ausgesehen hatte. Sie waren einer optischen Täuschung erlegen. Dennoch war das Klettern mühselig und kostete sie viel Armkraft. Unten angekommen ließen sie sich erschöpft auf den Boden sinken, denn sie mussten dringend ausruhen und auch die ausgestandene Angst verarbeiten.

Aber Ingrid gönnte ihnen keine lange Pause. Nachdem sie mit Egil zusammen die Karte angesehen hatte, forderte sie die anderen auf, ihr zu folgen. Diesmal ging es in einen sehr dichten Wald, den sie durchqueren mussten und dessen Dickicht schier undurchdringlich war.

Es war, als wolle dieser Wald keine Eindringlinge dulden. Zeitweise mussten sie sich wie in einem Dschungel mit ihren Messern den Weg freischneiden. Von den Dornenranken und Ästen ringsumher waren sie bald von Kopf bis Fuß zerkratzt.

»Erst durch einen See, dann über einen Berg und dann durch einen verdammten Wald. Das hat sich bestimmt Oden ausgedacht«, knurrte Viggo.

»Oder eher Haakon«, sagte Gerd.

Schließlich erreichten sie eine Lichtung und fassten neuen Mut. Hier konnten sie einen Augenblick ausruhen.

»Endlich ein bisschen Ruhe«, sagte Nilsa, die das Blut aus den diversen Kratzern an ihrem Arm aussaugte.

»Meiner Kalkulation zufolge fehlt nicht mehr viel. Wir dürften bald durch sein«, sagte Egil mit einem Blick zum Sternenhimmel.

Da hörte Lasgol auf der linken Seite keuchende Laute und brechende Zweige. Das Unterholz geriet in Bewegung. Verwundert sah er genauer hin. Plötzlich teilten sich die Äste, und ein wildes Tier brach aus den Büschen auf die Lichtung. Als erstes konnte er eine lange Schnauze an einem rundlichen Kopf mit viel Pelz dahinter ausmachen. Das Tier, das mindestens drei Fuß breit war, hatte vier dicke Beine und einen kräftigen Rumpf.

Alle verharrten regungslos. Sie waren vor Angst wie gelähmt.

Ein Bär, schrie es in Lasgols Kopf angesichts dieser gefährlich scharfen Zähne.

Das Tier hatte ein dichtes, graubraunes Fell und einen Streifen mit silbrigen Spitzen auf dem Rücken. Es stellte sich auf die Hinterbeine und stieß ein ohrenbetäubendes Gebrüll aus.

»Rührt euch nicht!«, flüsterte Ingrid eindringlich.

»Nicht wegrennen. Seht ihn an. Keine abrupten Bewegungen«, murmelte Lasgol, der sich an die Lektionen in Tierkunde erinnerte, in denen es um zufällige Begegnungen mit den wilden Tieren der Berge gegangen war.

Es war ein gewaltiger Bär, im Stehen über sechs Fuß groß und bestimmt so schwer wie drei ausgewachsene Männer. Lasgol nahm die starken Beine und Tatzen wahr. So ein Bär konnte einem Mann mit einem Schlag den Kopf abreißen oder seinen Leib zerfleischen. Schon mit seinem bloßen Körpergewicht konnte er jeden einzelnen von ihnen zerquetschen.

Wieder brüllte das Tier wütend und drohte mit seinen Tatzen und Zähnen.

Keiner rührte sich. Sie alle beobachteten den Bären, obwohl sich die Angst in ihre Herzen fraß. Gerds Knie begannen zu schlottern, aber er blieb tapfer stehen, obwohl sein entsetztes Gesicht verriet, dass er am liebsten so schnell und so weit gerannt wäre, wie er nur konnte.

»Ein Graubär aus dem Hochgebirge«, flüsterte Egil, der

das Raubtier an seinem großen Rückenbuckel erkannte. Sie hatten gelernt, dass dieser Buckel in Wahrheit aus Muskeln bestand, die den weniger starken Vorderbeinen des Graubären mehr Kraft verliehen und ihm halfen, im Bergland seine Höhlen zu graben.

»Was machen wir?«, wisperte Nilsa. Sie bemühte sich, ihre Angst zu beherrschen und musste sich enorm anstrengen, um keine Regung zu zeigen, die den Bären verärgern könnte. »Vielleicht will er uns nur einschüchtern.«

»Graubären sind aggressiv. Sehr gefährlich«, murmelte Egil. Er stand still wie eine Statue und bewegte kaum die Lippen. »Weil sie so groß sind, können sie nicht fliehen oder bei Gefahr auf einen Baum klettern.«

»Deshalb greifen sie an und kämpfen.« Viggo hatte verstanden.

»Genau. Wir müssen uns alle gleichzeitig zurückziehen, ohne ihn dabei aus den Augen zu lassen«, fuhr Egil fort. »Als wenn wir ein großer Feind wären.«

»Also gut«, sagte Ingrid. »Auf mein Kommando. Bei drei einen Schritt zurück. Eins, zwei ... und ... drei.«

Alle traten gleichzeitig einen Schritt nach hinten. Der Bär brüllte, regte sich aber nicht.

Gerd holte erschrocken Luft.

»Weiter. Eins, zwei ... und ... drei.«

Sie schafften drei Schritte, doch da tauchte plötzlich ein anderes Tier zwischen den Bäumen auf. Ein Bärenjunges!

Lasgol begriff sofort, dass das nicht gut war. Gar nicht gut. Die Bärin würde sie angreifen, um ihr Junges zu beschützen, das jetzt offen zu sehen war. *So ein Pech!* Das Kleine beäugte die Gruppe neugierig und trollte sich dann zu seiner Mutter.

»Sie wird uns angreifen, um ihr Junges zu beschützen«, sagte Egil, der zum selben Schluss gekommen war wie Lasgol.

»Weg hier! Klettert auf einen Baum!«, rief Ingrid.

Da ergriffen sie die Flucht. Die Bärin ließ sich auf ihre vier Pfoten herunter und nahm die Verfolgung auf. Für ein derart großes und schweres Tier rannte sie erstaunlich schnell. In heller Panik stob die Gruppe davon. Sie rannten um ihr Leben, und die Angst stand ihnen bis zum Hals. Ingrid und Viggo waren an der Spitze, danach folgten Egil und Gerd, am Ende Nilsa und Lasgol. Die Bärin holte rasch auf, denn sie war schneller als jeder Mensch. Gerd schrie vor Angst, und auch Nilsa stieß einen Schreckensschrei aus.

Ingrid erreichte einen Baum und kletterte mit großem Geschick hinauf. Viggo tat es ihr nach. Egil und Gerd fanden einen etwas niedrigeren Baum, aber Egil konnte die untersten Äste nicht erreichen. Trotz seiner Panik schnappte sich Gerd seinen Freund und hob ihn so weit hoch, dass er die Äste erreichte. Da konnte Egil sich hochziehen und weiterklettern. Gerd nahm zwei Schritte Anlauf, packte mit einem Satz den untersten Ast und begann, sich hochzuhieven. Das Brüllen hinter ihm verriet, dass der Bär sie erreicht hatte.

»Nicht nach unten sehen! Weiter!«, rief Egil ihm zu und streckte ihm die Hand hin.

Gerd konnte sich hochziehen. Aber der Bär schlug mit seiner Pranke nach ihm und riss ihm einen Stiefel weg. Gerd schrie entsetzt auf.

Lasgol und Nilsa hatten einen Haken geschlagen und liefen auf einen hohen, steilen Felsen zu. Als der Bär sie bemerkte, setzte er ihnen nach. Lasgol war zuerst dort und begann sofort zu klettern. Nilsa wollte sich anschließen, aber kurz vor dem Felsen stolperte sie und prallte gegen den Stein. Sie fiel nach hinten und blieb benommen auf dem Boden liegen. Der Bär war fast bei ihr.

»Hierher! Du Mistvieh! Hier!«, schrie Ingrid lauthals, um den Bären abzulenken. Kurz vor Nilsa blieb das Tier stehen und sah sich nach dem Baum um, wo Ingrid wie besessen schrie und gestikulierte. Dann aber brüllte es auf und wandte sich wieder Nilsa zu, die inzwischen auf allen vieren war und aufstehen wollte. Das gewaltige Raubtier ging zum Angriff über.

Lasgol sprang von dem Felsen und stellte sich zwischen Nilsa und den Bären. Als der Bär ihn erblickte, ging er wieder auf die Hinterbeine und brüllte erbost auf. Wenn dieses Tier sich jetzt auf ihn stürzte, wäre Lasgol tot. Das wusste er. Die anderen sahen fassungslos zu. Er wusste, dass ihm nur noch eine Chance blieb, um aus dieser Situation lebend herauszukommen. Er musste den Schwur brechen, den er nach dem Tod seines Vaters abgelegt hatte. Er musste seine Gabe einsetzen, auch wenn er das nicht wollte. Sonst würde er hier sterben. Er wäre lieber »normal« geblieben, genau wie seine Freunde, aber diesmal hatte er keine Wahl. Er musste es tun und mit den Folgen klarkommen. Sein größtes Geheimnis würde auffliegen, und er würde nie wieder normal leben können. So gern wäre er unerkannt geblieben, aber die Alternative war der Tod. Zudem stand nicht nur sein Leben auf dem Spiel, sondern auch das von Nilsa. Wenn seine Gabe für sie beide eine Chance bot, würde er sie nutzen! Andernfalls würde das Ungetüm ihn und Nilsa hier und jetzt in Stücke reißen.

Er schloss kurz die Augen und rief seine innere Energie an, die wie ein ruhiger, blauer See in seiner Brust ruhte. Blitzschnell musste er entscheiden, welche der Fähigkeiten, die er sich erarbeitet hatte, in dieser Situation angemessen war. Wenn er sich irrte, waren sie tot.

Dann breitete er die Arme aus und nutzte sein besonderes Talent. Ein grüner Blitz rann über seinen Körper. Der Bär wollte nach ihm schlagen, spürte aber die Magie. Er zögerte. Dieser Moment gab Lasgol die nötige Zeit, seine Fähigkeit *Mit Tieren sprechen* einzusetzen. Er riss den Mund auf und brüllte laut los. Das war kein Menschengebrüll, sondern ein Bärengebrüll, genau wie das der wütenden Bärin, und das verwirrte das Tier noch mehr.

Lasgol streckte den rechten Arm aus und hob gebieterisch die Handfläche. Konzentriert suchte er nach dem Geist des Tiers, einer aggressiven rotbraunen Aura in dessen Kopf. Und mit dieser Aura kommunizierte er. *Geh weg! Verschwinde von hier.* Die Bärin schüttelte den Kopf und sah sich um, wie um herauszufinden, woher diese Botschaft kam. Lasgol konzentrierte sich noch einmal und vermittelte ihr mit aller Kraft seinen Befehl. Hier stand nicht nur sein Leben auf dem Spiel, sondern auch das von Nilsa. Wenn er das Tier nicht überzeugen konnte, waren sie tot. *Geh weiter. Hier gibt es keine Gefahr. Geh weg!* Das Tier starrte Lasgol an. Endlich begriff es, dass offenbar dieser Mensch mit ihm sprach. Unschlüssig musterte das Tier den Jungen. Lasgol versuchte es noch einmal. *Nimm dein Kleines und verschwinde. Zieht weiter.* Die völlig verwirrte Bärin zögerte noch etwas, ging dann aber auf alle viere und sah sich nach ihrem Jungen um.

Das nutzte Nilsa, um sich zu retten. Sie kletterte auf den Stein und brachte sich so in Sicherheit.

Lasgol verlieh seinem Befehl mehr Nachdruck. Diesmal nutzte er Stimme und Geist:

»Geht jetzt!« *Verschwinde und komm nicht wieder.*

Da gab sich die Bärin geschlagen und drehte ab. Sie trabte zu ihrem Jungen, um mit ihm im Wald zu verschwinden.

Lasgol ließ die Hand sinken und atmete auf. Es hatte funktioniert! Er war unglaublich erleichtert, denn er hatte selbst nicht daran geglaubt.

»Was wir gerade gesehen haben, kann nicht sein«, sagte Egil zu Gerd, der fassungslos zuschaute.

»Ich traue meinen Augen nicht«, sagte Ingrid zu Viggo. Sie rieb sich tatsächlich die Augen.

»Das sind nicht deine Augen«, sagte Viggo. »Lasgol hat uns alle getäuscht.« Seine Augen waren hasserfüllt.

»Das verstehe ich nicht.«

»Er ist einer dieser verdammten Typen mit Magie«, sagte Viggo. »Das ist die einzige Erklärung für das, was er gerade getan hat. Sonst hätte dieser Bär ihn in Stücke gerissen.«

Ingrid schüttelte nachdrücklich den Kopf.

Währenddessen stieg Viggo vom Baum.

»Du bist ein Hexenmeister! Du hast uns belogen!«

Lasgol schüttelte den Kopf.

»Ich bin kein Hexenmeister.«

»Dann eben ein Magier«, fauchte Ingrid.

Er schüttelte erneut den Kopf.

»Auch nicht.«

»Aber du hast die Gabe«, befand Egil. »Dir wurde das Talent geschenkt.«

Da nickte Lasgol und schlug die Augen nieder.

»Das heißt, er kann irgendwie mit Magie umgehen, richtig?«, sagte Gerd beunruhigt.

»Das dürfte ziemlich offensichtlich sein«, sagte Viggo.

»Magie ist gefährlich, sehr gefährlich«, stellte Gerd fest, in dessen Gesicht sich Angst und Bedauern abzeichneten.

»Leute wie der da, meinst du.« Viggo zeigte auf Lasgol.

»Du hast uns angelogen«, sagte Ingrid anklagend.

»Nein. Nein, ich habe euch nicht belogen ...«

»Aber du hast diese Sache für dich behalten«, sagte Viggo.

»Ja ... Ich wollte nicht, dass mein Geheimnis bekannt wird ...«

»Du hättest uns vertrauen müssen. Du hättest es *mir* sagen müssen.« Egil war der Schmerz über das mangelnde Vertrauen anzusehen.

»Es sollte absolut niemand erfahren ... Ich habe schon genug Probleme, weil ich bin, wer ich bin. Das hier macht es nur noch viel schlimmer.«

»Genau darum«, fuhr Ingrid wütend auf. »Wir haben dich beschützt, haben dir geholfen, und du hast uns nicht die Wahrheit darüber gesagt, wer du bist. Was du bist.«

»Es tut mir leid. Wirklich. Bitte verzeiht mir ... Ich wollte nur normal sein. Ich dachte, ich könnte es für mich behalten, bis ich endlich ein Waldläufer bin.«

»Das kann ich dir nicht verzeihen«, sagte Ingrid.

»Ich auch nicht«, stimmte Viggo zu.

Hilfesuchend sah Lasgol Gerd an, aber auch der schüttelte den Kopf.

»Egil ...«, flehte Lasgol.

»Tut mir leid, Lasgol«, antwortete dieser traurig. »Ich habe dir erzählt, wer ich bin und warum ich hier bin. Meine Ängste, meine Zweifel. Und du hast mit etwas Wichtiges verheimlicht, etwas überaus Wichtiges.«

Nilsa ging auf Lasgol zu. Ihr Gesicht war knallrot, und ihre Augen schienen ihn zu durchbohren, doch sie bemühte sich, ihren Zorn im Zaum zu halten.

»Du hast mir das Leben gerettet. Das werde ich dir nie vergessen, und wenn ich kann, werde ich mich revanchieren, indem ich eines Tages dich rette. Aber du weißt genau, wie ich über Magie denke. Und über die, die sie ohne Skrupel einsetzen. Komm nicht mehr in meine Nähe! Halte dich von mir fern. Ich sage das kein zweites Mal. Wenn du in meine Nähe kommst oder in meiner Gegenwart Magie einsetzt, ramme ich dir dieses Messer ins Herz.« Drohend hielt sie ihre Waffe vor sein Gesicht.

Lasgol musste schlucken. Sprachlos wendete er seine Augen von der wutsprühenden Nilsa ab.

»Du hättest uns vertrauen müssen«, wiederholte Egil kopfschüttelnd.

»Was hast du noch für Geheimnisse? Welche geheimen Künste beherrschst du noch?«, fragte Viggo.

»Keine. Ehrlich. Ich bin nicht gefährlich!«

»Wir glauben dir nicht. Jetzt nicht mehr«, sagte Ingrid.

»Bestimmt dient er Darthor«, sagte Viggo. »Genau wie sein Vater.«

»Nein. Das stimmt nicht! Und das gilt auch für meinen Vater!«

»Das können wir nicht wissen. Und dir können wir nicht mehr trauen«, sagte Ingrid. »Nach allem, was wir getan haben, um dir das Leben zu retten — was für eine Enttäuschung!«, sagte sie und drehte ihm den Rücken zu.

»Bringen wir die Prüfung zu Ende«, schlug Egil vor. »Das wäre jetzt das Beste.«

»Bitte«, beschwor Lasgol die anderen.

Aber sie ignorierten ihn und setzten sich in Marsch. Lasgol begriff, dass er ihre Freundschaft verspielt hatte. Er kam sich vor, als hätte ihn ein ganzer Berg unter sich begraben.

Irgendwann lag der Wald hinter ihnen. Sie fanden den grünen Schal und die letzte Karte, die ihnen den Weg ins Lager wies.

Ingrid schlug ein mörderisches Tempo an. Der Zwischenfall mit dem Bären hatte die Gruppe zu viel Zeit gekostet. Sie waren schon vorher nicht sonderlich schnell gewesen, aber jetzt war es noch kritischer. Lasgol lief wieder ganz hinten, folgte einfach seinen Kameraden. Egil hatte große Schwierigkeiten, das Tempo zu halten. Gerd hingegen war jetzt besser in Form und ertrug die Anstrengung dank seiner enormen Kraft leichter. Rund tausend Schritte vor dem Lager brach Egil erschöpft zusammen und konnte nicht mehr aufstehen. Lasgol wollte ihm helfen, aber Egil konnte keinen Fuß mehr vor den anderen setzen.

»Ich trage ihn«, sagte Gerd.

»Bist du sicher?«, fragte Ingrid.

»Ich bin am stärksten. Ihr anderen würdet das nicht schaffen.«

»Auch nicht zu zweit?«, fragte Nilsa.

»Wir würden nicht rechtzeitig ankommen«, sagte Ingrid mit Blick zum Horizont. Die Sonne würde gleich aufgehen.

»Hebt ihn auf meinen Rücken. Schnell«, sagte Gerd.

Viggo hob Egil hoch und setzte ihn Gerd auf den Rücken.

»Festhalten!«, befahl er ihm.

Und schon rannten sie weiter. Mit Egil auf dem Rücken lief Gerd, so schnell er nur konnte. Die Mädchen eilten voraus, und Lasgol machte das Schlusslicht. Als er sah, wie Gerd sich anstrengte, mit seiner Last die Prüfung zu beenden, war Lasgol voller Bewunderung. So etwas könnte nur Gerd schaffen. Sein Teamgeist war so unglaublich wie seine körperliche Kraft.

Mit den ersten Sonnenstrahlen waren sie da. Als sie die Ziellinie überquerten, fiel Gerd auf die Knie. Egil rollte einige Schritte weiter und blieb dort liegen. Sie hatten es rechtzeitig geschafft. Oden zählte die Waldläuferschals und nickte zufrieden. Sie waren erschöpft und völlig überanstrengt, aber sie hatten es geschafft!

Und Lasgol hatte die Freundschaft und das Vertrauen der anderen verloren.

Kapitel 22

Lasgol war am Boden zerstört. Seine Kameraden sprachen kein Wort mehr mit ihm und behandelten ihn wie Luft. Sogar Egil. Sein Vater hatte ihn gewarnt: *Der Mensch fürchtet das Unbekannte, das, was er nicht verstehen kann oder will. Das liegt in seiner Natur. Je geheimer die Quelle, desto größer die Furcht und die Ablehnung, die daraus entspringt. Die Gabe wird von den allermeisten gefürchtet und abgelehnt. Es gibt nur wenige, die sie verstehen und billigen. Hüte dich davor, sie offen zu zeigen, sonst wirst du dafür büßen.* Und genauso war es gekommen.

Er stieg in sein Bett und begann, mit dem kleinen Tier zu spielen.

»Wir zwei sind anders, du und ich. Und darum fürchten sie sich vor uns.«

Das Tier federte auf seinen langen Beinen auf der Stelle. Das bedeutete, dass es zufrieden war. Stück für Stück lernte Lasgol, was sein kleiner Freund ihm mitteilen wollte.

»Erhalte dir dein verspieltes, fröhliches Wesen, Kleiner.«

Er seufzte tief und ließ seine Gedanken zu dem Tag zurückwandern, als er die Gabe bei sich entdeckt hatte. Es war kurz nach seinem siebten Geburtstag gewesen. Das heißt, eigentlich hatte sein Vater sie entdeckt. Lasgol hatte auf unschuldige, kindliche Weise mit Recke gespielt, seinem Hund. Er wollte ihm beibringen, dass er einem geworfenen Stock nachlaufen und ihn zurückbringen sollte. Allerdings war Recke schon immer ziemlich rebellisch gewesen und hatte seinen eigenen Kopf gehabt. Wenn Lasgol im Garten hinter dem Haus den Stock warf, schleppte der Hund ihn weg und vergrub ihn.

Eines Tages kraulte Lasgol ihm nach zahllosen fruchtlosen Versuchen den Kopf.

»Warum verstehst du mich nicht? Warum bist du so ungehorsam?«, fragte er, während er ihn streichelte.

Recke genoss die Aufmerksamkeit, aber seine lebhaften Augen verrieten, dass er auch weiterhin nur das tun würde, was er wollte. Lasgol hingegen wollte verstanden werden, denn die Sache frustrierte ihn immer mehr. Er wollte unbedingt, dass sein Freund begriff, was er zu tun hatte und endlich tat, was er ihm sagte.

»Bring mir den Stock«, sagte er zu Recke, wobei er dessen Kopf in beiden Händen hielt und fest die Augen zusammenkniff. »Und verstecke ihn nicht«, warnte er ihn. Dann berührte er mit der Stirn die Stirn von Recke.

Da geschah etwas Unerwartetes. Lasgol hatte ein merkwürdiges Gefühl, ein Prickeln, das durch seinen Körper lief. Ein grüner Blitz drang aus seinem Kopf und seinen Händen. Einen kurzen Augenblick lang registrierte sein Geist eine grünliche Aura rund um den Kopf seines Hundes. Erst später sollte er begreifen, dass er damit dessen Geist wahrnahm. Ohne zu wissen, wie ihm geschah, verband er sich mit der Aura und übermittelte dem Tier seinen Befehl. *Bring mir den Stock. Versteck ihn nicht.* Dann sank er fassungslos zu Boden. Sein Mund klappte auf, er wusste nicht, was er davon halten sollte. Recke saß absolut regungslos vor ihm und betrachtete Lasgol aus großen Augen, ehe er einmal bellte und davonlief. Kurz darauf kehrte er mit dem Stock zurück.

Lasgol war völlig verblüfft.

»Du hast mich verstanden? Nein, das kann nicht sein!«, sagte er. Bestimmt hatte er sich das alles nur eingebildet.

Das konnte nur ein Zufall sein, ja, genau! Deshalb probierte er es gleich noch einmal. Er nahm Reckes Kopf in die Hände, sah ihm in die Augen, konzentrierte sich und sagte:

»Bring mir deine Stoffpuppe.«

Wieder blitzte das Licht auf. Er verband sich mit dem Geist seines vierbeinigen Freundes, um den Befehl zu übermitteln. Recke bellte und jagte davon. Zu Lasgols großem Erstaunen kam er mit der Puppe im Maul zurück.

Der Hund hatte ihn verstanden! Er konnte mit ihm reden! Auch wenn er nicht wusste, was dieser grüne Blitz zu bedeuten hatte und woher das Prickeln kam, konnte er nicht fassen, wie es weiterging. Er probierte seinen neuen Trick noch etliche Male aus, ehe er Dakon davon erzählte. Jeder Versuch verlief erfolgreich!

Als Lasgol seinem Vater erzählte, was er konnte, umwölkte sich dessen Gesicht. Seine Augen wurden düster, und seine Miene war beunruhigt. Er ließ den Jungen die Aufgabe wiederholen und änderte dafür die Befehle für Recke. Jedes Mal verstand das Tier und gehorchte. Plötzlich war Dakon in großer Sorge.

»Hat sich noch eine andere Fertigkeit gezeigt?«, fragte er seinen Sohn.

»Fertigkeit?«

»Dass du etwas kannst, was ein normaler Mensch nicht könnte. Was anderen nahezu unmöglich wäre.«

»Nein. Nur das hier.«

»Und der grüne Blitz, den du angeblich dabei siehst — hast du den schon früher mal bemerkt?«

»Nein. Siehst du ihn denn nicht, Vater?«

»Nein. Ich glaube, den können nur Leute sehen, die die Gabe haben.«

»Oh.«

»Du hast nicht etwa ein ungewöhnliches Ding bei dir? Etwas mit speziellen Kräften? Etwas Verzaubertes?«

»Nein, Vater.«

»Hmm. Dann kann das nur eines bedeuten.«

»Was?«

»Du hast die Gabe. Das Talent.«

Lasgol hatte keine Ahnung, wovon er sprach.

»Einige wenige Menschen, eine kleine begnadete Minderheit, kommen mit einem Geschenk der Eisgötter zur Welt: Sie können Fertigkeiten entwickeln, zu denen alle anderen nicht in der Lage sind. Diese Gabe wird meist als Magie bezeichnet.«

»Magie? Ich kann zaubern?«

»Nicht ganz. Ich meine, dass die Leute das, was du mit Recke gemacht hast, für Magie halten. Und das ist etwas, das nicht gern gesehen wird. Deshalb musst du sehr vorsichtig sein. Du musst es für dich behalten. Die Leute haben Angst vor dem, was sie nicht kennen, was sie nicht verstehen, besonders vor der Magie. Menschen mit der Gabe werden verfolgt und ausgegrenzt. Ich habe Angst um dich. Du darfst es niemandem verraten!«

»Keine Sorge, Vater. Ich sage es niemandem.«

»Sehr gut. Das bleibt unser Geheimnis. Ich kann dir helfen, deine besondere Gabe zu entwickeln, und du versprichst mir, dass du sehr vorsichtig bist.«

»Ich verspreche es, Vater.«

Und genauso war es gekommen. In den darauffolgenden Jahren hatte Dakon seinem Sohn geholfen, einige wenige Fertigkeiten zu entwickeln, die er heimlich und ohne jegliche fremde Hilfe übte. Manchmal brachte er Lasgol Bücher aus den Bibliotheken im Lager der Waldläufer und im königlichen Palast mit, die sie gemeinsam lasen, um herauszufinden, wie sie das, was andere über die Gabe in Erfahrung gebracht hatten, auf seine spezielle Situation übertragen konnten. Das war nicht leicht, denn jeder Mensch war eine Welt für sich, und deshalb äußerte sich die Gabe je nach Person ganz unterschiedlich. Das betraf sowohl die Art und Weise als auch das Ausmaß der individuellen Macht. Dakon wollte nicht das Risiko eingehen, die Eismagier oder andere Magieexperten am Königshof hinzuzuziehen, zumindest nicht, bevor Lasgol etwas größer war und für sich selbst einstehen konnte. Er wollte ihm die Ablehnung ersparen, den Aberglauben und den Neid. Im Zweifelsfall wäre Lasgol nicht der Erste und nicht der Letzte, den man auf dem Scheiterhaufen verbrannte oder steinigte, nur weil er die Gabe besaß.

Daher hatten sie sich mit Versuch und Irrtum vorgetastet und nur langsame Fortschritte gemacht. Die wenigen Fertigkeiten, die Lasgol in sich entdeckt hatte, entwickelte er nicht sehr weit, aber er genoss jeden Moment, den er mit seinem Vater dabei verbrachte. Diese Erinnerungen hütete er wie einen kostbaren Schatz. Nach Dakons Tod und allem, was dann geschehen war, hatte Lasgol beschlossen, die Gabe mit seinem Vater zu beerdigen. Er wollte sie nie mehr benutzen. Sie würde ihm nur noch mehr Scherereien einbrocken, und ohne seinen Vater fehlte ihm der Antrieb, sie weiter zu erforschen. Beim Grab seines Vaters schwor er, sie nie mehr einzusetzen und sein Geheimnis zu hüten. Dieses Versprechen hatte er gehalten. Er hatte die Gabe kaum mehr verwendet — zumindest nicht absichtlich — und hatte niemandem sein Geheimnis verraten. Bis zum Angriff des Bären hatte er an diesem Schwur festgehalten, und er bereute nicht, dass er ihn in diesem Moment gebrochen hatte. Nilsa war in Lebensgefahr gewesen. Er hatte keine Wahl gehabt. Aber jetzt musste er mit den Folgen leben, und genau wie sein Vater ihn gewarnt hatte, verstanden andere es nicht. Nicht einmal seine Teamkameraden.

Er seufzte. Das Tier spürte, wie unglücklich er war, und leckte ihm die Hand.

»Wenigstens habe ich dich.«

Der Kleine lächelte, oder zumindest kam es Lasgol so vor. Er wusste nicht, ob das wirklich ein Lächeln war oder ob einfach sein Mund die Form eines Lächelns annahm, weshalb er ein ewiges sonniges Lächeln im Gesicht trug.

»Ich sollte dir einen Namen geben. Ja, du brauchst einen Namen. Mal sehen ...«

Das Wesen sah ihn aus seinen großen, vorstehenden Augen neugierig an.

»Welcher Name passt zu dir? Mal sehen ... Wie wäre es mit Kreischi?«

Das Tier bewegte sich nicht, sondern sah ihn weiter an.

»Hm. Und was ist mit Lachnase?«

Keine Reaktion.

»Tja ...«

Das Tierchen begann, seine Farbe an seine Umgebung anzupassen, bis es vor seinen Augen verschwand.

»Das macht dir richtig Spaß, was? Wie ein Chamäleon. Genau, ich nenne dich Camu. Gefällt dir das? Camu?«

Augenblicklich tauchte das Tier wieder auf und wippte auf seinen vier Beinen an Ort und Stelle.

»Ich sehe schon, das gefällt dir. Perfekt, dann heißt du ab sofort Camu.«

Das kleine Geschöpf machte einen Salto, landete auf seiner Brust und sah ihm ins Gesicht.

»Hm, ich frage mich ...«, sagte Lasgol nachdenklich in sich hinein, »wenn ich meinen Schwur ohnehin gebrochen habe, kann ich es versuchen.« Konzentriert suchte er in seinem Inneren nach der Gabe. Als er sie fand, aktivierte er sie, denn er wollte mit Camu kommunizieren. Er spürte das vertraute Kribbeln, dann folgte der grüne Blitz. Gleich darauf sah er den Geist seines kleinen Freundes als sattgrüne Aura um dessen Kopf aufscheinen und erteilte ihm einen Befehl: *Mach dich unsichtbar!* Camu sah Lasgol an. Und dann gehorchte er. Er tarnte sich und war nicht mehr zu sehen.

»Hervorragend«, rief Lasgol begeistert.

Er suchte erneut nach dem Geist des kleinen Wesens, um etwas anderes zu probieren. Vielleicht konnte Camu auch ihm etwas mitteilen? Das gelang ihm leider nicht. Anscheinend konnte zwar er selbst eine Botschaft an Camu schicken, aber dieser keine an ihn. Vielleicht wusste Camu aber auch nur noch nicht, wie er das anstellen sollte. *Mach dich wieder sichtbar,* forderte Lasgol ihn auf, und schon tauchte sein Freund wieder auf.

»Sehr gut!«, lobte Lasgol und streichelte seinen Kopf.

Camu leckte an seinem Finger und fiepte vor Vergnügen.

Drei Tage später hatten die vier Waldläufermeister ihre intensiven Beratungen abgeschlossen und ließen die Rekruten zum Hauptquartier rufen.

Dolbarar versammelte die dreizehn Teams und ließ deren

Kapitäne einzeln vortreten. Danach überreichte er jedem das mit Bangen erwartete Pergament mit den Prüfungsergebnissen. Viggo bezeichnete es als »Testament«, weil es davon zeugte, dass sie gestorben waren und sich begraben lassen konnten. Aber Ingrid kam zurück und zeigte den anderen, wie sie abgeschnitten hatten.

	Schießkunst	Tierkunde	Naturkunde	Körperbeherrschung
Ingrid	2	2	2	1
Nilsa	2	2	1	1
Gerd	2	2	1	1
Egil	1	2	2	1
Viggo	2	2	1	2
Lasgol	1	2	2	2

Erneut waren ihre Ergebnisse ziemlich schlecht. Etwas besser als beim letzten Mal, aber jeder von ihnen hatte in zwei Fächern echte Probleme gehabt. Wenn sie nicht deutlich besser werden würden, würde man sie Ende des Jahres bei der gefürchteten Aufnahmezeremonie, bei der Dolbarar die Insignien auswertete, entlassen. Die Holzblätter waren ihr Eintritt für das zweite Jahr. Kupferblätter bedeuteten, dass man gehen musste. Lasgol fürchtete sich ganz besonders davor, dass Dolbarar ihm vor allen anderen und in Gegenwart von König Uthar ein Kupferblatt überreichen könnte. Aus solchen Albträumen schreckte er regelmäßig schweißgebadet hoch. Das Schlimmste war jedoch, dass schon zwei Prüfungen vorbei waren. Damit hatten sie nur noch zweimal die Gelegenheit, die fehlenden Punkte nachzuholen. Wenn sie bei den noch ausstehenden Prüfungen in ihren schwächeren Disziplinen keine drei Punkte errangen, würde es nicht reichen. Dieser Druck machte ihnen zu schaffen. Sie waren enttäuscht und wenig motiviert.

Schlimmer allerdings war für Lasgol, dass die Situation in

seiner Gruppe sich nicht wieder einrenkte. Inzwischen versuchte er nicht einmal mehr, ein Gespräch in Gang zu bringen, denn er war ein ums andere Mal gescheitert. Sie redeten einfach nicht mit ihm. Er beschloss, darauf zu hoffen, dass es allmählich besser werden würde. Mit etwas Glück würde sich etwas ändern, und sie würden ihm wieder mehr vertrauen.

Einige Wochen später stand die Hüttentür offen, als sie vom Essen kamen.

»Gerd!«, rief Egil beim Eintreten.

Sie fanden ihren Freund bewusstlos auf dem Boden vor. Er hatte eine blutende Wunde am Kopf.

»Komm schon, wach auf!«, flehte Egil, der beide Hände um Gerds Kopf legte.

»Was ist denn los?«, fragte Ingrid, die den Lärm gehört hatte und mit Nilsa hereinkam.

»Er ist bewusstlos. Und wir wurden ausgeraubt«, sagte Viggo. Er zeigte auf ihre Kisten, die offenstanden. Der Inhalt war überall auf dem Boden verstreut.

»Ich ... mein Kopf«, klagte Gerd, der nun wach wurde.

»Wer hat dir das angetan?«, fragte Ingrid.

»Ich habe nichts gesehen ... ich kam rein, sah das Chaos ... und dann schlug mir jemand auf den Kopf. Da komme ich einmal früher vom Essen heim!«, fluchte er und fasste sich an den Kopf.

»Er hat nichts gesehen, weil der Einbrecher hinter der Tür stand«, sagte Viggo. Er kniete bei den feuchten Abdrücken am Boden. »Ein großer Fuß. Von einem Mann mit Lederstiefeln. Kein Soldat, kein Waldläufer ...«

»Seltsam ... Kein Waldläufer ...«, überlegte Ingrid.

»Oder jemand will uns glauben machen, dass es kein Waldläufer war«, meinte Viggo.

»Das kann auch sein«, nickte Nilsa, die sich nervös nach allen Seiten umsah.

»Er wusste genau, was er tat. Unseren Riesen schlägt man nicht so leicht nieder«, stellte Viggo fest.

Gemeinsam halfen sie Gerd auf die Beine. Er war noch immer benommen.

»Lass mal sehen«, sagte Ingrid und untersuchte die Wunde. »Es ist gar nicht so schlimm. Viel Blut, ja, aber nicht sehr tief. Ein paar Stiche, und du bist wieder wie neu.«

»Ein Glück«, atmete Nilsa auf. »Du hast uns einen schönen Schrecken eingejagt!«

»Mir selbst aber auch«, grinste Gerd.

Sein breites Lächeln beruhigte die anderen.

»Hier, drück das auf die Wunde.« Ingrid gab ihm ein sauberes Tuch.

»Nilsa, sieh du dich bei uns drüben um.«

Lasgol war so um Gerd besorgt gewesen, dass ihm bisher gar nicht aufgefallen war, dass die Truhe, in der er Camu zurückgelassen hatte, umgekippt vor seinem Bett lag. Jetzt begann er zu suchen.

»Wo bist du, Kleiner?«

Er durchsuchte die auf dem Boden verstreuten Sachen, konnte ihn aber nicht finden. Die anderen sahen ihm wortlos zu. Schließlich räumte er seine Sachen wieder in die Truhe zurück. Erst da fiel ihm auf, dass das Geschenk seines Vaters fehlte.

»Die Schatulle ... und das Ei ... Sie sind weg!«

»Das hat etwas mit ihm zu tun«, sagte Viggo anklagend. Er zeigte auf Lasgol.

»Das können wir nicht mit Sicherheit feststellen«, wandte Egil ein.

Da tauchte auf Egils Bett das kleine Reptil auf. Mit einem gewaltigen Satz sprang es Lasgol an die Brust.

»Hallo, mein Kleiner! Ich habe mir solche Sorgen gemacht.«

Camu kletterte zu seinem Gesicht hoch und leckte ihm die Wange.

»Und prompt ist die kleine Kröte da«, sagte Viggo angewidert.

Da kam Nilsa zurück.

»Bei uns sieht es genauso aus. Es ist alles durchwühlt.«

»Na gut. Ihr fasst hier nichts mehr an«, befahl Ingrid. »Nilsa und ich bringen Gerd zur Heilerin und berichten Oden, was passiert ist. Ihr wartet hier, bis wir wieder da sind.«

Und damit zogen sie ab.

Der Oberausbilder kam in Begleitung von gleich drei Waldläufern, die die Hütte von oben bis unten absuchten. Lasgol behielt die Hände hinter dem Rücken und verbarg Camu darin. Wieder nutzte er seine Gabe, um mit dem Geschöpf zu kommunizieren. Inzwischen fiel ihm das leichter. *Still. Keinen Mucks. Bleib unsichtbar,* wies er es in Gedanken an. Camu gehorchte. Er hielt absolut still und zeigte sich nicht. Als Gerd, Ingrid und Nilsa zurückkamen, befragte Oden alle nacheinander sehr ausführlich.

Der Ausbildungsleiter war außer sich und lief von einem Ende der Hütte zum anderen. Er versuchte, den Vorfall herunterzuspielen — es sei nur ein schlechter Scherz von einem der rivalisierenden Teams oder von Leuten aus dem vierten Ausbildungsjahr, die so etwas für witzig hielten. Die Spuren hätten sie absichtlich hinterlassen, aber die Nerven verloren, als sie von Gerd überrascht wurden. Der hätte sie sonst erkannt und sie wären rausgeworfen worden.

Lasgol konnte diese Erklärung nicht überzeugen, und die anderen schienen ebenfalls ihre Zweifel zu haben. Aber natürlich hatte niemand Oden erzählt, dass die Schatulle mit dem Ei von Lasgols Vater verschwunden war. Viggo war der Einzige, der Einspruch erhob, aber Oden wollte nichts weiter hören.

Nachdem der Oberausbilder gegangen war, wandte Viggo sich an die anderen.

»Ihr glaubt das auch nicht, oder?«

Ingrid schüttelte den Kopf.

»Das hat etwas mit ihm und seinen schwarzen Künsten zu tun, sage ich euch.« Viggo klagte Lasgol jetzt offen an.

»Das sind keine schwarzen Künste«, begehrte Lasgol auf.

»Du hältst die Klappe«, fuhr Viggo auf. »Dich hat keiner gefragt!«

»Vermisst denn noch jemand etwas aus seinem persönlichen Besitz?«, fragte Egil.

Die anderen schüttelten den Kopf.

»Mir fehlt auch nichts«, sagte Egil. »Das bedeutet, dass wir tatsächlich davon ausgehen können, dass dieser Vorfall etwas mit Lasgol oder seinem Tier zu tun hat, denn das gestohlene Objekt ist die Schatulle mit der Eierschale.«

»Sag ich doch!«, rief Viggo aus.

Ingrid sah Lasgol fest in die Augen.

»Das hat etwas mit dir zu tun. Damit, wer du bist. *Was* du bist. Halte dich von uns fern. Du bist ein Risiko für uns andere, du bringst uns in Gefahr.«

Ingrids Worte trafen Lasgol wie Peitschenhiebe, aber innerlich wusste er, dass sie recht hatte.

»Ja. Ich verstehe«, sagte er und ließ den Kopf hängen.

Damit war alle Hoffnung, dass die Dinge besser werden könnten, dahin. Sie hatten ihm schon vorher nicht mehr vertraut, doch jetzt, nachdem Gerd verwundet worden war, war es noch schlimmer. Lasgol seufzte, denn auch er war davon überzeugt, dass der Vorfall etwas mit ihm zu tun hatte. Dass er seine Kameraden in Gefahr brachte, war schrecklich für ihn. Er musste tun, was Ingrid verlangt hatte, und sich von den anderen möglichst fernhalten. Wenn ihnen durch seine Schuld etwas zustoßen sollte, würde er sich das nie verzeihen. *Bitte, lasst nicht zu, dass ihnen meinetwegen etwas Schlimmes passiert,* betete er zu den Eisgöttern. Dennoch konnte er die bösen Vorahnungen nicht abschütteln.

Der Herbst tauchte die Wälder in unzählige Ockertöne. Die grünen Blätter färbten sich altersbraun, wurden immer trockener und rieselten schließlich herab oder wurden vom zunehmenden und täglich kälter werdenden Wind mitgerissen. Zugleich boten Wälder und Seen einen atemberaubenden Anblick. Bald kam der erste Schnee hinzu, der erst nur die Gipfel der Berge zierte, aber ganz allmählich auf das weite Tal mit dem Lager auf seinem Grund zurückte.

Lasgol blieb es schwer ums Herz. Den ganzen Sommer hindurch hatte nur Camu ihm Gesellschaft geleistet. Er dankte den Eisgöttern für seinen kleinen Freund, der ihn abends aufmunterte, wenn er erschöpft vom Unterricht kam. Seine Teamkameraden schnitten ihn weiterhin und redeten nur das Allernötigste mit ihm. Auch außerhalb seines Teams wurde er von allen gemieden, mit einer Ausnahme: Astrid. Sie war die Einzige, die hin und wieder ein freundliches Wort für ihn übrighatte, wofür er ihr zutiefst dankbar war.

Inzwischen schienen sich die Tage dahinzuschleppen, die Zeit wollte einfach nicht vergehen. Gleichzeitig aber sanken die Temperaturen immer tiefer, der Himmel wurde grauer, und der Herbst neigte sich dem Ende zu. Der Winter nahte mit schnellen Schritten. Und mit dem Verstreichen des Herbstes rückte auch die gefürchtete Herbstprüfung näher. Lasgol wusste, dass sie schwer werden würde, schwerer als die vorherigen Prüfungen, denn so verlangte es der *Weg des Waldläufers,* wie Oden stets sagte. »Jede Prüfung muss schwerer sein als die vorherige. Ein Waldläufer muss in der Lage sein, jedes Hindernis zu überwinden, das sich ihm in den Weg stellt.«

Schließlich versammelten sich die dreizehn Teams wieder vor dem Hauptquartier, wo Dolbarar die Ansprache für die Prüfung hielt. Dieses Mal konzentrierte er sich ganz darauf, ihnen Mut zu machen. Inzwischen seien sie schon ein Dreivierteljahr im Lager, und nach dieser Prüfung würden sie in die Endphase eintreten, den Winter. Er spornte sie an und versuchte, sie gleichzeitig zu beruhigen. Nach all der Anstrengung bisher wollte natürlich niemand scheitern. Dennoch würden einige es nicht schaffen, und das belastete sie. Dolbarar wünschte ihnen viel Glück und schickte sie in die Prüfungen.

Zunächst erfolgten wieder Einzelprüfungen. Lasgol und die anderen Schneepanther begannen in der Schule der Schießkunst. Die Fragen von Meisterin Ivana wirkten auf den ersten Blick gar nicht so schwer, hatten es aber in sich, denn man musste genau auf die Formulierung achten, um sich nicht irreführen zu lassen. Außerdem waren es diesmal sechzig Fragen, also doppelt so viele wie bisher. Lasgol hatte seine liebe Not.

Die praktische Prüfung begann mit einem Zweikampf. Den ganzen Herbst hatten sie sich im Umgang mit dem Beil geübt, das dazu diente, Waffen, einen Unterstand oder anderes Nützliches herzustellen, und notfalls auch zum Kämpfen taugte. »Ein Waldläufer hat stets sein Messer parat und trägt die Waldläuferaxt im Gürtel« — so verlangte es der *Weg des Waldläufers*. Ihre Waffen waren speziell auf den Bedarf der Waldläufer ausgerichtet. Das Messer hatte eine glatte Schneide auf der einen Seite und eine gezähnte auf der anderen. Die Axt war leicht und damit auch zum Werfen geeignet. Sie war ganz aus Stahl und ließ sich auch als Hammer einsetzen.

In der Prüfung musste sich Lasgol mit Messer und Wurfaxt gegen einen Ausbilder behaupten. Er schlug sich gar nicht so schlecht, auch wenn er Mühe hatte, seinen Gegner zu erreichen, und für jeden vergeblichen Angriff kräftig Prügel bezog. Am liebsten hätte er seine Gabe benutzt, aber er hatte gelobt, dies nur im äußersten Notfall zu tun. Außerdem wäre es ihm wie Betrug vorgekommen, in der Prüfung darauf zurückzugreifen, denn die anderen seines Jahrgangs hatten diesen Vorteil nicht. *Nein, ich werde nicht mogeln und auf die Gabe zurückgreifen. Ob ich bestehe oder nicht, soll auf meinen eigenen Leistungen beruhen.*

Die zweite Prüfung in Schießkunst war richtig schwer. Wochenlang hatten sie geübt, auf schwingende Ziele zu schießen, indem sie einen ausgehöhlten Kürbis an einer Schnur an einen Ast gehängt und in Bewegung versetzt hatten. Das allein war kompliziert genug, weil ihr Ziel eine Pendelbewegung vollführte, aber in der Prüfung schwangen nun zwei Kürbisse in entgegengesetzte Richtungen. Lasgol brauchte all seine Konzentration, denn er hatte nur sechs Schuss, musste aber drei Treffer landen. Die ersten beiden Pfeile gingen daneben, weil die gegenläufige Bewegung ihn irritierte. Er musste sich zusammenreißen. Dann achtete er nur noch auf die Bewegung des einen Kürbis, blendete den zweiten aus und schoss. Getroffen! Bei der Wiederholung ging es jedoch schief. Jetzt konnte er sich keinen Fehlschuss mehr erlauben, sonst würde er hier durchfallen. Er sah das hämische Lächeln des Ausbilders, atmete tief durch und beruhigte sich. Diesmal zielte er sehr sorgfältig und balancierte sich gut aus. Schuss. Der Pfeil sirrte davon. Treffer! Erleichtert atmete er auf. Mit allergrößter Sorgfalt wiederholte er sein Vorgehen. Treffer! Der Ausbilder fluchte in sich hinein, aber Lasgol hatte bestanden.

An der Schule der Tierkunde wartete Esben der Bändiger auf die Gruppe. Zum Auftakt gab es sechzig Fragen zur Tierwelt, die nicht leicht waren. Dieses Mal hatte Lasgol teilweise Schwierigkeiten.

Die praktische Prüfung in diesem Fach machte ihn glücklich, obwohl sie sehr schwer war. Erst durften sie ihr Können als Falkner unter Beweis stellen. Den ganzen Herbst hindurch hatten sie gelernt, wie man diese herrlichen Vögel abrichtete. Es gab keine besseren Jäger der Lüfte, keiner war schneller und wendiger als ein Falke. Esben zufolge war er das schnellste Geschöpf in ganz Tremia. Die Schwierigkeit bestand darin, die Falken dazu zu bringen, dass sie einen verstanden und gehorchten. Das Exemplar, das man Lasgol für die Prüfung übergab, war wunderschön. Es war ein großes Weibchen mit blaugrauem Schnabel und weißem, dunkel gesprenkeltem Brust- und Bauchgefieder. Der Kopf war schwarz, der Bartstreif ebenfalls. Ein prachtvolles Tier!

Für die Prüfung sollte Lasgol mit dem Vogel jagen, aber es ging um eine spezielle Beute. Der Falke war darauf abgerichtet, Tauben und Raben im Flug zu schlagen und zu seinem Waldläufer zu bringen. Auf diese Weise fingen sie feindliche Botschaften ab. Das Weibchen reagierte bereitwillig auf Lasgols Kommandos und brachte ihm eine Brieftaube und einen Raben, die jeweils eine Botschaft am Fuß trugen. Damit hatte Lasgol den Test bestanden. Die anderen hatten weniger Glück. Viggos Falke gehorchte nicht, und Nilsas Tier beschloss, seine Beute lieber selbst zu fressen, anstatt ihr den Vogel mit der Botschaft zu bringen.

Danach ruhten sie sich kurz aus und aßen etwas, ehe es in der Schule der Naturkunde weiterging. Hier erwartete sie Eyra die Weise. Die sechzig Fragen zu Pflanzen, Kräutern, Wurzeln, Pilzen und deren jeweiligen heilenden oder giftigen Eigenschaften waren komplex, aber Lasgol konnte sie ziemlich gut beantworten.

Die praktische Prüfung bestand aus zwei Teilen. Zuerst mussten sie eine desinfizierende Salbe und ein zweites Präparat zur raschen Blutstillung und Heilung leichter Wunden zubereiten. Das war ziemlich aufwändig, aber sie hatten viel geübt, und dieses Mal gelangen Lasgol beide Zubereitungen gut.

Für den zweiten Prüfungsteil mussten sie aus einigen wenigen Materialien eine Falle bauen. Dafür lagen Zweige, Holzstäbe, ein Stück Leder und ein Waldläufermesser bereit, und damit war Lasgol ganz in seinem Element.

Als er ging, forderte Eyra ihn auf, die Salben und die hergestellten Fallen mitzunehmen, denn sie waren wertvoll, und es wäre eine Schande, sie wegzuwerfen.

In der letzten Einzelprüfung des Tages ging es um Körperbeherrschung. Haakon der Unfassbare sorgte dafür, dass sie sich an diesen Tag lange erinnern würden. Erst schickte er sie zehn Runden um den See. Lasgol bewältigte diese Tortur, sah jedoch, dass etliche andere zurückfielen und es nicht schafften. Egil und Gerd waren am Ende so erledigt, dass sie sich übergaben, waren aber zu stolz, um aufzugeben. Nilsa war ebenfalls völlig erschöpft, nur Ingrid wirkte unbesiegbar.

Für den zweiten Teil der praktischen Prüfung mussten sie sich im Unterholz gut tarnen. Dazu standen ihnen nur das Messer, ihre Umgebung und absolutes Stillhalten zur Verfügung — der Ausbilder sollte sie nicht entdecken können. Tarnen und den »Chamäleonmodus« hatten sie wochenlang geübt. Lasgol lief zum Fluss, legte den roten Umhang ab und rieb seinen ganzen Körper mit Schlamm ein, besonders Gesicht, Kopf und Hände. Dann schnitt er mit dem Messer Farn, Zweige und Kräuter ab, mit denen er seinen Körper so bedeckte, dass er kaum bemerkbar wäre. So hockte er sich ins Unterholz, hielt absolut still und verschmolz mit seiner Umgebung. Der Ausbilder lief an ihm vorbei. Nach drei Schritten blieb er stehen und suchte das Gelände gründlich ab. Lasgol rührte keine Wimper und hielt den Atem an. So konnte er ihn täuschen. Er wurde nicht bemerkt. Aber nach der vorherigen Anstrengung wurde die Anspannung der reglosen Haltung irgendwann zu viel, sein Körper ließ ihn im Stich. Er musste sich kurz rühren, weil er das Gleichgewicht verlor. Dabei entdeckte man ihn, aber der Ausbilder wertete die Prüfung als bestanden. Lasgol atmete auf. Er war vollkommen ausgepumpt.

Nach dieser Prüfung schleppten sie sich in die Hütte zurück. Sie waren so müde, dass sie nicht einmal mehr reden konnten, doch die unbeugsame Ingrid lief noch einmal zum Speisesaal und holte allen etwas zu essen. Sie waren so überanstrengt, dass sie kaum etwas herunterbrachten, wussten aber, dass sie wieder zu Kräften kommen mussten. Am Ende schlief Lasgol mit Camu in der einen Hand und einem Stück

Brot in der anderen ein, und Gerd hing im Schlaf noch ein Stück Trockenfleisch aus dem Mundwinkel.

Viel zu schnell brach der Morgen an und mit ihm die Teamprüfung. Oden riss sie mit seiner infernalischen Flöte aus dem Schlaf und führte die Teams zum Hauptquartier. Dort stellten sie sich auf, und er rief die Kapitäne zu sich.

Diesmal durften die Gruppen nur ihr Messer und die Waldläuferaxt mitnehmen, sonst nichts. Oden übergab jedem Kapitän eine Karte.

»Auf mein Zeichen geht es los. Ihr kennt die Regeln. Ich erwarte euch an der Ziellinie. Ihr müsst vor Sonnenaufgang eintreffen.« Er hob den Arm und gab das Signal.

Ingrid breitete die Karte aus, warf einen Blick darauf und wies nach Osten.

»Los, Schneepanther!«

Sie setzte sich in Bewegung, und die anderen folgten ihr. Sie ließen das Lager hinter sich, durchquerten den ersten Wald, liefen an einem See entlang und durchquerten ein offenes Gelände. Bald gelangten sie an einen breiten Fluss.

»Müssen wir hinüberschwimmen?«, fragte Gerd.

»Sucht den Waldläuferschal«, befahl Ingrid.

Als sie den Bereich absuchten, fanden sie Fußspuren am Ufer, denen sie folgten, bis sie den Schal fanden, der halb im Schlamm steckte. Früher hätten sie ihn einfach übersehen, aber das Training zeigte erste Früchte, denn sie waren in der Lage, Spuren und Dinge fast instinktiv schon von weitem wahrzunehmen. In den Schal war die zweite Karte eingewickelt, die nähere Anweisungen erhielt.

»Was steht da?«, wollte Viggo wissen.

»Wir sollen eine Konstruktion bauen, mit der wir den Fluss überqueren», sagte Ingrid.

»Ein Boot? Sind wir bekloppt?«, rief Viggo aus.

»So steht es da. Die Anweisung ist präzise«, bestätigte Egil.

»Bei den Eisgöttern!«, fluchte Viggo.

»Ach, so schwer ist das gar nicht. Wir haben doch alle möglichen norghanischen Boote durchgenommen«, meinte

Nilsa. »Und wir wissen, wie man sie macht.«

»Aber wir haben kein Werkzeug«, stellte Gerd fest.

»Und kein Material«, sagte Ingrid.

»Hm. Das ist nicht ganz richtig«, überlegte Egil. »Wir haben unsere Beile und Messer. Das sind Werkzeuge. Und wir haben einen ganzen Wald, der bietet reichlich Baumaterial.«

»Und wie willst du daraus ein Boot bauen?«, beharrte Viggo.

»Mit Intelligenz«, sagte Egil und tippte mit dem Finger an seinen Kopf. »Wir brauchen eine schwimmende Konstruktion. Mehr steht da nicht.«

»Was hast du im Sinn?«, fragte Ingrid verwundert.

»Wir bauen ein Floß. Das ist einfach, und damit kommen wir nach drüben.«

»Du bist so schlau! Ich könnte dich knutschen«, strahlte Ingrid.

Egil wurde rot. »So schlau nun auch wieder nicht.«

»An die Arbeit!«

Gemeinsam fällten sie acht nicht zu dicke Bäume für ein Floß, das für mindestens einen von ihnen reichen müsste, hackten die Äste ab und legten sie nebeneinander. Dann suchten sie Ranken, mit denen sie die Stämme zusammenbanden, nutzten aber auch die Mäntel und die Tuniken der Jungen, um dem Floß mehr Festigkeit zu verleihen. Schließlich folgte die Schwimmprobe. Es schien oben zu bleiben. Sie schoben das Floß ins Wasser und stiegen sehr vorsichtig darauf, indem sie sich langsam von außen nach innen vorarbeiteten. Die Strömung trug sie flussabwärts, obwohl sie mit den Armen mit aller Kraft ruderten. So überquerten sie den Strom, bis sie nach einer langen Diagonale das andere Ufer erreichten. Alle sechs stiegen ab, doch da setzte sich das Floß wieder in Bewegung und wurde vom Wasser davongetragen. Sie hatten ihre Mäntel und die Tuniken verloren.

»Das wird eine kalte Nacht«, stellte Viggo trocken fest, als er das Floß mit ihrer Kleidung verschwinden sah.

»Ich nehm dich in die Arme und wärme dich«, bot Gerd

breit grinsend an.

»Bäh! Vergiss es!«, schimpfte Viggo prompt und rückte von seinem Kameraden ab, der beide Arme ausbreitete und seine breite, nackte Brust präsentierte.

Ingrid lachte laut los.

»Hier, nimm meinen Mantel«, sagte sie.

Viggo warf sich ihren Umhang über.

»Meinen könnt ihr auch haben«, sagte Nilsa.

»Für Egil«, sagte Gerd.

Lasgol nickte. »Ich kann aus den Waldläuferschals eine Tunika machen«, meinte er.

»Damit ist nur noch unser Riese halbnackt«, sagte Viggo.

»Da fällt uns schon noch etwas ein«, tröstete Ingrid. »Kommt, lasst uns weitergehen.«

Dicht am Fluss fanden sie den Waldläuferschal mit der nächsten Karte. Beides war mit einem Messer in einen Baumstumpf gerammt worden. Lasgol nahm den Schal an sich, knotete die Enden zusammen und fertigte eine Art Tunika daraus.

»Das war viel zu offensichtlich«, sagte Viggo misstrauisch.

»Mal sehen, was uns als Nächstes erwartet«, sagte Ingrid, die bereits die Karte studierte.

»Was steht denn da? Wo müssen wir hin?«, fragte Nilsa.

»Nirgendwohin«, sagte Ingrid.

»Was?«

Ingrid zeigte ihnen die Karte, die lediglich ihre aktuelle Position markierte, sonst nichts.

»Das reicht jetzt!«, fluchte Viggo. »Sie haben den Verstand verloren. Was sollen wir ohne Karte anstellen?«

Daraufhin nahm Egil sich die Karte vor und prüfte den genauen Wortlaut.

»Da steht: ›Der Spur des Waldläufers folgen‹.«

»Was für einer Spur?«, sagte Viggo. Er sah sich um.

»Was für ein Waldläufer?«, fragte Nilsa, die weit und breit niemanden entdeckte.

Lasgol ging in die Hocke und untersuchte die Erde rund

um den Baumstumpf. Zunächst fand er nichts, aber dann entdeckte er doch einen halben Fußabdruck. Er sah genauer hin und betastete ihn.

»Der stammt von einem Waldläuferstiefel. Zwei Tage alt.«

»Sie wollen, dass wir dieser Spur folgen? Wie sollen wir das anstellen?«, brauste Viggo auf.

»Indem wir sehr genau hinsehen«, sagte Egil mit einem feinen Lächeln.

»Aber er hat seine Spur bestimmt verwischt«, wandte Nilsa ein.

»Wir finden sie«, beschloss Ingrid. »Koste es, was es wolle.«

»Am besten fächern wir in zwei Schritten Abstand aus und durchkämmen das Gebiet parallel. Dann können wir mehr Gelände abdecken«, schlug Egil vor. »Lasst uns langsam vorrücken, alle sechs gleichzeitig. Wer etwas findet, sagt Bescheid.«

»Gut«, stimmte Ingrid zu. »Ihr habt Egil gehört. Ausfächern.«

Langsam rückten die sechs in Richtung Wald vor. Nilsa sollte Recht behalten: Der Waldläufer, dem sie folgen sollten, hatte seine Spur sorgfältig versteckt. Nur hin und wieder entdeckten sie einen Hinweis, doch wann immer sie befürchteten, die Spur verloren zu haben, war Lasgol in der Lage, sie wiederzufinden. Hier ein Abdruck, dort ein abgeknickter Zweig, dann eine Markierung an einem Baum. Irgendwann registrierte Egil, dass die Zeichen in bestimmten Abständen gesetzt waren. Das war eine große Hilfe, denn jetzt wussten sie, in welcher Entfernung sie weitersuchen mussten. Dank Lasgol und Egil erreichten sie bald einen Wasserfall mit einem kleinen See.

»Und jetzt?«, fragte Ingrid.

»Hier müsste die nächste Spur sein«, sagte Egil.

»Sie verschwindet im Wasser«, stellte Lasgol fest. Er zeigte auf einen letzten Abdruck am Ufer des Sees.

»Im Wasser? Und was machen wir nun?«, fragte Nilsa.

»Baden gehen?«, schlug Gerd fröhlich vor, der ohnehin schon ab dem Gürtel unbekleidet war.

Egil nickte.

Gerd stieg in den See und tauchte eine Weile ab. Als er wieder hochkam, hingen Seerosen und Schlingpflanzen von seinem Kopf und seinen Schultern.

»Was für ein Anblick!«, prustete Nilsa los.

»Hast du etwas gefunden?«, fragte Ingrid.

»Nein, nur Schlamm und Wasserpflanzen.«

»Sieh dir den Wasserfall genauer an«, riet ihm Egil.

»Den Wasserfall?«

»Den Bereich dahinter, genauer gesagt.«

Gerd sah ihn verwundert an, drehte sich aber zum Wasserfall um, nickte und schwamm hinüber. Als er dort war, tauchte er wieder ab. Einen langen Augenblick blieb er verschwunden.

»Er wird doch nicht ertrunken sein?«, fragte Nilsa irgendwann angespannt.

Egil schüttelte den Kopf.

»Ich wäre mir da nicht so sicher«, meinte Viggo. »Unser Riese ist nicht gerade eine geborene Sirene.«

»Ich gehe ihn holen«, beschloss Ingrid besorgt. Sie schickte sich an, ins Wasser zu steigen, doch in diesem Augenblick kam Gerd wieder hoch. Mit einem großen Lederbeutel in der Hand schwamm er zu ihnen zurück.

»Hinter dem Wasserfall ist eine Höhle!«, rief er prustend.

Egil lächelte. »Das dachte ich mir.«

Gerd stieg aus dem See. »Bitte sehr«, sagte er und reichte ihnen den Beutel, den sie sofort öffneten.

Darin fanden sich der nächste Waldläuferschal und eine Glasröhre, die Egil vorsichtig aufmachte. »Da steckt eine Karte drin!«

»Na, endlich!«, strahlte Ingrid.

Während sie die Karte begutachteten, schnitt Lasgol den Beutel auf und fertigte daraus und aus dem letzten Waldläuferschal ein Hemd für Gerd an. Es bedeckte ihn nicht vollständig, bot aber zumindest behelfsmäßig Schutz vor der Kälte.

Nilsa fing an zu lachen.

»Du siehst aus wie ein zerlumpter Bettler«, kicherte sie, während sie ihn umkreiste.

»Wir sind wirklich ein jämmerlicher Anblick«, stellte Ingrid fest, während sie die anderen erschüttert betrachtete.

»Der Anschein täuscht.« Egil zwinkerte ihr zu.

»Na los, Leute, vorwärts!«, rief Ingrid.

Eine ganze Weile folgten sie der Karte. Sie liefen hinter Ingrid her, die das Tempo angab, erst Nilsa und Viggo, dann Egil und Gerd und Lasgol wie so häufig am Ende. An diese Formation hatten sich alle so gewöhnt, dass sie ihnen wie selbstverständlich vorkam.

Bald erreichten sie ein breites Feld mit zwei großen Felsen in der Mitte.

»Wo ist der nächste Hinweis?«, fragte Viggo, der sich nach allen Seiten umsah.

»Die Karte markiert diesen Punkt«, sagte Egil. Auch er schaute sich gut um.

»Aber hier ist nichts«, sagte Nilsa. »Nur die beiden Felsen.«

»Sehen wir uns die mal näher an«, meinte Gerd und ging hinüber.

Lasgol hingegen suchte die gesamte Umgebung ab, bis er in einiger Entfernung etwas bemerkte: Auf einer Seite stand eine einzelne Eiche, während der Rest des Waldes aus Tannen bestand. Auf diesen Baum ging er zu. Abgesehen von der Baumart war die Eiche unauffällig. Lasgol untersuchte die Äste und das Herbstlaub. Nichts. Aber die besondere Position ... Er folgte seinem Bauchgefühl, bückte sich, und da entdeckte er tatsächlich etwas zwischen den Wurzeln. Es war der Waldläuferschal mit der Karte mit den Anweisungen! Sofort rief er seine Kameraden.

»Wie hast du das gemacht? Hast du wieder deine besonderen Fähigkeiten eingesetzt?«, fragte Viggo argwöhnisch.

»Ich hoffe, du hast keine dreckige Magie benutzt«, warnte Nilsa, die drohend die Fäuste ballte.

»Nein, habe ich nicht. Die Felsen waren der offensichtlichste Ort. Zu offensichtlich. Das war ein Täuschungsmanöver, damit wir Zeit verlieren.«

»Wahrscheinlich hast du von Anfang an dein Talent genutzt, um die Prüfungen zu bestehen«, knurrte Viggo.

»Nein, habe ich nicht. Und ich habe es auch nicht vor.«

»Klar, und das soll ich dir glauben!«

»Wenn du mir nicht glauben willst, ist das dein Problem, nicht meins.«

»In Wahrheit bist du unser Problem«, warf Ingrid ein. »Du bist ein Schneepanther, und das macht dich zu unserem Problem.«

»Ich will niemandem Probleme bereiten.«

»Das fällt dir etwas spät ein«, grollte Viggo.

»Was steht denn da?«, fragte Egil, um die Diskussion zu beenden.

»Wir sollen das Gegengift gegen den Biss der Silberotter zubereiten.«

»Das wird nicht leicht«, sagte Gerd. Er versuchte, sich an die Instruktionen der weisen Eyra zu erinnern.

»Wer kennt die Zutaten?«, fragte Ingrid.

Alle sahen Egil an.

Er wurde rot. »Ja, klar, ich kenne sie.«

»Sehr gut. Macht euch an die Arbeit«, sagte sie und teilte die Aufgaben zu.

Egil teilte ihnen mit, was sie brauchten, und dann gingen alle auf die Suche, während er Feuer machte. Bald kamen sie zurück, zuletzt Viggo, der gewisse Schwierigkeiten gehabt hatte, das benötigte Baumharz zu finden.

»Ich musste halb Norghana durchqueren, bis ich es hatte«, schimpfte er.

»Weil du blinder als ein Maulwurf bist«, sagte Ingrid.

Viggo verzog das Gesicht. Prompt lachten Gerd und Lasgol los.

Egil nutzte das Glasgefäß aus dem Wasserfall zum Anmischen und setzte es aufs Feuer.

»Und jetzt? Wie lange müssen wir warten?«, fragte Ingrid.

»Wir müssen so lange rühren, bis es bläulich wird«, sagte Egil.

»Wir können nicht ewig hier rumsitzen. Das kostet uns zu viel Zeit«, sagte Ingrid, die besorgt den Himmel beobachtete. Die Dämmerung brach schon herein.

»Ich kann zurückbleiben und weiterrühren. Wenn es fertig ist, komme ich nach«, bot Lasgol an.

»Gut. Bring das zu Ende und triff uns im Osten am ersten See«, sagte Ingrid. »Und nicht bummeln. Wenn ich zurückkommen muss, um dich zu holen, wirst du es bereuen.«

»Keine Sorge. Ich komme euch sofort nach.«

Gerd warf ihm noch einen besorgten Blick zu, als die anderen losliefen.

Bald wurde es Nacht im Wald, und Lasgol war in der Stille so einsam zumute, dass ihn allmählich der Mut verließ. Schließlich aber war der Trank fertig, und er atmete auf. Er nahm ihn vom Feuer und stellte ihn zum Abkühlen zur Seite.

»Ich sehe, deine Kameraden haben dich zurückgelassen«, sagte plötzlich eine tiefe Stimme hinter ihm. »Das erleichtert mir einiges.«

Überrascht fuhr Lasgol herum und sah eine Gestalt aus dem Unterholz treten. Sie war in einen dunklen Kapuzenumhang gehüllt, keinen Waldläufermantel.

»Wer bist du?«, fragte Lasgol. Er hatte ein sehr unangenehmes Gefühl.

»Oh, wir zwei kennen uns bereits«, sagte der Fremde.

Die Stimme kam Lasgol irgendwie bekannt vor. Er konzentrierte sich, konnte sie aber nicht zuordnen.

»Erkennst du mich jetzt?«, sagte der Fremde und schlug die Kapuze zurück, worauf sein Gesicht zum Vorschein kam.

»Nistrom! Was machst du denn hier?«, fragte Lasgol verblüfft. Was hatte der Söldner hier zu suchen? Ihre letzte Begegnung war zu Hause in Skad gewesen, als Nistrom im

Kampf mit Schwert und Schild gesiegt und Ulf ihm die Siegertrophäe übergeben hatte.

»Was glaubst, was jemand wie ich hier so macht?«, gab Nistrom mit einem tückischen Lächeln zurück.

Lasgols Gedanken überschlugen sich auf der Suche nach einer Antwort. Nur eines erschien ihm logisch: Nistrom war seinetwegen gekommen. Um ihn zu töten.

»Du warst doch immer nett zu mir!«

Der Mann nickte.

»Ich hatte den Auftrag, dich genau im Blick zu behalten. Und das tat ich.«

»Dazu bist du in unser Dorf gezogen?«

»Ja.«

Lasgol sah zu Boden. »Und jetzt?«

Der Söldner neigte den Kopf und machte eine entschuldigende Geste.

»Du hättest dich nicht den Waldläufern anschließen und deine Nase in Dinge stecken sollen, die niemand aufstören sollte«, sagte er. »Das hätte uns dieses letzte unangenehme Aufeinandertreffen erspart.«

»Du musst das nicht tun«, sagte Lasgol, der verzweifelt einen Ausweg suchte.

»Zu spät. Du bist zu weit gegangen. Das wurde nicht gut aufgenommen. Ich habe Befehl, dich zu töten.«

»Von wem?«

»Von jemandem, der sehr mächtig ist.«

»Der vergiftete Pfeil — warst du das?«

»Kann sein, kann auch nicht sein. Sie wollen dich tot sehen. Vielleicht haben sie noch jemanden bezahlt.«

Lasgol hob begütigend die Hände.

»Ich weiß nicht, was ich getan haben soll, aber ich kann es lassen. Du musst mich nicht töten. Ich habe nichts herausgefunden. Das versichere ich dir.«

»Tut mir leid. Du gefällst mir. Aber du hast sehr mächtige Feinde. Ich muss dich töten, sonst ist mein Leben verwirkt«, sagte der Söldner und nahm Schwert und Dolch zur Hand.

»Nistrom, bitte ...«

»Wehr dich nicht. Ich gewähre dir einen schnellen Tod. Du wirst nicht leiden.«

Lasgol beobachtete ihn genau. Er wusste, wie gut dieser Mann kämpfen konnte. Gegen ihn hatte er keine Chance. Er spürte, wie sich sein Magen zusammenkrampfte. *Ich lasse mich nicht kampflos umbringen. Niemals. Ich kämpfe!* Er zog seine Axt und das lange Waldläufermesser.

Nistrom schüttelte langsam den Kopf.

»Du zögerst es nur hinaus.«

»Ich lasse mich nicht einfach umbringen! Ich werde mich verteidigen.«

»Wie du willst«, sagte Nistrom und rückte entschlossen vor. In seinen Augen stand ein grausamer Ausdruck.

Lasgol suchte nach seiner Gabe, fand die blaue Energie in seiner Brust und griff darauf zu. *Katzenreflexe*, sagte er zu sich. Ein grüner Blitz rann über seinen Körper. Nistrom verlor keine Zeit, sondern machte einen Satz nach vorn, um mit einem gezielten Stoß auf Lasgols Herz anzugreifen. Dank seiner durch die Gabe verstärkten Reflexe konnte dieser wie eine Katze zur Seite springen. Nistroms Schwert traf nur die Luft, aber er zog sofort den Dolch zur Seite, um dem Jungen die Kehle durchzuschneiden. Instinktiv wich dieser zurück, und der Dolch sauste an seinem Gesicht vorbei.

»Was ist das?«, rief Nistrom, als ihm klar wurde, dass hier etwas nicht so lief wie erwartet.

Lasgol antwortete nicht, sondern konzentrierte sich sprungbereit auf die nächste Attacke. Diesmal war es eine Finte, ein Täuschungsmanöver von einem erfahrenen Schwertkämpfer. Der Söldner schlug erst nach Lasgols Bein, und als dieser auswich, schoss das Schwert auf seine Brust los. Lasgol konnte noch nach hinten springen, aber die Finte hatte funktioniert, und er rührte sich einen winzigen Moment zu spät. Er spürte den kalten Stich und dann den Schmerz in der Schulter.

»Wie konntest du diesem Angriff ausweichen? Damit

habe ich schon viele getötet, Männer, die weit mehr Kampferfahrung hatten als du.«

»Waldläuferausbildung«, höhnte Lasgol, um Zeit zu schinden. Seine Schulter blutete.

»Das Blut sollte aus deinem Herzen strömen. Hier stimmt etwas nicht. Kein Waldläufer kann sich so bewegen wie du, schon gar nicht ein Rekrut des ersten Jahres. Was verheimlichst du?«

»Ich bin nur Lasgol, Dakons Sohn. Und ich lasse mich nicht einfach umbringen!«

»Ich habe einen Riecher für krumme Dinger, und hier stimmt etwas nicht. Ich kämpfe und töte schon viele Jahre.«

Unerwartet stach er nach Lasgols Gesicht. Als dieser das Schwert kommen sah, duckte er sich instinktiv. Das Schwert fuhr so knapp über seinen Kopf hinweg, dass es ihn ein paar Haare kostete. Erschrocken suchte er wieder nach seiner Gabe. Ein grüner Blitz raste über seine Hände. Diesmal nutzte er eine Fähigkeit, die er mit Hilfe seines Vaters entwickelt hatte: *Erde werfen*. Er bohrte die Spitze seines Messers in den Boden und schleuderte Nistrom blitzschnell Erde ins Gesicht. Dank seiner Gabe hatte diese Geste eine blendende Wirkung. Der Söldner schlug den Unterarm vor die Augen, als ihm eine dichte Staubwolke entgegenkam.

»Verdammt!«, schrie er und wich ein paar Schritte zurück, weil er nichts mehr sah.

Lasgol nutzte den kurzen Moment in der Hocke, um eine Hand in seinen Gürtel zu stecken, wo noch die Falle aus der Einzelprüfung hing. Eilig stellte er sie auf den Boden, wo er sie mit Hilfe seiner Gabe *Falle verbergen* tarnte. Ein grüner Blitz rann über die Falle. Danach war sie praktisch unsichtbar.

»Ich bin halb blind. Schluss mit den Spielchen!«, fluchte Nistrom, der ein Auge zukniff. Das andere Auge tränte. Dennoch stürmte er los, um Lasgol zu durchbohren, der einen Schritt zurückwich. Nistrom holte mit dem Schwert aus — und trat in die Falle. Es ertönte ein metallisches Geräusch, und der Söldner sah zu Boden. In seinem rechten Fuß steckte ein halbes Dutzend spitzer Dornen.

»Aah!«, ächzte er.

»Lass mich laufen. Du musst das nicht tun«, sagte Lasgol.

»Verdammt! Ich habe Befehl, dich zu töten, und genau das habe ich vor«, sagte der Söldner. Mit einem kräftigen Ruck riss er den Fuß aus der Falle, brüllte dabei aber schmerzerfüllt auf. »Das wirst du mir büßen«, knirschte er, als er den Fuß aufsetzte, um Lasgol zu folgen. Er war auf einem Bein lahm und auf einem Auge blind, gab aber nicht auf. Dazu hatte er zu viel Erfahrung.

Lasgol zog sich zurück. Wie konnte er sich noch verteidigen? Erneut aktivierte er seine Gabe, diesmal das *Affengeschick*. Nistrom holte mit der linken Hand aus und schleuderte den Dolch nach Lasgols Hals. Diesmal bewegte er sich so schnell, dass Lasgol nicht einmal seine Reflexe und seine erhöhte Beweglichkeit halfen. Er konnte sich nur noch nach hinten biegen, um dem Angriff zu entgehen, und beugte dazu die Knie, bis sein Oberkörper parallel zum Boden war. Der Dolch flog über ihn hinweg, aber dabei verlor Lasgol das Gleichgewicht und fiel rücklings ins Gras.

»Jetzt hab' ich dich«, sagte Nistrom und kam näher, um ihn zu erledigen.

»Tu das nicht!«, rief Lasgol und hob flehend die Hand.

Nistrom holte zum Schlag aus.

Lasgol war verloren. Er würde sterben.

Aber der Arm stieß nicht nach vorn, sondern sank unerwartet nach unten.

Verwirrt sah Lasgol auf. Was war geschehen? Da sah er zwei starke Arme, die Nistrom von hinten umklammerten.

»Steh auf, Lasgol, schnell!«, schrie Gerd.

»Gerd!«, rief Lasgol. Mit großen Augen sprang er auf.

»Loslassen!«, knurrte Nistrom erbost, während er gegen Gerds festen Griff ankämpfte. Aber Gerd war so groß und stark, dass der Söldner sich nicht losreißen konnte. Plötzlich beugte er sich vor.

»Vorsicht!«, rief Lasgol noch, doch Gerd sah den Angriff

nicht kommen.

Nistrom richtete sich blitzschnell wieder auf und rammte Gerd seinen Hinterkopf ins Gesicht. Es war, als würde Gerds Nase explodieren, so heftig war der Schmerz. Seine Augen begannen zu tränen und ihm strömte Blut aus der Nase. Er schlug beide Hände vors Gesicht und wich mehrere Schritte zurück.

Damit war Nistrom frei. Er drehte sich um und ging mit dem Schwert auf Gerd los.

Da aber kam Ingrid angerannt und warf sich dazwischen.

»Was fällt dir ein?«, brüllte sie Nistrom an.

»Ich bringe euch alle um!«

»Vergiss es! Nicht, solange ich hier das Kommando habe«, warnte Ingrid mit Nachdruck.

»Tja, dann bist du eben die Erste«, sagte er und griff sie an. Wie eine Löwin verteidigte sich Ingrid mit Axt und Messer gegen das Schwert des Söldners.

»Ich sehe, du kannst kämpfen, aber das wird dich nicht retten.«

Lasgol führte Gerd beiseite, der kaum noch etwas sah und darum ein leichtes Ziel bot. Ingrid hielt ihren Angreifer in Schach, so gut sie konnte, aber dem erfahrenen Söldner war sie nicht gewachsen. Mit einer meisterlichen Drehung seines Handgelenks ließ er Ingrids Axt davonfliegen. Dann folgte eine Finte, und er traf Ingrid an der Hand, sodass sie ihr Messer fallen ließ. Damit war sie unbewaffnet.

Nistrom grinste und wollte sie niederstrecken, doch da sauste etwas von hinten in seinen Arm. Er stöhnte auf. In seinem Arm steckte ein kleiner Dolch!

»Verdammt!«, fluchte er, führte seinen Schlag aber dennoch aus.

Ein Schatten flog über Ingrid hinweg und riss sie nieder. Nistroms Schwert traf jemanden, aber das war nicht Ingrid. Viggo hatte sich schützend davorgeworfen und den Schwerthieb abgefangen. Mit Ingrid rollte er über den Boden, bis sie außer Reichweite des Söldners liegen blieben.

Dieser sondierte die Lage. Er konnte sich nicht mehr richtig bewegen, immer noch nicht wieder gut sehen, und in seinem rechten Arm steckte ein Dolch. Wieder wandte er sich Lasgol zu.

»Ich muss dich töten. Dein Leben oder meins!«

Lasgol machte sich bereit. Da sah er in der Ferne Nilsa und Egil aus dem Wald kommen und herbeilaufen. Sie achteten darauf, die nächtlichen Schatten zu nutzen, um unbemerkt zu bleiben, wie sie es in der Schule der Körperbeherrschung gelernt hatten. Nistrom hatte sie noch nicht entdeckt. Dann aber schien Nilsa zu stolpern und das Gleichgewicht zu verlieren. Wenn sie stürzte, würde Nistrom das hören und sie entdecken! Doch dieses eine Mal gelang es ihr, den Fehltritt auszugleichen und ein Fallen zu verhindern.

»Wenn du mich töten willst, bitte sehr. Ich warte«, höhnte Lasgol, breitete die Arme aus und zeigte Axt und Waldläufermesser, um die Aufmerksamkeit des Mannes auf sich zu lenken.

Nistrom kam näher und wechselte das Schwert für den nächsten Angriff in die linke Hand. Überrascht duckte Lasgol sich gerade noch weg, sodass das Schwert nur sein Ohr streifte. *Er ist Beidhänder! Kann man ihm denn gar nicht beikommen? Er ist auf alles vorbereitet.* Mit links führte der Söldner das Schwert fast so geschickt wie zuvor mit rechts. Lasgol wich den Stichen und Scheinangriffen bestmöglich aus, wusste aber, dass es jeden Moment aus sein konnte.

Er setzte alles auf eine Karte. Nach einem Schritt zurück hob er den Dolch zum Wurf. Nistrom sah die Geste und hielt sich bereit. Seine Augen, die schon so viele Kämpfe gesehen hatten, glänzten vor Zuversicht, denn er würde Lasgols Angriff entgehen.

»Jetzt!«, schrie dieser und warf mit aller Kraft.

Nistrom wich dem Angriff wie erwartet aus. Womit er nicht gerechnet hatte, waren die anderen beiden Messer, die von hinten auf ihn zu sausten. Im selben Moment wie Lasgol hatten aus den Schatten auch Nilsa und Egil geworfen. Nilsas

Dolch hatte sich tief in seinen Rücken gebohrt. Der Mann fuhr herum, und Egils Messer streifte noch sein Gesicht.

»Ihr Biester!«, schrie er erneut und warf sich nach hinten.

»Axt!«, rief Lasgol.

»Nein!«, schrie sein Feind.

Aber die drei Äxte flogen auf ihn zu, und Nistrom stand im Fadenkreuz. Egils Wurf konnte er noch ausweichen, doch die Axt von Lasgol grub sich in seinen Rücken und die von Nilsa in seine Brust. Schwankend machte er einen Schritt zur Seite, ließ das Schwert fallen und sank zu Boden.

Einen Augenblick standen alle wie angewurzelt da und beobachteten, ob Nistrom noch einmal hochkommen würde. Doch das tat er nicht. Vorsichtig ging Lasgol zu ihm hinüber, hob das Schwert auf und hockte sich damit neben den Söldner. Der Mann lag im Sterben.

»Wer hat dich geschickt?«, fragte Lasgol.

»Du ... überlebst sowieso nicht ...«

»Wer will mich töten? Warum?«

»Du ... bist tot ...«, ächzte Nistrom, atmete aus und starb.

Lasgol stieß einen tiefen Seufzer aus.

»Haben wir ihn getötet?«, fragte Nilsa ungläubig. Sie war immer noch wie erstarrt.

»Ja. Er ist definitiv tot«, stellte Egil fest, nachdem er Nistrom untersucht hatte.

»Vielen Dank. Euch allen. Ohne euch würde ich jetzt dort liegen«, sagte Lasgol tief erschüttert.

»Spar dir deine Worte für später«, sagte Ingrid, die neben Viggo kniete. »Der Dummkopf hier braucht einen Verband.«

»Dummkopf? Ich?«, protestierte Viggo empört. »Ich hab' dir gerade das Leben gerettet!«

»Ich hatte alles im Griff«, sagte Ingrid, die bereits ihr Hemd zerriss, um ihre Hand zu verbinden.

»Ach so, mit deinem unwiderstehlichen Charme«, spottete Viggo.

Egil kam herüber, um Ingrid zu helfen.

Gerd hatte noch den Kopf nach hinten gelegt.

Nilsa lief zu ihm. »Alles okay?«

»Es tut verdammt weh, aber es blutet nicht mehr. Ist bestimmt gebrochen.«

»Sie ist vielleicht ein bisschen schief, aber gebrochen?«

»Mach sie wieder gerade!«

»Bist du sicher? Das dürfte echt weh tun.«

»Vor Schmerzen habe ich keine Angst. Mach schon.«

Nilsa sah ihn verwundert an: »Du hast keine Angst vor Schmerzen?«

Er schüttelte den Kopf und ging auf die Knie.

»Das ist nur Schmerz. Der geht vorbei.«

»Du bist echt merkwürdig. Na gut.« Sie zuckte mit den Schultern, griff nach seiner Nase und schob sie mit einem kräftigen Ruck an ihren Platz zurück.

Gerd brüllte laut auf, aber dann wurde sein Gesicht wieder ruhig.

»Ich begreife wirklich nicht, wovor du Angst hast«, sagte Nilsa kopfschüttelnd. »Du fürchtest dich vor deinem eigenen Schatten, aber nicht vor Schmerzen, und du springst in einen vereisten See.«

Gerd zuckte mit den Schultern, als kenne er die Antwort selbst nicht.

»Und was ist mit dir?«, fragte er zurück. »Die meiste Zeit bist du völlig unbeschwert, aber sobald es um Magie oder Zauberkräfte geht, reagierst du so aggressiv und irrational, als wärst du ein ganz anderer Mensch. Als hättest du zwei verschiedene Personen in dir.«

Nachdenklich sah sie ihn an.

»So habe ich das noch nie gesehen ... also ... ich bin wirklich nur eine ... ich.«

Lasgol nahm den leblosen Körper des Söldners in Augenschein. Er konnte nicht fassen, was gerade geschehen war. Ungläubig schüttelte er den Kopf.

»Durchsuche ihn. Vielleicht findest du etwas«, sagte Viggo. Er stöhnte vor Schmerz, während Ingrid und Egil seine Wunde versorgten.

Lasgol durchsuchte die Kleider. Nichts. Da fiel ihm wieder ein, woher der Mann gekommen war, und er ging in diese Richtung. Hinter einem Baum entdeckte er einen Sack, den er zu seinen Gefährten brachte und dort ausleerte. In dem Sack steckten Waldläuferkleider, etwas zu essen und ein Kästchen.

»Ist das nicht die Schatulle von deinem Ei?«, fragte Egil.

»Doch«, sagte Lasgol, während er sie zur Hand nahm und untersuchte.

»Dann war er es, der mir eins übergezogen hat«, knurrte Gerd.

»Sieht so aus«, meinte Nilsa.

»Aber was wollte er mit der Schatulle?«, fragte Ingrid.

»Ich schätze, es ging ihm eher um den Inhalt«, sagte Egil.

»Das Ei? Camu?«, fragte Lasgol verwirrt.

»Ich denke schon«, nickte Egil.

»Er wollte das Ei, und er wollte Lasgol töten«, stellte Viggo fest.

»Besteht da ein Zusammenhang?«, fragte Nilsa.

»Es deutet alles darauf hin«, sagte Egil.

»Wie das? Warum?«, fragte Lasgol perplex.

»Das ist ein Geheimnis, das du lösen musst, wenn du nicht so enden willst wie der da«, sagte Egil.

Schweigend betrachteten die sechs den Toten. Allerdings fiel Lasgol absolut nichts ein, was die Sache irgendwie klarer gemacht hätte.

»Lasgol, du blutest ja«, sagte Nilsa plötzlich.

»Oh. Stimmt. Ist mir gar nicht aufgefallen.«

Sie versorgten die Wunden, so gut sie konnten.

»Nehmt die Salben aus den Einzelprüfungen in Naturkunde«, sagte Egil. »Die werden uns helfen.«

»Wir müssen zum Lager«, mahnte Ingrid und wandte sich Viggo zu: »Geht es?«

»Na klar«, antwortete dieser wenig überzeugend.

»Und du?«, sagte sie zu Lasgol.

»Geht. Die Wunde ist nicht tief.«

»Gut. Dann los!«

Sie liefen die ganze Nacht, mussten allerdings mehrmals anhalten, um Viggos Verband zu erneuern. Lasgol konnte noch immer nicht fassen, dass Nistrom ihn hatte töten wollen. Es war ebenso verwirrend wie beunruhigend.

»Danke«, sagte er bei der letzten Rast vor dem Lager noch einmal zu den anderen.

Egil nickte nur. Nilsa lächelte flüchtig, verzog dann jedoch das Gesicht.

»Du dachtest doch wohl nicht, dass wir zulassen, dass er dich umbringt«, meinte Gerd, der vorsichtig seine Nase abtastete.

»Aber dass wir dir geholfen haben, heißt nicht, dass alles vergeben und vergessen ist«, sagte Viggo unter Schmerzen.

»Hauptsache, wir fallen deshalb nicht durch die Teamprüfung«, sagte Ingrid.

Lasgol sagte kein Wort mehr. Vor lauter Dankbarkeit hatte er einen Kloß in der Kehle und war so bewegt, dass ihm Tränen in die Augen stiegen.

Im Laufschritt eilten sie zum Lager und überquerten mit Sonnenaufgang die Ziellinie.

Oden warf einen Blick zum Sonnenstand und zeigte mit zwei Fingern, wie knapp sie es geschafft hatten. Dann ging er zu Ingrid, um die Schals entgegenzunehmen. Erst da bemerkte er die diversen Verletzungen.

»Was zur Hölle ist euch diesmal zugestoßen? Schafft ihr denn keine Prüfung ohne Blutvergießen?«

Ingrid zuckte mit den Schultern und gab sich unschuldig.

»Ab zur Heilerin! Bei allen Winterwinden! Und kein Wort!«

Dolbarar machte ein ernstes Gesicht. Während er die sechs Mitglieder des Teams Schneepanther musterte, kratzte er sich nachdenklich den weißen Bart. Er hatte sie in den großen Saal im Hauptquartier rufen lassen, wo sie sich in einer Reihe aufgestellt hatten. Der Kommandant saß an dem großen Ratstisch, wo über alle wichtigen Fragen bezüglich der Waldläufer beraten wurde. Auch die vier Waldläufermeister hatten dort Platz genommen.

»Danke, dass du sie hergebracht hast, Oden«, sagte Dolbarar zum Ausbildungsmeister, der sich daraufhin zurückzog.

»Seid ihr alle wieder gesund?«, wollte er dann wissen.

»Ja. Allesamt gesund, Kommandant«, teilte Ingrid ihm in ihrer Funktion als Kapitän mit.

»Sehr gut.« Dolbarar nickte und musterte die sechs Kameraden gründlich, als würde er sie zugleich beurteilen. »Ich habe euch rufen lassen, weil ich dieser üblen Geschichte auf den Grund gehen will. Die vier Waldläufermeister habe ich hinzugebeten, denn die Sache ist äußerst ernst.« Respektvoll bezog er die anderen ein, die seinen Gruß höflich erwiderten. Auch ihre Mienen waren besorgt.

Die Schneepanther erwiderten den Gruß. Ihnen war ziemlich unbehaglich zumute.

»Am besten erzählt ihr uns, was passiert ist. Wir möchten es von jedem Einzelnen hören, weil die Schilderungen wahrscheinlich unterschiedlich ausfallen und sich ergänzen. Rollen wir die Sache von hinten auf. Wer kam als Letzter zum Ort der Auseinandersetzung?«

»Das waren Nilsa und meine Wenigkeit, Kommandant«, sagte Egil.

»Sehr gut. Erzählt uns, was aus eurer Sicht passiert ist. Mit allen Einzelheiten, an die ihr euch erinnert.«

Nilsa und Egil kamen seiner Aufforderung nach und versuchten, nichts auszulassen. Danach war Viggo an der Reihe, dann Ingrid und schließlich Gerd. Zu guter Letzt erzählte Lasgol seine Version und lieferte damit den vollständigsten Bericht.

Nachdem er damit fertig war, folgte ein langes, nachdenkliches Schweigen.

Am Ende brach Dolbarar die Stille: »Was gestern bei der Prüfung geschehen ist, ist ... furchtbar und sehr bedauerlich. Es ist bereits der zweite Anschlag auf Lasgol, und beides hier, innerhalb der Grenzen unseres Lagers. Es ist unfassbar, sehr beunruhigend und sehr ernst!«

»Es ist absolut inakzeptabel«, sagte Ivana. »Niemand sollte in der Lage sein, unbemerkt in unser Tal einzudringen. Ich habe die Wachen bereits zur Rede gestellt. Und es werden Strafen verhängt werden, harte Strafen!«

Angesichts der eisigen, tödlichen Schönheit dieser Meisterin lief es Lasgol wieder einmal kalt über den Rücken. Fast hatte er Mitleid mit den Wachen.

»Das Land ist sehr groß«, gab die weise Eyra zu bedenken. »Unser wunderbarer Zufluchtsort, das Geheime Tal, liegt gut versteckt, aber es ist sehr weitläufig. Zu Fuß braucht man vom Lager aus in jede Richtung eine Woche, bis man seine Grenzen ganz durchmessen hat.«

»Ja, aber bis auf den Zugang über den Fluss ohne Wiederkehr im Süden ist es praktisch vollständig von unüberwindlichem Gebirge umgeben«, sagte Esben. »Solange wir diese Stelle bewachen, sollten wir kontrollieren können, wer in unser Gebiet eindringt.«

»Konntest du die Spur des Mörders zurückverfolgen?«, erkundigte sich Dolbarar.

»Ja. Ich bin ihr gefolgt. Alles deutet darauf hin, dass er über den Nordpass ins Tal gekommen ist.«

Überrascht sah Lasgol auf. Das klang hochinteressant. Von einem Pass im Norden hatte er bisher nicht gehört. Die Berge dort wirkten ebenso majestätisch wie unzugänglich.

»Ich hänge die Wachen vom Nordpass an ihren großen Zehen auf«, kündigte Ivana an.

»Wir sollten keine voreiligen Schlüsse ziehen«, mahnte Haakon der Unfassbare. »Bisher dachten wir, dass es einer von unseren eigenen Leuten gewesen sein müsste, der das Lager so gut kannte, und weil bei dem ersten Anschlag auf Lasgol ein Waldläufergift verwendet wurde. Und es gab keinen Hinweis darauf, dass er es gestohlen hat.«

»Doch, leider. Das Gift wurde aus meinem Bestand entnommen«, teilte Eyra ihnen bedrückt mit.

»Wie das?«, fragte Esben. »Du hast doch gesagt, es würde nichts fehlen.«

»Das dachte ich zunächst auch wirklich, denn es fehlte keine Phiole, nichts. Der Bestand war vollzählig. Alles schien in Ordnung zu sein.«

»Aber?«, fragte Haakon.

»Er ist schlauer vorgegangen. Inzwischen weiß ich, dass in mehreren Behältern eine Kleinigkeit fehlt.«

»Verstehe. Sehr schlau. Er hat sein eigenes Gefäß gefüllt, indem er von vielen anderen etwas abgezweigt hat«, folgerte Haakon. »Geschickt!«

»Seit wann wissen wir das?«, fragte Ivana verärgert.

»Wir haben es jetzt erst herausgefunden«, sagte Dolbarar.

Eyra nickte.

»Als ich von dem Vorfall mit dem Söldner hörte, konnte ich nicht schlafen«, sagte sie. »Darum bin ich meine Tränke und Gifte durchgegangen, alle einzeln. Erst da habe ich es bemerkt und Dolbarar darüber informiert.«

»Ausgesprochen schlau für einen Söldner«, sagte Haakon. »Vielleicht zu schlau.«

»Und er muss sich im Lager perfekt ausgekannt haben«, fügte Esben hinzu. »Das irritiert mich am meisten. Wie kann ein Fremder unser Gelände und unsere Gepflogenheiten so gut kennen und sich unentdeckt hier aufhalten?«

»Ja, genau das macht mir auch zu schaffen«, sagte Dolbarar. »Woher wusste er, wo er das Gift bekommt und wie man unsere Wachen austrickst?«

»Wir haben einen Verräter«, stellte Haakon fest.

»Das ist eine gewagte Schlussfolgerung«, sagte Eyra.

»Es ist die logischste Erklärung. Jemand muss ihm geholfen haben, und das muss einer von uns gewesen sein. Anders halte ich die Geschichte für unmöglich. Wir hätten ihn erwischt.«

Dolbarar sah Lasgol an.

»Hat er dir gesagt, für wen er gearbeitet hat? Ob er im Lager einen Komplizen hatte?«

»Nein. Ich wollte es noch aus ihm herausbekommen, aber das konnte ich nicht.«

»Und konntet ihr etwas erraten?«

»Nein, Kommandant«, sagte Ingrid. »Nur dass er ein ausgezeichneter und sehr erfahrener Kämpfer war.«

»Und er kannte Lasgol«, fügte Viggo hinzu. »Wahrscheinlich hatten sie ihn schon sehr lange im Auge.«

»Aber sie haben jetzt erst beschlossen, ihn zu töten«, ergänzte Egil. »Das deutet darauf hin, dass Lasgols derzeitige Anwesenheit im Lager etwas mit dem Grund für den Angriff zu tun haben dürfte.«

»Der Rekrut hat Recht«, sagte Haakon. »Dieser Mann hat zweimal versucht, ihn zu töten, und zwar hier in unserem Lager. Das hätte er damals in seinem Dorf leichter haben können.«

»In der Tat. Warum jetzt? Warum hier?«, fragte Eyra.

»Das, meine Liebe, ist die Frage. Besser gesagt, das sind die Fragen«, sagte Dolbarar sinnend.

»Jedenfalls sollte das Problem dank der exzellenten Leistung des Pantherteams jetzt gelöst sein«, sagte Ivana.

Dolbarar nickte vor sich hin.

»Richtig, das sollte es. Aber wir sollten keinesfalls weniger wachsam sein. Ich werde nicht ruhen, bis ich weiß, wie er das Gift stehlen und sich unbemerkt auf unserem Gelände herumtreiben konnte. Andererseits«, und nun sah er die Panther der Reihe nach an, »möchte ich euch dazu beglückwünschen, dass ihr die Gefahr ausgeschaltet und euren Kameraden gerettet habt. Beides ehrt euch!«

»Allerdings«, betonte Eyra.

»Wir Waldläufer feiern es nicht, wenn ein Feind stirbt«, erklärte Haakon, »denn es ist unsere Pflicht, jede Bedrohung auszuschalten. Und wenn ein Bruder in Gefahr ist, wird er verteidigt. Immer. Wir Waldläufer lassen keinen von uns im Stich. Niemals.«

»Was ihr getan habt und wie ihr es getan habt, alle zusammen, war beispielhaft«, stellte Esben fest.

Die Panther sahen einander etwas betreten an, denn sie schämten sich dafür, wie sie Lasgol in den letzten Wochen ausgegrenzt hatten.

»Ich muss sicher sein, dass es keine weiteren Eindringlinge gibt«, sagte Dolbarar. »Uns stehen wichtige Tage bevor. Insbesondere für die Aufnahmezeremonie will ich nichts riskieren. König Uthar persönlich wird sie leiten, das tut er jedes Jahr. Es ist einer seiner Lieblingstermine, den er nur ungern verpasst. Ungewissheit können wir uns nicht erlauben — ich muss ganz sicher sein, dass kein Mörder hier sein Unwesen treibt, wenn der König mit seinem Gefolge eintrifft. Ich werde keinerlei Risiko für seine Majestät eingehen. Wenn ich wegen dieses Vorfalls Uthars Erscheinen absagen muss, werde ich das tun, aber das wäre eine Schande für uns Waldläufer. Ich weiß nicht, wie ich dem König erklären sollte, dass er nicht kommen kann, weil wir nicht einmal unsere eigene Sicherheit garantieren können, die Sicherheit in diesem Lager, der Wiege der Waldläufer, die ihm dienen, an dem Ort, der bisher als geheim und sicher galt. Es wäre unverzeihlich!
Ich müsste meinen Posten räumen.«

»Dazu wird es nicht kommen«, versicherte ihm Ivana.

»Wir haben noch Zeit«, sagte Eyra. »Wir werden die ganze verzwickte Geschichte aufklären.«

»Wir werden das Lager und das ganze Tal sichern«, gelobte Haakon. »Und was den möglichen Verräter in unseren Reihen angeht, so werde ich es als meine persönliche Aufgabe ansehen, ihn zu finden und zur Rechenschaft zu ziehen.«

»Niemand befleckt die Ehre der Waldläufer«, schloss sich auch Esben an, »solange wir hier sind, um sie zu schützen.«

»Ich danke euch allen. Der Besuch des Königs ist das wichtigste Ereignis des Jahres. Es ist eine große Ehre, dass Uthar uns persönlich aufsucht.«

»Wird Gondabar bei ihm sein?«, fragte Eyra.

»Ich gehe davon aus. Der Oberste Waldläufer wird den König begleiten. Als unser aller Anführer wird er die Zeremonie nicht versäumen wollen.«

»Wir sehen ihn immer seltener«, meinte Ivana.

»Er hat viele Verpflichtungen am Königshof«, sagte Dolbarar entschuldigend.

»Ich schätze, er zieht das Leben bei Hofe dem Leben im Lager vor«, sagte Esben frech.

»Lass ihn das nur nicht hören! Er wird alles abstreiten und es dich büßen lassen.«

Esben grinste. »Keine Sorge.«

»Gondabar hat in Norghania eine Hundertschaft Waldläufer. Und Gatik, unseren besten Mann. Sind das nicht zu viele, nur um die Stadt zu bewachen?«, fragte Haakon. »Sollen sie nicht eigentlich über das Reich wachen?«

»Das hat Uthar so verlangt. Die Bedrohung durch Darthor wächst. Für seinen persönlichen Schutz vertraut der König nur auf die Waldläufer. Deshalb hat er Gondabar gebeten, den Schutz der Stadt zu verbessern.«

»Darthor ist mächtig, aber bis nach Norghana wird er nicht kommen. Das lassen die Armeen des Königs nicht zu«, sagte Esben.

»Der König fürchtet einen Überraschungsangriff in der Burg. Darum hat er seine treuesten Diener gerufen, uns Waldläufer. Wir sollen ihn schützen.«

»Darthor könnte niemals bis zur Burg vordringen«, bekräftigte Ivana.

»Wir dürfen ihn nicht unterschätzen. Der König tut das jedenfalls nicht. Darthor ist ein mächtiger Feind, ein Magier ohnegleichen, der jetzt auch über eine gefährliche Armee verfügt. Er hat Menschen und Ungeheuer: Schneetrolle, böse Oger und andere Monster, dazu Elementare und Eisweltwesen.«

»Ist das bestätigt?«, fragte Haakon.

Dolbarar nickte bedrückt.

»Unsere Waldläufer haben es entdeckt. Sie sind an der Eisküste gelandet, ganz oben im Norden. Unsere Kameraden beobachten sie. Es ist ein riesiges Heer.«

»Wenn sie so hoch im Norden sind ... Hm, dann greifen sie entweder sehr bald an, oder sie müssen bis zum Frühling warten. Die Pässe sind im Winter unpassierbar«, überlegte Eyra.

»Richtig, aber darauf will Uthar nicht vertrauen. Zudem gibt es Gerüchte, bestimmte Rivalen des Königs würden planen, sich mit Darthor zu verbünden, um ihn abzusetzen.«

»Unser eigenes Volk? Wie kann das sein?«, fragte Ivana erbost.

»Bisher sind es nur Gerüchte, doch nicht alle Herzöge und Grafen sind treue Gefolgsleute des Königs. Einer säße gern selbst auf dem Thron.«

Lasgol sah zu Egil hin. Der schluckte, denn hier ging es um seinen Vater und dessen Verbündete.

»Verräter! Denen jage ich persönlich einen Pfeil zwischen die Augen«, schimpfte Ivana.

Dolbarar gebot ihr mit einer Handbewegung Schweigen.

»Die Politik überlassen wir anderen. Wir dienen dem König und befolgen seine Befehle. Aktuell konzentrieren wir uns auf das Problem hier vor Ort. Wir müssen das Lager sichern, zumal wir wissen, dass der König der Aufnahmezeremonie beiwohnen will und dass Darthor, der ihn tot sehen will, näher kommt.«

»Ich habe den Umkreis des Lagers mit den Hunden abgesucht. Sie haben keine Spuren von Fremden gefunden«, teilte Esben ihm mit.

»Du solltest Gretchen freilassen«, sagte Dolbarar. »Wir

dürfen kein Risiko eingehen.«

»Einverstanden. Ich lasse sie heute Nacht hinaus. Wenn sich da oben im Bergwald noch jemand herumtreibt, wird sie ihn finden und zu uns bringen. Zumindest das, was von ihm noch übrig bleibt.«

Lasgol blinzelte zu Egil hinüber, der mit den Schultern zuckte.

»Wir verhängen eine Ausgangssperre«, beschloss Dolbarar. »Wenn Gretchen auf die Jagd geht, darf niemand das Lager verlassen, bis sie zurück ist.«

Lasgol konnte seine Neugier nicht mehr bezähmen.

»Gretchen?«, fragte er.

Dolbarar lächelte.

»Esbens alvinische Löwin. Eine ausgezeichnete Jägerin. Keine Sorge, solange ihr innerhalb der Grenzen des Lagers bleibt, seid ihr sicher. Und jetzt geht in eure Hütte und ruht euch aus. Wenn euch etwas Ungewöhnliches auffällt, möchte ich unverzüglich davon hören.«

Bei dem Gedanken an die Löwin lief Lasgol ein Schauer über den Rücken. Er sah seine Kameraden an, aber die sagten kein Wort.

Auch auf dem Rückweg aus dem Hauptquartier blieben sie stumm, ebenso beim Schlafengehen. Ihnen ging vieles durch den Kopf, was sie erst verdauen mussten. Das galt besonders für Lasgol, der das ungute Gefühl hatte, dass die Gefahr nach Nistroms Tod keineswegs vorbei war, und den nicht einmal die Gesellschaft seines kleinen Freundes, der ihm glücklich die Hand leckte, trösten konnte. War seine Vorahnung begründet? Er wollte nur eines, erfolgreich weiterkommen und sehen, was geschah. Dazu musste er alle Sinne schärfen. Sie durften ihn nicht noch einmal nichtsahnend überraschen. Er kraulte Camu, genoss seine kühle Berührung an der Wange und fiel in einen wenig erholsamen Schlaf. Seine Albträume waren von grausamen Magiern und mörderischen Bestien durchzogen.

Ihre Wunden waren bald verheilt. Die Heilerin vollbrachte mit ihrer Gabe wahre Wunder, auch wenn sie sagte, sie würde lediglich »Mutter Natur bei ihrer harten Arbeit unterstützen«. Tödliche Verletzungen oder Krankheiten im Endstadium konnte sie nicht heilen, aber bei allem anderen konnte sie für eine schnellere Genesung sorgen.

Schon nach einer Woche konnte Lasgol das gemeinsame Training wieder aufnehmen, Viggo brauchte einige Tage länger. Gerds Nase verheilte gut, auch wenn er beim Betrachten seines Spiegelbilds regelmäßig feststellte, dass sie ein bisschen krumm aussah und murrte, dass »der Vorfall«, wie sie es nannten, seine Attraktivität geschmälert hätte. Viggos Ansicht nach hatte allenfalls sein Gehirn Schaden genommen.

Die unsichtbaren Wunden hingegen verheilten langsamer und würden sie vielleicht auf Dauer begleiten. Sie hatten einen Menschen getötet. Das war eine traumatische Erfahrung gewesen, die sie für immer zeichnen würde. Ja, sie hatten keine andere Wahl gehabt, aber dennoch war es ein so eindrückliches Erlebnis, dass die Jugendlichen lange brauchten, um es zu verarbeiten, und sehr unterschiedliche Strategien dafür wählten.

Für Ingrid war das Ereignis ein weiterer Schritt ihrer Entwicklung zu der Anführerin, die sie einmal sein wollte. Es war hart, aber notwendig gewesen. Sie hatte in einem sehr schwierigen Moment die richtige Entscheidung getroffen, und das bereute sie nicht.

Viggo haderte mit seiner Wunde, doch die Tötung des Söldners rief keinerlei Gewissensbisse in ihm hervor, ganz im Gegenteil: Er prahlte damit. Dem nächsten Söldner oder Mörder, der so etwas versuchte, würde er mit seinem Dolch ein Auge ausstechen.

Die anderen kamen weniger gut mit der Sache zurecht. Gerd war noch furchtsamer als sonst und hatte sogar mit Ängsten zu kämpfen, die er für überwunden gehalten hatte. Der Hüne lebte in permanenter Panik. Auch Nilsa war noch nervöser und zappliger als bisher, was weitere Missgeschicke nach sich zog. Ihr passierte zehnmal so viel wie sonst.

Am schlimmsten allerdings hatte es Egil getroffen. Er konnte nicht fassen, dass er einen Menschen getötet hatte. Aus seiner Sicht war Töten etwas Absurdes, ein Gräuel, das grundsätzlich falsch war. Er holte sich mehrere Philosophiebücher aus der Bibliothek, in denen er las, um seine Reue zu überwinden. Manchmal schreckte er mitten in der Nacht aus furchtbaren Albträumen hoch und war dann schweißgebadet. Sie alle wussten, woran das lag, aber Egil versuchte natürlich, rational mit der Erfahrung umzugehen und eine Erklärung zu finden, die ihm gestatten würde, weiterzumachen.

Lasgol war seinen Gefährten unendlich dankbar. Sie hatten ihm das Leben gerettet, und darum tat es ihm weh, dass das Geschehen sie derart mitnahm. Schließlich war alles seine Schuld. Er bereute nicht, dass er sich verteidigt hatte, sondern war froh, dass nicht er sein Leben gelassen hatte, sondern der Angreifer. Aber der Schmerz seiner Freunde nagte an ihm, denn sie hatten die Sache nur seinetwegen durchstehen müssen.

Und während sie sich allmählich von dieser Erfahrung erholten, brach im Lager der Winter an. Die Kälte, die ihnen schon im Herbst zugesetzt hatte, wurde plötzlich eisig. Es schneite und schneite, bis das ganze Tal unter einer dicken, weißen Decke ruhte, die bis zum Frühjahr bleiben würde. Die frostige Natur war von einer abweisenden, gefährlichen Schönheit. Die Wälder und besonders die Berge von Norghana waren im Winter ebenso atemberaubend wie tödlich. Ein Fehltritt, und man stürzte in eine tiefe Schlucht, eine Fehleinschätzung oder ein Orientierungsfehler und man erfror im Schneesturm im Wald.

Der Unterricht wurde noch anstrengender, nicht etwa,

weil der Schwierigkeitsgrad gestiegen wäre, sondern weil das widrige Wetter ihnen zusätzliche Anstrengung abverlangte. Jeden Morgen ließ Oden sie Aufstellung beziehen, ganz gleich, wie kalt es war oder ob gerade ein Unwetter tobte. Sie hatten Winterkleidung erhalten, die Odens Worten nach mehr als ausreichend sein sollte, obwohl ihre zusammengezogenen Schultern, die klappernden Zähne und die zitternden Knie vom Gegenteil zeugten. Haakon ließ sie auch bei Eis und Schnee ihre Runden um den See drehen, selbst wenn sie vor lauter Nebel nichts mehr sahen oder kräftiger Wind die Augen zum Tränen brachte. Je schlimmer das Wetter wurde, desto mehr schienen ihre Ausbilder es zu genießen und desto mehr litten die jungen Rekruten.

Das einzig Gute an diesem Winter war die Rückkehr in die Hütte nach einem harten, eisigen Ausbildungstag. Die schneebedeckte Hütte grüßte mit Rauch aus dem Schornstein und einem Feuer in ihrem Inneren, das Körper und Seele tröstete. Jedes Mal blieb Lasgol am Eingang kurz stehen und betrachtete sein halb im Schnee versunkenes Zuhause, aus dem warmer Feuerschein durch die Fenster drang. Es war wie eine eigene kleine Welt, ein idyllisches Bild, das er zu schätzen wusste.

Drinnen allerdings war die Lage weniger idyllisch. Er hatte sich nacheinander bei allen seinen Kameraden bedankt, dass sie ihn gerettet hatten, aber die Reaktionen waren weniger freundlich gewesen als erhofft. Nur Gerd zeigte sich wieder etwas zugänglicher, der Rest blieb auf Abstand, auch wenn sie immerhin wieder mit ihm redeten und ihn nicht mehr vollständig schnitten. Es war also besser geworden, aber es lag immer noch viel Arbeit vor ihm, um die Achtung und das Vertrauen der anderen zurückzugewinnen. Das wusste er, und obwohl es ihn traurig machte, ließ er sich nicht beirren, sondern bemühte sich um eine positive Einstellung. Es würde ihm schon noch gelingen, die zerrissenen Bande neu zu knüpfen.

Ganz besonders distanziert verhielt sich Egil. Das hatte

ihn überrascht, denn er war davon ausgegangen, dass Egil der Erste wäre, mit dem er sich wieder anfreunden könnte. Doch da irrte er sich.

»Ich bin ein Mensch, der Verrat nicht verzeiht«, hatte Egil zu ihm gesagt.

»Ich habe einen Fehler gemacht. Das weiß ich jetzt. Ich hätte dir alles erzählen sollen«, hatte Lasgol geantwortet.

»Mein Körper mag schwach sein, aber meine Ehre und meine Entschlossenheit sind stark.«

»Ich bitte dich vielmals um Verzeihung. Es war nie meine Absicht ...«

»Und ich bin kein Mensch, der wegen bloßer Worte alles vergibt und verzeiht.«

Mehr hatten sie einander nicht zu sagen gehabt. Lasgol belastete das sehr, aber er wollte Egil nicht noch mehr verärgern. Darum ließ er ihn in Ruhe und hoffte, dass ihre Freundschaft sich ganz allmählich wieder einrenken würde. Er konnte nur abwarten und durfte dabei nicht noch mehr kaputtmachen.

Camu wuchs immer weiter, wurde noch verspielter und nahm sich mehr Freiheiten heraus. Wenn er durch die Hütte flitzte, machte er immer größere Sprünge. Neuerdings fand er Spaß daran, Viggo nachzulaufen, der ihn regelmäßig als »Kröte« beschimpfte und gern »aus den Eishöllen« hinzusetzte. Gerd hingegen legte seine Angst vor dem kleinen Geschöpf allmählich ab und arbeitete dafür bewusst an seiner Scheu vor dem Unbekannten und vor Magie. Dieser innere Kampf war ihm anzusehen, und die Beschäftigung mit Camu verlangte ihm viel ab. Umgekehrt fing Camu an, ihm in bestimmten Situationen zu gehorchen, was die anderen zum Staunen brachte. Schließlich tat der Knirps ansonsten, was ihm beliebte, und hörte auf niemanden. So schälte sich immer mehr heraus, dass Gerd eine besondere Gabe im Umgang mit Tieren besaß, sogar mit magischen Wesen.

Nilsa lehnte Camu weiterhin entschieden ab. Wenn er anwesend war, ertrug sie das mit großer Mühe eine Zeit lang, aber dann verließ sie regelmäßig das Haus. Lasgol sah ihr durch das Fenster nach, bis sie in der Nacht verschwand, und fragte sich, wie er diese Situation lösen sollte. Ingrid bat Nilsa, zu bleiben, aber meistens ging sie alleine fort.

Als Kapitän zeigte sich Ingrid genauso entschieden und führungsstark wie bisher, doch das Näherrücken des Jahresendes schien sie zunehmend zu belasten. Sie war bissiger als sonst, und so hatte sie sich im Fach Körperbeherrschung mit Jobas angelegt, dem Kapitän der Wildschweine. Jobas war ein großer junger Mann, fast so groß wie Gerd, aber ziemlich übellaunig, genau wie der Großteil seines Teams.

Einmal brachte er bei einer Übung mit einem gemeinen Stoß ein Mädchen zu Fall, das nur halb so groß war wie er, und machte sich anschließend über sie lustig. Als Ingrid das sah, ging sie sofort in die Luft, aber Jobas zog nicht den Schwanz ein, sondern wusste sich zu wehren. Haakon beobachtete die Auseinandersetzung aus der Ferne und ließ den Dingen ihren Lauf. Und dieses eine Mal zog Ingrid den Kürzeren, denn Jobas war einfach zu groß und zu stark für sie. Am Ende lag sie mit aufgeplatzter Lippe im Schnee. Viggo sprang ihr zur Seite, Nilsa ebenfalls, und es kam zu einer heftigen Prügelei, aber Ingrid wurde nicht bestraft, weil Haakon den Vorfall nicht meldete. Das wunderte Lasgol.

Eines Abends betrachtete er wie üblich kurz die verschneite Hütte, ehe er hineinging, weil er wusste, dass dort Wärme, seine Kameraden und Camu auf ihn warteten. Diese Vorfreude wollte er noch einen Augenblick genießen. Da riss ihn eine Stimme hinter ihm in die Realität zurück.

»Zwei Mordanschläge. Du bist ziemlich berühmt im Lager.« Lasgol erkannte die Stimme sofort.

»Astrid!«, sagte er erfreut und drehte sich um. Der Anblick ihres hübschen Gesichts mit den grünen Augen und dem glänzend schwarzen Haar war atemberaubend. »Ich ... na ja ... berühmt vielleicht nicht gerade ...«

»Wortgewandt wie eh und je«, grinste sie leicht sarkastisch.

Lasgol wurde knallrot im Gesicht. »Reden ist nicht gerade

meine Stärke.«

»Nein, du hast eher das Talent, Schwierigkeiten anzuziehen.« Ihr Lächeln wurde noch breiter.

Diesmal musste auch er lachen. »Na ja, mag sein. Das kann ich jedenfalls nicht bestreiten.«

»Und dabei dachte ich damals, als ich dich zum ersten Mal sah und hörte, wer du bist, dass es dir schlecht ergehen würde ... Aber wer hätte so etwas erwartet ...«

»Tja. Nicht mal in meinen schlimmsten Albträumen«, sagte Lasgol mit einer abwehrenden Handbewegung.

»Jedenfalls dürfte es jetzt ja vorbei sein.«

»Das hoffe ich.«

»Sie sagen, du hättest ihn gekannt. Weißt du, warum er dich töten wollte?«

»Ja, ich kannte ihn aus meinem Heimatdorf. Aber ich weiß nicht, warum er das getan hat. Er sagte, es geschähe auf Befehl einer sehr mächtigen Person.«

»Darthor?«

»Scheint so.«

»Hm. Es kommen jeden Tag mehr Gerüchte über ihn auf. Und was man so hört, klingt nicht gut. Es heißt, er hätte eine große Armee und grauenvolle Ungeheuer.«

Lasgol reagierte nachdenklich. »Eine Armee? Hat er Soldaten?«

»Ich sehe, du bist nicht gut informiert.«

»Mir erzählt kaum jemand etwas.«

»Da könnte ich dir helfen.«

»Danke. Das bedeutet mir viel. Privat läuft es bei mir gerade nicht so gut, wie man so schön sagt.«

Astrid lachte. »Na schön, ich erzähle es dir. Darthor hat eine Eisbarbarenarmee.«

»Eisbarbaren? Ist das nicht ein Märchen oder eine norghanische Sage?«

»Nein. Es gibt sie wirklich, das kann ich dir versichern. Mein Großvater hat gegen einen von ihnen gekämpft, hoch im Norden, als er noch sehr jung war.«

»Und was ist passiert?«

»Er ist gestorben. Der Eisbarbar hat ihn mit seiner Axt gezweiteilt.«

»Oh! Das tut mir leid.«

»Nicht so schlimm. Ehrlich gesagt, kann ich mich gar nicht an ihn erinnern. Aber meine Großmutter hat immer von ihnen erzählt, den Eisbarbaren. Ihr hatte sich das eingebrannt. Sie sind halbe Riesen, sieben bis acht Fuß groß, unglaublich starke Muskelpakete. Neben denen sehen selbst die größten Norghaner — und mein Großvater war nicht klein — wie Kinder aus. Ihre Haut ist ganz glatt und faltenfrei, als würden sie nicht altern, und sie ist leuchtend blau wie das Eis.«

»Ihre Haut ist eisblau?«, unterbrach Lasgol sie verblüfft. Er versuchte, sich das vorzustellen.

»Und nicht nur das. Haare und Bart sind zwar blond, aber ebenfalls bläulich, als wären sie in einem Wintersturm vereist. Das Auffälligste jedoch sind die Augen. Sie sind grau, aber so hell, dass sie sich kaum vom Weiß in den Augen abheben. Dadurch wirken sie wie leblos. Ab einer gewissen Entfernung sieht es so aus, als hätten sie keine Iris und als wären sie blind. Wer das sieht, bekommt schlimme Träume! Sie bleiben ganz für sich und wollen keinen Kontakt. Sie tragen weiße Bärenpelze. Mit dem Schwert können sie nicht umgehen, aber mit der Axt umso besser, und sie sind enorm stark. Es heißt, ein Eisbarbar könnte fünf norghanische Soldaten erledigen, sogar Unbesiegbare des Eises aus der Eliteeinheit des Königs.«

Lasgol war sprachlos.

»Sie gehören zum Eisvolk und leben im Norden, auf dem Vereisten Kontinent, aber nicht alle. Ein Teil lebt im Norden unseres Reiches an den Küsten von Tremia.«

»Ich dachte, sie leben alle jenseits des Meeres.«

»Nein. Etliche Gruppen siedeln im hohen Norden unseres Kontinents. Vor tausend Jahren gehörte ihnen angeblich ganz Norghana, also unser Reich. Das war, bevor sie auf den Vereisten Kontinent umsiedelten. In ihren Augen gehört das Land, das wir bewohnen, ihnen.«

»Das klingt nicht gut.«

»Stimmt. Sie dringen nur selten über die Berge in unser Territorium ein, aber wenn sie das tun ...«

»Verstehe. Und warum haben sie sich Darthor angeschlossen?«

»Gute Frage. Manche sagen, dass Darthor sie mit seinen Zauberkünsten beherrscht. Andere behaupten, sie seien es leid, herumgeschubst zu werden, und wollten Norghana für sich zurückerobern.«

»Und was glaubst du?«

»Wahrscheinlich ist an beiden Theorien etwas dran. Mein Großvater ist ihnen nur begegnet, weil er zusammen mit anderen ans Ende unseres Reiches vorgestoßen ist, um sie aufzustöbern. Vielleicht waren das nicht die Einzigen. Es dürften immer wieder Trupps hinter die Berge vorgedrungen sein. Das hat den Eisbarbaren bestimmt nicht gefallen. Ich glaube aber auch, dass Darthor irgendwie über sie herrscht, ob mittels Magie oder auf andere Weise.«

»Faszinierend, wie Egil sagen würde.«

»Und sehr gefährlich.«

»Das glaube ich gern.«

»König Uthar zieht seine Truppen zusammen. Sobald es taut, rechnen sie mit einer Schlacht.«

»Am Ende des Winters?«

»Ja. Derzeit sind die Pässe nach Norden wegen des schlechten Wetters geschlossen. Bald werden sie unpassierbar sein. Schnee und Eis werden sie bis zum Ende des Winters vollständig blockieren — bis das Tauwetter einsetzt. Darthor wird die Berge nicht überqueren und nach Süden ziehen können. Deshalb glauben alle, dass die zwei Armeen sich erst dann begegnen.«

»Alle?«

»Die Teams. Sie reden über nichts anderes mehr. Abgesehen natürlich von den Angriffen auf dich.«

»Bestimmt laufen da Wetten.«

»Und zwar ziemlich hohe! Ich mache ein Vermögen!«

Lasgol starrte sie ungläubig an.

»Oh, ich bin eine der wenigen, die darauf gewettet haben, dass du das Jahr überstehst. Lebend natürlich.«

»Verstehe. Nun, ich habe durchaus die Absicht, sie alle teuer bezahlen zu lassen.« Lasgol zog die Augenbrauen hoch.

»Bestens. Damit wäre mein Beutel gut gefüllt!«

»Und was erzählt man sich noch so alles?«

»Hm, eines ist beunruhigend. Es heißt, der Söldner müsse Hilfe gehabt haben. Das würde bedeuteten, dass wir im Lager einen Verräter haben.«

»Glaubst du das auch?«

»Die Vorstellung gefällt mir gar nicht, aber ich gebe zu, dass es logisch klingt. Wie sonst könnte ein Fremder unbemerkt ins Lager gelangen, Eyra Gift stehlen und dich angreifen? Jemand muss ihm geholfen haben, und zwar jemand, der das Lager und alle seine Abläufe genau kennt. Einer von uns.«

Lasgol blieb nachdenklich.

»Es könnte auch einer der Schüler sein. Jemand aus dem vierten Jahr? Einer, der sich hier eingeschlichen hat?«

»Schon möglich. Aber um sich längere Zeit zu verstecken, musste der Unbekannte perfekt Bescheid wissen.«

»Vielleicht ein Waldläufer?«

»Ich glaube, es war jemand mit einem höheren Rang. Ein Ausbilder vielleicht. Jemand, der schon lange hier ist und sich perfekt auskennt.«

Das Gesicht von Haakon kam Lasgol in den Sinn, und er konnte es nicht verdrängen.

»Das sind üble Neuigkeiten für Dolbarar.«

»Für alle. Einen weiteren Verräter unter uns zu haben, wäre ein schlimmer Schlag.«

Lasgol schluckte. Dieser Kommentar hatte seinem Vater gegolten.

Astrid bemerkte seine Reaktion.

»Entschuldigung. Ich habe dumm dahergeredet.«

»Ich bin, wer ich bin.«

»Ja, aber du bist nicht dein Vater, und man sollte dich

nicht seinetwegen verurteilen, und du solltest dich auch nicht für ihn rechtfertigen müssen.«

»Ich bin der Sohn meines Vaters. Damit muss ich leben. Ich werde ihn nicht verleugnen.«

»Das ehrt dich. Es tut mir leid, was dir zugestoßen ist.«

»Sprichst du deshalb mit mir? Während die meisten kein Wort mit mir wechseln? Weil du Mitleid hast mit dem Sohn des Verräters?«, fragte Lasgol verletzt.

Astrid sah ihm in die Augen und schwieg einen Moment.

»Ja. Aber auch, weil du etwas Besonderes an dir hast. Ich weiß nicht, was es ist, aber es macht dich interessant«, sagte sie mit einem koketten Lächeln, fixierte mit ihren klaren, grünen Augen seine überraschte Miene und ging davon.

Die Tage vergingen, und die sechs Schneepanther rackerten sich ab, als könne sie jeden Moment ein Schneesturm davonblasen. Als wäre der Druck der Ausbilder nicht schon ausreichend, spornte Ingrid ihr Team Tag und Nacht an. Ihre Fortschritte wurden immer ersichtlicher, was vor allem daran lag, dass das Gelände und das Wetter, dem sie derzeit täglich ausgesetzt waren, keinerlei Fehler verzieh. Schwächen konnten sie sich nicht mehr leisten. Als Lasgol einmal Egil und Gerd mitten im Sturm wie die Hasen unermüdlich durch den Schnee rennen sah, konnte er es kaum glauben. Nilsa sprang fast so sicher über Baumstämme wie Ingrid und kletterte auch ebenso gut. Und Lasgol selbst hatte mit dem Bogen enorme Fortschritte gemacht. Es war wirklich erstaunlich, wie weit eiserner Willen und Opferbereitschaft sie gebracht hatten.

Doch je näher die letzte Prüfung rückte, desto unruhiger wurde Ingrid. Sie traf übereilte Entscheidungen und handelte weniger kopfgesteuert, sondern eher instinktiv, was einer Anführerin nicht gut anstand. Lasgol vermutete, dass sie sich selbst zu sehr unter Druck setzte. Es stand viel auf dem Spiel: Wenn sie sich nicht gut schlugen, würde jemand gehen müssen, und nicht nur das, für viele würden die Türen zu einer Eliteausbildung verschlossen bleiben. Das bedeutete, dass alle dreizehn Teams sich maximal anstrengen würden. Und die Rivalität würde mörderisch sein.

Ingrid wollte, dass ihr Team triumphierte, sie alle, und dieser Druck machte ihr zu schaffen. Die Ansprache, mit der Oberausbilder Oden sie alle eine Woche vor der Prüfung noch einmal anfeuerte, machte die Sache nicht besser.

»Die Winterprüfung wird anders als die vorherigen«, verkündete er eines Morgens, als sie vor ihren Hütten standen. »Sie wird schwerer und härter, und ihr müsst mehr wetteifern.« Er blickte in die Runde, wie er es gerne tat, um festzustellen, ob er ihnen Angst machte, und sah die beunruhigten Blicke. »Diesmal gibt es keine Einzelprüfungen, nur eine große Teamprüfung. Ein Ausscheidungsturnier.«

Die Teams brachen in überraschtes Gemurmel aus.

»Überrascht? Nun, so ist das Leben eines Waldläufers. Man muss immer für alle Eventualitäten gewappnet sein, so lehrt es uns der *Weg des Waldläufers*. Ihr kämpft um die drei Ehrenplätze. Nur die drei besten Teams werden ausgezeichnet, und nur eines wird Ruhm ernten.«

In das Gemurmel mischten sich erstaunte Rufe. Die Adler, die Wildschweine und die Wölfe jubilierten, so sicher waren sie, dass sie zu den Siegern gehören würden. Andere, wie die Uhus oder die Füchse, nahmen Odens Worte verhaltener auf, wussten aber, dass sie gegen die starken Teams durchaus eine Chance hatten. Die übrigen Mannschaften hingegen, unter ihnen auch die Schneepanther, ließen niedergeschlagen die Köpfe hängen, denn sie hatten keine Ahnung, wie sie die Favoriten besiegen sollten.

Ingrid trieb ihr Team noch unbarmherziger an. Ihnen blieb nicht viel Zeit, und die Chancen für das Team waren minimal.

Und schließlich kam der große Tag der Winterprüfung, der Krönung des Jahres. Jetzt würde sich entscheiden, welche Teams sich ruhmreich geschlagen hatten, welche Initiierten das zweite Ausbildungsjahr antreten durften, aber auch, wer es nicht geschafft hatte und gehen musste. Eine intensive Woche lag hinter ihnen, nicht nur, weil so viel auf dem Spiel stand, sondern auch wegen der bevorstehenden Ankunft des Königs. Die Rekruten aller Jahrgänge hatten unermüdlich gearbeitet, um alles für diesen Besuch vorzubereiten. Das Lager war in Bestzustand und absolut vorzeigbar.

Vor dem Hauptquartier rief Dolbarar die dreizehn Teams aus dem ersten Jahr zusammen. Es war ein eisiger Wintermorgen. Alle Flächen waren zugeschneit, und an vielen Stellen hatte sich über Nacht eine Eisschicht gebildet. Die vier Waldläufermeister bezogen hinter Dolbarar Stellung.

»Rekruten des ersten Jahres, ich wünsche euch allen einen guten Tag.« Dolbarar lächelte sie freundlich an. »Euren eifrigen Mienen entnehme ich, dass ihr genau wisst, wie wichtig die heutige Prüfung ist. Und dass ihr loslegen wollt. Ein Jahr lang seid ihr körperlich und geistig ausgebildet worden — von unseren besten Lehrmeistern«, fügte er mit einer Geste zu den Waldläufermeistern hinter ihm hinzu, die seine Würdigung mit einem leichten Nicken bestätigten. »Heute ist der Tag, an dem ihr alles nutzen müsst, was ihr gelernt habt, um in der Königsprüfung zu triumphieren.«

»Ich mache mir gleich in die Hose vor Aufregung«, flüsterte Nilsa unruhig.

»Mir zittern die Knie«, räumte Gerd ein.

»Schsch. Lasst mich hören, was er sagt. Ich will alles mitbekommen«, mahnte Ingrid.

»Als wenn uns das helfen würde«, grollte Viggo.

»Die Prüfung ist ein Ausscheidungswettbewerb«, fuhr Dolbarar fort. »Ihr tretet abwechselnd gegen die anderen Teams an, wobei immer wieder Gruppen ausscheiden, bis nur noch zwei übrig sind. Das heißt, die Siegermannschaft kommt jeweils weiter und kämpft dann gegen den Sieger aus dem Parallelwettbewerb. Am Ende treten zwei Finalisten gegeneinander an.«

»Hauptsache, wir stehen nicht den Adlern gegenüber«, sagte Nilsa.

»Oder den Bären«, flüsterte Gerd.

»Oder den ganzen anderen.« Viggo verzog das Gesicht.

»Morgen folgt dann an dieser Stelle das große Finale.« Dolbarar zeigte auf den vorbereiteten Platz vor dem Hauptquartier. »In Anwesenheit von König Uthar. Seine Majestät wird heute Abend im Lager eintreffen und dem Schlusswettkampf persönlich beiwohnen.«

Die dreizehn Teams fingen an zu flüstern. Das war eine große Ehre, aber es erhöhte zugleich den Prüfungsdruck.

»Immer mit der Ruhe. Nur keine Angst«, redete Ingrid den anderen gut zu.

»Und nun lasst uns die Gegner auslosen«, sagte Dolbarar und gab Oden ein Zeichen.

Der Oberausbilder ging zu seinem Kommandanten und zeigte diesem einen Lederbeutel.

»In diesem Beutel stecken die Abzeichen aller Teams. Ich werde jetzt ziehen und die Gruppen bekanntgeben, die gegeneinander antreten. Die weißen Adler haben schon zwei der drei Prüfungen siegreich bestanden. Deshalb müssen sie in den ersten beiden Ausscheidungsrunden nicht antreten, zur Anerkennung ihrer bisherigen Leistung. Sie nehmen erst an der dritten Runde teil.«

»Gut!«, sagte Isgord selbstzufrieden, und die Mitglieder seiner Gruppe sahen sich hochmütig um. Sie galten als Favoriten, und das wussten sie.

Dolbarar sprach weiter. »Erste Ausscheidungsrunde. Achtung.« Er schob eine Hand in den Beutel und zog ein Abzeichen heraus.

»Die Bären«, gab er bekannt.

Es folgte eine kurze Pause, während er wieder in den Beutel griff und ein zweites Abzeichen zog.

»Gegen die Wölfe.«

Beide Mannschaften gaben Kommentare von sich, mit denen sie ihre Rivalen einschüchtern wollten.

Das Ziehen ging weiter.

»Die Uhus gegen die Schlangen«, verkündete Dolbarar danach.

Er zog weiter. »Die Füchse gegen die Wildschweine.«

Die Mannschaften wurden immer aufgeregter, und ihre Nerven waren zum Zerreißen gespannt.

Endlich war auch Lasgols Team dabei.

»Die Schneepanther gegen die Falken«, rief Dolbarar.

»Die Falken — gut!«, freute sich Ingrid.

»Stimmt, wir hätten es deutlich schlimmer treffen können«, gab Viggo zu.

»Abwarten«, sagte Gerd wenig überzeugt.

Dolbarar bestimmte die letzten beiden Paare.

»Eines noch, um es etwas aufregender zu machen«, sagte er mit einem verschmitzten Lächeln. »Ihr werdet es mit drei verschiedenen Geländearten zu tun bekommen. Mit jeder Stufe steigt der Schwierigkeitsgrad. Die Siegermannschaften des ersten Geländes kämpfen anschließend auf Stufe zwei und die Gewinner dann auf Stufe drei. Ich denke, ihr habt mich verstanden.«

»Als wäre es nicht schon aufregend genug.« Viggo verdrehte die Augen.

»Ruhe, du Pappnase«, rügte ihn Ingrid.

»Die ersten Ausscheidungskämpfe laufen im Norden in den unteren Wäldern. Oden wird euch dorthin führen, und die vier Waldläufermeister beobachten euch als Schiedsrichter.«

Auf Dolbarars Zeichen zogen sie in Richtung der hügeligen Landschaft am Fuß der Berge. Sie schwiegen, um sich ganz auf das zu konzentrieren, was sie dort erwartete.

Erst als sie ankamen, erklärte Oden ihnen die Regeln.

»Ihr erhaltet jeder einen weißen Mantel, einen Jagdbogen und einen Köcher mit zwölf präparierten Markierungspfeilen. Außerdem bekommt ihr ein Messer und eine Axt, ebenfalls mit stumpfen, markierten Klingen.«

Er nahm einen Bogen und schoss auf einen Baum. Als die Pfeilspitze auf das Holz traf, vernahmen sie ein Knacken, und dann erschien ein faustgroßer roter Fleck. Anschließend warf Oden ein Messer und zum Schluss eine Axt. Jeder Treffer erzeugte eine der von Oden erwähnten Markierungen.

»Ich denke, ihr versteht, wie das Markieren funktioniert.« Er sah sich um, und alle nickten. »Die Teams dringen von zwei Seiten in den Wald ein. Sobald ein Teammitglied auf der anderen Seite auftaucht und das Abzeichen der gegnerischen Mannschaft an sich bringt, hat diese Gruppe gewonnen. Das Abzeichen hängt an einer Lanze, die am Startpunkt der jeweiligen Mannschaft im Boden steckt. Jedes Teammitglied, das getroffen und markiert wird, scheidet für diese Runde aus. Zweikämpfe sind erlaubt, schwere Verletzungen nicht. Ihr sollt einander markieren, nicht umbringen oder verstümmeln. Wer zu brutal vorgeht, wird disqualifiziert«, warnte er die Rekruten mit einem unmissverständlichen Blick. »Wer als Erster das Abzeichen der gegnerischen Mannschaft erwischt, hat gewonnen. Die Strategie liegt ganz bei euch. Es gibt allerdings ein Zeitlimit. Wenn das überschritten ist und kein Team das gegnerische Abzeichen erobert hat, treten die Kapitäne im Zweikampf gegeneinander an, bis einer den anderen erwischt und das Patt bricht.«

»Nette Prüfung. Das wird ein echtes Spektakel«, kommentierte Viggo.

Ingrid schwieg besorgt, während Oden die Regeln noch einmal wiederholte, damit sie jedem absolut klar waren. Die Runde begann mit dem Kampf der Bären gegen die Wölfe, wobei erstere von Osten in den Wald eindrangen, letztere von Westen. Ivana blieb beim Abzeichen der Bären, Eyra bei dem der Wölfe. Haakon und Esben begleiteten die Mannschaften als Schiedsrichter. Die übrigen Teams warteten nervös darauf, selbst an die Reihe zu kommen. Es folgte langes, angespanntes Schweigen, dann hörten sie wiederholt Schreie, und zwar sehr reale Schreie wie aus einem Kampf auf Leben und Tod. Plötzlich kam ein in Weiß gehüllter Teilnehmer aus dem Wald gelaufen, der auf dem Weg zu dem Abzeichen der Bären über verschneite Baumstämme und Gräben sprang. Es war Luca, der Kapitän der Wölfe. Ein Pfeil sauste von hinten auf ihn zu, aber er konnte ausweichen, und das Geschoss flog an seinem Kopf vorbei. Im Zickzacklauf entging er einem zweiten Pfeil und riss das Abzeichen der Bären an sich.

»Die Wölfe haben gesiegt!«, rief Ivana laut.

Daraufhin stapften die Mitglieder der beiden Teams aus dem Winterwald. Die meisten hatten rote Flecken auf ihren Mänteln. Die Wölfe beglückwünschten ihren Kapitän, wohingegen die Bären, die sich eigentlich als Favoriten betrachtet hatten, nicht begriffen, warum sie verloren hatten, und wütend untereinander diskutierten.

Die Wettkämpfe gingen weiter. Die Uhus besiegten die Schlangen, und Lasgol freute sich für Astrid und ihr Team. Die Wildschweine stachen problemlos die Füchse aus.

Dann waren die Schneepanther an der Reihe.

»Auf, Panther! Wir schaffen das!«, spornte Ingrid sie an.

Lasgol beobachtete die Falken, während diese zum Aufstellen abzogen. Es war eine gute Gruppe. Allerdings war im Vergleich zu den Panthern jede Gruppe gut. Er sah seine Kameraden an und nahm ihre Angst und Anspannung wahr. Ingrid überreichte Ivana das Pantherabzeichen, damit sie es an seinen Platz hängte. Dann standen sie am Waldrand bereit.

»Los!«, gab Oden das Startzeichen.

Ingrid winkte die anderen zu sich und duckte sich.

»Wie sollen wir vorgehen?«, fragte sie. »Defensiv? Oder offensiv den Angriff starten?«

»Ich würde angreifen«, sagte Gerd. Er prüfte seine Waffen. Aus unerfindlichen Gründen zeigte er dieses eine Mal keine Angst.

»Hmm. Da bin ich entschieden anderer Ansicht. Angesichts der Rahmenbedingungen halte ich Angreifen nicht für die sinnvollste Herangehensweise«, widersprach Egil nachdenklich.

»Nicht? Natürlich nicht! Wenn wir angreifen, sind wir geliefert«, sagte Viggo.

»Unser ewiger Optimist!« Ingrid verzog das Gesicht.

»Ich bin nur realistisch.«

»Wohl eher pessimistisch«, sagte Nilsa, die mit dem Finger auf ihn deutete.

»Ruhe. Und zeig nicht so auf mich, sonst markierst du mich am Ende noch aus Versehen, so tölpelhaft, wie du bist«, warnte Viggo.

Sie streckte ihm die Zunge heraus. »Ich habe mich stark verbessert und habe viel mehr Körperbeherrschung als am Anfang.«

»Ruhe jetzt, allesamt. Für so etwas haben wir keine Zeit«, mahnte Ingrid. »Egil, was schlägst du vor?«

»In meinen Augen sollten wir auf Vorsicht setzen und unsere Position verteidigen. Unter Einbeziehung aller Variablen stünden unsere Chancen damit besser, als wenn wir versuchen, sie mit einer Offensive zu überrollen«, sagte er und musterte den verschneiten Wald.

»Gut, dann verteidigen wir«, beschloss Ingrid.

»Wie sollen wir uns verteilen?«, fragte Viggo.

»Ich habe eine Idee«, begann Egil und winkte sie näher, ehe er die Positionen mit einem Stock in den Schnee malte.

»Nehmt eure Plätze ein. Und achtet auf euren Atem«, warnte Ingrid. »Die Atemwolken könnten euch verraten.«

Der Wind wehte eisig durch die Bäume und heulte dabei gelegentlich. Dann folgte ein anderes Geräusch: vorsichtige Schritte im Schnee. Eine weiß gewandete Gestalt suchte hinter einer Tanne Schutz. Im Schnee war sie kaum noch zu sehen. Es folgten zwei andere, die links und rechts davon Stellung bezogen. Nach kurzem Schweigen tauchten etwas weiter hinten drei weitere Silhouetten auf. Die Falken waren nur noch hundert Schritte vom Abzeichen der Panther entfernt.

Die Panther waren wie vom Erdboden verschluckt. Die erste Gestalt duckte sich, gab den anderen ein Zeichen und rückte sehr vorsichtig in Richtung des Abzeichens vor. Fünfzig Schritte davor war plötzlich hinter einem Baum ein Gesicht zu sehen. Nilsa hatte ihre Deckung aufgegeben, in der sie bisher wie eine Eissäule ausgeharrt hatte, und schoss auf den Angreifer. Der Pfeil fand sein Ziel und markierte den Mantel mit einem roten Fleck. Sie hörten einen Fluch.

»Arvid, eliminiert. Auf den Boden«, sagte Esben. Sie konnten den Waldläufermeister nicht sehen, wussten aber, dass er gut versteckt zusah.

Der Falke gehorchte.

Die anderen rückten weiter vor und schossen auf Nilsa, die hinter ihrem Baum jedoch gut geschützt war.

»Schnappt sie euch«, befahl Gonars, der Kapitän der Falken.

Einer versuchte, hinter Nilsa zu gelangen, die sich nicht entfernen konnte, sonst hätte man sie erwischt.

Da sprang fünf Schritte rechts von Nilsa plötzlich Ingrid hinter einem anderen Baum hervor, zielte und schoss. Sie traf einen der Angreifer.

»Rasmus, eliminiert. Auf den Boden«, erklang wieder Esbens Stimme.

Ein anderer Falke schoss auf Ingrid, aber die steckte schon wieder hinter ihrem Baum.

»Kommt raus und kämpft!«, rief Gonars erbost.

Wie zur Antwort kam fünf Schritte links von Nilsa nun Gerd hinter einem anderen Baum hervor, zielte und schoss.

Gonars warf sich zur Seite und konnte dem Pfeil gerade noch ausweichen.

Zwei Pfeile sausten auf Gerd zu, der sich jedoch rechtzeitig wieder hinter den breiten Baum zurückzog.

»Schnappt euch den Riesen!«, befahl Gonars, worauf zwei seiner Leute sich auf Gerd zubewegten.

Nilsa wollte ihn verteidigen, wurde aber von einem Falken erwischt, der sich ihr unbemerkt genähert hatte.

Dafür wurde dieser von Ingrid markiert.

»Beide eliminiert. Auf den Boden.«

Da sprang Gerd erneut hinter seinem Baum hervor. Er hielt zwei Äxte in den Händen und erschien wie der Inbegriff eines kriegerischen norghanischen Halbgotts. Die beiden Angreifer hoben die Bögen und schossen jeder einen Pfeil auf Gerd ab. Gleichzeitig warf dieser mit viel Schwung seine Äxte nach ihnen. Die Pfeile trafen ihn, aber seine Äxte hatten auch einen Gegner erledigt.

»Verdammt!«, schrie Gonars. »Gib mir Deckung, ich hole das Abzeichen!«, forderte er seinen letzten Kameraden auf und rannte im Zickzack los.

Ingrid schnitt ihm den Weg ab und schoss, aber Gonars war geschickt genug, um auszuweichen. Sein Begleiter wollte Ingrid angreifen, aber die war schon wieder in Deckung gegangen.

Gonars fegte blitzschnell über den Schnee. Noch fünf Schritte, gleich hatte er es geschafft!

Aber da standen an den letzten zwei Bäumen vor dem Stab mit dem Pantherabzeichen auf einmal Egil und Lasgol mit gespanntem Bogen.

»Nein!«, schrie Gonars erschüttert auf.

Zwei Schritte vor dem Ziel trafen ihn die Markierungspfeile von Egil und Lasgol von beiden Seiten.

»Gonars, eliminiert«, ertönte Haakons Stimme.

Der letzte Falke, Jacob, war noch im Spiel. Er schoss auf Ingrid und wollte losrennen, doch da vernahm er hinter sich ein Geräusch. Er wollte sich umdrehen, aber es war zu spät. Die beiden Messer, die Viggo geworfen hatte, hatten ihn am Rücken getroffen.

»Jacob, eliminiert«, sagte Haakon.

»Sieger sind die Schneepanther!«, rief Ivana laut.

Lasgol und Egil sahen sich ungläubig an. Sie hatten es geschafft! Der Plan war aufgegangen! Sie hatten gewonnen. Jubelnd fiel sich die ganze Mannschaft in die Arme, denn sie konnten es kaum fassen.

Die Wettkämpfe gingen weiter. Nachdem alle zwölf Teams der ersten Runde sich im Wald miteinander gemessen hatten, gab es sechs Sieger. Diese Gruppen wurden jetzt an die Seen geführt. Die Verlierer blieben in den Bergen, wo sie einander bedauerten.

An den Seen wartete Dolbarar, um erneut die Gegner festzulegen. Das war das zweite Gelände, auf dem sich die Teams messen mussten. Wieder zog er die Abzeichen. Wer würde gegen wen antreten müssen? Nervös musterten die Gruppen einander. Lasgol registrierte, dass die verbliebenen Teams sehr stark waren. Die Schwächsten waren die Panther und die Uhus. Aber es konnte noch alles Mögliche geschehen — sie durften sich nicht beirren lassen.

»Nächste Runde«, sagte Dolbarar und griff in den Beutel, um das erste Abzeichen zu ziehen. »Die Wölfe«, sagte er, »gegen die die Tiger.«

Beide Teams sahen einander prüfend an. Das Kräfteverhältnis war ausgewogen. Sie hatten beide gute Schützen und diverse starke Mitglieder. Das würde ein Kampf unter Ebenbürtigen sein.

Dolbarar fuhr fort: »Die Uhus gegen die Gorillas.«

Das dürfte interessant werden. Die Gorillas waren sechs große, kräftige Jungen, womit sie körperlich im Vorteil waren, aber die Uhus hatten mit Astrid und Leana zwei vielseitig begabte Mitglieder. Lasgol wünschte Astrid viel Glück, denn das würden sie brauchen. Genau wie seine eigene Gruppe, deren Gegner damit feststanden.

»Die Wildschweine gegen die Panther«, sagte Dolbarar laut.

Lasgol war, als hätte man ihm einen Eimer Eiswasser über

den Kopf geschüttet. Die Wildschweine zählten wie die Wölfe zu den stärksten Gruppen, und die Gesichter seiner Teamkameraden sprachen Bände. Sogar Ingrid wirkte erschüttert. Abgesehen von den Wölfen war das der schlimmstmögliche Gegner. Die Wildschweine beglückwünschten einander so siegessicher, als hätten sie schon gewonnen. Da richtete sich Gerd hoch auf, ging zu ihnen hinüber und baute sich breitbeinig mit verschränkten Armen von ihnen auf.

»Bravo! Das ist echter Kampfgeist!«, sagte Ingrid anerkennend.

»Die Prahlhälse können bald einpacken«, sagte nun auch Viggo.

»Genau!«, pflichtete Nilsa ihm bei.

Auch Lasgol fasste neuen Mut.

Die zweite Runde war für alle erheblich schwieriger als die erste, was nicht nur am Gelände lag, sondern auch am Geschick und am Siegeswillen der Teilnehmenden. Fast in jeder Gruppe gab es ein Mitglied, das womöglich gehen musste, wenn sie nicht einen der ersten Plätze erreichten.

Erwartungsgemäß erledigten die Wölfe die Tiger ohne großes Federlesen. Damit war zu rechnen gewesen, denn sie zählten zu den besten Teams und hatten gute Chancen, am Ende im Finale zu stehen. Der zweite Wettkampf jedoch verlief unerwartet. Dank der Geschicklichkeit von Astrid und Leana konnten die Uhus die Gorillas besiegen. Am Ende versuchten drei starke Jungen — und gute Schützen —, die beiden davon abzuhalten, sich das Symbol der Gorillas zu schnappen, aber sie scheiterten. Wie Gazellen, die einem Raubtier zu entwischen suchen, bewegten sich die beiden Mädchen durch den Wald. Hundert Schritte vor dem Abzeichen wurde Leana zu Boden geworfen. Sie wehrte sich aus Leibeskräften, wurde aber markiert. Astrid hingegen sprang über einen Baumstamm und konnte dem Kapitän der Gorillas mit einem Salto entwischen. Mit unvergleichlichem Tempo sicherte sie sich daraufhin das gegnerische Abzeichen.

Die letzte Konfrontation war die zwischen den Wildschweinen und den Panthern. Die Wildschweine legten kraftvoll los. An den Seen war die Schneedecke weniger dick, und es gab weniger Möglichkeiten, sich gut zu tarnen. Das kam ihnen entgegen. Sie waren groß, stark und in Bestform, also in jeder Hinsicht im Vorteil. Als die sechs Gegner in breiter Linie vorrückten, kamen Ingrid, Gerd und Viggo voller Vertrauen auf ihre Fähigkeiten aus ihrem Versteck; Egil hingegen hielt sich versteckt, um das Abzeichen zu verteidigen, falls einer bis dorthin vorstieß. Wie erwartet waren die Wildschweine den Panthern klar überlegen. Der Erste, der fiel, war Gerd, kurz darauf folgte Nilsa. Viggo und Ingrid hielten eine Weile stand, mussten dafür jedoch viel riskieren. Schließlich wurde auch Viggo ausgeschaltet. Ingrid kämpfte wie eine Tigerkatze und konnte noch einen Gegner markieren, ehe es auch sie erwischte. Und währenddessen verfolgten die Panther eine Strategie, die wieder einmal Egils Idee gewesen war.

In einem geradezu wahnwitzigen Akt der Verzweiflung war Lasgol trotz der Kälte in den See gestiegen und riskierte eine Lungenentzündung, indem er an der gegnerischen Linie vorbeitauchte. Erst dahinter kam er wieder hoch und kroch zitternd vor Kälte aus dem Wasser. Während die Wildschweine seine Gruppe dezimierten, stand Lasgol auf und zwang seinen ausgekühlten Körper, zum Abzeichen zu laufen und es zu erobern. Die Wildschweine waren sich ihrer Sache so sicher gewesen, dass sie niemanden dort postiert hatten. Sie machten gerade kurzen Prozess mit Egil und wollten das Abzeichen an sich nehmen, doch kurz zuvor hatte Lasgol sich ihres gesichert.

Die Panther hatten gewonnen! Trotz der Proteste der Wildschweine, die einen Regelverstoß monierten, sprach Haakon den Schneepanthern den Sieg zu. Der See war Teil des Geländes und konnte somit von jeder Mannschaft beliebig einbezogen werden.

Ausgelassen bejubelten die Panther diesen Sieg, den sie selbst kaum glauben konnten. Lasgol war blau gefroren und klapperte mit den Zähnen, aber das war es wert gewesen. Die anderen rubbelten ihn rasch trocken, gaben ihm frische Kleider und machten Feuer, damit er sich aufwärmen konnte. Zusätzlich verpasste Nilsa ihm eine kräftige Massage, um seine Glieder schneller wieder aufzuwärmen.

Die drei siegreichen Teams wurden von den Seen auf die Ebenen geführt, die Dolbarar für die letzten Ausscheidungsrunden ausgewählt hatte. Dort erwartete der Kommandant die Gruppen. In diesem Gelände halfen ihnen weder Hügel noch Seen dabei, sich zu verstecken, und neben Dolbarar standen die Adler bereit.

»Das sind heute die letzten Kämpfe«, gab er bekannt. »Die beiden Siegerteams werden morgen das große Finale vor König Uthar und seinem Gefolge austragen.«

Lasgol und Egil wechselten einen ungläubigen Blick, dass sie überhaupt so weit gekommen waren.

»Wir müssen das Finale erreichen«, sagte Ingrid und ballte die Faust.

»Dann werden wir nicht rausgeworfen«, nickte Egil.

»Wir brauchen das«, sagte Gerd.

»Es wäre doch Verschwendung, so weit gekommen zu sein und es dann doch nicht zu schaffen«, meinte Viggo.

»Lass das Unken«, rügte Nilsa.

Lasgol musterte Isgord und dessen Mannschaft. Gegen dieses Team hätten sie keine Chance. Sie waren einfach in allem gut. Sie hatten keinen Schwachpunkt. Man konnte sie nicht reinlegen, denn Isgord war intelligent und Marta ebenfalls sehr gerissen.

»Letzte Auswahl für heute«, kündigte Dolbarar an.

Alle passten genau auf, als der Kommandant das erste Abzeichen zog. Es waren die Uhus.

»Die Uhus gegen ...«

Wieder schauten alle gespannt hin. Lasgol sah zu Astrid hinüber. Gegen sie wollte er nicht antreten, andererseits wäre es gegen ihr Team wenigstens nicht aussichtslos. Die Adler und die Wölfe waren einschüchternde Gegner. Während er noch mit sich rang, ob er gegen Astrid kämpfen wollte oder nicht, nahm Dolbarar ihm die Entscheidung ab.

»Die Uhus gegen die Adler.«

Lasgol atmete auf. Weder noch. Sie hatten die Wölfe gegen sich. Das hinterließ wenigstens keinen schlechten Nachgeschmack.

»Und die Wölfe gegen die Panther«, gab Dolbarar abschließend bekannt.

Die beiden Teams warfen einander kritische Blicke zu. Die Wölfe waren weder Angeber noch übertrieben selbstsicher. Sie waren schlicht gut, und zwar jeder Einzelne von ihnen. Gewandt, stark und gute Kämpfer, ob mit dem Bogen oder mit der Axt, also ein eindrucksvolles Team.

»Macht euch bereit«, sagte Oden und wies auf den Austragungsort. »Erste Runde: Die Uhus gegen die Adler.«

Die beiden Teams betraten den lichten Wald und bezogen Stellung. Hier war alles flach, und es gab nur wenig Bäume, sodass man die Gegner gut im Blick behalten konnte. Haakon und Esben fungierten wieder als Schiedsrichter im Gelände, Ivana und Eyra achteten auf die Abzeichen.

Der Kampf verlief kürzer und ungleicher, als Lasgol erwartet hatte. Innerlich feuerte er Astrid und die Uhus an, aber die Adler waren deutlich besser. Sie rückten schnell und strategisch vor, konnten mehreren Angriffen nur knapp entgehen und besiegten die Uhus am Ende mit Leichtigkeit. Astrid und ihr Team waren am Boden zerstört.

Lasgol fluchte in sich hinein, und die übrigen Panther registrierten erschüttert, wie rasch die Uhus besiegt worden waren. Sie ließen die Köpfe hängen. Die Wölfe würden kurzen Prozess mit ihnen machen.

Aber Ingrid riss sich zusammen, rief ihre Kameraden zu sich und schwor sie darauf ein zu kämpfen.

»Die Wölfe sind sehr gut. Das wissen wir«, sagte sie. »Aber wir haben eine Chance, das Finale zu erreichen. Die müssen wir ergreifen. Wir dürfen jetzt nicht an uns zweifeln. Wir dürfen keine Angst haben. Jetzt brauchen wir Mut und Durchhaltevermögen. Wir riskieren den Rauswurf, darum müssen wir alles geben! Alles!«

»Ja!« Nilsa ließ sich von Ingrids Leidenschaft mitreißen.

»Kann ich auf euch zählen?«

»Du kannst auf uns zählen, Kapitän«, sagte Viggo.

Gerd und Lasgol nickten.

»Wir werden es schaffen«, sagte Egil, um Ingrids Aussage mehr Nachdruck zu verleihen.

»Für uns alle!«, rief Ingrid.

Die Panther scharten sich um die Lanze mit ihrem Abzeichen und sahen sich den Wald genauer an. Viel Vegetation gab es hier nicht, und der Schnee reichte ihnen nur bis zu den Knöcheln. In der Mitte lag eine große Lichtung mit einer Felsformation.

»Da müssen sie rüber, um unsere Seite zu erreichen«, überlegte Egil. »Das ist wie ein kleines Meer mit einer Insel in der Mitte.«

»Richtig. Was machen wir?«, fragte Ingrid.

»Lieber verteidigen«, meinte Egil. »Offensives Vorgehen ist definitiv nicht unsere Stärke.«

»Mit welcher Strategie?«, fragte Viggo.

»Für ein derart offenes Gelände fällt mir nichts ein. Wir müssen also kämpfen.«

»Dann kämpfen wir«, sagte Ingrid entschlossen.

Da ertönte das Startsignal. Die Wölfe stürmten Hals über Kopf los.

»Sie wollen in die Mitte gelangen!«, rief Ingrid. »Lauft!«

Die Panther rannten durch den Schnee und sprangen dabei über Wurzeln, Büsche und Unterholz. Ingrid und Lasgol erreichten die Lichtung zuerst, aber die Wölfe waren schon auf dem Weg zu den Felsen in der Mitte. Ingrid hob den Bogen und schoss. Lasgol folgte ihrem Beispiel. Luca, der Kapitän der Wölfe, kletterte bereits am Felsen hoch, um den Vorteil der erhöhten Position nutzen zu können. Ashlin, das einzige Mädchen dieser Gruppe, stieg ihm mit beeindruckendem

Geschick hinterher. Der Rest der Wölfe suchte hinter dem Felsen Schutz, und gleich darauf sausten drei Pfeile auf Ingrid und Lasgol zu. Sie warfen sich hinter zwei Bäume.

»Sie sind sehr gut!«, stellte Ingrid fest und gab Nilsa und Viggo ein Zeichen, sich auf den Boden zu werfen.

»Allerdings«, bestätigte Lasgol. Er blinzelte hinüber und verbarg sich schnell wieder hinter seinem Baum.

Schließlich trafen auch Gerd und Egil ein, denen Ingrid ihre Plätze zuwies. So bildeten sie von den Bäumen am Rand aus eine Linie. Dann folgte ein Schusswechsel, doch leider waren die Wölfe die besseren Schützen und hatten die bessere Position. Luca nahm Gerd aufs Korn, der seinen breiten Körper nicht vollständig verbergen konnte.

»Ich bin getroffen!«, rief er den anderen zu.

»In Deckung!«, mahnte Ingrid, während ein Pfeil an ihrem Kopf vorbeizischte.

Plötzlich begannen die vier Wölfe, die hinter dem Felsen gesessen hatten, im Zickzack davonzulaufen, zwei nach Osten, zwei nach Westen.

»Sie greifen uns von den Flanken an!«, warnte Egil.

»Treibt sie zurück!«, rief Ingrid.

Alle schossen, um die anderen aufzuhalten. Viggo landete einen Treffer, aber als er dazu aus der Deckung kommen musste, erledigte Luca ihn. Dasselbe passierte Nilsa, die von den beiden Schützen auf dem Felsen sogar doppelt erwischt wurde.

»Verdammt!«, rief Ingrid.

»Sie sind seitlich von uns«, warnte Egil wieder, der zu Ingrid und Lasgol hinübergeschlichen war.

Zwei Pfeile, einer von rechts, der andere von links, bestätigten seine Aussage. Ingrid und Lasgol duckten sich tief.

»Wir sitzen in der Falle«, sagte Ingrid, nachdem sie sich umgesehen hatte.

»Er könnte es schaffen ... mit seinen Fähigkeiten«, meinte Egil, verzog aber das Gesicht dabei.

Ingrid schüttelte den Kopf.

»Wir mogeln nicht. Wenn wir verlieren, dann verlieren wir.«

»Eigentlich wäre es kein Mogeln. Ich bin, wer ich bin.«

»Stimmt. Aber ich will nicht um jeden Preis gewinnen. Nein, keine Magie!«

Lasgol nickte.

»Einverstanden. Ich werde meine Fähigkeiten nicht einsetzen.«

Egil nickte, und damit war es beschlossene Sache.

Vier Pfeile flogen auf sie zu.

»Wir müssen uns zurückziehen«, sagte Lasgol, nachdem auch er sich schnell umgesehen hatte. »Diese Position können wir nicht halten, und sie nähern sich von zwei Seiten.«

Egil schüttelte den Kopf.

»Wenn wir den Rückzug antreten, erwischen uns die beiden Schützen von oben.«

»Und was dann?«, fragte Ingrid.

Egil lächelte. Es war ein verschmitztes Lächeln, als hätte er eine Idee. Er gab Lasgol ein Zeichen, ihm zu folgen, und dann schlichen die beiden ostwärts davon.

»Im Zweikampf tauge ich nicht viel, aber ich kann dir einen Vorsprung verschaffen. Nutze ihn«, sagte Egil.

In hundert Schritt Abstand kniete schussbereit ihr Rivale. Sie warteten seinen Schuss ab — daneben.

»Jetzt!«, sagte Egil.

Beide sprangen auf, ließen ihre Bögen fallen und rannten mit aller Kraft auf den Schützen der Wölfe zu. Nach fünfzig Schritten traf er Egil in die Brust, der vor Lasgol lief, um diesen zu decken. Nach Egils Opfer lief Lasgol noch schneller. Auf zehn Schritte Abstand feuerte der Wolf noch einmal, aber Lasgol hechtete nach vorn. Der Pfeil flog über seinen Kopf hinweg, ohne ihn zu erwischen. Lasgol rollte ab und kam unmittelbar vor dem Wolf wieder hoch, wo er Axt und Messer zückte. Sein Gegner warf den Bogen weg und ging ebenfalls in den Nahkampf über, kam aber einen Moment zu spät. Lasgols Waffen markierten seine Brust mit einem kreuzweisen

Treffer.

Eilig zog er sich zu Ingrid zurück, die inzwischen den Wolf im Westen erledigt hatte. Er blickte zum Felsen. Luca und Ashlin waren verschwunden. *Oh, nein!* Doch ihm blieb keine Zeit zum Nachdenken, denn im nächsten Moment stürzten sich die beiden auch schon auf ihn. Alle drei rollten durch den Schnee. Lasgol kam wieder hoch, erntete aber einen kräftigen Faustschlag von Ashlin, der ihn nach hinten taumeln ließ. Luca warf sein Messer nach ihm. Instinktiv warf Lasgol sich zur Seite und konnte gerade noch entwischen. Da schlug Ashlin mit der Axt nach seiner Brust, doch er konnte den Hieb mit der eigenen Axt abfangen. Luca verpasste ihm einen Tritt in die Magengrube, und Lasgol knickte in sich zusammen. Als Luca ihn markieren wollte, tauchte Ingrid auf, die sich mit einem langen Sprung auf Luca warf und ihn damit umriss.

Inzwischen bekam Lasgol wieder Luft, doch nun griff Ashlin ihn erneut an. Es gelang ihm nicht, sich ihr zu entziehen. Sie war fast so stark und zäh wie Ingrid, und er war inzwischen ziemlich erledigt und bekam kaum Luft. In diesem Zustand konnte er kämpfen und voraussichtlich verlieren oder aber alles auf eine Karte setzen. Lasgol überlegte nicht lange. Er warf sich in dem Moment auf Ashlin, als diese ihr Messer nach ihm warf. Mit weit aufgerissenen Augen sah sie, wie Lasgols Axt seine Hand verließ und auf ihre Brust zusauste. Ihr Messer markierte Lasgol, seine Axt markierte Ashlin.

»Beide eliminiert«, entschied Esbens Stimme.

Lasgol lächelte. Jetzt kam es ganz auf Ingrid an. Die Ausgeschiedenen beider Mannschaften bildeten einen Kreis, um ihre Kapitäne anzufeuern.

Die beiden Kontrahenten umkreisten einander mit Axt und Messer in den Händen und behielten den anderen genau im Auge.

»Und damit endet unser Kapitänspakt«, sagte Luca.

»Es war ein fairer Pakt«, antwortete Ingrid.

»Und wir haben uns daran gehalten. Kein böses Blut und keine faulen Tricks zwischen Wölfen und Panthern. Wie vereinbart.«

»Genau. Das hast du eingehalten.«

»Und jetzt müssen wir den Pakt brechen, denn einer von uns muss gewinnen.«

Sie nickte.

»Viel Glück«, sagte Luca zu ihr.

»Gleichfalls«, antwortete Ingrid.

Sie griffen beide gleichzeitig an. Ingrid stürzte sich wie eine Löwin auf Luca, aber der verteidigte sich wie ein Tiger. Beeindruckend schnell und wendig stachen sie zu, blockierten, schlugen und konterten. Sie waren ebenbürtige Gegner. Aber da brachte ein Fehler das Gleichgewicht zum Kippen — kein Fehler der Kapitäne, sondern der eines ihrer Kameraden.

»Du wirst dich doch nicht von einem Mädchen besiegen lassen?«, sagte Björn, ein großer, hitziger Bursche von den Wölfen, aber leider nicht ihr schlauester Kopf.

Denn bei dieser Bemerkung wurde Ingrid ungeheuer wütend. Wie ein unaufhaltsamer Tornado, wie eine Naturgewalt, ging sie auf Luca los und besiegte ihn. Am Ende lag der Kapitän der Wölfe geschlagen und markiert auf dem Boden.

»Die Schneepanther sind die Sieger!«, verkündete Dolbarar.

Die Panther umarmten Ingrid und hoben sie jubelnd auf die Schultern. Sie waren unfassbar glücklich.

Ashlin ging auf Björn zu und boxte ihm in den Bauch.

»Du Idiot! Deinetwegen haben wir verloren!«

Doch den Panthern war das Undenkbare gelungen: Sie hatten sich für das große Finale qualifiziert.

Die Ankunft von Uthar Haugen, König von Norghana, und seinem Gefolge war ein großes Ereignis. Wie durch Magie öffnete sich ein Abschnitt des dichten Waldes, der das Lager wie eine undurchdringliche Mauer umschloss, und ließ die Besucher ein. Lasgol wusste, dass hier keine Magie im Spiel war, sondern eine versteckte Mechanik, aber diese vermittelte dennoch eine mystische Atmosphäre.

Für den Einzug des Königs hatten sie sich in zwei langen Reihen aufgestellt. Alle Waldläufer mussten anwesend sein, um Seine Majestät willkommen zu heißen, und sie hatten sich vom Eingang bis zum Hauptquartier aufgereiht. Rechts standen alle Schüler der vier Jahrgänge, links die verbliebenen Waldläufer und Ausbilder, alle in Uniform. Vor dem Hauptquartier warteten Dolbarar und die vier Waldläufermeister in Galauniformen.

Es war eine lange Prozession, die ins Lager einzog. Angeführt wurde sie von leichter Kavallerie, den Spähtrupps des Königs. Die Berittenen trugen eine leichte Schuppenrüstung und hohe Reitstiefel. Danach folgte ein Regiment Unbesiegbarer des Eises aus der Eliteinfanterie von Norghana.

»Wow!«, entfuhr es Ingrid bei ihrem Anblick.

»Sehr eindrucksvoll«, nickte Gerd, als er sie in ihren Rüstungen sah. Diese Krieger waren nicht besonders groß, aber wendig und kampferprobt und perfekte Schwertkämpfer. Sie waren ganz in Weiß gekleidet, vom Flügelhelm über das Kettenhemd mit Wams bis zum Mantel. Sogar ihre Schilde waren weiß, nur der Stahl ihrer norghanischen Schwerter nicht.

»Das ist die beste Infanterie des Kontinents«, schwärmte Ingrid. »Es heißt, in geschlossener Formation seien sie unbesiegbar.«

»Die schwere Kavallerie von Rogdon, die Lanzenritter, die

könnten es vielleicht«, meinte Viggo.

»Ihre Infanterie aber garantiert nicht«, hielt Ingrid dagegen, und Viggo grinste zufrieden, weil er sie wieder einmal erfolgreich provoziert hatte. »Und jetzt lass mich in Ruhe. Ich habe wirklich keine Lust auf solche Kommentare.«

»Tja, die musst du wohl aushalten. Immerhin habe ich dir das Leben gerettet.«

»Woran du mich jeden Tag erinnerst. Und ich weiß immer noch nicht, was dich dazu verleitet hat.«

Er lächelte versonnen, und seine schwarzen Augen begannen zu glänzen. »Deine Anmut natürlich, die sich unter der rauen Schale des Nordens verbirgt.«

Gerd stutzte, und Egil grinste von einem Ohr zum anderen. Lasgol hatte Mühe, sich ein Räuspern zu verkneifen.

Ingrid lief rot an.

»Du kannst dich nachher auf eine hübsche Abreibung gefasst machen«, kündigte sie grimmig an.

»Das ist nicht nötig, ich bin attraktiv genug.« Er zwinkerte ihr zu.

Ingrid konnte sich kaum noch beherrschten, und jetzt grinsten alle.

Der Infanterie folgte ein Regiment königlicher Waldläufer in ihren grünen Umhängen, angeführt von Gatik Lang, dem aktuellen Ersten Waldläufer. Voller Bewunderung sahen die sechs Schneepanther ihn vorbeireiten. Sie waren neiderfüllt.

»Nur die Besten beschützen den König«, stellte Egil fest.

Ingrid musterte Gatik sehr gründlich. Er war groß und schlank, ungefähr dreißig Jahre alt. Das blonde Haar und der Bart waren kurz geschnitten, sein Gesicht wirkte ernst und entschlossen. Mit diesem Mann war nicht zu spaßen.

»Eines Tages werde ich die erste Frau sein, die diesen Posten innehat«, versicherte Ingrid ihren Freunden.

Alle erwarteten einen sarkastischen Kommentar von Viggo, aber der blieb aus. Ingrid hatte mit solcher Überzeugung und Sicherheit gesprochen, dass Viggo sie dieses eine Mal nicht verletzen wollte, sondern den Mund hielt.

Am Ende der Gruppe ritt niemand anders als Arvid Gondabar, der Anführer aller Waldläufer. Lasgol überraschte sein fortgeschrittenes Alter. Schon Dolbarar war ein alter Mann, aber Gondabar war sicher noch zehn Jahre älter. Er machte nicht den Anschein, als würden ihm noch viele Sommer bevorstehen. Gondabar war ein hagerer Mann mit einer schmalen, markanten Nase und nicht mehr allzu viel Haar. Die vielen Falten in seinem Gesicht zeugten vom harten Leben der Waldläufer, und im Gegensatz zu Dolbarar wirkte er verdrießlich. Dennoch lag etwas Aufrechtes und Gutes im Blick dieses Mannes.

Nach den königlichen Waldläufern folgte die Königsgarde. Während beim Anblick der Unbesiegbaren des Eises das Blut in den Adern gefror, kam es bei diesen Männern in Wallung. Sie waren sehr groß, alle so groß wie Gerd, mit harten, narbenreichen Gesichtern, die von vielen Schlachten erzählten. Diese eindrucksvollen Soldaten konnten mit einem Schlag töten. Bewaffnet waren sie mit Schwert und Wurfaxt, aber was Lasgols Aufmerksamkeit auf sich zog, war die Doppelaxt, die alle zusätzlich noch auf dem Rücken trugen.

»Das sind Zweihänder, und sie sind so schwer wie ein Mann«, sagte Lasgol, der sich an Ulfs Axt erinnerte.

»Gerd könnte bestimmt damit umgehen«, meinte Nilsa.

»Das will ich lieber nicht probieren«, wehrte dieser lächelnd ab.

»Meistere du erst mal die Wurfaxt, dann reden wir weiter«, sagte Viggo. »Sonst köpfst du noch jemanden aus Versehen. Und wenn man Nilsa so ansieht, wäre das gar nicht so unwahrscheinlich.«

»Blödmann!«, sagte diese und streckte ihm die Zunge heraus.

Genau in diesem Moment ritt König Uthar auf seinem großen, weißen Vollblut an ihnen vorbei. Beeindruckt betrachtete Lasgol den König. Genauso hatte er ihn sich vorgestellt: ein gebieterischer Mann, noch größer als seine Wachen. Er hatte enorm breite Schultern und überragte selbst Gerd um einen halben Kopf. Sein Alter schätzte Lasgol auf etwa vierzig. Das schulterlange, blonde Haar trug er offen, und auf seinem Kopf saß eine edelsteinbesetzte Krone. In Uthars hartem Gesicht leuchteten große, blaue Augen. Gekleidet war er in eine exquisite Rüstung aus Gold und Silber, auch diese mit Edelsteinen verziert. Seinen Rücken wärmte ein großer, rotweißer Umhang.

Mit einem Knie auf dem Boden sahen die sechs Freunde aus dem Augenwinkel zu, wie der König hoheitsvoll näher kam. Uthar strahlte eine überwältigende Autorität und Präsenz aus. Rechts von ihm ritt Sven Borg, der Hauptmann der Königsgarde. Lasgol überraschte sein Äußeres. Dieser Mann war lange nicht so groß und stark wie der König und die Mitglieder seiner Garde, ganz im Gegenteil: Er war schlank und eher klein mit dunklem Haar und ebenso dunklen Augen. Damit wirkte er irgendwie fehl am Platze.

»Es heißt, Sven sei der beste Krieger im ganzen Norden«, sagte Viggo.

»Ist er ein Norghaner?«, fragte Lasgol.

»Ja, aus dem Süden. Von der Grenze. Das sieht man ihm an. Im Schwertkampf gewinnt er jedes Turnier. Angeblich ist er mit Schwert und Dolch unbesiegbar. Er bewegt sich so schnell und weiß so meisterlich mit dem Stahl umzugehen, dass seine Gegner einfach umfallen.«

»Wenn ich doch nur so gut wäre!«, seufzte Nilsa.

Dieser Mann interessierte Lasgol, denn er war derjenige, der den König vor dem Angriff seines Vaters gerettet hatte. Der Mann auf der linken Seite des Königs interessierte ihn allerdings noch mehr: Olthar Rundstrom, der königliche Magier. Der Magier trug eine weiße, schmucklose Tunika. Mit seinen langen, weißen Haaren und den kalten, grauen Augen schien er direkt aus dem Schnee gestiegen zu sein. Sein Körper wirkte wenig robust, aber dennoch war seine Ausstrahlung machtvoll — wie eine kaum verhohlene Drohung. Ja, dieser Mann war mächtig. Sehr mächtig. Lasgol sah den Stab an, den er bei sich hatte, ebenmäßig, weiß wie Schnee und mit silbernen Intarsien. Mit dieser Waffe hatte der Magier seinen Vater getötet.

Und jetzt ritten sie an Lasgol vorbei, die drei Männer, die am Tod des Menschen beteiligt gewesen waren, den er über alles geliebt hatte. So gern hätte er mit ihnen gesprochen, sie gefragt, was damals geschehen war und warum sein Vater gestorben war. Ja, er kannte die Antwort, aber er wollte sie aus ihrem Munde hören, denn vielleicht würde er dabei etwas bemerken, was nicht zusammenpasste. Doch als er diese mächtigen Männer nun in Fleisch und Blut vor sich sah, begannen seine Hoffnungen zu schwinden.

Die Prozession erreichte Dolbarar und die vier Waldläufermeister. König Uthar, Hauptmann Sven, der Magier Olthar, Waldläuferanführer Gondabar und der Eliteläufer Gatik saßen ab, grüßten und gingen mit ihren Gastgebern ins Hauptquartier. Die Königsgarde umstellte das Gebäude, und die königlichen Waldläufer bezogen ihre Positionen. Die leichte Kavallerie und die Infanterie zogen sich zurück.

Auf Odens Kommando durften die anderen wegtreten. Lasgol und seine Kameraden kehrten in ihre Hütte zurück, wo sie sich angeregt über das unterhielten, was sie gesehen hatten, aber auch über das große Finale, das sie am kommenden Morgen erwartete. Sie redeten, bis die Nacht anbrach.

»Morgen besiegen wir die Adler!«, rief Ingrid.

»Ich will nicht behaupten, dass ich keine Angst hätte«, meinte Gerd. »Immerhin wird der König da sein. All diese wichtigen Leute werden zusehen!«

»Hör zu, Kumpel«, sagte Egil freundlich, »du hast bloß Angst vor dem Unbekannten. Eine unklare Vorstellung oder ein abstraktes Konzept führen dazu, dass dein Geist abschaltet oder sich dagegen wehrt, und zu seiner Verteidigung erzeugt er dieses Gefühl der Furcht vor etwas, das nicht unbedingt schlecht sein muss.«

»Wie klug du doch bist«, sagte Gerd und schlug ihm so heftig auf den Rücken, dass Egil fast das Gleichgewicht verlor. »Und was kann ich tun, um diese Angst loszuwerden?«

»Jetzt hast du sie alle gesehen. Sie sind real. Stell dir vor, wie sie im Speisesaal am Tisch sitzen, wie sie essen und trinken und reden, genau wie wir. Das dürfte helfen.«

»Danke, mein Freund. Das werde ich tun!«

»Und was empfiehlst du mir, damit mir morgen kein Patzer unterläuft?«, fragte Nilsa sofort sehr aufmerksam.

»Für dich gibt es kein Patentrezept«, sagte Viggo.

»Sei still und hör zu. Hier kannst du was lernen«, mahnte Ingrid.

»Hm«, überlegte Egil. »Ich glaube, du musst dich ganz auf genau eine Aufgabe oder Handlung konzentrieren und diese ruhig angehen. Du neigst dazu, mehrere Sachen gleichzeitig machen zu wollen, darum springt dein Geist von einer Sache zur anderen, du wirst nervös und machst Fehler.«

Nilsa seufzte. »Ich habe immer so viele Ideen im Kopf. Ich werde versuchen, mich besser zu konzentrieren. Vielen Dank.«

»Und was machen wir mit unserem geborenen Pessimisten?«, fragte Ingrid.

Alle lachten, nur Viggo nicht. Er rümpfte die Nase.

Egil zuckte mit den Schultern. »Ich glaube, da müsste ich gründlicher drüber nachdenken und einiges eruieren. Aber für das Team tut er, was immer nötig ist, das weiß ich.«

»Für alle bis auf die Bestimmerin«, schränkte Viggo ein.

Ingrid sah ihn böse an.

»Ganz so unrecht hat er nicht«, sagte Egil zu Ingrid. »Mitunter ... versuchst du, deine Meinung durchzusetzen, ohne dich zuvor mit uns zu besprechen oder unsere Überlegungen wertzuschätzen.«

»Ich weiß, aber das kann ich vor ihm doch nicht zugeben«, sagte sie selbstironisch, was bei ihr selten vorkam und alle zum Lachen brachte.

»Womit wir bei ihm wären«, sagte Ingrid und zeigte auf Lasgol. »Was hast du zu ihm zu sagen?«

Egil seufzte.

»Er ... muss offen und ehrlich sein. In erster Linie sich

selbst gegenüber und dann uns gegenüber«, sagte Egil zögerlich. Es klang ziemlich nachtragend.

»Ich ... es tut mir so leid ... wirklich«, sagte Lasgol.

»Mir reicht es schon, wenn du morgen im Finale glänzt«, sagte Ingrid.

»Das werde ich«, beteuerte Lasgol. »Ihr könnt auf mich zählen.«

»Also gut. Morgen kämpfen wir, und trotz all unserer Fehler und Unzulänglichkeiten werden wir siegen!«

Alle applaudierten und bestärkten einander.

Danach zog sich Lasgol zurück, um mit Camu zu spielen, der es sich angewöhnt hatte, den anderen Kleidungsstücke zu stehlen und diese zu Lasgol zu bringen. Während er mit seinem kleinen Freund schimpfte, sah er durch das Fenster, wie Nilsa zu einem ihrer nächtlichen Spaziergänge aufbrach. Er fühlte sich schuldig, denn er wusste ja, dass es wegen Camu war.

»Bring den Strumpf zu Gerd«, befahl er dem kleinen Wesen.

Camu beugte die Beine und bewegte zufrieden den Schwanz hin und her, gehorchte aber nicht. Lasgol konzentrierte sich und nutzte seine Gabe für den Befehl: *Bring das wieder zu Gerd.* Dieses Mal sah das Tierchen Lasgol an und gehorchte.

»Da ist er ja! Den suche ich schon seit Tagen«, sagte Gerd zu Camu. Wieder beugte das Tierchen die Beine und bewegte den Schwanz.

»Mach lieber die Truhe zu«, rief Lasgol Gerd zu.

Gerd schloss schnell den Deckel, da sprang Camu auch schon darauf.

»Das ist meins. Hier wird nicht geklaut!«, warnte Gerd mit erhobenem Zeigefinger, lächelte aber dabei.

Während Gerd versuchte, Camu zu entwischen, der dies offenbar für ein Spiel hielt und ihn deshalb verfolgte, blickte Lasgol aus dem Fenster. Er sah Nilsa an einem Baum stehen, von wo aus sie ihm ein Zeichen gab, zu ihr zu kommen. Da ging er hinaus und deutete fragend auf sich. Als sie nickte, nickte auch er und ging zu ihr.

»Alles in Ordnung?«, fragte er.

»Ja. Aber ich muss mit dir reden.«

»Okay. Worum geht's?«

»Lass uns da rübergehen, wo man uns nicht sieht. Da sind wir ungestört.«

Sie führte Lasgol zum Holzschuppen. Das gesamte Brennholz für den Winter lagerte etwas abseits in einem großen, schneebedeckten Schuppen zwischen einigen Eichen. Drinnen war es dunkel. Nur das Mondlicht fiel durch ein Fenster, mehr Licht gab es hier nicht. Es roch intensiv nach feuchtem Holz.

»Was ist los?«, fragte er Nilsa verwundert.

»Er will mit dir reden.«

»Wer?«

»Ich«, sagte eine Stimme aus den Schatten.

Lasgol fuhr herum und sah eine dunkle Gestalt auf sich zukommen. Erst als diese näher ans Fenster trat, erkannte er sie.

»Isgord!«

»Er hat gesagt, er will mit dir Frieden schließen. Um meinetwillen. Damit wir zusammen sein können.«

»Du kannst uns jetzt allein lassen, Schätzchen«, sagte Isgord zu Nilsa.

»Schätzchen? Zusammen sein?«, sagte Lasgol verständnislos. »Was hat das zu bedeuten?«

»Nun, Nilsa und ich haben uns etwas angefreundet. Und wir treffen uns nachts öfter hier.«

»Angefreundet?«, fragte Nilsa irritiert. »Du hast mir erklärt, es sei viel mehr als das. Ich sei die Prinzessin, nach der du schon so lange vergeblich suchst.«

»Ach das, ja ... nun ... Was man nicht so alles sagt, wenn man etwas von jemandem braucht. Nimm's nicht persönlich.«

»Wozu brauchtest du mich denn? Du hast gesagt, du wolltest mich sehen, mit mir zusammen sein!«

»Tja. Es ging mir leider nicht um dich, sondern um ihn«, sagte er und zeigte auf Lasgol. »Nur ist er leider immer in Gesellschaft. Nie konnte ich ihn allein antreffen.«

»Du hast mich benutzt!«

»Ich fürchte, ja«, sagte Isgord und schlug Nilsa ohne Vorankündigung nieder. Der Kinnhaken kam so plötzlich, dass Nilsa wie ein Sack Kartoffeln zu Boden ging.

»Hey!«, rief Lasgol und schubste Isgord so heftig, dass dieser ein paar Schritte zurückstolperte. Dann beugte er sich über Nilsa.

»Wir zwei haben noch eine Rechnung offen! Und die wirst du jetzt begleichen«, sagte Isgord und zog sein Waldläufermesser.

Lasgol stand auf. Nilsa war unversehrt, aber bewusstlos. Er erkannte die Gefahr und zückte ebenfalls sein Messer.

»Das ist ein Fehler. Überleg dir, was du tust.«

»Ich hatte viel Zeit zum Nachdenken. Und jetzt wirst du deine Schulden bezahlen.«

»Welche Schulden? Was hast du gegen mich?«

»Ich will es dir erklären, damit du mich verstehst. Weißt du, was an dem Tag geschehen ist, als Darthor die Falle am Nordpass gestellt hat? An dem Tag, als dein Vater den König in den Hinterhalt geführt und später versucht hat, ihn zu töten?«

Lasgol nickte wie versteinert.

»Ja. Jeder kennt die Geschichte.«

»Aber nicht jeder kennt die ganze Geschichte. Einige Details sind in Vergessenheit geraten. Was ganz Norghana weiß, ist nur der Teil, in dem es um König Uthar und den Waldläuferverräter Dakon geht. Und wie Kommandant Sven und der Magier Olthar den König damals gerettet haben. Kaum jemand allerdings weiß, dass sie ohne diesen einen vergessenen Helden damals alle gestorben wären und Darthor triumphiert hätte.«

»Ein vergessener Held?«

»Genau. Nicht einmal der Sohn des Verräters weiß, wer

den Plan seines Vaters durchkreuzt hat.«

»Was meinst du damit?«

»Ich sehe, du bist ganz Ohr. Gut. Dein Vater hat die Truppen des Königs in den Hinterhalt geführt, denn im Pass waren Darthors Leute postiert. Es wäre ein Blutbad geworden, das der König und seine Begleiter nicht überlebt hätten. Aber im letzten Moment, als sie schon in die Schlucht einzogen, traf ein Bote ein, der den König warnte. Klingelt da etwas?«

»Dolbarar hat so etwas erwähnt.«

»Dieser Bote war ein Waldläufer. Sein Name war Tomsen. Weißt du, wer er war?«

»Nein.«

»Das war mein Vater! Tomsen Ostberg!«

Da begann Lasgol zu verstehen.

»Was ist aus ihm geworden?«

»Er ist bei dem Überfall umgekommen. Er hat den verletzten König beim Rückzug verteidigt, und sie haben ihn getötet.«

»Das tut mir leid.«

»Du begreifst die Ironie, nicht wahr? Der Waldläufer, der den König gerettet hat, ist tot und vergessen. Niemand weiß von seinem Opfer, niemand weiß, was ihm dank seiner Verwegenheit geglückt ist. Aber den Verräter Dakon kennen alle.«

»Davon hatte ich keine Ahnung. Es tut mir sehr leid.«

»Es wird dir noch viel mehr leidtun! Mein Vater ist als namenloser Held gestorben, aber jetzt gibt mir das Schicksal die Chance, ihn zu rächen«, sagte er und drohte Lasgol mit dem Messer.

»Wenn du dich rächst und mich tötest, bist du geliefert. Sie werden dich dafür hängen.«

»Stimmt. Das ist auch nicht die Rache, die mir vorschwebt.«

»Das verstehe ich nicht.«

»Ich will dich nicht töten. Ich tue dir Schlimmeres an: Ich werde dich verstümmeln. Dann kannst du kein Waldläufer mehr werden. Warum auch immer du hier bist — und ich weiß, dass es dir sehr wichtig ist, sonst hättest du das alles nicht durchgestanden —, damit ist alles vergebens.«

»Wenn du das machst, schmeißen sie dich raus.«

»Das glaube ich kaum. Nicht für den Verrätersohn. Alle wissen, dass wir Feinde sind und dass der Wetteifer gerade mörderisch ist. Ich werde sagen, der Streit sei aus dem Ruder gelaufen, du hättest ein Messer gezogen und ich hätte mich verteidigen müssen. Wem werden sie glauben, dem Verrätersohn oder dem Kapitän der Adler?«

Lasgol schüttelte den Kopf.

»Es ist noch nicht zu spät. Das ist doch Wahnsinn!«

»Ich muss dir noch etwas sagen. Selbst wenn sie mich rausschmeißen, was ich sehr bezweifle, wäre es mir das wert. Ich kann immer noch beim königlichen Heer verpflichten. Da sehen sie nicht so genau hin, wer bei ihnen anklopft.«

Lasgol sah die Entschlossenheit aus Isgords Augen blitzen und wusste, dass er es ernst meinte. Sehr ernst. Er wollte ihn fürs Leben zeichnen.

Isgord griff so schnell und ungehemmt an, dass Lasgol kaum eine Chance hatte. Er schwebte in größter Gefahr, deshalb nutzte er seine Gabe, um sich zu verteidigen. Da traf ein Stich von Isgord seinen Unterarm. Der Schmerz hinderte ihn an der nötigen Konzentration, um eine Abwehr zu aktivieren.

»Wehr dich nicht. Dann leidest du kürzer. Ich mache es schnell. Ein kräftiger Schnitt in die Achillessehne, und alles ist vorbei.«

»Wenn du glaubst, dass ich so leicht aufgebe, bist du verrückt«, sagte Lasgol und aktivierte seine *Katzenreflexe*.

Isgord intensivierte seine Attacken. Er konnte sehr gut mit dem Messer umgehen, was Lasgol kaum überraschte. Schließlich war Isgord in fast allem gut. Dennoch gelang es Lasgol, seinen gezielten Stichen und jedem Versuch, ihn zu entwaffnen, auszuweichen. Irgendwann setzte sein Gegner eine Finte ein, um ihn zu Fall zu bringen. Fast wäre es ihm gelungen, aber Lasgol war dank seiner Gabe behänder als sonst und konnte schneller reagieren.

Allmählich dämmerte Isgord, dass hier etwas Ungewöhnliches vor sich ging. Er konnte Lasgol nicht erwischen. Mit einem wilden Sprung stürzte er sich auf sein Opfer, doch Lasgol konnte ihm entgehen, indem er sich blitzschnell zur Seite bog, und traf seinen Gegner mit dem Griff seiner Waffe auf den Kopf, als dieser an ihm vorbeiflog. Isgord rollte über den Boden und kam auf ein Knie hoch. Als er seinen Kopf abtastete, bemerkte er, dass er blutete.

»Wie kannst du dich so zur Wehr setzen? So gut bist du nicht! Ich beobachte dich seit dem allerersten Tag.«

»Wir haben alle unsere Geheimnisse.«

»Ich weiß nicht, ob du uns in den Prüfungen zum Narren gehalten hast und dich gar nicht bemüht hast, der Beste zu sein, oder ob hier etwas anderes vor sich geht. Aber eines weiß ich, das hier ist nicht normal! Und es gefällt mir nicht.«

»Dann geh und lass uns die Sache vergessen. Wir können es dabei belassen.«

»Wirf das Messer weg und ergib dich. Sonst zahlt sie den Preis!«, sagte Isgord da und stellte sich über die immer noch bewusstlose Nilsa.

»Nicht! Tu ihr nichts!«

»Das Messer!«

Lasgol warf das Messer auf den Boden.

»Und jetzt leg dich hin. Das Gesicht nach unten.«

Lasgol warf einen Blick auf das wehrlose Mädchen und gehorchte.

»Viel besser«, sagte Isgord und griff nach seinem rechten Fuß.

»Tu das nicht!«

„Du hast zu viel Mitleid. Das ist dein schwacher Punkt. Ich würde Nilsa nie etwas tun. Sie ist unschuldig. Und ein Mädchen. Ein Kinnhaken, der schadet ihr nicht, schließlich ist sie eine Waldläuferin. Aber sie ernsthaft verletzen? Auf keinen Fall! So etwas würde ich nie tun.«

»Das dachte ich mir. Aber ich konnte es nicht riskieren.«

»Gleich ist es vorbei«, versicherte Isgord und schickte sich an, die Sehne zu durchtrennen.

In diesem Moment hörten sie eine Stimme.

»Was ist da drinnen los? Kommt sofort raus.«

Isgords Kopf fuhr herum.

Er zögerte kurz. Lasgol wollte um Hilfe rufen, aber Isgord drohte ihm mit dem Messer. Da öffnete sich die Schuppentür. Isgord verschwand im hinteren Teil des Schuppens und tauchte in die Dunkelheit ab, und in dem Moment als die Gestalt durch die Vordertür trat, floh er durch die Hintertür.

Lasgol atmete auf. Er war noch einmal davongekommen. Die Gestalt, die eintrat, erkannte er gleich, denn die dunkle Haut und der kahle Schädel waren unverkennbar.

Das war Haakon!

Erst war er heilfroh, aber dann änderte er seine Meinung. Die spontane Erleichterung verflog. Was tat Haakon hier? Warum stellte er ihm nach? Auf einmal war es Gewissheit. Haakon war der Verräter. Alles fügte sich ineinander. Der Ausbilder kannte das Lager und die komplette Umgebung perfekt, und er konnte sich dank seiner meisterlichen Geschicklichkeit unbemerkt fortbewegen. Er wusste, wie man das Gift zubereitete ... er beschattete ihn ... er war ein zwielichtiger Mann, und jetzt war er hier. Ein kalter Schauer lief Lasgol über den Rücken. Das war die perfekte Gelegenheit für Haakon, ihn zu erledigen, und die perfekte Ausrede.

»Was hast du getan?«, fuhr der Ausbilder Lasgol an, während er sich über Nilsa beugte.

»Das war ich nicht«, sagte Lasgol und wollte sein Messer aufheben.

»Das Messer bleibt, wo es ist«, warnte Haakon, der augenblicklich sein eigenes Messer zog und es auf Lasgol richtete.

Dieser sah Haakon in die dunklen Augen und erkannte die unmissverständliche Drohung darin. Er zog die Hand zurück.

Haakon richtete sich wieder auf, ohne seine Waffe einzustecken. Im Dunkeln wirkte seine Gestalt wie eine Verkörperung des Todes, der Lasgol gleich das Leben nehmen würde.

Lasgol schluckte.

»Du hättest dich nie den Waldläufern anschließen sollen.«

Der Junge erschauerte. Das hörte er nicht zum ersten Mal.

»Das hat der Söldner Nistrom auch gesagt.«

»Wohin du auch gehst, folgt dir die Gefahr.«

»Wie jetzt?«, fragte Lasgol und wich einen Schritt zurück, während er noch einmal seine *Katzenreflexe* aktivierte.

Haakon starrte ihn lange abschätzig an.

»Damit kein Missverständnis aufkommt, Rekrut: Ich bin auf Befehl von Dolbarar hier, nicht, um dich zu töten.«

Lasgol erstarrte.

»Auf Befehl von Dolbarar?«

»Er hat mir aufgetragen, dich im Auge zu behalten, damit dir im Lager nicht noch mehr Unheil widerfährt.«

»Ich dachte, du wärst der Verräter.«

»Falsch gedacht. Im Gegenteil, ich versuche, zu verhindern, dass man dich umbringt. Aber wenn du ständig herumschnüffelst ... die Toten nicht ruhen lassen kannst ... dann kommen sie und holen dich.«

»Das kann ich nicht. Ich muss herausfinden, was meinem Vater zugestoßen ist. Die Wahrheit.«

»Ganz Norghana weiß, was passiert ist.«

»Aber es ist nicht die ganze Wahrheit.«

Haakon drohte ihm noch einmal mit dem Messer.

»Ich mag dich nicht. Du hörst nicht zu, und du bist stur. Mir wäre es lieber, wenn du nicht hier wärst. Du lockst die Probleme geradezu an, und deine Probleme machen uns allen das Leben schwer.«

Seine Worte ließen Lasgol erschauern.

»Aber ich werde meine Waldläuferpflicht tun. Heb sie auf. Ich begleite euch zur Hütte.«

Lasgol zögerte.

»Na los, Junge, wir haben nicht ewig Zeit! Wenn ich dich hätte töten wollen, hätte ich das längst getan.«

Lasgol seufzte, ging an Haakon vorbei und legte sich Nilsa über die Schultern.

»Los, Verrätersohn.«

Bei Tagesanbruch erzählte Lasgol den anderen auf Nilsas Bitte hin, was am Vorabend geschehen war. Das sommersprossige Mädchen schämte sich so sehr, dass sie kein Wort herausbrachte.

»Das ist unverzeihlich! Sein Hass hat ihn um den Verstand gebracht«, rief Egil erschüttert.

»Den prügele ich windelweich!«, brauste Ingrid auf. »Wenn ich mit dem fertig bin, wird ihn nicht mal seine eigene Mutter wiedererkennen.«

»Ich helfe dir«, versprach Gerd und schlug mit der rechten Faust in seine linke Hand. Zum allerersten Mal stand ungebändigte Wut in seinen Augen.

»Wenn ihr wollt, kann ich *ihn* verstümmeln, kein Problem, an allen möglichen Stellen«, sagte Viggo, der dabei Schnitte an verschiedenen Körperteilen andeutete. Er sprach so unbefangen, als wäre es das Normalste der Welt, doch Lasgol überlief eine Gänsehaut.

»Manchmal machst du mir echt Angst«, sagte Ingrid zu Viggo.

Lasgol versuchte, die anderen zu beruhigen: »Bitte keine Rache, okay?«

»Wir müssen es sowieso bis nach der Prüfung aufschieben«, grollte Viggo. »Der König und seine feinen Pinkel erwarten ein Spektakel. Sie werden nicht dulden, dass wir ihnen den Spaß verderben.«

»Das große Winterfinale, ja, bei dem das beste Team gekrönt wird?« Egils Frage war rein rhetorisch, denn natürlich kannte er die Antwort. »Und das wir sechs erreicht haben, allen Widrigkeiten zum Trotz?«

»Ja, klar, das auch«, meinte Viggo, der lächelnd die Schultern hob.

»Raus mit uns. Ich sehe Oden kommen«, sagte Ingrid, die aus dem Fenster blinzelte.

Ehe sie abzogen, verabschiedete sich Lasgol noch von Camu, der in letzter Zeit immer aktiver wurde und sich mitunter außerhalb der Hütte umsah, wenn sie draußen waren, was Lasgol ziemlich nervös machte.

»Und keine Erkundungsgänge, bis ich zurück bin, verstanden?«

Camu schien ihn anzulächeln. Er machte sich sprungbereit.

»Nein. Nein, wir können jetzt nicht spielen, und du darfst nicht aus der Hütte. Der König ist gekommen. Mit seinem ganzen Gefolge. Es sind zu viele Leute im Lager, das ist gefährlich.«

Der Kleine zirpte fröhlich und begann, in der Hütte umherzutollen.

Lasgol atmete tief durch. *Du gehst nicht aus der Hütte,* sagte er mit Hilfe seiner Gabe streng.

Sein quirliger Freund hielt inne, sah ihn an und stieß ein enttäuschtes Fiepen aus.

»Tut mir leid. Aber es ist das Beste für dich.«

Dann lief Lasgol seinen Kameraden nach. Er fragte sich, ob sein Befehl lange genug in Camu nachhallen würde. Angesichts der Tatsache, dass Lasgol seine Fähigkeiten bisher selbst kaum beherrschte, stand zu befürchten, dass es nicht reichte. Nein, wahrscheinlich nicht lange genug. *Ich muss unbedingt schnell genug zurück sein.*

Der Oberausbilder führte sie zu dem großen Platz vor dem Hauptquartier. Dort war ein hohes Podest errichtet worden, auf dem Bänke und ein großer Lehnstuhl mit bequemen Kissen standen, der aus einer gewissen Entfernung wie ein echter gepolsterter Thron aussah. Auf dem Thron saß König Uthar schon bereit. Er unterhielt sich angeregt mit Gondabar, dem Anführer der Waldläufer, der neben ihm auf einem bescheideneren, aber ebenfalls bequemen Stuhl saß. Auf den Bänken hatten die Ausbilder des Lagers Platz genommen.

Dicht bei Uthar befanden sich Hauptmann Sven und der Magier Olthar, etwas weiter hinten auch Dolbarar mit den Waldläufermeistern. Auf der anderen Seite des Königs saß Gatik bei den Waldläufern aus Norghania.

Oden zeigte den Teilnehmern am Finale, wo sie sich aufstellen sollten, und zog sich zurück.

Daraufhin stand Dolbarar auf und stellte dem Publikum die beiden Teams vor. Rund um den Platz hatte sich das Publikum eingefunden: alle Waldläufer, aber auch die übrigen Rekruten des ersten, zweiten und dritten Jahres.

»Team weißer Adler, vortreten«, rief Dolbarar.

Als Kapitän führte Isgord seine Gruppe an. Ihm folgten die Zwillinge, Jared und Aston, zwei starke, athletische Jungen, die auch gut als Krieger in die Königsgarde gepasst hätten. Dann kamen Alaric und Bergen, etwas kleiner, durch nichts aus der Ruhe zu bringen und hart wie Stein. Die Letzte aus dieser Gruppe war die blonde Marta mit den langen Locken. Sie nahmen vor König Uthar Haltung an.

»Team Schneepanther, vortreten«, erfolgte der zweite Ruf.

Zielstrebig und mit hoch erhobenem Kinn ging Ingrid voraus. Ihr folgten erst Nilsa und Gerd, dann Lasgol und Viggo und zuletzt Egil. Auch sie knieten vor König Uthar nieder.

Uthar erhob sich. Seine Körpergröße und die Autorität, die er ausstrahlte, waren respekteinflößend. Lächelnd wandte er sich an die Kandidaten.

»Dieses Finale ist mir jedes Jahr eine große Freude, denn ich sehe die Besten des jungen Blutes. Ihr steht für die Zukunft, die unsere Waldläufer für uns bereithalten. Dolbarar hat mir versichert, dass ihr sehr vielversprechend seid und nicht zufällig im Finale steht. Wir haben große Erwartungen an euch, das ist gewiss, aber ich kann euch versichern, dass die Belohnung für euren Einsatz größer sein wird, als ihr euch jetzt vorstellen könnt. Diejenigen von euch, die sich heute bewähren, könnten eines Tages eine Eliteausbildung durchlaufen. Die vier Waldläufermeister achten auf jedes Detail und schon heute auf mögliche Kandidaten oder Kandidatinnen«, sagte er mit einer Geste zu Eyra, Ivana, Esben und Haakon, die dem König respektvoll zunickten.

Lasgol warf einen kurzen Blick über die Schulter. Wo bisher eine Lichtung mit einigen wenigen Bäumen gewesen war, war nun ein kompliziertes Labyrinth mit hohen Wänden aus Holz aufgebaut.

»Und vielleicht wird sogar jemand für eine Position in meiner Eskorte ausgewählt, die nur den Besten unter den Waldläufern vorbehalten ist«, fuhr Uthar fort.

Lasgol betrachtete die Waldläufer rechts des Königs und hatte keinen Zweifel daran, dass sie zu den Besten zählten.

»Oder wird eines Tages Erster Waldläufer, ein Platz, der nicht leicht zu erobern ist. Aber wenn ich mich nicht irre, hat mein gegenwärtiger Leibwächter dieses Turnier in seinem ersten Jahr gewonnen, nicht wahr, Gatik?«

Gatik trat einen Schritt vor. »Es war ein denkwürdiger Tag, Majestät.«

»Wer weiß, vielleicht wird einer von euch einmal sein Nachfolger oder aber der nächste Anführer aller Waldläufer. Mein lieber Gondabar möchte sich allmählich zur Ruhe setzen.« Der König lächelte ihm zu, worauf der Waldläuferanführer würdevoll den Kopf senkte.

»Es wäre mir eine Ehre, mich nach einem Leben im Dienst der Krone zurückzuziehen, Majestät.«

Uthar lachte dröhnend. »Nichts da. Ich werde deine Dienste noch viele Tage benötigen. So leicht wirst du deine Pflichten nicht los.«

Lasgol fasste Isgord ins Auge. Dieser warf ihm einen hasserfüllten, aber zugleich siegessicheren Blick zu. *Heute mache ich dich fertig,* stand darin. Ihm lief ein Schauer über den Rücken.

Uthar betrachtete die beiden Teams noch einmal, ehe er mit erhobener Hand verkündete:

»Vorwärts. Möge das Finale beginnen! Ich bin gespannt, aus welchem Holz diese jungen Menschen geschnitzt sind.«

Dolbarar wies ihnen ihre Positionen zu. »Die Adler beginnen drüben im Osten, die Panther im Westen.«

Sie stellten sich zu der Lanze mit ihrem Abzeichen und musterten den Kampfplatz. Er war von einer Palisade umgeben, und es gab diverse Gänge in verschiedene Richtungen.

»Sie haben ein Labyrinth gebaut«, stellte Ingrid verwundert fest.

»Mit Hindernissen«, sagte Gerd. Er zeigte auf einen Wassergraben am Ende des mittleren Gangs.

»Als hätten wir es nicht so schon schwer genug«, maulte Viggo.

Alle sahen Egil an.

»Lasst mich kurz nachdenken.«

»Möge das Finale beginnen!«, rief Dolbarar.

»Wir bleiben zusammen«, beschloss Ingrid.

Egil schüttelte mit Nachdruck den Kopf. „Nein. Es gibt drei Gänge, die von unserem Abzeichen wegführen. Wir müssen uns paarweise aufteilen. So haben wir mehr Chancen. Wenn sie nicht dieselbe Entscheidung treffen, bleibt ein Gang offen, und wir haben eine Chance, ihr Abzeichen zu erobern.«

»Wie klug du doch bist!« Nilsa gab ihm einen Kuss auf die Wange.

Egil errötete bis zu den Ohren.

»Sehr gut. Egil, du gehst mit mir nach rechts«, sagte Ingrid. »Lasgol und Nilsa gehen nach links. Viggo und Gerd, ihr nehmt den mittleren Gang.«

»Wenn ihr auf unsere Gegner trefft, ruft, wie viele es sind«, ergänzte Egil.

»Und los, Panther! Wir sind besser!«, feuerte Ingrid ihr Team an.

Geduckt und mit schussbereitem Bogen drangen Lasgol und Nilsa in ihren Gang vor. Sie konnten nur den Abschnitt unmittelbar vor ihnen sehen, dazu in einigem Abstand die Baumkronen und die Spähpunkte des Lagers. Der Rest war durch die hohen Wände des Labyrinths und die Palisade versperrt. Bald stießen sie auf einen größeren Bereich. Hier lagerten auf der einen Seite zwei Fässer, auf der anderen ein Holzstoß. In der Mitte wartete der nächste Gang. Auf ein Zeichen von Lasgol versteckten sich die beiden hinter den Fässern.

»Zwei!«, erklang Ingrids Stimme.

»Achtung«, sagte Lasgol zu Nilsa.

Plötzlich tauchten auf der anderen Seite zwei große, geduckte Gestalten auf. Lasgol fuhr hoch und schoss. Der erste Gegner warf sich auf den Boden und suchte Schutz hinter dem Holzstapel. Der zweite schoss seinerseits auf Lasgol, der sich schon wieder hinter die Fässer duckte.

»Zwei!«, hörten sie Viggos Stimme.

Nilsa zielte auf den zweiten Gegner, der jedoch ebenfalls hinter dem Holzstoß in Deckung ging.

»Zwei!«, rief nun auch Lasgol.

»Sie haben sich aufgeteilt«, sagte Nilsa zu Lasgol, während sie sich zu ihm duckte. »Genau wie wir.«

»Das sind Jared und Aston. Die Zwillinge. Wenn wir sie in unsere Nähe lassen, sind wir geliefert. Wir müssen sie auf Abstand halten«, mahnte Lasgol.

»Egil, eliminiert!«, hörten sie Dolbarars Stimme.

»Verdammt!«, flüsterte Nilsa, die jetzt auf Jared zielte.

Lasgol schoss auf Aston.

»Gerd, eliminiert!«

»Sie zermalmen uns«, klagte Nilsa.

Lasgol schoss noch einmal auf Jared, dann auf Aston, erwischte aber keinen von beiden. Da warfen die Zwillinge plötzlich ihre Bögen weg, zückten Axt und Messer und sprangen hinter dem Holzstoß hervor auf die Fässer zu.

»Sie kommen!«, warnte Lasgol.

Nilsa stand auf und schoss — daneben. Jared war einfach zu schnell.

Lasgol schoss und erwischte Aston an der Brust.

»Aston, eliminiert!«

Jared verpasst Nilsa einen Faustschlag aufs Auge, worauf diese ihre Axt fallen ließ. Er wollte sie mit seiner Axt markieren, aber Lasgol warf sich gegen den erhobenen Arm und fing den Schlag ab. Allerdings erwischte ihn Jareds Ellbogen an der Schläfe, er stürzte und blieb benommen liegen. Diese Gelegenheit nutzte Nilsa, um wie ein echter Panther aufzuspringen und den zweiten Zwilling, der jetzt Lasgol ausschalten wollte, mit ihrem Messer zu markieren.

»Jared, eliminiert!«

Sie half Lasgol auf die Beine.

»Komm schon, hoch mit dir.«

Lasgol war schwindelig, aber er sammelte seinen Bogen auf.

»Wir müssen ... den Vorteil ... nutzen«, stammelte er. »Diesen Gang haben wir erobert.«

»Richtig. Ingrid und Viggo halten die anderen Gänge.«

»Oder sie haben sich zurückgezogen, um das Abzeichen zu verteidigen.«

»Was machen wir?«, fragte Nilsa, deren Auge immer weiter zuschwoll.

»Wir setzen weiter auf Sieg«, sagte Lasgol mutig.

Sie eilten durch den nächsten Gang, wobei sie sich an jeder Kreuzung links hielten. Auf diese Weise überwanden sie zwei weitere offene Plätze mit Hindernissen wie Holzwänden, Gräben, löchrigen Pfosten und schrägen Rampen. Niemand trat ihnen entgegen.

»Viggo, eliminiert!«

»Der Mittelgang ist verloren«, folgerte Lasgol. »Lauf. Wir müssen zuerst da sein!«

Schließlich erreichten sie den Ausgang des Labyrinths.

Lasgol sah das Abzeichen der Adler. *Da ist es, und niemand verteidigt es. Es gehört uns. Wir gewinnen!*

Er rannte los.

Doch einen Schritt vor dem Ziel sprang Isgord von links hinzu und verpasste ihm einen brutalen Doppelkick, der Lasgol aus dem Bereich des Labyrinths beförderte. Er rollte über den Boden und verlor dabei seinen Bogen. Isgord zog Axt und Messer und kam ihm nach.

»Nilsa, das Abzeichen!«, schrie Lasgol, während er sich weiter vor Isgord zurückzog.

»Das schafft sie nicht«, grinste Isgord zufrieden und kam ihm nach. »Das verteidigt Marta.«

»Alaric, eliminiert!«

Fluchend schüttelte Isgord den Kopf, ehe er sich auf Lasgol stürzte, der weiterhin auswich.

»Dich erledige ich hier vor aller Augen«, drohte Isgord und zeigte nach hinten.

Lasgol warf einen Blick über die Schulter. Sie waren unmittelbar vor der Tribüne, von wo aus der König und alle anderen die Endphase des Wettkampfs mit großem Interesse verfolgten. Er spürte das lastende Gewicht der vielen Blicke.

Da griff Isgord an. Lasgol blockierte seinen Schlag und wich seinem Rivalen geschickt aus.

»Bergen, eliminiert!«

Das war Ingrid gewesen, die bestimmt gerade das Abzeichen der Panther verteidigte. Isgord probierte eine Finte, aber Lasgol entzog sich erneut seinem Schlag.

»Nilsa, eliminiert!«

Isgord lächelte siegesgewiss. »Wir werden gewinnen.«

»Sei dir da bloß nicht so sicher. Ingrid macht Marta fertig!«

»Nein, denn ich werde ihr helfen.«

»Bitte schön, du kannst gerne gehen.«

»Und dir den Rücken zuwenden? Na klar!«

Auf einmal erfüllte Lasgol ein starkes, warnendes Gefühl. Er sah Isgord an, aber, nein, es ging nicht um seinen Gegner. Besorgt musterte er mit einem kurzen Blick seine Umgebung, konnte aber nichts Ungewöhnliches entdecken. Aus dem Augenwinkel sah er Isgords Messer auf seinen Bauch zusausen und entging dem Stich durch einen Sprung nach hinten. Dem Messerangriff folgte ein Schlag mit der Axt. Diesmal entwischte Lasgol mit einem Satz zur Seite.

»Kämpfe gefälligst!«, rief Isgord frustriert.

Wieder meldete sich das überwältigende Gefühl einer großen Gefahr, doch es kam nicht aus seinem Inneren. Es war nicht wie das Gefühl, von jemandem beobachtet zu werden.

Das hier war etwas anderes — etwas Übernatürliches, Magisches. Es kam von außen. *Was geht hier vor? Was ist das?* Er verstand es nicht, aber es hatte nichts mit dem Kampf zu tun. Der Kampf erzeugte eine Mischung aus Erregung und Furcht, die er gut kannte. Bei jedem Angriff von Isgord drehte sich ihm der Magen um.

»Ich werde dich besiegen, da kannst du ausweichen und blocken, solange du willst. Ich bin besser als du, und das weißt du! Ich werde dich markieren. Du entwischst mir nicht.«

Nein, es kam eindeutig nicht von Isgord. Das Gefühl war drängend, es sprach von einer massiven Gefahr, aber es kam nicht aus seinem Bauch. Es kam aus seinem Geist. *Hier ist etwas sehr Schlechtes im Gange, aber ich weiß nicht, was oder wo ...*

»Es wird mir eine Genugtuung sein, wenn ich dich hier vor dem König erledige. Vor aller Augen!«

Lasgol ließ die Worte seines Gegners nicht an sich heran. Er war äußerst angespannt. Er musste unbedingt verstehen, was hier los war. *Es hat etwas mit meiner Gabe zu tun. Es kommt von außen. Das ist ein Alarmsignal, wie eine Botschaft.*

Isgord setzte zu einem kombinierten Angriff mit Messer und Axt an. Lasgol rollte über den Boden, um ihm zu entgehen, stützte sich auf ein Knie und wollte wieder hochkommen, als vor seinem inneren Auge ein verwaschenes Bild auftauchte. Dieses Bild wurde ihm gezielt übermittelt, aber von wem? Er sah eine unscharfe Aura, doch das Bild darin konnte er nicht klar erkennen. Obwohl er einen Treffer riskierte, schloss er kurz die Augen. Erst da konnte er den Blick fokussieren. Das Bild zeigte einen Waldläufer auf einem der Spähpunkte. Der Umriss blieb verzerrt, und das eigentliche Bild etwas verschwommen, aber es war definitiv ein Waldläufer mit Mantel und Kapuze. Und er hielt einen Bogen in den Händen.

Ein schwerer Schritt vor ihm ließ ihn die Augen wieder aufreißen. Isgord warf sich mit einem langen Satz und vorgestreckten Waffen auf Lasgol. *Ich muss ihm ausweichen.* Nach einem doppelten Salto landete er unmittelbar von Kommandant Svens Füßen.

»Du Feigling!«, schrie Isgord verbittert, während er wieder auf die Beine kam.

Aber das Gefühl des Alarms ließ nicht locker, sondern trommelte auf Lasgols Geist ein. Dieses Mal war es extrem drängend. Noch einmal schloss er die Augen und konzentrierte sich ganz auf das Bild, das ihm übermittelt wurde. Der Waldläufer auf dem Spähplatz hob den Bogen und zielte. Jetzt wurde sein Gesicht von einem Sonnenstrahl getroffen.

Lasgol erkannte ihn.

Das ist Daven, der Rekrutierer! Aber was tut er?

Lasgol war vollkommen verwirrt. Er musste begreifen, wer oder was ihm dieses Bild schickte, darum aktivierte er seine Gabe und rief die Fähigkeit auf, versteckte Wesen zu entdecken, und da zeigte ihm ein goldener Blitz einen Freund, den er gut kannte.

Camu!

Der Kleine befand sich unter dem Spähpunkt. Sein Körper war wie erstarrt, und der Schwanz zeigte auf den Waldläufer, der dort oben saß.

Es ist Camu, der mir das Bild schickt und mich vor der Gefahr warnt! Und wenn es Camu war, dann konnte das nur eines heißen. *Magie! Hier ist Magie im Spiel. Zauberei. Gefahr. Daven!* Und in einem kurzen Moment des Begreifens fügte sich plötzlich alles zusammen.

Er schloss die Augen. Er sah Daven schießen. Der Pfeil kam angerast.

In diesem Augenblick griff Isgord an.

Lasgol nutzte seine Gabe und rief eine Fähigkeit an: *Affengeschick!* Nach einem kurzen Schritt sprang er hoch in die Luft.

Isgords Waffen trafen ihn im Sprung in den Rücken.

»Verrat!«, schrie Lasgol.

»Was soll das?«, rief Sven aus, hatte aber keine Zeit mehr, sein Schwert zu ziehen.

Der Pfeil, der den König ins Herz treffen sollte, wurde mit

einem dumpfen Geräusch von Lasgols Schulter abgefangen. Stöhnend stürzte er auf Uthar, der ihn staunend auffing.

Lasgol deutete auf den Spähpunkt.

»Schütze!«, sagte er.

»Bei den Eishöllen!«, fluchte Uthar.

»Schützt den König!«, schrie Sven aus voller Lunge.

Da sirrte ein zweiter Pfeil auf sein Gesicht zu.

Diesmal reagierte Olthar und erschuf eine Eiswand vor dem König. Der Pfeil prallte dagegen, konnte die Wand aber nicht durchdringen, und im nächsten Augenblick hatte die gesamte Königsgarde Uthar umstellt und hielt schützend die Schilde hoch. Olthar erzeugte eine Eissphäre um sich selbst und baute sich neben dem König auf, um die von ihm erzeugte Eiswand zu verstärken.

»Gatik! Waldläufer des Königs! Holt ihn da runter!«, Sven hatte das Schwert hochgerissen und zeigte auf Daven auf dem Spähplatz.

Der Erste und die königlichen Waldläufer zielten auf Daven, der sofort in Deckung ging. Dennoch traf ihn ein Pfeil mit solcher Wucht ins Bein, dass er vom Baum stürzte und mit einem dumpfen Aufprall ganz dicht bei Camu auf dem Boden aufschlug. Als der Kleine sah, dass die Waldläufer sich zu ihm auf den Weg machten, tarnte er sich und war verschwunden.

»Tötet ihn nicht! Ich will ihn lebend!«, rief Uthar seinen Männern nach.

Kurz darauf standen Gatik, der den Treffer gelandet hatte, und dreißig Waldläufer mit angelegtem Bogen um den Angreifer herum. Aber Daven rührte sich nicht. Er war durch den Aufprall ohnmächtig geworden.

»Er ist bewusstlos. Wir müssen das Lager durchsuchen. Es könnte einen Komplizen geben«, sagte Gatik.

»Unbesiegbare! Durchkämmt das Lager!«, befahl Sven seiner Infanterie. Mit kalter Akribie sicherten die Unbesiegbaren des Eises das Tor und begannen, das gesamte Lager abzusuchen, indem sie in alle vier Himmelsrichtungen in zwei langen

Reihen ausfächerten.

»Wie geht es dir, Junge?«, fragte Uthar nun Lasgol, der neben ihm auf dem Boden lag und sich bemühte, trotz der starken Schmerzen nicht laut zu stöhnen.

»Gut ... Majestät«, log Lasgol.

Der König bückte sich und sah sich die Wunde an. »Das ist beinahe ein Durchschuss. Ein Wunder, dass du lebst! Rühr dich nicht, sonst ist die Schulter verloren. Du brauchst einen Chirurgen!« Uthar sah sich nach Hilfe um.

Da kam Dolbarar mit den vier Waldläufermeistern herbei, und die Königsgarde ließ sie durch.

»Wir brauchen Edwina. Schnell.«

»Das mache ich«, sagte Haakon, der sofort losrannte.

Uthar atmete tief durch. »Du hast mir das Leben gerettet, Rekrut. Das werde ich dir nie vergessen. Wie heißt du?«

»Lasgol ... Majestät.«

»Er ist der Sohn von Dakon«, flüsterte Dolbarar dem König zu.

Uthar war wie vom Donner gerührt.

»Der Sohn des Verräters hat mir das Leben gerettet?«

»So ist es, Herr«, bestätigte Dolbarar.

Der König schwieg lange. Die Überraschung auf seinem Gesicht verwandelte sich in Besorgnis.

»Ich wünsche, dass dieser ganze Vorfall mit großer Sorgfalt untersucht wird«, sagte er zu Sven und Olthar. »Ich will wissen, was hier passiert ist und warum.«

»Selbstverständlich, Majestät. Aber zuvor müsst Ihr Euch in Sicherheit begeben. Es könnte noch weitere Attentäter geben.«

»Einverstanden«, sagte Uthar. »Auf ins Hauptquartier. Nehmt den Jungen und den Attentäter mit, sie sollen dort behandelt werden. Und sichert das Lager und seine Umgebung. Das ist Darthors Werk!«

Kapitel 29

»Wie geht es ihm?«, fragte der König.

Edwina, die Heilerin, nahm sich für die Behandlung von Lasgols Schusswunde viel Zeit. Der Junge saß vor dem Kamin im Gemeinschaftsraum auf einem Hocker. Sie hatte ihre Gabe der Heilung eingesetzt und Salben aufgetragen, um eine Infektion zu verhindern und das Schließen der Wunde zu beschleunigen. Jetzt verband sie die Schulter mit immobilisierenden Bandagen, damit die Wunde nicht wieder aufplatzte.

»Er hat großes Glück gehabt«, sagte sie mit einem erleichterten Aufseufzen. »Der Pfeil hat kein lebenswichtiges Organ durchbohrt, aber es war knapp.«

Uthar nickte vor sich hin. »Er hat sich vor mich geworfen, um mich mit seinem Körper zu decken. Der Pfeil hätte ihn sonst wo erwischen können.«

»Womit ich mich wiederholen muss — er hat großes Glück gehabt«, sagte Edwina. »Die Verletzung wird heilen, aber er braucht mindestens einen Monat strenge Schonung und einen weiteren Monat, in dem er den linken Arm und die Schulter wieder langsam auftrainiert. Ein Pfeil auf diese Distanz richtet großen Schaden an.«

»Wir werden darauf achten, Heilerin«, versicherte Dolbarar.

»Das war eine Heldentat!«, sagte Sven.

Uthar wendete sich an Lasgol. »Das hast du gut gemacht, Junge.«

»Als Waldläufer war es seine Pflicht«, betonte Gondabar.

»Dennoch heldenhaft«, sagte Uthar. »Und das Glück der Tapferen hat dir beigestanden.«

Lasgol wusste nicht, was er sagen sollte. »Ich sah ihn schießen. Ich habe nicht lange nachgedacht, einfach reagiert.«

»Das war ein beeindruckender Sprung«, stellte Sven fest.

»Allerdings. Du bist mehr als fünf Schritte weit geflogen«, sagte Olthar. »Ihr trainiert sie hier wirklich gut«, fügte er anerkennend in Richtung Dolbarar hinzu.

Der Kommandant nickte. »Er zählt zu den Besten seines Jahrgangs.«

»Wie hast du ihn entdeckt?«, wollte Gatik wissen. »Er stand zweihundert Schritt entfernt auf einem Spähplatz, oben auf einem Baum.«

Lasgol überlegte, ob er ihnen alles erzählen sollte, doch angesichts der vielen einflussreichen Anwesenden zögerte er. *Ich kenne sie nicht. Lieber bin ich vorsichtig. Ich sage die Wahrheit, aber nicht die ganze Wahrheit.*

»Ich hatte während des Zweikampfs plötzlich so ein merkwürdiges Gefühl — dass etwas nicht stimmt. Ich dachte, es wäre, weil wir verlieren könnten, aber dann habe ich etwas bemerkt, und ich habe genauer hingesehen. Ich sah den gespannten Bogen, wie er zielte. Keine Ahnung, wie das kam. Bestimmt war es Glückssache. Aber da wurde mir bewusst, dass meine Vorahnung berechtigt war, und ich habe reagiert.«

»Dass du auf deinen Instinkt gehört hast, war sehr gut«, sagte Uthar. »Dein König ist dir dankbar.«

Edwina ging zu dem Tisch hinüber, auf dem der noch immer bewusstlose Daven lag, der von den vier Waldläufermeistern bewacht wurde.

»Ich kann nicht fassen, dass Daven der Verräter war«, sagte Dolbarar kopfschüttelnd. »Er ist unser bester Rekrutierer.«

»Wie schändlich! Einer von uns war der Verräter im Lager«, sagte Gondabar erschüttert. »Majestät, das ist unfassbar. Unentschuldbar. Ich bedaure es zutiefst.«

»Darüber sprechen wir später. Zuerst will ich alles verstehen.« Der König wandte sich an Edwina. »Sieh zu, dass er überlebt, denn ich will ihn verhören.«

»Ich tue, was ich kann, Majestät.«

Die Heilerin schickte sich an, die Wunde an Davens Bein zu behandeln. Alle sahen ihr zu, ließen sie aber in Ruhe ihre

Arbeit verrichten. Lasgol sah die blaue Energie aus Edwinas Händen schießen und in Davens Körper übergehen. Er fragte sich, ob außer ihm noch jemand das wahrnahm. Da begegnete er Olthars eisigem Blick. Natürlich, der Magier sah es auch. Er erinnerte sich an die Worte seines Vaters: *Nur die, die mit der Gabe gesegnet sind, können erkennen, wann ein anderer diese benutzt, und selbst das nicht immer.*

Als Edwina mit Davens Versorgung fertig war und er nicht mehr in Lebensgefahr schwebte, forderte der König sie auf, ihn zu wecken.

»Einen Augenblick noch, Majestät«, bat Edwina. »Mir ist bei der Untersuchung etwas aufgefallen.«

»Was meinst du damit?«

»Er trägt eine Rune der Macht auf der Brust.«

Der König sah sie verständnislos an. »Zeig mir das.«

Edwina öffnete Davens Tunika. Im unteren Brustbereich war eine Rune in sein Fleisch eingebrannt, rund und etwa vom Umfang eines Apfels. Es war eine Inschrift aus drei Sätzen in einer unbekannten Sprache, die drei Kreise um ein offenes Auge bildeten. Und diese Inschrift leuchtete goldgelb.

»Das ist das Zeichen von Darthor!«, rief der König aus.

»Die Rune strahlt Macht aus«, erklärte Edwina.

Olthar trat hinzu, um das Zeichen zu prüfen. Er legte eine Hand darauf und konzentrierte sich.

»Nichts. Ich kann nichts spüren. Allerdings ist meine Fähigkeit, die Gabe wahrzunehmen, nicht sehr ausgeprägt. Doch ich muss Seiner Majestät zustimmen: Das ist das Zeichen von Darthor, ohne jeden Zweifel. Wir haben es schon an mehreren seiner Agenten entdeckt.«

»Warum sind sie markiert?«, fragte Dolbarar. »Hat das einen Zweck?«

Auch Sven kam näher und musterte das Zeichen. »Ja, es ist dasselbe Zeichen. Wir glauben, dass es für ein geheimes Gehorsamkeitsritual steht. Es bedeutet, dass jemand Darthor dient. Die Rune erhalten sie als Zeichen der Treue.«

»Das erscheint nachvollziehbar«, überlegte Dolbarar. »In

vielen traditionellen Kulturen dienen Tätowierungen, die mit Messern oder Feuer beigebracht werden, als Symbol für Zugehörigkeit und Loyalität.«

»Auf der Brust des Verräters Dakon war auch so eine Rune«, sagte Olthar.

Als Lasgol das hörte, erstarrte er. Er reckte den Hals und warf selbst einen Blick darauf.

»Ja. Genau diese«, bestätigte Hauptmann Sven.

»Kein Zweifel, das ist das Zeichen von Darthor, und Daven ist einer seiner Agenten«, befand der König. »Und jetzt weckt ihn. Ich will ihn verhören.«

Edwina kam näher, legte Daven beide Hände auf den Kopf und schloss die Augen. Als sie wieder aufsah, öffnete auch Daven seine Augen. Die Heilerin trat vom Tisch zurück, während Daven sich aufsetzte. Ivana, Haakon, Esben und Eyra, die schweigend über ihn wachten, rückten näher wie die Schatten der Henker angesichts eines zum Tode Verurteilten.

Daven sah dem König, der von Sven und Olthar flankiert war und ihn mit hasserfülltem Blick anstarrte, direkt in die Augen.

»Dein Anschlag wurde vereitelt«, sagte Uthar zu ihm.

»Deine Tage sind gezählt«, antwortete dieser dem König, ohne ihn aus den Augen zu lassen.

»Du wagst es, mir zu drohen! Mir!«

»Natürlich wage ich das. Dein Ende ist nahe. Mein Heer steht bereit. Bald reiße ich dir dein schwarzes Herz aus dem Leib und mache all dem Übel ein Ende, das du dem ganzen Norden gebracht hast.«

»Achtung, hier stimmt etwas nicht«, warnte Dolbarar. »Das ist nicht der Daven, den ich kenne.«

Die vier Waldläufermeister nickten zustimmend.

Uthar warf Olthar und Sven einen fragenden Blick zu.

»Wer bist du?«, fragte Olthar den Waldläufer.

»Der große Eismagier des Königs weiß nicht, mit wem er spricht? Das macht nichts. Du wirst mit ihm sterben. Du wirst das, was in der Eisriesenschlucht geschehen ist, mit deinem

Leben bezahlen.«

»Er ist nicht bei Sinnen«, sagte Sven.

Da fixierte Daven auch ihn. »Und ob ich das bin, Hauptmann. Du stirbst als erster von euch dreien, denn du hast im Pass den König gerettet. Und damit hast du dein Schicksal besiegelt.«

»Sprichst du für Darthor?«, fragte Uthar verwirrt.

Daven brach in unpassendes Gelächter aus.

Lasgol nahm alles aufmerksam wahr, wusste aber nicht, was er davon halten sollte. Das war nicht Daven. Er schien ein ganz anderer Mensch zu sein. Selbst seine Stimme klang anders.

»Nein, ich spreche nicht für Darthor«, sagte Daven. »Ich *bin* Darthor!«

Uthar zuckte zusammen. Haakon und Esben ergriffen Daven an Armen und Beinen, und Ivana setzte ihm ein Messer an die Kehle.

»Willst du damit sagen, dass du von diesem Mann Besitz ergriffen hast?«, fragte Edwina, der es plötzlich dämmerte.

»Selbstverständlich ist er in meinem Besitz. Er ist mein. Seine Taten, seine Gedanken, sein Wollen — alles meins. So wie ich damals den Vater dessen in meinem Besitz hatte, der dich heute gerettet hat«, sagte er und sah Lasgol an.

Erschrocken hob der Junge den Kopf, riss sich aber schnell zusammen. Lasgol kam näher.

»Du hattest meinen Vater in deinem Besitz?«

»Ja. Den großen Dakon Eklund, Erster Waldläufer und bester Freund des Königs. Und fast hätte ich mein Vorhaben erreicht und den Tyrannen getötet.«

In Lasgol rangen Schmerz, Wut und Erleichterung miteinander, Schmerz und Wut über den Verlust seines Vaters, Erleichterung über die Bestätigung dessen, was er immer gewusst hatte: Sein Vater war unschuldig gewesen.

»Dafür wirst du mir bezahlen. Ich werde dich bei lebendigem Leibe verbrennen! Du wirst mich niemals besiegen!«, drohte Uthar in Rage.

Daven begann herzlich zu lachen.

Da stürzte sich Uthar auf ihn und schlug ihm wiederholt mit Wucht ins Gesicht.

»Majestät! Er ist nicht er selbst.« Sven hielt ihn zurück.

Der König beruhigte sich mit einiger Mühe.

Daven jedoch lachte weiter, obwohl er aus Mund und Nase blutete.

»Wir müssen das beenden. Wahrscheinlich beobachtet uns Darthor durch seine Augen«, warnte Sven. »Diesen Vorteil dürfen wir ihm nicht zugestehen.«

»Was können wir dagegen tun?«, wandte sich der König an Olthar.

»Wir müssen den Zauber aufheben. Oder ihn töten.«

»Weißt du, wie man ihn aufhebt?«

»Nein, damit kenne ich mich nicht aus.«

Uthar sah Daven an. »Ich will ihn nicht töten, aber Sven hat recht. Er ist ein Spion, und wir haben ihn in der Hand. Ich darf das Risiko nicht eingehen.«

»Majestät, vielleicht kann ich etwas ausrichten«, bot Edwina an.

»Einverstanden. Versuche es.«

»Legt ihn hin.«

Haakon, Esben und Ivana hielten Daven auf dem Tisch fest.

Die Heilerin legte die Hände auf seine Rune. Lasgol sah, dass die Rune golden aufleuchtete, bis die Heilenergie von Edwina in sie hineinströmte. Daven wand sich vor Schmerzen.

»Haltet ihn gut fest. Das wird sehr weh tun.«

Ihre blaue Energie rang mit der goldenen aus Darthors Rune. Daven schrie auf und kämpfte gegen sie an, doch sie drückten ihn mit aller Gewalt auf den Tisch und knebelten ihn. Die Heilerin hatte die Augen geschlossen. Auf ihre Stirn bildeten sich Schweißperlen. Das Ringen schien ewig zu dauern, aber irgendwann begann die Rune auf Davens Brust zu verblassen, und er wurde erneut ohnmächtig. Ganz langsam wurde das Zeichen auf seinem Fleisch schwächer, bis es vollends verschwand. Edwina schlug die Augen auf und nahm ihre Hände zurück. Dann trat sie einen Schritt zurück und schien dabei vor Erschöpfung beinahe zusammenzubrechen. Eyra stützte sie und führte sie zum Feuer, wo sie auf einem Lehnstuhl Platz nahm. Sie war völlig ausgelaugt.

Daven hingegen riss erstaunt die Augen auf.

»Was ...? Was ist hier los?«, fragte er und sah sich erschrocken um.

»Wer bist du?«, fragte Uthar argwöhnisch.

»Daven Ohmdahl, Majestät, Waldläufer und Rekrutierer, Herr«, antwortete Daven, der von der Situation völlig überfordert wirkte.

»Und Darthor?«

»Darthor? Nein ... den kenne ich nicht, Majestät.«

»Du kennst ihn nicht? Oder versuchst du, mich zu täuschen?«

»Ich weiß nicht, was hier los ist, Herr. Ich verstehe gar nichts mehr. Was ist passiert? Wie bin ich hierhergekommen?«

»Was ist das Letzte, woran du dich erinnerst?«, fragte Olthar.

»Ich war auf dem Weg nach Osten. Zur Küste. Ich sollte dort kundschaften.«

Olthar und der König sahen zu Dolbarar hinüber. »Das war vor drei Monaten«, sagte der Kommandant.

»Welche Jahreszeit haben wir gerade?«, fragte Sven den Rekrutierer.

»Mittherbst. Was ist denn nur los?«, fragte Daven mit verstörter Stimme.

»Was ist das Letzte, woran du dich erinnerst, bevor du auf diesem Tisch aufgewacht bist? Denk genau nach. Welches Detail fällt dir noch ein?«, drängte Olthar.

Daven überlegte. »Hm. Da war ein Fremder. Er hat mich nach dem Weg gefragt, in der Nähe der Stadt Sewin.«

»Und dann?«

»Sonst nichts. Danach bin ich hier aufgewacht. Mehr weiß ich nicht.«

»Dieser Fremde, wie sah er aus?«, wollte Sven wissen.

»Er hat sein Gesicht nicht gezeigt. Er hatte eine große Kapuze über dem Kopf.«

»Das war Darthor. Oh, verdammt!«, schimpfte Uthar.

»Das würde bedeuten, dass er bereits auf dieser Seite der Berge ist«, sagte Sven.

»Nicht unbedingt. Es kann auch einer seiner Zauberer gewesen sein«, meinte Olthar.

»Wie auch immer«, befand Uthar und zeigte auf Daven. »Jedenfalls hat er diesen Unglücksraben in seine Gewalt gebracht.«

»Die Gerüchte sind also wahr«, sagte Sven. »Darthor ist nicht nur ein mächtiger, verdorbener Eismagier, sondern auch ein Dominator.«

»Und zwar ein sehr mächtiger, wie wir gerade sehen«, nickte Olthar. »Er hat diesen Waldläufer monatelang benutzt, und das über große Entfernung.«

»Ganz gleich, wie mächtig er ist, wir werden ihn schlagen«, sagte Uthar. »Er bekommt Norghana nicht! Sobald der Frühling naht und die Pässe frei sind, ziehen wir nach Norden und machen kurzen Prozess mit ihm. Darauf habt ihr mein königliches Wort!«

»Lang lebe König Uthar!«, rief Sven aus.

»Lang lebe der König!«, schlossen sich die anderen an.

Die Soldaten des Königs stellten das Lager noch mehrere Tage gründlich auf den Kopf. Sie durchsuchten jede Hütte, jeden Schuppen, jeden Wald und jedes Gebüsch und drehten sogar die Steine um. Jeder einzelne Waldläufer wurde gründlich befragt, aber sie konnten keinen weiteren Beteiligten finden, der an dem Anschlag auf das Leben des Königs Anteil hatte, nicht Verdächtiges, nichts Auffälliges. Die Waldläufer halfen unermüdlich mit, indem sie das Umland sicherten. Schließlich gab sich König Uthar zufrieden und beschloss, in die Hauptstadt zurückzukehren, um dort seine Offensive gegen Darthors Truppen zu planen.

Vor seiner Abreise jedoch ließ er Dolbarar noch einmal alle Waldläufer des Lagers vor dem Hauptquartier zusammenrufen und hielt eine kurze Ansprache.

»Was hier geschehen ist, zeigt, in welcher Gefahr das Reich schwebt«, verkündete der König. »Darthor hat einen Anschlag auf mich gewagt, ausgerechnet hier, an einem Ort, der mir heilig ist. An diesem Ort schlägt das Herz der Waldläufer, hier werden sie ausgebildet, von hier aus operieren sie. Ihr seid die Beschützer der Krone, die Verteidiger aller Ländereien des Reiches. Dass er gewagt hat, es ausgerechnet hier zu versuchen, ist eine klare Botschaft: Um das Reich zu erobern, schreckt er vor nichts zurück!« Er warf einen Blick zu Gondabar, dem Anführer der Waldläufer, der voller Sorge nickte.

Unter den Waldläufern erhob sich betretenes Gemurmel. Sie waren unzufrieden, weil sie den König enttäuscht hatten und das Attentat nicht frühzeitig aufgedeckt und abgewendet hatten.

Doch Uthar schüttelte den Kopf. »Ich will nicht, dass ihr diesen Vorfall als Fleck auf der Ehre dieses ruhmreichen

Korps betrachtet. Nein. Der Feind hat uns an einem Ort attackiert, an dem wir das nie für möglich gehalten hätten. Das ist ein unwiderlegbarer Beweis für seine Macht und seine Tücke. Er ist ein schwer zu besiegender Feind — aber gemeinsam wird uns genau dies gelingen! Ich werde nicht ruhen, bis er zur Rechenschaft gezogen ist. Für Norghana! Für die Krone!«

Die Waldläufer fielen einstimmig ein: »Für Norghana! Für den König!«

Zufrieden dankte ihnen der König für ihren Jubel. »Es gibt einen Fehler aus der Vergangenheit, den ich beheben muss, damit wieder Gerechtigkeit herrscht. Denn ein König muss vor allem eines sein: gerecht und unparteiisch.« Er wandte sich zu Sven um, der ihm ein Pergament mit dem königlichen Siegel reichte. »Es wurde bewiesen, dass mein alter Freund, der Erste Waldläufer Dakon Eklund, keinen Hochverrat begangen hat, sondern von Darthor über eine Rune in seinem Fleisch gesteuert wurde. Er war sich seines Angriffs auf mich, auf die Krone, nicht bewusst und somit nicht dafür verantwortlich. Daher erkläre ich hiermit seine Unschuld und habe zur Bestätigung diese königliche Urteilsaufhebung verfasst. Hiermit wird Dakon Eklund von allen Verbrechen, für die er verurteilt wurde, freigesprochen. Seine Titel, Ländereien und all sein Hab und Gut sind zurückzugeben, in diesem Fall an seinen Erben. Das verkünde ich als König von Norghana.«

Das Gemurmel verwandelte sich in überraschtes Stimmengewirr, das den König am Weitersprechen hinderte. Olthar hob die Hände, um die Anwesenden zum Schweigen zu bringen. Bei dieser Geste wurden sie still, denn alle fürchteten sich vor ihm und seiner Magie.

Der König lächelte. »Der Rekrut Lasgol Eklund, Sohn von Dakon, möge vortreten«, sagte er.

Mit klopfendem Herzen ging Lasgol zum König, kniete nieder und senkte den Kopf. Alle Waldläufer hatten ihre Blicke auf ihn gerichtet.

»Was dich angeht, Lasgol: Für deinen Dienst an der Krone, weil du dem König von Norghana das Leben gerettet und dabei dein eigenes riskiert hast, für die Tapferkeit und die Ehre, die du dabei bewiesen hast, verleihe ich dir die Tapferkeitsmedaille. Es ist der höchste Orden, den ein Soldat erhalten kann.«

Sven überreichte dem König seine eigene Medaille.

»Steh auf, Lasgol«, sagte Uthar.

Lasgol kam hoch und unterdrückte ein Stöhnen, weil seine Schulter bei jeder Bewegung schmerzte.

»Wir haben keine Medaille für dich dabei, darum nehmen wir die von Sven«, flüsterte Uthar ihm zu, als er ihm den Orden ansteckte.

Lasgol war von allem, was gerade geschah, so bewegt, dass er sich kaum die Tränen verbeißen konnte.

»Danke, Majestät. Das ist ... eine große Ehre«, stammelte er.

»Ich danke dir. Du hast mir das Leben gerettet.«

»Und danke, dass der Name meines Vaters wiederhergestellt ist!«

»Das ist nur gerecht. Ich habe nie verstanden, was geschehen war. Wir waren wie Brüder. Jetzt verstehe ich alles.«

Lasgol nickte, verbeugte sich und zog sich zu seinem Team zurück.

Der König wendete sich Dolbarar zu und gab ihm einen Wink.

»Es wird Zeit für die Zeremonie«, sagte er zum Kommandanten.

Dolbarar erhob sich, trat einen Schritt vor und sah die vorderen Reihen an, wo die Auszubildenden des ersten, zweiten und dritten Jahres warteten. Dann begann er zu sprechen.

»Hinter uns liegt kein gewöhnliches Jahr. Das diesjährige Finale wurde aufgrund der Ereignisse abgebrochen. Daher wird die Winterprüfung des ersten Jahres nicht gewertet, und die Prüfungen der folgenden Jahrgänge sind entfallen. So etwas ist seit über fünfundzwanzig Jahren nicht mehr vorgekommen. Aber trotz allem werden wir die Tradition wahren und mit der Aufnahmezeremonie fortfahren.«

Die Rekruten wurden unruhig, denn einige brauchten noch Punkte, um bleiben zu dürfen, andere wollten sich die Chance auf eine Elitelaufbahn sichern.

»Aus diesem Grunde erkläre ich die Aufnahmezeremonie für eröffnet. Lasst uns entscheiden, wer von euch sich bewährt hat, und damit auch, wer im nächsten Jahr wiederkommt und wer gehen muss.«

Bei diesen Worten senkte sich Grabesstille über die Versammelten. Nilsa war so nervös, dass sie Gerd versehentlich auf den Fuß trat. Dieser war vor lauter Panik so abgelenkt, dass er es nicht einmal bemerkte. Egil war voller Sorge, denn er hatte seine Chancen längst durchgerechnet — sie waren praktisch inexistent. Ingrid war davon überzeugt, dass sie bestanden hatte, während Viggo mit verschränkten Armen dastand und ebenso sicher war, dass er durchgefallen war.

»Nach langer Beratung mit den Waldläufermeistern, die sich die Entscheidung in vielen Fällen nicht leicht gemacht haben«, fuhr Dolbarar fort, »haben wir entschieden, dass das Finale mit einem Patt geendet hat. Es gibt keinen Sieger, aber auch keinen Verlierer. Die zwei Teams, die das Finale erreicht haben, erhalten beide ein Ehrenblatt — als hätten beide gesiegt. Wir sind der Ansicht, dass dies angesichts der Umstände am gerechtesten ist.«

Eyra, Ivana, Esben und Haakon, die hinter Dolbarar standen, nickten ihrem Vorgesetzten mit einer leichten Verbeugung zu. Viele atmeten erleichtert auf, einige wenige unter den Teilnehmern zeigten sich enttäuscht.

»Waldläufermeister, die Liste für das erste Jahr, bitte«, sagte Dolbarar.

Haakon ging gemessen zu Dolbarar und übergab ihm ein Pergament.

»Für die Auswertung wurden die Ergebnisse aller Prüfungen und die Extrapunkte berücksichtigt, die ihr im Laufe des

Jahres erworben habt. Heute entscheidet sich, wer uns verlässt und wer bleiben darf. Wenn ich euren Namen verlese, dann tretet ihr vor, und wir übergeben euch einen Anhänger. Ein Abzeichen aus Holz bedeutet, dass ihr bestanden habt. Ein Abzeichen aus Kupfer bedeutet, dass ihr es nicht geschafft habt.«

Er begann, die Namen vorzulesen. Isgord war der erste, der vortreten durfte und bestanden hatte. Voller Stolz zeigte er seinem Team das Abzeichen aus Holz. So traten sie einer nach dem anderen vor. In jedem Team gab es einen oder zwei, die durchgefallen waren. Die Enttäuschung und teilweise auch die Tränen waren ein erschütternder Anblick. Schließlich waren die Schneepanther an der Reihe. Ingrid machte als Kapitän den Anfang und nahm einen Anhänger aus Holz entgegen. Triumphierend stieß sie die Faust in die Luft und machte ihrem Team Mut.

»Ja, los geht's, Panther!«

Ihr folgte Nilsa, die so nervös war, dass sie das Abzeichen, das Dolbarar ihr gab, gleich fallen ließ. Zögernd sammelte sie es auf und stellte erst dabei fest, dass es aus Holz war.

»Ich habe bestanden!«, rief sie überwältigt.

Dann rief Dolbarar Gerd auf. Der gutmütige Riese des Teams kam langsam nach vorne. Ihm zitterten die Knie. Er nahm sein Abzeichen entgegen, doch es war aus Kupfer. Er hatte große Mühe, die Tränen zu unterdrücken, als er wortlos an seinen Platz zurückkehrte. Ingrid und Nilsa schlossen ihn tröstend in die Arme.

Der Nächste war Viggo. Zur Überraschung vieler Anwesender — einschließlich seiner eigenen — hatte er bestanden. Ungläubig betrachtete er sein Abzeichen, als könne er kaum glauben, dass es wirklich aus Holz war, und sah sich auf dem Rückweg sogar kurz um, ob ihn wirklich niemand zurückrief, weil sie einen Fehler gemacht hatten.

Als Egil aufgerufen wurde, waren ihm seine Befürchtungen anzusehen. Dolbarar überreichte ihm das Abzeichen, und es war aus Kupfer. Mit einem Klagelaut senkte Egil den Kopf und kehrte mit hängenden Schultern zurück. Seine Kameraden nahmen ihn in Empfang und bemühten sich, ihm mit liebevollen Worten und Umarmungen Trost zu spenden, aber Egil war am Boden zerstört.

Der Letzte, der nach vorne gerufen wurde, war Lasgol. Beim Vortreten war ihm übel vor Angst. Sein Magen rebellierte, und er fürchtete, sich gleich zu übergeben. Nachdem er gesehen hatte, wie es für Gerd und Egil ausgegangen war, befürchtete er das Schlimmste. Dolbarar lächelte ihn an und gab ihm das Abzeichen. Ängstlich nahm Lasgol es in Augenschein, bis ihm bewusst wurde, dass es aus Holz war. Er stieß einen Freudenschrei aus und rannte zu seinem Team.

Dolbarar setzte die Zeremonie fort. Zuletzt waren die Uhus an der Reihe. Astrid kam weiter, was Lasgol mit Erleichterung registrierte.

Dann rief Dolbarar die Kapitäne nach vorne.

Sofort stand Ingrid vor dem Kommandanten. Astrid und Isgord stellten sich neben sie, und kurz darauf waren auch die übrigen Kapitäne zur Stelle.

»Die Regel besagt, dass alle, die in einer der vier Teamprüfungen ein Ehrenblatt errungen haben, ein Mitglied aus ihrem Team damit auslösen dürfen, das sonst nicht weiterkäme. Die Adler erhalten zwei Ehrenblätter, weil sie die Frühlingsprüfung und die Winterprüfung gewonnen haben. Die Wölfe bekommen eines, denn sie haben in der Sommerprüfung gesiegt. Die Bären bekommen eines, weil sie in der Herbstprüfung siegreich waren. Und auch die Panther bekommen eines für ihr Ergebnis in der Winterprüfung. Beratet euch jetzt mit euren Teams und gebt anschließend bekannt, wen von euch ihr vor der Ausmusterung bewahren wollt.«

Ingrid ging zu ihren Kameraden zurück und erklärte das Dilemma. Sie mussten sich entscheiden, ob sie das Ehrenblatt aus ihrem Erfolg in der Winterprüfung für Gerd oder Egil nutzen wollten. Diese Entscheidung war unmöglich.

»Wie können sie uns diese Wahl auferlegen? Das ist grässlich«, stöhnte Nilsa.

»Am besten werfen wir eine Münze«, knurrte Viggo mürrisch.

Lasgol war ebenso überfragt, denn er wollte keinen von beiden verlieren.

»Ihr solltet Gerd behalten«, sagte Egil da. »Das wäre das Richtige. Er braucht das, ich aber nicht.«

»Egil! Nein! Das ist nicht gerecht«, wehrte Gerd sofort ab.

»Oh, doch, mein Freund«, sagte Egil. »Ich bin der Sohn des bedeutendsten Herzogs im Reich. Mir passiert nichts. Du brauchst deinen Sold, ich nicht.«

»Aber dein Vater! Die Schande!«

»Ich komme darüber hinweg. Es ist beschlossene Sache. Gerd bleibt. Ich muss gehen.«

Nilsa schloss Egil spontan in die Arme und hätte ihn vor lauter Schwung fast umgeworfen. Die übrigen schlossen sich der Umarmung an, wofür Egil ihnen unter Tränen dankte.

»Die Entscheidung«, forderte Dolbarar.

Die Kapitäne kehrten zurück. Die Adler und die Wölfe mussten kein Teammitglied retten, sondern konnten ihre Auszeichnung dafür aufheben, später der Schule ihrer Wahl beizutreten. Bei den Bären ging es nur um Polse, womit die Entscheidung einfach war. Ingrid nannte Gerds Namen.

»Gut. In diesem Fall muss Egil von den Schneepanthern die Ausbildung abbrechen«, sagte Dolbarar.

Egil richtete sich würdevoll auf und wischte sich die Tränen ab. Er nickte dem Kommandanten zu, denn er würde sein Los akzeptieren.

Isgord grinste über das ganze Gesicht und starrte Lasgol, der die Szene mit feuchten Augen verfolgte, hämisch an.

»Einen Augenblick noch, Dolbarar«, sagte da König Uthar.

»Ja, Majestät?«

»Ich habe einen Wunsch. Ich würde Team Schneepanther gern ein weiteres Ehrenblatt zugestehen, weil es dazu beigetragen hat, dem König das Leben zu retten.«

Dolbarar sah zu den vier Waldläufermeistern hinüber.

»Das ist kein gewöhnlicher Wunsch. Es gibt keinen Präzedenzfall dafür.«

»Es hat auch noch nie jemand versucht, den König von Norghana im Lager zu töten. Und noch nie wurde der König von Rekruten des ersten Jahres gerettet.« Uthar sprach die Tatsachen aus.

Dolbarar gab den Waldläufermeistern ein Zeichen. »Wir könnten es gewähren, aber die Entscheidung muss einstimmig sein.«

Der König setzte sich, um ihre Entscheidung abzuwarten, während Dolbarar sich mit den anderen in kleinem Kreis beriet. Gleich darauf kehrte der Kommandant zurück und verkündete:

»Wir sind uns einig. Auf königlichen Wunsch sprechen wir den Schneepanthern für eine außergewöhnliche Leistung ein Ehrenblatt zu.«

»Dürfen sie dieses Ehrenblatt einsetzen, um den Ausgemusterten zu behalten?«, fragte der König. Das war sein eigentliches Anliegen gewesen.

»Ja, so ist es, Majestät.«

»Das wäre mir eine große Freude«, sagte Uthar.

»In diesem Fall bleibt Egil die Ausmusterung erspart«, gab Dolbarar bekannt.

Die Panther konnten es kaum glauben. Damit hatten sie nicht rechnen können. Nilsa jubelte los, und der Rest der Mannschaft schloss sich ihr mit Freudensprüngen, Umarmungen und grenzenloser Begeisterung an. Sie waren alle gerettet!

Puterrot vor Wut starrte Isgord zu Lasgol hinüber. Er schien kurz vor dem Explodieren zu stehen.

Die Zeremonie wurde mit der Überreichung der Abzeichen für das zweite, dritte und vierte Jahr fortgesetzt. Aber die sechs Mitglieder der Schneepanther waren so überschäumend glücklich, dass sie vom Rest der Aufnahmezeremonie kaum noch etwas mitbekamen — sie fühlten sich wie in einem unfassbaren Traum. Gerd konnte nicht glauben, dass er gerettet war. Inzwischen hatte sein zuvor kreideweißes Gesicht wieder Farbe angenommen. Nilsa umarmte alle reihum und lachte unaufhörlich vor Glück. Viggo betrachtete staunend seinen Holzanhänger. Ingrid bedankte sich bei Egil für seinen Teamgeist und seine eindrucksvolle Belesenheit. Lasgol strahlte über das ganze Gesicht. Es war ihm gelungen, den guten Namen seines Vaters reinzuwaschen. Und er durfte die Ausbildung fortsetzen. Und obendrein nicht nur er, sondern das gesamte Team. Er konnte es kaum glauben. Er war so zufrieden, dass er es am liebsten zum Himmel hinausgeschrien hätte.

Am Ende der Zeremonie richtete Dolbarar noch einige Worte an alle Waldläufer: »Ihr seid die Zukunft. Ob die Krone und das Königreich weiterbestehen, hängt von euch ab. Denkt immer daran: ›Getreu und mutig schützt der königliche Waldläufer die Länder des Reiches und verteidigt die Krone gegen alle Feinde von innen wie von außen, um Norghana ehrenhaft und verschwiegen zu dienen.‹«

Einstimmung wiederholten die Waldläufer ihren Leitspruch: »Getreu und mutig schützt der Waldläufer die Länder des Reiches und verteidigt die Krone gegen alle Feinde von innen wie von außen, um Norghana ehrenhaft und verschwiegen zu dienen.«

König Uthar nickte zufrieden. »Und wieder eine wunderbare Zeremonie.«

Er umarmte Dolbarar und salutierte zum Abschied vor den vier Waldläufermeistern, ehe sich auf seinen Befehl sein Gefolge formierte. In der gleichen Reihenfolge, in der sie gekommen waren, verließen die Soldaten das Lager.

Als der König aufsaß, stimmten die Waldläufer die Ode für den Tapferen an und sangen, während er losritt.

Danach schickte Oden alle in ihre Unterkünfte zurück.

Die Schneepanther eilten in ihre Hütte, wo sie von der Veranda aus dem Gefolge des Königs nachblickten.

»Zeig mir die Medaille des Königs«, sagte Ingrid zu Lasgol.

Er reichte ihr die Medaille, und alle drängten sich zusammen, um sie genauer zu sehen.

Alle bis auf Nilsa. Sie ging zu Lasgol hinüber und sagte mit ehrlicher Reue: »Es tut mir so leid. Kannst du mir meine Dummheit verzeihen?«

»Alles vergeben und vergessen. Isgord hat dich reingelegt. Es war nicht deine Schuld.«

»Oh, doch. Aber danke.«

»Tja«, sagte Viggo, »am Ende hat der Idiot doch nicht bekommen, was er wollte. Er schäumt vor Wut.«

»Wie fühlt man sich so als Held?« Gerd zwinkerte Lasgol zu.

»Ich freue mich einfach, dass alles gut ausgegangen ist.«

»Hattest du keine Angst?«

»Doch, Gerd. Hatte ich. Aber meine Reaktion war rein instinktiv. Bestimmt wegen des vielen Trainings ...«

»Hoffentlich bin ich irgendwann auch zu so etwas in der Lage«, sagte Gerd sehnsüchtig.

Lasgol klopfte ihm auf die Schulter. »Nur keine Sorge. Wenn es drauf ankommt, wirst auch du das Richtige tun. Da habe ich keinen Zweifel.«

»Danke, mein Freund.«

In diesem Moment verschwanden König Uthar, sein Magier Olthar und Hauptmann Sven in der Ferne aus ihrem Blickfeld.

Alle sahen ihnen nach, und plötzlich tauchte Camu auf Lasgols Schulter auf. Er versteifte sich, zeigte mit dem Schwanz in Richtung des Königs und seiner zwei Begleiter und begann, Lasgol ins Ohr zu kreischen.

»Bring die Kröte zum Schweigen, sonst kriegen wir richtig Ärger«, verlangte Viggo.

»Leise, Camu, es ist alles gut«, sagte Lasgol und streichelte ihm über den Kopf.

Aber Camu zeigte weiter auf den abziehenden Tross.

»Ja, Camu, du kannst Magie entdecken. Das weiß ich. Das ist der Magier Olthar. Er ist sehr mächtig. Sei jetzt still. Er ist ein Freund. Und jetzt versteck dich, bevor dich jemand bemerkt.«

Camu sah Lasgol mit seinen hervorstehenden Augen an. Er wirkte nicht sonderlich überzeugt, aber er gehorchte und verschwand.

Egil kam zu Lasgol herüber. Seinem verlegenen Blick entnahm Lasgol, dass ihn das, was zwischen ihnen stand, immer noch beschäftigte.

»Wirst du mir eines Tages verzeihen?«, sagte Lasgol rasch.

Egil atmete tief durch, ehe er ernst erwiderte: »Versprichst du mir, dass es keine Geheimnisse mehr zwischen uns geben wird?«

»Ich verspreche es.«

Da seufzte Egil auf. »Also gut«, lenkte er ein, und die beiden schlossen einander in die Arme. Beide begannen zu lächeln.

»Eure ganze Gefühlsduselei ist echt zum Kotzen«, knurrte Viggo angewidert.

»Halt ein einziges Mal die Klappe und sag etwas Positives«, rügte Ingrid.

Er zog die Brauen hoch. »Mit diesen Zöpfen siehst du heute sehr hübsch aus«, sagte er zu Ingrid, und dieses eine Mal war das sein Ernst.

Ingrid lief rot an, dann wurde sie blass, und schließlich schlug sie Viggo mit einem Kinnhaken nieder.

Alle prusteten los, während Ingrid unter wüsten Verwünschungen in der Hütte verschwand.

»Die hat doch ein Problem«, sagte Viggo vom Boden aus, während er sein Kinn rieb. »Die versteht kein Mensch.«

Gerd streckte ihm die Hand ihn, konnte aber nicht aufhören zu lachen, während er Viggo hochhalf.

»Du bist so ein Dummkopf«, sagte Nilsa kopfschüttelnd, lächelte aber dabei.

Lasgol sah zur Hütte der Uhus hinüber, wo er Astrid entdeckte. Sie grüßte ihn mit einer Kopfbewegung und strahlte ihn an. Als er ihren Gruß erwiderte, merkte er, wie ihm wieder flau im Magen wurde.

»Was wirst du jetzt tun, nachdem du das Rätsel um die Tat deines Vaters gelöst hast?«, fragte Egil.

Lasgol blieb nachdenklich. »Ich werde in mein Dorf zurückkehren, nach Skad. Und da werde ich den Besitz und die Titel meines Vaters zurückfordern. Ich will mich vergewissern, dass sein Name in jeder Hinsicht rehabilitiert ist.«

»Verstehe. Und ... willst du noch immer Waldläufer werden? Jetzt hast du keinen Grund mehr, hier weiterzumachen.«

»Hmm«, sagte Lasgol nachdenklich. »Es ist merkwürdig. Ich wollte nie wirklich Waldläufer werden, sondern bin nur wegen der Sache mit meinem Vater gekommen. Aber jetzt ...«

»Sag bloß, du möchtest mit uns weitermachen?«, bohrte Egil weiter, um die Worte aus ihm herauszulocken.

»Also ... du wirst es nicht glauben, aber ... doch, ja!«, gestand Lasgol. »Genau das habe ich vor.«

»Sicher? Obwohl du weißt, dass das nächste Jahr noch härter wird?«, fragte Egil zweifelnd, lächelte aber dabei.

Lasgol nickte, »Ich will ein Waldläufer werden. Wie mein Vater vor mir. Jetzt habe ich keine Zweifel mehr. Das ist mein Ziel.«

Egil strahlte über das ganze Gesicht.

»Nun«, sagte Viggo, »dann solltest du die freien Wochen, die vor uns liegen, bis das zweite Ausbildungsjahr beginnt, gut nutzen. Ich zumindest werde sie gründlich auskosten, und das empfehle ich euch allen ebenfalls.«

Diese Aussicht stimmte alle froh, und sie gingen gemeinsam in die Hütte. Nur Lasgol sah den letzten Soldaten des Königs nach. Eine Träne rann über seine Wange. Er hatte es geschafft. Er hatte die Ehre seines Vaters wiederhergestellt. Dakons Name war wieder unbefleckt. Dazu war er gekommen, und es war ihm allen Widrigkeiten zum Trotz gelungen. Dann seufzte er auf. Er hatte immer geglaubt, dass er an dem Tag, an dem er so weit war, Freude, ja, Begeisterung empfinden würde, aber jetzt verspürte er nur ungeheure Erleichterung, als wäre seine Seele in einen Balsam des Friedens gehüllt. Er lächelte.

Für dich, Vater. Danke für alles. Ich werde dich immer lieben.

Das ende buch 1

Kontakt:

Mail: pedrourvi@hotmail.com
Facebook: https://www.facebook.com/PedroUrviAuthor/
Instagram: https://www.instagram.com/pedrourviauthor/
Twitter: https://twitter.com/PedroUrvi
Website: https://pedrourvi.com

Mailingliste:
https://pedrourvi.com/mailingliste/
Danke an meine Leserinnen und Leser!

Danksagung

Ich habe das große Glück, auf gute Freunde und eine wunderbare Familie bauen zu dürfen. Dank ihnen ist dieses Buch heute Realität. Der unglaubliche Beistand, der mir auf diesem ewig langen Weg geleistet wurde, lässt sich kaum in Worte fassen.

Ich danke meinem großartigen Freund Guiller C. für all seine Hilfe, seine unerschütterliche Ausdauer und seine wertvollen Ratschläge. Er war wieder jeden Tag für mich da. Tausend Dank.

Mon war eine exzellente Strategin für geniale Plot-Twists. Neben ihren Fähigkeiten als Lektorin schwingt sie unablässig die Peitsche, damit ich meine Deadlines einhalte. Millionenfacher Dank!

Luis Regel danke ich für die unzähligen Stunden, in denen er mich ertragen hat, für seine Ideen und Anregungen, seine Geduld und jedwede Unterstützung. Du bist ein echtes Phänomen, vielen Dank!

Kenneth danke ich, dass du immer bereit bist, mir die Hand zu reichen und mir von Anfang an zu helfen.

Roser M. danke ich fürs Lesen, für alle Kommentare, für Kritik und für tausendundeinen Hinweis. Du bist unglaublich charmant.

The Bro hat mich wie immer in besonderer Weise nach Kräften unterstützt.

Meine Eltern sind die besten Eltern der Welt. Sie haben mir bei diesem und allen sonstigen Projekten unglaublich unter die Arme gegriffen.

Olaya Martínez ist beim Korrektorat unschlagbar, arbeitet unermüdlich und enorm professionell. Danke für die unglaubliche Hingabe und für alles, was ich von ihr lernen durfte, ganz besonders während des gewaltigen Schlusssprints bei diesem Buch.

Sarima hat als Künstlerin einen ausgezeichneten Geschmack und zeichnet phantastisch.

Und zu guter Letzt danke ich dir, lieber Leser oder liebe Leserin, dass du meine Bücher liest. Ich hoffe, dass es dir gefallen hat und du Spaß am Lesen hattest. Wenn ja, würde ich mich sehr über eine Rezension und über eine Empfehlung an deine Freunde und Bekannten freuen.

Vielen herzlichen Dank und eine feste Umarmung,
Pedro